btb

Aus Freude am Lesen

Hamburg. Auf die beiden Autodiebe Knut Giovanni Myrbäck und Jan Holzapfel wartet ein neuer Deal. Ein Audi Q7. Ein Highlight für die beiden. Doch dann brennt auf einem Kartoffelacker eine Leiche. Und in Jans verstaubter Hinterhofwerkstatt wird ein weiterer Toter gefunden. Den beiden bleibt nur die Flucht in den Norden. In Nynäshamn, einer Kleinstadt südlich von Stockholm, stoßen sie auf die frustrierte Schulkrankenschwester Heidi Olofsson und ihre zu Hausarrest verurteilte Mitbewohnerin Sassie, deren Kindheit in der dänischen Hippiekommune Christianias ein grausames Geheimnis birgt. Und auf einmal geraten die Dinge aus dem Ruder. Ihre letzte Flucht führt das unglückselige Quartett auf eine Schäreninsel, ins Visier eines mächtigen Gegners.

Dirk Van Versendaal, in Hamburg aufgewachsen, arbeitet seit vielen Jahren als Journalist, u. a. fürs SZ-Magazin, für Zeit und Vogue. Seit 2000 ist er Autor beim Stern. Er lebt mit Frau und zwei Kindern abwechselnd in Hamburg und in der Nähe von Stockholm. »Die Engel warten nicht« ist sein erster Roman.

Dirk van Versendaal

Die Engel warten nicht

Kriminalroman

btb

MIX
Papier aus verantwortungsvollen Quellen
FSC® C083411
www.fsc.org

Verlagsgruppe Random House FSC® N001967
Das für dieses Buch verwendete FSC®-zertifizierte
Papier *Lux Cream* liefert Stora Enso, Finnland.

1. Auflage
Originalausgabe Februar 2014

Umschlaggestaltung: semper smile, München
Umschlagmotiv: Mann, Vögel: © Getty Images/Bertrand Demee;
Textur: © Shutterstock/Eky Studio
Satz: Uhl + Massopust, Aalen
Druck und Einband: CPI – Clausen & Bosse, Leck
UB · Herstellung: sc
Printed in Germany
ISBN 978-3-442-74663-7

www.btb-verlag.de
www.facebook.com/btbverlag
Besuchen Sie unseren LiteraturBlog www.transatlantik.de

Für Renée

Christiania, Juni 1985

Am Ende des Kieswegs ließ sie Lilja aus der Hand. Sie sah dabei zu, wie ihre Schwester mit hastigen Schritten im Pavillon verschwand, dann die Glaswände entlang zu ihrem Klassenzimmer lief. Wie ein wilder Affe hüpfte die Schultasche auf ihrem Rücken.

Sie ging durch die Tøjhusgade, vorbei an der Garnisonskirche und im kühlen Schatten des Straßenbauamts, bis sie auf dem Christianshavns Torv vor der Würstchenbude stand. Du bist meine erste Kundin, sagte der Mann, du bringst mir Glück. Sie bestellte ein Würstchen mit Brot und ohne Senf und legte zwei Kronenstücke auf die Glasplatte. Du musst warten, sagte der Mann, das Wasser ist nicht heiß genug. Petersens Wurstwagen, das stand auf einem glänzenden Schild über seinem Kopf geschrieben.

Sie aß die Wurst im Gehen, so wie sie es bei den Erwachsenen gesehen hatte, ein bisschen geistesabwesend. Die Wurst war weich und schmeckte seltsam, aber besser als die Haferflocken, die ihre Mutter ihnen morgens aus der Müsliquetsche kurbelte. Sie rieselten auf den Teller, schmeckten nach Löschpapier und blieben hart, auch wenn sie längst in der Milchsuppe ertrunken waren.

Wo der gelbe Bus der Linie acht in der Prinsessegade hielt, stieg sie durch das Loch im Bretterzaun, nahm den Weg zwischen den Wellblechwänden und schlich hinter den Hühnerstall von Preben. Er hatte ihn aus groben Holzbrettern und rostigen Metallstangen zusammengebaut. Alle wussten, dass er die

Bretter mit einer Schubkarre von der Baustelle vor dem Außenministerium gestohlen hatte. Sie ging in die Hocke und lockte die Hühner mit Glucksiauten herbei. Sie kratzte kleine Steine aus der lehmigen Erde und warf sie durch das Gitternetz nach dem Hahn. Er war kleiner als seine Hennen. Er sandte ein wütendes Krähen in die Luft, rannte ein paar Mal im Kreis und zog sich in seinen Stall zurück. Bei einem Huhn weiß man nicht, was es sieht, wenn es einen anblickt, dachte sie. Sie versuchte sich vorzustellen, wie die Welt wohl aussähe, wenn einem die Augen links und rechts am Kopf säßen.

Noch war ihr Quälgeist nicht befriedigt. An der niedrigen Steinmauer, die den Gemüsegarten ihrer Mutter umgab, hatte sich in der Nacht Regenwasser in den Spalten gesammelt und die Wege der Ameisen unterbrochen. Mit Zweigen und kleinen Kugeln, die sie aus Blättern knetete, half sie nach, die Laufwege zu blockieren. Alle Ameisen, die es wagten, die Barrikaden zu überrennen, zerquetschte sie mit einem Stock.

Wieder fing es an zu regnen. Es war ein warmer Regen, doch als ihr das Wasser vom Zopf in den Rücken lief, ging sie um das Haus und hebelte das Fenster ihres Zimmers auf. Mit einem Sprung zog sie sich auf das Fensterbrett und kletterte hinein. Sie rollte sich ihr großblumiges Glockenkleid über den Kopf, faltete es einmal in der Mitte und noch einmal längs und legte es über den Sprossenstuhl. Es sah altmodisch aus, fand sie, mit seinen blauen Schleifen, und jetzt soll es vergammeln, nass wie es ist. Eine Zeitlang stand sie still da und wartete, aber im ganzen Haus war nichts zu hören.

Sie trat vor den Kleiderschrank und öffnete ihn mit den richtigen Bewegungen, damit seine Tür nicht in den Scharnieren quietschte. Ganz vorn hing ihr rotes Lieblingskleid. Sie nahm es mit dem Kleiderbügel und legte es auf ihr Bett. Es war am Kragen und am Saum verschlissen, und der schmale Gürtel, der sich um die Taille winden sollte, war im Frühjahr verloren gegangen, als sie mit der Schulklasse einen Ausflug an den Badestrand der Bucht von Nyrup gemacht hatten. Wie schade, dachte sie. Sie nahm das Kleid vom Bügel und rollte es zu einer Schlange zusammen. Dann stopfte sie es in die unterste Schublade ihrer Kommode.

Sie löste ihren Zopf und setzte sich aufs Bett. Zog ihre nassen Strümpfe aus und hob ihr linkes Bein an. Auf der Kniescheibe klebte ein Pflaster, seit sie vorgestern mit dem Fahrrad in der Kurve vor dem Totempfahl in den Staub gerutscht war. Das Pflaster war schwarz vor Dreck. Vorsichtig rüttelte sie es los.

Sie ließ sich auf den Rücken fallen und warf ihre braune Wolldecke über sich. Sie schloss die Augen und fühlte mit der Zunge, ob irgendwo in ihrem Mund noch etwas vom Geschmack der Wurst übrig geblieben war.

I

Warten. Warten habe ich immer gekonnt. Habe nie vor dem erlaubten Tag Türen im Adventskalender aufgebogen, nie das Papier meiner Geburtstagsgeschenke zerfetzt. Ich habe wochenlang eine Gehirnerschütterung im Krankenbett auskuriert, so brav, so regungslos, dass die Schwestern mit zuckersüßen Stimmen davon sprachen, mich für alle Zeiten bei sich behalten zu wollen. Später wartete ich klaglos auf Züge, auf Tore in der Nachspielzeit, auf die Gunst der Frauen. Meine Fresse, dachte Knut Giovanni Myrbäck, ich habe in meinem Leben zu oft gewartet.

Seit über einer Stunde saß er in der Kuhle eines auberginenfarbenen Sofas und starrte auf den gläsernen Maschinenkasten, der in seinem Inneren kleine Bälle von Popcorn ausspie. Sie kugelten eine über der anderen hinab, sammelten sich zur Woge und brandeten gegen die Wand.

Punkt zehn Uhr war er im Kinocenter angekommen. Abgehetzt, schwitzend, pünktlich. Wie von Holzapfel bestellt. Dann komme die beste Zeit, hatte der erklärt, zwischen den Vorstellungen: Die einen gehen, die anderen kommen, wir haben unsere Ruhe.

Nun, Myrbäck war gekommen, Holzapfel nicht.

Die ersten Minuten hatte er sich damit vertrieben, einer Gruppe von Mädchen zuzusehen. Zu viert saßen sie vor zwei Rennspielautomaten. Sie trugen pechschwarz gefärbte Haare und eine Blässe, die das grüne und rote Flackern der Konsolen widerspiegelte. Zerstreut ruckelten sie an den Kupplungen der Maschine, überdrehten das Steuer und sprachen über Milben in Katzenohren, über Mofas, deren Reparatur kaum noch lohnte.

Kurz vor elf schwang er sich auf. Er schulterte seine Sporttasche und ging zum Ausgang. Durch die Fenster des Foyers sah er, dass wieder Regen fiel. Die Spätvorstellungen waren angelaufen, wer jetzt noch kam, der hatte es eilig. So eilig wie das Trio, das vor ihm aus der Drehtür stürzte. Die Frau marschierte vorweg, sie trug Pagenfrisur und Dufflecoat, die nächste Runde fegte ihre Begleiter heraus: Zwei blonde Männer nebeneinander, dachte Myrbäck, warum sieht blond bei erwachsenen Männern so blöd aus?

Ein Audi, hatte Holzapfel gesagt. Kennzeichen Ingolstadt. Ein Q7, Sondermodell der Baureihe V12, Hightech und geil in Bronze, wie die Buddhafiguren in den Tempeln Bangkoks.

Seines Wissens hatte Holzapfel thailändischen Boden nie betreten. Und er selbst war erst einmal geschickt worden, einen Audi Q7 zu besorgen. Tatort Schwimmbad Blankenese, Mitternachtssauna, und während die Herrschaften sich die finnische Aufgussvariante gönnten, schwitzte er in der Umkleide. Die Wertschränke aufzubrechen war mitunter kompliziert, dafür aber stets von Erfolg gekrönt. Kein Mensch stieg mit seinem Autoschlüssel ins Schwitzbad.

Myrbäck hatte das Kinocenter hinter sich gelassen, die Schnellstraße gekreuzt und augenblicklich die Orientierung verloren. Er stand vor grauen, flachen Häusern, in denen Lagerdepots, Autoglasereien, Teppichwäschereien sich eingemietet hatten. Er war von Holzapfel an die zerfaserten Ränder einer Vorstadtwüste geschickt worden, stellte er deprimiert fest. Der Regen fiel leicht, aber ohne Pause.

Vor dem Eingangsportal eines zweistöckigen Industriegebäudes, die »M+T Wärmetechnik und Lüftungsbau« war hier ansässig, stieß er auf den rollenden Buddha. Als er den Wagen langsam umrundete, tuschte ein Bewegungsmelder seinen Lichtkegel in die Nacht. Er ging in die Knie und kauerte in der Stille neben dem Wagen. Minutenlang lauschte er nach Stimmen; mehr als das ferne Rauschen des Verkehrs auf dem Autobahnzubringer war nicht zu hören.

Myrbäck wischte sich über das nasse Gesicht. Er öffnete seine Sporttasche und zog zwei Metallröhren hervor. Ein einziger kräftiger Stoß, eine kreisende Bewegung, aus dem Handgelenk heraus geführt, mehr brauchte es nicht, eine Prägung auf die Beifahrertür zu stanzen. An das Surren des Fräsmotors, an das leise Knirschen, das der Stift jetzt dem Metall entlockte, hatte er sich nie gewöhnen können. Es plagte seine Nerven wie kein anderes Geräusch. Aber es war die schnellste Methode, ein Loch in gehärtetes Stahlblech zu bohren.

Mit einem Haken fischte er die im Inneren liegenden Kabel der Alarmanlage hervor, fette kleine Schlangen in Rot und Schwarz, und kappte sie mit einem Seitenschneider. Er schob ein Stahllineal in die Öffnung und stocherte in dem Gestänge herum, bis er das Aufspringen des Schlosses hörte. Langsam öffnete er die Tür des Wagens, setzte sich ans Steuer und sah in den Rückspiegel.

Der Regen ist schuld, dass meine Frisur so eng am Schädel liegt, dachte er. Mit gespreizten Fingern fuhr er sich durchs Haar. Es roch süßlich im Wagen, muffig, das waren die Duftwolken des Popcorns, die seine Locken und die Wolle seiner Jacke durchtränkt hatten.

Er blickte über seine Schulter. Auf der Rückbank lagen eine Taucherbrille und Schwimmflossen; ein Kleid, das nach Sommer aussah, unachtsam in die Ecke des Sitzes geworfen, gelbe Tupfer auf weißem Grund.

Die Scheibe vor ihm beschlug. Mit jeder Minute, die er untätig hier saß, kondensierte eine weitere Schicht seiner Furcht auf dem Glas. Er atmete hastig. Er hatte Schiss.

Um einen Geländewagen der Luxusklasse zu überwinden, bedarf es eines Überraschungsangriffs auf seine Elektronik. Er muss von allen Fronten gleichzeitig kommen, sonst stottert sich das Herz des Wagens zum Kammerflimmern, Schluss, Aus, akutes Koronarsyndrom, nur eine Spezialwerkstatt kann dann noch den Motor wiederbeleben.

Wer sich einen Q7 aneignen will, muss also über grundlegende Kenntnisse im Verschlüsseln von Binärcodes verfügen. Myrbäck verstand nichts von diesen Dingen. Dafür aber Holzapfel. Der hatte ihm die Codefrequenzen per USB-Stick zugeschickt.

Keine halbe Minute, dann fingen Laptop und Microreader den Code der Funkzündanlage ein und entschlüsselten ihn. Der Motor startete. Tadellos, sagte sich Myrbäck.

Er setzte den Wagen zurück, wendete und rollte im Schritttempo auf die Ausfahrt zu. Der Schlagbaum knirschte, aber hielt stand. Es war der Pfosten samt Gehäuse, der schließlich dem Druck des Q7 nachgab, sich seitwärtsneigte, im Kippen sein Betonfundament aufriss und Myrbäck mit einem Krachen den Weg frei machte.

Pfusch am Bau, murmelte er.

Meine Mutter war dreißig, als sie mit zwei Töchtern und schweren Koffern das Holzhaus über der Sägerei verließ. Mit Sack und Pack, sagt man da wohl, und im Wagen des Mannes, der in dem Haus neben uns wohnte und einen riesigen roten Saab besaß, fuhren wir an einem diesigen Sommertag über die Kreisstraße nach Sundsvall. Vor dem Bahnhof hielten wir an, der Mann wuchtete unser Gepäck vom Dach und küsste meine Mutter auf den Mund. Ein bisschen zu lang für einen Abschied. Zwei Tage später, im Sonnenschein und tausend Kilometer südlich, stiegen wir aus dem Zug. Meine Mutter war dreißig, als sie ihr erstes Leben hinter sich ließ und ein neues in Kopenhagen begann.

Ich bin dreißig und traue mich nicht, mir ein Plastikband vom Bein zu reißen.

Sassie Linné saß im Schneidersitz auf ihrem Bett und hielt eine Kneifzange in Händen. Sie war ein elektronischer Kettenhäftling. Sie büßte ihre Strafe in den eigenen vier Wänden statt in einer Gefängniszelle. Sie trug ein Band mit einem Sender um ihr linkes Bein. Ein Band, das scheuerte, das kratzte. Wenn sie nachts wach lag, erwachte das Band zu Leben. Ein Schlauch pulsierender Muskeln auf ihrer Haut, so bildete sie sich ein, ein fetter Regenwurm in Todeskrämpfen. Ein Parasit.

Nach dem Essen hatte sie sich mit dem Bauch auf ihr Bett geworfen, im Radio eine Diskussion über die Krise der Musikbranche gehört und war darüber eingeschlafen. Geräusche aus dem Badezimmer hatten sie geweckt, Heidi unter der Dusche,

Heidi beim Zähneputzen. Es war nach Mitternacht, als sie in die Küche schlich und die Zange aus der Besenkammer holte.

Drei Wochen hatte sie geschafft, vier Wochen lagen noch vor ihr. Neunundzwanzig Tage und Nächte der Haft, vollzogen in einer Zweieinhalbzimmerwohnung am Rande einer schläfrigen Kleinstadt. Dort, wo das schwarze Band oberhalb ihres Knöchels anlag, war ihr Bein mager und sehnig geworden. Nicht mehr lange und sie würde auf Stelzen gehen.

Wenn sie jetzt die Zange anlegte? Vielleicht reichte ein einziges, kräftiges Zupacken. In der Alarmzentrale in Norrköping erklänge ein digitaler Alarm, eine Dudelsackmelodie. So hatte der Mann es ihr bei der Einweisung erklärt. Ein Kerl in Tweedanzug und Weste. Fünf Minuten später wäre sie zur Fahndung ausgeschrieben.

Bis wohin würde sie flüchten können? Zwei Bushaltestellen weit? Mit dem Fahrrad runter zum Hafen? Auf die Fähre nach Gotland? Oder, kriegslistig, einfach in die Kleiderkisten auf dem Dachboden springen? Egal, man würde sie sogar in dem Mottenfraß finden und für zwei, drei Monate nach Färingsö schicken. Eine geschlossene Anstalt für fünfzig Frauen. Unter Neonleuchten würde sie Telefonkataloge stapeln, Jutebeutel nähen, Erziehungsprogramme absolvieren, und über alldem würde sie sich an ihrem Hass erwärmen. Ich hasse Gefängnisse, ich hasse Suchttherapien, dachte sie. Ich hasse die Angsthäsin, die ich bin. In mir wohnt eine Lust zum Gehorsam, von der ich nicht wusste.

Sie saß in der Mitte ihrer Bettcouch, hatte die Knie angezogen und zog an einer Zigarette. Hin und wieder streifte sie die Asche auf einen Unterteller und blickte auf ihre Uhr, um zu sehen, ob die Zeit überhaupt verging.

Die ersten Tage hat sie geputzt. Jede kleine Ritze, jedes Gewürzglas, von der Haustür bis zum Bad und wieder zurück.

Die Lampenschirme hat sie abgestaubt, die Bilder an den Wänden. Hat lose Knöpfe angenäht und ein Dutzend Bücher gelesen. Bis einer der Romane in den anderen überging, die Handlung des letzten Krimis sich mit dem nächsten verwob. Ein Mangel an Bewegung schwächt den Verstand, das weiß man doch. Am Ende fehlt die Konzentration selbst für einfachste Dinge.

Mit einer wütenden Kreiselbewegung drückte sie die Zigarette auf dem Teller aus, stand auf und zog Strümpfe und Turnschuhe an. Sie steckte eine ihrer blauweißen Tabletten in den Mund und spülte sie mit einem Schluck Wasser aus einer Plastikflasche hinunter. Sie zog sich die Jacke über, setzte eine Strickmütze auf, die Malin ihr geschenkt hatte, und verließ die Wohnung.

Die Wände des Fahrstuhls waren mit Zeichnungen bedeckt, über und über. Wer in diesem Haus malt so schlecht?, fragte sie sich. Wer ist so kindisch, Dutzende von Schwänzen auf Kabinenwände zu kritzeln?

Der Aufzug hielt federnd im Erdgeschoss. Langsam schob sie die Tür auf. Vor dem Eingang zum Fahrradkeller lag ein brauner Kater. Er gehörte zu der chilenischen Familie im ersten Stock, zog es aber vor, seine Nächte auf den Stapeln neuer Telefonbücher zu verbringen, die seit Wochen hier verstaubten, weil niemand Verwendung für sie hatte.

Sassie trat aus dem Aufzug, ließ aber ein Bein zwischen Tür und Rahmen stehen. Bis hierhin und nicht weiter, das wusste sie. In der Vertikalen lässt der Sender sich austricksen, der Justizbeamte hatte es ihr augenzwinkernd gesteckt. Bis nach Australien.

Es war still im Treppenhaus, nur aus der Waschküche war das Schleudern einer Maschine zu hören. Winzige Staubpartikel schwebten im Licht der Treppenhausbeleuchtung, von irgendwoher musste es ziehen. Sie beugte sich vor, in der Hoffnung, durch die Haustüre auf den Schnee zu blicken, der seit dem Abend in dicken, feuchten Flocken fiel, aber was sie in der Scheibe sah, war nur ihr eigenes, schemenhaftes Spiegelbild.

Als sie den Kopf wendete, fühlte sie Schwindel aufsteigen, und Wärme. Das Zeugs fing an zu wirken. Sie trat in den Aufzug zurück und fuhr hinauf in ihr Gefängnis im sechsten Stockwerk.

Hinterher ist es immer dasselbe. Myrbäck wunderte sich über den seligen Ernst, über die Konzentration, mit der er seiner Arbeit in entscheidenden Momenten nachzugehen vermochte. Im Grunde war er eine lächerliche Figur, die nächtens zwischen Autos entlangrobbte und Bleche aufbohrte. Die unter Angstattacken litt, unter einem teuflischen Jucken der Kopfhaut, einer psychogenen Begleiterscheinung der Nervosität. Jeder Beruf, tröstete er sich, hat seine eigenen Neurosen.

Er passierte das Großklinikum, wählte einen Schwenk vorbei an den Wohnblöcken von Osdorf, und mit jeder weiteren Kreuzung, die er auf seinem Weg in die Innenstadt hinter sich ließ, wurde er ruhiger. Das Jucken seiner Kopfhaut wich einem wärmenden Rieseln. Um den Geruch von Popcorn und fauliger Nässe aus dem Wagen zu lüften, öffnete er alle vier Fenster gleichzeitig. Auf der Rückbank flatterte das Sommerkleid im Fahrtwind.

Mit einer Hand tastete er nach dem Radio, fand aber anstelle der Stereoanlage nur einen Bildschirm. Sein Mittelfinger strich über die glasige Fläche hinweg, bis er eine Erhebung erfühlte und drückte. Der Monitor sprang an. Grüne und rote Striche flatterten sich zurecht, dann gaben sie die Straße, die vor ihm lag, in einem digitalen Negativ wieder. Zwei Fußgänger, die einen winzigen Hund an der Leine hinter sich herzerrten, glühten in Scharlachrot. Wer fährt mit einer Wärmebildkamera durch die Straßen?, fragte er sich. Sondermodell, Holzapfel hatte es ja gesagt.

In Regennächten sah die Straße, in der Jan lebte, noch finsterer aus. Sie duckte sich in den Schatten des Messeareals, einer tristen Gegend in jeder Hinsicht. Holzapfel aber war sturstolz auf seine bestenfalls fünfzig Quadrat, die er vor Jahren gefunden, sie mit Bett, Stühlen und Tisch sowie jeglicher Computerelektronik samt Kabelwirrwarr ausgestattet hatte; dabei war es im Großen und Ganzen geblieben. Besonderes Glück bereitete ihm, kein Mensch verstand warum, die Aussicht von seinem Schlafzimmerfenster: Blick auf Tor Zwei des Schlachthofs und die Reststoffsammelstelle des Fleischgroßmarktes Hamburg AG. An Wochenenden weckte einen der klirrende Betrieb an den Altglascontainern, in der Woche rangierten ab vier Uhr früh schwere Lieferwagen, um ihre stinkende Ladung unter dem Geschrei von Krähenschwärmen zu löschen.

Den gestohlenen Audi direkt vor Holzapfels Mietshaus abzustellen, wäre die passende Antwort auf sein Nichterscheinen an diesem Abend. Der fette Q7, ein bronzener Pfahl im Fleische der verarmten Nachbarschaft, Blickfang für jede kreuzende Polizeistreife. Myrbäck zögerte. Schließlich fuhr er in das neue Parkhaus, das an die fensterlosen Ziegelwände des Schlachthofs gestülpt worden war wie ein Joghurtbecher. Im untersten Kellergeschoss stellte er den Wagen ab. Sorgfältig breitete er zwei Schichten Grillfolie unter der Frontscheibe aus, bevor er Wagen und Parkhaus verließ. Sicher ist sicher, dachte er.

Im Freien duftete es nach Würstchen. War das ein Blendwerk seiner gespannten Nerven? Nein, es war die Nacht zum Dienstag, ihm fielen die Klagen Holzapfels ein. Da roch das ganze Viertel wie eine Feldküche voller Knackwürste, da wurden im Schlachthof die Wiener und Frankfurter gebrüht, die Jagdwürste gepökelt. Wer in diesen Nächten seine Fenster nicht schloss, schaffte den süßlichen Gestank am nächsten Tag kaum aus seiner Wohnung heraus.

Holzapfel reagierte nicht auf das Klingeln. Er war fort. Oder er schlief. Oder war tot, Myrbäck war es gleichgültig. Als er aus dem Hauseingang trat, schlug der Wind ihm einen Schauer ins Gesicht. Er öffnete blinzelnd die Augen und sah auf der anderen Straßenseite zwei Männer stehen. Es kam ihm vor, als starrten sie ihn an. Unschlüssig blieb er vor dem Treppenaufgang des Hauses stehen. Er sagte sich: Wer stehen bleibt, zeigt Furchtlosigkeit, beweist Unschuld. Wer abhaut, hat die Hosen voll. So ist das seit Kindertagen.

Vis-à-vis traten die Männer zwischen geparkten Autos hervor. Sie kamen direkt auf ihn zu, gar kein Zweifel. Myrbäck rannte los. Die Männer rannten hinterher.

Er kannte die Gegend von seinen Dauerläufen. Er wusste, dass sein eingeschlagener Fluchtweg am Ende der rückwärtigen Schlachthofmauer in eine scharfe Linkskurve münden und sich auf eine Verladestelle der Bahn öffnen würde. Er zog den Kopf ein und legte an Tempo zu, merkte aber sogleich, dass seine Schuhe zum Laufen schlecht taugten. Die Fußsehnen schickten Schmerzen bis hoch in seinen Hinterkopf; der Haken, den er knapp hinter der Kurve in Richtung der LKW-Waschanlage schlug, geriet zu einem Schlittern. Als er endlich den Schatten der haushohen Halle erreichte, bremste er abrupt ab. Er schnappte nach Luft und sah sich um. Vor ihm auf dem Boden lagen armdicke Schläuche, deren Enden in schweren Anschlussventilen an der Hallenwand steckten. Tagsüber rangierten hier die Kühltransporter des internationalen Fleischverkehrs, um per Hochdruckstrahl von den Überresten ihrer verderblichen Ladung gereinigt zu werden.

Keine Schritte waren zu hören, kein Keuchen. Mit dem Rücken lehnte er sich gegen die metallene Außenwand der

Waschhalle. Sein Instinkt sagte ihm, dass er sich über die kurze Fluchtstrecke unmöglich einen bedeutenden Vorsprung hatte erkämpfen können.

Er begriff nicht, was ihm da eben widerfahren war. Wenn er nur die Ruhe hätte zum Denken. Vielleicht fiele ihm ein triftiger Grund ein, weshalb er sich wie eine Motte durch die Nacht jagen ließ. Was wollten die Männer von ihm? Einfach nur mal wieder in ein Gesicht schlagen, weil ihnen danach ist? Weil ihnen seine Nase nicht passte? War er das Opfer einer Verwechselung?

Er spürte ein schwaches Vibrieren in seinem Rücken. Kaum hörbar wurde eine Metalltüre am Ende der Halle aufgeschoben. Die Männer nahmen also an, er hätte sich in der Waschanlage verkrochen.

Sollte er um Hilfe rufen? Kein Mensch war in Rufweite unterwegs, und wenn, dann nur vereinzelte Gestalten, die über den Bahnsteig strichen und fröstelnd auf ihre Nachtzüge nach Pinneberg warteten. Oder sollte er forsch aus dem Schatten seines Verstecks treten, seinen Verfolgern frontal begegnen? Was ist los, Jungs, ihr seid hinter dem Falschen her!

Direkt hinter sich hörte er flüsternde Männerstimmen. Seine Jäger standen im Inneren der Waschanlage, von ihm getrennt bloß durch ein paar Millimeter gewelltes Stahlblech. Die Angst faltete seinen Magen zu einer Kugel. Wenn er nur unbemerkt die Parkreihen von Lastwagen und aufgebockten Containern erreichen könnte, keine zwanzig Meter von ihm entfernt. In ihrer Deckung würde er sich davonschleichen. Langsam löste er seinen Rücken von der Wand.

Noch auf halbem Weg hörte er das laute Schlagen einer Tür, dann ein aufgeregtes Rufen. Ohne seinem Entsetzen weiter Raum zu lassen, stürzte er sich zwischen die Sattelschlepper und rannte pfeilgerade in Richtung der Gleisanlagen. Das

Werkzeug in seiner Sporttasche schlug ihm ins Kreuz, während er die Treppe zur Unterführung der Bahngleise mit waghalsigen Sprüngen nahm.

Am Ende des Fußgängertunnels bremste er ab und blickte sich um. Zwei, vielleicht drei Sekunden Vorsprung hatte er herausgeholt. Er sah sie noch nicht, aber er hörte schon, wie seine Verfolger sich die Treppe zum Tunnel hinabwarfen.

Keuchend erreichte Myrbäck den Eingang des Parks. Hier hatten, von ihm unbemerkt, die Renovierungsarbeiten am morschen Vereinsheim des lokalen Fußballvereins begonnen. Unsicher, welchen Weg er nehmen sollte, preschte er vorbei an Bauwagen, wich einer Anhängerkupplung aus, umkurvte das Fundament eines Baukrans, trat ins Leere und stürzte ab, schlug mit seiner linken Schläfe auf, diesen Schmerz bekam er noch mit, dann den Hieb, den seine Sporttasche ihm auf das rechte Ohr versetzte.

Das geht so nicht, dachte er, als er erwachte, so nicht. Sein Schädel brannte, in seinem Becken glühten Drähte. Er blickte auf die Uhr. Zehn Minuten, vielleicht länger hatte er bewusstlos hier gelegen. Ächzend drehte er sich auf die Seite und sah sich um. Er war in einen Bauschacht gestürzt, vornüber gegen die Holzbohlenverschalung geprallt, zwischen Kabelsträngen aufgeschlagen, so wird es wohl geschehen sein. Während er seinen Unfall rekonstruierte, richtete er sich tastend auf. Zögernd setzte er einen Fuß vor den anderen. Seine Hose klebte nass an den Beinen. Ob er blutete, war im Dunkel nicht zu erkennen.

Dort, wo der Schacht sachte anstieg, zog er sich an den Holzbohlen hoch, bis er über den Grubenrand blicken konnte. Wie im Schützengraben, dachte er, gleich pfeifen mir die Kugeln um die Ohren. Doch da war niemand, der eine Salve abfeuerte. Er stieg zu schnell aus der Grube, verlor dabei kurz die Balance, und schlich geduckt in Richtung der Lichter am Ende des Parks.

Ab und an machte er im Nieselregen halt, atemlos, um sich das Angstzittern in seinen Beinen anzusehen.

Als er in die Sternstraße einbog, kamen ihm die ersten klaren Gedanken: Die Männer wollten nicht mich. Sondern Holzapfel. Sie warteten vor seiner Wohnung und hielten mich für ihn. Was hatte Jan angestellt?

Zuhause schliefen alle. Ed war nicht in seinem Zimmer, nur die Lavalampe brannte und warf einen Keil roten Lichts in den Flur. Die Lampe hatten sie ihm vor Jahren zum Geburtstag geschenkt, ein Trost in finsterer Kindernacht. Seit seiner Einschulung fiel es ihm wieder schwer, ohne Licht oder Gesellschaft einzuschlafen. Wenn er aus seinen Angstträumen erwachte, schlich er sich in das Bett seiner Mutter.

– Wo warst du, fragte ihn Maria, als er im dunklen Flur gegen sie stieß.

– Im Kino.

– Du stinkst, flüsterte sie schlaftrunken, freundlich klang es nicht. Du stinkst nach Popcorn und Schweiß.

Christiania, Juni 1985

Als sie erwachte, strahlte das gelbe Muster der Tapete über ihrem Bett. Sonnenlicht schien durch das Fenster und vergoldete ihr Zimmer. Sie hörte fremde Stimmen und ein fremdes Lachen. Sie stand auf, ging zur Tür und öffnete sie vorsichtig. Die Stimmen kamen aus dem Zimmer ihrer Mutter. Sie trat zwei Schritte vor, dann noch einen, so dass sie aus dem Dunkel des Korridors in das Zimmer schauen konnte. Ihre Mutter lag nackt auf ihrem Bett. Ein nackter Mann hatte seinen Kopf zwischen ihre Beine gelegt. Neben ihrer Mutter kniete eine nackte Frau mit einem Halstuch. Ein Mann mit einer blauen Brille stand mitten im Zimmer und sprach leise mit der Frau. Er war angezogen. Es schien ihn nicht zu kümmern, dass ihre Mutter ohne Kleider dalag und stöhnte. Ein dritter Mann stand hinter Kameragestellen und einem riesigen Scheinwerfer. Alles, was sie von ihm sehen konnte, waren die dunklen Augen und ein dichter schwarzer Bart. Noch nie war das Zimmer so hell gewesen. Dort, wo die schwarzen Holzbalken die weißgetünchten Wände kreuzten, schwang ein Flaum von Spinnweben im Lüftungswind des Scheinwerfers. Sein Licht verlieh den winzigsten Dingen Schatten, den Wollfusseln und Haaren auf dem Boden, und es glitzerte der Kohlenstaub hinter dem Kamin, den ihre Mutter im Winter nicht anfeuern mochte. Sie sagte immer: Ich will nicht, dass wir über Nacht alle ersticken. Jetzt waren die Augen ihrer Mutter geschlossen. Mit einer Hand griff sie in das Violett der Samtdecke auf dem Bett.

Die fremde Frau mit dem Kopftuch richtete sich auf und

begann, ihre Mutter zu küssen. Erst am Busen und am Hals, dann auf den Mund. Nun setzten sich auch die beiden Männer in Bewegung. Der eine von ihnen trat mit seiner Kamera auf das Bett zu. Sein schwarzer Bart wippte beim Gehen. Gut, sagte er, gut. Er sagte es mit einem viel zu langen U.

Sie schlich zurück in ihr Zimmer und schloss die Tür hinter sich. Stieß das Fenster auf, sprang hinaus und nahm den Weg zum Bastionswall. Schuhe hatte sie nicht angezogen, so musste sie auf jeden ihrer Schritte achten. Hier lagen oft Scherben von aufgeschlagenen Flaschen auf den Wegen. Als sie den Wall erklommen hatte, sah sie, dass Ove und Federica schon die Holzbretter für das Floß auf das nasse Gras am Ufer des Stadtgrabens geschleppt hatten. Orangerot leuchtete Federicas Haar im Sonnenlicht.

Es war so heiß geworden, dass sie sich vornahm, sofort und mit all ihren Kleidern ins Wasser zu springen.

Es war vier Uhr früh, Graupelschauer gingen auf Elbmarsch und Moor nieder, als der Rapsbauer Jörg Kallweit die Landgaststätte »Zur Pfanne« in Drochtersen verließ. Dort hatte er lange acht Stunden auf Einladung des Kreisbauernverbandes Stades verbracht. Im Laufe des an Debatten reichen Abends war es in der Hauptsache um die Frage gegangen, wie die geplante Fahrrinnenvertiefung der Elbe zu verhindern wäre. Die Elbvertiefung Nummer neun, wohlgemerkt.

Sämtliche Bauausschüsse, Demonstrationen und Kutterkonvois gegen alle bisherigen Elbvertiefungen waren gescheitert, abgelehnt, gestrandet. Damit solches nicht erneut geschehe, so die Absicht des Arbeitskreises, wollte man den Abend nutzen, um die Planung einer Großdemonstration anzugehen.

Erwartungsgemäß hatte sich auch die Fraktion der Vertiefungsanhänger eingeschlichen, diesmal in Person des Zahlstellenleiters der örtlichen Sparkasse. Bis zum Hemdkragen hoch in selbstgefällige Besserwisserei verstaut, appellierte er an den Menschenverstand und das Wohl einer Gemeinde, die an Schiffsverkehr, steigender Tonnage, ausgehobenem Elbschlick nur gewinnen könne. Er, Jörg Kallweit, in der Rednerliste unmittelbar folgend, hatte sich an den Bankier gewandt, mit Spott und dem Hinweis, er werde sich, seine Effektenabteilung, seine drei Töchter sowie sein schniekes Häuschen samt einwohnendem Schwiegervater demnächst von einer Riesenwelle bei satten sieben Metern über Normalnull in die

See gespült sehen! Jede weitere Ausschleifung des Flussbettes würde die Elbe bei Tidenhöchststand und Orkanböen aus Nordwest in einen reißenden Strom verwandeln!

Als die Abgeordnete der Grünen der Runde mit abenteuerlichen Vorschlägen wie Straßensperren und Sitzblockaden kam, hatte Kallweit klug eingewandt, eine Elbvertiefung lasse sich nicht durch Sponti-Aktionen zu Lande verhindern. Das müsse direkt auf dem Wasser geschehen. Woraufhin der Aktionsausschuss sich nahezu einstimmig auf eine Großdemonstration auf dem Fluss geeinigt hatte. »Fackeln auf der Elbe« sah die Bildung einer Menschen-, Boots- und Lichterkette vor, die von Wischhafen bis nach Glückstadt reichen sollte. Eine wacklige Angelegenheit, zugegeben, und ein logistisches Meisterwerk, das der akkuraten Planung weit im Vorfeld bedurfte. Leider war der Abend bereits fortgeschritten und keines der zu dieser Zeit noch anwesenden Mitglieder des Komitees noch in geeigneter Verfassung, die genaue Zahl der für ein solches Unterfangen benötigten Wachsfackeln oder gereckten Armpaare auszurechnen. Und wie viele Schlauchboote und Schwimmpontons würde es brauchen, um auf einer Länge von viereinhalb Flusskilometern eine geschlossene Kette zu bilden? Nimm dein Geodreieck zu Hilfe!, hatte jemand aus der übertrieben gut gelaunten Runde ihm zugerufen, bevor es zu einem Streit über die geeignete Wortwahl für die Forderung nach einer umfassenden Umweltverträglichkeitsuntersuchung sowie zu den Gefahrenquellen einer Fahrrinnenvertiefung kam …

Oh, mein Kopf dreht sich, dachte Kallweit am Steuer seines Autos, mir werden die eigenen Gedanken zum Rätsel. Im Lauf des Abends hatte er sechs Gläser Bier getrunken, zum Zwecke der Diät außer mandelgefüllten Oliven und Salzstangen nichts gegessen und in diese Leere noch ein paar Gläser Oldesloer

Korn geschüttet. Trotz alledem hatte er sich zu später Stunde erfolgreich gegen die Offerten seines Schulfreundes Blöke gewehrt, der ihn als Mitglied des Mulsumer Heimatvereins anzuwerben suchte. Abrupt war Kallweit von seinem Platz aufgestanden, hatte seinen Mantel aus der Garderobe gefischt und war grußlos entschwunden.

Ich bin total knülle, dachte er jetzt, als er mit Tempo vierzig durch Böen und Regenschauer über die Landstraße fuhr, die an dieser Stelle den Namen Niedersächsische Milchstraße führte. Zwischen Ritschermoor und Bützflehter Moor wurde ihm der Drang sich zu erleichtern übermächtig. Das Bier schlug fürchterlich auf die Blase.

Als er einen geeigneten Gehölzstreifen ausmachte, bremste er mit Bedacht, stieg sachte aus dem Wagen und über Grasbüschel und Maulwurfshügel zu einer dichten Reihe von Haselnusssträuchern. Er öffnete seinen Hosenschlitz und pinkelte. Weil das ungebührlich lang dauerte, ließ er seine Blicke durch das Geflecht der kahlen Zweige schweifen und sah, wie Rauch am Rande des Feldes aufstieg. Hier, am Bützflehter Moor, war das ein seltsamer Anblick. Weitab jeder menschlichen Siedlung, wo es derart nicht mehr gequalmt hatte, seit vor hundertundfünfzig Jahren seine Vorväter Torfkohle gebrannt hatten, um ihre windschiefen Blockhütten damit einzuheizen.

Kallweit bereute seine Neugier. Nicht, weil der nasse, laubbedeckte Boden sich mit jedem seiner Schritte in einen lehmigen Schlamm verwandelte, der wie Blei an seinen Schuhsohlen klebte, sondern weil der rauchende Haufen die Form eines menschlichen Leibes hatte. Was da plötzlich in seine Nase stieg, roch nach verbranntem Fleisch. Er erbrach sich und ließ eine kaum verdaute Ladung Dithmarscher Fassbier auf den Acker schwappen.

Weil keine Leiche der Welt es wert war, dass man ihretwegen den Führerschein verlor, stolperte Kallweit zu seinem Wagen, raste nach Dösenbockel, stürmte den heimischen Klinkerbau, riss seine Frau aus dem Schlaf und herrschte sie an, die Polizeiinspektion in Stade anzurufen, zwischen Asseler Schleusenfleth und dem Hof der Willascheks liege ein Toter auf dem Acker und kokele vor sich hin.

Keine dreißig Minuten später war der diensthabende Polizeimeister der Polizeistation Himmelpforten an der Fundstelle der Leiche eingetroffen und hatte umgehend Verstärkung erbeten. Gegen fünf Uhr früh trafen die Einsatzkräfte von der Stader Mordbereitschaft und die Feuerwehrleute aus Bützfleht und Drochtersen ein und beugten sich abwechselnd über den Leichnam. »Ein Mann«, konstatierte der Ortsbrandmeister nüchtern, zuckte aber begleitend mit den Schultern. Das sollte heißen: Mehr habe er vorerst nicht zu sagen, alles Weitere sei Sache des Gerichtsmediziners.

Die eilige wie vorläufige Untersuchung des Toten ergab: Dem Mann waren die Hände offenbar mit Industriedraht auf den Rücken gefesselt worden, man hatte seine Oberschenkel mit einer Schraubzwinge zusammengepresst und beide Oberarme gebrochen. Vermutlich mit einem Hammer waren zwei Zimmermannsnägel in die linke Kniescheibe getrieben worden. Man hatte den Mann ausgekleidet, mit reichlich Heizöl und Benzin übergossen, Holzscheite unter ihn gelegt und angezündet. Ob er da bereits tot war oder noch am Leben, vermochte der forensische Experte zum gegenwärtigen Stand der Ermittlung nicht mit Sicherheit zu sagen. – Nach gründlicher Profiarbeit sieht das nicht aus, bemerkte der Oberkommissar der Kriminalpolizei Stade.

– Nach Impulsivtat aber auch nicht, hielt der Erste Polizeihauptkommissar dagegen. Was dort vor ihm lag, war nicht das

Ergebnis eines Eifersuchtsdramas, eines Totschlags im Affekt. Mit derlei kannte er sich aus, mit derlei hatte er zu leben gelernt. Nicht aber mit dieser fürchterlich zugerichteten nackten Leiche. Mit der Brutalität, die ihr widerfahren war.

Als am östlichen Horizont ein erster Lichtstreif über dem platten Land aufstieg, hatte die Polizei mithilfe der Kollegen aus Buxtehude und Jork ein blaues Zelt über der Unglücksstelle aufgeschlagen und einen Transporter der Spurensicherung an dessen Seite abgestellt. Männer in weißen Schutzanzügen, mit Kapuzen und Plastiküberzügen über den Schuhen, suchten das Feld und Weidezäune nach verwertbaren Spuren ab. Die entdeckten Fußabdrücke und deren Anordnung legten die Vermutung nahe, dass die Leiche auf das Feld geschleppt worden war, in einer Kiste oder einem großen Koffer. Um das bewerkstelligen zu können, waren dem Toten dem Anschein nach die Arme an ihren Gelenken ausgekugelt worden.

Die Brandursachenerforschung stellt erhebliche Anforderungen an die Spurensicherung, erläuterte der aus Hamburg angereiste Gerichtsmediziner am Nachmittag den Mitgliedern der Stader Mordkommission. Wer also exakte Auskunft verlange, möge sich in zweiundsiebzig Stunden wieder an ihn wenden. Vorerst aber dies: Indikatoren für eine vitale Verbrennung, Beleg also dafür, dass ein Opfer zu Lebzeiten gebrannt hat, sind ein erhöhter CO-Gehalt im Blut, Ruß in der Lunge, in Kehlkopf oder Luftröhre. Und dieser Mann war bereits tot gewesen, als man ihn auf seinen Scheiterhaufen gebettet hatte, die Verkohlung seiner Haut ein postmortaler Vorgang. So viel habe er auf seinem Seziertisch bereits erarbeiten können.

– Wie lange hat unser Mann gebrannt, wollte der Kriminalhauptkommissar wissen. Die Ungeduld war seiner Stimme anzuhören.

– Vielleicht fünf Minuten, vielleicht fünfzehn Minuten. Länger nicht. Wissen Sie, ein Mensch ist nur schwer zu verbrennen. Er besteht zu großen Teilen aus Wasser. Und diese Leiche lag in einer Mulde, inmitten von Feuchtwiesen.

Was entschieden für ortsfremde Täter spricht, sagte sich der Oberkommissar. Bis zum Tod ihres Opfers hatten die ihr Werk offenbar mit der Zielstrebigkeit von Profis vollbracht. Sie hatten gefoltert und ein Leben beendet. Alles Weitere aber, die versuchte Verbrennung, war das Werk von Dilettanten. War das laienhafte Treiben beabsichtigt? War hier eine falsche Spur gelegt worden? Und: Welche Gründe konnte es geben für diesen Überschuss an roher Gewalt?

– Lauter Fragen, keine Antworten, murmelte der Oberkommissar, als er bei der letzten Besprechung des Tages in die rätselnden Mienen seiner Mitarbeiter sah. Doch selbst ein abgeklärter Fahnder macht sich so seine Gedanken und mutmaßt – nicht offiziell natürlich –, auch wenn er keinerlei Beweise in Händen hält.

– Unerlaubter Anbau von genverändertem Raps, schlug er vor, wie wär's damit? Der Tote ist den Genversuchen der niederelbischen Getreide-Mafia auf die Spur gekommen und wurde beseitigt.

Komplett aus der Luft gegriffen war seine Theorie nicht, wie der Kommissar fand. Gehörte doch das Feld, auf dem der Tote gefunden wurde, zu den Liegenschaften des Jorker Obstbauversuchszentrums. Der Einwand des Kriminalassistenten aber kam so schnell wie überzeugend.

– So sauer kann einen doch ein Rapsfeld nicht machen.

Der Mann hatte Recht. Hier in seiner Heimat wurden Reitsättel geklaut, Terrakottapferde aus Gewächshäusern gestohlen, wurde im Suff aufeinander eingedroschen. Zu Tode gefoltert wurde in seinen ländlichen Gemeinden nicht. Brutale

Morde wie dieser geschahen auf der anderen Seite der Elbe, in der Großstadt.

– In Hamburg wird gegrillt, wir aber müssen hier die Kohle löschen, sagte er resigniert, als er seine Mitarbeiter in den Feierabend schickte.

Und Jörg Kallweit? Der war kurz nach sieben Uhr, während vor einem Knick beim Asseler Schleusenfleth seine Fußspuren und sein Mageninhalt fotografiert wurden, von zwei Beamten der Polizeidirektion Döbelsen aus einem unruhigen Schlaf gerissen worden. Zur Aufklärung der Frage, wer denn der Tote wohl sei, vermochte er nicht beizutragen. Hatte er doch, um Schlaf zu finden, zwei volle Gläser Cognac in seinen restlos entleerten Magen gekippt. Auf die leise geäußerten Vorhaltungen der Beamten antwortete er so barsch es ihm möglich war: Wenn ihr gesehen hättet, was ich gesehen habe, dann wärt auch ihr hinüber!

Auf quietschenden Gummisohlen durchschritt Sassie Linné den menschenleeren Flur, ging unter der Wanduhr hindurch, die halb drei zeigte, und blieb vor dem Schaukasten mit den ausgestopften Nagetieren stehen. Zwischen Dachs und Wiesel war auf einem Baumstamm ein Frettchen aufgestellt worden, dem beide Glasaugen fehlten. Wie können sie solche Ungeheuer in einer Schule ausstellen?, fragte sie sich. Der hellgrünen Wand entlang folgte sie einem Streifen Frühlingslichts, der durch die Milchglasfenster in den Korridor sickerte und sie ins Foyer führte.

Sie trat vor den Kaffeeautomaten und warf ein Fünfkronenstück ein. Mit Vorfreude sah sie dabei zu, wie ein Pappbecher aus seiner Luke fiel und sich gluckernd mit der schwarzen Flüssigkeit füllte. Als sie mit ihrer Linken das Wechselgeld aus dem Schacht nahm, fuhr ihr der Schmerz durch den Arm. Am Vormittag hatte sie sich den Daumen in der Küche der Schulkantine verbrüht. Beim Abgießen des Nudelwassers war ihr der Topf aus den nassen Händen gerutscht.

Mit kurzen Schlucken trank sie vom Kaffee und belauschte, wie neben ihr vier Mädchen über irgendeinen der Lehrer sprachen. Zeig ihm doch, was für ein Teufelsscheiß er ist, sagte die eine. Was denkt der Quetschhoden sich eigentlich, fragte eine andere. Zeternd verzog sich das Quartett in Richtung Physiksaal.

Unschlüssig durchwanderte sie das Foyer. Keiner der Schüler beachtete sie. Sassie, die Kantinenhilfe, das bin ich.

Die Frau mit der schmuddeligen Schürze und dem Küchenhäubchen. Sie studierte die Anschlagtafel, die mit Zetteln von Pilates-Kursen und Orientalischen Tanz-Workshops gepflastert war. Aus den Augenwinkeln sah sie, wie ein Junge sich aus einer Gruppe löste und auf sie zukam.

– Hej, sagte er zu ihr.

– Hej, sagte sie misstrauisch und sah ihn kurz an. Ein blonder Flaum wuchs an seinem Kinn. Höchstens siebzehn, dachte sie.

– Ich …

– Ja?

– Du bist doch neu hier, oder?, fragte er.

– Ja, ich bin neu, wieso?

– Du siehst super aus, sagte der Junge. Ihre Blicke trafen sich.

– Lass es, sagte sie. Was willst du?

– Du bist eine von den Kettenhäftlingen, was?

Sie wandte sich ab, kreuzte die Arme vor der Brust. Er ist unverschämt und errötet nicht einmal, dachte sie. Und wahrscheinlich gewinnt er gerade eine Wette.

– Verschwinde, sagte sie. Verpiss dich. Sie hob den Arm zum Schlag, aber er verzog sich mit einem Grinsen auf dem Gesicht.

Eine Hand legte sich auf ihre Schulter. Heidi. Atemlos vom Treppensteigen erzählte sie ihr von einem Neuntklässler, der in ihrem Behandlungszimmer aufgetaucht war. Ein Fünfzehnjähriger, ein Ritzer. Wunden überall, sagte sie. Zum Fürchten.

– Was am Schmerz wohl so lustig sein kann?, fragte Sassie.

Heidi sah sie mit großen Augen an.

– Gute Frage, sagte sie schließlich. Geistesabwesend kramte sie aus ihrer großen Handtasche zwei Blatt Papier hervor und steckte sie an der Anschlagtafel fest.

Läusepolizei, las Sassie. Rollstuhltanz. Dass Heidi die Nachrichten anderer unter den ihren verschwinden ließ, schien sie nicht zu kümmern.

Heidi drehte sich auf der Stelle und fragte so direkt, wie sie immer fragte:

– Warum lädst du dir niemanden ein? Nachmittags, abends? Du weißt, zweimal die Woche bin ich bis spät auf diesen Schulterminen.

Sassie erschrak. Was sollte sie antworten? Dass da niemand war, den sie sehen, in ihrer Nähe haben wollte? Menschen mögen es, wenn man ihnen Sachen über sich erzählt, aber nur gerade eben genug. Man hatte offenherzig zu scheinen und an den passenden Stellen zu lachen, darum ging es. Nichts Unverdauliches preisgeben, nichts, was zu große Anteilnahme fordern könnte. Und Männer? Denen hatte sie lange schon Telefonnummern gegeben, die erfunden waren.

Sprachlos stand sie mitten in der Eingangshalle, die sich plötzlich geleert hatte. Heidi wartete sicherlich noch auf eine Antwort von ihr.

– Mal sehen, sagte sie, bemüht um einen zuversichtlich klingenden Ton. Aber danke.

– Wie viele Wochen hast du noch vor dir?, fragte Heidi. Ohne auf die Antwort zu warten, schon im Fortgehen, setzte sie hinzu:

– Vier Wochen? Fünf Wochen? Alles halb so schlimm. Das stehst du durch.

Es soll tröstend klingen, dachte Sassie, aber wenn ich misstrauisch wäre, dann könnte ich auch Bedauern in ihren Worten hören. Bedauern darüber, eine merkwürdige Fremde in ihrer zu kleinen Wohnung aufgenommen zu haben. Sie trank einen letzten Schluck bitteren Kaffees, schloss die Augen und sah in die ausgedörrten Augenhöhlen eines Frettchens.

Bevor sie die Nicksta-Schule über den Hintereingang verließ, überprüfte sie, ob Kleid und Strickjacke gerade saßen, ob die Hose am Knöchel beulte, dort wo der Sender war. Sie roch an ihren Haaren und fand, dass sie nach Bratfett und Kaffee stanken und dass, wenn noch einmal ein Möchtegern sie anquatschte, sie sofort zutreten würde.

Klugen Köpfen steht immer auch ihr Scheitern vor Augen. Folglich ist es kein Zeichen von Feigheit, sagte sich Knut Giovanni Myrbäck beim Erwachen, dass ich verdammte Angst habe.

Im Hof waren lärmend die Bauarbeiter am Werk, wie seit Tagen holte ihr Hämmern und Bohren ihn aus dem Schlaf. Den Kragen seines Nachthemds hatte er über Nacht feucht geschwitzt, die Schmerzen in seinem Kopf waren auf ihre Zentren zurückgewichen. Er befühlte die daumengroßen Beulen über beiden Ohren, er tastete nach seinem Becken. Dort, wo er in dem Baustellenschacht aufgeschlagen war, hatte die Haut sich bläulich marmoriert.

Auf dem Küchentisch fand er einen Zettel, handgeschrieben die Nachricht. Eier. Milch. Fisch. Kartoffeln. Wäsche aufhängen. Myrbäck stöhnte gedämpft.

Maria war eine bemerkenswert präzise Frau. Sie wusste, was sie wollte. Und sie handelte.

Die gemeinsame Altbauwohnung, dreieinhalb Zimmer, neunzig Quadrat, war von ihr zu einem aktuellen Abbild der Beziehung gestaltet worden. Ein Wohnzimmer gab es da nicht mehr, auch keine gemeinsame Schlafstätte; gespeist wurde in der Küche, und gemeinsam nur selten. Die Myrbäck-Wöllners übernachteten einer getrennt vom anderen, hinter jeder Türschwelle drohten territoriale Konflikte. Einzig Ed bewegte sich frei zwischen den Welten seiner Eltern.

Die Arme voller Weißwäsche humpelte Myrbäck durch die

Wohnung. Die feuchten Laken und Handtücher lagen kühl auf seiner Brust. Kurz bildete er sich ein, sie seien imstande, seinen Knochen die Schmerzen zu entziehen. Er entfaltete das Trockengestell vor der offenen Balkontüre und begann, die Wäsche über das Gestänge zu verteilen.

Der Anfang vom Ende ihrer Beziehung war ein kurioser Unglücksfall gewesen.

Ein Sonntagnachmittag Ende Juli, Vater und Sohn wässerten im Hinterhof den Pfeilbambus und die durstigen Jungbirken. Bei ihren Wegen vorbei an Töpfen und Kübeln verdrehte sich der Schlauch, bis er seinen Wasserfluss schließlich blockierte. Während Myrbäck sich an die Entknotung machte, schüttelte sein Sohn sich ein letztes Rinnsal kühler Tropfen in den Kindermund. Der Druck, mit dem das Wasser durch den plötzlich von seinen Verknotungen befreiten Schlauch schoss, spülte mit einem Schwall die Zahnspange aus der Mundhöhle des Jungen und schwemmte sie durch das Gitter eines Gullys. Vater und Sohn stürzten zum Ablaufschacht. Scheußlich roch es dort, doch was sie im Halbdämmer des Sinkkastens sahen, machte Hoffnung: Kurz vor ihrem Absturz in Fallrohr und Kanalisation hatte die Spange Rast auf einem Absatz gemacht.

Myrbäck machte sich mit Drähten und Magnetstange zu schaffen, er versuchte es mit allem, was die erstklassige Ausstattung seiner Sporttasche hergab. Doch Autotüren waren eine Sache, gusseiserne Kanaldeckel eine andere. Er kapitulierte. Ed schien gleichgültig, sogar froh, er hatte seine leicht vorstehenden Schneidezähne nie als Makel empfunden. Anders Maria, die auf einmal vor ihnen stand. Sie bog einen Kleiderbügel für ihre Zwecke zurecht, ging in die Knie, angelte die Spange aus Zwielicht und stinkenden Tiefen herauf und schritt wortlos vom Hof. Ein Triumphmarsch.

Gegen die Vehemenz, mit der sie ihn seit jenem Tag verachtete, war er machtlos. So ergeht es Leuten, die enttäuschen, dachte er. Die nicht mehr für das bewundert werden, wofür man sie einst bewundert hat. Weil sie stehen geblieben sind in ihrer Entwicklung und am Ende nur zum Aufhängen der Bettwäsche noch taugen.

Im Badezimmer ließ er heißes Wasser in die Wanne ein. Als es Knöchelhöhe erreichte, versenkte er seinen Laptop. Winzige Blasen stiegen auf. Er gab einen Schuss Chlorbleiche hinzu, das versetzte den Platinen der Festplatte den Rest. Alle elektronischen Spuren löschen, das war Regel Nummer eins ihres Berufs.

Myrbäck und Holzapfel hatten sich auf die Mittelschicht spezialisiert. Toyota, Volkswagen, Volvo, hin und wieder ein Mercedes. Dutzendware, für die einmal ein Sicherheitssystem entwickelt, installiert und die dann sich selbst überlassen wurde, weil längst neue Modelle aufliefen. Welcher Versicherungsheini schlug Alarm wegen eines gestohlenen Passat? Der Wagen dagegen, den er in der Nacht aufgebrochen hatte, war von Interesse für Polizei und Versicherung. Ein Audi Q7 brachte im regulären Handel mindestens sechzigtausend Euro, für dreißigtausend würde er jetzt vermutlich in den Export gehen. Blieben sechstausend für Holzapfel und ihn, das war ordentlich Geld für einen Abend im Kino. Dafür nahm er ein paar Hämatome in Kauf.

Ächzend ließ er sich auf dem Teppich im Flur nieder. Widerwillig ergab er sich in seine Gymnastikübungen.

Myrbäck ging mit leichter Schieflage durchs Leben, seit er im Alter von sieben Jahren im Garten der Großeltern auf Torö von einem Pflaumenbaum auf das Dach des Hühnerstalls gestürzt, von dort abgerollt und noch einmal drei Meter tief zwischen pickende Hühner geprallt war. Mit dem Hintern voran.

Noch heute meinte er, wenn der Schmerz unvermutet in seinen unteren Rücken fuhr, die sonnenwarme Teerpappe auf dem Dach des Hühnerstalls zu riechen.

Der Sturz war schuld an einer Schiefstellung des Beckens sowie einer funktionellen Beinlängendifferenz, die laut ärztlichem Attest acht Millimeter betrug. Acht Millimeter nur, wie lassen die sich überhaupt messen?, fragte er sich häufig. Doch an kalten Tagen reichten sie aus für einen eiernden Gang, für Kreuzbeschwerden, die er an den Trainingsgeräten eines Studios für Rückengymnastik bekämpfte. Sowie durch gelegentliches Laufen.

Belebt durch die Dehnübungen stieg Myrbäck in seinen Jogginganzug, fischte, bevor er die Wohnung verließ, den Computer aus seiner Chlorwasserspülung, vergrub ihn unter welken Salatblättern im Küchenabfall und warf den Müllsack in eine der Tonnen im Hinterhof.

Es war ein Fehler, durch den Park zu laufen. Die Gärtner hatten über Nacht das platte Land in die Stadt geholt. Planten un Blomen stank nach Kacke. An der Nordseite des Parks war großflächig Dung auf die Beete mit dem Flieder und den Berberitzen gehäuft worden. Myrbäck brach seinen Dauerlauf ab, verließ den Park in Höhe der Eislaufbahn und trabte schleppend in Richtung Westen. Das Blut pochte in seinen Beulen.

Sein Ziel war die Perma-Corro GmbH, ein Korrosionsschutzbetrieb, der von Holzapfel und seinen beiden Kompagnons betrieben wurde. Es waren keine Frachtschiffe oder Tanklaster, denen sie hier einen großindustriellen Anstrich verpassten, nein, es waren die Gartenzäune und Garagentore der Nachbarschaft, denen sie zu einer Auffrischung verhalfen. Wenn überhaupt. Denn die »Perma-Corro« diente als Tarnung. Sie gab dem verbrecherischen Tun der Männer einen zivilen Anstrich.

In der Werkstatt traf Myrbäck auf Raschke. Dirk Raschke, Anfang vierzig, Lockenkranz um eine kreisrunde, haarlose Platte auf seinem länglichen Schädel. In einer eng sitzenden Jeansjacke saß er auf einem Hocker vor der Werkbank und bastelte an den zerlegten Teilen eines Hochdruckstrahlers herum. Seine Hände und Unterarme waren gesprenkelt mit Farbklecksen.

– Raschke, weißt du, wo Holzapfel ist?

– Wüsste ich selber gern, antwortete Raschke gedehnt. Er sah nicht einmal auf, als er fragte:

– Was keuchst du so? Der Mensch ist doch kein Terrier.

Myrbäck ignorierte ihn.

– Also, was ist mit Jan?

– Weiß nicht. Wir haben den Kleingärtnern vom »Fasanengarten II« versprochen, die Schrankenanlagen zu streichen. Gegen einen Freundschaftspreis. Weil: Eine Hand wäscht die andere. Wir haben also heute noch einen Auftrag zu erledigen.

Myrbäck fragte nicht weiter nach. Es ging ihn nichts an, was da von wem gewaschen wurde.

Eigentlich kenne ich keinen Menschen, dachte Myrbäck jedes Mal, wenn er Raschke betrachtete, der betrübter aussieht. Das lag möglicherweise an dem stets leicht geöffneten Karpfenmund oder den eng zusammenstehenden Augen über der nach oben strebenden Nase. Gewiss aber lag es an seinen Blicken. Sie brachten einen dazu, besorgt nachzufragen, was denn los sei. Raschke sah kaum einmal unbeschwert aus, fröhlich. Und wenn man mit ihm sprach, dann schien es, als wäre er gerade mit anderem beschäftigt. So als jagte sein Innerstes jenen Momenten der Seligkeit nach, in denen das Chaos eine Struktur gebiert, eine Harmonie. Ja, Raschke hatte die weltvergessenen Blicke eines Violinvirtuosen, dachte Myrbäck, das ist es.

– Du weißt nichts über einen Audi?

– Nö. Sollte ich?

– Hast nichts von einem Q7 gehört?

– Nö. Wie gesagt.

Eine eloquente Berichterstattung war Raschkes Sache nicht. Konzentriert schraubte er an dem Kompressor in seinen Händen, dann blies er in ein kleines Rohr hinein. Seine Finger waren flink. Er blickte auf und musterte Myrbäcks Kopf.

– Was ist mit deinem Schädel passiert?

– Wüsste ich selber gern, erwiderte Myrbäck. Ein Sturz.

– Beim Laufen, was?

– Ja, beim Laufen.

– Sag ich doch. Der Mensch ist kein Terrier.

Myrbäck verschwand in den Tiefen der Werkstatt. In der Nachkriegsnot als Provisorium zusammengehauen, stellte sie durch ihre gedrungene Form, ihre Schale aus Eternit und rohem Mörtel, eine optische Blamage dar. Sie hatte den Platz, den sie verdiente: Am äußeren Ende des Gewerbehinterhofs, verdeckt von einer gewaltigen Kastanie und zugestellt von Autos, die auf ihre Reparatur in den benachbarten Autosattlereien oder Lackierereien warteten. Als Holzapfel die Werkstatt angemietet hatte, war sie als Reifenlager benutzt worden. An heißen Tagen stank es noch immer nach Gummi.

– Raschke, sag mir eines, fragte Myrbäck durch die Tür. Warum kommt Holzapfel nicht, wenn man mit ihm verabredet ist?

Raschke blickte schief lächelnd zu ihm auf, beinah traurig.

– Na ja, sagte er. Weil er krank ist. Weil er verschlafen hat. Oder eine Frau getroffen hat.

– Nein, nein, ich meine: Er ist verschwunden. Richtig verschwunden. Oder tot.

– Bin ich sein Frauchen? Seine Mutti? Raschke zuckte genervt mit den Schultern.

– Mal im Ernst. Wenn ihm etwas passiert ist?

– Dann müssen wir beide hier auch ein bisschen aufpassen.

Das hatte sich Myrbäck schon selbst so gedacht. Es tat aber gut, es einmal aus fremdem Mund zu hören. Gleich ließ es sich leichter akzeptieren. Sowenig er Raschke ausstehen konnte, sein Wort hatte Gewicht. Holzapfel nannte ihn den »Großmeister«. Das hatte sich ursprünglich auf die Mühle- und Damepartien bezogen, die beide sich in müßigen Stunden lieferten. Darüber hinaus aber erkannte es die Tatsache an, dass Raschke es war, der die Kontakte zu ihren Auftraggebern pflegte.

Raschke besorgte Papiere, mit denen ihre Wagen problemlos ausgeführt wurden. Raschke handelte Risikozulagen aus und sprach Polnisch mit Zbigniew, wenn sie nicht wollten, dass andere etwas verstanden. Raschke saß nahe am Zentrum der Drehscheibe eines internationalen Autoschieberrings. Und das Gute war: Kein Mensch sah es ihm an.

Myrbäck schob einen rissigen Drehhocker an den Eingang zur Werkstatt. Sobald er saß, schossen Schmerzpfeile durch sein Becken.

– Ich schmeiß mich weg, sagte Raschke.

– Was meinst du?

– Dass du mir die Ehre eines Besuchs machst. Dass du dich um einen von uns sorgst.

– Soll ich dich ab und zu besuchen kommen? Würde es deine Laune heben?

Tatsächlich hatte Myrbäck sich in letzter Zeit nur selten in der Leverkusenstraße blicken lassen. Wozu auch? Er war bloß der Handlanger, der Karo Bube im Gaunerquartett. Wenn Wichtiges anlag, gaben die anderen ihm Bescheid.

– Hat sich Zbigniew in letzter Zeit blicken lassen?, fragte er.

– Heimaturlaub, meinte Raschke kopfschüttelnd. Familienbesuch, denke ich mal.

Wenn Myrbäck und Holzapfel der operativen Ebene der »Perma-Corro« angehörten, dann war Zbigniew ihr Außendienstleiter. Zbigniew Nikodem Stanczak, ein untersetzter Mann mit früh ergrauten Haaren und tiefschwarzen Augenbrauen, der stets im Blazer und mit Schnallenschuhen auftrat. Wenn er denn überhaupt einmal auftrat: Zbigniew war unterwegs in Geschäften. Er reiste hin und her zwischen seiner Heimat, Danzig-Wejherowo, und Hamburg-Harburg, wo er sich in einer Einzimmerwohnung einquartiert hatte. Nur so funktionierte das arbeitsteilige System von Autodiebstahl und Autovertrieb, die komplizierte Logistik, das Just-in-time-Verfahren, von Zbigniew perfektioniert, mit deren Hilfe auf diesem Hinterhof die Umsätze gemacht wurden. Pronto-Auto, pflegte der Pole zu sagen, das Geheimnis unseres Erfolgs.

Den Schlüssel für Holzapfels Wohnung fand Myrbäck im obersten Regal des Werkzeugschranks, schlecht versteckt hinter Spraydosen mit Startgas und Pappschachteln mit alten Zündkerzen. Durch das Fenster sah er Raschke

Raschke stand vor seinem weißen VW-Transporter unter der Kastanie. Der Wagen war sichtlich in die Jahre gekommen, aber unauffällig, und darauf kam es bei ihm an. Mit einer Plastikdose und einer Thermoskanne kehrte er zurück in die Werkstatt. Er nahm zwei Scheiben Brot, zwischen denen Salatblätter heraushingen, und biss kräftig hinein. Wer schmückt ihm seine Brote mit Salat?, fragte sich Myrbäck. Wer ist so fürsorglich?

Raschke lebte allein, soweit er wusste. Seine Eltern waren vor Jahren gestorben, ein Zugunglück in Bulgarien, seither kümmerte er sich um seinen Bruder. Der litt, wenn Myrbäck sich richtig erinnerte, an einer Blutkrankheit und war hin und wieder ans Bett gefesselt. Raschke brachte einen Großteil seiner Zeit und seines Geldes dafür auf, ihn bei sich zuhause zu pflegen. In des Schuftes Brust schlug ein mitfühlendes Herz.

Ihm fiel die Einkaufsliste ein, die Maria ihm vorgelegt hatte. Sie steckte zerknittert in seiner Hosentasche. Wo treibe ich jetzt Fisch auf?, fragte er sich. Und was meint sie genau? Tiefgefroren? Frisch gefangen?

Myrbäck machte sich auf. Im Gehen drehte er sich um und winkte grüßend. Raschke hob kurz das Kinn und wandte sich wieder seiner Arbeit zu.

Christiania, Juni 1985

Vom obersten Regal nahm sie das Vorratsglas mit den Haferflocken, ging vor die Tür, duckte sich an den Hagebuttensträuchern entlang und schüttete den Inhalt auf den Komposthaufen. Sie ließ sich Zeit dabei, die Flocken gleichmäßig zu verteilen. Sie wollte nicht, dass von den Apfelschalen, die ihre Mutter ihnen vor zwei Tagen geschält und dann hierhergebracht und verstreut hatte, noch etwas zu sehen war.

Am Morgen war sie früh aufgewacht und gleich in das Zimmer der Mutter gegangen. Die Bettdecke lag dort wie am Tag zuvor, noch immer aufgeworfen, ein violetter Haufen. In der Küche wärmte sie Milch in einem großen Topf. Für Zwieback und viel Kakao, viel mehr Kakao, als ihre Mutter es ihnen erlaubt hätte. Mit dem Fahrrad fuhren sie und Lilja zur Schule.

Am Ende der vierten Stunde marschierte die ganze Klasse zur Schwimmhalle im Helgesvej. Während die anderen Kinder versuchen mussten, vom einen Rand des Beckens zum anderen zu tauchen, saß sie in ihrer Jeans und dem grünen T-Shirt an der Wand der Halle auf einer Steinbank und sah ihnen zu. Ihren Badeanzug hatte sie mal wieder zuhause vergessen. Keines der Mädchen aus ihrer Klasse schaffte die volle Strecke, alle stiegen sie prustend und mit roten Augen auf, bevor sie an der Wand anschlagen konnten. Sie hätte es besser gemacht.

Sie war die beste Taucherin der Klasse. Sie war auch die beste Schwimmerin. Sie hatte ihr Frosch-Abzeichen schon in Ljusne bekommen. Für einen Sprung vom Einmeterbrett und fünfundzwanzig Meter Brustschwimmen. Dafür, dass sie sich so bemüht hatte, einen roten Plastikring vom lehmigen Grund des Gussi-Sees aufzufischen. Der Ring ist mit Zirkussand gefüllt, hatte der Bademeister ihnen erzählt, voll mit Erinnerungen und mit Schicksalen und mit Träumen, die eines Tages wahr werden. Extra schwer. Sie verstand nicht, was der Mann damit meinte. Aber sie hatte sich beim Tauchen besonders angestrengt.

Als der Lehrer die Klasse mit einer Trillerpfeife aus dem Wasser scheuchte, verließ sie die Schwimmhalle und ging allein zur Schule zurück. Lilja stand wartend vor ihrem Pavillon. Zu ihren Füßen lag ein Haufen kleiner grüner Beeren, die sie von den Zweigen eines Busches abgerupft hatte.

Als sie auf ihren Rädern nach Hause fuhren, hielt sie mit der einen Hand den Lenker, mit der anderen den Esel, den Lilja im Werkunterricht aus Pappmaché gebastelt hatte. Sein eines Vorderbein war eingerissen und schlenkerte im Fahrtwind.

Noch immer war ihre Mutter nicht nach Hause gekommen. Hinter dem Ofen lag stumpf der Kohlenstaub in der Ecke. Sein Glitzern war verlöscht. Zwischen die Kissen auf dem Korbstuhl war eine rote Strumpfhose gerutscht. Sie rührte sie nicht an. Sie sah unter dem Bett nach. Dort lag der große Koffer ihrer Mutter und, in einer Kugel aus Staub, ein toter schwarzer Käfer. Sie zog den Koffer hervor und öffnete ihn. Bettwäsche und Winterkleider waren darin. Briefe, die alt und wichtig aussahen und mit Paketschnüren verknotet waren. Ein Glas mit Tinte. Sie schüttelte es und hielt es gegen das Licht des Fensters. Die Tinte blieb schwarz. Es gibt so viele Farben wie Sterne, und im Schwarz sind sie alle enthalten, hatte ihre Mutter einmal erzählt. Aber man sieht sie nicht. Man kann noch so lange nach ihnen gucken. Wenn es sein muss, eine Ewigkeit.

Plötzlich stand Lilja hinter ihr. Ich habe Hunger, sagte sie.

Sie gingen zur Speisekammer und sahen in der Schokoladenkiste nach. Sie war leer. Als sie den Brotkorb aufschlug, flatterte ihr eine Motte entgegen. Sie nahm Lilja bei der Hand und ging mit ihr zum Kaufmannsladen. Von dem Geld, das sie aus ihrer Zigarrenkiste genommen hatte, kaufte sie ein helles Brot und Karotten und für jede von ihnen ein Meloneneis. Es war heiß geworden. Vor dem Fahrradladen zog Lilja sich aus und hüpfte nackt über die ausrangierte Autositzbank, auf der in Sommernächten immer die Hunde schliefen.

Der Bauch tat ihr weh. Sie ging zurück ins Haus und legte sich in der Küche auf die Schlafbank. Am Fußende stapelten sich die Horoskope, die ihre Mutter für alle möglichen Leute errechnete. Es war eine sehr komplizierte Sache, aber es brachte einige Kronen ein. Sie suchte, ob in dem Stapel ein Brief von ihrer Mutter steckte. Eine kurze Nachricht wenigstens, von einem Luftzug in diesen Papierhaufen gefegt.

Sie hob den Kassettenrekorder von der Truhe mit den Tischdecken und legte eine Kassette ein. Karlsson vom Dach. Sie wusste genau, an welchen Stellen die Kassette eierte. Dann sang sie leise mit, obwohl sie das Lied nicht mochte und auch den kleinen, dicken und listigen Mann nicht. Karlsson, Karlsson, ich bin, das müsst ihr glauben, der allerbeste Karlsson auf der Welt.

Noch nie war ihre Mutter nicht da gewesen.

Als vor dem großen Fenster die Sonne im Blätterdach der Kastanie verschwand, rief sie Lilja zu sich ins Haus. Zu Abend aßen sie das Brot mit viel Honig. Dann schickte sie Lilja ins Bett. Die wollte nicht gehorchen und weinte, bevor sie einschlief. Später, als der letzte Streifen Tageslicht hinter der Ziegelmauer des Pulverlagers versickerte, schaltete sie alle Lichter im Haus an und legte sich zu ihrer Schwester. In der Nacht weckte sie das Geräusch von Stimmen. Sie kamen vom Pfad, der hinter dem Haus zur Wallmauer führte. In Regennächten war er eine beliebte Abkürzung, denn er barg keine knöchelhohen Pfützen, in die man unvermutet trat. Sie kannte keine der Stimmen.

Der Kühlschrank roch nach Zwiebeln und Gammelkäse. Im Spülbecken tropfte Wasser aus dem Hahn in eine Pfanne, leere Bierflaschen standen in Reih und Glied neben dem Sack mit Kartoffeln, aus dessen löchrigem Gewebe sich Dutzende weißer Keimstängel hinaufreckten, zur Sonne, zum Licht. Myrbäck fragte sich, ob dies die Küche eines Toten sei. Eine Antwort wusste er nicht zu geben.

Holzapfels Futon war ungemacht. Seit beinah fünfzehn Jahren schlief er auf dieser dunkelbraunen Schlafmatte und immer in der Bettwäsche des »Loew's Plaza«. So lange war es her, dass er in dem Hotel als Kofferkuli seine Dienste versehen hatte. Auf dreiundzwanzig Stockwerken voller Gästezimmer und Flure, die er, so wurde ihm nahegelegt, tunlichst meiden, stattdessen die Personalaufzüge und Nottreppen des Bettenhochhauses nutzen sollte. Kurz: Der Lakai sollte mit seinen langen Haaren den guten Eindruck nicht stören, den die Gäste aus Übersee, häufig Amerikaner, beim Alsterbummel von der schönen Hansestadt gewinnen mochten. Gekränkt ließ Holzapfel fortan mitgehen, was ihm von Wert schien. Er versorgte seine nahe wie ferne Bekanntschaft mit Bademänteln, Seifestückchen, Duschgel. Und eben mit jener Bettwäsche, die mit dem Emblem des Hotels bestickt war, einem stilisierten Globus.

Myrbäck erhob sich vom Bett und schritt noch einmal sämtliche Zimmer der Wohnung ab. Nichts deutete darauf hin, dass Holzapfel in den letzten Stunden hier gewesen war, nichts deutete auf das Gegenteil. Bevor er ging, legte er einen Zettel auf den Küchentisch. Ruf mich an! Audi abholen!

Was seine Frau konnte, das konnte Knut Giovanni Myrbäck schon lange.

Das Küchenfenster war von den Dämpfen der Kochkartoffeln vernebelt. Sassie Linné nahm ein Geschirrhandtuch und wischte breite Streifen durch die Schicht des Kondenswassers. Sie öffnete das Fenster einen Spalt, zündete sich eine Zigarette an, zog den Rauch tief in ihre Lunge und pustete ihn gegen den Strom frischer Luft, der hereinzog.

Sie trat zum Herd und goss das Kartoffelwasser in den Ausguss. Sie ging zur Besenkammer, nahm sich die Kneifzange, setzte sich auf den Hocker am Fenster, zog ihr linkes Bein an und stemmte die oberste der vier Fassungen an ihrem Fußband auf. Ein plombiertes Schräubchen fiel und tänzelte klimpernd über den Boden der Küche. Sie sah ihm neugierig hinterher und wunderte sich, wie leicht ihr der Akt mutiger Selbstbestimmung gefallen war.

– Was machst du mit der Zange? Malin stand plötzlich hinter ihr. Regennass und vorzeitig war sie aus der Schule gekommen. Ohne eine Antwort abzuwarten, verschwand sie in ihrem Zimmer.

Sassie warf die Zigarette aus dem Fenster und begann damit, Kartoffeln für sich und Malin anzubraten.

Nachdem sie und das Mädchen gegessen hatten, stellte sie sich wieder vor das Fenster. Seit dem Morgen hatte ein Schauer nach dem anderen die Fassaden der gegenüberliegenden Häuser gewaschen. Jetzt aber würde es nicht mehr regnen, spürte sie, dafür war der Himmel zu matt, zu erschöpft. Sie sah, wie der Bus durch die Unterführung unter der Schnellstraße fuhr und an der Bushaltestelle gegenüber der Würstchenbude hielt. Es war der Zweiundsiebziger. Als er die Haltestelle verließ, zerstreuten sich die Ausgestiegenen. Heidi kam mit zwei großen Einkaufstüten in den Händen den Weg hinauf. Sogar von hier oben war zu erkennen, wie müde sie war.

Sie hatten die Einkäufe verstaut, Heidi hatte sich umgezogen und Kaffee aufgesetzt, als sie, ohne Sassie dabei anzublicken, fragte:

– Warum haben sie dir das Band verpasst?

Endlich. Endlich fragte sie. Nicht einmal als Sassie sich bei ihr auf die Annonce in der Nynäsposten hin vorgestellt hatte, hatte sie wissen wollen, welche Umstände das Überwachungsband an ihr Bein gekettet hatten. Ihr war das anfangs wie freundliche Diskretion vorgekommen; später empfand sie Heidis Desinteresse als beleidigend.

– Es war einmal, begann sie. An einem Novemberabend. Da standen plötzlich drei Polizisten vor unserer Wohnungstür in Jordbro und wollten Mikkaela sprechen.

– Weiter, unterbrach Heidi sie. Weiter.

– Gefällt es dir?

– Ja. Klingt nach Märchen.

Sassie überlegte kurz, ob sie wütend sein sollte. Sie holte einmal Luft und erzählte weiter.

– Also. Sie standen vor der Tür und wollten Mikkaela sprechen. Doch die war nicht zuhause, hatte sich tagelang nicht blicken lassen. Keine zehn Minuten, dann fanden die Polizisten im Küchenschrank, weshalb sie gekommen waren: zweihundertzwölf Gramm Amphetamine, zweitausend aus England eingeschmuggelte Tabletten Diazepam. So stand es später in der Anklageschrift. Ich bin nicht auf die Idee gekommen, dass sie einen wegen so was drankriegen.

– Am falschen Ort zur falschen Zeit, meinte Heidi. Es klang nicht sonderlich tröstend.

– Ja. Sie sackten mich ein, weil Mikkaela nicht aufzufinden war. Zwei Monate später bekam ich meine Strafe. Sieben Wochen als Kettenhäftling.

Es hätte auch schlimmer für sie enden können. Eine Richterin in Huddinge attestierte ihr gleichzeitig ein »relativ geordnetes Leben«, weil sie Quartier bei einer Schulkrankenschwester und deren Tochter gefunden hatte.

Heidi massierte sich die Schläfen und sagte:

– Dann hast du immer noch vier Wochen.

– Mal abwarten.

Ich glaub's nicht! Wer will uns verarschen?

Die Schreie Sven Classens rissen Knut Giovanni Myrbäck aus einer wohligen Lethargie. Sie kamen vor einer Baustelle zum Stehen. Die Straße, die sie laut Arbeitsplan durchfahren sollten, war gesperrt. Ein gelbschwarzer Raupenbagger, ein ausgehobenes Schachtschutzgitter, der Generator neben einem Erdhaufen, sie zeugten davon, dass hier Kanalbauarbeiten in Gang waren. Nichts Großes, nichts, was in zwei, drei Tagen nicht wieder zugeschüttet und versiegelt wäre.

So lange jedoch würden sie unmöglich warten können.

Sie sollten die dreihundertvierzig Meter, die der Pinguinweg lang war, heute vermessen. Das war ihr Auftrag. Dafür bezahlte man sie.

Classen stieg aus dem Wagen, trat auf die Absperrgitter zu und rüttelte.

– Nichts zu machen, zischte er.

Und niemand in Sicht, den er zusammenscheißen konnte. Die Bauarbeiter hatten die Gitter nicht bloß aufgestellt, sie hatten sie in der Erde versenkt, oberirdisch miteinander verkettet, und dann ab in den Feierabend.

– Amerikanische Botschaften werden so gesichert, rief Classen aufgeregt. Jüdische Kindergärten. Aber doch keine Baustellen.

– Doch, widersprach Myrbäck. Baustellendiebstahl stand hoch im Kurs. Was nicht nagelfest war, wurde über Nacht abgeräumt und am Morgen als Altmetall verhökert oder zum

Hochbett zusammengehämmert. Im Herbst erst war Stanczak mit einer Bestellung aus Dänemark an ihn und Holzapfel herangetreten: ein Böschungsbagger, bei Tondern über die Grenze zu schaffen, bei Gelegenheit auch einen Radlader der Marke Caterpillar. Sonst noch Wünsche? Nach kürzester Beratung hatten sie den Auftrag abgelehnt – erstens, weil er logistisch schwer zu bewältigen war, zweitens, so bildeten sie sich ein, waren sie auf den niederen Rang von Baustellendieben noch nicht gesunken.

Classen studierte ihren Stadtplan. Den Pinguinweg konnten sie von seinem anderen Ende unmöglich befahren. Der Pinguinweg hatte es nur zu einer Sackgasse gebracht.

– Scheiß drauf, sagte Myrbäck, vergessen wir den Pinguinweg. Es kratzt kein Schwein, wenn er verschwindet.

Classen stierte ihn an.

– Hast du sie nicht alle? Ich werde meine Arbeit nicht einer Sackgasse wegen verlieren.

Sven Classen war ein sehr norddeutscher Mann mit rosiger Gesichtsfarbe. Seine wuchtige Körpermitte ruhte auf langen, dünnen Beinen. Er liebte, ja verehrte seinen »Mobile Mapping Van«. Wenn Myrbäck in letzter Minute zur Arbeit auf dem Gelände der »Via Appia« erschien, hatte Classen längst die Kameras an der Frontscheibe justiert, Bildschirme und Kameralinsen entstaubt, an kalten Tagen die Fahrerkabine vorgewärmt.

Sie hatten einander nicht ausgesucht. Als Myrbäck sich im Frühsommer auf Drängen seiner Frau bei der »Via Appia« beworben hatte, teilte der Vorsteher ihn dem Fahrdienst Classens zu.

Sie waren Kartografen. Moderne Kartografen oder, wie sein Kollege es gerne nannte, weil es ein fernes Echo von Abenteuer, von Humboldt, Magellan oder den Molukken mit sich trug: Geo-Researcher. Leider entdeckten sie keine Kontinente, stießen nicht auf nackte Eingeborene, sondern auf Baustellen. In einem Kastenwagen in Ochsenblutrot fuhren sie über die Straßen Hamburgs und sammelten Rohdaten für digitale Landkarten. Navigationsgeräte sind ein ewiges Milliardengeschäft mit irrwitzigen Zuwachsraten. Navigation in Telefonen, in Computern, in Uhren, überall.

Sie drehten die eintönigsten Reisevideos der Welt.

Anderthalb Stunden lang waren sie zwischen Friedhof und Gesamtschule hin- und hergekreuzt, hatten das Rahlstedter Freibad sowie das Haus der Jugend umkurvt, alles bei Tempo dreißig. Während der eine fuhr und die Kameras lenkte, markierte der andere Tankstellen, Blumenläden, Halteschilder. Dutzende von Punkten hatte Myrbäck heute schon mit einem Plastikstift auf dem Bildschirm seines Laptops gesetzt.

Der Pinguinweg stellte eine unansehnliche Mischung aus allein stehenden Klinkerbauten und verputzten Reihenhäusern in Ocker dar, eine Ödnis in kartografischer Hinsicht, dachte Myrbäck. Aber! Auffällig viele junge Mütter mit Buggy oder Kinderwagen waren unterwegs. Eine nach der anderen schoben sie sich an den Baugittern vorbei, umkurvten lose Bretterhaufen samt Erdhügel und verschwanden ein Stück weiter vorne hinter Hecke und Jägerzaun.

– Wenn wir trotzdem fahren?, fragte Myrbäck. Trotz Sperrgitter? Ich will nicht morgen schon wieder durch Lohbrügge gurken.

– Kommt nicht in Frage, antwortete Classen.

– Wenn wir uns an der Seite vorbeiquetschen? Myrbäck ließ nicht locker. Er holte ein Maßband aus dem Heck des Wagens hervor und begann mit dem Ausmessen.

– Dreidreißig, stellte er fest. Unser Wagen ist zweineunzig. Plus dreißig Zentimeter für die Kameras. Passt doch.

Classen sah ihn misstrauisch an. Dann aber stieg er ins

Auto, wendete und rangierte, während Myrbäck ihn vom Absperrgitter aus dirigierte.

Classen ließ sich Zeit. Zentimeter um Zentimeter lenkte er den Transporter am Baustellengitter vorbei, die Gesichtszüge in Konzentration erstarrt.

Hinter ihnen stauten sich die Kinderwagen. Mütter auf dem Weg in die Kinderkrippe »Die Krakeeler«, wo ihr Nachwuchs auf Abholung wartete. Der Durchgang war ihnen jetzt versperrt, was sie ohne Murren ertrugen – Wer hier draußen ein Dasein zwischen Windeln und schreienden Bälgern fristet, deutete Myrbäck für sich die Neugierde der Menge, den mochte ein Kuriosum wie Classen in seinem Mapping Van beglücken.

Was dann geschah, konnte er sich dagegen nicht erklären. Vor allem konnte er es später Classen nicht hinreichend begreiflich machen. Der Wagen sackte, nein, er stürzte, so schnell ging es, mit seinem rechten Vorderreifen in ein Loch. Knallend schlug der Unterboden auf dem Asphalt auf. Der Motor erstarb.

Aus der Fahrerkabine drang ein wütendes Gurgeln, dann entlud sich Classens Entsetzen in einem Schrei.

– Bist du blind?, brüllte er aus dem Seitenfenster. Brauchst du eine Brille? Hast du das Loch übersehen?

– Nein, habe ich nicht. Das Loch hat sich als Pfütze getarnt.

Überraschend wendig kletterte Classen durch das Seitenfenster, ein Paar käseweißer Beine voran, entblößt von den hochgerutschten Jeans. Ein vielstimmiges Raunen begleitete seinen Ausstieg, die Mütter kamen auf ihre Kosten. Er bemerkte, dass er Gegenstand unliebsamen Publikumsinteresses war, und seine linke Gesichtshälfte nahm einen purpurnen Farbton an. Mit zittrigen Fingern schlug er in die Tasten seines Mobiltelefons.

Seit neun Monaten arbeiteten Classen und er Seite an Seite. Zu Beginn hatten ihre Fahrpläne sie in den Westen der Stadt geführt. Viel Grün gab es da, weitläufige Gärten, und bei Sonnenschein hatten sie in ihren Arbeitspausen Würste zwischen Gründerzeitvillen und Parkanlagen gegrillt. Classen war ein erträglicher Kollege, allerdings stolzer Vater von Zwillingstöchtern, über die schwärmerisch zu reden er nie müde wurde.

– Ich hab's doch geahnt, rief er ihm jetzt aber übellaunig zu. Feierabend! Fofftein!

Heute würde kein Technikerteam der »Via Appia« mehr vorbeikommen und ihren Mapping Van aus seinem Schlagloch befreien. Classen rief ein Taxi und entschwand grußlos in den dämmernden Abend.

Myrbäck machte sich zu Fuß auf den Weg. Ihm fielen die Mädchen mit den schwarzen Haaren und den Ohrmilben ein. Hexen. Mit denen sich das Pech vor nicht einmal vierundzwanzig Stunden an seine Fersen geheftet hatte. Ihr Elend ist ansteckend gewesen, dachte er.

Vielleicht sollte er den Tempo-dreißig-Job an Classens Seite aufgeben? Geld verdiente er mit dem Öffnen verschlossener Autotüren genug. Fest stand aber: Als Vater hatte er einer sozialversicherungspflichtigen Arbeit nachzugehen. Punkt. Ein freiberuflicher Gesetzesbrecher konnte in der Not nicht einfach so beim Arbeitsamt antanzen. Und Maria konnte ihre Anstellung als Sekretärin in einem Papiergroßhandel jederzeit verlieren. Reichte heutzutage doch schon ein Orkantief über den Weiten Oulus aus, den finnischen Baumbestand zu halbieren und hässliche Breschen in den Personalbestand der Papierbranche zu schlagen.

In einer Bahnhofsapotheke besorgte er sich Heilsalbe und Wundpflaster. Kaum zuhause angekommen, warf er sich aufs

Bett, schlief erschöpft ein und wurde nur kurz aus unruhigen Träumen geweckt, als Maria und Ed am frühen Abend mit Getöse die Wohnung stürmten.

Um Mitternacht klingelte sein Wecker. Er warf sich den Bademantel über, stieg in seine Turnschuhe und erstieg den Dachboden des Mietshauses. Er sammelte einen Satz alter Autoreifen aus ihrem Verhau zusammen, schleppte sie einen nach dem anderen in die Wohnung, rollte sie leise ans offene Küchenfenster und warf sie hinaus. Mit staubigem Klatschen landeten sie auf der Baustelle.

Er hatte sich von Maria das Versprechen abringen lassen, in der Dachkammer Platz zu schaffen für jene Dinge, die durch ihre rigorose Wohnungsteilung überflüssig geworden waren.

Es war dunkel geworden, als Sassie durch die Drehtüren des Gemeindezentrums von Nynäshamn trat. Die nachmittäglichen Sitzungen ihrer Therapie fanden im zweiten Stock statt, in einem Unterrichtsraum, den sie sich mit den Leuten von der Erwachsenenbildung teilten. Dreißig Männer und Frauen saßen an Resopaltischen und wurden einmal pro Woche zu besseren Menschen erzogen.

Schläger und Kleindealer, Frauen, die betrunken in ihr Auto gestiegen und erwischt worden waren, hockten auf zu kleinen Drehstühlen, hatten jeder eine Flasche Mineralwasser vor sich stehen und ein Schälchen mit Haselnüssen. Sie knotete ihre Beine zusammen, um überhaupt Platz zu finden. Sie ruckelte mit ihrem Hintern. Wenn man Pech hatte, erwischte man einen dieser quietschenden Stühle.

Ein Pastor aus der Kirchengemeinde Huddinge war engagiert worden. Sein Thema: Verbrechen und Scham. Ausgerechnet. Er war ein Mann von Mitte dreißig, und sein hellblauer Anzug mit dem altmodischen, breiten Revers hatte Stil. Es war ein Anzug, wie ihn heutzutage nur noch knochige alte Männer trugen. Die Väter und Onkel aus ihren Kindheitserinnerungen. Männer mit Schlips und Kniestrümpfen, die in verrauchten Wohnstuben saßen und tintenschwarzen Kaffee tranken, bis ihnen die Spielkarten aus den zittrigen Händen sprangen.

– Vergessen Sie Ihre Schuld, fing der Pastor an. Keiner von uns ist fehlerlos.

Ein nicht völlig misslungener Beginn, dachte Sassie. Aber ich falle nicht auf dich rein. Gleich wirst du den Moralhammer schwingen.

Sie betrachtete die an den Wänden hängenden Landkarten. Darauf waren die Verwaltungsdistrikte der Region Stockholm in unterschiedlichen Farben dargestellt. Für den Archipel und das offene Meer hatte man ein hässliches Grau gewählt. Nynäshamn langweilte in einem blassen Gelb. Sie nahm eine der Haselnüsse, steckte sie in den Mund und ließ sie über die Zunge rollen. Die Nuss schmeckte staubig.

– Alle leben wir in Angst. In Angst, für unsere Sünden bestraft zu werden, sagte der Kirchenmann. Wir weichen der Strafe aus, wir flüchten sie. Er setzte seine Pausen mit Routine.

Ihr Tischnachbar gähnte. Ein jüngerer Mann, der hunderte von Hollywoodfilmen kopiert und eine zweiwöchige Strafe abzusitzen hatte. Von fern hörte sie Trompeten, Saxofone, Tuben, so genau kannte sie sich nicht aus. Die Blechbläser hatten ihre Abendkurse zur selben Zeit wie sie.

Der Pastor redete sich warm. Über die Schuld als Thema des christlichen Glaubens sprach er, von den Verantwortlichkeiten des sittlich reifen Menschen, sich frei zwischen Gut und Böse zu entscheiden. Keine Strafe ohne Schuld. Die Gerechtigkeit Gottes entdecken. Vergebung erfahren. Seine Worte kullerten durch ihren Kopf wie farblose Murmeln. Wer in dieser Runde schämt sich denn für das, was er getan? Diese Gruppentreffen waren ein Teil der Strafe, nicht der Therapie. Sie wusste doch, dass die Dinge immer so sein würden: Einige würden mit ihren Lügen und Unzulänglichkeiten, ihrem Versagen, ihren kleinen Verbrechen davonkommen. Und andere eben nicht.

Sie erinnerte sich, dass sie mit Anfang zwanzig in einen Vikar aus Uppsala verliebt war. Sie hatte für ein paar Tage ans Meer fahren wollen und sich an die Ausfallstraße gestellt, bis ein junger Priester in einem alten Citroën vor ihr hielt. Er nahm sie bis nach Knutby mit, wo er an einem Seminar teilnahm. Zwei Tage später war sie in Uppsala in die Sankt-Ansgar-Kirche gegangen und hatte nach ihm gefragt.

Sie bewunderte sein ernsthaftes Wesen und wie er die Choräle durch alle Strophen sang, auch gefiel ihr sein Hang, alles auf der Welt höchstpersönlich zu nehmen. Die Leiden bosnischer Flüchtlinge, den Hunger Afrikas, die Arroganz des schwedischen Staatsministers – nur leider ihre schwärmerischen Blicke nicht.

Bei ihren Spaziergängen teilten sie eine aufreizende Befangenheit miteinander, bis sie am Ufer des Fyrisån all ihren Mut zusammennahm, ihr Bauch tat schon weh davon, seine eiskalte Hand ergriff und ihm in die Augen sah. Ein nervöses Lächeln sprang in sein Gesicht, sein Blick erstarrte, und sie begriff: Niemals. Sie legte ihre Arme um seine steifen Schultern und küsste ihn. Er küsste nicht zurück. Wortlos ließ er sie zwischen nassen Haufen von Birkenlaub stehen.

Irgendwann hörte sie von seinem Unfall. Ein halbblinder alter Mann war in der Nacht auf die Straße gegangen, und er hatte ihn mit seinem Citroën zu Tode gefahren. Später nahm er eine Priesterstelle hoch im Norden des Landes an.

Die Uhr am Handgelenk des jungen Mannes neben ihr zeigte halb sechs. Was ihr wie eine Stunde vorgekommen war, hatte kaum zehn Minuten ihrer Zeit verbraucht. Sie stand auf und sagte, sie müsse mal. Sie schloss sich auf der Behindertentoilette ein und stand eine Zeitlang vor dem Klositz. Kurz überlegte sie, die Alarmschnur zu ziehen und wegzulaufen.

Sie kehrte in den Therapieraum zurück und bemerkte, wie viele der Kursteilnehmer Schreibblöcke vor sich ausgelegt hatten. Ziehen sie geistesabwesend Kringel oder malen Rechtecke aus, fragte sie sich, so wie sie selbst es machte? Oder schrieben sie mit, um für alle Zeiten zu erinnern, dass Scham Selbstreflexion im Angesicht Gottes sei? Die Schuld ein höchstpersönlich Ding? Es ist jedenfalls eine seltsame Sache mit der Schuld, überlegte sie. Sie konnte vom Himmel auf einen herabstürzen. Konnte einem die Mutter wegzaubern. Die Schwester.

Als sie später auf die Straße trat, regnete es. Zum Glück ist Winter, dachte sie, und kein Mensch sieht den einzigen Schmuck, den ich trage: ein breiter schwarzer Plastikreif an meinem Bein.

Sie wickelte ihren braunen Schal um den Kopf, erschrak kurz darüber, wie abgetragen er aussah, und eilte zur Bushaltestelle. Noch dreißig Minuten, dann würde das elektronische Zeitschloss wieder über ihr zuschnappen. Sperrstunde für Sassie Linné.

Ich glaub's nicht! Wer will uns verarschen?

Fassungslos besah sich Sven Classen die tiefen Risse im blutroten Lack des Vermessungswagens.

– Wer macht denn so was? Myrbäck tat, als strenge er seine Fantasie an.

Irgendjemand hatte sich über Nacht an den Kameras zu schaffen gemacht, es jedoch aufgegeben, sie an ihren Verschraubungen lösen zu wollen. Was immer er dann als Werkzeug verwendet hatte, er war damit abgerutscht und hatte es aus Jähzorn oder Ungeschick ins Blech gerammt. Am Ende hatte er zur Metallsäge gegriffen und eine Amputation am Autoheck vorgenommen. Die Gyroskop-Kamera war verschwunden.

Früh am Morgen war ihr Kastenwagen von einem Transportschlepper aus dem Loch, anschließend an den Rand der Baustelle gezogen worden: geschändet, jedoch fahrbereit, denn die abhandengekommene Gyroskop-Kamera taugte zu wenig. Sie erfasste das Gefälle abgefahrener Strecken.

Lustlos bestiegen sie das Auto. Mit jedem ihrer Vermessungsabschnitte wurde Classen, in wohlwollender Stimmung ein Quell nervtötender Redseligkeit, wortkarger. Er chauffierte sie durch menschenleere Vorstadtstraßen und Regenschauer, deren Prasseln Myrbäck Frösteln machte. Er drehte die Heizung bis zum Anschlag hoch.

Als sie den Ebertstieg verließen, Myrbäck pixelte gerade mit Akkuratesse den Standort der Gnadenkirche, fragte Classen unvermittelt:

– Knut. Giovanni. Myrbäck. Wie kommst du zu deinem Namen?

– Knut und Myrbäck habe ich von meiner Mutter. Sie ist Schwedin.

– Und jetzt lass mich raten, Giovanni: Dein Vater ist Italiener.

– Nee. Ein waschechter Hamburger. Er wäre lieber Italiener gewesen. Dolcefarniente. Alle Jahre wieder plante er unseren Umzug in den Süden. Immer kam was dazwischen: Krankheit, Streit, Arbeitslosigkeit, der Suff, was weiß ich. Nicht einmal in den Ferien haben wir es über die Alpen geschafft.

– Wo bist du aufgewachsen?

– Meine Eltern konnten sich nie entscheiden. Sie zogen von Schweden nach Deutschland, von Deutschland nach Schweden, dann wieder zurück, und immer so weiter. Mich haben sie einfach mitgenommen.

– Aha.

Im Autoradio lief Schlagermusik. Weil die beiden Kartografen sich partout nicht auf einen Musikstil einigen konnten, hatten sie eine Abmachung getroffen. Über die Wahl des Senders durfte entscheiden, wer gerade am Steuer saß.

Myrbäck litt unter schlechter Musik. Auf den holperigen Kopfsteinen des Schütterweges begann er deshalb, Signalpunkte falsch zu setzen. Sein Plastikgriffel verschwenkte den Groten Heesen weit ins Unfallkrankenhaus hinein. Er verengte die Boberger Drift zur Schikane. Er hob die Furtwegbrücke an.

Kleine Sabotagen waren das, womöglich mit massiven Folgeschäden. Denn aus ein paar Millimetern in der virtuellen Welt wurden Dutzende von Metern in der Wirklichkeit. Raum genug also für Irrfahrten, Karambolagen. Es würde Monate dauern, bis seine Daten ausgewertet waren, Jahre, bis sie im echten Verkehr zum Einsatz kämen. Wenn also eines fernen Tages der erste Sattelzug mit Karacho und seiner Frontvertäfelung unter der Furtwegbrücke hängen bliebe, dann stünde Myrbäck nicht mehr in Diensten der »Via Appia«. Dann würde er nicht mehr in einer überhitzten Fahrerkabine sitzen und den Geruch von Leberwurststullen ertragen müssen, der Classens Provianttasche entströmte.

Über den Rudorffweg fuhren sie in Richtung Reinbeker Redder, Classen wollte gerade abbiegen, als ein paar routiniert dahingesprochene Worte, Halbsätze nur, gegen Ende der lokalen Radionachrichten ihren Weg in Myrbäcks Ohr fanden.

»... Leverkusenstraße in Altona eine Lackierwerkstatt durch Verpuffung völlig zerstört. Dabei kam ein Mann ums Leben. In den umliegenden Häusern wurden Scheiben zerstört, und zwei Autos wurden unter den Trümmern begraben. Die Polizei geht von einem Unglücksfall aus.«

Myrbäck warf den Plastikgriffel aus der Hand.

– Halt an, stöhnte er.

Noch bevor sie am Straßenrand zum Stehen kamen, sprang Myrbäck aus dem Wagen. Er krümmte sich und schnappte nach Luft. Es war kein Herzkrampf, der ihm den Atem raubte. Es war der Sägemuskel, der in einer plötzlichen Verspannung ein Glühen vom Rücken bis in sein Rippenfell sandte, mitten in die Brust hinein.

– Classen, ich muss nach Hause. Ich schaff's hier nicht mehr.

Classen begriff, dass es dem leichenblassen Kollegen ernst war.

Vierzig Minuten sowie sechs mit zwei Glas Wasser hinuntergespülte Schmerztabletten später saß Myrbäck vor dem Bildschirm seines Computers. Er las:

16:18 /++Polizei Hamburg++

Ein Toter bei Werkstattverpuffung

Hamburg (ots) – Am heutigen Nachmittag gegen 14 Uhr 25 kam es in der Leverkusenstraße aus bisher ungeklärter Ursache zu einer Verpuffung. Durch den Druck der Explosion wurde der gesamte Dachstuhl des Werkstatthauses angehoben und Wände nach außen gedrückt. Fensterscheiben platzten, der Schornstein knickte ab, und im Gebäude brach an mehreren Stellen Feuer aus. In den Trümmern des Malereibetriebes entdeckten Brandermittler eine Leiche. Bei ihr handelt es sich vermutlich um einen der Besitzer der Werkstatt.

An dem Haus entstand Totalschaden, Untersuchungen zur Ursache der Verpuffung und des Brandes wurden aufgenommen.

Zeugen, die Beobachtungen im Zusammenhang mit der Detonation gemacht haben oder die sonstige Angaben machen können, werden gebeten, sich bei der Polizeiinspektion Altona zu melden.

Leckt mich, sagte sich Myrbäck.

Mit einer Gedankenschärfe, die ihn selbst überraschte, zog er Bilanz: Holzapfel ist verschwunden, vielleicht gestorben. Raschke ist tot. Kaum habe ich ihn mit seinem Kompressor und seiner Thermoskanne allein gelassen, ist die Werkstatt explodiert. Und: Wer wird das nächste Opfer sein? Zbigniew? Oder ich selbst?

Er klickte sich durch die digitale Pressemappe der Kripo. Da war nicht viel zu erkennen von dem, was einst Sitz der »Perma-Corro« gewesen war. Ein Haufen Schutt, zersprengte Mauerteile.

Myrbäck fuhr, so schnell sein brettharter Rücken es erlaubte, mit dem Rad zu Holzapfels Mietshaus. Im Dämmerlicht des Hausflurs kühlte er sich ab, dann erstieg er leise den dritten Stock. Er lauschte an der Tür, bevor er sie mit zittriger Hand aufschloss.

Er ging geradewegs ins Arbeitszimmer, stellte sich in die Mitte des Raumes und sah sich um. Winzige rote Lämpchen glühten aus den Höhlen eines Arrangements von Computern, Bildschirmen und Kabelsträngen. Wenn er den Atem anhielt und konzentriert lauschte, konnte Myrbäck das feine Surren des Stroms im Stand-by-Modus hören.

Niemals! Myrbäck begriff. Niemals ließ Jan Holzapfel eine Internetverbindung offen, wenn er seine Wohnung verließ. Ausspionieren, sagte er immer, ist ein Kinderspiel. Das Netz überwacht uns, Modem und Telefon forschen uns aus; der Stand-by-Modus, die reinste Einladung zum Lauschen. Myrbäck hatte sein paranoides Gerede nie ernst genommen.

Das Summen jedoch, das jetzt aus der Kabelwelt unter den Arbeitstischen bis an sein Ohr drang, das Leuchten der Lämpchen, sie konnten nur eines bedeuten: Jemand war in Jans Wohnung eingedrungen und hatte sich an den Computern zu schaffen gemacht. Myrbäck wurde die Kehle trocken.

In der Küche suchte sich Myrbäck ein halbwegs sauberes Trinkglas aus dem Schrank und füllte es mit Wasser aus dem Hahn. Mit dem Rücken lehnte er sich an die Wand und versuchte, die Kopfschmerzen aus seinen Schläfen zu massieren. Ein kaum hörbares Surren bohrte sich in seine Ohren.

Er wollte die Küche gerade verlassen, als er sah, dass über dem Resopaltischchen vor dem Fenster das Leben tobte. Ein Schwarm von Fruchtfliegen balgte sich im letzten Sonnenlicht des Tages, Quell und Zentrum ihrer Freude schien eine Obstschale zu sein. Holzapfel aß kaum einmal Obst, schon gar nicht zu dieser Jahreszeit.

Myrbäck trat zum Tisch und beugte sich misstrauisch vor. In der Obstschale lag ein abgeschnittener Finger. Ein Finger, ganz für sich allein, kreideweiß an seiner Kuppe mit dem abgekauten Nagel, dunkelblau dort, wo er zur Futterstelle emsiger Fluginsekten geworden war.

Myrbäcks Herz setzte aus, verweigerte seine Mitarbeit, bis es mit einem Trommelwirbel in seiner Brust wieder zu Leben erwachte. Er stürzte aus der Wohnung, warf sich auf sein Rad und raste los.

Im Parkhaus der Hamburger Messe AG herrschte erheblich mehr Betrieb als in der Nacht zuvor, doch wohl war Myrbäck nicht, als er das zweite Untergeschoss betrat. Der Q7 stand dort, wo er ihn abgestellt hatte. Die Alufolie lag unberührt unter der Frontscheibe, das Handschuhfach aber war offen. Jemand hatte die Rückbank nach vorn geklappt. Taucherbrille, Schwimmflossen und Tupfenkleid waren verschwunden. Myrbäck machte, dass er wieder davonkam.

Ed hatte geduldig auf seinen Vater gewartet. Er saß an seinem Schreibtisch, Schulhefte und Federtasche vor sich. Die Geduld hat er von mir geerbt, sagte sich Myrbäck. Unkonzentriert half er seinem Sohn bei den Hausaufgaben: Schreibkurs mit Gripsi, suche einige Reimwörter auf Rot.

Brot. Not. Tot.

Was fühlt ein Mensch, überlegte er, wenn er in einer Explosion stirbt? Wenn er in die Luft gejagt und verbrannt wird? Wusste Raschke um die Gefahr, in der er schwebte? Wer ist als Nächstes dran? Die Fragen quälten Myrbäck auch noch, als er für sich und Ed eine Tiefkühlpizza wärmte, anschließend den Sohn in ein heißes Eukalyptusbad steckte, glitschte ihm doch zäher grüner Erkältungsschleim aus beiden Nasenlöchern. Er brachte Ed zu Bett, nahm Platz vor dem Fernseher und wanderte zwischen den Sendern umher, bis er bei den Regionalnachrichten hängen blieb. Drei Sätze und eine Fotografie, die er schon in der Digitalmappe der Polizei gesehen hatte. Mehr nicht. War ein toter Raschke keine Aufregung wert? Wenn ich eines Tages in Stücke fliegen sollte, überlegte er, dann wäre hoffentlich ein bisschen mehr los an öffentlicher Empörung. In einer Woge von Selbstmitleid füllte er ein Wasserglas mit Wodka und leerte es in einem Zug. Dann noch eines, und jetzt kam ihm der Gedanke: Es muss mich jemand im Hinterhof gesehen haben. Unmöglich, dass mein Besuch bei Raschke unbemerkt geblieben ist. Früher oder später wird die Polizei mich sprechen wollen. Und dann?

Vielleicht war er sechs gewesen, vielleicht sieben. Er hatte die Böschung neben den Gleisen der S-Bahn erklommen, den Gatterzaun überstiegen und sich schleichend, in Indianermanier, dem Hasenberg genähert. Der trug seinen Namen, weil hier, mitten im großstädtischen Niemandsland, Kaninchen unter dem Geröll der Gleisanlagen lebten.

Er war gekommen, um sein Katapult auszuprobieren. Hinter den Büschen des Spielplatzes, bei den Schaukeln, hatte er es gefunden, ein Geschenk des himmlischen Zufalls, denn

Katapulte waren ihm verboten wie Pusterohre oder Schlucke vom abgestandenen Bier des Vaters.

In der nächsten Stunde hockte er, regungslos und halb verborgen vom Brennnesselgestrüpp, vor den Löchern der Erdbauten. Die Kaninchen ließen sich von der Gegenwart des Jungen nicht stören, sie waren Menschen gewöhnt. Mühelos hätte er eines von ihnen töten können. Es war eine solide Zwille aus Eisen, die er in seinen schwitzigen Händen hielt, nicht eines jener Holzkatapulte, wie sie in Spielzeuggeschäften an jedes Kind verkauft wurden. Aber er traute sich nicht.

Er stellte sich vor, wie das samtige Fell des Kaninchens unter dem Aufprall des gezackten Steins aufplatzen, wie es sich mit dem Blut der Wunde vollsaugen würde. Er fürchtete sich vor den Angstschreien des Tieres, obwohl er noch nie ein Kaninchen hatte schreien hören.

Kurz nach seinem Abstieg vom Hasenberg fand seine Zerstörungswut ein lohnendes Ziel. Die Nummernleuchte des Hauses Nummer 74 der Bartelsstraße, einer jener immergleichen Ziegelbauten, aus denen die halbe Stadt nach dem Krieg aufgebaut worden war. Die Glaskugel über dem Eingang strahlte ein gelbliches Leuchten in die Dämmerung, in der er im Rinnstein zwischen zwei Autos Position bezog. Er bettete seinen Stein in das weiche Leder des Spanngummis, dehnte es nach Kräften, nahm die Lampe ins Visier und entließ das Geschoss in seine Schleuderbahn.

Er hatte nicht wirklich an einen Treffer geglaubt. Doch das bauchige Glas zersprang mit einem Knallen, Splitter klimperten übers Pflaster! Zufrieden visierte er die Lampe des Nebenhauses an. Noch ein Volltreffer! Während er sein Zerstörungswerk bestaunte, sprang die Haustür auf. Ein Mann im blauen Arbeitskittel erstürmte den Gehweg, sah auf die Scherben zu seinen Füßen, blickte zu ihm und rief: Du wirst dein blaues Wunder erleben!

Myrbäck verstand nicht, was die Worte des Mannes mit den buschigen Koteletten bedeuten mochten, nur, dass sie ein böses Versprechen an ihn waren. Er lief davon. Noch Monate nach seinen Volltreffern überkam ihn, unweigerlich vor dem Einschlafen, die schmerzende Ahnung einer sich nahenden Bedrohung, eines Unheils, das ihn eines Tages schicksalhaft strafen würde. Vielleicht war er erst jetzt, über zwanzig Jahre später, reif für sein blaues Wunder.

Christiania, Juni 1985

Sie wachte auf, weil sie pinkeln musste. Immer wenn sie nachts zum Pinkeln rausmusste, bekam sie Angst, auf eines der Silberfischchen zu treten, die in der Toilette wohnten und verstört unter den Sockelleisten verschwanden, wenn sie das Licht anschaltete. Manche rasten so lange kopflos am Porzellan der Kloschüssel entlang, bis sie erschöpft die Flucht aufgaben und sich mitten auf einem Dielenbrett tot stellten. Es schüttelte sie, wenn sie sich vorstellte, wie es wäre, mit nackten Fußsohlen auf ihre kleinen, glänzenden Leiber zu treten. Trotzdem hatte sie noch nie für die Silberfische gebetet. So, wie sie beim Zubettgehen stumm für die Igel betete, die morgens blutig und platt gefahren auf dem vom Tau noch feuchten Asphalt des Refshalevej lagen, damit sie in den Himmel kämen. Oder für die Schmetterlinge, die Lilja fing und so lange in einem leeren Apfelmusglas herumflattern ließ, bis sie sich auf den Boden setzten, ihre Flügel zusammenlegten und starben. Weil Lilja sich nicht traute, sie mit einer Nadel zu durchbohren, so, wie es die echten Sammler machten, um ihren Fang dann auf einem Spannbrett auszustellen.

Lieber Gott, mach. So fing sie an. Sie betete im Stillen, damit ihre Mutter nicht davon erführe. Die würde schimpfen, einen ganzen Tag lang.

Sie hasste Spinnen und im Sommer die grünen Schmeißfliegen, und Tausendfüßler fand sie ekelig, auch die dicken gelben Maden, die unter dem Moos bei den Johannisbeersträuchern lebten. Und jetzt hatte sie Dutzende von Ameisen mit einem

Stock zerquetscht und den Hahn von Preben mit Steinen beworfen, und vielleicht war sie in einer der letzten Nächte, ohne es zu bemerken, auf einen Silberfisch getreten. Sie hatte Tiere gequält, und jetzt war auf einmal ihre Mutter verschwunden.

Sie hüpfte vom Klo, ging auf Zehenspitzen zum Bett ihrer Mutter und schob sich unter die kalten Decken. Es roch nach Parfüm und nach Tränen, fand sie. Lieber Gott, mach.

Bist du es? Hallo! Wo bist du? Holzapfels Stimme klang fern. Winzig. So als stecke er selbst im Telefon.

– Was, wo bist du?, fragte Myrbäck. Wo steckst du?

– Kann ich dir nicht sagen. Geht echt nicht.

– Wo bist du? Myrbäck fragte trotzdem.

Holzapfel legte auf.

Ein paar Sekunden später klingelte es.

– Hallo? Hallo?

– Mach dich aus dem Staub, sagte Holzapfel. Sofort!

– Erklär das mal genauer. Wo bist du?

– Sag ich nicht. Doch nicht am Telefon. Spinnst du?

– Du könntest aber vorbeikommen. Und mir verraten, was passiert ist.

– Geht leider auch nicht.

– Vermisst du einen Zeigefinger?

– Was? Nein. Wieso?

– Einen Ringfinger?

– Was quatschst du? Ohne eine Antwort abzuwarten, unterbrach Holzapfel die Verbindung.

Es klingelte.

– Was soll das?, legte Myrbäck los. Willst du witzig sein?

– Zehn Sekunden am Stück, weißt du doch. Länger soll man nicht telefonieren.

– Was? Wieso ausgerechnet zehn Sekunden?

– Sonst wissen sie, wo du steckst.

– Sie? Wer sind sie?

– Denk mal selber nach.

– Verarsch mich nicht!

– Hab ich nicht vor. Sag mir nur, wo du den Wagen geparkt hast.

– Du wirst mir keine Fragen stellen. Die Fragen stelle ich, hörst du. Warum hast du mich im Kino sitzen lassen, neben vier schwarzhaarigen Hexen? Warum hast du mich dieses verdammte Auto besorgen lassen? Warum hast du dich einen Dreck gekümmert? Also: Such dir dein Scheißauto selber.

Stille. Holzapfel hatte längst aufgelegt. Die bequemste Art, mit Vorwürfen umzugehen.

Es klingelte.

– Von welchen Hexen laberst du?

– Egal, vergiss es. Erklär mir endlich, wo du steckst!

– Geht nicht. Alles ist schiefgelaufen. Tut mir leid.

– Tut mir leid. Tut mir leid. Myrbäck äffte ihn nach. Tut es dir leid, dass ich mir den Schädel in einer Baugrube aufgeschlagen habe? Dass Raschke tot ist?

– Was?

Holzapfels Überraschung klang echt. Am Telefon die Stimme zu verstellen, ist allerdings kein Kunststück, dachte Myrbäck.

– Weißt du das nicht? Du weißt nicht, dass Raschke tot ist?

Schweigen. Myrbäck bildete sich ein, das Kreischen von Möwen zu hören. Und ein Rauschen, wie starker Wind es in die Elektronikschaltungen eines Mobiltelefons bläst.

– Wo steckst du, Mann?, fragte er wieder.

– Ich sag dir nur eines, antwortete Holzapfel. Hau ab. Sieh zu, dass du verschwindest. Mach dich aus dem Staub. So schnell du kannst.

– Leck mich doch. Denk du dir lieber aus, wie ich an mein

Geld komme. Ich möchte bezahlt werden, denn ich habe meinen Job erledigt. Im Gegensatz zu dir.

Myrbäck sprach ins Nichts hinein. Die Verbindung war unterbrochen worden. Vergeblich wartete er auf das nächste Klingeln.

Wie sollte er Holzapfels Sätze deuten? In Jans Wesen paarte sich der kindliche Eifer gelegentlich mit Verstand. So seltsam seine Worte auch geklungen haben, seine Vorsicht muss ich ernst nehmen, sagte sich Myrbäck. Seit Jahren versorgte sich Jan mit den Sim-Karten der verschiedensten Telefongesellschaften, ständig wechselte er seine Mobiltelefone. Kein Gauner von Niveau, predigte er, benutzt zweimal hintereinander dieselbe Nummer.

Myrbäck musste eingestehen, dass er in technischen Dingen zu schläfriger Mutlosigkeit neigte. Was ihm von Jahr zu Jahr mehr zum Nachteil gereichte und das Gleichgewicht der Kräfte ins Wanken brachte, das früher einmal zwischen ihnen geherrscht hatte. Aus seiner Unbegabung war eine Abhängigkeit entstanden. Auch jetzt war es wieder Holzapfel, der mehr wusste als Myrbäck.

Sie waren einander vor einem Laufband des Postamtes am Kaltenkirchener Platz begegnet. Myrbäck hatte, siebzehnjährig, die Schule verlassen und musste sein Geld mit Nachtschichten auf den Verladebahnhöfen der Paketpost verdienen. Holzapfel, zwei Jahre älter, hatte nicht nur die Schule längst geschmissen, er war auch bei seinen Eltern ausgezogen.

Holzapfel sah toll aus. Nicht einmal die speckige Ohrenmütze, die er ständig trug, konnte ihn verunstalten. Ein längliches Gesicht mit feinen Zügen, großem Mund, gerader Nase; in seinen schulterlangen, gelockten Haaren blieben die Mädchen hängen.

An seine berufliche Zukunft verschwendete Holzapfel

kaum Gedanken. Rallyefahrer, das wär's, sagte er einmal. Als Neuling auf dem zweiten oder dritten Platz zu landen, dann zahlen dir die Sponsoren alles. Benzin, Reifen. Reparaturen.

Bei der Post ließ man ihn nicht mal die Schlepper fahren.

Ein Vierteljahr nach ihrem ersten Aufeinandertreffen bezogen sie eine Souterrainwohnung in einem Altbau in der Susannenstraße. Zwei Zimmer ohne Küche, ohne Bad, aber sie bauten eine Dusche in dem engen Toilettenschlauch ein. Nachmittags stieg Holzapfel in seinen Overall, kreuzte die Straße und bezog Posten vor der Baulücke zwischen dem Möbelgeschäft Willems und dem Kürschner Freddy Klaeger. Die Daumen in den Gesäßtaschen wartete er auf kleine Mädchen, die sich bei ihm nach der Schule mit bröseligem Marokkaner oder Captagon eindeckten. Er war der schickste Dealer zwischen St. Pauli und Eimsbüttel. Trotz der Apparatur, die er im Gesicht trug. Ein Handikap nämlich hatte die Natur Jan mitgegeben. Er trug eine Brille, deren Gläser dick waren wie Panzerglas. Er blickte durch einen Schleier von acht Dioptrien auf die Welt, seine Augen waren zwei hellblaue Teichflächen. Oft klagte er über Kopfschmerzen.

Eines Nachts waren sie am Isebekkanal in eines der Bootshäuser der das Ufer säumenden Oberschulen eingebrochen. Sie ließen eines der Ruderboote zu Wasser und ruderten mit einer Flasche Apfelkorn an Bord bis in den Leinpfadkanal. Vor einer der besonders protzigen Villen legten sie mit ihrem Doppelzweier an, und Holzapfel kackte, beseelt von einem diffusen Klassenhass, auf die Treppen zu einem Winterpavillon. Gern hätte Myrbäck es ihm gleichgetan. Die Kunst jedoch, eine Notdurft nach Belieben zu verrichten, beherrschte er nicht.

Sie legten wieder ab, doch ohne die lenkenden Kommandos eines Schlagmannes gelang es den längst Betrunkenen nicht mehr, harmonische Schlagfrequenzen aufzubauen. In Höhe des Rondeelteichs prallte ihr wackeliger Zweier gegen einen Baumstamm, krängte erst, kippte dann, und sie beide rollten ins Wasser. Holzapfel tauchte ohne seine Brille wieder auf. Ein Ersatzgestell besaß er nicht, und Kontaktlinsen zu tragen, nein, Scheiße, das vertragen meine Augen nicht, wimmerte er, als sie sich am Wurzelwerk einer Weide an Land zogen.

Schöner als in den nächsten Tagen sah St. Pauli Nord ihn nie wieder. Befreit von dem Gestell in Gesichtsmitte, übernächtigt und mit Augen, die misstrauisch in die Welt blickten, weil sie nicht mehr erkannten als eine Konturenlandschaft, gewann sein Ausdruck an Tiefe. Weil er sich ohne Brille nackt fühlte, legte er ein Stirnband an. Björn Borg konnte einpacken.

Ohne seine Gläser vermochte er einen Hauseingang nicht von einem Lastwagen zu unterscheiden, geschweige denn eine seiner Stammkundinnen von einer Zivilbeamtin des Drogendezernats. Er pries der Frau gerade die Vorzüge seines duftenden Morning Glory an, als zwei ihrer männlichen Polizeikollegen ihn in ihre Mitte nahmen. Sie wurden überrascht. Der harmlose Blinde mit dem Aussehen des schwedischen Tennisgenies brüllte, er schlug und trat nach allem, was er treffen konnte. Es half ihm nichts. Mit ausgekugelter Schulter und blutiger Nase wurde Holzapfel erst in die Sanitätsstelle eingeliefert, dann in die Beobachtungsstation des Untersuchungsgefängnisses, schließlich in eine Zelle.

Als Myrbäck ihn vier Monate später am Tor der Festung aus Backsteinmauern und Stacheldraht in die Freiheit begrüßte, war Holzapfel schmal geworden. Seine Jeans flatterte um Hüften und Beine, er trug eine gewaltige Hornbrille, die der Gefängnisarzt ihm verschrieben hatte.

– Nie wieder in den Knast, waren seine ersten Worte in Freiheit. Da ist kein Mensch, mit dem du reden kannst.

Die nächsten Wochen verbrachte er liegend auf seinen Matratzen und ernährte sich von Pellkartoffeln mit Quark und Schnipseln blauen Löschpapiers. Es waren die LSD-getränkten Reste einer Sonderlieferung, die er über windige Kanäle von der Ostberliner Humboldtfakultät bezogen hatte, am Institut für Pharmazie von Studenten in bemerkenswerter Reinheit hergestellt.

Gelähmt von Mutlosigkeit, geplagt von Schweißausbrüchen und gefangen in halluzinogener Entrückung ließ er seine Karriere bei der Post ebenso sausen wie den Handel mit rotem Libanesen, Acid, Amphetamin. Er sattelte um – weil Myrbäck ihm überzeugend darlegen konnte, dass Autos im Grunde nicht schwieriger zu knacken waren als eine Tafel Schokolade.

Seit fast zehn Jahren leben wir jetzt schon vom Raubhandel, dachte Myrbäck. Reich sind wir beide nicht geworden.

An einem späten Vormittag betraten Dorota und Patrycja Stanczak das Danziger Polizeipräsidium, eine steinerne Trutzburg unweit des Altstadtrings, um das Verschwinden des Zbigniew Nikodem Stanczak amtlich zu machen. Äußerlich gefasst erschienen Mutter und Tochter auf der Wache, doch was sie berichteten, unterschied sich von den sonst täglich in Danzig aufgegebenen Suchanzeigen in beunruhigender Weise.

Der zweiundvierzigjährige Ehemann und Vater hatte seit vierzehn Tagen keinerlei Lebenszeichen von sich gegeben. Ein an sich nicht ungewöhnlicher Umstand, der aus seit Jahren herrschenden ehelichen Verstimmungen rührte sowie aus den regelmäßigen Aufenthalten des Mannes in Hamburg, wo er in Hafennähe eine Im- und Exportfirma betrieb und im Stadtteil Harburg für einen zweiten Wohnsitz gemeldet war, Gottschalkring 40. Stanczak war ein Mensch auf Achse, doch dass er sich weder bei seinen Brüdern noch bei seinem Vater gemeldet hatte, war der Gattin unerklärlich und Grund ihrer Vermisstenmeldung gewesen.

Die Angaben von Dorota und Patrycja Stanczak wurden protokolliert, anschließend schickte man sie ohne tröstende Worte in ihr Backsteinhaus in Danzig-Wrzeszcz zurück. Dort verkauften sie ebenerdig in einem Ladenlokal digitalisierte Drucke und Reproduktionen von Fotografien aus der Zeit des Zweiten Weltkriegs, vornehmlich an deutsche Touristen. Am beliebtesten waren Aufnahmen von der nahe gelegenen Halbinsel Westerplatte, wo am 1. September 1939 die »Schleswig-Holstein« die polnischen Garnisonsdepots unter Beschuss genommen hatte.

Der Vermisste war beim Polizeikorps des Dritten Polizeikommissariats eine prominente Figur. Obwohl kein Gewaltverbrecher, stand er laut Dossier jederzeit unter Verdacht: Stanczak, Zbigniew Nikodem, geboren am 30. Juni 1966 in Danzig, einen Meter fünfundsiebzig groß. Polnischer Staatsbürger, Wohnsitz Aleja Grunwaldzka 45, Arbeiterherkunft, Berufsschule, Fliesenleger, eine Tochter, vorbestraft. Verurteilt wegen vielfachen Autodiebstahls, Krediterschleichung und Valutavergehens, Betruges, Drogenbesitzes. 1993 in Bielsko-Biała zu zwei Jahren Haft wegen schweren Diebstahls verurteilt.

Es war eine umfangreiche Akte, die sich in einem grauen Aktenordner angesammelt hatte. Irgendjemand hatte sich vor Jahren die Mühe gemacht, auf einem DIN-A3-Blatt mit bunten Filzstiften ein Beziehungsgeflecht aufzumalen, das Licht und Logik in das illegale Treiben des umtriebigen Mannes bringen sollte.

Stanczaks Vita begann aktenkundig zu werden, als er Anfang der achtziger Jahre mit seinem älteren Bruder regelmäßig nach Budapest und Helsinki reiste, dort nicht nur Blusen und elastische Rollkragenpullover erwarb, sondern auch literweise Hundeshampoo. Shampoo gehörte in jener Zeit zu den knappen Konsumgütern Polens; in Danzig entwarf Stanczak polnische Etiketten, auf denen das Wort Hund nicht mehr auftauchte. In den späten achtziger Jahren stieg er in den Handel mit Amphetaminen ein und war mutmaßlich Teil einer Organisation, die in der Fachwelt als »Tankdeckelbande« galt. Bei vielen Automodellen jener Zeit passte der Zündschlüssel zugleich auf den Tankdeckel. Der Dieb musste also nur noch das einfache Tankdeckelschloss knacken, einen Nachschlüssel anfertigen und fertig.

Die jüngsten Notierungen in der Akte, Kopien aus der Przestępczości Gospodarczej, der Abteilung für Wirtschaftskriminalität, betrafen sein kriminelles Treiben in der Bundesrepublik Deutschland: Im Hamburger Hafenviertel, in der Mattentwiete, gründete er die Im- und Exportfirma Prototex oHG, 25 000 Mark Grundkapital; Geschäftsfeld: der Handel mit Autoersatzteilen.

Stanczaks Verschwinden würde vermutlich nur wenige Menschen betrüben. Auch die Polizei hätte rein gar nichts dagegen einzuwenden gehabt, wenn Gestalten wie er aus dem Verkehr gezogen wurden. Noch bevor sein Dienst um siebzehn Uhr endete, sandte deshalb der die Akte führende Kommissar und frisch beförderte Oberleutnant über das Schengener Informationssystem SIS eine Meldung mitsamt Daten, Fotos und bündiger Erklärung der Sachlage an die Kriminalstelle der Polizei in Hamburg.

*

Dort hatte die Verkehrspolizei einen Tag voller Routinearbeiten hinter sich gebracht, als kurz vor achtzehn Uhr in der Polizeiwache 16 in der Lerchenstraße der Anruf eines Parkwächters der Hamburger Messe AG auflief. Im zweiten Untergeschoss des von ihm betreuten Parkhauses hatten zwei Messebesucher aus Antwerpen beim Ausparken das neben ihnen abgestellte Fahrzeug am hinteren Kotflügel gestreift und den bronzefarbenen Lack hässlich zerkratzt. Durch ihre häufigen Reisen in die Bundesrepublik wussten die beiden Belgier, wie heikel die Nachbarn mit dem Delikt der Fahrerflucht umgingen, wie unerbittlich sie jene verfolgten, die es begingen.

Um also einer Strafverfolgung der deutschen Justiz zu entgehen, suchten sie den Parkwächter in seinem Glashäuschen auf und beichteten ihm das Vorgefallene. Gemeinsam stiegen die Männer in die unterste Ebene der Tiefgarage hinab.

Dort protokollierte der Parkwächter nicht nur den zuvor bereits geschilderten Kratzer am Kotflügel des Wagens, er entdeckte auch ein kleines, in seiner Rundheit nahezu perfekt gestanztes Loch in dessen Beifahrerseite.

Dem Parkwächter war das Ganze unangenehm, sah er sich doch seit geraumer Zeit nicht so sorgfältig um, wie sein Dienst als Subunternehmer der Hamburger Messe AG das eigentlich vorschrieb. Aus Bequemlichkeit hatte er versäumt, seine Kontrollrundgänge durchs Parkhaus zu erledigen. Auch ein Schnelldurchlauf der Videofilme seiner Überwachungskameras half ihm nicht weiter: Wer den Wagen dort abgestellt hatte, war nicht mehr zu erfahren, denn die Kameras liefen in 24-Stunden-Loops, im Anschluss überspielten sie das Aufgenommene.

Die Suche nach dem Besitzer des Audi Q7 verlief noch am selben Abend scheinbar erfolgreicher: Er war in Ingolstadt gemeldet, trug den Namen Martin Creutz, war fünfundvierzig Jahre alt und von Berufs wegen als Vertreter der Firma »g+s planwelt« in Wettstetten bei Ingolstadt unterwegs. Dass weder im gesamten Freistaat Bayern eine Firma gleichen Namens existierte, noch ein fünfundvierzigjähriger Mann namens Martin Creutz dort lebte, wurde bei einem Datenabgleich zwischen Polizeicomputer und Fahndungssoftware »Inpol-Neu« merkwürdigerweise nicht umgehend erkannt.

*

In Hamburg-Altona hatten Beamte der Fachkommission Brand am späten Nachmittag ihre Suche nach den Ursachen der Werkstattverpuffung abgeschlossen und standen kurz davor, den Schadensort wieder freizugeben. Wie bei derartigen Tatortbefundaufnahmen üblich, waren Hunde für die Suche nach Brandlegungsmitteln oder Zündeinrichtungen eingesetzt worden. Anschließend hatte das unter der Federführung des BKA entwickelte Simulationsmodell KOBRA-3D Anwendung gefunden. Es ermöglicht die Rekonstruktion von Brandverläufen in ihrer Frühphase und simuliert den Einfluss verschiedener Zündquellen bis hin zum Vollbrand.

Die Amtsärztin war über Funk bestellt worden. Nach kurzer Augenscheinnahme der Leiche und ihres Fundorts hatte sie geschlossen, dass der Fundort auch der Todesort war, anschließend die Todesbescheinigung ausgestellt und auf dem entsprechenden Formular ein Kreuz an jene Stelle gesetzt, die die Todesart als »ungeklärt, ob natürlich/nicht natürlich« klassifizierte.

Direkt im Anschluss an die Überführung der Leiche an die landeskriminalamtliche Rechtsmedizin zum Zwecke einer gerichtlichen Leichenschau mit toxikologischer Untersuchung von Blut, Urin, Mageninhalt und Haar hatten Mitarbeiter des örtlichen Gasversorgers den Hausanschluss geprüft. Die Knöpfe der zwei Gasflammen eines Herdes im Vorraum des Gebäudes waren in Nullstellung vorgefunden worden, der Verschluss des starren Gaszuführungsrohrs komplett verschlossen. Ein Haarriss jedoch in dem Gaszuführungsrohr an der Hinterwand des Herdes war möglicherweise Ursache für ein Austreten des Gases gewesen. Ein Unglücksfall, ja, eine aus untersuchungstechnischer Sicht allzu bekannte Sachlage: Die explosionsfähige Atmosphäre wird durch den Abreißfunken eines Lichtschalters durchgezündet und entspannt mit größter

Wucht. Insbesondere in einem für eine solche Druckbelastung nicht ausgelegten Brennraum, wie es der Nachkriegsbau der »Perma-Corro GmbH« war, konnte eine Verpuffung erhebliche Schäden hervorrufen. Der enormen Hitze, die sich bei einer Detonation entlud, hat der menschliche Körper nichts entgegenzusetzen. Da zudem auch die Rettungskräfte der Feuerwehren erst eingreifen konnten, nachdem die Gefahr einer weiteren Explosion auf ein akzeptables Risiko minimiert worden war, fand man das Opfer stark verbrannt vor, vor allem im Gesicht, an Oberkörper sowie Armen und Händen, was darauf hindeutete, dass die Hitzewelle das Opfer in sitzender Position erfasst hatte.

Eine Befragung sämtlicher Hofanlieger hatte ergeben, dass das mutmaßliche Opfer, Dirk Raschke, Alter 42, wohnhaft in der Vereinsstraße 12, gegen acht Uhr zwanzig in seiner Werkstatt eingetroffen war und das Gelände in der Folge offenbar nicht mehr verlassen hatte, bis es zu dem Unglück gekommen war. Einer der Befragten, ein Lehrling der Tischlerei »Holzwurm«, hatte gegen die Mittagszeit einen Besucher bei dem späteren Opfer gesehen, auch vage vom Sehen wiedererkannt, aber namentlich nicht benennen können.

*

Im Institut für Rechtsmedizin Hamburg, Forensische Pathologie, ruhte derweil eine weitaus schlimmer verkohlte Leiche in ihrer Kühlkammer, und noch immer wusste kein Mensch zu sagen, wer sie war, noch woher sie kam. Dass dem Mann der rechte Zeigefinger fehlte, war dem Gerichtsmediziner erst bei einer gründlichen abschließenden Obduktion aufgefallen, in Anbetracht des fürchterlichen Zustandes des Leichnams ein verzeihlicher Fauxpas.

Zur Identifizierung des unbekannten Toten waren ein Gebissbefund erhoben, eine röntgenologische Untersuchung veranlasst sowie eine Blutentnahme zur Blutgruppenbestimmung durchgeführt worden.

Da eine Suche in der beim BKA eingerichteten dezentralisierten Verbunddatei namens »Vermisste, unbekannte Tote und unbekannte hilflose Personen Vermi/Utot« ergebnislos blieb und es alleine deshalb einen Anhaltspunkt gab, der Tote könnte von jenseits der deutschen Landesgrenzen stammen, schickte die Kripo das formatierte Fernschreiben KP 16 L dem Landeskriminalamt mit der Bitte um Einleitung von Identifizierungsmaßnahmen im Ausland.

Kriminalpolizisten waren in den vergangenen achtundvierzig Stunden von Haus zu Haus gegangen – auf eine neuerliche Befragung des Rapsbauern Jörg Kallweit war allerdings verzichtet worden – und hatten in den Höfen und Ställen zwischen Döbelsen und Achtermoor nach auffälligen Vorkommnissen befragt, wer zu antworten in der Lage war. Alles Klinkenputzen aber blieb ergebnislos. Da niemand hier jemals von Zbigniew Nikodem Stanczak gehört oder ihn gesehen hatte, fiel auch sein Name nicht.

Die vormals marineblaue Beckenregion war in ihrem Zentrum bräunlich angelaufen. Die Beule am Kopf zu einer kaum merklichen Erhebung geschrumpft. Knut Giovanni Myrbäck stand vor dem Badezimmerspiegel und stöhnte, weniger vor Schmerz denn vor Müdigkeit. Es war zwei Uhr früh. Fröstelnd stieg er in einen nachtblauen Jogginganzug und schlich aus der Wohnung.

Schon im Bogengang des Gewerbehofes roch es nach Schutt und Verbranntem. An der Stelle, wo die »Perma-Corro GmbH« residiert hatte, war von weitem nur ein Trümmerhaufen zu erkennen, ein Bruchwald, aus dem einzelne Holzbalken herausragten. Teile des Dachs waren beiseitegesprengt worden und hatten Raschkes weißen VW-Transporter unter sich begraben.

Myrbäck bückte sich unter dem blauweiß gestreiften Absperrband hindurch und stieg vorsichtig über Geröll und Mauerbrocken, bemüht, nicht den Schmerz in seinem Rücken durch einen Fehltritt zu wecken. Der Grundriss der Werkstatt war durch die Explosion verwischt worden, ihr Fundament an manchen Stellen aufgerissen.

Es war dummdreist gewesen herzukommen. Hier war erst gestern ein Mensch gestorben, ließ denn die Polizei einen solchen Ort nicht beobachten? Er stolperte in den Schatten hinter der seitlichen Mauer, von der ein paar Lagen Mauersteine übrig geblieben waren, und sah sich um. Die nächstliegenden Fensterscheiben waren allesamt geborsten. Einige hatte man mit Karton provisorisch geflickt; nur zwei der Fenster zum Hof waren erleuchtet. Alles war still, aber nicht immer ist die Stille ein richtiges Geräusch, dachte Myrbäck, und bloß weg von hier. Doch ich will sie mit eigenen Augen sehen, die Stelle, an der Raschke gestorben ist, kurz nachdem ich ihn verlassen habe. Mit seinen belegten Broten, mit der Thermoskanne und öligen Kompressorschrauben in den Händen.

Nichts von alldem war zu finden. Auch keine Umrisszeichnung einer Leiche, kein Hinweis darauf, wo man den toten Mann mit seinem Karpfenmund gefunden hatte. Verstreut lagen Werkzeugteile herum, verkohlte Pinsel, geplatzte Farbeimer, Korrosionsschutzfarben, die ineinandergeflossen waren wie Kleckserein eines Kleinkindes. Eine Gasexplosion, eine Verpuffung, das klang plausibel. Raschke und Holzapfel heizten ihre Werkstatt mit Gas. Ein Leck in der Leitung, eine poröse Dichtung, und schnell sammeln sich ein paar Kubikmeter entwichenes Gas, die darauf lauern, dass der Lichtschalter umgestellt, ein Streichholz entzündet wird.

Die Werkstatt war ein ungastlicher Ort gewesen. Im Sommer stahl das Laubwerk der Kastanie das Sonnenlicht, erst abends sickerte es matt durch die verstaubten Fenster hinein. Ab November fror man in klammer Kälte, der Gasofen heizte nur mäßig. Auch hielten die Frauen sich grundsätzlich fern. Der Hinterhof der Leverkusenstraße 28 war ein männliches Reservat voller Metalle, Öle, Hebebühnen.

Myrbäck tastete sich zu jener Stelle, an der einmal der Werkzeugschrank seinen Platz gehabt hatte. Nirgends hatte die Explosion schlimmer gewütet. Die Blechwände waren von der Druckwelle zerknüllt worden wie Geschenkpapier. Elektroleitungen, deren Kabelstränge geschmolzen waren, ragten wie Spinnenbeine in die Trümmer hinein. Er sah ein Loch vor sich im Boden. Es hatte unter der Werkstatt also einen Keller gegeben, von dessen Existenz er nichts geahnt hatte. Schritt für Schritt trat er näher heran. Im schwachen Licht von Eds Taschenlampe sah er, dass Holzplanken und Mörtelbrocken in den Kellerraum gestürzt waren, auf einen Rollschrank und Teile einer Karosserie, vielleicht waren es Kotflügel; auch glaubte er, einen verbeulten Rollstuhl zu erkennen, dessen Kunststoffteile geschmolzen und auf dem Zementboden in einer schwärzlichen Pfütze erstarrt waren.

Myrbäck hörte ein Knirschen. Es kam von dort, wo Autos dicht an dicht vor der Lackiererei parkten. Ein Fehlschritt auf Kies, dachte er, so hört es sich an. Minutenlang verharrte er auf der Stelle und lauschte. Langsam richtete er sich auf und stieg aus den Überresten der Werkstatt. Schutt knirschte unter seinen Schuhen. Er hielt sich im Schatten, schlug einen weiten Bogen um die Lackiererei und preschte endlich durch die beleuchtete Hofeinfahrt auf die menschenleere Straße hinaus. Eine ganze Zeit noch glaubte er, Schritte eines Verfolgers hinter sich zu hören.

Erst in Höhe des Zollamts hielt er an. Sein Becken schmerzte, seine Brust brannte. Am Himmel sah er die Lichter eines Flugzeugs, eines von ihnen blinkte. Die Motoren waren zu hören, so leise war die Stadt geworden. Ihm fielen die Schrebergärtner des »Fasanengarten II« ein, deren Häuschen unter der Einflugschneise des Flughafens lagen. Sie würden ihre Schrankenanlagen selber streichen müssen.

Sie atmete tief ein, stieß die Luft wieder aus und stellte sich vor, wie es wäre, in die Mitte seines Bürotisches zu springen, in der Bewegung die Schuhspitze in das Gesicht des Mannes mit dem Tweedanzug zu rammen. Dabei zuzusehen, wie das Blut aus seiner Nase spritzte. Er torkelnd aufstand, sich stöhnend an die Nase griff und den nächsten Tritt mit hochgerissenem Arm abzuwehren versuchte. Vergeblich. Diesmal wurde der Mann am Mund getroffen, und ein ganzer Schwall Blut ging auf seiner schicken Weste nieder.

Manchmal habe ich diese Gewaltträume, sagte sich Sassie Linné, und ich schäme mich nicht für sie. Auch wenn ich mich hüte, anderen davon zu erzählen.

Was für ein Tag! Sie war nach Hause gekommen und hatte im Radio einen der Moderatoren, noch ehe er ein Wort hervorbrachte, an seinem gespielten Lachen erkannt. Sie war in die Bibliothek geflitzt, dann in den Konsummarkt am Mörbyväg, war durch die Gänge gekreist wie ein Hamster, hatte Ewigkeiten vor der Kasse gewartet und sich gefragt, warum man ihr ausgerechnet den Freitag für Einkäufe zugeteilt hatte. Und weil sie nebst vier Einkaufstüten nicht auch noch einen geöffneten Regenschirm tragen konnte, stand sie jetzt mit triefnassem Haar vor dem Briefkasten und las, was die Strafvollzugsbehörde ihr mitteilte: Sie möge für jeden Tag ihrer Haft fünfzig Kronen Miete an den Fonds für Verbrechensopfer zahlen.

Heidi und Malin saßen am Küchentisch und schälten Kartoffeln. Sassie verteilte ihre Einkäufe im Kühlschrank und rechnete. Es war nicht viel, was sie zu Miete und Essen beitragen konnte. Sie stand in Heidis Schuld.

– Ich werde eine Arbeit suchen, sagte sie. Kaum war ihr der Satz herausgerutscht, bereute sie ihre Voreile.

– Wo? Heidi sah sie erstaunt an.

– Ich werde klettern. Sobald ich meine Kette los bin.

– Klettern? Was meinst du damit?, fragte Malin.

– Fassaden werde ich klettern. Man verdient gut dabei.

Während sie den Tisch mit Tellern und Gläsern deckte, erzählte sie. Sie hatte Abwehrnetze gegen Tauben im Kirchturm der St.-Görans-Kirche montiert und vor den Klimaschächten des Park-Inn-Hotels in Solna. Sie hatte Blitzableiter installiert und Werbeplakate am Olympiastadion befestigt. Werbeschilder für Nokia und Ericsson und Volvo verschraubt.

– Wann hast du das gelernt?, wollte Malin wissen.

– Als Kind. Irgendjemand hatte eine Außentreppe an unsere Hauswand gezimmert. Sie war wackelig, fast morsch, und kein Erwachsener traute sich rauf. Sie führte bis aufs Dach. Von dort konnte ich in das Geäst eines Kastanienbaums springen und den Abstieg beginnen. Ich bin tausendmal hoch und wieder runter.

– Und nie abgestürzt?

– Doch, klar. Wenn ich Pech hatte, fiel ich in die Beete mit den Salatköpfen und den Gurken. Ich mag heute noch keine Gurken.

– Und deine Eltern?

– Einmal rief meine Mutter mich zu sich, und wir stiegen aufs Dach. Von dort ließ sie ein rohes Ei fallen: Sieh genau hin!, sagte sie. So ergeht es auch Menschen, wenn sie in der Höhe herumklettern. Mir machte sie damit keine Angst.

Malin sah sie bewundernd an. Die meisten Leute waren hingerissen, sobald sie erfuhren, dass Sassie in Christiania aufgewachsen war. Sie wollten Geschichten hören über freien Sex und süßes Nichtstun, Hängematten, fette Joints, Polizeiknüppel, jeder hatte so seine Vorstellungen vom abenteuerlichen Leben. Alles Unsinn. Christiania war selbstgebackenes Brot, trüber, selbstgepresster Apfelsaft aus Fallobst. War schlecht schmeckendes, grob gequetschtes Müsli, Flohstiche und so viele streunende Hunde und Katzen, dass kein Kind sich noch ein Haustier wünschte.

– Schaffst du es, in unsere Wohnung zu klettern?, fragte Malin.

– An der Außenwand? Sechs Stockwerke hoch? Mit Seil und Haken vielleicht. Aber es wäre riskant. Die Platten sehen nicht so aus, als würden sie mein Gewicht halten.

Heidi blickte mit zweifelnder Miene auf.

– Ich, sagte sie, ich könnte dein Gewicht halten. Mit einem Arm. Du musst mehr essen.

Von Sassies Rundungen und Muskeln war wenig übrig geblieben nach drei Wochen im Bett und auf dem Sofa. Die Hosen schlotterten am Hintern, sogar ihr Busen schien zu schrumpfen. Ihr Körper war zu leicht geworden, um in fünfzig Metern Höhe mit Bohrmaschine oder Bolzenschussgerät zu hantieren. Bestenfalls würde man sie Karabinerhaken verketten lassen. Bohren, dübeln, nieten, da ließe man sie nicht mehr heran. Das war Sache der harten Kerle.

– Bist du mal abgestürzt? Malin saß vor ihrem Essen, die Fäuste unters Kinn gestemmt, sehr neugierig. Sie war an den Katastrophen interessiert.

– Als Catwoman. Bei einer Werbeaktion für einen Internet-Service-Provider.

Sie sollte die Schnelligkeit verkörpern, mit der ihr Auftraggeber seinen Kunden imponieren wollte. Im Stretchanzug hatte sie das Flachdach eines Speichergebäudes im Hammarby-Hafen erklettern und an einem Stahlseil wieder hinunterrutschen müssen – dutzende Male und zur Freude des überwiegend männlichen Publikums, dem zur Feier der Aktion Lakritzwodka gereicht wurde.

– Bei meiner letzten Abfahrt sackte das Seil durch. Ich verlor den Halt und stürzte ab. Es waren sicher fünfzehn Meter.

– Ja, und?

– Ich fiel ins Hafenbecken. Platsch. Glück gehabt.

Heidi fragte mit vollem Mund: Wann hast du aufgehört?

– Im Oktober. Mit den Herbststürmen werden die Aufträge knapp. Im Winter braucht nur die Höhenrettung unsere Hilfe. Das sind die Männer von der Feuerwehr, die sich bei Tauwetter mit der Strickleiter vom Dach abseilen und mit dem Hammer die Eiszapfen von den Regenrinnen schlagen.

Sie stocherte in der leeren Salatschüssel herum. Das Kratzen der Gabel auf Porzellan untermalte die plötzliche Stille am Tisch. Hastig sprach sie weiter: Ich mochte es, von dort oben auf die neugierigen Gesichter der Passanten zu blicken. Mit dem Hammer auf das Eis einzuschlagen, dass es Töne macht wie auf dem Xylofon eines Riesen. Wenn dann die meterlangen Zapfen genau an den richtigen Stellen auf der Straße aufkrachten, war ich stolz. Ich fühlte mich wichtig.

Später am Abend stand Sassie am offenen Fenster ihres Zimmers und lehnte sich weit hinaus. Mit der einen Hand klammerte sie sich an die Fensterbank, mit der anderen klopfte sie die Häuserwand ab. Nein, hier würde sie sich freiwillig nie hinauswagen. Der Beton der Wand war mit Bitumen behandelt worden, und wie sollte sie sicher sein, ob die Metallverstrebungen, an denen die hinterlüfteten Fassaden hingen, noch stabil waren?

Es waren nicht der Herbst und seine Stürme gewesen, sondern ein Unfall, der sie das Klettern hatte aufgeben lassen. Sie war mit einer norwegischen Greenpeace-Aktivistin dabei gewesen, eine Banderole vom Dach des Radisson-Hotels auf Södermalm zu entrollen – ein Protest gegen die Pläne von Shell, in der Arktis und vor der Küste Alaskas nach Öl zu bohren. Beim Entrollen fing das Banner den Wind plötzlich ein wie ein Großsegel, seine Seile verdrehten sich mit dem Sicherheitsgeschirr der Frau aus Oslo. Die nächste Sturmbö wirbelte sie wie eine Puppe durch die Luft, dann schlug sie gegen die Fassade.

Sie selbst war bloß ein paar Mal um ihre eigene Achse gekreiselt, ihr schwindelte, und sie hatte versucht, mit der Frau zu reden, doch die antwortete nicht. Ihr Gesicht war rot von Blut, dann auch ihre Haare.

Als Sanitäter sie später vor dem Hotel auf eine Bahre legten, hing Sassie noch in der Luft. Sie sah zu dabei, wie eine Traube von Ärzten in weißen Kitteln um die Frau herumsprang. Ihr Bein war am Oberschenkel gebrochen, sogar von ganz oben konnte sie sehen, wie es zur Seite wegstand.

Von der Faszination dieses Schauspiels würde sie niemandem erzählen. Später hatte sie sich Vorwürfe gemacht, weil sie so gebannt verfolgt hatte, was dem Mädchen widerfahren war. So ungeheuer erleichtert darüber, unbehelligt davongekommen zu sein. Als sie die Frau mit dem bandagierten Kopf und dem Gipsbein ein paar Tage später im Krankenhaus besuchte, war ihr der Verdacht gekommen, dass da ein Teilchen in ihr fehlte. Jenes, das sie mitleiden ließ.

Sie blickte zum Himmel. Es war kalt geworden, der Wind kam jetzt aus Norden und schaffte die Wolken beiseite. Sie verfolgte die Bahnen der Satelliten und fragte sich, welche der Lichter, die dort oben ihre Ellipsen zogen, über sie, den

Kettenhäftling, wachten. Ihre himmlischen Wärter, die ein dichtes Funkfeuer auf die Erde herabsandten. Sie fühlte sich winzig.

Es klingelte.

Sie riss sich vom Fenster los und ging zur Tür.

Vor ihr stand ein Fremder. In seiner Hand hielt er den Griff eines angeschlagenen, für seine Größe zu kleinen Rollkoffers. Auf seinem Kopf hing eine vom Regen durchtränkte Wollmütze, die aussah wie ein totes Eichhörnchen. In akzentschwerem Englisch fragte er:

– Wohnt meine Schwester hier?

Durch die verzierten Milchglasscheiben seiner Wohnung drang Licht, die schwere Tür stand offen, eine Handbreit nur. Myrbäck hörte Stimmen von ganz oben, die Nachbarn mit den drei Kindern, irgendjemand hatte da immer Grund zu schreien.

Mit kleinen Schritten schob er sich auf dem Treppenabsatz voran, drückte Stück um Stück die Tür auf, sah auch gleich, dass ihr Schloss verrückt in der Halterung hing, und trat in den Flur. Zu hören war hier nur das Lärmen der Bauarbeiter, die sich im Hinterhof in ihre letzten Arbeiten vor Feierabend warfen. Zu sehen aber war es auf einen Blick: Bei den Myrbäck-Wöllners, wohnhaft in der Sternstraße, Hamburg-St. Pauli Nord, war eingebrochen worden.

Schränke, Müllkörbe, Schmutzwäsche hatte man durchwühlt, die Betten aufgeschlagen; Eds Playmobilkisten waren restlos, Marias Bücherschränke eher planlos geleert, die Schmuckschatulle auf der Konsole ihres Spiegeltischchens zwar geöffnet, aber ohne darüber nachdenken zu müssen, wusste er, dass jene, die hier ihre Finger in sein Privatleben gesteckt hatten, auf Goldkettchen und silberne Ohrhänger nicht aus waren.

Bewaffnet mit Eds Skateboard schlich er durch die Wohnung. In der Küche vergewisserte er sich, dass in keiner der Porzellanschüsseln ein Finger oder sonst ein makabrer Gruß hinterlegt worden war. Die Türen des Kühlschranks standen offen, vom Boden des Gefrierfachs tropfte Tauwasser auf die Küchenfliesen.

Er zog einen Stuhl vor das Fenster und beobachtete das Treiben auf der Straße. Er sah Passanten, die durch den Nieselregen trotteten, zwei Bauarbeiter, die Fensterrahmen von einem Laster in den Hinterhof verluden. Niemand, der zu ihm hochsah. Von unterhalb des Fensters strömte trockene Heizungsluft direkt in seine Nase und Augen. Irritiert gab er den Beobachterposten auf, nahm sich das Telefon und wählte eine Nummer, die er seit Jahren nicht gewählt hatte, aber immer noch fehlerfrei erinnerte.

Eine Frau meldete sich, deren Stimme er nicht kannte. Nein, sagte sie, Heidi käme spät nach Haus.

Bei ihrem letzten Besuch in Deutschland war Heidi noch mit Olofsson zusammen gewesen, einem Gebrauchtwagenhändler und apathischen Ehemann. In großer Runde hatten sie eine Bootsfahrt durch den Hamburger Hafen gemacht, anschließend hatte er Olofsson ins Eisenbahnmuseum begleitet.

Myrbäck raffte sich auf. Er räumte und verstaute, rückte zurecht und schlug mit Geschick das Schloss der Haustür in seine Fassung zurück. Er zog zwei Reisekoffer aus der Abstellkammer hervor. Er erkundigte sich beim Zentralen Omnibusbahnhof nach Abfahrzeiten. Er rief Sven Classen an, erklärte, seiner Arbeit als Vermesser bis auf weiteres nicht nachgehen zu können, ein Notfall und familiäre Katastrophen, er müsse verstehen.

Er verließ die Wohnung, schlug den Weg in Richtung Sternschanze ein, bog aber sogleich in den Torweg des Hauses siebzehn. Von hier aus führte ein unbeleuchteter Bogengang ihn über den kinderleeren Spielplatz direkt zu der Filiale seiner Sparkasse am Schulterblatt. Er räumte sein Sparbuch: 634 Euro, mehr war dort in den Jahren nicht zusammengekommen.

Zügig ging er durch den Sternschanzenpark, holte seinen

Sohn vom Fußballtraining ab und hielt ihn nach dem Abendbrot dazu an, für eine Reise sein Nötigstes an Schulsachen auf einem Haufen zu sammeln. Er selbst begann mit dem Packen, während er sich ein paar Sätze zurechtlegte, die eine Entführung seines Sohnes zwar nicht rechtfertigen, aber ein wenig erklären könnten. Nur für den Fall, dass Maria ihren allwöchentlichen Fernsehabend mit Freundinnen vorzeitig verlassen würde.

Ich fahre nach Schweden. Also Ed und ich. Ed nehme ich mit.

In zwei Wochen sind wir zurück.

Pünktlich zum Schulbeginn.

Versprochen.

Christiania, Juni 1985

Lilja sah aus wie eine Vogelscheuche.

Du siehst aus wie eine Vogelscheuche, sagte sie. Sie stand vom Küchentisch auf, ging auf Lilja zu, griff sie ungeduldig bei der Hand und führte sie vor den Spiegel im Badezimmer. Sie nahm den großen blauen Plastikkamm und sagte: Wir müssen dich kämmen. So kannst du nicht vor die Tür gehen. Lilja stieß sie weg und begann zu weinen.

Sie ließ ihre kleine Schwester vor dem Waschbecken stehen und lief durch den Flur, der morgens immer so düster war wie eine Dunkelkammer. Sie fand die Katze in Liljas Bett, am Fußende, zwischen einem Haufen alter Stoffreste, mit denen sie sich manchmal als Prinzessin oder Seejungfrau verkleidete. Der Katze fehlten beide Ohren und fast alle Schnurrbarthaare. Vom vielen Waschen war ihr Grün an manchen Stellen grau geworden. Zurück im Badezimmer drückte sie Lilja das Stofftier in die Arme. Hier, sagte sie, du musst jetzt aufhören zu weinen.

Hand in Hand gingen sie aus dem Haus. Die Sonne stand schon über dem Dach und wärmte die Haut. Von irgendwoher roch es nach feuchter Asche. Rauch war nirgends zu sehen. Auf ihrem Weg zu Catrine und Per fing Lilja wieder an zu weinen. Bei jedem Schluchzen hüpfte ihre kleine Brust.

Die Tür zum Haus von Catrine und Per stand offen. Per saß an der Nähmaschine und blickte kaum auf, als sie hereinkamen. Hallo, sagte er. Er war ein Mann mit haarigen Händen und haarigen Zehen, die vorne aus seinen Sandalen herausragten. Fast immer saß er an der Nähmaschine und nähte Cord-

hosen und Lederwesten für die Leute von Christiania. Vor ein paar Wochen hatte er ein Loch in die Außenmauer des Hauses geschlagen und ein rundes Fenster eingesetzt. Damit die Arbeit mir nicht die Augen verdirbt, hatte er erklärt. Er war Grönländer und fror nie.

Catrine kam mit ihrem dicken Bauch die Treppe herunter. Was ist mit euch?, fragte sie.

Mama ist weg, antwortete sie. Und sie kommt nicht wieder.

Wieso glaubst du das?, fragte Catrine.

Sie wusste keine Antwort.

Setzt euch erstmal hin, sagte Catrine und führte sie in die Küche. Ich mache euch was zu Essen. Und dann legt ihr euch hin. Ihr seht ja aus, als hättet ihr die ganze Nacht kein Auge zubekommen.

Catrine füllte zwei Gläser mit einem roten Traubensaft und stellte sie auf den Tisch. Sie stieg in ihre Holzschuhe, die bunt bemalt waren und an den Hacken schief gelaufen, und sagte: Ich geh mal bei euch nachschauen.

Nach ein paar Minuten kehrte sie zurück und sprach im Nebenzimmer leise mit Per. Sie kam schweigend in die Küche, stellte eine Pfanne auf den Herd und nahm eine Handvoll Kartoffeln und eine riesige gelbe Zwiebel aus einem Korb und legte sie auf ein Schneidebrett. Sie fing an, die Zwiebeln zu schneiden. Auf einmal drehte sie sich um und winkte mit dem Messer durch die Luft, wischte die Tränen unter ihrer Brille weg und sagte: Wir können eurer Mama wegen nicht gleich zur Polizei gehen. Die bringen euch irgendwohin. Wir warten jetzt mal ab.

Sie sagte nichts. Lilja nickte mit dem Kopf. Vom vielen Weinen waren ihr die Augen aufgequollen. Sie war zu klein für die Holzbank, auf der sie saßen. Ihre Beinchen schlenkerten in der Luft, und sie versuchte, ihre Stoffkatze mit einem Mandelkeks zu füttern, den ihr Catrine gegeben hatte. Catrine arbeitete in der Bäckerei. Bei ihr gab es immer Kuchen und Kekse und frisches Brot zu essen.

Als sie und Lilja vor ihren Tellern mit den Bratkartoffeln mit fein geschnittenen Zwiebelringen und einer dunklen Brotscheibe saßen, setzte sich Per zu ihnen und sagte: Wir müssen versuchen, euren Vater zu finden. Wisst ihr, wo er lebt?

Sie wartete mit einer Antwort ab. Als sie es nicht mehr aushielt, schweigend in Pers fragendes Gesicht zu blicken, schüttelte sie den Kopf. Lilja machte es ihr nach.

Per sah sie auffordernd an. Er sagte: Na, kommt.

Er wohnt in Ljusne, antwortete sie schließlich. Wo wir herkommen. Aber meine Mutter sagt immer: Er ist plemplem im Kopf. Er spinnt.

Wir wollen nicht, dass er zu uns kommt, sagte Lilja.

Wir gucken mal, was wir machen können, sagte Per.

Nach dem Essen führte Catrine sie und Lilja in ein Zimmer unter dem Dach. In seiner Schräge stand ein großes Bett. Es war warm. Sonnenlicht schien durch das Fenster herein. Catrine ließ eine Jalousie vor das Fenster fallen und sagte: Macht euch keine Sorgen. Es wird so schlimm schon nicht sein. Sie saß eine Zeit bei ihnen auf dem Bettrand, bevor sie wieder nach unten ging.

Das Bett, in dem sie lagen, roch fremd. Vor ihrem Gesicht hing ein brauner Teppich an der Wand, auf dem eckige rote Vögel mit braunem Gefieder zu erkennen waren. Durch den Holzfußboden konnte sie die Stimmen von Catrine und Per hören, nicht mehr als ein Gemurmel.

Am Nachmittag würde sie zur Kerzengießerei gehen müssen. Dort war sie zweimal in der Woche, weil alle Kinder in Christiania zweimal in der Woche arbeiten mussten. Nur Lilja nicht, hatte ihre Mutter gesagt, weil sie noch zu jung ist zum Arbeiten.

Mittlerweile verstand sie, nach welchem System sie die Fäden zwischen den Haken des Metallkorbes zu spannen hatte. Am

Ende sollten vier Körbe von einem Gestell herabhängen. Sie ließen sich drehen und wurden über ein Fass mit Kerzenwachs gehängt. Sie hatte gelernt, die Gestelle gleichmäßig in das heiße Wachs zu tauchen. Nicht alle Bewohner von Christiania lebten mit Strom, doch in der Kerzengießerei schafften sie genug Kerzen für alle. Deshalb durfte sie die Schule manchmal schwänzen, hat ihre Mutter gesagt, niemals aber ihre Arbeit in der Kerzengießerei. Vor ein paar Tagen hatten alle das Mittsommerfest gefeiert und vom Mælkebøtten so viele bunte Chinesische Ballons mit heißer Luft aufsteigen lassen, dass sich am nächsten Tag der Direktor des Flughafens in Kastrup beschwerte. Die Nächte waren jetzt kurz, und nur wenige Kerzen wurden verbraucht. Heute würde sie das Kerzendrehen schwänzen. Ihre Mutter hat ja selber Schuld.

Sie war froh, dass sie nicht auf dem großen Sofa in der Küche schlafen musste. Die Küche stand voller Kühlschränke und stank. Catrine und Per versorgten ganz Christiania mit Butter. Zweimal im Monat reisten sie mit dem Schiff nach England und kauften Koffer voll mit dänischer Lurpak-Butter, weil die dort billiger war als zuhause.

Vielleicht hatte ja auch ihre Mutter so eine Idee gehabt. Dann wird sie morgen mit Kartoffeln oder Puddingpulver wieder zu ihnen zurückkehren, überlegte sie. So wie im Winter einmal. Da war sie den ganzen Tag lang unterwegs gewesen und stand am Abend mit einem riesigen Radio in der Tür, mit dem man nicht nur Radio Freies Christiania hören konnte, sondern auch Sendungen aus Sundsvall oder Umeå. Oder sogar aus Arabien. Obwohl sie diesen Radiokanal dann doch nie gefunden hatten.

Es wird so schlimm schon nicht sein.

Um Mitternacht brachen Vater und Sohn Myrbäck mit schweren Reisetaschen zum Omnibusbahnhof auf. Bei McDonald's saßen sie über farblosen Pommes Frites und sahen sich die anderen späten Gäste an: wartende Reisende wie sie, Gruppen junger Männer, ein Junkiepärchen in verschlissenen Anoraks. Übersättigt bestiegen sie den Zwei-Uhr-Bus und setzten sich in die vordere Reihe des Oberdecks. Hier würden sie die beste Aussicht auf den Weg haben, der vor ihnen lag.

Die Abfahrt war pünktlich, der Bus fast leer. Quer durch die schlafende Stadt fuhren sie zur Autobahn. Knut Giovanni schloss die Augen; das Gesicht Raschkes tauchte auf. Diese auf komische Weise zusammengesetzten Züge, sein schütteres Haar. Raschke tat ihm leid. Wer würde ihn zu Grabe tragen? Raschkes Eltern waren tot, sein Bruder wohl zu krank, sich um Totenschein, Sarg, Grabbrief zu kümmern.

Gab es da noch Freunde, die sich, anders als der fliehende Holzapfel oder der verschwundene Stanczak, kümmern würden? Myrbäck wusste zu wenig über Raschkes Leben jenseits der Werkstatt und des Gewerbehofes. Hatte Raschke gelogen? Hatte er doch von dem bronzefarbenen Audi Q7 gewusst? Myrbäck schlief ein, den Kopf ans vibrierende Fenster gelehnt.

Als er die Augen wieder aufschlug, reihte sich der Bus in eine Warteschlange auf dem Kai des Fähranlegers ein. In den Sitzreihen hinter sich konnte er die müden Gesichter der Mitreisenden im Morgenlicht erkennen.

Er und Ed stiegen aus. Böen riffelten das Wasser auf dem

Pflaster und pfiffen am Dach einer verlassenen Zollstation entlang, in deren Windschatten sie sich verkrochen. Durch die Fensterscheiben sahen sie, dass mitten in dem leeren Raum eine verwesende Möwe lag. Durchgefroren trotteten sie über eine verglaste Gangway an Bord der Fähre.

Kaum hatten sie das Hafenbecken Puttgardens verlassen, hieb starker Wind von Backbord auf die »Prinsesse Benedikte« ein. Das Schiff schlingerte. Ed blickte ihn beunruhigt an. Noch immer lief seine wund geputzte Erkältungsnase. Ihm wird doch jetzt nicht schlecht werden, dachte Myrbäck.

– Ruhig atmen, sagte er. Tief atmen. Niemals auf den Boden blicken. Hoch die Nase!

Ed nickte misstrauisch.

Weil in den Speisesälen sämtliche Fensterplätze mit Aussicht belegt waren, suchten sie sich einen Platz im Bistro auf dem Arkadendeck. Hier waren die Lastwagenfahrer in der Mehrzahl. Sie saßen über Schnitzeln und Kartoffelsalat mit Mayo und blickten kauend auf das Morgengrau über der Mecklenburger Bucht.

– Ich will nichts essen, sagte Ed leise.

Als die Küstenlinie Fehmarns im Dunst verschwand, erstiegen sie das Sonnendeck. Der Wind blies ihnen die Haare in alle Richtungen. Die Ostsee war kabbelig, am Horizont grünlich, sonst bleigrau bis braun. Das Meer hier ist niemals blau gewesen, dachte Myrbäck, seit ich mich erinnern kann. Einmal war er mit seiner Mutter auf dem Weg nach Berlin über Trelleborg gereist und erst in der Nacht an Bord der Fähre gestiegen. Als sie am Morgen darauf mit gedrosselten Motoren den Hafen von Sassnitz anliefen, schwappte die See dunkelbraun im Prorer Wiek. Damals hatte er begriffen, dass es eine Lüge war, wenn die Leute behaupteten, die Farbe des Meeres sei Blau. Eine Notlüge.

Er wollte Ed von seiner Erkenntnis erzählen, ließ es aber bleiben, als er sah, dass sein Sohn sich die Ohren mit Kopfhörern verstopft hatte. Er ist sieben, trägt zu lange Haare und hat kugelrunde Augen, dachte Myrbäck, und nichts auf der Welt rührt mich mehr als dieses Knopfgesicht.

Sie verließen das Sonnendeck und reihten sich in die Schlange vor der Wechselkasse ein. Eine junge Frau mit dicken Zöpfen wechselte ihm sein Geld in Kronen. Sie sah ihn lächelnd an. Gerne hätte er zurückgelächelt, doch ihm fiel ein, was ihn und seinen Sohn so früh am Morgen zur Abreise gezwungen hatte: eine Flucht.

Aus dem Vermesser und Auftragsdieb war ein Verfolgter geworden, ein Mann in zerrütteten Verhältnissen, der seinen Sohn verschleppte, ohne zu wissen, wohin, für wie lang. Es war verlockend sich vorzustellen, all dies sei innerhalb weniger Tage geschehen, zufällig, die Summe einer Reihe belangloser Unglücksfälle. Doch eine Stimme sagte ihm, dass dies nichts als ein Schöngerede wäre. Die Dinge waren seinen Händen entglitten, nicht erst, seit er auf einem Firmenparkplatz in Hamburg-Osdorf einen Audi geknackt hatte. Nein, sein Leben war vor langer Zeit schon aus der Spur geraten, war noch ein paar Jahre schicklich an seiner Seite gelaufen, hatte eine Hochzeit, die Geburt seines Sohnes und einen bescheidenen beruflichen Aufstieg mitgetragen – bis es vor nicht einmal einer Woche ausgeschert war und jetzt den Abhang hinabraste, mit ihm im Schlepptau.

An welchem Punkt seiner Vergangenheit hätte er eingreifen, anhalten, den Kurs ändern sollen?

Knut Giovanni Myrbäck war zum Autodieb geworden wie andere zum Verkäufer oder zum Fitnesstrainer. Für 535 Mark plus Mehrwertsteuer. Er war als Botenjunge beim Schlüsseldienst Heese GmbH eingesprungen. Zwei Monate fuhr er

Schlösser, Schlüssel, Dietriche quer durch die Stadt und stellte Großmütter ruhig, die sich aus ihren Wohnungen gesperrt hatten. Durch ein Versehen war er vom Buchhalter der Firma für einen Fortbildungskurs angemeldet worden: Am »Fachseminar über angewandte Öffnungstechniken« nahmen Feuerwehrmänner, Rettungsfahrer, Entriegelungsprofis jeder Couleur und er teil. Myrbäck machte sich mit Enthusiasmus daran, sein neues Handwerk zu erlernen.

Man brachte ihm bei, Wagentüren ohne Schlüssel zu öffnen, lautlos, sekundenschnell, mit Haken und Ösen. Er übte Metallstreifen zwischen Scheibe und Fenstergummi zu schieben und lernte, Schließzylinder zu ziehen wie die Korken aus einem Flaschenhals. Er hantierte mit Glocken und Knackrohren und begriff, dass der Kauf des »Elektro-Pickers« für 640 Mark eine Chance war, denn wie kein anderes Werkzeug rüttelte er seine spitze Blechzunge durch die Sperrstifte des Türschlosses und gab den Schlüsseldreh frei. Zum Abschied des Seminars wurde sämtlichen Teilnehmern des Lehrgangs ein roter Kunststoffkasten überreicht. Das »Öffnungs-Set«, kaum größer als ein Aktenkoffer, war im Seminarpreis enthalten.

Unbekümmert hatte der blutjunge Myrbäck sich an den Verkauf gestohlener Autoradios und begehrter Reserveteile gemacht, schließlich die Wagen ganz und gar und mit ihnen wohl auch seine Talente für rechtschaffene Arbeiten verschleudert. Er versuchte, sich die Atmosphäre jener Wochen und Monate zu vergegenwärtigen, die am Beginn seiner zweifelhaften Karriere lagen. Es gelang ihm nicht. Ich bin mir selbst immerzu gleichgültig gewesen, dachte er bei sich. Ich denke überhaupt zu wenig.

Scheiß drauf. Es musste auch solche wie ihn geben. War nicht die Sorglosigkeit eine Gottesgabe?

Bevor er sich von einer Identitätskrise an Bord der »Prinsesse Benedikte« niederstrecken ließ, führte er seinen Sohn zu einem der Tische in der Kinderecke der Fähre. Er setzte ihn vor einem Fernsehschirm ab und betrat das Bordgeschäft.

Er kaufte einen Karton Carlsberg, Cognac und deutsche Illustrierte für Heidi. Über steile Eisentreppen stieg er in das zweite Autodeck hinab, schob sich im Dröhnen der Schiffsmotoren an regennassen Autokarosserien vorbei, ließ sich vom Fahrer des Reisebusses den Gepäckraum öffnen und verstaute seine Mitbringsel. Drei Parkreihen hinter dem Bus sah er zwei Figuren regungslos im Fond eines braunen BMWs sitzen. Während er mit seinen Einkäufen hantierte, versuchte er unauffällig, genauer hinzusehen. Zwei Männer. Die, so kam es ihm vor, in seine Richtung starrten. Er sah zu, dass er wieder ans Tageslicht kam.

Das Ende ihrer Fährreise verbrachten Vater und Sohn auf den blauen Loungesesseln des Oberdecks. Die Sonne schien auf einmal grell durch das gläserne Dach über ihren Köpfen. Myrbäck trank heißen Tee und begann zu schwitzen. Er versuchte zuzuhören, was Ed zu erzählen hatte, aber es war eine Erzählung aus der Schule, in der Ole gemein gewesen war zu Katie, woraufhin Katie Dorians Füller nach Ole geworfen, dabei aber Lucy am Rücken getroffen hatte, sich nicht entschuldigen wollte, und spätestens jetzt verlor er den Faden. Erleichtert sah er, dass am Horizont die Stahlgerüste der Fähranlage Rødbyhavns auftauchten.

Auf ihrer Fahrt durch Dänemark zog sich die Landschaft wie ein braunes Tischtuch. Sie passierten halb zugefrorene Tümpel und Wiesen, die voller Wasser standen. Hinter Haslev passierten sie eine Reihe von Hügelketten, auf der sich Dutzende weiß-grün gestreifter Windräder verteilten. Ihre Rotorblätter drehten sich im Wind, als gelte es, mit aller

Macht abzuheben und die elende Landschaft hinter sich zu lassen.

– Wann brechen Windräder ab?, fragte Ed.

– Gute Frage, antwortete Myrbäck. Keine Ahnung. Wenn sie übertreiben.

Als sie den Flughafen Kastrup hinter sich ließen, tauchte die Ostsee wieder vor ihnen auf. Aus den Wellen waren Wogen geworden, die Schaumkämme hatten sich aufgelöst. Während ihr Bus leicht schwankend die Auffahrt zur Öresundbrücke nahm, sahen sie, dass sich kleine, runde Wolken am östlichen Himmel versammelt hatten. Weiße Tupfer auf blauem Grund, riesige Schafsherden, bereit zum Marsch auf das Festland.

II

Ein blaues Auge. Ist das alles, was von einem fünfunddreißigsten Geburtstag übrig bleibt?

Nein, da liegen die Champagnerpralinen auf dem Rolltisch am Fenster, Grußpostkarten und ein Küchenmixer, für den die Kollegen gesammelt haben. Eine Cognacflasche von Knut, eingeschlagen in ein verlegenes Lächeln. Zuoberst ein Päckchen von Jan, das bunte Geschenkpapier an den Ecken gerissen. Geöffnet hat sie es noch nicht. So sind sie, die großen Schwestern. Fürsorglich ersparen sie ihren kleinen Brüdern die Schande, ihre plump, ihre herzlos gewählten Geschenke vor aller Welt ausgepackt zu sehen. Ihr liebstes: eine Halskette aus bunten Glassteinen, Malin hat sie ihr gebastelt.

Doch was wirklich fehlt, was sie dringend bräuchte, findet sie nicht in dem Stapel ihrer Geschenke. Eine dicke Schicht neuen Lacks. Der alte blättert.

Heidi Olofsson, geborene Holzapfel, trat vor den Garderobenspiegel. Was hatte dieser Anblick ihr jetzt zu sagen? Ich trage eine Jeans, die ich unten zu mutig nach oben gekrempelt habe, die mir oben zu weit um den breit gewordenen Hintern sitzt. Klein und gedrungen bin ich durch den Tag geschritten, am Ende noch mit einem dicken Tränenauge. Ich habe rostroten Lippenstift aufgelegt, von dem meine Tochter behauptet, er passe besser zu einer Frau von zwanzig Jahren. Habe mir die Augenbrauen rupfen, die Haare schneiden und strähnen lassen, und jetzt ziert mein Haupt eine Frisur von schlimmster Vorortfasson. Mäusefell, glanzlos. Ich sehe nach ungevögelter

Schulkrankenschwester aus, die ich ja bin. Aber wozu taugen verrinnende Geburtstage, wenn nicht für Kübel voller Selbstmitleid? Womit ich bei der Sache wäre: Alter und schwindende Schönheit sollten mir geringe Sorgen machen.

Das wirkliche Problem: Meine Wohnung wurde im Handstreich genommen. Ist Ort einer Invasion.

Es war ein Uhr früh, und sie stand hellwach in der Küche ihrer Wohnung im Heimdalsväg, Hausnummer zwölf, sechster Stock. Zwei letzte Kerzen brannten, Weingläser standen halbleer herum, neben Mokkatassen, Kuchenresten.

Ihr kleiner Bruder war als Vorhut gekommen, ein triefnasser Sack, der sich vor ihre Türe gewuchtet hatte. Für ein paar Nächte, klar, dann wäre er wieder weg. Hatte er gesagt. Er stecke gerade knietief in einer Klemme. Knietief! Klemme! Wenn man sie fragte: Jan selbst war die Klemme, in der er steckte.

Am Abend darauf war Knut gekommen, mit seinem rotznasigen Sohn. Für zwei, drei Nächte nur, klar, dann würden sie anderswo eine Bleibe finden. Nicht daran zu denken, sie wieder in den Regen zu schicken.

Führte sie hier ein Wanderheim? Ein Nachtasyl auf siebzig Quadrat? Vier Erwachsene und zwei Kinder, eingepfercht wie Vieh, ohne Rücksicht auf das komplexe Beziehungsgeflecht, das sich zwischen Menschen entspann, die miteinander verwandt waren, befreundet, die es mal miteinander getrieben hatten, die einander erst geliebt, dann gehasst hatten, das Übliche eben.

Gleich morgen würde sie ihren Bruder anweisen, ihr bei Aufräumarbeiten auf dem Balkon zu helfen. Dort galt es, Platz für den Kaninchenkäfig zu schaffen, Grasnelken zu setzen, Kunstrasen auf dem grauen Beton auszulegen. Das Frühjahr möge kommen.

– Wie geht's deinem Auge? Die leise Stimme Sassies riss sie aus ihren Gedanken. Lautlos war sie in die Küche getreten, sich ein Glas Wasser für die Nacht zu holen.

– Geht schon. Ich kann wieder sehen.

Sie hörte selbst, wie übellaunig ihre Worte klangen. Egal. Wenn sie schlau wäre, würde sie schleunigst zu Bett gehen. Morgen früh würden sie wieder im Dutzend vor ihrem Behandlungszimmer antanzen, Kinder, sogar Kollegen. Das ungewöhnlich milde Wetter war schuld daran, dass sie schlapp machten, keuchend, fiebrig leidend. Mit tropfender Nase wie der kleine Myrbäck, ein süßer Junge eigentlich, seinem Vater nicht unähnlich, aber er hatte den Erkältungsvirus hier eingeschleppt.

Die Nächste, die nach Luft japsen wird, ist das Fräulein Linné, jede Wette. Kein Gramm Fett am Körper. Keine Widerstandskräfte. Wenn sie nicht abends vor den Spätfilmen säße und pausenlos die Schokoladencreme aus dem Glas in ihren Kirschmund schaufelte, dann würde ich argwöhnen, dass sie magersüchtig ist.

Wenn ich reich wäre. Geld hätte. Wenn ich meine Untermieter zum Teufel jagen könnte. Ich hätte mir nicht auch noch diesen Hungerhaken in die Wohnung geholt. Eine Frau, die aus dem Norden kommt und wortkarg ist, aber so werden sie dort oben ja geboren. Sie hat ein hübsches Gesicht, wenn sie auch immer zu streng blickt. Das liegt wohl an der Fessel über ihrem Fuß.

Heidi trat aus der Haustür. Schwere Flocken fielen in geraden Linien vom Himmel hinab. Der Schnee lag matschig auf den Wegen. Der Kiosk unten an der Straße war längst geschlossen. Die Ampel an der Unterführung blinkte ein sattes Gelb in die Nacht.

Von der Straße fuhr ein Wagen mit Abblendlichtern herauf und blieb vor dem Häuschen der Müllsammelstelle stehen. Ein Automotor auf niedrigen Touren, ein breiter dunkelgrüner Wagen mit einem einzelnen, langsamen Scheibenwischer. Wer ein solches Auto fuhr, dachte Heidi, der kann sich eine Villa auf Trehörningen leisten. Der lebt nicht in der Heimdalsiedlung. Hier fuhr man Rad. Oder zog seine wackligen Knochen hinter einem Rollwagen her.

Der nasse Schnee war ein Ärgernis. Bis auf ein paar Tage klirrender Novemberkälte hat der Winter sich lange nicht blicken lassen, spät im Januar hatte er ununterbrochen Schnee geschickt, an drei Tagen blieben die Busse stehen. Dann war es wieder warm geworden, der Frost in die Nächte verbannt, und all die Wintersachen blockierten fortwährend die Garderobe.

Der Boden vibrierte, als auf den Gleisen unter ihr der Vorortzug heranraste, ein Lichtgeschoss, das die Sträucher der Böschung und weiter vorn die Betonbeine des Wasserturms für Sekunden in gelbliches Licht tauchte.

Myrbäck war schuld. Seinetwegen lebte sie in Nynäshamn. Knut Giovanni mit seinen Blinkeraugen, seinem Hundeblick, seiner ungestümen Liebe damals, da war er Anfang zwanzig. Zwei Jahre lebten sie zusammen, dann war er in den Bus gestiegen, hier unten vorm Haus, ist nach Hamburg oder sonst wohin, aber nie zurück zu ihr.

Sie war geblieben. Ein Fehler? Nein. Vielleicht.

Heute gehörte sie zum Personal der Nicksta-Schule, 486 Schüler, 38 Lehrer, eine Schulkrankenschwester. Ich habe eine Ehe hinter mir, sagte sie sich, und eine Tochter alleine großgezogen. Was dem gewöhnlichen Lebenslauf einer Frau meines Alters entspricht. Ich habe nicht im Traum daran gedacht, dass ich eines Tages in diesem Ort landen würde. Ich hatte diese Häuser wohl manchmal durch die Zugfenster gesehen, und bestimmt habe ich mir damals, als ich die Wohnung besichtigte, gesagt, dass ich zum Glück nicht für alle Zeiten hier würde leben müssen. Vielleicht bin ich zwischen Wohnblöcken und Fremden über die Jahre verbittert und übellaunig geworden.

Der Schnee war in Regen übergegangen. Sie machte kehrt.

Den dunkelgrünen Wagen hatte sie nicht vergessen. Um ihm auszuweichen, wählte sie den Trampelpfad, der von der Bahnlinie direkt zu den Häusern am Hang über ihr führte. Sie kämpfte sich ein Stück durchs Gestrüpp und stieg weiter oben durch ein Loch im Maschendrahtzaun. Zwischen den Büschen hatte der Frost den Boden nicht hart werden lassen.

Der Pfad endete an der Rückseite des Fahrradschuppens. Hinter einem verschneiten Stapel Fahrradwracks blieb sie stehen, ein flaues Gefühl im Bauch. Der Wagen stand jetzt auf einem der Parkplätze vor dem Haus. Auf seine Frontscheibe hatte sich eine Schneepampe gelegt.

Sie wollte nicht aus dem Schatten des Schuppens treten, denn dann wäre sie selbst zu sehen gewesen. Sie lauschte. Ihr Herz schlug zu schnell. Auf dem Spielplatz zwischen den Häusern trieb der Wind Schaukelketten gegen ein Gerüst. Das waren gewohnte Geräusche. Sie trat ins Licht der Weglampe und sprang auf den erleuchteten Hauseingang zu.

Wusstest du, dass die weibliche Brust beim Joggen durchschnittlich neun Zentimeter pro Schritt hüpft?

Jan Holzapfel las ihm aus einer deutschen Illustrierten vor. Seit vier Abenden arbeitete er sich methodisch durch kurze wie lange Artikel, er verdrückte sie portionenweise, und gern ließ er andere teilhaben an seinen Lesefreuden.

Sie lagen nebeneinander: Er, Myrbäck, auf dem Bett; Holzapfel eine Armlänge entfernt, auf einer Kingsize-Luftmatratze. Die Luft im Zimmer war stickig, aromatisiert vom Gummi der Luftmatratze, kaum zu atmen, denn Jan hatte die Heizung bis zum Anschlag hochgedreht. Er fürchtete, sich einen Schnupfen geholt zu haben: am Ende seiner Reise ins winterliche Schweden, er zu Fuß mit nasser Mütze auf dem Kopf unterwegs durch Schneeregen, wo gibt's denn so was, mit Gepäck vom Bahnsteig bis hoch auf den Hügel hier, in diesem Kaff fährt ja nachts kein Scheißtaxi. Myrbäck kannte die Geschichte seiner elenden Ankunft auswendig.

– Was du nicht sagst, antwortete er jetzt müde. Neun Zentimeter? Wohin hüpfen die?

– Verstehe ich auch nicht.

– Und wie misst man so etwas?

– Vor allem: Wer? Die guten Jobs haben immer die anderen. Holzapfel vertiefte sich wieder in seine Lektüre.

Aus der Ecke des Zimmers erklang das säuselnde Schnarchen eines Jungen, der seine Erkältung verschleppt hatte. Ed war endlich eingeschlafen.

Der Raum, in dem sie lagen, war klein, eng und bis vor vier Tagen von Heidis Tochter Malin bewohnt worden. Jetzt sah es hier aus, als hätten Flüchtlinge ihr Lager aufgeschlagen. An der fensterlosen Wand hatten sie zwei Stühle und den Nachttisch aufgestellt, die als Ablage für Kleider und Krimskrams dienten. Von der Dachleiste des zweitürigen Kleiderschranks hingen ihre Hemden, Jacken, Mäntel.

Die Wand oberhalb seines Bettes zierte ein Potpourri billig gerahmter Porträts. Malin auf dem Rücken eines Pferdes. Malin auf einem Klassenfoto und am Strand von Lövhagen. Heidi und Malin mit Badeball vor mediterraner Landschaft. Kreta? Malin mit Vater. Der fesche Olofsson, stellte Myrbäck befriedigt fest, hat es in diesem Heim zu einem überbelichteten Porträtbild gebracht, mehr war nicht drin gewesen für ihn.

Über seine eigenen Sympathiewerte in dieser Wohnung wollte Myrbäck jetzt lieber nicht spekulieren. Er war ein ungebetener Gast. Der aus einer längst vergangenen intimen Beziehung zur Gastgeberin das höchst zweifelhafte Recht ableitete, sich bei ihr einquartieren zu dürfen. Wäre er ohne seinen Sohn im Schlepptau vor ihrer Türe aufgetaucht, Heidi hätte ihn zum Teufel geschickt, den untreuen Ex-Liebhaber. Obwohl. In strenger Hinsicht war er nie untreu gewesen. Er war einfach gegangen, weil es nicht mehr lief zwischen ihnen. Weil sie sich nicht mehr küssten, sondern stritten. Worüber? Er erinnerte sich nicht. Und was hatten sie damals miteinander im Bett getrieben? Bildfragmente tauchten in seinem Kopf auf: Dinge, die Verliebte tun, jung, überschwänglich, ohne Geschick, na und? Wenn eine meiner Geschichten beendet, die Liebe einmal verflossen ist, dann lasse ich sie hinter mir. Myrbäck begriff Menschen nicht, die voller Eifer zurückblickten und sich, noch nach Jahren, an Gesten und Blicke, erste Liebkosungen erinnerten.

– Und was sagst du zu der Kleinen?, fragte Holzapfel von seiner Matratze. Genau dein Typ.

– Wer jetzt?

– Sassie Linné.

– Da hast du mal Recht, antwortete Myrbäck. Er dachte oft an das ernste, schmale Gesicht mit den schwarzen Brauen, ein Flügelschlag über Nachtaugen. Schokoladenbraun. Moorseebraun. Rehbraun. Colabraun. Wie auch immer, in sie hineinzuschauen brachte sein Herz zum Stolpern. Aber was ging es Jan an? Er fragte:

– Und du? Stehst du auf Sassie?

Statt zu antworten kramte Holzapfel in einem Haufen Medikamentenschachteln herum. Für jede möglicherweise mit einer banalen Verkühlung einhergehende Komplikation hatte er sich bei seiner Schwester mit Tinkturen und Tabletten versorgen lassen. Das Rascheln von Papier wollte nicht enden.

– Was tust du da?, fragte Myrbäck.

– Beipackzettel lassen sich nicht auf Anhieb wieder zusammenfalten, antwortete Jan. Endlich legte er sein massives Brillengestell ab, blinzelte einen Gutenachtblick in Myrbäcks Richtung und löschte das Licht seiner Lampe.

Myrbäck fand keine Ruhe. Aus der Küche hörte er die Stimmen Heidis und Sassies. Dann ein Türenschlagen. Malins Bett war zu kurz für ihn. Schuld an seiner Schlaflosigkeit aber war nicht das zu kurze Bett, sondern seine eigene Mutter. Für keinerlei Hokuspokus empfänglich, jeglichem Mystizismus abgewandt, hatte sie doch in dem Irrglauben gelebt, Kinder hätten nachts mit ausgestreckten Beinen zu schlafen, sonst würden diese verwachsen; sonst würde, im Kleinen wie im Großen, nichts aus ihnen im Leben. Der mütterliche Wahn hatte sich auch an ihm manifestiert. Seit er denken konnte, schlief er gerade und steif wie eine Schiffsplanke ein. Manche der Frauen, die Bett und Nacht mit ihm geteilt hatten, fanden es anstrengend, neben einem Aufgebahrten in den Schlaf zu fallen, neben einem Liebhaber in Totenstarre.

Könnte er sich jetzt nur ein einziges Mal strecken!

Immer wieder sackte er in einen Dämmerzustand, aus dem ihn ein Husten seines Sohnes oder ein Grunzen Holzapfels riss. Sofort fing dann sein Herz an zu rasen, sein Gehirn lief auf Hochtouren und führte ihm die Bilder der vergangenen Tage vor – eine verkohlte Werkstatt, einen Finger, die Kabelstränge am Boden einer Baugrube –, bis er die Augen öffnete und sein Blick auf ein Ponyposter an der Türe des Zimmers fiel.

Man hatte bei ihm eingebrochen, er hatte Hamburg verlassen und tausend Kilometer weit in den Norden fliehen müssen. Mit seinem Sohn im Gepäck. Kein Tag verging, ohne dass Maria ihn anrief oder eine Nachricht auf seiner Mailbox hinterließ. Sie müsse mit Ed sprechen, sofort. Sie frage sich, ob er den Verstand verloren habe, schlagartig? Oder erklären könne, wieso das Schloss zu ihrer Wohnungstür plötzlich klemme? In ihrem letzten Gespräch hatte sie ihm mit Interpol gedroht. Kindesentführung.

Mit einem Ruck stand er auf, stieg über einen rosa Sessel und stellte sich im Pyjama ans Fenster. Die Scheiben waren vom Nachtreif gezuckert. Er schob die Gardinen zur Seite und öffnete das Fenster.

Eiskalte Luft blies herein und legte sich auf die nackte Haut seiner Brust. Bei einem Blick zurück in das Zimmer sah er im Dunkel den entblößten Rücken Holzapfels aufschimmern. Holzapfel hatte ein paar Pfund zugelegt, es war nicht zu übersehen.

Er trat drei Schritte zu Holzapfels Matratze und rüttelte ihn wach.

– Von wo aus hast du mich angerufen?

Holzapfel starrte ihn ungläubig an.

– Vom Fähranleger, antwortete er schlaftrunken. In Puttgarden.

– Du hast mich wie einen Idioten behandelt. Hast viermal angerufen, mir Blödsinn erzählt und wieder aufgelegt.

– Du weißt, wie es ist. Du hast keine zehn Sekunden Zeit, und wenn fünf Sekunden vorüber sind, denkst du schon wieder ans Auflegen.

– Hier und jetzt musst du nicht auflegen. Niemand hört uns ab. Also. Ich will kein Gesülze mehr von dir hören. Was ist geschehen, dass wir jetzt in einem Mädchenzimmer mit rosa Tapeten hausen?

– Ich weiß nicht. Alles lief wie sonst auch. Wir haben einen Auftrag bekommen. Ich habe ihn organisiert. Du hast den Wagen besorgt. Das Einmaleins unserer Branche.

– Du lügst, sagte Myrbäck. Raschke hat von rein gar nichts gewusst. Weder von einem Audi in Bronze noch von einem Kinocenter.

– Wie kommst du darauf? Holzapfel stutzte.

– Raschke hat es mir erzählt. Ein paar Stunden bevor er starb. Ich habe ihn in der Werkstatt besucht. Warum hätte er mich anlügen sollen? Warum verarschst du mich?

Holzapfel wandte sein Gesicht zum Fenster.

– Okay, okay, sagte er. Raschke wusste von nichts. Aber sonst lief alles wie immer. Auftragseingang Stanczak. Auftragserledigung Holzapfel und Myrbäck. Raschke hat einfach mal pausiert. Er saß auf der Ersatzbank. Das ist jedem von uns schon passiert.

– Und dann wurde ich eingewechselt. Ohne zu wissen, auf welcher Position ich zu spielen hatte.

– Dein Tor hast du ja geschossen. Holzapfel war die Freude

über seine Schlagfertigkeit anzusehen. Er stand auf, um in der Küche Bier für sie beide zu holen. Ein Beschwichtigungsbier, dachte Myrbäck.

Wo waren Raschke und Holzapfel sich über den Weg gelaufen? Aus Erzählungen der beiden wusste er, dass sie Mitte der Neunziger im Kastenwagen das norddeutsche Flachland abgefahren hatten, um des Nachts Diesel aus Mähdreschern abzufüllen. Pro Landmaschine kamen zweihundert bis vierhundert Liter zusammen; in manchen Nächten drohten die Achsen ihres Kastenwagens unter der Last zu zerbrechen. Ihr größter Coup handelte von sechzehn Traktoren, die einer neben dem anderen und entlang der Außenlinie auf einem Fußballfeld geparkt worden waren. Die ganze Nacht arbeiteten Holzapfel und Raschke durch. Am nächsten Morgen hatten sie über tausend Liter Diesel abgesaugt, und das Leistungspflügen der Landjugend von Uelzen musste kurzfristig abgesagt werden.

Jan kehrte mit zwei Bierflaschen ins Zimmer zurück. Myrbäck legte nach.

– Noch mal von vorn. Wer hat dir den Auftrag gegeben, einen Audi Q7 einzusammeln?

– Stanczak. Wo der ihn her hat? Keinen Schimmer.

– Was ist mit Stanczak? Wo steckt er?

– Keine Ahnung, antwortete Holzapfel. Wo er immer ist, nehme ich an. In Danzig. Unterwegs.

– Das glaubst du selber nicht.

Ohne Wissen und Wohlwollen Zbigniew Nikodem Stanczaks lief nur wenig in der Perma-Corro. Bei alldem, was schiefgegangen war, hätte er längst Alarm geschlagen. Der Pole war ihr aller Mastermind.

– Wo hast du gesteckt, als ich mir den Arsch aufgerissen habe? Warum bist du nicht ins Kino gekommen?

Holzapfel starrte auf das Etikett seiner Bierflasche und runzelte die Stirn, als versuche er zu verstehen, was dort auf Schwedisch gedruckt stand.

– Weil, sagte er schließlich. Weil schon jemand hinter mir her war.

Na endlich, dachte Myrbäck, beinah erleichtert. Die erste Antwort, die ihm weiterhalf. Auch wenn er nur beunruhigende Schlüsse aus ihr ziehen durfte.

– Wie kann man dich jagen, bevor du etwas angestellt hast?

– Das wüsste ich auch gerne, sagte Holzapfel, jedes Wort betonend. Ich nehme an, man hat mich beobachtet, während ich den Audi beobachtet habe.

– Wem gehörte der Wagen?

– Zwei Männern. Mal fuhr der eine, mal der andere, meist beide gemeinsam. Kreuz und quer durch die Stadt, über die Elbe, nach Rissen, Bergedorf. Ein paar Mal kam es mir vor, als würde das Auto von selbst fahren.

– Was?

– Na, wie soll es sonst zugehen, wenn der Fahrer bei Tempo siebzig in die Kurve geht und dabei seine Nase schnäuzt? Mit beiden Händen? Hab ich gesehen.

– Manche Leute steuern ihre Autos mit den Knien, schlug Myrbäck vor.

– Ja. Aber dann sah ich, wie sie mitten auf der Straße hielten und ausstiegen. Der Wagen setzte sich von selbst in Bewegung. Es fuhr in eine Parklücke, in die nicht einmal ich es geschafft hätte ohne Blechschaden.

– War deine Brille beschlagen? Saß ein Zwerg am Steuer, und du hast ihn nicht gesehen?

– Wie auch immer. Manchmal war eine Frau dabei. Und immer fuhr ich hinterher. So lange, bis ich am Großneumarkt in einem Café neben ihnen saß. Sie zahlten, standen auf, gingen zu ihrem Wagen, öffneten ihn, und ich habe die Verschlüsselungsstrings aufgefangen. Eine Vierzig-Bit-Codesequenz. Nichts Besonderes.

Nichts Besonderes, dachte Myrbäck erschüttert. Aber endlich mal plausibel. Holzapfel drückt sich tagelang um den Q7 herum, beschattet seine Fahrer und stellt sich so dämlich dabei an, dass er entdeckt wird. Die Besitzer des Autos beschatten nun ihrerseits den ahnungslosen Holzapfel.

– Und dann?

– Tja, dann. Rief mich Stanczak an und warnte mich. Wir sind aufgeflogen, fahr für ein paar Tage weg, aber mach schnell. Er klang aufgeregt. Du weißt, wie er dann ist. Er zischt beim Sprechen. Deshalb habe ich auf ihn gehört.

– Und in der Eile vergessen, mich zu warnen. Weshalb ich beinah in einer Baugrube verreckt bin.

– Ja. Und hier bin ich jetzt. Hinter Jans Brille blitzte ein der Schuld abgerungenes Lächeln auf.

– Nein, Holzapfel. Hier sind WIR jetzt. WIR. Er ließ ein wuchtiges Schweigen folgen. Dann fragte er mit Nachdruck:

– Wer ist warum hinter UNS her?

Holzapfels Schultern zuckten.

– Wieso bist du ausgerechnet zu deiner Schwester geflüchtet? So langsam gingen ihm die Fragewörter aus.

– Ich kenne sonst niemanden, der so weit weg wohnt, antwortete Holzapfel. Er legte sich auf seine Matratze und verschränkte die Arme unterm Kopf. Die Geste der mit sich Zufriedenen.

Das Bier hatte Jans Lebensgeister geweckt, ihn selbst aber bloß ermüdet. Er begann zu frösteln. Er schloss das Fenster und kletterte in sein zu kurz geschreinertes Bett zurück. Dort, unter Daunenfedern und beschallt vom säuselnden Schlafatem Holzapfels, überkam Myrbäck das Gefühl, dass seine

Reise an den südlichen Rand des Stockholmer Schärengartens bloß die frühe Etappe einer lang währenden Flucht war. Dass sie in Wirklichkeit nur dazu diente, einen Absturz zu beschleunigen, der vor Ewigkeiten begonnen hatte und nun an Fahrt gewann.

Nackt stand Heidi Olofsson vor dem Spiegel, um nach weiteren Anzeichen des drohenden Verfalls zu suchen, der in der Geburtstagsnacht von ihr Besitz ergriffen hatte. Diesmal war das Glück ihr hold. Der Spiegel war kurzzeitig erblindet. Was sie durch den feinen Film an Feuchtigkeit aber betrachten konnte, war ihr Auge. Ihr blaues Auge von der Farbe feinster Blaubeermarmelade.

Sassie hat eine starke Linke, dachte sie. Der Schwinger, den sie ihr aufs Auge gesetzt hatte, war nicht beabsichtigt gewesen, sondern erwachsen in der Enge der Küche, aus der Hektik der Geburtstagsvorbereitungen. Er zeugte von überraschender Schlagkraft. Im Boxring waren solche Schwinger leicht zu kontern. Aber in der Enge einer schwedischen Standardküche? Keine Chance.

Leise, langsam zog sie den Reißverschluss von Sassies Kulturtasche auf. Nagelschere, Kajalstift, die Pille, wofür auch immer. Zwei Lippenstifte, eine Haarbürste der Marke Roger Para, sieht teuer aus. Parfüm von Comme des Garçons, klar, hat sie mitgehen lassen. Ein Stück Seife der Art, wie man sie in billigen Hotels fand. Tampons, Schmerztabletten: Alvedon und Dexofen. Zwei Effexor, wirksam bei Panikattacken, ein Psychopharmakum in weinroter Ummantelung. Zwei Dutzend blau-weißer Tabletten in einem durchsichtigen Plastikbeutel, Flurazepam, genug, um sich ins All zu schießen. Kein Wunder, dass die Frau von Woche zu Woche blasser aussah.

Zwei Semester Pharmazie, was war da bei ihr hängen geblieben? Benzodiazepine. Vertreiben Ängste, lösen Spannungen im Kopf wie in den Muskeln. Hauen einen in den Schlaf wie ein Knüppel. Bei erhöhter Dosierung: Behinderung der Spontanatmung. Paradoxe Wirkungen: Reizbarkeit, Euphorie, Erregungszustände.

Warum soll ich nicht auch mal, sagte sich Heidi. Sie entknotete den Plastikbeutel, nahm eine der Tabletten, teilte sie mit dem Fingernagel ihres Daumens, warf die eine Hälfte ins Klosett, spülte die andere mit lauwarmem Wasser in ihren Bauch hinein.

Womit hatte sie das verdient?

Fünf Fremde saßen auf Sassie Linnés Stühlen, lagen auf ihrem Bett, knabberten an ihren Salzstangen, starrten auf den Bildschirm ihres Fernsehers. Es lief eine Sendung, in der darüber debattiert wurde, ob die Leistungen berühmter Dichter und Musiker die Frucht exzellenter Erziehung seien oder blinde Würfe des Schicksals – sechsmal die Sechs? Die Moderatorin saß auf einem sehr hohen Barhocker, sie war entweder superdick oder hochschwanger, und es war Jan Holzapfel, der jene Frage stellte, die sie alle sich insgeheim stellten.

– Wird diese Frau jemals heil von ihrem Stuhl herunterkommen?

Sassie gefiel der Humor Holzapfels. Und wie sah er erst aus! Ein Doppelgänger Fidel Castros, eines Castros auf dem Höhepunkt der Macht. Er hat die exilkubanischen Invasoren aus der Schweinebucht getrieben, seine Kampfgenossen abgeschüttelt, er beginnt den Aufbau seines Einmannlandes: Mit Hornbrille und Fitzelbart, und die Frauen laufen ihm hinterher, weil sie die Macht so lieben und jene, die sie besitzen. Schade, dachte sie, Jan Holzapfel würde weder in der Politik noch sonst wo Karriere machen. Auch bei ihr nicht, obwohl. Für Momente strahlt er jene wilde Unartigkeit aus, die manchen Frauen so warm unter die Haut geht, weil sie sich einbilden, sie zähmen zu müssen. Hier aber trug er eine zu enge Lederweste und ließ seine nassen Socken auf den Heizungsrohren des Badezimmers ausdünsten.

Am Morgen hatte sie einen Blick in das Zimmer der Männer riskiert: Der Raum roch nach durchschwitzter Kleidung, nach feuchter Wolle. Auf dem Boden schlängelte sich ein Schlafsack aus Armeebeständen, davor stand eine Tasche, ihre Innereien herausgerupft wie von einem Schakal: Strümpfe, T-Shirts, unmöglich zu sagen, ob getragen oder noch frisch. Rundherum leere Keksschachteln, zerlesene Zeitschriften, verwitterte Schuhe.

– Eure größte Dummheit?, hörte sie Holzapfel in seinem komischen Englisch laut in die Runde fragen.

Wie kommt er auf so was?, dachte sie.

– Kommt schon. Wann habt ihr eure größte Dummheit begangen? Erzählt mal.

– Du redest ein Zeugs, sagte Heidi missmutig. Sie saß im Bademantel auf der Sofalehne und bürstete ihr feuchtes Haar. Sie war lange im Badezimmer gewesen, rosa leuchteten ihre Wangen. Sie stand auf, ging in die Küche und kehrte mit einer Cognacflasche zurück. Sie stellte sie in die Mitte des Tisches und sagte, an ihren Bruder gewandt:

– Du beginnst. Deine Dummheit zuerst.

– Mein erster Suff, fing Holzapfel an. Mit vierzehn. In den Herbstferien bei Oma und Opa. Ich wartete, bis sie ins Bett gingen, dann habe ich mich mit einer Flasche Korn und Zigaretten in den Kuhstall geschlichen. Irgendwann in der Nacht muss ich betrunken ins Heu gestürzt sein. Am nächsten Morgen wurde ich von Schmerzen geweckt.

Er legte den Kopf zur Seite und hielt seinen Zeigefinger auf einen kleinen rötlichen Fleck auf seiner Wange.

– Eine Kuh hat mir eine Wunde geleckt. Mit ihrer Zunge. Wenn es richtig kalt draußen ist, fängt die Stelle heute noch an zu leuchten.

Sassie hatte die Stelle für ein Frostmal gehalten.

– Jetzt seid ihr dran. Erwartungsvoll sah Jan in die Runde.

Als weder Myrbäck noch sie oder Heidi Anstalten machten, den Mund zu öffnen, warf er sich auf Sassies Sofabett zurück.

– Ist euch der Humor vergangen?, blökte er. Wir haben fließend Wasser, die Heizung bullert, ist doch kuschelig, so eng beieinander.

– Keine Lust, meinte Heidi. Ich bin nicht in Plauderlaune. Sie griff nach der Fernbedienung und stellte den Fernseher noch lauter.

Sassie war ihr dankbar. Ein Joint, dachte sie, ein Joint würde mir jetzt guttun. Doch sie war gewarnt worden: Jederzeit, auch mitten in der Nacht, drohte der Überraschungsbesuch eines Justizbeamten. Der würde Augen machen, nicht nur weil sie zwei der vier Schrauben ihres Fußbandes aufgebrochen hatte. Sondern auch, weil ein die Resozialisierung der Sassie Linné förderndes Wohnumfeld nicht mehr gewährleistet war. Vier Erwachsene und zwei Kinder auf siebzig Quadrat, das waren bengalische Verhältnisse, inakzeptabel für die Beamten einer Sozialbehörde dieses Landes.

Ed, schon im Pyjama, kam, ihr gute Nacht zu sagen. Ein süßer Junge, still, verhalten. Bestimmt litt er unter seiner Feriengesellschaft, den Erwachsenen mit ihrem beginnenden Lagerkoller und einem vierzehnjährigen Mädchen, das ihn mit herablassender Freundlichkeit behandelte. Sassie beugte sich vor.

– Heißt du wirklich nur Ed?, fragte sie. Oder bist du in Wirklichkeit ein Edward? Ed, das alleine ist doch ziemlich kurz.

– Ich heiße nur Ed, antwortete der Junge ernst. Ed Myrbäck. Einen kürzeren Namen konnten meine Eltern nicht finden.

– Und gefällt dir dein Name? Magst du ihn?

– Es geht so. Den von Knut finde ich besser.

– Knut? Knut Giovanni? Das klingt doch ein bisschen nach Zirkus.

– Stimmt. Aber meine Mutter meint, das Spannendste an meinem Vater ist sein Name.

Sassie nickte verständnisvoll. Aus Eds Nase lief Schnodder. Sie ekelte sich ein bisschen.

– Langweilst du dich? Unter all den Erwachsenen?

– Ich spiele doch mit Malin.

– Ja, aber sie geht zur Schule. Spielt Handball. Ist viel unterwegs.

Seine schmalen Schultern zuckten. Er sieht aus wie sein Vater, fand sie.

– Was hast du denn heute gemacht?

– Ich habe geschaukelt. Dann war ich Eis essen. Mit dem Mann.

– Mit welchem Mann? Meinst du Jan?

– Nein, Jan doch nicht. Der Mann mit der Tasche.

– Der Mann mit der Tasche? Woher kennst du den?

– Ich kenne ihn eben. Ed wurde ungeduldig. Ich kenne ihn vom Spielplatz. Er hat ein Fernglas in seiner Tasche.

– Wohnt er hier?

– Nöö. Er weiß aber, wo wir wohnen. Er hat durch sein Fernglas in unsere Fenster geguckt.

– Er hat was?

– Ja. Ich habe auch gucken dürfen. Du hast am Küchenfenster gestanden und geraucht.

Sie hätte gar nicht erst anfangen sollen mit diesem Gespräch, dachte sie. Wer weiß, was Ed sich da zusammenreimte? Fremde Männer auf Spielplätzen. Sie nahm sich vor, ein Wort mit seinem Vater zu reden.

Vom Cognac hatte sie nicht trinken wollen, nahm nun aber

doch einen Schluck. Fast unmittelbar spürte sie, wie der Alkohol durch ihre Adern strömte. Sie setzte das Glas ab und trat auf den Balkon, eine rauchen. Im Inneren des Kaninchenstalls rumpelte es. Sie lüftete die Wolldecken, die nachts über dem Käfig lagen. Es stank nach Heu und Urin. Eine Schnauze drückte sich an das Drahtgitter, eine Nase witterte, zwei Zähne schimmerten gelb. Christiania war voll von Kaninchen gewesen. Sie waren genügsam und billig zu halten, und ihr Fleisch brachte ein paar Kronen auf dem Markt vom Gammel Strand.

Sie warf ihre Zigarette in die Nacht, sah der absinkenden Flugbahn nach, die von der Glut in das Dunkel gezeichnet wurde, und kehrte in die überheizte Wohnung zurück. Sie passierte ihr Bett, auf dem Myrbäck und Holzapfel mit Dosenbier und Salzstangen lagerten. Im Flur setzte sie sich vor den Computer. Er war umquartiert worden, um Platz für die Asylanten aus Hamburg zu schaffen.

»Knut Giovanni Myrbäck« – Im Internet war außer den Arbeiten eines Enzymforschers wenig zu finden. Myrbäck war ein unbeschriebenes Blatt. Die eigene Existenz vor dem Internet geheim zu halten, dachte sie, ist schon ein Kunststück.

Mit einem Ohr folgte sie den Vorhersagen des Wetterberichts: Das Herannahen einer Kaltfront aus Nordnordwest, Schneefälle auch in Küstennähe. Hinter ihrem Rücken rauschte Heidi durch den Flur und verschwand in ihrem Zimmer.

»Jan Holzapfel« beförderte ein paar Einträge mehr auf den Bildschirm. Der Server rief eine Webseite der »Perma-Corro GmbH« auf. Sassie verstand ein wenig Deutsch, und auch wenn sie nichts begriff von Chromatierung oder zyanidfreier Verzinkung – sie hatte es hier mit einem laienhaft gestalteten Internetauftritt zu tun, leicht erkenntlich am lieblosen Layout, an der unscharfen Fotografie dreier Männer vor einer Fabrikhalle. In einem von ihnen erkannte sie Holzapfel wieder. Er stand dort in einem Overall und überragte seine beiden Kollegen. Als Chef des Trios machte sie einen schwarzhaarigen Mann aus, doch das mochte am piekfeinen Anzug liegen, den er trug, an dem ergrauten Haar. Nummer drei blickte aus dem Bild heraus. Mit seinem verwischten Profil und dem schütteren Haar erinnerte er sie an einen nervösen Vogel.

Plötzlich stand Heidi vor ihr. Sie hatte sich die Haare ausgekämmt, sich umgezogen und trug jetzt ein ärmelloses Seidenkleid, das ihre Tätowierung auf der Schulter frei ließ: eine Rose, umrankt von grünblauen Blättern. Mit euphorischem Schwung trat sie in das Fernsehzimmer, drehte sich zweimal um die eigene Achse und fragte:

– Gar nicht so schlecht, oder?

– Sieht super aus, sagte Malin. Sie klatschte Beifall.

Sassie nickte anerkennend.

– Prada, meinte Holzapfel mit stolzer Miene. Es war ja sein Geburtstagsgeschenk an die Schwester, das gerade eine Premiere vor Publikum erlebte.

Myrbäck blieb stumm.

Sie konnte zusehen dabei, wie ihm das Blut aus dem Gesicht wich. Er wurde blass, dann grünstichig wie ein Eierkarton.

Er starrte auf die sich langsam in der Mitte des Raumes drehende Heidi, als wäre sie ein Geist. Ein Geist in einem Kleid, das nach Sommer aussah, gelbe Tupfer auf weißem Grund.

Steht ihm gut, diese Blässe, dachte Sassie.

Große, kleine, dicke Pimmel. Schiefe, monströse, niedliche, beschnittene Pimmel oder solche mit Augen, mit Beinen, auf Rädern, Pimmel in Leuchtorange. In manchen der Zeichnungen meinte Myrbäck, Anklänge schöpferischen Könnens zu erkennen.

Er stand im trüben Licht der Fahrstuhlkabine. Seine Turnhose und sein T-Shirt waren durchschwitzt von einer Laufrunde über die Waldwege Lövhagens.

Er fragte sich, an welchem Punkt seiner Entwicklung der Mensch sich für seine Geschlechtsteile zu schämen begonnen hatte, statt ihre Komik zu begreifen. Wer hatte das erste Bild eines Phallus in eine Steinwand geritzt? In Momenten wie diesem bedauerte es Myrbäck, ein Mensch der Halbbildung zu sein. Bestenfalls.

Der Flur der Wohnung lag in hellem Vormittagslicht. Die Strahlen der Sonne reichten bis unter die Garderobe und erleuchteten eine Sammlung achtlos abgelegter Schuhe. In der Küche saßen Holzapfel und Ed über den Schulheften, die sein Sohn über die Frühjahrsferien durchzuarbeiten hatte. Holzapfel, in rechnerischen Dingen hinlänglich begabt, half Ed bei der Lösung von Mathematikaufgaben.

In ihrem Schlafzimmer stank es. Holzapfel hatte heimlich geraucht und dann nicht gründlich gelüftet. Myrbäck öffnete dessen Reisetasche und fand zwischen Unterhosen und zwei Stangen Zigaretten nicht mehr als eine Handvoll billiger Mobiltelefone samt Ladekabel. Er empfand keine Skrupel dabei, im Gepäck Jans herumzuschnüffeln. Denn ich habe das Sommerkleid mit den gelben Tupfern schon gesehen, bevor Heidi es gestern Abend so überraschend ungeniert vorgeführt hat.

Myrbäck musste nicht einmal die Augen schließen, um das Flattern des Kleides im Fahrtwind zu hören.

Über die schmale Eisentreppe stieg er zum Dachboden hinauf. Der Wind zog unter dem First entlang, schon an seinem Sausen meinte er hören zu können, wie tief die Temperaturen draußen gefallen waren. Direkt neben dem Maschinenraum mit der Antriebsmaschine für den Fahrstuhl fand er den Stellplatz der Heidi Olofsson. Er arbeitete sich durch Kleidersäcke, Bücherkisten, eingerollte Teppiche, bis er am Ende des Holzverschlags auf Holzapfels Rollkoffer stieß. Er war unter einer Wolldecke verborgen. Mit Mühe gelang es ihm, das überraschend schwere Gepäckstück ins Freie zu hieven.

Sein Inhalt bestand aus nichts als einer Metallkiste. Ihr matter Glanz enttäuschte Myrbäck, aber sie war an ihren Längsseiten kunstfertig durch jeweils vier Muttern verschlossen und an sämtlichen Kanten mit schmalen Stahlstreifen verstärkt worden. Zurück in der Wohnung wuchtete er sie auf Holzapfels Luftmatratze und beobachtete ihr Wippen, bis sie in einer Kuhle zur Ruhe kam.

– Holzapfel! Er rief nicht laut, wobei er einen Ton der Dringlichkeit in seine Stimme legte.

Dann nahm er Stellung seitlich des Türrahmens ein. Den Rücken gegen die Wand gepresst, die Arme zum Schlag erhoben.

Christiania, Juli 1985

Vor dem Jugendtreff stand eine langhaarige Frau in einem Wintermantel und riss Plakate von der Holzwand. Es waren Ankündigungen für ein Sommerfest in der Grauen Halle. Ein junger Mann ging zu ihr und stellte sich neben die Frau. Er sagte: Das kannst du nicht machen. Die Frau drehte sich zu ihm und stieß ihn weg. Sie war kräftig, der Junge stolperte und fiel auf die Seite. Er sah überrascht aus. Sie schrie mit einer schrillen Stimme: Hau ab. Verschwinde. Lass mich.

Die Frau war alt, das konnte sie jetzt sehen. Sie hatte gelbe und graue Haare und knallrote Lippen, und ihr schwarzer Pelz sah aus wie das Fell der räudigen Hunde, die sie niemals streicheln durfte, weil sie sich sonst Flöhe und Zecken einfing. Diese Frau ist irgendwann einmal verrückt geworden, dachte sie. Vielleicht steht meine Mutter jetzt auch in einem dicken Wintermantel vor irgendeiner Plakatwand und reißt an einem Blatt Papier herum. Und an mich kann sie sich nicht mehr erinnern.

Vielleicht werden in Christiania alle Leute komisch, überlegte sie. Neulich hat ein Kerl mit einem goldenen Sturzhelm sie in der Schlange beim Lebensmittelladen aufgefordert, ihm seine Krokodile wiederzugeben. Sie ist schnell fort. Ihre Schwester wird vielleicht auch eines Tages meschugge. Im Winter hat ein kleiner Kapuzineraffe sie in den Oberarm gebissen. Der Affe gehört zu den Leuten von der Sauna. Er saß ruhig auf ihrer Schulter, und im nächsten Augenblick biss er plötzlich zu. Er muss sich erschreckt haben, hat ihre Mutter gemeint. Am nächsten

Tag bekam Lilja vom Doktor eine Spritze. In den Po. Damit sie nicht sofort verrückt wird.

Gestern war Lilja den halben Tag über mit ihren Ausmalheften beschäftigt. Das Fell der Löwen, die Haut der Elefanten, die Wege zwischen den Käfigen, sie malte alles in Schwarz. Aber es war sinnlos, ihr zu sagen, dass die Farbe falsch war. Im Schwarz sind alle Farben enthalten, meinte sie bloß, das weißt du doch, Mama hat es uns erzählt. Aber man sieht sie nicht. Da kannst du noch so lange gucken!

Heute hat sie mit blauer und roter Knetmasse klumpige Figuren geformt, die sie Prinzessinnen nennt und in einer Reihe auf das Fensterbrett in unserem Zimmer stellt. Dann kaut sie die Knetmasse unter den Fingernägeln hervor und schluckt sie. Es muss eklig schmecken. Bald wird sich ihr Blinddarm entzünden.

Es sind Sommerferien. Eigentlich hätten Lilja und sie zu Tante Gunilla verreisen sollen, nach Ljusne, ihre Mutter hatte es ihnen fest versprochen. Jetzt waren sie zu Catrine gezogen und hatten ihre Kleider und Hörspielkassetten und Stofftiere mitgenommen.

Sie ist von Catrine zum Postamt geschickt worden. Weil die es mit ihrem dicken Bauch in der Hitze nicht mehr schafft. Nur wer ein paar Kronen im Monat bezahlte, der bekam seine Briefe und Pakete von Post-Inger auf dem Fahrrad bis an die Tür gebracht. Die Post für Catrine und Per wurde hinter dem Schalter gesammelt und konnte ab zwei Uhr nachmittags abgeholt werden.

Da war sie jetzt. Post-Inger stand hinter dem Schalter und gab ihr einen Brief. Auf ihm klebte eine blaue Briefmarke mit einer Gans, die einen Jungen auf ihrem Rücken trug. Sie flogen über Bergrücken und ein Flusstal. Ich kenne euch, dachte sie sofort, Gänserich Martin und Nils Holgersson, der seinen Eltern nur Kummer macht, weil er faul ist.

Sie hat noch nie in ihrem Leben einen Brief bekommen, ganz bestimmt nicht. Als sie nach Christiania gezogen waren, gab es in ihrem Haus nicht einmal Strom, und das Wasser mussten sie aus einer Pumpe am Loppen holen. Abends saßen sie bei Kerzenlicht und einer Petroleumlampe. Ihren neuen Mitschülern hatte sie davon nicht erzählt. Die machten sich lustig über Kinder, die aus Christiania kamen. Hippiehascher, Haschischnascher.

Auf den Wegen von Christiania war es in den letzten Tagen voll geworden. Überall standen plötzlich bunte alte Autos herum und versperrten einem den Weg. Vor dem Haupttor hielten sogar Reisebusse. Die Leute, die ausstiegen, trugen kurze Hosen mit dicken Ledergürteln und ordentliche Frisuren. Sie kamen in Gruppen durch den Eingang, hielten große Kameras in ihren Händen und machten Fotos, obwohl sie das nicht durften. Wenn sie ganz mutig waren, jagten sie aus Spaß die Gänse vor sich her. Sie selbst machte um die Gänse immer einen großen Bogen. Die großen Vögel waren bösartig. Nicht hilfsbereit wie Gänserich Martin.

Unser Problem sind die Leute, die im Sommer herkommen, hat Per gestern gesagt, als Freunde zum Essen da waren. Weil sie wegen der Drogen kommen. Um sich bei uns auszutoben. Immer wieder plündert jemand eine Kollektivkasse oder bricht in einen Laden ein. Bei Helle und Jesper sind sie direkt in das Haus spaziert, haben sich umgeschaut und gefragt, wie viel Kronen denn ihre Glasvitrine kostet. Es geht echt zu weit. Einer, den sie Anarcho-Gussi nennen, sagte: Sie holen sich unser Brennholz für ihre Lagerfeuer, und wenn sie im Herbst in ihre Etagenwohnungen mit den Zentralheizungen zurückkehren, finden wir nichts mehr zum Heizen. Ihr war eingefallen, dass ihre Mutter sich im Winter heimlich Birkenholz von der Holzsammelstelle am Mælkebøtten geholt hatte. Immer nur zwei, drei Scheite auf einmal, aber trotzdem.

Am meisten regten sich alle darüber auf, dass im Hochsommer zu wenig Platz zum Schlafen in Christiania ist. Stinne mit der hohen Stimme sagte: Wir können ungefähr hundert Leute bei uns unterbringen, aber sie kommen zu Tausenden und hauen sich irgendwohin.

Das ist wahr, dachte sie. Wenn sie morgens vor das Haus trat, sah sie unter den Weiden immer Frauen und Männer in Schlafsäcken herumliegen, manchmal auch auf der alten Autositzbank, und dann wachten sie am Morgen zwischen den Flohhunden auf. Einige legten sich nachts in irgendeinen Garten, entrollten ihre Schlafsäcke und schliefen dort bis zum nächsten Mittag. Andere schliefen einfach so, in ihren Kleidern. Wenn man ihnen nah genug kam, konnte man ihren Gestank riechen.

Gleich hinter dem Eingang zum Marktplatz war jetzt immer großer Andrang. Von morgens bis abends standen die Dealer vor ihren wackeligen Stehpulten, die sie aus der alten Militärschule hierhergeschleppt hatten, und boten Haschisch an. Roter Libanese! Schwarzer aus Afghanistan! Den besten Grünen gibt es hier!, riefen sie. Und die Leute gingen von Stand zu Stand, hielten sich das Zeugs unter die Nase, kauften oder schüttelten den Kopf.

Ihre Mutter war häufig dorthin gegangen. Hinterher schimpfte sie dann: Die wollen einen bloß betrügen. Die am Haupttor besonders. Was sie als Gras verkaufen, schmeckt wie Stroh aus dem Hühnerstall.

Am meisten los war auf der Pusherstreet am Donnerstag. Alle zwei Wochen war Zahltag in den Fabriken, und nach Feierabend kamen die Arbeiter aus den Werften und aus der Carlsberg-Brauerei, um Haschisch zu kaufen. An diesen Tagen gab es oft Schlägereien am Marktplatz.

Catrine trug einen Strohhut auf ihrem Kopf und hockte in einem weiten roten Kleid auf einer umgedrehten Holztonne vor ihrer Haustür. Ihr Gesicht war rosig, und sie schwitzte, obwohl sie im Schatten saß.

Sie reichte Catrine den Brief. Die nahm ihn, riss ihn mit einer Haarnadel vorsichtig auf, fischte einen grauen Zettel hervor und las. Dann sagte sie: Dein Vater kommt.

Sie spürte, dass sie jetzt etwas sagen sollte. Ihr fiel nicht ein, was. Stattdessen fragte sie Catrine, ob sie die blaue Briefmarke behalten durfte. Sie würde sie Ove schenken. Der sammelte ja alles.

Der Faustschlag traf Holzapfel zwischen linkem Ohr und Auge und fällte ihn. Er stürzte auf die Knie, die Brille sprang davon. Myrbäck warf sich auf seinen Rücken und nahm ihn in den Würgegriff. So nahe waren sie einander seit Jahren nicht gewesen. Er konnte Holzapfel unter seinem Rasierwasser riechen.

Myrbäck war kein Ringkämpfer, vom Boxen und Prügeln verstand er nichts. Dennoch hatte er einen wuchtigen Treffer punktgenau landen können: auf der dünnhäutigen Schläfe seines Opfers. Ja, Holzapfel hatte sich einen Strafzettel verdient. Und einen Katalog bohrender Fragen.

– Was steckt in der Kiste?

– Welche Kiste? Holzapfels Miene war schmerzverzerrt, seine Stimme kaum zu hören. Myrbäck betrachtete Jans spröde Lippen und verschärfte seinen Klammergriff mit einem Ruck.

– Stell dich nicht dumm. Die Kiste, die du auf dem Dachboden versteckt hast. Wort für Wort schrie er in die linke Ohrmuschel Jans hinein.

– Ich weiß nichts. Ich hab keine Ahnung.

– Wieso nicht?

– Ich schwör's. Echt.

– Dein Gelaber ist unerträglich.

Holzapfel schüttelte den Kopf, so weit ihm das in seiner Lage möglich war. Mit gepresster Stimme stieß er hervor:

– Lass mich endlich los.

– Hast du den Arsch offen? Total offen, was? Deinetwegen

musste ich mein Zuhause verlassen. Ich habe meinen Sohn entführt. Und du keuchst mir hier Lügen ins Ohr?

Myrbäck verlagerte sein Gewicht auf Holzapfels Brustkorb. Mit einem Japsen eröffnete der die Erzählung seines letzten Abends in Hamburg.

Noch während Myrbäck im Kino auf ihn wartete, hatte er auf dringliches Anraten Stanczaks das Nötigste gepackt und seine Wohnung verlassen. Die ersten Stunden seiner Flucht hatte er bei seiner Gelegenheitsgeliebten verbracht, einer Café-Kellnerin namens Ilka, die seine sporadischen nächtlichen Besuche gewöhnt war, sogar schätzte. Er war geblieben, bis erstes Tageslicht durch das Schlafzimmerfenster fiel und ihn weckte.

– Ohne Frühstück im Bauch bin ich das Viertel abgegangen. Ungeduscht und unrasiert. Nach und nach habe ich immer größere Kreise gezogen. Alles zu Fuß.

– Heul doch. Myrbäck machte das Selbstmitleid Holzapfels rasend. Weiter!

– Dann nahm ich mir die Parkhäuser vor. Am Ende habe ich den Wagen gefunden.

– Ja, und?

– Ich habe die Rückbank umgeklappt und die Kiste abmontiert. Sobald ich hier ankam, habe ich sie in Heidis Dachkammer versteckt.

– Jetzt liegt sie auf deinem Bett.

Jan holte einmal tief Luft. Sein empörtes Gesicht überzog sich mit einer ungesunden Röte.

– Aber noch mal von vorne jetzt. Woher wusstest du überhaupt von der Kiste? Myrbäck wollte ihm keine Pause gönnen.

– Von Stanczak. Nicht der Wagen ist wichtig, hat er mir gesagt. Sondern der Kasten in der Rückbank.

– Du hast nicht wissen wollen, was in ihm steckt?

– Doch. Aber er sagte mir nur, dass es sich lohnen würde, ihn zu beschaffen. Holzapfel klang kleinlaut.

Es gab so vieles, was Myrbäck nicht begriff. Und welch absurdes Schauspiel es war, dass er seinen Freund hier im Schwitzkasten hielt. Wenn Holzapfel wollte, wenn er die Wut, die sicherlich in ihm steckte, bündelte und gegen ihn wendete, dann wäre er chancenlos. Er nahm die Ergebenheit Holzapfels als freundschaftliche Geste. Eine Zeitlang schwiegen sie beide.

Aus der Küche war Musik zu hören. Ed hatte das Radio eingeschaltet. Myrbäck hoffte inständig, sein Sohn möge sich nicht auf die Suche nach ihnen machen.

Es war Holzapfel, der seine Erzählung wieder aufnahm.

Aus Vorsicht und Angst war er nicht mehr in seine Wohnung zurückgekehrt, sondern mit dem Regionalexpress nach Lübeck gefahren. Sein Reisegepäck hatte er in einem Schließfach untergestellt. Er war durch die Altstadtgassen gezogen, um etwaige Verfolger abzuschütteln, und hatte sich in einem Kino an der Mühlenbrücke einen Film mit dem Titel »Jadeblüten« angesehen, vor lauter Müdigkeit aber den Handlungsfaden im Beziehungsgeflecht der überwiegend weiblichen Darsteller verloren. Um halb elf hatte er den Zug bestiegen und war kurz nach Mitternacht im Dania-Hotel im Hafen von Puttgarden abgestiegen.

– 85 Euro die Nacht, mit Blick auf den Fährbahnhof.

– Na also, sagte Myrbäck aufmunternd. Es geht doch. Dir haben die Schläge auf den Kopf gutgetan.

Holzapfel griente. Er lag platt vor dem Kleiderschrank. Sein Kopf glühte in Rubinrot. Er riecht säuerlich, das ist der Angstschweiß, dachte Myrbäck, vielleicht ist es auch mein eigener.

– Am nächsten Tag hab ich dich angerufen und bin dann

an Bord der Fähre. Könntest du mir jetzt meine Brille wiedergeben?

– Zwei Dinge noch. Warum hast du das gelbe Kleid an dich gerafft?

Holzapfel zögerte mit einer Antwort. Dann sagte er:

– Was umsonst ist, lass ich nicht liegen.

– Was hast du mit der Taucherbrille gemacht? Mit den Schwimmflossen?

– Ich habe sie hinter eine Wandverschalung auf dem Parkdeck der Fähre geschoben. Die fahren immer noch über die Ostsee. Schuhgröße 49 passt mir nicht.

– 49? Wer hat solche Füße?

Myrbäck lockerte seinen Würgegriff und richtete sich langsam auf. Holzapfel würde nicht auf sofortige Rache sinnen, nicht zu einem Gegenschlag ausholen, ohne Brille war er doch hilflos. Er war besiegt, Satz um Satz war aus ihm herausgebrochen, was Myrbäck unter Vorbehalt als die Wahrheit nahm.

– Wir sprechen uns noch. Er stand auf, um sich die Anspannung aus seinen Armmuskeln zu schütteln. Entscheidendes hatte er Holzapfel noch nicht abgerungen, und seine Wut war noch nicht verpufft. Mit Genugtuung sah er dabei zu, wie Jan auf dem Teppichboden nach seiner Brille tastete.

Erneut überschwemmte ihn Wut. Die Wut auf ihn selbst. Er hatte eine Kiste gestohlen, von der ein ebenso nichts ahnender Jan Holzapfel annahm, sie würde ihn reich machen. Eine Maschine, einen Computer, ein was überhaupt? War es nicht ein Glück, dass sie überhaupt noch am Leben waren? Hatte nicht Holzapfel Mächte herausgefordert, die sie beide hinwegfegen würden? Es war zum Heulen.

– Ich geh Spielen! Es war Eds Stimme. Sie kam aus dem Flur. Bevor Myrbäck seinem Sohn antworten konnte, hörte er das Zuschlagen der Tür.

– Was willst du mit deiner Kiste jetzt anstellen?, fragte er höhnisch. Sie auf dem Flohmarkt am Banantorget verhökern?

– Wir warten einfach ab. Bis man uns ein gutes Angebot macht. Holzapfel blinzelte ihn kurzsichtig an.

– Wer?

– Die Leute, denen das Ding gehört. Oder die, die es gern hätten. Wir warten, bis eine Anfrage kommt.

– Wie stellst du dir das vor, verdammt? Schönen guten Tag, danke für das Geld, und alle wedeln zufrieden mit dem Schwanz? Wer soll uns überhaupt ein Angebot machen, wenn niemand weiß, wo wir sind, du Schlaumeier?

– Früher oder später werden sie uns finden. Müde rieb Holzapfel sich die Augen. Myrbäck fischte seine Brille unter dem Kleiderschrank hervor und drückte sie dem nahezu Blinden in die Hand.

Früher oder später. Früher oder später würden sie alle im Verderben enden. Aber wahrscheinlich hatte Jan Recht. Jene, denen sie die Kiste abgenommen hatten, waren schnell gewesen. Keine zwei Stunden nachdem er den Q7 gestohlen hatte, waren sie vor Holzapfels Wohnung auf ihn gestoßen. Sie hatten ihn an den Ziegelmauern des Fleischgroßmarktes entlanggehetzt, unter Bahngleisen hindurch, hinein in eine Baugrube. Tags darauf war dann Raschke von ihnen in die Luft gejagt worden, oder? Hatten sie Stanczaks Finger amputiert? Waren sie in seine Wohnung eingebrochen und hatten in Marias Wäsche gewühlt? Hatte er ihnen auf dem Autodeck der »Prinsesse Benedikte« in die Augen geblickt?

Während er sich mit Fragen quälte, war Holzapfel ins Bad entflohen, um sich vor dem Spiegel über das Ausmaß der aufblühenden Schwellung oberhalb seines Ohres zu vergewissern. Wir beide sammeln Beulen, sagte sich Myrbäck, wir sind ein tolles Team. Von seinen eigenen Wunden war nichts mehr zu sehen. Aber in seinem Kopf ging es zu, als hätte die Wucht des Aufschlags in einer Hamburger Baugrube erst jetzt sein Gehirn erreicht.

– Wie fing das eigentlich an?, fragte er, als Holzapfel zurückkehrte.

– Was? Holzapfels Stimme klang wieder alarmiert.

– War es ungefähr so: Eines schönen Morgens kommt Stanczak in die Werkstatt, oder war es Raschke, und sagt, wir lassen uns jetzt mal vom Trottel Myrbäck ein Schatzkästchen besorgen, und dann schauen wir mal, was passiert. War es so?

– Es war nicht Raschke. Es war Zbigniew.

– Warum habt ihr mich nicht eingeweiht?

– Stanczak meinte: Was Myrbäck nicht weiß, macht ihn nicht heiß.

– Schön zu hören. Woher kam der Auftrag?

– Stanczak hat nie über seine Kunden gesprochen, das weißt du selbst. Er tauchte nur noch selten in der Werkstatt auf. Als ich ihn das letzte Mal gesehen habe, deutete er an, dass es Anfragen für die Kiste gäbe.

Stanczak besaß einen Ruf in der Branche. Beinah legendär war, was er in den frühen Neunzigern entlang neuer Schmuggelrouten angestellt hatte: Der Eiserne Vorhang war gefallen, die Grenzkontrollen lasch wie nie zuvor, und was in den Containern steckte, die vom Hamburger Hafen über Göteborg, Stockholm, Helsinki verschifft wurden, interessierte beim Danziger Zoll niemanden, weil das Hinwegsehen von Stanczaks Mittelmännern großzügig entlohnt wurde.

Er hatte auf Myrbäck in letzter Zeit den Eindruck eines sorgenfreien Menschen gemacht, ein Mannes, der mit freudigen Schritten auf seine Pensionierung zusteuerte. Der, obwohl noch keine fünfzig, seine Arbeit nur mehr noch als lässige Routine erledigte. Weil sein Wochenendhäuschen in dem Fischerdorf

Sarbinowo längst abbezahlt war; weil für das tägliche Kleingeld die Ehefrau mit ihrem Postkartenverkauf sorgte. Als aktives Mitglied der »Perma-Corro GmbH« war Stanczak in den letzten Jahren kaum noch aufgetreten. Er stand hinter dem Vorhang, wenn Myrbäck und Holzapfel über die Bühne steppten. Er übte die geistige Schirmherrschaft über ihr Treiben aus. Bei ihrer letzten Begegnung hatte er ihm lachend von den neuen Nachbarn seiner Frau in Danzig erzählt: eine Galerie, in der eine junge Künstlerin es gewagt hatte, einen gekreuzigten Christus mit einem Penis von beträchtlichen Ausmaßen darzustellen. Laut Stanczak eine Anspielung auf den real existierenden polnischen Machismo. Myrbäck hatte pflichtschuldig gelacht, sich aber gedacht, dass Stanczak ja wohl einer seiner hervorragenden Vertreter war.

Als Jan das Zimmer verließ, wandte er sich wieder der Kiste zu, die in der Kuhle mitten auf der Luftmatratze lag. Neugierde siegt, sagte er sich, schraubte mit bloßen Händen die Muttern auf, löste zwei Klammern und hob den Deckel an.

Das Ding sieht nach nichts aus, unscheinbar, fand er, ganz und gar gewöhnlich. Wie ein Elektroverteiler im Motorraum eines Autos. Mit dem Zeigefinger strich er über das Metall. Es fühlte sich kühl an.

Aus der Küche hörte er Holzapfels Stimme:

– Öffne bloß den Kasten nicht. Sonst wissen sie, wo wir sind. Ich glaube, das Ding sendet Signale.

Begleitet von einem Hüpfer seines Herzens schlug Myrbäck den Deckel zu.

Du willst doch nicht die Bullen rufen? Holzapfels Stimme überschlug sich.

Myrbäck sah sich mit Fieberaugen um. Der Tag war halb sonnig gewesen, ein paar Wagemutige hatten ihr Handtuchlager in der Nicksta-Bucht und in Ufernähe aufgeschlagen, aber dann waren Wolken aufgezogen. Die Liegewiese leerte sich.

– Komm nicht auf dumme Ideen jetzt. Ed wird auftauchen. Hundertpro. Holzapfel stand ganz nah vor Myrbäck. Er legte den Arm auf seine Schulter. Was willst du den Bullen sagen? Die helfen uns nicht. Das weißt du.

Nein, Myrbäck wusste nicht, das sah ihm Sassie an. Er wusste gar nichts mehr, nur dass sein Sohn vor über drei Stunden die Wohnung verlassen und nicht wieder zurückgekehrt war.

– Lasst uns weitersuchen, sagte sie. Sie hoffte, dass ihre Stimme weniger mutlos klang, als sie sich fühlte.

Sie war aus der Schule gekommen und hatte sofort begriffen, dass Holzapfel eine übergezogen bekommen hatte. Die Schwellung auf seiner Schläfe sah frisch und rot aus. Myrbäck wirkte am Körper heil, aber er brachte keinen vollständigen Satz heraus. Zuerst hatten die beiden Malin geschickt, Ed auf dem Spielplatz einzusammeln. Dann waren sie alle zusammen ausgeschwärmt. Zu viert, jeder in eine plausible Richtung. Um sich am Nicksta-Bad wieder zu vereinigen.

– Wie lange suchen wir schon? Eine Stunde, zwei Stunden?

Ich habe kein gutes Zeitgefühl. Myrbäck sprach viel zu schnell. Sie verstand ihn kaum.

– Eine Stunde höchstens. Kein Grund zur Panik also. Kleine Jungen machen so etwas.

– Machen was? Myrbäck sah sie wütend an.

– Sie hauen einfach mal ab, oder? Das gehört dazu.

– Ach nee? Hast du Kinder? Weißt du, wie das ist?

Er war kurz davor loszuheulen. Sie zog ihn zu sich heran. Das T-Shirt klebte auf seinem Rücken.

Diesmal suchten sie in Zweiergruppen. Jan und Malin zogen in Richtung Bootshafen los. Myrbäck und Sassie liefen die abschüssige Wiese zum Ufer hinunter. Am Fuße des Zehnmeterturms hockten Teenager, zwei Jungen, zwei Mädchen.

– Habt ihr einen kleinen Jungen gesehen? So groß? Locken?

– Der hier?, fragte einer der Jungen. Er deutete auf einen seiner Kumpel. Beide lachten.

– Ich hab dich was gefragt! Myrbäck brüllte.

Der Junge erblasste. Die beiden Mädchen klaubten ihr Badezeugs zusammen und verschwanden.

– Ja, hier war einer, sagte der andere Junge. Mit seinem Vater. Oder seinem Opa vielleicht. Schwer zu sagen.

– Wo sind die hin? Wann?

– Halbe Stunde. In Richtung Campingplatz.

Myrbäck raste los. Es war nicht leicht, mit ihm Schritt zu halten. Sie hatte ein verdammt schlechtes Gewissen. Ihr war sofort die Geschichte von Ed und dem Mann vom Spielplatz eingefallen, und sie hatte einfach vergessen, Knut davon zu erzählen. Jetzt traute sie sich nicht mehr.

– Mach dir das Herz nicht schwer, sagte sie. Jungen wie Ed gehen vor die Tür, dann vergessen sie die Welt. Irgendwann wird er sich erinnern, dass er nach Hause muss. Wenn er Hunger hat, spätestens dann.

Myrbäck schnaufte nur. Kreuz und quer durchstreifte er die Campinganlage. Kaum ein Dutzend Zelte stand hier, das Duschhaus war verriegelt, die Minigolfbahn verschlossen. Vorsaison. Zehn Minuten lang folgten sie der Straße in Richtung Friedhof, dann machten sie kehrt. Kein Mensch will zwischen Gräbern nach seinem verschwundenen Kind suchen, dachte sie. Auch auf dem Rückweg kam ihnen niemand entgegen, den sie nach einem entlaufenen Jungen hätten fragen können.

– Was war gestern los?, wollte sie wissen. Ihr habt euch geprügelt?

Myrbäck sah sie überrascht an.

– Das war unsere Art der Versöhnung, sagte er. Allerdings hat Jan uns in diese Lage gebracht. Keine Ahnung, was er sich bei all dem Scheiß denkt.

Sie nickte, ohne zu verstehen. Er und Holzapfel lebten, so viel wusste sie, vom Autodiebstahl. Es brauchte nicht viel Phantasie sich vorzustellen, dass es in diesem Beruf zu Missgeschicken kam.

Mit Wut trat Myrbäck einen Grill um, der am Wegesrand stand. Er ging in die Hocke und hielt sich den Bauch. Er weinte. Später nahmen sie den Weg, der oberhalb der Minigolfbahn entlangführte.

Ed lag auf dem Rücken hinter dem Kassenhäuschen. Er sah noch kleiner aus als sonst. Sein Kopf ruhte auf seiner eigenen Jacke. Auf ihrem Hinweg hatten sie ihn übersehen, weil er so flach auf der Erde lag. Myrbäck sprang über den kleinen Zaun und stürzte sich über ihn.

– Was ist mit dir, was ist? Er zog ihn hoch und schüttelte ihn leicht.

Ed erwachte, aber sie sah sofort, dass etwas mit ihm nicht stimmte. Er verdrehte die Augen, schielte kurz und schloss sie wieder.

Myrbäck streichelte seine Stirn, als müsste er einen hartnäckigen Fleck dort wegreiben und nicht oberhalb des Mundes, wo Blut aus der Nase gelaufen und geronnen war. Auch Eds T-Shirt war blutig.

Nach und nach erwachte der Junge.

– Wo warst du?, flüsterte Myrbäck.

– Spielen. Sein kleiner Kopf schlenkerte hin und her.

– Ja, du warst spielen. Bei den Rutschen, richtig. Und dann?

– Hat der Mann mich abgeholt.

Sie beugte sich so schnell vor, dass er zusammenzuckte.

– Mann?

– Der immer da ist. Wir sind in die Bucht gegangen, zum Strand. Dann wollten wir Minigolf spielen. Aber da war zu. Ich habe eine Cola getrunken.

Immer wieder rutschten Eds Pupillen weg. Er war betäubt worden.

– Und dann?

– Nichts. Ist alles weg.

– Was wollte der Mann von dir?

– Spielen.

– Hat er dich angefasst?, fragte Myrbäck.

– Nein.

– Hat er dich gestreichelt?

– Nein. Ed sah überrascht aus. Er lächelte kurz und versuchte sich aufzurappeln.

– Er redet immer nur. Er will alles Mögliche wissen.

– Was denn?

– Über dich. Über Jan. Was ihr so alles macht. Er hat eine Überraschung für euch, hat er gesagt.

– Er weiß unsere Namen?

– Ja. Er kennt euch doch, meint er.

– Gehen wir, sagte Myrbäck.

– Moment, sagte sie. Wie spricht der Mann mit dir? In welcher Sprache?

– Wie zuhause, sagte er, als verstünde er ihre dumme Frage nicht.

– Auf Deutsch?

– Ja, wie denn sonst? Und am Ende hat er mir auf die Nase gehauen.

Indianische Höhlenzeichnungen sahen so aus. Feine hellrote Linien auf blasser Haut, Flusslandschaften aus weiß gestricheltem Narbengewebe über bläulich schimmernden Venen, winzige Erhebungen, wenn man sanft über sie hinwegstrich.

Heidi Olofsson ließ den Arm des Jungen fallen. Sie versuchte, ihn anzulächeln, spürte aber sofort, dass ihr Versuch durchschaut wurde. Er sah sie trotzig an. Johan, rotblondes Haar, und der Ernst passte nicht zwischen seine Sommersprossen.

– Zählst du deine Wunden?, fragte sie.

– Manchmal.

– Was denkst du dann?

– Weiß nicht.

– Du hast dich gestern geschnitten? Warum?

– Weiß nicht. Ich muss Englisch schreiben. Ich muss zum Handball. Muss mit meiner Mutter reden. Muss bei dir sitzen.

– Und?

– Immer ist was.

Vor einer Woche war der Fünfzehnjährige in ihrem Zimmer aufgetaucht, geschickt vom Sportlehrer. Er saß vor ihr, krallte sich mit beiden Händen in die Armlehnen und ließ nicht mehr los. Wie in der Achterbahn, von der Schwerkraft in den Sitz gepresst. Als sie ihn hinausschicken wollte, stand er auf, zog sich aus. Dann: die Beine und Arme voller Schnitte, seine Haut ein Mosaik vernarbter Wunden. Strichcodes auf Supermarktwaren sahen so aus. Sollte ausgerechnet Heidi Olofsson da helfen können? Mit dem Scanner vielleicht?

– Führst du ein Tagebuch?

– Nein, wieso?

– Versuch es mal. Du kannst aufschreiben, wie es dir geht, wenn du dich schneidest. Vielleicht erfährst du dann etwas über dich.

Er nickte matt.

– Hast du dir deine Schmerzen verdient?

– Kann sein.

– Du schneidest dich, wenn du wütend bist?

– Was denn sonst? Johan zuckte die Schultern. Nein, stimmt nicht.

– Wie nun?

Er sah sie gelangweilt an.

Du mich auch, dachte sie. Ich komme nicht an dich heran. Will es nicht mal. Was ist los mit mir? Die Leute sagen: Heidi Olofsson ist eine gute Schulkrankenschwester. Weil sie ein Ohr für jeden hat, der ihr Büro betritt. Wenn die Leute wüssten. Sie wird Johan weiterreichen: an einen anerkannten Fachmann für Dachschäden. Eine Schulkrankenschwester ist keine Mutter, ist kein Kumpel.

– Was ist mit deiner Mutter?

– Was soll mit ihr sein?

– Was sagt sie zu dir?

– Nichts. Sie nimmt mir meine Rasierklingen weg.

– Aber du besorgst dir neue?

– Ja. Über sein Gesicht sprang ein Siegerlächeln.

Als er lautlos die Tür hinter sich zuzog, stand sie von ihrem Stuhl auf und starrte vor sich hin. Viel zu lange schon arbeite ich lieber im hinteren Teil meines Büros, dachte sie, zwischen Krankenliege und Pillenschrank. Dort bin ich Unfallärztin, greife zu Pflaster, Stethoskop, Spritze, stelle eindeutige Diagnosen. Nasenbeinbrüche, gerissene Ohrläppchen, Menstruationsbeschwerden, alles kein Problem. Wer mit Kolik oder eitrigem Piercing bei mir anklopft, ist willkommen. Wer aber kommt, seine Seele vor mir auszuschütten, sollte besser verschwinden. Ich will nicht mehr so tun müssen, als begriffe ich, was in anderen vorgeht.

Der Tag hatte vielversprechend begonnen.

Dem Werkkundelehrer war im Vorübergehen ein Lob über ihre neue Frisur herausgerutscht. Mittags hatte sie sich mit einer Kollegin aus Huddinge in der Schulkantine getroffen. Ob sie, Heidi, Lust habe, sich um das Sommerhäuschen der Familie zu kümmern, hatte die Kinderärztin gefragt: Also nicht nur kümmern. Dort zu wohnen. Den Sommer über.

Es war ein wunderbares, ein unerwartetes Angebot, doch durfte sie es annehmen? Sie war schon auf Lökskär gewesen. Sie kannte das Sommerhaus der Lövgrens: eine Idylle unter Obstbäumen. Dort hatte sie gesessen und ihren Neid mit einem Stück Apfelkuchen hinuntergewürgt. Auch die Lövgrens werden so ihre Probleme mit dem Leben haben, das hatte sie sich damals zum Troste gesagt.

Sie und Pia kannten einander aus den Jahren ihrer Ausbildung. Sechs Semester an der Hochschule von Ersta, Kurse in Notfallmedizin und Pharmazie. Die Lövgrens gehören zum Stockholmer Geldadel, eine Familie von Ärzten, Kaufleuten, Juristen. Einmal hatte Pia beiläufig erwähnt, sie sei der Kronprinzessin auf dem Empfang eines Haferflocken-Unternehmens begegnet.

Revanchieren werde ich mich nicht können, sie hat's sofort gesagt. Spielt keine Rolle, hat Pia geantwortet, sie ist schon froh, wenn sich mal jemand in Haus und Garten zeigt. Und wer kümmert sich um die Beete, um die Johannisbeerbüsche?

Sie wird mit ihrem Mann nach Oslo ziehen, für acht Monate immerhin, im Rahmen eines Ärzteaustausches. Die Zusammenarbeit zwischen den Ärztekammern Norwegens und Schwedens hat Tradition.

Warum machte man ausgerechnet ihr, Heidi Olofsson, solch ein Angebot? Aus Mitleid mit der allein erziehenden Mutter, immer knapp bei Kasse? Natürlich. Ihr erster Impuls war es abzusagen. Sie brauchte keine Almosen. Dann aber fielen ihr Myrbäck, Sassie und ihr Bruder ein, die ganze heimische Misere, und dass ihr, wenn sie am Morgen die Gardinen zur Seite schob, nur der Blick in den dämmerigen Innenhof des Hauses blieb. Und gestern wieder? Der kleine Myrbäck hatte einen kleinen Ausflug gemacht, na und? Myrbäck tat so, als hätte der Teufel seinen Sohn gefressen. Als der Nachtisch kam, hatte sie Pia zugesagt.

Sie verstaute ihre Notizen zum Fall des schmerzensreichen Schülers Johan, als es an ihrer Tür klopfte.

Sechs Kinder standen im Flur. Sie traten zögernd in ihr Zimmer. Vier Mädchen, zwei Jungen. Achte Klasse, wusste sie.

– Na, was ist? Wie kann ich euch helfen?

Die Jugendlichen blickten sich gegenseitig an. Einer deutete mit dem Finger auf das blonde Mädchen in ihrer Mitte.

– Die will was, sagte er verlegen.

Dem Mädchen schoss das Blut zu Kopf. Die anderen grinsten.

– Ich brauch Präservative, sagte das Mädchen.

Heidi spürte, wie Hitze in ihr aufstieg. Jetzt nur nicht glühen wie eine Tomate, dachte sie. Schnell wandte sie sich um und trat zum Medizinschrank. Ziehen mich die Kinder auf? Sehen sie mir an, dass ich diese Gummis schon seit Ewigkeiten nur von Berufs wegen anfasse?

Was wird aus uns?, fragte Myrbäck.

Sie standen vor einem Bankautomaten in der Centralgatan und unternahmen den dritten Versuch, Geld mit Holzapfels Haspa-Karte zu ziehen. Sie waren von Heidi aus der Wohnung geworfen worden, für ein paar Stunden, hatte sie geblafft, Malin hat Besuch von zwei Freundinnen, wo ist da Platz für euch?

– Ja, was geschieht, wenn jeder Araber einen Jeep besitzt, jeder Ukrainer einen BMW? Myrbäcks Miene war sorgenvoll. Leugnen war sinnlos, Selbstbetrug: Da gab es eine gewisse Bedarfssättigung an gestohlenen Kraftfahrzeugen in nahöstlichen Ländern, die Zukunft der Branche wurde nicht durch die launenhafte nordafrikanische Nachfrage garantiert.

– Heul nicht, antwortete Holzapfel. Wer eine Bank überfällt, kommt nicht ohne einen Fuhrpark an gestohlenen Autos aus. Für jede größere Kreuzung eines zum Umsteigen. Das nächste, um die Spur zu verwischen. Manchmal braucht man ein Auto auch nur, um es beim Juwelier krachen zu lassen.

Myrbäck ließ die Sätze Holzapfels sacken. Er war schlechtester Laune. Schon am Morgen waren sie von Sassie zu Besorgungen in den Supermarkt entsandt worden, zur Post und für Bier in den Alkoholverkauf. Über dem tristen Vormittag lastete die Selbstanklage, den eigenen Sohn vernachlässigt, ihn in Lebensgefahr gebracht zu haben. Wer war dieser Mann, der seinen Sohn entführt und dann mit einer Cola betäubt hatte? Eines war sicher: Er war nicht hinter Ed her. Er war hinter ihnen her. Oder wie Jan es ausdrückte: Er will uns an die Eier. Seine Frau war ihm auch nicht wohler gesinnt. Der Ton ihrer Anrufe verschärfte sich. Sie drohte damit, Ed persönlich abzuholen. Oder jemanden vorbeizuschicken. Was ihm noch bedrohlicher vorkam.

Auf der Suche nach anderen Geldautomaten zogen sie in Richtung Hafen weiter und begannen ein Gespräch über einen Geschäftspartner Stanczaks. Einen Mann aus Bosnien, der mit zwei Helfern über Monate hinweg Schmuckgeschäfte rund um Hamburg ausgeraubt hatte. Das Trio hatte Gerüststangen wie Speere in die Kühler gestohlener Wagen gerammt und war dann durch das Sicherheitsglas der Schaufenster direkt in die Verkaufsräume gefahren. Zwei Minuten, länger dauerte es nie, all die Uhren und Juwelen aus den Vitrinen zu räumen. Eine Methode, von der Jan zu wissen glaubte, der Bosnier habe sie sich in einem Spielfilm über brasilianische Straßenbanden abgeguckt.

– Andere Länder, andere Sitten. Myrbäck blickte zerstreut auf die verwaisten Liegeplätze der Fischkutter.

– Ja, die tollsten Geschichten kommen immer von weit her, meinte Holzapfel, den Blick auf die schwarzgraue Dünung gerichtet. In Dubai stehen die fettesten Limousinen vor den Einkaufspassagen herum. Stundenlang. Unbewacht. Mit laufendem Motor, damit die Klimaanlage den Wagen kühl hält. Sagenhafte Arbeitsbedingungen. Eigentlich.

– Eigentlich was?

– Wer sich die falsche Limousine aussucht, also die eines Prinzen oder einer Prinzessin, und erwischt wird, bekommt die Klöten abgeschnitten.

– Die Klöten? Für ein Auto?

– Oder die Ohren. Die Hände. Je nach Laune des Richters.

– Wer hat dir denn das erzählt?

– Man hört sich so um. Holzapfel klang bedrückt. Er klappte seine Brieftasche auf und zählte sein Geld, obwohl er genau wusste, wie wenig es war.

– Wenn wir nicht bald etwas verdienen. Er sprach den Satz nicht zu Ende.

Als sie in der Frejgatan an den kleinen Reihenhäusern entlangschlenderten, kam Myrbäck ein Einfall.

– Stockholm ist auch nicht schlechter als Dubai. Wenn es friert, heizen die Leute ihre Wagen gerne erst einmal auf. Sie werfen den Motor an, lassen die Standheizung laufen und gehen Zähneputzen. Wenn sie später ins Auto steigen, ist es mollig warm.

– Schön für sie.

– Kapierst du's nicht? Die ganze Zeit über steckt der Schlüssel.

– In echt? Holzapfel klang ungläubig.

Myrbäck nickte.

– Wir müssen nur in der richtigen Gegend suchen.

Christiania, August 1985

Morgen soll unser Vater kommen. Das glaube ich nicht. Nie und nimmer. Er hat zu viel Hasch geraucht. Er weint, wenn er betrunken ist. Er wird komisch und schreit. Mutter hat gesagt: Der Kerl hat sich den Verstand mit Wodka aus dem Hirn gespült, und jetzt weiß er nicht mehr, wer er ist.

Lilja glaubt, dass es stimmt, was in dem Brief steht. Dass ihr Vater kommt. Seit sie es gehört hat, zappelt sie mit den Armen und stößt ihren Kopf in die Luft. Dabei fliegen ihre Zöpfe, als würden sie Beifall klatschen. Das hat sie früher auch schon gemacht, wenn sie aufgeregt war. Schattenfechten, so nennt ihre Mutter es immer, und sie sagt: Das kommt von den Sichelfüßchen, die sie als Baby hatte. Was an Energie nicht durch die Beine rauscht, sucht sich einen Weg quer durch den Bauch bis hoch in ihre Arme.

Wenn er kommt, bringt er Mama mit, sagt Lilja. Hundertmal am Tag.

Quatsch. Er weiß ja gar nicht, wo sie ist. Er wird mit Tante Gunilla kommen. Weil er sich sonst auf dem langen Weg von Ljusne bis nach Christiania verirrt.

Sie stieg auf das Dach des Hauses und kletterte in die Krone der Kastanie. Dort wo die Zweige zu dünn wurden, ihr Gewicht zu tragen, gab es eine Stelle, an der drei Äste zusammengewachsen waren, verflochten wie ein dicker Zopf. Da saß sie wie auf einem Sattel und zog eine Packung Kaugummis aus der Brusttasche ihrer Latzhose. Sie hatte sie im Lebensmittelladen eingesteckt, als gerade niemand guckte. Wenn man sie heimlich aß, schmeckten sie besser.

Mein Vater ist groß und dünn, tändstickan nennen ihn seine Freunde, Streichholz. Aber ich kann mich nicht erinnern, wie sein Gesicht aussieht. Es ist zu lange her, dass ich ihn gesehen habe. Wenn er kommt, müssen wir in unser Haus zurück. Es geht nicht anders, hatte sie Catrine sagen hören. Sie bekam ein Baby, da brauchte sie Platz.

Es gefiel ihr bei Catrine und Per. Alles war schön eingerichtet, und Catrine hatte überall Sträuße mit getrockneten Blumen aufgestellt. Auf dem Kamin, auf der Toilette, auf dem Tisch neben ihrem Kopfkissen. Die Rosen waren vom langen Herumstehen fast schwarz geworden, ihre Blüten voll von winzigen Spinnweben.

Manchmal ging Catrine schon um vier Uhr in die Bäckerei. Jede Nacht rührten sie dort sechs Teige an, und aus jedem Teig kneteten sie sechsunddreißig Brotlaibe, hatte sie erzählt. Je nachdem, wie viel Geld gerade in der Kasse war, gab es Brot aus geschrotetem Roggenmehl oder aus Sesamsamen. Man konnte dem Brot ansehen, wer es gebacken hatte. Kjelds Brot war immer sehr flach, weil er es zu lange in der Dampfbox ließ, denn er trank zu viel und vergaß, es im richtigen Moment herauszunehmen. Wenn du Mehlklumpen darin findest, sagte Catrine, dann ist es von Holger aus Deutschland gemacht worden, denn er ist faul und knetet den Teig im Topf statt auf dem Tisch.

Vielleicht kann dein Vater uns beim Backen helfen, wenn er kommt?, hatte Catrine gefragt.

Sie hatte den Kopf geschüttelt. Wie könnte jemand, der nicht weiß, wer er ist, Brote backen? Wie kann er sich, wenn er nicht weiß, wer er ist, an mich und Lilja erinnern?

Es wurde ihr kalt auf dem Baum. Sie stieg durch das Geäst der Kastanie hinab, hangelte sich an das Ende des untersten Astes und ließ sich mit ausgestreckten Armen in das Beet fallen. Sie knickte ein und stieß mit ihren Knien in die Erde zwischen den Salatköpfen. Weil niemand sie wässerte, waren sie klein wie Babykaninchen und kräuselten sich welk an den Blatträndern.

Mit schmutzigen Knien lief sie zu Ove. Sie waren verabredet, um Kaulquappen zu fangen.

Ove wohnte in zwei braunen Wohnwagen, die seine Eltern zusammengeschoben hatten. Sie standen auf einem Fundament aus Ziegelsteinen und sahen aus wie eine Riesenzigarre. Oves Zimmer erinnerte sie an eine Schiffskajüte. Von der Decke über seinem Bett hingen getrocknete Seepferdchen und ein Knurrhahn. Den hatte ihm ein Onkel aus Ibiza mitgebracht.

Ove lief den ganzen Sommer lang in gelben Gummistiefeln herum und sammelte alles, was kaputt war. Seine Eltern hatten wohl nichts dagegen, dass hinter dem Wohnwagen Tretroller und Kochtöpfe herumlagen, Gitterroste, Fußbälle. Was klein genug war, steckte er in eine Holzkiste, die er als Nachttisch benutzte. Auf ihrem Deckel klebte ein Aufkleber in Grün und Rot: Legalisiert Haschisch! Ove war fast ein Jahr älter als sie.

Als sie mit einem Kescher und einem Marmeladeneimer auf dem Weg zum Garnisonsgraben waren, sah sie, dass Ove seine Fingernägel lackiert hatte. Sie hatten fast dieselbe Farbe wie das Tuch, das noch immer auf dem Bett ihrer Mutter lag und nach Tränen roch. Violett.

Was glaubst du, wo meine Mutter ist?, fragte sie ihn.

Vielleicht ist sie zum Tulpenhaus gegangen und aus Versehen ins Wasser gefallen, antwortete er.

Das hatte er schon einmal zu ihr gesagt, und natürlich glaubte sie ihm nicht. Ihre Mutter konnte noch besser schwimmen als sie. Und Erwachsene durften am Ufer beim Tulpenhaus liegen, so lange sie wollten. Den Kindern war es verboten. Weil dort viele Büsche waren und man überfallen werden konnte. Oder missbraucht. Wer dann noch mehr Pech hatte, wurde im See ertränkt.

Als sie die Kasernen am Mælkebøtten hinter sich ließen und durch das Gestrüpp zum Wasser hinunterrutschten, sagte Ove: Mein Vater behauptet, dass deine Mutter in Vesterbro gelandet ist.

Was ist da?, fragte sie. In Vesterbro?

Da bezahlt man und kann dann ficken.

Um fünf Uhr in der Früh bestiegen sie den so gut wie leeren Vorortzug in Gröndalsviken, erreichten eine Stunde später den Stockholmer Hauptbahnhof und fuhren mit der roten U-Bahn-Linie bis zur Haltestelle Danderyd-Krankenhaus. Noch im Fußgängertunnel aßen sie vor der »SOS Servicebutik« im Stehen jeder eine Zimtschnecke und tranken Kaffee aus einem Pappbecher. Myrbäck bestellte eine Pepsi, um eine Alvedon-Tablette hinunterzuspülen. Seit dem Aufwachen hackte der Kopfschmerz rhythmisch auf seine linke Stirnseite ein.

Kurz vor sieben bestiegen sie den Bus der Linie 602 und sahen mit müden Gesichtern dabei zu, wie sich der Schneematsch auf der Frontscheibe des Busses einen aussichtslosen Kampf mit den Scheibenwischern lieferte.

– Scheißapril, sagte Holzapfel. Er stieß ihn an. Hört der Winter hier niemals auf?

Als sie den Bus an der Haltestelle Noragårdsvägen verließen, waren sie von mächtigen Bäumen umgeben. Vor ihnen lagen leere Fußwege, alle paar hundert Meter funkelte das Licht einer Laterne.

Beinah ideal, dachte Myrbäck. Noch in der Nacht hatten er und Holzapfel sich am Computer die weitläufigen Grundstücke mit den Garagenauffahrten und abgedeckten Swimmingpools aus der Satellitenperspektive angesehen. Nicht einmal Hundebesitzer würden sich bei diesem Sauwetter mit ihren Kötern vor die Tür trauen.

– Jetzt müssen wir nur noch einen Trottel finden, sagte er. In Danderyd, bei den reichen Leuten.

Zügig gingen sie in Richtung Süden. Jeder ihrer Schritte wurde von einem feuchten Geräusch begleitet, das ihre Schuhe in den Schneematsch drückten. Holzapfel trug ein Kapuzenshirt unter seiner Lederjacke. Von hinten geht er glatt als Zwanzigjähriger durch, dachte Myrbäck. Seine kompakte Figur, seine Bewegungen aber verrieten sein Alter.

Sie liefen den Syrenvägen in voller Länge ab, trotteten am Clubhaus des Golfplatzes entlang und passierten den Yachthafen am Klingstra-Strand, wo der Wind feuchten Schnee in das Haar und die Ohren drückte. Sie kamen an schäbigen Reihenhäusern vorbei, in deren Windschatten sie das Rauschen der Autos auf der E 18 hören konnten. Mit jedem neuen Hügel, den sie überwanden, mit jeder Kurve wurde die Welt um sie herum stiller. Die ersten Villen tauchten auf, mit ihnen die wettergebleichten Schilder, die an Strommasten baumelten und kundtaten, dass die Nachbarschaftshilfe ein Auge auf alle hielt, die hier nicht hingehörten. Wir schützen einander.

Myrbäck fror. In seinen Wollhandschuhen wurden die Finger klamm. Der Stoff seiner Jeans war zu dünn für dieses Wetter. Er stellte sich vor, wie es wäre, in den Häusern zu leben, an denen sie vorbeigingen. Zwischen duftenden Bettlaken, auf frischen Kopfkissen zu liegen. Fußbodenheizung, sanfte Küchenbeleuchtung. Ihm fielen Städtereisen übers Wochenende ein, tolle Frauen, die ihre Bademäntel fallen ließen, wenn sie aus der Küche zurückkehrten, wo sie leckere Nutellabrote geschmiert hatten, und dann ab mit den Kindern zur Schule.

Was ist ein gelungenes Leben?, fragte sich Myrbäck. Er und Jan waren das, was man kleine Diebe nannte. Saßen die großen Diebe hier, in Danderyd, Stockholm? Er hatte gelernt, dass die Welt so einfach nicht war. Aber trotzdem. Die Reichen verdienten es bestohlen und beschissen zu werden. Aber hallo!

Minutenlang hatten sie kein Wort gewechselt, keine Blicke getauscht, sich beinah damit abgefunden, unverrichteter Dinge in ihren Vorort abzuziehen, als Holzapfel mit einem Mal stehen blieb. Fast wäre Myrbäck in seinen Rücken gerannt.

Durch eine laublose Ligusterhecke sahen sie, wie ein großer und breiter schwarzer Wagen aus einer Garage manövriert und mit laufendem Motor auf einer großzügigen Kiesauffahrt geparkt wurde. Der Fahrer, vermummt in Mantel und Mütze, stieg aus, warf die Tür hinter sich zu, schloss das Tor zur Garage und verschwand über den Treppenaufgang seines Hauses. Myrbäck spürte, wie all die Lethargie, die ihn seit Tagen lähmte, von ihm abfiel.

Sie gingen an das Ende der Hecke, bogen in die Auffahrt des Hauses und traten vor den Wagen.

– Nagelneu, meinte Holzapfel, ein fetter Dodge. Er streifte seine Fäustlinge von den Händen.

Ja, ein echtes Fundstück, ein saumäßiger Glücksfall, der einen direkt misstrauisch machen sollte, doch einen Weg zurück gab es nun nicht mehr. Holzapfel saß bereits am Steuer. Myrbäck sah, dass die Tür der Villa sich öffnete und der Mann auf die Vortreppe trat. Er hatte seine Wollmütze abgenommen, trug jetzt Anzug und Mantel, die Aktentasche in Händen. Er stand reglos und starrte Myrbäck an.

Es war das Aufdröhnen des Motors und der gleichzeitige Hüpfer, den Myrbäck in Richtung Beifahrertür machte, die den Mann aus seiner Starre rissen. Er sprang die Treppen des Eingangs herab, rutschte jedoch, kaum hatte er den Rasen des Vorgartens betreten, sogleich aus.

Ledersohlen auf Schneematsch, dachte Myrbäck erleichtert, da ist kein Halt. Er warf sich auf den Beifahrersitz. Holzapfel bearbeitete hektisch den Schaltknüppel der Gangschaltung. Später rekonstruierten sie, dass Jans regennasse Brille in der Heizungsluft des Wagens beschlug, er also nicht ablesen konnte, wie die Gänge zu schalten waren; dass er sich mit einer Sechsgangschaltung plus Rückwärtsgang ohnehin nicht auskannte; dass, wer in ihrem Beruf zukünftig erfolgreich sein wollte, sich durch die Mühen einer permanenten beruflichen Fortbildung würde quälen müssen.

Holzapfels Unkenntnis kostete sie Sekunden. Sie gab dem Mann die Gelegenheit, sich Meter um Meter über den glitschigen Boden voranzukämpfen und sich auf die Motorhaube seines Wagens zu werfen. Der Kollisionsmelder reagierte mit einem schrillen Piepsen.

Hoffentlich hat der Kerl keine Kinder, die ihn jetzt von ihren Fenstern aus beobachten, dachte Myrbäck. Der Mann tat ihm leid. Es war immer bedrückend, seinen Opfern Auge in Auge gegenüberzustehen. Ein Mann mit kurzrasiertem Haar, Mitte vierzig, braun gebrannt, zu erholt für die frühe Jahreszeit. Mit den Fingerspitzen seiner einen Hand krallte er sich an die Leiste der Motorhaube, mit der anderen klammerte er sich an seine Aktentasche. Verzweifelt trat Holzapfel auf das Gaspedal. Der Motor heulte auf. Endlich rutschte die Schaltung in den Rückwärtsgang. Der Wagen bewegte sich keinen Zentimeter.

– Wo ist die Scheißhandbremse?, brüllte Holzapfel.

So langsam kommt hier Panik auf, dachte Myrbäck. Er blickte in das Gesicht des Mannes, der schmerzverzerrt auf der Kühlerhaube lag und sich der Attacken der Scheibenwischer erwehrte. Der Regensensor des Wagens hatte sie zu Leben erweckt.

Mit einem Ruck stieß der Wagen erneut zurück. Holzapfel hatte die Handbremse gelöst und dabei Gas gegeben. Sie schleuderten nach hinten und drehten einen engen Halbkreis. Der Mann auf der Motorhaube schleuderte mit. Kies spritzte auf.

Entschlossen legte Jan den Gang um, ließ den Wagen nach vorne schießen und stieg in die Bremsen. Hilflos rutschte der Mann von der Motorhaube und stürzte in den Schneematsch.

– Das schockt, Alter!, rief Holzapfel.

Der Alarm des Gurtwarners setzte ein. Sein tiefer Ton erinnerte Myrbäck an das Tuten, wie man es an nebligen Tagen am Hamburger Elbufer hören konnte. Erst als sie sich am Gamla Landsvägen in den Morgenverkehr auf der Autobahn einfädelten, fanden sie die Ruhe sich anzuschnallen.

– Hast du kein schlechtes Gewissen?, fragte Myrbäck.

– Doch, antwortete Holzapfel nach einigem Grübeln. Aber was soll man machen?

Sobald Holzapfel Angst bekam, brach ihm der Schweiß aus, man konnte sich in seiner glänzenden Nase spiegeln. So war es jetzt auch.

Sie hatten die Gebäude der Universität hinter sich gelassen, auch das Naturkundemuseum, dessen 3-D-Kino er neulich mit Ed besucht hatte. »Die Kosmische Reise«, doch seinem Sohn war unter dem künstlichen Firmament schwindlig geworden. Sie hatten eben die Marskrater überflogen, da mussten sie schon an die frische Luft eilen.

Als sie am Sveaplan in den zähen Verkehr in Richtung Innenstadt einsickerten, sah Myrbäck einen Augenblick lang ihr Spiegelbild in den Scheiben eines Restaurants. Klein und unbedeutend sah er sich auf dem Beifahrersitz eines großen Autos sitzen.

– Quält dich manchmal der Gedanke, dass wir irgendwann zahlen müssen?, fragte er.

– Wofür?

– Na, für den ganzen Scheiß, den wir so anstellen.

– Doch. Aber was soll man machen?

Als sie über die Stocksundbrücke rollten, fragte Myrbäck schon wieder:

– Wie wird es im Himmel der Diebe und Kleptomanen zugehen?

– Es werden geordnete Verhältnisse herrschen.

– Wie meinst du das?

– Alles wird allen gehören. Da lohnt es nicht, andere zu bestehlen.

– Ist das eine Strafe oder ein Segen?

– Müssen wir mal abwarten.

– Und wenn wir in unserer Hölle landen?

– Dann sind wir im Vorteil. Denn wir kennen uns schon ein bisschen aus. Nach einer Pause fragte Holzapfel:

– Hast du unser Nummernschild gesehen?

– Nein. Ist mir auch egal.

Er hantierte eifrig an der Mittelkonsole herum. Wie von Geisterhand öffnete sich eine CD-Sammlung. Er zog eine der Scheiben heraus und las vor: Loituma Ievan Polkka. Kun Mun Kultani Tulisi.

Seltsames Zeugs, sagte Jan.

Myrbäck war zu träge zu antworten. Oder nach dem Schalter für die Sitzheizung zu suchen. Sein Hintern kochte.

Sie kamen nur im Schritttempo voran. Bald würden die Besatzungen weiß-gelb-blauer Polizeifunkwagen nach ihnen Ausschau halten. Myrbäck wies Holzapfel an, vom sechsspurigen Valhallavägen abzubiegen und sie durch die schmalen Wohnstraßen Östermalms in Richtung Westen zu chauffieren.

– Was hast du eigentlich mit der Kiste gemacht?, fragte Jan.

– Versteckt. Gut versteckt. Du wirst sie nicht finden.

Er mochte nicht länger von der Kiste hören noch über sie reden. Sie war die Ursache all seines Elends. Man hatte sie erschreckend schnell aufgespürt, tausend Kilometer von daheim. Sein Sohn war entführt worden, konnte es eine deutlichere Warnung geben?

Ja, ich habe den Mann schon früher mal gesehen. Ed hatte zögernd geantwortet, als Myrbäck ihn am Abend noch einmal zu den Geschehnissen des Tages befragte. Wann hast du ihn gesehen? – Irgendwann. – Wo? In Hamburg? – Ja. Ich glaube.

Mehr war aus ihm nicht herauszuholen. Es war unheimlich. Und jetzt rollten sie in einem gestohlenen Wagen mit tausenden von Frühpendlern durch die Innenstadt Stockholms, unter einer dunkelgrauen Wolkendecke war es langsam hell geworden, und sie würden einen metallicschwarzen Dodge Ram 1500 Laramie an den Mann bringen müssen. Fast begrüßte er das Jucken, mit dem seine Kopfhaut sich meldete. Der Kopfschmerz immerhin war verschwunden.

Was tust du, wenn du nicht schlafen kannst?

Myrbäck stand in der Tür. Er trug einen Pyjama, der ihm an den Ärmeln zu lang war und im Deckenlicht der Küche flaschenpostgrün glänzte. Er setzte sich zu ihr an den Tisch.

– Dann bin ich wach, antwortete sie. Sie sah ihn fragend an. Du hast all deinen Mut zusammengenommen, dir eine halbgute Frage zurechtgelegt, dachte sie, und bist zu mir in die Küche.

– Wie lange hast du noch?, fragte er jetzt. Er deutete auf das schwarze Band an ihrem Bein.

– Neunzehn Tage. Das Buch, in dem sie gelesen hatte, schlug sie zu. Sie hatte jetzt ein Gegenüber.

– Und du? Fliegst nach Hamburg zurück?

– Mit dem Zug. Übermorgen, mit Ed. Er kann hier nicht bleiben. Es ist zu gefährlich. Was ich dann mache, mal sehn. Es ist wohl besser, wenn ich mich eine Zeitlang nicht in Hamburg blicken lasse.

Sie stand auf, ging quer durch die Küche und nahm eine Tafel Schokolade aus dem oberen Fach des Kühlschranks. Sie legte sie in die Mitte des Küchentisches. Wenn sie Heidi richtig verstanden hatte, dann steckte Myrbäck noch tiefer in der Klemme als sein Freund Jan Holzapfel. Wie kann man so blöd sein, hatte Heidi gefragt, so verantwortungslos? Den eigenen Sohn mit ins Schlamassel ziehen. Das Geld geht ihm aus, und seine Frau will nichts mehr von ihm wissen.

– Woher hast du deinen Pyjama? Er sieht lustig aus.

– Ich habe ihn mir gekauft, sagte er, nicht ohne Stolz. Bei Åhléns in Stockholm. Letztes Jahr.

Myrbäck begann davon zu erzählen, dass seine Reisen nach Schweden seltener geworden seien.

– Zuletzt kamen wir nur noch im Sommer hoch. Nach Landsort.

– Landsort?, fragte sie. Das ist doch das Ende der Welt.

– Ein Jugendfreund lebt dort. Ein Vater von vier Kindern, alle mit genau einem Jahr Zwischenraum zur Welt gekommen, Wahnsinn, oder? Er ist der einzige Elektromonteur der Insel. Kein Haus oder Stall, dessen Leitungen er nicht verlegt hat, er arbeitet sich tot, doch im Sommer schließt er seine Werkstatt und verschwindet mit der Familie nach Schonen, ausgerechnet, aber seine Frau stammt aus Kivik, Apfelbauern seit Generationen, die kommen von ihrer Scholle nicht los. Juni, Juli, August, das sind geschäftlich lahme Zeiten für einen Inselelektriker, da macht er dann frei. Kein Mensch heizt, die Nächte sind hell, die Leute grillen, und was im Fährhafen an Kabeln durchschmort, ist Sache des Hafenmeisters. In diesen Wochen wohnten wir immer in seinem Gästehaus. Er hat es gebaut, nachdem das vierte Kind zur Welt kam, schon wieder ein Junge, nun will seine Frau nicht mehr, vier Kerle reichen, sagt sie immer, und dann auch noch du.

Zum Teufel, du redest zu viel, sagte sich Sassie. Du kriegst doch sonst den Mund nicht auf. Ich kenne deinen alten Freund gar nicht. Ich begreife kaum die Hälfte vom dem, was du mir da erzählst.

Während Myrbäck weitersprach, beugte sich sein Kopf zur Seite, mal zu der einen, mal zu der anderen. Er sah süß aus. Sein langer Hals. Sein dunkles Haar, das über die hellbraunen Augen hing, und manchmal blies er einzelne Strähnen mit dem Mundwinkel aus seiner Stirn. Dabei flatterten seine Wimpern.

Sie schwiegen. In der Wohnung war es jetzt still. Holzapfels Schnarchen war verstummt.

– Und du?, fragte er.

– Weiß nicht.

– Was passiert, wenn du das Ding abnimmst?, fragte er und starrte auf ihren Knöchel.

Jetzt kommt er zur Sache, dachte sie. Sie versuchte sich zu konzentrieren.

– Du hast die Kiste auf dem Tisch an der Garderobe gesehen, sagte sie schließlich. Neben dem Telefon?

– Das schwarze Ding, groß wie ein Schuhkarton. Er nickte.

– Ja. Es empfängt Signale von dem Sender an meinem Bein und schickt sie weiter an den Zentralcomputer. Verlasse ich jetzt das Haus, dann wird auf der nächsten Polizeiwache ein Beamter der Nachtschicht alarmiert. Der wird seinen Kollegen aus dem Halbschlaf reißen, mit Blaulicht in den Heimdalsväg rasen, das Treppenhaus erstürmen, an unserer Tür klingeln und alle wecken.

Unwillkürlich lauschte Myrbäck auf ein Klingeln, das nicht kam.

Während sie erzählte, hatte sie angefangen, geistesabwesend mit einem Kugelschreiber Bärte und Brillen auf die Gesichter von Prominenten in einer Fernsehzeitschrift zu zeichnen.

– Darfst du mit dem Sender baden?

– Er ist wasserdicht, haben sie mir erzählt. Aber ich soll besser nur duschen.

Sie drehte sich auf ihrem Stuhl und reckte ihr Bein in die Höhe. Dabei verrutschte ihr Bademantel und gab ihr Bein bis zum Knie frei. Warum auch nicht, sagte sie sich. Hat er verdient, bei all dem Interesse, das er für mich zeigt.

Myrbäck beugte sich leicht vor. Er starrte auf das Band an ihrem Knöchel, als wäre es ein exotisches Tier.

– Zwei Schrauben fehlen, bemerkte er.

– Ja, für die beiden letzten suche ich mir noch Mut zusammen.

Er traut sich nicht, mich anzufassen, dachte sie, da legte er schon seinen Zeigefinger auf ihren Knöchel. Er bewegte den Finger nicht, und er sah sie auch nicht an.

Plötzlich schien ihr das Neonlicht der Küche zu hell. Sie waren einander auf einmal zu nah gekommen. Sie konnte ihn riechen. Er sie bestimmt auch.

– Ich gehe eine rauchen. Sie stand auf, ging durch den Flur in ihr Zimmer und knotete ihren Bademantel zu. Als sie die Tür zum Balkon öffnete, stand Myrbäck schon hinter ihr.

– Saukalt, meinte er.

– Klar, im Pyjama. Sie standen neben dem Kaninchenstall und sahen auf die menschenleere Straße.

Die Kaninchen machten keinen Mucks. Sie fragte sich, ob die beiden Tiere bei den Frosttemperaturen überleben würden. Die Luft, die von den Hügelketten im Inland zu ihnen strömte, brachte in den Nächten Eiseskälte. Am Nachmittag war eine Kaltfront über ihnen hinweggezogen. Als sie die Kantine verlassen hatte, lag Schnee wie feiner Staub auf den Rasenflächen vor der Schule.

– Woher kommst du?, fragte Myrbäck.

Sie überlegte kurz, bevor sie sagte:

– Was antwortet man auf solche Fragen?

– Wie wär's mit der Wahrheit? Trotz der Temperaturen krempelte er die Ärmel seines Pyjamas hoch.

– Also gut. Meine Eltern konnten nicht miteinander, aber zwei Kinder bekamen sie trotzdem. Meine Mutter war ein Hippie. Sie kiffte. Sie stellte dumme Sachen an. Mein Vater war ein Ofensetzer aus Ljusne, ein Landbursche aus dem Norden, nett anzusehen, aber nichts in der Birne. Er säuft, sonst erträgt er die Kälte da oben nicht, hat er immer gesagt. Im Süden hat er dann noch mehr gesoffen. Sie haben ein paar Mal gebumst, und das war es dann. Meine Mutter hielt mich und meine Schwester von meinem Vater fern. Eines Tages ist sie mit uns nach Kopenhagen. Und ist dann irgendwann verschwunden.

– Verschwunden?

– Ja, einfach so.

Sie hatte keine Lust, ihr Leben auf einem zugigen Balkon auszubreiten. Vor einem Fremden. Und Myrbäck wollte mehr wissen, das sah sie seinen weit offenen Augen an. Aber er begriff.

– Warum liegt auf allen Autos Raureif, fragte er, nur auf dem einen nicht?

Er deutete auf die Reihe eingeparkter Wagen vor dem Haus. Zwischen ihnen stand ein Wagen, ein Kleinbus, dessen Dach, Motorhaube und Frontscheibe die kaltfeuchte Luft nichts anzuhaben schien.

– Weil der Wagen noch nicht ausgekühlt ist?, schlug sie vor. Ein knutschendes Pärchen vielleicht?

– Ist er schwarz? Oder dunkelgrün?, fragte Myrbäck. Er rückte ein Stück näher an sie heran.

– Das ist mir wurst. Erklär mir mal, wie man ein Auto knackt.

Er lächelte breit. Er freute sich über ihre Frage, es war deutlich zu sehen.

– Mit purer Gewalt. Du steckst eine schwere Eisenstange durchs Lenkrad und hebelst, bis es laut knackt und sich die Lenkung bewegen lässt. Wenn das nicht hilft: vom Beifahrersitz aus kräftig gegen die Lenkradspeichen treten.

– Und dann?

– Um den Motor kurzzuschließen, musst du an der Rückseite des Zündschlosses an die Kabel gelangen. Indem du die Armaturenbrettverkleidung abreißt oder vom Lenkrad löst. Wenn du Zeit hast, montierst du die Verkleidungsteile in Ruhe ab. Taschenmesser und Schraubenzieher reichen da völlig. Nun hast du die Kabel. Zuerst das dicke rote durchschneiden. Dann im Uhrzeigersinn das übernächste. Diese beiden losen Kabel verbindest du miteinander.

Nicht dass sie wirklich verstanden hatte, was er ihr da erzählte, aber sie mochte, wie er gestenreich seine Worte begleitete, hier oben in der Nacht. Ihr gefiel das Ernsthafte seiner Ansprache. Es machte sie zu seiner Komplizin.

– Dazu musst du ein Stück der Kabelisolierung abkratzen und die Metalllitzen miteinander verdrehen. Wenn jetzt ein paar Lämpchen am Armaturenbrett aufleuchten, und das sollten sie, nimmst du dir das übernächste Kabel, kratzt sein Metall frei und hältst es an die beiden, die du schon verbunden hast. Jetzt startet der Motor.

Nach einer Pause sagte er:

– Manchmal ist das dicke rote Kabel auch ein dickes braunes Kabel. Verbindest du die falschen Kabel miteinander, kann das Auto abbrennen. Kurzschließen ist nichts für Farbenblinde. Es geht auch nur mit wertlosen Schrottkisten. Die guten alten Zeiten sind vorbei.

– Es kann aber nicht schwieriger sein, eine elektronische Fußfessel zu knacken, oder?

– Ich müsste es mir noch mal anschauen. Er sah sie erwartungsfroh an.

Nix da, dachte sie. Sie war zu müde für weitere Fragen und Antworten. Sie fror, sie wollte schlafen.

In der Küche trank sie ein Glas Wasser. Myrbäck stand

neben ihr. Er sah seine Hände an und zog die Linien der einen Handfläche mit dem Zeigefinger der anderen nach.

Als sich ihre Wege im dunklen Flur trennten, erkannte sie gerade noch seine Umrisse, aber sie bildete sich ein, er wolle noch etwas Wichtiges, etwas Unaufschiebbares fragen. Natürlich traute er sich nicht.

Im Laufe der Mittagsstunden gelang es den mit der Leichensache »Bützflehter Moor« befassten Mitarbeitern der Mordkommission in Stade, ihrem auf einem Feld bei Drochtersen entdeckten Toten einen Namen zu geben.

Zbigniew Nikodem Stanczaks Vita, soweit aktenkundig, sowie seine Vermisstenmeldung hatten ihren digitalen Weg aus einem Danziger Polizeikommissariat in die Einsatzzentrale ebenso gefunden wie die Ergebnisse einer DNA-Analyse, gewonnen anhand von Zahnbürste und Haarkamm aus der Zweitwohnung des Verstorbenen im Gottschalkring in Hamburg-Harburg. Nachfragen dort ergaben, dass der Pole am Vorabend seines Todes, gegen neunzehn Uhr, beim Verlassen seiner Harburger Mietwohnung von Etagennachbarn, einem syrischen Ehepaar, gesehen und begrüßt worden war. Ein Telefonat mit dem ortskundigen Polizeimeister in Himmelpforten ergab, dass die Strecke zwischen Gottschalkring und Bützflehter Moor in rund vierzig Minuten abzufahren sei, kein Problem bei Nacht, selbst mit Leiche im Gepäckraum.

Ein weiteres Telefongespräch führte der Erste Polizeihauptkommissar der Kripo Stade mit der Ehefrau des Toten in Danzig. In gutem Deutsch antwortete sie, ihr Mann sei sehr wohl Inhaber der Im- und Exportfirma »Prototex oHG« gewesen, Geschäftsunterlagen wären jederzeit bei ihr einzusehen; von andersartigen Tätigkeiten ihres Zbigniew in Deutschland wisse sie nicht.

In Hamburg-Altona war es der Polizei bislang nicht gelungen, nahe oder ferne Verwandte des mutmaßlich bei einer Gasexplosion tödlich verunglückten Dirk Raschke aufzuspüren. Die Eltern seit fast zwanzig Jahren nicht mehr am Leben, ein unter Vormundschaft des Verstorbenen stehender Bruder zuletzt auf dem Einwohnermeldeamt Lübeck-Kücknitz geführt, im August 2005 dort ohne Angaben einer Neumeldung abgemeldet – das brachte weitergehende Ermittlungen der Kriminalhauptstelle zum Stocken.

Bei der Suche zweier Polizeihauptmeister nach einem Familienbuch in der Wohnung des Verstorbenen in der Bellealliancestraße 27 wurden sichergestellt: 134 Euro Bargeld, ein Sparbuch der Dresdner Bank, ein Bundespersonalausweis sowie eine Geburtsurkunde. Zahnbürste und Haarkamm wurden zum Zwecke eines DNA-Analysen-Abgleichs beschlagnahmt, anschließend die Wohnungstüre verschlossen und versiegelt.

Einem fähigen, zielstrebigen Beamten wäre es mit einiger Wahrscheinlichkeit gelungen, im Zuge einer intensiven Befragung des Umfeldes der »Perma Corro GmbH« sowie einer Auswertung der in Dirk Raschkes Wohnung lagernden Papiernotizen und Geschäftsbriefe nicht nur auf den Namen Stanczak, sondern auch auf jene von Jan Holzapfel und Knut Giovanni Myrbäck zu stoßen. Einem fähigen, zielstrebigen Beamten wäre es des Weiteren gelungen, nach ihrem Verbleib zu forschen und dabei unweigerlich eine Verknüpfung zu einer

Brandleiche zu ziehen, die südlich der Hansestadt aufgefunden wurde.

Dass jedoch kein Mensch die Verbindung zwischen einem toten Polen in Drochtersen und einem toten Deutschen in Hamburg-Altona herzustellen vermochte, war nicht nur dem Zufall zuzuschreiben, sondern vielmehr gewissen Defiziten in der kriminologischen Ausbildung geschuldet; der Tatsache, dass heutzutage eine Vielzahl von Vernehmungen kriminalistische Qualitätsansprüche nicht erfüllt und Ermittlungsansätzen nicht nachgegangen wird, nur weil der Weg zu einem Tatort oder Zeugenbefragungen zu tatrelevanten Zeiten zwar in das Ermittlungskalkül passen, nicht aber zu den persönlichen Vorstellungen des Mitarbeiters vom pünktlichen Dienstschluss.

*

Im dritten Stockwerk eines Bürohauses in der Merianstraße in Köln-Chorweiler saß derweil Alexander B. ratlos vor einem Bildschirm und marterte sich bei dem Gedanken, einen groben Dienstfehler begangen zu haben. Er hatte geschlafen, als er hätte wachen sollen.

Wann genau ihm dieses Missgeschick unterlaufen war, wusste er nicht zu sagen. Vor ein paar Wochen, vor Monaten? In den scheußlichen Tagen unmittelbar nach seiner Scheidung? Er, Alex, war eine Schaltstelle, doch er hatte nicht geschaltet. Und das wurde vielleicht einem Käsehändler verziehen, seinetwegen auch einem Politiker, nicht aber einem Sachgebietsleiter des Bundesamtes für Verfassungsschutz. Never! No fucking way!

Fast auf den Tag genau vor sechs Monaten war Alexander B. von seinem Vorgesetzten angesprochen worden. Ob er, auf dem Wege der Diensthilfe gewissermaßen, in einer kniffligen Angelegenheit mit seiner Expertise, seiner langjährigen Erfahrung, den Kollegen aus der Kessenicher Straße in Bonn-Dottendorf beispringen könnte. Dort war das Bundesamt für Sicherheit in der Informationstechnik ansässig. Das BSI war ein weitläufig mit dem BND verflochtenes Amt, der Abteilungsleiter »Wissenschaftliche Grundlagen und Zertifizierung« sein Ansprechpartner.

B. roch sofort, woher der Wind wehte.

Dem BND war als einzigem Geheimdienst der Welt die Industriespionage untersagt. In Deutschland war das Bundesamt für Verfassungsschutz zuständig für die Abwehr der Wirtschaftsspionage und der Beschaffung neuester Technologien für andere Länder oder Konzerne. Sie wurde von dem Referat Spionagebekämpfung, Geheimschutz, Sabotageschutz aus geleitet.

Rein personell war der Bundesnachrichtendienst deutlich besser ausgestattet als Alexander B. und seine Männer vom Verfassungsschutz. Allein die BND-Abteilung »Technische Unterstützung«, für die er eingesprungen war, verfügte über hunderte von Mitarbeitern. Von den über achtzig Mitarbeitern des höheren Dienstes waren dort zwanzig Mathematiker, dreißig Elektrotechniker, fünfundzwanzig Naturwissenschaftler und zehn andere Maschinenbauer und Ingenieure. Konnte einer von ihnen mit der Waffe umgehen? Konnte einer von ihnen eine anständige Observation hinlegen? Don't make me laugh!

Von den sechstausend Mitarbeitern des BND trugen gerüchteweise nur etwa fünfzig eine Schusswaffe: die Wachmänner. An der Pullacher Spionageschule des Nachrichtendienstes nämlich wurden keine Kampfsportarten unterrichtet, nicht der Gebrauch von Schusswaffen. Ein zahnloser Haufen, der seine Dienststunden mit dem Nasebohren und der Schürzenjägerei, der Teilnahme an desorientierenden Dienstbesprechungen und der Erarbeitung bunter Präsentationen verplemperte.

Zum Glück gab es den Verfassungsschutz. Zum Glück gab es Alex B.

Eines sonnigen Herbsttages also war er an der Außenstelle des BSI vorgefahren, ein standesgemäß gesicherter Gebäudekomplex hinter Metallgittern und Personenkontrollen, man kümmerte sich schließlich um jene Waren, mit denen die Republik in der weiten Welt hausieren geht: Mikroelektronik, Nanometer-Optik, Waffen- und Raumfahrttechnik, erneuerbare Energien. Das BSI testete auf Sicherheit und Funktion, was an Schlüsseltechnologien so alles erfunden wurde: Wegfahrsperren, Chipkarten-Lesegeräte, Internetbrowser, Telefonanlagen.

– Meinen Leuten sind die Hände gebunden, leider.

Der kahlköpfige BSI-Heini sagte es ihm ins Gesicht. Es handele sich bei seinem Auftrag um eine ebenso internationale wie heikle Angelegenheit, Fallstricke und Luftlöcher überall, Finanzierungslücken, juristische Grauzonen etceterapepe. Kurz: Das Deutsche Zentrum für Luft- und Raumfahrt habe da ein Observierungsproblem, eine Sicherheitslücke, obgleich von politischer Seite längst nicht alles in trockenen Tüchern, aber Tatsachen seien geschaffen, nun hätten die Geheimschutzbehörden dafür zu sorgen, dass dem sensiblen Gerät kein Schaden zugefügt würde. Und unser Mann für den Sabotageschutz sind Sie, Herr B.

– Aha. Das Deutsche Zentrum für Luft- und Raumfahrt. Alexander B. sprach, aber begriff die Bohne nicht.

– Im Verein mit dem Institut für Verkehrssystemtechnik in Braunschweig. Sein Gegenüber nickte bedeutungsvoll.

– Transportsicherung, darum geht es. Vierundzwanzig Stunden, sieben Tage. Rund um die Uhr.

– Durch die Gegend fahren? Einfach so?

– Alexander B. hatte keinen Hehl aus seiner Ungläubigkeit gemacht. Hochtechnologie sollte transportiert werden wie Frischeier?

– Feldversuche zur Alltagstauglichkeit, erwiderte der Kollege vom BSI kurz. Fahren, fahren, fahren, darum geht's. Daten sammeln. Bewegungsmuster erstellen.

– Das ist doch ziemlich vage.

– So soll es sein. Einzelheiten gehen niemanden etwas an. Was wir hier besprechen, wird nicht besprochen, sagte er, was wir tun, wird nicht getan. Wir sind inoffiziell in höchstem Grade. Ein Anklang von Ungeduld lag in seiner Stimme.

– Wie groß ist das Ding? Ein bisschen mehr wollte Alexander B. schon wissen.

– Klein. Eine Kiste. Ein Kästchen. Sein Gegenüber schachtelte die Hände zur Größe eines Schuhkartons.

B. nickte verständnisvoll, ohne einzusehen. Ja, er würde die Fahrdienste erledigen. Was blieb ihm über? Den Stubenfurzern vom BSI waren die Hände gebunden. Das Objekt fiel folglich unter die Rubrik Schutz vor Industriespionage – und die war Aufgabe des Verfassungsschutzes. Seine Aufgabe. So wälzt man Drecksarbeiten ab, dachte B. Der Eierkopf hatte gut Lachen. Bloody fucking wanker!

Zum Glück gab es das Referat Spionagebekämpfung, Geheimschutz, Sabotageschutz. Zum Glück gab es Alex. Den Mann der Tat.

Schritt eins: Anmietung eines Gebäudes am Hamburger Stadtrand inklusive Beschaffung einer Handelsregisternummer, eines Telefonanschlusses, Organisation eines Wäschereidienstes, GEZ-Anmeldung, das komplette Programm. Das

Gründungskapital für die Tarnfirma »M+T Wärmetechnik und Lüftungsbau« steuerte der Dienst bei. Die Fahrzeuge wurden gestellt.

Schritt zwei: Personalrekrutierung. Für Aufträge dieser Art war niemand besser geeignet als die ehemalige Kollegin Jana Z. Einstige Spitzenkraft aus der Abteilung Objektschutz, Spezialbegabung: Observierungen. Nach innerbehördlichen Querelen Wechsel in die freie Wirtschaft. Mitinhaberin der Sicherheitsberatungsfirma »Control Havoc«. Ein scharfes Teil, ledig, leider null Interesse an Alexander B. Im Umgang schwierig, nie ein Wort übers Privatleben, mittelgroß, dynamisch, drahtig, verlässlich, eine sichere Bank: Tough shit!

Bei einem Treffen im Hotel Hafen Hamburg, bei Heilbutt auf Kressebett zu Panoramablick auf Schiffe und Werften, war er sich mit Jana Z. handelseinig geworden. Der Deal: Das Bundesamt für Verfassungsschutz erstattet sämtliche Spesen, entlohnt die Objektschützerin zudem aus einer BfV-Kasse mit monatlich vierundzwanzigtausend Euro, steuerfrei, per Überweisung an die Western-Union-Filiale am Hamburger Steindamm.

Monatelang lief alles glatt. Dann der Anruf des Kollegen. Das wertvolle Teil ist abhandengekommen. Der lückenlosen Überwachung zum Trotz. Da segeln unzählige Aufklärungssatelliten am Firmament, in Diensten der deutschen Raumfahrtbehörde in Oberpfaffenhofen bei München, haben ihre Augen und Ohren überall, können uns hier unten von ganz oben bis in die Arschritze blicken mit ihren Spiegelteleskopen, und doch ist am frühen Morgen eines Märztages das Geschrei plötzlich groß. Das Schmuckstück ist, Abrakadabra, mitsamt seinem Gefährt abhandengekommen. Vollständiger Verbindungsverlust. Ob er da Auskunft geben könne?

Alexander B. hatte geschwiegen. Wenn man rein gar nichts

mehr verstand, war es das Beste, die Schnauze punktgenau zu halten, so viel hatte er in achtzehn Jahren des Geheimdienstlebens gelernt. Er schwieg, wenn es sein musste, bis andere glaubten, der Schlag hätte ihn getroffen.

Welch kluge Idee, hatten seine Techniker gedacht, als sie die wertvolle Fracht in der Rückbank des Q7 einbauten. Ausgerüstet mit Tracking-Sender. Was die Schlaumeier nicht bedachten: Acht Schichten Stahlbeton plus zwei Schichten dicker Grillfolie unterbrachen den Datenstrom zwischen Satellit und GPS-Antenne. Kein Peilsender der Welt konnte einen gestohlenen Wagen im Bauch einer Parkgarage der Hamburger Messe aufspüren. Als der Wagen entdeckt wurde, Überraschung, Überraschung, war seine wertvolle Fracht verschwunden.

Bis eines schönen Tages um zwölf Uhr siebzehn und siebzehn Sekunden Mitteleuropäischer Zeit. Da meldete der Satellit einen Kontakt zu seiner verloren geglaubten Basisstation. Vier Sekunden lang.

Die gute Nachricht: Der Notfallsender funktionierte. Die schlechte Nachricht: Er funktionierte mit einem Unschärfefaktor. Ein Prototyp eben, ein System in der Versuchsphase, ja, in Braunschweig waren sie um Entschuldigungen nicht verlegen, in ihren Angaben vage: Achtundfünfzig Grad nördlicher Breite, siebzehn Grad östlicher Länge, das wies bei einer Positionsgenauigkeit von rund tausend Metern auf die Provinz Södermanland, auf ein Nest namens Nynäshamn. Kiss my arse!

Welch Segen, dass es ihn gab, den Mann der schnellen Schritte.

Step One: Unter Verzicht auf Einhaltung rigoroser Dienstvorschriften sowie jeglicher Absprache mit dem Vorgesetzten oder den Besserwissern vom Aufsichtsreferat in Aktion treten.

Step Two: Entsendung der Objektschützerin Jana Z. mitten ins Herz des Krisengebiets. Soll sie sich mal umschauen in diesem Ostseekaff. Und schleunigst zurückholen, was sie sich unter ihrem knackigen Hintern hatte wegstehlen lassen. Kurios: Als er sie kontaktiert, ist sie schon in Stockholm. Eine von der ganz schnellen Sorte.

Blieb nur zu hoffen, dass er niemals, niemals einen Bericht über das Geschehene würde verfassen müssen. Das Unternehmen, das keinen Namen trug, war von Beginn an Murks gewesen. Ein Gestrüpp aus Hintertreppengeschichten, Scheinmanövern und Kompetenzgerangel, in das schließlich auch er sein Häufchen Unfähigkeit gelegt hatte.

Jetzt hieß es auch noch einige Lektionen Business-Englisch durchzustehen. Er, Alexander B., war in Fremdsprachen gewiss keine Leuchte, sein Englisch Mittelmaß, im Grunde auf eine Handvoll knackiger Slogans beschränkt. Sämtliche Mitarbeiter der Abteilung aber waren neuerdings per Direktive gehalten, ihre Kenntnisse aufzufrischen, zwei Mal zwei Wochenstunden. Zehn Minuten hat er seine Englischlehrerin im Vorzimmer schon warten lassen. Foxy Bitch!

Guck mal!

Holzapfel deutete auf eine Kirche zu ihrer Rechten.

– Sieht aus wie ein falsch gefalteter Pappkarton, sagte Myrbäck.

Sie hatten sich ewig durch den Verkehr auf der E 4 gequält, den Hallundaplan hinter sich gelassen und fuhren im Schritttempo an den achtstöckigen Hausfronten des Höders Väg entlang.

Hier irgendwo lebte Per Ola Forss.

Forss war, was Myrbäck einen alten Freund hätte nennen können. Wenn er denn gewollt hätte. Ein Mensch aber, den er seit Jahren nicht gesehen, an den er ebenso lange keinen Gedanken verschwendet hatte, verdiente ein solches Prädikat wohl doch nicht. Als sie sich in der vergangenen Woche plötzlich am Mörbyvägen gegenüberstanden, hatten sie einer den anderen aber doch mühelos erkannt.

Drei Jahre lang waren sie gemeinsam in Nynäshamn zur Schule gegangen. Sie hatten sich aus den Augen verloren, weil Forss von seinen Eltern auf eine exklusive Privatschule in Dalarna geschickt wurde. Aus Protest gegen seine ambitionierten Eltern schwänzte Per Ola zwei Wochen lang den Unterricht, wusch auch seine Haare in dieser Zeit nicht, ergab sich am Ende aber doch in sein Schicksal. Er zog nach Likkeby, wo es nicht viel mehr gab als einen ICA-Supermarkt, Lennys Farbhandel, die Grillstube Kebab Charlotte sowie besagte Lehranstalt. Die im Übrigen versagte: Aus

Forss war kein Staatsanwalt geworden, sondern bloß ein gemeiner Ganove.

Forss, so hatte es Myrbäck sich aus den Andeutungen des alten Kumpels zusammengereimt, organisierte Fluchtfahrzeuge und Verstecke, er verschob Diebesgut und zog Autoversicherungen mit fingierten Unfällen ab. Für wen? In wessen Auftrag? Da fragt man nicht nach. Aber er würde Myrbäck und dessen Kumpel vielleicht aus der Not helfen können. Klar, Autos, da könne er vermitteln, als Teilhaber einer Werkstatt auch problemlos Fahrzeuge umfrisieren.

Myrbäck hatte ihren heutigen Besuch vage angekündigt.

Ein durchdringender Geruch nach Tannengrün tränkte Forss' Wohnung, anderthalb Zimmer, in denen er allein lebte. Er begrüßte sie in Militärjacke und Shorts, brühte einen Kaffee auf und bot eine Schüssel voll ergrauter Kekse an. Er ließ sich in einen breiten Sessel aus mokkabraunem Lederimitat fallen und klärte sie über die heimische Marktsituation auf.

– Du kannst es ja nicht wissen, meinte er an Myrbäck gewandt, Autos sind zur regionalen Angelegenheit geworden. Ab Haninge aufwärts ist verbotene Zone, da regiert der Balkan den Handel mit gestohlenen Wagen. Die MC-Clubs organisieren die Geschäfte in den südlichen Vororten Stockholms. Der Osten gehört den Balten, Södertälje den Syriern. Leider: Das Business ist erlahmt. Ein Markt mit viel zu vielen Akteuren. Da kommt für jeden von uns immer weniger bei herum. Das Einzige, was noch lohnt: Exklusive Autos für den Export, das Baltikum, die Ukraine. Aber nur die dicksten Schlitten, Xenon-Leuchten und getönte Scheiben, die ganze Kiste bis zum Schiebedach voll mit Technologie, die Konsole muss blinken wie in einem Airbus-Cockpit.

– Da haben wir ja das Richtige für dich mitgebracht, meinte Myrbäck.

Während Forss weiter die Struktur seiner Geschäftskreise erläuterte, über die neuen Märkte Estland und Litauen referierte, saß Holzapfel stumm in seinem Sessel. Er verstand ja auch kein Wort. Seine Hände lagen regungslos auf dem Tisch. Er kaut noch immer an seinen Nägeln, dachte Myrbäck. Er kaut an seinen Nägeln, seit ich ihn kenne.

– Ich zeige euch mal, womit wir die besten Geschäfte machen, sagte Forss. Er stand auf und nahm ein bauchiges Bierglas von einem Regal neben dem Fenster. Seine streng zurückgekämmten Haare glänzten im Tageslicht, als wären sie frisch mit Harzlack bestrichen worden. Das Glas, das er in die Höhe hielt, war mit Dutzenden von schrumpeligen zentimetergroßen Kügelchen gefüllt. Forss löste die Plastikfolie, die über den Rand gespannt war, und legte eine der weißen Kugeln auf die Mitte seiner Handfläche.

– Koks, sagte er. Jeder Ball ein Gramm, jedes Gramm neunhundert Kronen.

– Wow, entfuhr es Myrbäck. Er rechnete nach: Dreißig Kugeln machten siebenundzwanzigtausend Kronen. Ihm wurde unwohl. Warum zeigt Forss sie her?, fragte er sich. Er war nicht auf dem aktuellen Stand der Rechtsprechung, aber zwei Jahre verschärfte Haft dürfte es auf ein Bierglas voller Koks hierzulande wohl geben.

Als Forss sich zu ihm beugte, um Kaffee nachzuschenken, roch es auf einmal penetrant nach Tannengrün. Myrbäck entschied, dass der Gestank Per Olas Hochglanzfrisur entsteigen müsse. Vielleicht hatte er beim Duschen aus Versehen zum Badeschaum gegriffen?

– Frag ihn, ob er Verwendung für eine kleine Metallkiste hat, murmelte Holzapfel von der Seite.

– Scherzt du? Wie stellst du dir das vor? Nicht einmal du weißt, was in ihr steckt.

– Dann frag ihn, ob er einen Kistenfachmann kennt. Einen Techniker, einen Computerspezialisten, einen Strahlenexperten, was weiß ich. Irgendjemanden, der uns hilft herauszufinden, was der Kasten wert ist.

Myrbäck ignorierte ihn. Wenn Holzapfel wüsste, dachte er. Er hatte den Kasten im Betriebsraum des Fahrstuhls versteckt. Einer staubigen Kammer, die ewiges Dämmerlicht und den Vorteil bot, dass zwischen Elektromotor und den Verstrebungen der Kettenaufhängung auch ein Bremsmagnet seine Arbeit verrichtete. Starke Magnetfelder eigneten sich bestens, hatte Myrbäck sich gedacht, wenn es elektromagnetische Wellen zu krümmen und in die Irre zu führen galt.

Zu dritt verließen sie die Wohnung und traten vor das Haus. Forss schlenderte um den schwarzen Riesenwagen herum.

– Ein bisschen neu, meinte er tadelnd. Findet ihr nicht? Dieser Dodge ist doch gar nicht auf dem Markt. Man kann ihn nicht kaufen. Was glaubt ihr, wie viele von denen gerade durch Schweden fahren?

– Weiß nicht, sagte Myrbäck. Zwanzig? Vierzig?

– Nee, nee. Zwei. Bestenfalls drei Exemplare. Der König bekommt eins, sein amerikanischer Schwiegersohn, und dann gibt's noch diesen hier.

– Umso besser. Der Wagen ist exklusiv. Das interessiert dich doch, antwortete Myrbäck. Hast du uns doch grad noch erzählt.

– Exklusiv? Ihr beide fallt weniger auf, wenn ihr nackt vor dem Königsschloss für das Ende der Monarchie demonstriert. Kapiert ihr? Seine Stimme wurde plötzlich lauter.

Holzapfel warf einen skeptischen Blick auf Myrbäck. Er verstand nicht den Sinn der Worte, bemerkte aber wohl, dass sie gerade durch eine Art Qualitätskontrolle fielen.

Forss bog um das massive Heck des Dodge und blieb stehen. Er starrte auf das Nummernschild.

– Könnt ihr lesen?, fragte er, das spitze Kinn in ihre Richtung gestreckt. Habt ihr das Nummernschild gesehen?

Erschrocken schüttelte Myrbäck den Kopf. Per Olas aufgeregte Stimme verhieß nichts Gutes. Er trat zu ihm und tat, als würde er jetzt zum ersten Mal auf das Schild sehen. Er las laut vor: SN8KE.

– Wieso?, meinte Myrbäck. Ist doch lustig. Snake. Schlange.

– Wenn ich nicht wüsste, dass ihr fremd hier seid, dann würde ich sagen: Ihr zwei seid Hornochsen.

Myrbäck wollte gerade antworten, dass er keineswegs Ausländer, sondern astreiner Halbschwede sei, da legte Forss nach.

– Weil ihr diesen Wagen im Leben nicht loswerdet. Er ist fabrikneu, er ist sauteuer und tarantellaschwarz mit Perleffekt. Er gehört also jemandem, der richtig wichtig ist. Wer mit so einem Kennzeichen durch die Gegend fährt, der ist Boss. Und giftig wie eine Schlange.

Myrbäck hätte es ahnen können. Seit Jahren ließen die Schweden ihre Kennzeichen personalisieren – mit Eigennamen, Spitznamen, Botschaften. Mit MAMA, mit OMA, mit WUFF. Verboten waren GOTT, SEX, JESUS oder KACK und ähnliche Anspielungen auf Körperflüssigkeiten, das fiel ihm jetzt ein.

Am einfallsreichsten waren die Mitglieder der Unterwelt, wenn es um die Wahl der Nummernschilder ging.

Vielleicht haben wir dem falschen Mann sein Spielzeug weggenommen, sagte er, während er Holzapfel beiseitezog und ihm erklärte, dass Forss wohl Recht mit seiner Theorie hatte und dass SN8KE nach einem massiven Minderwertigkeitskomplex klang.

– Stimmt. Da schwingt ein Hauch von roher Gewalt mit.

Im Bewusstsein einer peinlichen Niederlage verabschiedeten sie sich ohne viele Worte von Forss und bestiegen den Dodge.

Myrbäck steuerte sie stumm durch Huddinge, als Jan fragte:

– Mit dem haben wir's uns ein für alle Mal verkackt, was?

– Wart's mal ab. Forss ist nicht nachtragend. Er baut selber ständig Scheiße.

Die Straßen in Richtung Süden waren frei. Myrbäck dachte darüber nach, weshalb er seine Freundschaften vernachlässigt hatte. Sicher lag es daran, dass er als Kind keine Wurzeln geschlagen, kaum einmal über mehrere Jahre an einem Ort gelebt hatte. Hin und her, mal hier, mal dort, in dieser Klasse ein Jahr, in jener ein halbes. Kein Wunder, dass mir am Ende bloß ein paar fragwürdige Bekanntschaften geblieben sind.

Kurz vor Ösmo schlugen sie den Weg in Richtung Ostsee und Muskö ein. Auf halber Strecke bogen sie im Schritttempo auf das Gelände der »Wik-Inn Marina«. Dutzende von Booten standen auf einer schmalen Landbrücke unter grünen Plastikplanen vertäut. Die Tore der Werfthalle waren verschlossen, die Fensterläden des Haupthauses verriegelt. Die Einstiegsluke des Hebekrans hatte man mit einer Metallkette gesichert. Familie Vikström, die den kleinen Jachthafen betrieb, verlebte die Vorsaison offenbar in wärmeren Gefilden.

Myrbäck bugsierte den Dodge an den Rand eines Bootsstegs, an dem sich im Sommer die Segelschiffe und Kajütboote drängelten. Jetzt waren nur zwei Anglerboote an den äußeren Auslegern festgemacht.

Der Steg zu den Liegeplätzen war leicht abschüssig. Bevor er ausstieg, zog Myrbäck die Handbremse an.

– Hat Snake es besser verdient?, fragte er, nachdem sie einige Minuten reglos neben dem Auto gestanden hatten. Der Wind kam vom Meer, fing sich in der Bucht und blies feuchtkalte Luft durch den Stoff ihrer Jacken.

– Nein. Holzapfel schüttelte den Kopf. Auf seiner linken Wange glühte der Fleck, den die Kuhzunge ihm dorthin geleckt hatte.

Eine nach der anderen ließ Myrbäck die Fensterscheiben des Wagens in der Türverkleidung verschwinden, ließ dann auch Heckklappe und Motorhaube aufspringen. Wie ein gigantischer, zum Fluge bereiter Hirschhornkäfer stand der Dodge vor ihnen. Myrbäck setzte sich hinter das Steuer, legte den Leerlauf ein, ließ den Motor an, löste die Handbremse und stieg aus dem Wagen. Zufrieden sah er dabei zu, wie der Dodge erst zögernd ins Rollen geriet, dann rumpelnd die Bohlen des Stegs nahm und mit einem satten Gurgeln zügig im Wasser der Torsbucht versank.

– Wie blöd, sagte Holzapfel, dass wir ohne Auto weitermüssen.

– Ja, das fällt dir reichlich spät ein.

Zu Fuß folgten sie der Landstraße, erreichten nach einer Dreiviertelstunde Ösmo und erwogen, im Vansta-Kiosk jeder einen Kaffee zu trinken, um die Kälte aus ihren Knochen zu spülen, stellten jedoch entsetzt fest, das ihnen sogar hierfür das Geld fehlte.

Später saßen sie auf der hinteren Sitzbank des Linienbusses 847 und wärmten ihre Füße über der Heizung, als Holzapfel Myrbäck anblickte und mit dem Tonfall einer unterdrückten Anklage sagte:

– Wenigstens das Navi hätten wir behalten können.

Jan hatte Recht. Es war voreilig gewesen, den Dodge zu versenken, ohne seine Innereien auszuweiden. In nächster Zukunft würden sie von den Brosamen leben müssen. Autoradios, Navis, die kleinen Extras, Forss würde sie ihnen gegen gute Bezahlung abnehmen, hatte er beim Abschied großmütig in Aussicht gestellt.

Der Bus rollte gerade über Kvarnängen ins Zentrum Nynäshamns ein, da sagte Holzapfel plötzlich viel zu laut an sein Ohr:

– Und kein Wort zu Heidi. Es ist zu peinlich.

Christiania, August 1985

Hand in Hand sind sie losgegangen. Haben Christianshavn über die Knippelsbrücke verlassen und die endlosen Ziegelsteinmauern des Schlachthofs abgelaufen, um in Vesterbro anzukommen. Im Gewirr der engen Straßen mit den niedrigen Häusern ist es schwer gewesen, den Sinn für die Himmelsrichtungen zu behalten.

Vesterbro war voll mit Leuten, die kein Dänisch sprachen und auch kein Schwedisch. Sie kamen an kleinen Gemüseläden vorbei, an Geschäften, in denen Koffer, bunte Stoffe und Plastikbesen verkauft wurden, und ab und zu an einem leeren Haus ohne Fenster, aus dem es nach feuchtem Staub roch. Vor einer Kirche am Enghave Platz setzten sie sich auf eine Bank. Von hier aus konnten sie in der Ferne den goldenen Turm vom Tivoli sehen, und die Drehkarussells, klein wie Spielzeuge, aber in vielen Farben leuchtend zwischen den endlosen grauen Fassaden.

Wie konnte Oves Vater behaupten, dass ihre Mutter in Vesterbro gelandet war? Er arbeitete im Komitee und war sogar schon im Fernsehen aufgetreten. Er ist immer mit dabei, hat Ove erzählt, wenn die Männer und Frauen von der Sozialbehörde nach Christiania kommen und sich alle im Versammlungshaus treffen, um über feuerfeste Türen für das Løvehuset zu sprechen. Oder wenn Kinder, die ohne ihre Eltern hier leben, vom Sozialdienst abgeholt werden sollen. Solche Kinder gibt es, aber sie sind älter als ich, dachte sie. Sie sind von zuhause ausgerissen, und ihre Eltern wollten sie wieder zurück. So war das bei ihr und Lilja ja nicht.

Die Sonne stand jetzt hoch über ihnen, und als sie an den Mauern der Øksnehallen entlanggingen, strömte warme Luft um ihre Bäuche. Lilja jammerte, weil sie so kurze Beine hatte und ihr die Füße heiß wurden. Sie machten kehrt. Für ihren Rückweg nahmen sie die Straße an den Gleisanlagen. Wenn die Fernzüge vorbeirasten, hielten sie sich die Ohren zu.

Ihr Vater war nicht gekommen. Er kommt an einem anderen Tag, hatte Catrine gesagt, um Lilja zu beruhigen. Und endlich hatte Lilja aufgehört mit ihren Zuckungen.

Über Nacht waren Gewitterwolken aufgezogen, ohne dass es donnerte. Catrine war schon am Vormittag von ihrer Arbeit aus der Bäckerei zurückgekehrt. Normalerweise bereiten die Backleute uns spät am Abend den Sauerteig vor, hatte sie erzählt, aber in dieser Nacht ist er schlecht geworden. Weil das Wetter umgeschlagen ist.

Aufpassen! Ein Bauarbeiter, der vor dem Außenministerium auf einer Steinplatte hämmerte, rief ihnen zu. Verschwindet auf die andere Straßenseite! Zornig sah er sie unter blonden Brauen und dem Rand seiner Hornbrille hervor an.

Als sie in die Prinsessegade bogen, wollte Lilja nicht länger ihre Hand halten. Sie trotteten über den Marktplatz zum Kinderhaus und noch ein ganzes Stück weiter, bis sie an Carls Bastion zum Ufer gelangten. Es war ihr verboten, mit Lilja ans Wasser zu gehen, weil sie nicht schwimmen konnte. Doch irgendjemand hatte ein Modellsegelboot mit drei Masten ins Wasser gelassen, und dann war es wohl davongesegelt. Man konnte sehen, dass es ein schönes Boot aus Holz war, keines aus Plastik. Es trieb mitten auf der Wasserfläche. Es war zu weit weg, um es mit einem Stock zu angeln, und der Wind wehte zu schwach, um es irgendwo ans Ufer zu treiben.

Rund um den Flecken Sandstrand, auf dem sie standen, war das Ufer mit einem breiten Gürtel aus grünem Röhricht be-

wachsen, mit Schilf und kleinen, dicht belaubten Bäumen mit grauen Blättern. Auf der anderen Uferseite stieg eine dunkle Wolkenwand auf. Ihre Ränder spiegelten sich silbrig schwarz auf der Wasseroberfläche.

Lilja und sie zogen ihre Schuhe aus. Sie band die beiden Paare an den Schnürsenkeln zusammen, das hatte ihre Mutter ihr beigebracht. Sie versuchten, Steine hinter das Modellsegelboot zu werfen, um es zu sich ans Ufer zu treiben, doch dafür war es zu weit entfernt. Lilja machte ihr alles nach. Es war gefährlich, neben ihrer Schwester zu stehen. Man wusste nie, in welche Richtung ihre Steine flogen.

Als sie keine Steine mehr am Uferstreifen finden konnte, ging sie auf bloßen Füßen in das Schilf. Kriebelmücken schwärmten über ihrem Kopf. Die Luft war feucht und der Boden uneben und weich. An manchen Stellen gab er unter ihren Füßen nach. Plötzlich stand sie vor einem Bus. Es war keiner der gelben und weißen Busse, wie sie durch Kopenhagen fuhren. Dieser Bus war grün und hatte eine runde Form. Fast sah er aus wie die alten schwedischen Postbusse, die zwischen Ljusne und Sundsvall hin- und herfuhren. Er stand schon lange hier. Einige der Scheiben waren durch Holzplatten ersetzt worden. Die Reifen fehlten. Er ruhte auf grauen Steinblöcken, doch an seinem hinteren Ende war er bis zu den Radachsen in die Erde gesunken.

Sie ging einmal um den Bus herum und drückte die vordere Tür auf. Hinter dem Fahrersitz hatte jemand einen Campingtisch an die Wand geschraubt. Auf ihm standen leere Weinflaschen mit Kerzenstummeln. Die meisten waren bis an den Flaschenhals heruntergebrannt. In der Mitte des Busses hing eine Hängematte quer über die Sitze gespannt. Sie versuchte hineinzuhüpfen, aber sie rutschte immer wieder ab. Die Matte hing zu hoch. Sie erschrak, als plötzlich dicke Regentropfen auf das Blechdach über ihr klopften.

Nur wenige Leute kamen in diesen Teil Christianias. Die Touristen trauten sich nicht bis hierher, weil es so unbewohnt war. Nur zwei Hausboote lagen am Ufer der Fredriks Bastion fest, und auf dem Hang über dem Ufer stand eine verlassene Hütte aus Torf und Erde. Das einzige Haus hier gehörte Pyramiden-Pelle. Er war Schwede, und alle zogen ihn auf, weil er immer alles genau nahm. Manchmal, wenn er es nicht hören konnte, nannten sie ihn Pelle-Korrekt. Wer es schafft, alleine ein Holzhaus zu bauen, das wie eine Pyramide aussieht, dachte sie, der muss wirklich gründlich sein. Er wurde von der Gemeinschaft dafür bezahlt, dass er die Toiletten im Loppen und in der Grauen Halle saubermachte. Bestimmt eine eklige Arbeit. Aber Pelle bekam viel Geld dafür, hatte ihre Mutter einmal erzählt und gemeint: Für so viel Geld würde auch ich die Kacke von anderen wegputzen.

Eine Mücke summte an ihrem Ohr. Langsam ging sie durch den Mittelgang des Busses. Sie stieg über einen Haufen aus Matratzen. Sie waren nass, gelb und stanken verschimmelt. Über ihnen stand eine Dachluke offen. Durch sie tropfte der Regen.

Ihr fiel Lilja ein. Sie hätte sie nicht allein am Wasser stehen lassen dürfen.

Sie drehte sich, ging zur Fahrertür, sprang aus dem Bus und rannte, so schnell sie es auf ihren nackten Füßen schaffte, mitten durch das Schilfgestrüpp.

Ihre Schwester saß im Schneidersitz auf einem Flecken Sand und hielt das Modellboot in ihrem Schoß. Mit dem Regen war der Wind verschwunden, kein Hauch war zu spüren, und die schmale Bucht vor ihnen lag blank. Die Blätter der Bäume hingen reglos und schlapp über dem Wasser. Das Boot musste von selbst zu Lilja gesegelt und vor ihren Füßen gestrandet sein.

Neben dem blauen Plastikkorb lag ein kleiner Haufen mit Wäsche. Sassies Unterhose, ihr Büstenhalter. Sie hatte vor ihm geduscht, und im Bad hing noch der Geruch von Vanille, den er von ihr kannte, wenn er ihr nur nah genug kam. Er wischte einen Kreis in den beschlagenen Spiegel, putzte seine Zähne, spülte den Mund und setzte sich auf den Rand der Badewanne. Er beugte sich vor, nahm das Höschen und drückte es auf sein Gesicht. Er schloss die Augen. Es kam ihm vor, als steckte noch ein Rest ihrer Körperwärme in dem Stoff. Ihm wurde heiß im Gesicht. Schnell verließ er das Badezimmer.

Ein Husten keuchte ihm entgegen, als er in sein Zimmer schlich. Eds Erkältung hatte sich nicht niederringen lassen, es halfen keine Säfte, Wickel, Senfbäder, keine Schulkrankenschwester.

Myrbäck saß eine Weile im Dunkeln auf der Bettkante des Klappbetts, dann legte er sich neben seinen Sohn. Er küsste ihn auf den Nacken und drückte sein Gesicht an den kleinen, warmen Hinterkopf. Eds Haar schien die Gerüche der Wohnung aufzusaugen: Bratöl, Zigarettenrauch, die eingesperrte, immer wieder geatmete Luft.

Ed nach Schweden entführt zu haben, war eine Dummheit gewesen. Er hatte seinem Sohn einen Urlaub in Nynäshamn versprochen. Geboten hatte er dann nur Ferien im Auffanglager, eine Entführung, auch wenn Ed sie nicht wirklich zu begreifen schien. Blieb zu hoffen, dass er seiner Mutter nie davon berichten würde. Gut, heute Abend hatten sie Stinkbomben gebastelt. Am Wochenende ein Puzzle gelegt, der Hafen von Oslo auf eintausend Teilen, hatten Fußball auf dem zertretenen Rasen zwischen den Häusern gespielt, Malin zum Handballspiel begleitet und waren, was Ed langweilte, einige Male den Ringvägen am Meer abgewandert.

Einen einzigen glücklichen Ausflug hatten sie unternommen. Sie waren nach Djurgården gefahren, ins Vasa-Museum gegangen und hatten sich nach einem Rundgang nachdenklich über die schwach beleuchteten Vitrinen gelehnt, in denen die Skelette der ertrunkenen Crew der Vasa aufgebahrt lagen. Keines der Knochengerüste war vollständig, irgendetwas fehlte immer: Ellenbogen, Rippen, Stirnbeine, Unterkiefer, Hände. Der Mensch besteht aus tausend Teilen, hatte Ed gesagt. Und den Verdacht geäußert, die Skelette seien gewiss falsch zusammengeschoben worden. Wer wisse heute noch, welcher Schädel einst zu welchem Rumpf gehörte?

Ed hatte aufgehört zu husten. Myrbäck rutschte noch ein Stück näher an den kleinen und überhitzten Körper heran. Das wird schon, flüsterte er in sein Ohr, kaum hörbar. Sein Sohn hatte sich, so lange sie in dieser zu engen Wohnung hausten, nicht ein einziges Mal beklagt. Vielleicht war er zu jung sich zu beschweren. Eines Tages aber wird er sich an ihre seltsame, überstürzte Reise nach Nynäshamn erinnern, dachte Myrbäck, so wie er sich überhaupt an mich erinnern wird: Mein schräger Vater mal wieder.

Myrbäck glitt aus dem Bett, ging ins Bad, pulte eine der Tabletten aus Sassies Kulturtasche hervor, ohne sie sich genau anzuschauen, und schluckte sie. Er warf einen Blick auf ihre Unterwäsche, ging aber doch aus dem Bad, zog sich Jacke und Schuhe an und verließ schleichend die Wohnung. Über den Allkärsplan ging er ins Zentrum, schlenderte an den Schaufenstern des Buchgeschäfts entlang und stieß an der Ecke zum Floravägen mit einem Mann zusammen. Weil es hier düster war, er angestrengt zu Boden geblickt hatte, um nicht ins Torkeln zu geraten, er im Ganzen schwer unter dem trübenden Einfluss der Tablette litt, kam ihm erst nach ein paar Metern die Idee, dass er diesen Mann doch kannte, sie einander oft begegnet waren. Wo das aber geschehen und wer diese Person war, fiel ihm beim Teufel nicht ein. Mit Drogen muss man sich vorsehen, sagte er sich, und dass er eine schlaflose Nacht vor sich haben würde. Voller Hirngespinste.

Ich liege flach. Eine Krankenschwester. Krank im Bett. Das nimmt einem niemand ab.

Dabei ist es kein Wunder. Am Morgen der Junge, der sich mit einer Asthmaattacke in mein Zimmer schleppt, keuchend wie ein Greis auf dem Sterbebett, bis mir angst und bange wird und ich den Krankenwagen rufe.

Dann der Direktor. Stolpert über die nagelneue Behindertenrampe am Kantineneingang. Stürzt wie abgeschossen in den Lattenzaun vor den Rosenbeeten. Bruch des Nasenbeins, Prellung des Nasenknorpels, Riss der Nasenscheidewand. Eine Blutlache, schlimmer als beim Schlachter. Zuerst hat sie auf Schlaganfall getippt, mit Ende fünfzig nichts, worüber sich zu wundern lohnt. Als er dann auf der Krankenpritsche erwacht, ist es doch nur der niedrige Blutdruck. Der geht bei mir hoch, runter, hoch, sagt er, wie ein Jo-Jo.

Auf dem Heimweg ist mir schon fiebrig zumute gewesen. Trotzdem habe ich noch eingekauft. Bin dann, beladen mit Einkaufstaschen, in die Küche und habe meinen Bruder in flagranti überrascht.

Jan war unrasiert, ungebürstet, ihm hingen zwei Kochwürste aus den Nasenlöchern. Er sah er aus wie ein Seelöwenbulle. Ed und Malin standen vor ihm und grinsten. Offen zu lachen trauten sie sich nicht. Ein Mann, der sich derart zum Clown machte, schien ihnen wohl zu wunderlich.

Holzapfel zog die Würstchen aus der Nase und bettete sie in eine Ketchuppfütze auf seinem Teller.

– Findest du dich witzig?, fragte sie ihn.

– Na klar. Er grinste. Er biss in seine Wurst.

Die Kinder zogen ab. Dicke Luft.

Ich bin Kummer und windige Aktionen von dir gewohnt, Bruder, dachte sie. Ich fordere auch keinerlei Aufklärung darüber, womit du deinen Lebensunterhalt verdienst. Aber ich verlange doch eine schlüssige Erklärung dafür, dass ich euch weiter beherbergen soll. Dich und deinen Kumpel, der nebenan im Bett liegt, den ganzen Tag schon, weil ihm ein Drogencocktail durchs Oberstübchen gefegt ist. Lächerlich!

Sie hatte sich ihr häusliches Problem kleiner geredet, statt es in seiner Drastik zu sehen. Ein Haufen Leute hatte sich bei ihr eingerichtet wie Reisende in einem Nachtzug. Gemeinsam fuhren sie jetzt in einem schäbigen Abteil dritter Klasse durch die Dunkelheit, und keinem kam die Idee, dass es möglich war, unterwegs auch auszusteigen. Und statt meine Wut auszusprechen, fresse ich sie in mich hinein.

Um einmal zu spüren, wie es sich anfühlte, sagte sie, gut unhörbar für Holzapfel:

– Du kotzt mich an. Ihr alle kotzt mich an. Dann fing sie an, ihre Einkaufstüten zu leeren.

Mit überraschender Energie hatten Knut und er gestern Abend den Kindern beigebracht, Rauchbomben zu basteln: Ihr wickelt sorgfältig zwei Lagen Alufolie um einen Tischtennisball, zündet die Kugel mit einem Feuerzeug auf hoher Flamme an, bis ihr ein Zischen hört. Jetzt kommt der Rauch. Besser noch: Ihr bohrt ein Loch in den Tischtennisball, füllt ihn mit Streichholzköpfen und steckt eine brennende Wunderkerze hinein. Jetzt qualmt's wie in der Hölle.

Im Dunkeln waren sie vor das Haus gegangen und hatten die Kugeln einem Praxistest unterzogen. Dicke Rauchschwaden waren zu Haus vierzehn gezogen und hatten dort das

Treppenhaus mit ihrem Gestank eingenebelt. Bis ich angerannt kam und die restlichen Stinkbomben in Beschlag nahm. Heidi, die Spielverderberin. Die Spießerin.

– Was essen wir heute Abend?, fragte Jan, während sie eine letzte Tragetasche auf die Arbeitsplatte neben dem Kühlschrank wuchtete.

– Kartoffeln.

– Oh, lecker! Mal was Neues. Er schnitt eine angeekelte Grimasse.

Sie warf die prallvolle Einkaufstasche nach dem Bruder. Aufgrund ihrer inkohärenten Füllung aus Salatköpfen, Tomatendosen und Molkereiwaren schoss sie wider alle Trägheitsgesetze der Himmelsmechanik in einer elliptischen Drehung am Ziel vorbei und prallte auf die Kante der Fensterbank. Das feuchte Bersten der Joghurtbecher war deutlich zu hören.

Holzapfel lachte auf.

– Verschwinde!, schrie sie ihn an. Verrecke!

Während sie im Bad verschwand, um ihre Tränen wegzublinzeln, stürmte er mit festen Tritten aus der Wohnung.

Jetzt ist Schluss! Ich bin mit meiner Geduld am Ende. Ich habe euch lange genug geholfen, ab nächster Woche wird Asyl nicht mehr gewährt. Jan und Knut, macht es euch auf Lökskär bequem! Da wird ein Häuschen frei. Kocht euch das Kartoffelmus, heizt euch die Öfen selbst. Und das läuft hier auch nicht mehr: Sich bei jeder billigen Gelegenheit an Sassie drücken, vor dem Fernseher auf ihrem Bett fläzen, Reden schwingen. Ich verstehe ohnehin nicht, was an diesem Hungerhaken so toll sein soll. Sieht denn niemand, dass dieses Mädchen kaum einmal klar im Kopf ist? Bei all den Pillen.

Zwischen Nacken und Schulterblättern spürte sie eine fröstelnde Mattigkeit. Sie stand auf, um sich einen Tee zu kochen. Zog ihren Pyjama an und legte sich ins Bett.

Ihr Bruder. Mit zwölf hatte er sich während einer Klassenreise auf Sylt davongestohlen. Er war aus dem Schullandheim in Richtung des Roten Kliffs vor Wenningstedt davongelaufen, wurde stundenlang zwischen Dünen, Steinzeitgrab und Braderuper Heide gesucht, bis ein Trupp älterer Schüler ihn in einer Senke des zernagten Steilufers fand. Heimweh, hatte er gejammert, als man ihn zuhause ablieferte.

Heimweh? Sie hatte gelacht. Jan, die Memme. Jan, dessen Stolz es nicht ertrug, dass man ihn »Linse« nannte, weil er seit Kindertagen dicke Brillen trug.

Heidi und er hatten jahrelang in einem Zimmer gehaust: Etagenbett, Spielzeugkiste, Kleiderschrank, Stühle, Jans Chemiekasten, das war's dann auch. Ihre Eltern lebten, so hieß das damals, als Hausmeisterehepaar. Mutter putzte, wischte, sprach beruhigend auf wutschnaubende Mieter ein, wenn Spülungen und Heizungen versagten. Vater wechselte die Glühbirnen im Treppenhaus, verwaltete den Fahrradkeller und die Dachböden, handelte mit gebrauchten Fernsehgeräten. Und er soff. Sie wohnten über einer Kneipe.

Das Temperament des Vaters schlug erst spät bei Jan durch. Die heftigen Gemütsbewegungen, seine Zotenreißerei. Diese zerstörerische Energie. Als Teenager fuhren sie im Herbst häufig mit der S-Bahn nach Bahrenfeld, zogen durch die Schrebergärten am Volkspark und stahlen Äpfel. Einmal sprang ein Mann aus einer Laube, die sie für verlassen gehalten hatten, und versperrte ihnen den Fluchtweg. Er rief ihnen zu: Nehmt euch, was ihr wollt, ich kann so viel Obst alleine nicht essen.

Was will der denn?, fragte Jan. Ihm war die Lust vergangen. Was nicht verboten war, langweilte ihn. Er wollte davonrennen müssen, mit Herzrasen über Zäune flüchten. Es ging ihm um den Kick. Nicht um die Äpfel.

Plötzlich stand er vor ihr. Leise hatte er die Tür zu ihrem

Zimmer aufgeschoben. Bis in die Bäckerei am Hafen war er gegangen und hatte einen Laib gewürztes Inselbrot für sie gekauft. Er hielt es in Armen, setzte sich auf ihr Bett, nahm seine Brille ab und lächelte sie schief an.

Er sieht verwundbar aus, dachte sie, mit diesen tief versunkenen Augen. So ist es immer gewesen. Am Ende tut er mir leid.

Die Aussicht würde ihr fehlen. Sie würde es vermissen, verfolgen zu können, wie das Licht der Sonne der Dämmerung weicht, sich von einer Häuserfassade zur nächsten zurückzieht, sie schließlich dem Dunkel überlässt. Vor ein paar Wochen noch war das sehr schnell geschehen, ruckweise. Jetzt hielten die Tage sich länger. Seit zwanzig Minuten schon saß sie am Fenster, und noch immer besaßen die Dinge Umriss und Farbe, ein abendliches Leuchten.

Die anderen waren auf das Fest gegangen. Sechzig Jahre Heimdal-Siedlung, das wurde mit Dosenwerfen gefeiert, mit Tombola und Würstchenbuden. Mühe haben die Leute sich gemacht, dachte Sassie. Leuchtketten hingen quer zwischen den Häusern. Eine rollende Disko war angemietet worden, ein Pferdekarussell.

Hinter den sich langsam drehenden Schimmeln und Lipizzanern konnte sie, wenn sie die Augen zusammenkniff, Holzapfel erkennen. Er stand in seinem neuen grünen Overall vor der Streusandkiste und sprach mit einer Frau. Sie dachte, dass es eine Frau sein müsse, denn sie trug Stiefel und einen langen Rock unter einem Mantel, mehr war von ihr hinter den Wippepferdchen nicht zu sehen. Ist Holzapfel dabei, jemanden aufzureißen? Und welche Sprache setzt er ein dabei?

Am Dienstag hatte er sie zu ihrer Therapiesitzung bis vor die Drehtüren des Gemeindezentrums begleitet und sich anschließend den Overall gekauft, Ersatz für sein verschlissenes blaues Lieblingsstück. Vielleicht gefiel Holzapfel sich in diesem proletenhaften Monteursanzug, rätselte sie, weil er ihm etwas Draufgängerhaftes verlieh, den Anschein von Tatenkraft. Obwohl sie nicht glaubte, dass er zu Gewalttätigkeiten neigte, fragte sie sich manchmal, ob er in betrunkenem Zustand gefährlich werden könnte. Das aber fragte sie sich bei jedem Mann.

– Hej. Eine Stimme rief nach ihr. Vor Schreck schlug sie einen der kleinen Kaktustöpfe von der Fensterbank.

– Du?

Knut Giovanni Myrbäck stand im Zimmer und strahlte sie an. Etwas verstohlen überreichte er ihr eine Tafel Schokolade und eine Flasche Campari.

– Hier, von der Fähre, sagte er beiläufig. Bald kannst du es knallen lassen.

– Noch elf Tage.

Er umarmte sie kurz, trug den Koffer in sein Zimmer, räumte ihn aus und ging duschen.

Als er aus dem Badezimmer kam, trug er Jeans, ein weißes Hemd mit altmodisch hohem Kragen und ein Jackett, das sie an ihm noch nicht gesehen hatte. Er hat seine Garderobe in Hamburg neu bestückt, dachte sie. Sieht nicht so aus, als wolle er demnächst seine Zelte in Schweden abbrechen.

– Hast du dich verletzt?, fragte sie, während er quer durch die Küche zum Tisch ging. Sie deutete auf sein Bein.

– Was? Seine Stimme klang beunruhigt.

– Ich habe dich gefragt, ob du dir wehgetan hast. Am Bein. Du bewegst dich, als hättest du Schmerzen.

– Ich habe mal einen Unfall gehabt, sagte er. Das ist lange her.

– Auto? Moped? Fußball?

– Nein, Hühnerstall. Er schilderte ihr den Sturz aus drei

Metern Höhe, mit dem Hintern voran, eine Beinlängendifferenz, tausende von Stunden, die er seither mit gymnastischen Übungen verbracht hatte.

– Ein bisschen schief hat Gott lieb, sagte sie, als es ihr zu viel wurde mit seinen Schilderungen von Halsbeugungen seitwärts.

– Hat schon mein Vater zu mir gesagt. Eines Tages werde ich es glauben.

Sie dachte darüber nach, wie es wäre, wenn er und sie nicht vom Schicksal am gleichen Ort zusammengewürfelt worden wären. Da war etwas Anziehendes an ihm, etwas gleichzeitig Eifriges und Unbeholfenes. Sie versuchte sich vorzustellen, wie er wohl nackt aussähe. Ein kleiner Bauch?

– Bist du hungrig, willst du was trinken?, fragte sie ihn. Die anderen sind unten beim Fest. Es gibt Grillwürste, Lachsbrötchen, Glühwein.

– Mag ich nicht, sagte er.

Sie lehnte sich gegen die Geschirrspülmaschine. Ihr Becken fing das leichte Vibrieren der Maschine auf. Als diese laut gurgelnd mit dem Abpumpen des Wassers begann, gingen sie in ihr Zimmer.

Sie legte sich auf ihr Bett. Myrbäck warf sich in einen Sessel beim Fernseher, kreuzte die Arme und erzählte von seiner Reise nach Hamburg. Von Ed, der glücklich in die Arme seiner Mutter gesprungen war. Von einem Ex-Kollegen, mit dem er monatelang die Straßen Hamburgs vermessen hatte und der ihn demnächst mal in Schweden besuchen wolle, mein Gott, bloß nicht, ich hoffe, der Kerl labert nur. Von seiner Frau Maria und einem fürchterlichen Streit, von Zornesgewittern, die sich regelmäßig zwischen ihnen entluden, die Luft aber längst nicht mehr aufklarten. Seine Worte klangen mutlos.

Myrbäcks rote Augenlider sahen entzündet aus. Kein Wunder, er hatte fünfzehn Stunden am Stück im Reisebus gesessen. Mit dem Bus reist es sich besser als mit dem Billigflieger, hatte er gemeint, am Flughafen sind immer ein paar Wichtigtuer, die plötzlich deinen Pass sehen wollen. Ihr fiel auf, dass er, während er sprach, sich ständig bewegte. So als sei er unentschlossen, welche Position sein Körper einnehmen sollte, so als würde er all seine Muskeln in regelmäßigen Abständen einmal ausprobieren müssen.

– Ed will jetzt natürlich auch ein Kaninchen haben. Soll seine Mutter sich mit den Viechern abkämpfen, sagte er. Dann war er still. Seine Haare glänzten feucht im letzten Licht des Tages, das trübe durch das Fenster drang. Der Raum hinter ihm war längst finster.

Sie schloss die Augen und konzentrierte sich auf die Geräusche: die Uhr an der Wand, das Rasseln eines Heizkörpers, das Rauschen des Abflussrohres aus der Nebenwohnung. Das Schreien der Kinder von draußen, die Musik.

– Ich gehe noch mal auf das Fest, sagte er in das Schweigen.

– Nimm bitte den Müll mit, sagte sie, als er sich an ihrem Bett vorbeizwängte.

Was sie aber dachte, war: Worauf wartest du, Myrbäck?

Worauf warte ich? Dieser Mann da im Fahrstuhlspiegel, der mit dem von Monat zu Monat fahleren Gesicht, den Bartstoppeln, den zerrauften Haaren, das bin ich. Ich sehe verschlissen aus, aber eines habe ich immer gekonnt. Warten. Warten heißt: Die Dinge sind noch nicht entschieden, alles ist fortwährend möglich. Solange ich mich also nicht vorwage, wird sie mich nicht abweisen. Sie sieht mitgenommen aus. Wie sie da mit verschränkten Armen an der Spülmaschine lehnte, in ihren altmodischen blauen Breitcordhosen, die von mageren Hüftknochen herabfallen.

Ein Rucken des Aufzugs riss Myrbäck aus seinen Gedanken. Er sah sich um. Die Kunstsammlung war während seiner kurzen Abwesenheit um einige Pimmel-Skizzen angewachsen. Und! Mit breitem Stift hatte jemand ein längliches Oval an die Wand gesetzt. Es war eingerahmt von einem stilisierten Haarkranz, eine grobe, jedoch eingängige Darstellung des weiblichen Geschlechts. Er fragte sich, wer hinter dieser Sujeterweiterung stecken mochte.

Draußen war das Tageslicht abhandengekommen. Myrbäck warf den Müllsack in den Abfallcontainer und schlenderte unschlüssig zwischen den Buden umher, achtsam, Heidi nicht über den Weg zu laufen. Sie würde seine beflissene Erzählung über seine allzu schnelle Rückkehr mit dem Aufwerfen einiger Stirnfalten über einem schmalen Lächeln quittieren. So zeigte sie Herablassung, immer schon.

Zum Glück traf er weder auf Heidi oder Malin, noch begegnete er Holzapfel. Den hätte er jetzt gern eines gefragt: Was weißt du wirklich über den Tod Stanczaks?

Ihm waren nur Stunden in Hamburg geblieben, aber er hatte sie genutzt und sich noch einmal in Holzapfels Wohnung getraut. Mit Ausnahme eines verschrumpelten Fingers voller Fliegenlarven und des Kartoffelsacks in der Küche, der zu einem widerlich farblosen Gestrüpp angewachsen war, hatte er alles und jedes Ding unverrückt an seinem Platz gefunden. Er hatte die Werkstatt in der Leverkusenstraße besucht, sie war abgerissen worden, dann dem Erdboden gleichgemacht. Hatte erfahren, dass zwei Polizeibeamte sich bei Maria nach seinem Aufenthaltsort erkundigt hatten, hatte sich bei Bekannten umgehört, im Internet geforscht. Und plötzlich war ihm Zbigniew Nikodem Stanczak erschienen, auf dem Bildschirm eines Internetcafés am Altonaer Bahnhof. Die Porträtfotografie war unscharf, zeigte aber deutlich seine blauen Augen, sein in wirbligen Knäueln ergrautes Haar, die robust geratene Nase und zeugte ansonsten von den feinen Zügen des Polen. Sie war Teil eines Zeugenaufrufs der Polizei. Der in einem unwirklichen Dienstdeutsch eine vage Beschreibung des Tathergangs lieferte, also darüber informierte, dass Stanczak ermordet und verbrannt worden war.

Er war weniger überrascht, als er es hätte sein sollen. Er hatte geahnt, dass Stanczaks Verschwinden, sein Schweigen, einen Grund nur in seinem Tod hatte haben können. Dass dieser über alle Maßen gewaltsam gekommen war, bestärkte ihn im Entschluss, Hamburg sofort wieder zu verlassen. Zu seinem schwedischen Exil gab es keine Alternative.

Sorgentrunken kam er vor der Pfeilwurfbude zum Stehen. Sein Blick hangelte sich an den Girlanden entlang, erklomm die Fassade des Hauses Nummer zwölf und warf Anker an den

Fenstern des sechsten Stockwerks. Sassie hatte die Lichter gelöscht.

An einer Waffelbäckerei blieb er vor der Schlange von Wartenden stehen. Als die Reihe an ihn kam, bestellte er einen Crêpe mit Zimt. Misstrauisch beobachtete er, wie ein Mann mit einer gepunkteten Schürze über dem Bierbauch den Teigrechen fahrig ruckend über die Herdplatte schob.

Myrbäck nahm den Crêpe in einer Serviettenhülle entgegen, trat ein paar Schritte beiseite und biss hinein. Zu dick, zu süß, zu viel Zimt, er hätte es ahnen können. Was verstehen sie in der söderländischen Provinz vom bretonischen Eierkuchen?, fragte er sich, als er plötzlich in ein Gesicht blickte, das er wiedererkannte.

Es gehörte zu einer Frau, die keine vier Meter von ihm entfernt stand, im flackernden Licht einer Ringwurfbude. Sie sprach konzentriert in ihr Mobiltelefon. Sie hatte eine tiefe Stimme, das konnte er bei all der Tingeltangelmusik um ihn herum hören. Nicht jedoch, was sie sagte.

Myrbäck drehte sich und trat in den Schatten der Crêperie Paris. Es roch hier stark nach Propangas, allerdings war es der falsche Zeitpunkt, den Mann mit seiner knappen Küchenschürze auf ein Leck in seinem Gasschlauch hinzuweisen. Noch einmal blickte er zu der Frau, sah, dass sie weiter telefonierte, ihm dabei jedoch näher kam. Hastig schlug er einen weiten Bogen um Karussells und Kirmeshütten. Erst als er vor dem Eingang des Hauses Nummer zwölf zum Stehen kam, fiel ihm auf, dass eine weiche, süße Teigmasse seinen Mund füllte. Vor lauter Schreck hatte er das Schlucken vergessen.

Diese Frau. Er war ihr an einem regnerischen Abend in einem Kino am Hamburger Stadtrand begegnet. Mit Pagenfrisur, im Dufflecoat und zackigen Schrittes war sie durch die Drehtür ins Foyer gestürzt, ihm direkt entgegen.

Christiania, August 1985

Drei Polizisten ritten auf ihren Pferden in die vordere Reihe der Demonstranten. Sie trugen schwarze Handschuhe und schlugen mit Stöcken. Die Demonstranten schrien und stoben auseinander. Ein Junge mit nackter Brust und einer Pelzmütze löste sich aus der Gruppe der Flüchtenden und ging den Reitern entgegen. Er sah klein aus, wie er so alleine dastand. Er sprang vor und krallte sich am Schweif eines braunen Polizeipferdes fest. Der Polizist gab seinem Pferd erst die Sporen, dann versuchte er, den Arm des Jungen mit seinem Stock zu treffen. Er traute sich nicht, kräftig zu schlagen, das konnte sie sehen. Er hätte das Pferd ja am Kopf treffen können.

Der Junge ließ sich nicht abschütteln. Er rannte mit, wenn das Pferd zur Seite auswich, einmal ließ er sich am Schweif mitschleifen. Sie dachte, dass dies dem Pferd wehtun müsse. Plötzlich stieg es auf und warf den Polizisten ab. Er fiel rückwärts auf den Boden mitten unter die Demonstranten. Er versuchte aufzustehen, rutschte aber immer wieder weg. Einer trat ihm auf die Hand mit dem Handschuh und sprang dann schnell zurück. Der Junge mit der Pelzmütze warf seine Arme in die Luft, als hätte er gerade ein Tor für Brøndby Kopenhagen geschossen, und jetzt sind sie dänischer Fußballmeister! Das braune Pferd schnaufte und machte riesige Augen.

Sie war auf dem Weg zu Federica gewesen, als sie Gesänge und Schreie vom Platz vor der Grauen Halle hörte. Sie war dem Lärm gefolgt und sofort an die Mauer der Halle gedrückt worden, weil plötzlich viele Leute um sie drängten.

Jetzt stand sie auf einer Holztreppe, die zu einem Balkon führte. An einer Eisenstange, die über ihr schräg aus der Wand ragte, hing die Flagge von Christiania. Gelbe Punkte auf Rot. Von hier oben aus konnte sie beobachten, dass die Polizisten sich zurückzogen. Sie erinnerte, dass sie Weihnachten mit ihrer Mutter und Lilja zu einem Festessen in der Grauen Halle gegangen war. Sogar Gott war zu diesem Fest eingeladen gewesen, es hatte in großer Schrift auf den Plakaten gestanden. Obwohl alle gewusst hatten, dass er nicht auftauchen würde.

Aus dem, was die Leute um sie herum jetzt sprachen, verstand sie, dass die Polizei angerückt war, um im Løvehuset nach Haschisch zu suchen. Die Männer mit den Helmen waren die Treppen bis zur dritten Etage hinaufgestürmt und hatten versucht, die Tür am Ende des Korridors aufzubrechen. Es waren die Polizisten von der Uro-Patrouille, und sie hatten zwei Schäferhunde mitgebracht. Ihr Bellen lockte sofort Leute von überall her an.

Gemeinsam hatten sie die Patrouille aus dem Haus gejagt.

Der erste Angriff ist abgewehrt, rief eine Frau mit schwarzen Haaren, die neben ihr stand. Jetzt holen die Bullen Verstärkung.

Die Leute in ihrer Nähe bereiteten sich auf einen Angriff vor. Einige liefen zum Einkaufsladen und nahmen alle Eier auf einmal mit. Andere sammelten Pflaumen von der Erde auf und leere Farbdosen. An der Front der Halle wurden die Fenster geöffnet, eines nach dem anderen. Im zweiten Stockwerk stellte jemand Eimer auf die Fensterbretter.

Sie sah einen Haufen Polizisten hinter einer Mauer auf dem Refshalevej anrücken. Sie kamen um die Ecke gebogen und gingen auf die Graue Halle zu. Sie schritten in engen Reihen und im Takt, so als hörten sie eine Musik, die außer ihnen niemand hören konnte.

Steine sausten über den Zaun. Eier flogen. Wasser wurde aus den Eimern in den oberen Fenstern geschüttet, doch meistens durchnässte es nur die eigenen Leute. Aus Furcht vor den Geschossen liefen die Polizisten gebückt. Stück um Stück kamen sie näher, und sie konnte erkennen, dass zerbrochene Eier von ihren Kampfhelmen heruntertropften. Pflaumen segelten durch die Luft. Plötzlich hielt eine Gruppe von Polizisten das nicht länger aus. Ihre Gesichter waren weiß vor Wut. Sie brüllten und stürmten zum Tor des Hauses und griffen den Erstbesten, den sie fanden. Einer hielt ihn fest, und die anderen hauten abwechselnd auf seinen Kopf. Erst als sie ihn hochhoben, konnte sie sein Blut sehen. Es lief auf sein graues Halstuch. Zwei Polizisten bogen seine Arme nach hinten und schubsten ihn vor sich her. Die Polizisten brüllten ihn an, aber er reagierte nicht. Bestimmt kann er sie nicht hören, dachte sie, weil sie Visiere vor dem Gesicht haben. Die Plastikscheiben waren vom Atem beschlagen.

Sie sprang die Treppen hinunter, immer zwei Stufen auf einmal, und lief an der Rückseite der Grauen Halle entlang. Auch hier standen jetzt Polizisten, aber die ließen ein Mädchen wie sie weiterlaufen. Als sie keuchend am Garten von Catrine ankam, sah sie einen Mann im Eingang des Hauses stehen. Er hatte viel zu lange Haare, und sie standen weit von seinem Kopf ab. An seinem Aussehen erkannte sie ihn zuerst nicht, aber als er sie in seine Arme nahm, roch sie ihren Vater.

Sie träumte von einem Mann mit einer Biberfellmütze, der nicht davon abließ, sie zum Tanz aufzufordern. Um ihm aus dem Weg zu gehen, wechselte sie unaufhörlich ihre Position auf der Tanzfläche, über die ein silbrig grauer Bach plätscherte. Tänzelnd stellte er ihr nach, einmal drehte er eine Pirouette und verlor dabei fast das Gleichgewicht. Von Fluchtversuch zu Fluchtversuch kämpfte sie sich aus ihrem Traumschlaf heraus, bis sie ihren Verfolger abschütteln und sich dämmernd sagen konnte, dass sie nach Myrbäcks Abgang für ein paar Minuten eingeschlafen sei.

Achte auf deine Träume, hatte ihre Mutter ihr beigebracht. Sie flüstern dir von Dingen, die du schon weißt, aber noch nicht begreifst. Was aber sollte ihr dieser Traum erzählen? Ihr fiel ein, dass sie dem Mützenmann in Christiania begegnet war. Er hatte sie eines Abends bedrängt und ihr von seiner Unfähigkeit des Sprechens erzählt und erklärt, seine Ausdrucksmöglichkeiten lägen im Tanz. Gerade bei politischen Diskussionen könne er sich in der rhythmischen Bewegung weit spitzfindiger artikulieren als mit Worten, und das tat er dann auch mit raumgreifenden Schrittfolgen und wedelnden Armen im Mittelgang der Grauen Halle. Sie rechnete nach: Beinah zehn Jahre waren seit ihrer letzten Reise nach Christiania vergangen.

Klopfen an der Wohnungstür, einmal, zweimal, dreimal. Sie erhob sich ächzend vom Bett, rückte Hose und Bluse zurecht und öffnete. Das Neonlicht des Treppenhausflurs blendete sie. Nach Luft schnappend, blass stand Myrbäck vor ihr. Sein Atem roch nach Zimt. Ohne ein Wort der Begrüßung drängte er sie in die Wohnung.

Jetzt hat er es aber sehr eilig, dachte sie. Sie erwog noch, ob sie auf seinen Ansturm mit milder Empörung reagieren sollte, da eilte er schon an ihr vorbei in sein Zimmer. Im Gehen brüllte er:

– Wo ist Holzapfel? Ich muss ihn sprechen. Ich muss, ich muss, ich muss!

– Was ist los?

– Sie haben uns, sagte er hastig. Das ist los. Wir sind entdeckt worden. Wir müssen abhauen.

– Sie haben euch? Wer?

Sie stand hinter ihm, als er seinen Koffer unter dem Bett hervorzog, ihn aufriss und mit kreisenden Bewegungen T-Shirts, Hemden, Hosen vom Bett hineinschaufelte.

– Du hast gerade erst ausgepackt, sagte sie. Wohin willst du?

– Keine Ahnung, murmelte Myrbäck. Wo stecken Heidi und Malin?

– Beim Handball. Wie jeden Freitag. Malins Training.

Zerstreut sah er zu ihr auf.

Es klingelte. Beide erstarrten und lauschten. Myrbäck verharrte in der Bewegung. Sassie ging in den Flur und sah durch den Türspion: Holzapfel.

Sie öffnete. Während Myrbäck auf Jan zustürmte, ging sie in die Küche und hob die Werkzeugkiste vom Boden der Besenkammer. Sie hörte, wie nebenan die beiden Männer mit unterdrückten Stimmen stritten. Es waren nur Wortfetzen, die sie aufschnappte: Idiot. Verrat. Kiste.

Sie griff zu Schraubenzieher und Zange, setzte sich auf den Hocker am Fenster, zog ihr linkes Bein an und stemmte die Fassung der dritten Schraube ihres Fußbandes auf.

Holzapfel huschte in die Küche. Hektisch riss er ein paar Plastiktüten aus dem Schrank unter der Spüle und lief wieder hinaus.

– Endlich mal was los bei uns Langweilern, rief sie hinter ihm her. Es war höchste Zeit: Endlich brachten die beiden Abwechslung in ihr eintöniges Leben. Was an Leihfilmen aus der Tankstelle sehenswert war, hatte sie sich längst angesehen.

Die letzte Plombe ihres Fußbandes barst mit einem Klacken. In der nächsten Sekunde gab die Empfangsstation unter der Garderobe ein alarmiertes Schrillen von sich. Von ihrem Platz auf dem Küchenhocker sah sie, wie das rote Signallämpchen des Monitors das Arrangement aus Mänteln, Schals und Jacken im Sekundentakt illuminierte.

– Was ist los? Sie hörte Myrbäck und Holzapfel aufgeregt durch den Flur brüllen.

Sie schwieg. Die dünne Haut oberhalb ihres Knöchels juckte. Sie strich mit den Fingerspitzen über die geröteten Schwellungen, Druckstellen des Plastikbandes, das fünf Wochen lang an dieser Stelle gesessen hatte, ein Teil ihrer selbst. Jetzt lag es zerbrochen, besiegt vor ihr auf dem Tisch. Ein Schmutzstreifen hatte sich in seiner Innenseite abgelagert, ein Sediment aus Schweiß, Staub und ihrer Haut.

– Was hast du getan? Myrbäck stand plötzlich vor ihr, hektische rote Flecken im Gesicht.

– Siehst du doch, meinte sie. Sie streckte ihm ihr nacktes Bein entgegen.

– Ich türme. Mit euch.

– Hättest du nicht abwarten können? Ein paar Tage nur?

Bevor sie antwortete, klingelte das Telefon.

Da war er ja schon, der Anruf für die Klientin des offenen Strafvollzugs. Die sich in die Freiheit verabschiedet. In Nyköping wird zur Jagd geblasen. Sie blieb auf ihrem Hocker sitzen.

Als das Telefon verstummte, durchfuhr sie eine fabelhafte Ruhe. Wärme legte sich über sie wie ein Badetuch am Ende eines endlosen sonnenglänzenden Tages. Sie wusste, dass dieses Gefühl nichts Gutes bedeuten mochte. Sie stand auf, ging schnurstracks ins Bad, schluckte eine ihrer blau-weißen Tabletten und suchte Handtuch, Shampoo, Tampons, Zahnputzzeug zusammen.

Es klingelte.

Von Myrbäck und Holzapfel war kein Mucks zu hören, keine Bewegung zu sehen. Ängstlich wie die Kaninchen, dachte sie. Sie schlich zur Wohnungstür und schob ihr Auge vor das Guckloch.

Im Treppenhaus stand eine Frau. Mittelgroß, glatte schwarze Haare. Sie war nicht alleine gekommen, der Arm eines kamelhaarbraunen Mantels ragte in Sassies konkav verzerrtes Gesichtsfeld. Ein riesiger Arm. Sie staunte. So schnell hatte sie die Beamten vom Strafvollzug nicht erwartet, schon gar nicht als gemischtes Doppel. Wie hatten die es in zwei Minuten von der Polizeiwache bis hierher geschafft? Auf einer Rakete? Sie glaubte zu spüren, wie sich in diesem Moment auf der anderen Seite der Tür ein lauschendes Ohr an das Holz presste. Sie hielt den Atem an.

Hinter ihr schlich sich Myrbäck an. Mit der einen Hand hielt er seine Reisetasche, mit der anderen kratzte er seine Kopfhaut. Er sah sie an wie jemand, der auf den Bahnsteig rennt und feststellt, dass sein Zug ohne ihn abgefahren ist. Nun suchte er kopflos einen Schaffner, der ihm sagte, wie seine Reise weitergeht.

– Wer ist da?, flüsterte er.

– Eine Frau und ein Mann.

– Scheiß … schwarze Haare?

– Nein, nur schwarze Haare. Die Frau. Den Mann sieht man nicht.

Myrbäck sah verzweifelt aus. Wieder mal.

– Wo geht's hier raus? Auch Holzapfel stand plötzlich im Flur. Durch seine Frage rauschte die Panik. Er zog seinen Rollkoffer über den Teppich, sein restliches Hab und Gut hatte er in zwei Plastiktüten gequetscht.

Es klingelte wieder.

– Springen wir aus dem Fenster, oder was? Holzapfel stülpte sich die Wollmütze über die Ohren. Er war bereit zur Flucht.

– Wir schwingen uns vom Balkon, antwortete Sassie. Kommt!

Die Männer reagierten nicht. Sie glaubten ihr kein Wort. Sie sahen sie nicht einmal an.

– Wo ist unsere Kiste?, platzte es zischend aus Holzapfel heraus.

Jan hat irre Augen bekommen, dachte Sassie … Beinah verdreht sahen sie aus. Vielleicht täuschten das aber auch seine Brillengläser nur vor.

– In Sicherheit, antwortete Myrbäck ihm. Ein paar Sekunden lang musterten sich die Männer. Beiden sickerte der Schweiß von der Stirn.

Sie ließ die zwei stehen, ging in ihr Zimmer und schloss die Tür hinter sich. Sie packte, was in die militärgrüne Schultertasche passte, die sie an Freitagen immer zum Einkaufen benutzte. Ich besitze wenig, dachte sie zufrieden. Sie zog ihren Anorak an und stieg in ihre Turnschuhe. Als sie in den Flur trat, hörte sie ein Knirschen im Rahmen der Wohnungstür. Es klang, als schraube sich ein Bohrer in das Holz. Myrbäck und Holzapfel hatten sich nicht vom Fleck gerührt. Schreckstarr lauschten sie dem Bohrgeräusch.

Myrbäck riss sich als Erster aus seiner Lähmung. Er sprang auf Zehenspitzen in Heidis Zimmer und kehrte mit einer Plastikschüssel voll silberner Bälle zurück. Es waren die Stinkbomben, die beide Männer für Ed und Malin gebastelt hatten. Jene, die Heidi in Beschlag genommen hatte.

– Was willst du mit denen?, fragte Sassie.

Während Knut die Schüssel zwischen Eingangstür und Garderobe ablegte, ging Holzapfel in die Knie und öffnete eine Schachtel Zündhölzer. Das Blinken des Signallämpchens tauchte ihr Treiben einmal pro Sekunde in einen schwachen Rotglanz. Es geht hier zu wie in einer Geisterbahn, dachte sie. Und draußen lauern die Schreckgespenster.

Aus dem Rumpeln im Holz wurde ein schrilles Kreischen. Es kam aus Höhe des Schlosses. Durch die Wohnungstüre drangen nun auch andere Geräusche: das surrende Öffnen der Fahrstuhltür, dann laute Männerstimmen. Obwohl bereits die ersten kleinen Wölkchen von den Aluminiumbällen am Boden aufstiegen, beugte sich Sassie noch einmal zum Türspion.

Der Treppenhausflur hatte sich gefüllt. Vier Menschen drängelten sich auf engem Raum. Insgeheim hatte sie gehofft, die Alarmzentrale würde den Kerl im Harris-Tweed vorbeischicken, um seiner Klientin die Leviten zu lesen. Aber nein, es waren gewöhnliche Polizisten in gewöhnlichen Uniformen gesandt worden, und sie hatten Pech. Statt auf das ausgezehrte Fräulein Linné trafen sie auf einen Riesen und eine Hexe.

Der Rauch stieg mittlerweile dicht an ihr empor, die Luft in den Lungen wurde ihr knapp. Sie sah noch, dass ein Rücken gewaltigen Ausmaßes sich vor einen der schwarz Uniformierten schob, bekam auch mit, wie dieser mit seinem Oberkörper plötzlich gegen die lindgrüne Wand neben dem Aufzug prallte, ihm seine Schiffchenmütze vom Kopf aufstieg und eine Fontäne Blut aus der Nase schoss, gleichzeitig die Schwarzhaarige ihrem viel größeren Gegenüber in den Unterleib trat – mit Wucht und Schnelligkeit geschah das, die Schmerzensschreie des Polizisten waren sicher bis zum Parterre zu hören. Klein, aber gemein, dachte Sassie, bevor sie ihren Beobachtungsposten verließ, denn die Luft zum Atmen war verbraucht. Zeit abzuhauen.

Sie sammelte Holzapfel und Myrbäck im mehr und mehr verräucherten Flur ein, dirigierte sie in ihr Zimmer und zog sie auf den Balkon. Zwischen den Lücken der Uferbäume des Nynäsviken hatten sie Aussicht auf ein paar Ostseetupfer, sie sahen auf die Kirchturmspitze des Städtchens und die schlanken Wipfel zweier Birken.

– Sind wir Vögel?, schrie Holzapfel.

– Ja, sollen wir ins Geäst fliegen?, fragte Myrbäck. Alles Blut war aus seinem Gesicht gewichen.

Sassie lupfte den Kunstrasenstreifen, den Heidi hier ausgelegt hatte, an seinem Rand empor. Stolz deutete sie auf die Stahlplatte, die im Betonboden zum Vorschein kam. Sie ließ sich mühelos aufklappen.

Es war eine Freude, in die Gesichter der Männer zu blicken. Auf einen Schlag begriffen sie, dass sich ihnen ein Fluchtweg auftat. Hektisch ließen sie Reisetaschen, Beutel und Tüten durch das Ausstiegsloch ein Stockwerk tiefer fallen. Sassie ging in die Hocke und löste die rostige Arretierung der Metallleiter. Scheppernd rutschte sie auf den Balkon des fünften Stocks.

Sie blickte zurück in die Wohnung. Im Flur wirbelten die ersten Rußflocken mit dem Rauch durch die Luft. Vielleicht hatte Holzapfel die Rauchbomben zu nahe an der Garderobe entzündet. Vielleicht hatte er, um den Brand anzufeuern, zu viele Eierkartons zwischen die Bälle gegeben. Was würde Heidi sagen?

Mit Holzapfels Hilfe wuchtete sie den Kaninchenkäfig vor die Balkontüre. Die Tiere starrten sie mit schwarzen glänzenden Augen, die wie Glaskugeln aussahen, an. Sie spürte, wie ihr schwindelte, sobald sie den Kopf bewegte. Wieder mal vollgedröhnt, sagte sie sich, wieder mal zur falschen Zeit. Ich kann mit dem Zeugs nicht umgehen.

Sie reichte gerade ihre Tasche an Myrbäck, der schon bis zur Brust im Abstiegsloch verschwunden war, als direkt hinter ihr ein Düsentriebwerk aufdröhnte, so jedenfalls klang es.

Sie sah zu dabei, wie im Flur eine dicke gelbe Wolke aufquoll und, begleitet von einem erschreckend lauten Zischen, an die Decke stieg, ein Rauchpilz, in dem Fetzen von Aluminiumfolie umherflatterten. Ein mit der aufbrechenden Wohnungstüre einströmender Luftschwall hatte in der Schüssel mit den Rauchbomben ein Feuerwerk entfacht.

Die Rauchwand schob sich durch die Tür ihres Zimmers und nahm ihr die Sicht auf jene Dramen, die sich im Flur jetzt abspielen mochten. Mit den Füßen voran tastete sie nach einer Leitersprosse, als ein weiteres Knallen sie noch einmal aufblicken ließ.

Eine schwarze Hand wirbelte durch den gelblichen Rauch, klatschte rotierend gegen die Scheibe zum Balkon und sackte schwer zwischen die Töpfe mit Heidis winterharten Freiland-Opuntien auf der Blumenbank.

Vor Schreck ließ sie die Luke über ihrem Kopf zufallen, sagte sich aber sogleich, dass es keine abgerissene Hand war, die sie da eben gesehen hatte. Sondern bloß einer der vielen Winterhandschuhe, die durch die Wucht einer Explosion aus seinem lauschigen Plätzchen in der Garderobe mitten hinein in das Chaos katapultiert worden war.

III

Mit den Armen wedelnd gab sie Holzapfel zu verstehen, er solle das Tempo drosseln. Sie rief ihm zu, sie schlug mit der Hand auf die Reling. Er hörte sie nicht, wusste ihre Gesten nicht zu deuten. Seit sie den Rånögrund hinter sich gelassen hatten, war die Dünung stärker geworden, und auf alle größeren Wellen hatte er mit einem Durchdrücken des Gashebels geantwortet. Wann immer das Boot zwischen zwei Wellenkämmen aufschlug, sprühte Gischt über den Bug hinweg. Eiskalte Tropfen trafen ihr Gesicht.

Die vergangenen Tage waren mild und sonnig gewesen. Manche Nachmittage hatte sie im Liegestuhl vor der Häuserwand verbracht und den Bachstelzen dabei zugesehen, wie sie auf einem Streifen frisch gemähten Grases nach Würmern und Käfern suchten. Es waren die frühen Morgenstunden, die den Winter noch in sich trugen. In der letzten Nacht hatten Sturmböen den Dachgiebel durchgerüttelt und Winterasche durch den Ofen in ihr Zimmer gepustet. Die Möwen, deren Geschrei sie sonst mit dem ersten Tageslicht weckte, hatten kein Krächzen gewagt.

Ein Windstoß fuhr ihr unter die Wolljacke. Sie schlug den Kragen hoch und drehte sich gegen die Fahrtrichtung. In den Stoffschuhen wurden ihr die Füße kalt. Sie schob sie unter Myrbäcks Seesack. Er war aus dickem Segeltuch, und in seiner Mitte perlten sich feine Wassertropfen zu einer Pfütze weg.

Die beiden Männer saßen achtern auf der Steuerbank und kniffen ihre Augen im Fahrtwind zusammen. Zwischen ihren beiden Köpfen sah sie die wirbelnden Schaumkronen, die der Außenbordmotor aufkochte, den aufschwellenden Heckschweif, die kleiner werdende Küstenlinie von Lökskär.

Sie näherten sich einer Inselgruppe. Über den Esstisch gebeugt hatten sie sich tagelang die Generalstabskarten nach geeigneten Anlegestellen durchgesehen. Die Papierlandschaften aus grünen, gelben und braunen Nuancen zu deuten gesucht, die Äcker und Buchten im Maßstab eins zu fünfzigtausend, die Siedlungen, und jedes Haus ein schwarzer Punkt. Jetzt kam ihr Lilla Aspholmen viel zu klein und niedrig vor, eine Insel, die kaum mehr war als ein Fels in der Ostsee.

Knirschend rieb sich der Metallrumpf des Bootes auf dem Sand und trieb ein Stück aufs Land hinauf. Mit einem Mal war es windstill. Mit steifen Beinen sprang sie vom Boot. Der Sand unter ihren Füßen war noch schwer vom gestrigen Regen. An einem der krumm gewachsenen Kiefernstämme oberhalb der Uferlinie machte sie das Boot fest.

Sie nahmen einen Pfad, der durch Blaubeergestrüpp führte und über einen Steinbuckel, der von Seeschwalben geweißt war. Trockene Zapfen zerbrachen unter ihren Füßen. Holzapfel schritt vorweg, so als wäre er auf Lilla Aspholmen zuhause. Er steckte in einer schwarzen Windjacke, die an ihrem Rücken einen dreieckigen Riss hatte.

Als sie den höchsten Felsenkamm der Insel erstiegen hatten, blickten sie auf eine Lichtung, die sich zum Westen der Insel hin öffnete. Das Haus duckte sich an den Rand einer Granitkuppe. Von See aus war es nicht zu sehen.

– Antenne, meinte Myrbäck. Sie stand so dicht neben ihm, dass sie sein Atmen hörte.

Sie nickte. Antenne war gut. Antenne, das ließ auf Fernseher und DVD-Player hoffen, vielleicht auf einen Vorrat an billigen Weinen in einer Abstellkammer voller Mäusefallen.

Parabolantennen waren besser. Sie trugen das Versprechen von Flachbildschirmen, Einbauküche, schottischem Whisky. In den letzten Tagen hatte sie dazugelernt.

Sie stiegen von der Anhöhe hinab. Im Schutz eines mannshohen Brennholzstapels blieben sie stehen. Jemand hatte die Scheite auf die gleiche Länge gesägt und penibel übereinandergeschichtet. Kinderfahrräder lagen achtlos im farblosen Gras. Ein blaues Trampolin stand vor dem Haus wie ein Riesenpilz.

Die Fenster waren mit hölzernen Läden verschlossen, die Tür zusätzlich mit einer Eisenstange verbarrikadiert worden. Mit einem Bolzenschneider aus seinem Seesack durchtrennte Myrbäck den Bügel des Vorhängeschlosses. Ein einziges kräftiges Drücken der Zangenarme reichte.

Das Erdgeschoss des Hauses bestand aus einem Raum. Die Decke wurde von massiven Holzstämmen gehalten, auf dem Fußboden war matt gebeiztes Birkenparkett ausgelegt worden. Über ein schmiedeeisernes Geländer führte der Weg in den oberen Stock.

In der Pantryküche fand sie in einem Honigglas Kleingeld und eine angebrochene Kaffeepackung, die ihr Aroma schon verloren hatte. Vor einer weißlackierten Küchenbank stand ein Paar hochhackiger Schuhe, die aussahen wie neu. Ihr dunkelgrünes Lackleder war an den Nähten sorgfältig schwarz abgesetzt, und sie wusste vom Hinsehen, dass sie ihr passen würden. Sie bückte sich, zog ihre Turnschuhe aus und stieg mit einem Fuß in einen der glänzenden Schuhe. Nur weil sie spürte, dass Myrbäck sie beobachtete, zog sie auch den anderen Fuß nach. Sie drehte sich um und sah ihm in die dunklen Augen. Jetzt war sie ein kleines Stück größer als er. Zu gehen traute sie sich nicht. Es waren die Schuhe einer unbekannten Frau. Sie streifte sie wieder ab.

Es war heimlich und gemein, was sie tat, aber es war spannend. Es gefiel ihr, in die Wohnungen Fremder einzudringen und zu sehen, wie sie lebten, wie sie sich einrichteten. Häuser wie dieses waren in den achtziger Jahren in den Schärengarten gebaut worden, von neureichen Auftraggebern, denen die traditionellen roten Häuschen zu piefig waren und deren Geschmack sich an der Architektur der sonnenhellen amerikanischen Pazifikküste orientierte. Auf kleinen Ostseeinseln standen sie falsch, fand sie.

Jan und Knut waren dabei, einen Flachbildfernseher vor das Haus zu schaffen. Über die geschwungene Holztreppe stieg sie in das obere Stockwerk.

Die Wärme des Wochenendes hatte sich im engen Korridor gehalten. Hinter den hellbraun gestrichenen Türen war es still. Das Schlafzimmer. Eine lichtlose Abstellkammer. Ein Kinderzimmer. Sie trat hinein und schloss die Tür hinter sich.

Ein eisernes Stockbett, hellblaue Tapeten, die an einigen Stellen geplatzt waren, an der Wand Indianermasken und Familienfotos, die sie sich nicht ansehen mochte. Vor dem Fenster stand ein riesiges Stoffschaf. Sie schob es beiseite und hakte die Fenster auf. Ein Trampelpfad führte an der Rückseite des Hauses entlang und verschwand in einer Hecke aus Holunderbüschen. Von fern war die Brandung zu hören.

Sie legte sich auf das untere Bett. Mit roten und grünen Stiften hatten Kinderhände auf den Lattenrost über ihrem Kopf geschrieben. Erika. Johan. Anna liebt Erik. Anna küsst Viktor.

Sassie und Lilja.

Auch sie und ihre Schwester hatten lange in einem Etagenbett geschlafen. Auch Lilja hatte die Holzbretter über ihrem Kopf als Anschlagtafel benutzt. Sassie knutscht Johan. Sassie Massie. Ända mot ända kann ingenting hända – Hintern an Hintern, so wird's nix mit Kindern.

Immer wieder hatte sie in den letzten Wochen begonnen, unter einer bleischweren grauen Decke nach den Erinnerungen an ihren letzten Kindersommer in Christiania zu suchen. Sie stocherte nach Bildern, die verblasst waren, ihre Farbe verloren hatten, allen Sinn. Manche Schichten legte sie frei. Sie sah ihre Mutter vor sich: Die dunklen Augenhöhlen, verschmiert von Tränen und Mascara. Das Rot ihrer Lippen. Ihr Haar, streng nach hinten gebunden. Das Ende eines Mittsommerfestes, das sie im Grauen Reiter gefeiert hatten, und sie stand in der Toilette und hielt den Kopf ihrer Mutter, die sich würgend in ein Spülbecken erbrach. Schleim tropfte ihr vom Kinn, und eine rosafarbene Suppe füllte das Becken bis zum Rand. Ein Teich von Erdbeerbowle und hellen Klümpchen, die einmal Salzstangen gewesen waren. Sie hatte sich damals gewundert, was so alles in einen Bauch passte, dann aber war ihr eingefallen, dass sie selbst ja auch Platz darin gefunden hatte.

Von unten hörte sie die Stimmen Holzapfels und Myrbäcks. Sie stritten über irgendetwas.

Wochenlang war sie nachts aufgewacht, verschwitzt, die Augen tränennass, mit rasendem Herzen und doch gelähmt wie ein Tier, dem das Rückgrat gebrochen war und das hilflos in der Dunkelheit auf Erlösung wartete. In den Jahren, die folgten, hatte sie versucht, jene Gegenden des Gehirns zu verschließen, die ihre Erinnerungen bewahrten. Sie hatte die Bilder jenes Jahres ausgelöscht, verschwinden lassen, gekappt, eines nach dem anderen, bis nur noch farblose Abziehbilder übrig waren, die ihr nichts mehr anhaben konnten. Und sie davon befreiten, an das Früher zu denken, an ihre Eltern, an Lilja. An den Brief, in dem Tante Gunilla ihr mit sanft gerundeten, doch schnörkellosen Buchstaben geschrieben hatte: Deine Schwester wollte nicht mehr. Sie hat es nicht geschafft.

Durch das Fenster hörte sie ein Türenschlagen. Dann ein tiefes Lachen. Es klang fremd. Alarmiert sprang sie aus dem Bett, stürzte in den Flur und die Treppe hinunter. Sie fand die beiden Männer vor einem Geräteschuppen an der Längsseite des Hauses. Halbherzig half sie den Männern, das Diebesgut auf zwei Schubkarren zu verladen.

Es war mühselig, die Karren über die von Wurzeln durchzogenen Wege zu ziehen. An manchen Stellen mussten sie zu dritt anpacken.

Als sie den Strand erreichten, flogen zwei Möwen mit trägen Flügelschlägen auf und zogen krächzend Runden über ihren Köpfen. Jan und Knut hievten den Fernseher zu zweit über die Bordwand. Am Ende legten sie die Stehlampe quer durch das Boot. Wie eine schäbige Galionsfigur ragte sie ein gutes Stück über die Reling hinaus.

Myrbäck stand am Bug und sah ihr dabei zu, wie sie die Bootsleine löste und sie sorgfältig zusammenlegte. Sie ging langsam zur Uferlinie und setzte sich unterhalb eines schmalen Streifens aus feinem Muschelsplitt in den Sand. Sie zog ihre Schuhe aus und krempelte ihre Hose bis zu den Knien hoch. Barfuß trat sie ins Wasser und betrachtete ihre bleichen Füße.

Als kleines Mädchen hatte sie einen ganzen Sommer lang Strümpfe am Strand getragen. Nackt, völlig ungeniert war sie zwischen den Badenden umhergelaufen, aber in Strümpfen: Eine Sechsjährige, die ihre Füße und Zehen als das hässlichste Werk der Schöpfung ausmacht. Schön fand sie ihre Füße auch heute noch nicht, aber sie hatte Hunderte gesehen, die weniger ansehnlich waren.

Das Boot war lautlos in ihr Blickfeld gezogen.

Es hatte einen hellblauen Rumpf und eine knallrote Wasserlinie. Sie erkannte zwei Figuren, einen Mann und eine Frau, ihre im Wind flatternden Haare. Der Mann winkte ihnen zu.

Oder kam ihr das nur so vor? Unschlüssig hob sie den Arm und antwortete mit einer halben Bewegung. Das konnte als Antwort gelten, sagte sie sich, als Gruß, musste aber nicht.

Waren es Nachbarn? Die sie verwechselten mit den Bewohnern des Hauses, das sie gerade ausgeräumt hatten? Einsame Inseln, dachte sie, das gibt es im Schärengarten vor Stockholm nicht wirklich. Mit den ersten wärmenden Sonnenstrahlen bevölkert sich der Archipel mit Bootsbesitzern und Vogelkundlern, ihnen folgen die Badenden, die Ausflügler.

Langsam zog das Boot auf seiner Linie voran. Es hatte einen stärkeren Motor, und vor ihm entkommen zu wollen, wäre wohl ein sinnloses Unterfangen.

Holzapfel und Myrbäck bekamen nicht mit, was da am Horizont entlangzog und langsam kleiner wurde. Sie knieten im Bug und waren beschäftigt damit, Elektrogeräte stoßsicher zu verstauen.

Das kalte Wasser begann an ihren Füßen zu brennen. Trotzdem blieb sie noch eine Weile in der seichten Brandung stehen, bevor sie durch das Wasser zum Boot schritt. Manche der Steine, über die sie trat, waren rutschig. Auf einmal dachte sie, dass sie glücklich sei. Es war noch nicht einmal neun Uhr, doch die Morgensonne wärmte, und sie meinte die Strahlen einzeln auf ihrer blassen Haut zu spüren. Sie war hungrig.

Die See hatte sich beruhigt, und bis zu dem Steg vor ihrem Haus würden sie keine zwanzig Minuten brauchen.

Holzapfel warf den Motor an.

Kaninchen, sagte Heidi. Es sind bloß Kaninchen. Mit beiden Händen hielt sie den Käfig in Hüfthöhe.

Die Buschauffeurin blickte skeptisch.

– Nur in der letzten Reihe, sagte sie. Wir haben hier genug Tierhaarallergiker. Asthmaanfälle kann ich nicht gebrauchen.

Heidi schob sich schwankend an den fast leeren Reihen entlang, bis sie das Ende des Ganges erreichte. Die Sitzbank war grün-gelb gemustert, Polster waren aufgeschlitzt worden. Den Käfig stellte sie neben sich. Sie schnaufte. Eine Reisetasche plus zwei Kaninchen, das machte gut zwanzig Kilo, die sie bis zur Haltestelle geschleppt hatte.

Durch das dunkel getönte Glas sah sie dabei zu, wie sie auf kurvigen Straßen Västerhaninge verließen, die eng stehenden Wohnhäuser nach und nach den Industriebauten wichen, bis in der Höhe von Alvstatorp der Himmel fast unverstellt auf den Horizont traf.

Die Kaninchen fiepten pausenlos. Sie hatten einen Schlag weg, seit jenem Abend.

Sie und Malin waren vom Handballtraining in Kvarnängen gekommen, hatten zwischen all den Karussells und Buden das zuckende Blaulicht der Feuerwehr gesehen und sofort, ohne jeden Zweifel, begriffen, dass ein Unglück geschehen war und dass es mit ihrem Bruder zu tun hatte.

Als Mutter und Tochter atemlos ihre Wohnung erreichten, war ein Schwelbrand in der Diele gelöscht worden, hatten Krankenpfleger zwei stark blutende Polizisten im Treppenhaus aufgesammelt, ihre Mitbewohner das Weite gesucht. Die Scheibe der Balkontüre war in einem Stück aus ihrem Rahmen geplatzt, der Käfig der Kaninchen umgestürzt und aufgebrochen, und die zitternden Tiere sprangen wie aufgezogen durch das Wohnzimmer, kreuz und quer zwischen den schweren Stiefeln der Feuerwehrmänner. Eine Polizistin hatte sie nach möglichen Ursachen für die Geschehnisse in und direkt vor ihrer Wohnung befragt. Sie hatte der Frau mit den Zöpfen nicht helfen wollen und bloß übertrieben mit den Schultern gezuckt. Ähnlich hatte sie geantwortet, als tags darauf zwei Herren von der Justizbehörde eintrafen, um ein Wörtchen mit Frau Sassie Annamarie Linné zu sprechen.

Wochen waren seither vergangen, doch die Nachbarn zerrissen sich immer noch die Münder. Und wem schieben sie das vorzeitige Ende ihres Siedlungsfestes in die Schuhe? Mir. Dabei war es ein poröser Schlauch gewesen, ein Propangasleck, amtlich festgestellt, der zur Explosion der Crêperie Paris geführt hatte. Klar, dass wieder mal ich meinen Arsch hinhalten muss für andere.

Nun auch noch dies: Sämtliche Dachbodenräume des Hauses waren aufgebrochen und durchsucht worden, am helllichten Tag. Ein blonder Hüne sei ihr auf dem Speicher entgegengetreten, habe sie wortlos beiseitegeschoben und war dann in Seelenruhe über die Treppe verschwunden. Die Nachbarin, die den Fremden überrascht hatte, war weit über siebzig, keine Bedrohung für den Eindringling. Für nächste Woche war eine Mieterversammlung anberaumt worden. Auf der man sie mit anklagenden Blicken quälen würde, jede Wette.

Sie fuhren an einem Sägewerk vorbei, in hohen Stapeln lagen verzogene und ausgeblichene Bretter zwischen den Granitfelsen. Sie hatten den Winter über draußen gelegen. In der Höhe von Alvsta wich der Bus einem Trupp von Reiterinnen aus, die aus einem Feldweg geritten kamen. Sie rutschte gegen den Kaninchenkäfig und blickte im Vorüberfahren in die erschrockenen Gesichter junger Mädchen.

Zwei Sitzreihen schräg vor ihr saß ein Mann mit hellem, schütterem Haar. Er trug eine schwarze Cordhose und bunte Turnschuhe, auf die er in seinem Alter besser verzichtet hätte. In Nynäshamn war er mit ihr in den Bus gestiegen, und ihr waren die harten Falten in seinem Gesicht aufgefallen, bittere Mundschwünge, und sie hatte sich gedacht: kein schöner Mann. Allerdings war sein Lächeln, mit dem er der Chauffeurin dann seine Fahrkarte reichte, freundlich gewesen. Einnehmend auf eine altmodische Weise.

Von schräg hinten sah sie, wie seine Augenlider zuckten. Vielleicht vor Müdigkeit, vielleicht vor Anspannung. Ab und an blickte er kurz zu ihr und dann neugierig auf den Käfig, in dem die Kaninchen saßen. Sie wartete darauf, dass er sie ansprechen würde. Nichts macht die Leute redelustiger als Haustiere in einem Bus.

Sie wusste nicht, was sie erwarten würde im Sommerhaus der Kollegin Pia Lövgren. Sie hatte die drei Fliehenden in ihr Exil auf Lökskär geschickt. Seither hatte sie ein paar Mal mit Sassie telefoniert, auch mit dem Bruder gesprochen. Sie war sich nicht sicher, ob sie ihn überhaupt noch kannte. Was wusste sie schon von ihm außer einer Handvoll amüsanter Anekdoten, deren Nuancen sich mit jeder Erzählung veränderten?

Und was hatte Jan sich dabei gedacht, einen dicken Stapel von Papieren unter dem Küchenschrank in ihrer Wohnung zu verstecken? Er hatte sich die Mühe gemacht, die untere Leiste der Verkleidung abzustemmen und wieder anzukleben. Nicht ahnend, dass der Spülmaschinenschlauch lecken würde; als es nach Schimmel zu stinken begann, hatte sie die Holzplatte herausgebrochen und die Plastiktüte entdeckt. Mit Zeitungsausrissen und Computerausdrucken, Dutzende von Seiten. Manches war in Englisch, das meiste in Deutsch verfasst, einige Zettel steckten in Umschlägen.

Sie nahm ihren Rucksack und zog ein Bündel von Papieren heraus. Flüchtig blätterte sie sich durch Artikel, die in Zeitschriften erschienen waren, von denen sie noch nie gehört hatte. In »Aviation« las sie über einen VW Passat, der bei Tempo 40 zwei abgesperrte Straßenblöcke abgefahren hatte, ohne Fahrer. Sie durchblätterte einen abgewetzten Prospekt der Elektronikmesse CES und überflog einen Artikel im »IEEE Spectrum«, der sich mit einer Technik namens Litar befasste, dem Light Detection and Ranging System, das die Welt mit 64 Laserstrahlern gleichzeitig abtastete, mit 900 Drehungen pro Minute, und verlor darüber jegliche Lust weiterzulesen.

Mit einer scharf geschnittenen Linkskurve verließ der Bus die Hauptstraße. Sie fuhren auf der engen Straße parallel zu den hügeligen Rasenflächen des Golfplatzes. Auf ihrer Seite schichteten sich Felsen auf, dünn bemoost, manchmal glitzernd im Sonnenschein. Minutenlang blickte sie auf die kahle Stelle am Hinterkopf des Mannes vor ihr. Plötzlich drehte er seinen Kopf und sah sie fragend an. Sie blickte schnell aus dem Fenster. Er hat gespürt, dass ich ihn beobachte, dachte sie.

Die Ansage der Buschauffeurin riss sie aus ihren Gedanken. Årsta Havsbad, Endstation. Überall entlang der Straße, die zum Fähranleger führte, standen Autos geparkt. Sie gehörten Ausflüglern, die den Tag über in die Schären fuhren und spät am Abend mit der letzten Fähre ans Festland zurückkehrten.

Der Bus hielt, und der Mann mit dem Augentick erhob sich. Ohne ein Wort trat er vor sie, griff nach dem Käfig mit den Kaninchen und blickte sie fragend an. Wenn er unbedingt höflich sein will, dachte sie, soll er doch.

Sie stieg aus dem Bus und ging hinter ihm her. Am Ende des abschüssigen Kiesweges sah sie das Fährboot am Steg liegen. Sein helles Weiß war umrahmt vom Glitzern der Sonne auf dem Meer. Es riecht nach Schiffsdiesel und nach warmem Moos, dachte sie, das ist fast schon der Sommer.

Myrbäck konnte auch mit Gewalt. Den Schwung einer Halbkörperdrehung nutzend, wuchtete er den Kuhfuß in die Scheibe. Mit einem satten Klirren zersprang das Glas. Er hatte zu viel Fahrt aufgenommen, fast stürzte er dem Splitterregen hinterher. Das Kreischen des Alarms war ohrenbetäubend.

Holzapfel sah ihm ungerührt zu. Mit einem Handbesen fegte er die Scherben aus dem Fensterrahmen, bis Myrbäck sich gefahrlos in das Auto hineinlehnen, das Handschuhfach öffnen und nach jenem Paket greifen konnte, für das sie bis zum Parkplatz des Tennisclubs von Lidingö angereist waren: die Fahrzeuganleitung eines Mercedes CLK 550 samt Inspektionsangaben inklusive Pflegeheft.

Für den Export, hatte Per Ola Forss ihm erklärt. Für bereits gestohlene und ausgelieferte Wagen, die in Tirana oder in Donezk leider, leider von niemandem gefahren werden konnten, weil teure Auto mittlerweile doch eher rollende Computer waren mit angeschlossenem Fahrgastraum. Die Gebrauchsanweisung, die er jetzt in Händen hielt, beschrieb auf sechshundert eng bedruckten Seiten, wie ein 550-CLK-Modell zu bedienen sei. Gut möglich, dachte er, dass Autos demnächst intelligenter sind als ihre Fahrer.

Forss hatte ihm eine umfangreiche Wunschliste mitgegeben. Wenn mal Zeit ist, hatte er gesagt. Nichts Eiliges. Bezahlung so lala.

Handlangerarbeiten, dachte Myrbäck, mehr war kaum drin für sie derzeit. Es war direkt ehrkränkend, wenn er über ihre

Situation nachdachte, doch dafür blieb im Moment keine Zeit. Während er mit Holzapfel davontrabte, quoll ein Trupp Männer in Shorts und weißen Hemden aus dem Eingangstor zur Tennisanlage hervor, alarmiert vom Geheule des Mercedes. Bevor sie ihn und Holzapfel entdeckten, umkurvten sie die Heckenwand. Ihr Fluchtwagen stand bereit, die Türen offen, der Motor im Leerlauf. Auf Sassie Linné war Verlass.

Ihr erster Auftrag war abgehakt, Myrbäck sah zufrieden aus dem Fenster. Es war leicht bewölkt, für den Nachmittag hatte der Wetterbericht Sonnenschein überm Festland versprochen. Genau, was sie später brauchen würden.

Er blutete aus einer Schnittwunde am Daumen. Autoscheiben einschlagen, das ist technisch kompliziert. Der Eintrittswinkel muss stimmen, der erste Schlag muss die Mitte der Scheibe treffen, jenen weichen Punkt, der das Glas in seiner Struktur zusammenhält. Oft springt es nur, das Schlagwerkzeug federt zurück und hinterlässt eine Fläche voller Milchglas.

Myrbäck leckte an seiner Wunde und spuckte aus dem Fenster. An Pflaster hatten sie nicht gedacht.

Bevor sie in Sickla vor einem Wettcafé hielten, zog sich Sassie die blonde Perücke vom Kopf. Er hatte sie sich gestern, als er in ihr Zimmer gegangen war und es leer fand, einfach übergezogen. Entsetzt stellte er vor dem Spiegel fest, dass er, umrahmt von diesem hellen Haarschwall, seiner Mutter ähnelte. Die Augen, die Kinnpartie.

An einem Tisch vor der breiten Glasfront des Wettcafés lasen zwei ältere Männer in den rosaroten Sportbeilagen der Tageszeitungen. Ein Mann im Trainingsanzug beugte sich konzentriert über Quotentabellen. Holzapfel kaufte eine Packung Marlboro, Sassie ein Himbeereis, er selbst bestellte ein mit Käse und Gurkenscheiben belegtes Brot, das er lustlos aus seiner Zellophanbandage befreite.

Sie setzten sich an den einzig freien Tisch. Wenn er sein Knie jetzt einen Zentimeter vorschöbe, würde er Sassie berühren. Ihr nacktes Knie. Er tat es. Sie zog ihr Bein nicht zurück. Angespornt von seinem Erfolg überlegte er kurz, ihrer Zunge dabei zuzusehen, wie sie am Eis leckte. Weil ihm dafür der Mut fehlte, blickte er auf eine Reihe von Bildschirmen, die an der Decke über ihrem Kopf hingen. Sie zeigten endlose Zahlenreihen an.

Der Rauch von Holzapfels Zigarette stieg ihm in die Augen, und plötzlich bemerkte er, wie unbequem der Metallstuhl war, auf dem er saß. Er fühlte einen Anflug von Verlorenheit.

– Was guckst du?, fragte Sassie. Sie kaute auf dem Holzstiel ihres Himbeereises.

Er erschrak. Bevor er sich eine unverfängliche Antwort überlegen konnte, stand Holzapfel auf und sagte, dass er sein Glück jetzt mit den Pferden machen wolle.

Myrbäck hielt nichts vom Glücksspiel. Er hatte noch nie bei einer Verlosung gewonnen, nicht einmal als Kind hatten die Lotterielose auf dem Hamburger Dom ihm mehr beschert als Plüschteddys, deren Nähte nach zweimaligem Drücken aufplatzten. Nein, er war kein Hans im Glück. Ihm fiel ein, was Per Ola Forss in Erfahrung gebracht hatte: Der Besitzer jenes metallic-schwarzen Dodge, den sie versenkt hatten, war Betreiber mehrerer Spielhallen nördlich Stockholms. Die belehrenden Worte von Forss, Spielhallenbesitz gehe bekanntermaßen einher mit Prostitution und Waffenhandel und Schutzgelderpressung, waren überflüssig gewesen, fand Myrbäck. Interessanter war da schon das Gerücht, sein Besitzer habe ein Kopfgeld auf die Diebe seines Prachtstückes ausgesetzt. Myrbäck fragte sich, ob der Kerl sie wiedererkennen würde: mit ihren Mützen, in der Morgendämmerung, durch das Glas der Frontscheibe? Unwahrscheinlich.

Bevor sie gingen, füllte Holzapfel einen Stapel Wettscheine aus. Soweit er wusste, hatte Holzapfel noch nie in seinem Leben eine Trabrennbahn besucht. An der Kasse deckte er sich zusätzlich mit Rubbellosen ein.

– Wenn ich gewinne, sagte er beim Hinausgehen, gibt's Urlaub. Und fragte dann:

– Wann habt ihr mal so richtig tollen Urlaub gemacht?

– Urlaub?, fragte Sassie zurück. Kenn ich nicht.

– Weil du auch nie arbeitest, meinte Holzapfel. Ich ja auch nicht. Dann stehen einem auch keine Ferien zu.

Es war später Nachmittag, als sie am Breviksbad ankamen. Zwischen gefällig arrangierten Baumgruppen lag die Badeanstalt, eine weitläufige Anlage, beschattet von alten, hochkronigen Bäumen. Am buschigen Ufer sah Myrbäck ein paar Jugendliche im Wasser stehen. Bunte Badehosen hingen ihnen tief über die Knie.

Sie stellten ihren Wagen vor einem Jägerzaun ab. Es war der nachtblaue Fiesta, den Holzapfel in Söder von der Straße weggestohlen hatte. Sein Kupplungsschaden nervte, und in scharfen Kurven war das metallische Knirschen verschlissener Radscheiben zu hören. Manchmal zogen Benzindämpfe mit der Warmluft aus der Lüftung ins Wageninnere. Das Gute war: Nicht einmal der Besitzer der Schrottkiste würde Interesse an ihrem Wiederauftauchen haben.

In Sichtweite des Eingangs nahmen sie auf einer Steinbank Platz und warteten. Nach einigen Minuten rollte ein bordeauxroter Alfa Romeo mit offenem Verdeck auf den Parkplatz und besetzte eine Parkbucht direkt vor ihnen. Zwei Frauen stiegen aus. Beide trugen Korbtaschen, ließen ihr gelocktes Haar flattern und gingen in Badelatschen. Das Trio auf der Sitzbank würdigten sie keines Blickes.

Myrbäck sah Sassie an. Sie nickte, erhob sich und schulterte ihren Badebeutel. Sie folgte den beiden Frauen.

Ihm wäre es lieber gewesen, er hätte diese Sache erledigen können. Aber ein Mann hatte in den Umkleidekabinen der Frauen nichts verloren.

Christiania, September 1985

Wenn man viel raucht, kommt man auf dreißig Gramm am Tag. Das lässt sich an guten Tagen schaffen, locker. Ich rauche jeden Tag fünf Chillums oder mehr.

Nur mein Vater sagt solche Sachen, dachte sie. Wenn er seine Haschrollen dreht mit seinen ekligen gelben Fingern. Oder mit seinem stinkenden Zigarettenatem Witze macht, und alle anderen am Tisch lachen mit. Bloß weil sie mal für umsonst ziehen wollen. Er und diese Typen hängen den ganzen Tag lang im Woodstock herum, und am Abend auch noch, und dann werden sie irgendwann rausgeschmissen. Alle Leute sagen: Wenn du hier einmal tief durchatmest, fängst du schon an zu halluzinieren.

Seit einer Stunde saßen sie und Federica auf diesem Holzfass vor einem Brettertisch, und noch immer sah sie keine Glühsterne vor Augen, keine roten Eidechsen. Oder ist dir etwa komisch?

Ein bisschen, antwortete Federica und verdrehte ihre Augen. Sie fing gleich an, davon zu erzählen, wie sie mit ihren Eltern nach Nørrebro ist, um gegen den Abriss des Abenteuerspielplatzes zu demonstrieren. Am Nachmittag hockten alle auf dem Sit-in und rauchten Haschisch, dann fuhren die Wasserwerfer vor. Die Augen brannten, sagte sie, schlimmer als vom Juckpulver.

Man darf Federica nicht alles glauben, dachte sie. Sie erzählt oft Geschichten, um sich aufzuspielen. Besonders vor Ove. Der ist neuerdings lieber mit Jerker und Moms unterwegs. Auf der Suche nach Schätzen. Mehr als Kronkorken und vergammelte Schuhe finden sie dabei kaum einmal.

Sie sah dabei zu, wie der Kopf ihres Vaters ins Wackeln geriet. Er schloss die Augen und riss sie wieder auf, in immer kürzeren Abständen. Sie stellte sich vor, wie es aussehen würde, wenn er jetzt gleich zur Seite wegsackte und von seinem Stuhl kippte. Was für ein Geräusch es machen würde, wenn er mit dem Kopf gegen die Tischkante knallte, wie eine Holzpuppe einknickte und dann mit der Stirn auf dem Steinboden aufschlüge.

Ihr Vater hatte eine Arbeit gefunden. Morgens um sechs stand er auf, zog sich fluchend an und ging ohne zu essen in eine Fabrik am Kløvermarksvej. Dort füllten sie Dünger ab, aber er arbeitete in der Abteilung, in der sie die Plastiksäcke herstellen. Wenn er am Nachmittag von der Arbeit kam, roch er trotzdem süßlich und nach Regenwurmerde. Wie ein Grab.

Um ihn nicht mehr sehen zu müssen, drehte sie sich auf ihrem Fass und zählte die Filmrollen, die schräg über ihrem Kopf an den Deckenbalken hingen, als wären sie Medaillen von den Olympiasiegern in Los Angeles. Man riss sie aus den Kameras von Touristen, die sich hier hineintrauten und Fotos machten. Sie zählte zweiundfünfzig Stück. Für Fremde war es nicht ungefährlich, hier hereinzukommen. Wenn man Pech hatte, wurde man sogar verprügelt, weil sie einen für einen Spitzel hielten.

Die Zeit gibt es überhaupt nicht, hörte sie eine Stimme sagen. Wir bilden uns bloß ein, dass es Tage gibt, Minuten und Sekunden.

Es war ein Junge, der dies sagte. Er stand vor dem Tresen und trug eine Jeans und ein braunes Stirnband im Haar und einen Strohkoffer auf dem Rücken. Niemand antwortete ihm.

Er drehte langsam den Kopf und sah ihr in die Augen. Was denkst du, Schwester?, fragte er.

Das kannte sie schon: dass einen hier alle mit Bruder und Schwester ansprachen. Es gefiel ihr genauso wenig wie die Gemeinschaftstoilette auf dem Loppen. Da saßen alle in einer

Reihe und sahen sich gegenseitig bei ihren Geschäften zu, weil es keine Trennwände gab.

Ich bin nicht deine Schwester, sagte sie.

Das Mädchen sah von seinem Buch auf und blickte sie durch das Bleiglas der Kassenloge an.

– Zwei Stunden, bitte. Sassie vermied es, dem Mädchen in die Augen zu blicken. Ihre Eintrittskarte nahm sie wortlos entgegen und folgte den beiden Frauen in die Umkleidekabine.

Die hatten es nicht eilig. Sie steckten sich Klammern ins Haar und banden einzelne Strähnen hoch, legten ihre Blusen und Röcke und die Unterwäsche zusammen, sprachen über die morgendlichen Routinen im Kinderschulgarten.

Sassie räumte ihren Badebeutel aus, kramte nach einer Shampooflasche, stieg umständlich in ihren Badeanzug und behielt bei allem die Dunkelhaarige im Auge. Sie war es, die an der Kasse den Autoschlüssel in ihren Korb hatte fallen lassen.

Sie folgte den Frauen in die Duschkabine, ließ ein wenig Wasser über sich rinnen, achtete aber darauf, dass ihre Perücke trocken blieb. Sie warf sich ihr Badehandtuch über die Schulter und spazierte über das Gras der Liegefläche. Das Gras war kühl, strohige Halme piekste ihre Fußsohlen. Neben einer Familie mit zwei brüllenden Kindern hockte sie sich auf ihr Handtuch und beobachtete die Frauen, wie sie Badekappen über die Köpfe stülpten, dann ohne Gequietsche ins kühle Wasser hüpften. Tapfer, tapfer, dachte sie, blöde Schnallen. Als sie zwischen anderen Schwimmenden außer Sicht gerieten, kehrte sie in die Kabine zurück.

Das Schlüsselbund wog schwer. An die dreißig Schlüssel waren es bestimmt. Schlüssel, hatte Myrbäck ihr versichert, wie sie überall auf der Welt für Spinde benutzt wurden. Es gab wenige Hersteller, früher oder später würde sie den passenden finden.

Manche der Schlüssel fanden in das Schloss, doch keiner von ihnen ließ es aufspringen. Die feuchte Wärme der Umkleidekabine machte ihr zu schaffen. Die Aufregung stach in ihrer Seite. Sie konzentrierte sich darauf, die Reihenfolge der Schlüssel einzuhalten. In einem der Schränke in ihrer Nähe klingelte ein Mobiltelefon. Sie hörte Kinderstimmen in der Dusche. Es war der Schlüssel Nummer sechzehn, der das Sperrfederschloss in ihren zittrigen Händen aufspringen ließ.

Der Badekorb am Boden des Schranks. Feuerzeug. Bürste. Deoroller. Der Autoschlüssel. Eine Armbanduhr mit breiter Gliederkette, vielleicht aus Gold? Sie lag schwer in der Hand. Sie hörte, dass sich hinter ihrem Rücken die Türe zu den Duschen öffnete. Sie ging in die Knie, warf sich auf den Bauch, reckte ihren Arm unter die Holzbank und tat, als suchte sie nach einem Schlüssel, einem Ring, einem Etwas, das unter die Holzbank gesprungen war. Ihr Atem beschlug die Fliesen.

– Brauchst du Hilfe? Die Dunkelhaarige stand über sie gebeugt. Aus ihrem Bikini tropfte Wasser auf Sassies Rücken. Für einen Augenblick war sie ihr so nah, dass sie den hellen Strich einer Narbe auf ihrem Bauch sehen konnte, die Narbe eines Kaiserschnitts.

Erst jetzt begriff die Frau, dass ihr Schrank offen stand. Dann, dass es Sassie war, die sein Inneres durchwühlt hatte.

– Was machst du?, fragte sie. Angeekelt klang es, nicht einmal überrascht.

Sassie kam hoch. Sie griff mit der freien Hand zur Spindtür und schlug sie der Frau mit aller Wucht ins Gesicht. Ohne das leiseste Geräusch sackte sie rücklings auf die Bank und schloss die Augen. Ihre Nase habe ich platt gemacht, dachte sie. Schweinchennase. Aus der plötzlich Blut auf die Haut des Bauches spritzte wie gerüttelte Limonade, auf die Narbe, den blauen Bikini.

Sassie rannte aus der Kabine und folgte einem Streifen azurblauer Wandkacheln mit Seesternmustern gen Ausgang. Ihre Kleidung, ihren Badebeutel hielt sie vor der Brust. Sie spürte die Wärme der Uhr in ihrer Faust. Jeden Augenblick rechnete sie damit, Schritte hinter sich zu hören, Rufe. Sie spannte die Muskeln und konzentrierte sich auf das rhythmische Klatschen ihrer Sandalen auf den Fliesen. Doch nicht einmal das Kassenmädchen sah von seinem Buch auf, als sie vorbeihastete.

Ein bleifarbener Schleier war am westlichen Himmel vor die Sonne gezogen. Die Gegenstände hatten ihre Farbe verloren. Sogar die beiden Männer, die vor ihr auf der Bank saßen, sahen blasswangig aus. Holzapfel vertrieb sich die Zeit mit dem Freirubbeln seiner Lose. Myrbäck stierte in die Luft. Keiner der beiden bemerkte, dass sich hinter ihnen eine dunkle Wolkenwand auftürmte. Noch, dass sie im Badeanzug auf sie zugelaufen kam.

– Alles frisch bei euch?, fragte sie, weil ihr Besseres nicht einfiel. Den Autoschlüssel schwenkte sie wie eine Trophäe.

– Nur Nieten, sagte Holzapfel enttäuscht.

Myrbäck nahm den Schlüssel entgegen und entschwand in Richtung des bordeauxroten Alfa Romeo.

Sie folgte Holzapfel zum Ford Fiesta. Sie warf sich auf den Rücksitz, zog Rock und Bluse über und bemerkte, dass ihr linker Arm ein Eigenleben führte. Sie drückte ihn gegen ihren Bauch. Jan brauchte nicht zu bemerken, dass sie vor Schreck zitterte. Vorhin, im Wettbüro, hatte er sie von schräg gegenüber des Tisches angeglotzt, viel länger, als es ihm gestattet war. Sie hatte zurückgestarrt, bis er wegsah, und noch länger, bis er ihr wieder in die Augen blickte, und Myrbäck hatte von alldem nichts mitbekommen, weil sein Bein sich unter dem Tisch verliebt an ihrem Knie rieb. Sie hatte sich schön für ihn in Positur gesetzt.

Ein Schwall süßlicher Benzindämpfe stieg ihr in die Nase. Sie schmeckte einen öligen Film auf ihrer Zunge und öffnete das Seitenfenster.

Vor dem Konsum-Großmarkt in Handen sammelten sie Myrbäck auf. Er hatte den Alfa Romeo für Forss auf dem Kundenparkplatz abgestellt.

Holzapfel fuhr sie durch die verblassende Landschaft. Es dämmerte, als sie den Tyresövägen verließen und den Weg in Richtung Süden einschlugen. Sie schlief kurz ein.

Als sie erwachte, fuhren sie an einer Kette kleiner Häuschen und erleuchteter Fenster vorbei. Neben ihr saß Myrbäck Sein Kopf lehnte gegen das Fenster. Im schwindenden Tageslicht konnte sie sehen, dass in der Achselhöhle seines Pullovers eine Naht geplatzt war. Die Ärmelbündchen waren angestoßen, Dutzende kleiner Ziehfäden verteilten sich über den ganzen Ärmel.

Sie war todmüde, aber es gelang ihr nicht, wieder einzuschlafen. Ihr ging die zerschlagene Nase der Frau nicht aus dem Sinn. Sie lehnte sich gegen Myrbäcks Schulter. Er sah weiter starr aus dem Fenster. Was sieht er da noch?, fragte sie sich. Von Zeit zu Zeit fiel das Licht der Scheinwerfer auf ein Schwimmbecken, auf Kinderräder oder eine Häuserwand zwischen den Schatten. Sie legte ihren Arm um seinen Nacken und zog ihn zu sich.

Endlich drehte er den Kopf. Ungeschickt küsste er sie auf eine Stelle unterhalb ihres Auges. Überrumpelt, dachte sie.

Später, während sie im Dunkeln zur Anlegestelle tapsten, nahm er ihre Hand. Auf der Fähre saßen sie zwischen anderen Passagieren und sahen schweigend durch die Kajütenfenster auf die Positionsleuchten der Containerschiffe, die wie ein leuchtendes Perlenband vor dem äußersten Schärengürtel lagen, um früh am Morgen den Hafen anzulaufen.

Es war Mitternacht, als sie vor dem Ferienhaus der Lövgrens hielten. Im Flur und im Küchenfenster brannte Licht. Auf der Veranda stand eine Figur. Sie trug ein dekolletiertes Baumwollkleid ohne Ärmel und Sandaletten mit hohen Absätzen. Auch gegen das Licht konnte Sassie sehen, dass Heidi sich fein gemacht hatte.

Myrbäck stand auf und schaltete das Radio an, das an einer Schnur unter der Decke hing. Entweder waren atmosphärische Störungen schuld oder schwache Batterien. Nichts als Rauschen und Knistern war zu hören.

– Ein kaputtes Transistorradio, hörte er Sassie hinter seinem Rücken sagen. Sie saß am Tisch mit der hellblauen Wachstuchdecke, eingerahmt von Jan Holzapfel und Heidi Olofsson, und las von einem Zettel ab.

– Vier Fernseher, drei DVD-Abspielgeräte, diverse Fernbedienungen. Sechs Mobiltelefone. Ein Tischventilator, ein Tauchsieder. Konservengläser mit Pesto. Nagelneue Gummistiefel, Größe 46. Schwimmwesten jeder Größe. Sie blickte in die Runde und machte eine bedeutungsvolle Pause, bevor sie fortfuhr. Gesellschaftsspiele. Sonnenbrillen, auch eine Gleitsichtbrille der Marke Gucci. Eine Xbox 360 und die Fahranleitung für einen Mazda MX-5 2.0 Roadster Coupé automatic.

– Wer nimmt euch das Zeugs ab? Heidi schaltete sich ein. Sie war aufgestanden, um auf der Anrichte Ordnung zu schaffen. Mit einem feuchten Lappen wischte sie über das altersrissige Holz.

– Niemand, antwortete Holzapfel. Es war die falsche Fahranleitung. Aber wir behalten sie trotzdem. Man weiß ja nie.

Heidi schlug ihnen vor, von den Erlösen ihres Diebesguts, so sie denn jemals in der Kasse klingeln sollten, einen Staubsauger anzuschaffen.

– Es muss hier doch nicht aussehen wie im Schweinestall, sagte sie. Und überhaupt. Ich führe kein Hotel für euch.

Jan setzte räuspernd zu einer Antwort an, doch sie schnitt ihn ab.

– Wenn dir was nicht passt, lieber Bruder, da ist die Tür! Und auch euch beide werde ich nicht daran hindern, von hier zu verschwinden. Ihr habt meine Wohnung ruiniert! Und ich habe euch auch noch hier einquartiert – drei Leute, von denen die Lövgrens nicht wissen und nie erfahren dürfen. Die Nachbarn werden Pia früh genug stecken, dass ich hier ein Sommercamp für meine Sippschaft eröffnet habe.

Niemand wagte einen Mucks.

Myrbäck stand schweigend vor dem Fenster und sah hinaus. Im dunkelgrünen Schatten leuchteten weiß die runden Tische des Gartens, auf den Tischtüchern standen noch die leeren Bierflaschen vom Abend. Erleichtert verfolgte er, wie Heidi eine Vase verwelkter Blumen aus dem Zimmer trug. Er hatte diesen Ausbruch von ihr schon erwartet.

– Eure schlimmsten Wutanfälle?, fragte Holzapfel nach ein paar Minuten.

– Wutanfälle? Sassie fragte begriffsstutzig nach. Sie blätterte in einer Illustrierten.

– Ja. Wut. Anfälle. Hat doch jeder mal. Also. Wann wart ihr wütend wie nie in eurem Leben?

– Du schon wieder, stöhnte sie unlustig.

Myrbäck teilte ihren Widerwillen. Nicht weil er wusste, dass die Wut in seinem Leben stets nur in zaghafter Gestalt Besitz von ihm ergriffen hatte. Sondern weil es Holzapfel war, der die Frage stellte. Trotzdem antwortete er:

– Da muss ich nicht lange nachdenken. Mein fürchterlichster Wutanfall bist du. Wie kannst ausgerechnet du mich so was fragen?

Holzapfel nickte. Er sah schuldbewusst aus, immerhin.

– Und der Herr selbst? Myrbäck fragte angriffslustig.

– Mir fällt kein Wutanfall ein. Deswegen frage ich ja. Ich glaube, ich bin lammfromm.

– Ich weiß es besser, sagte Heidi. Sie war in die Küche zurückgekehrt. Du kannst dich bloß nicht mehr erinnern. Die ganze Verwandtschaft hat davon gesprochen.

– Wovon? Holzapfel sah verunsichert aus.

– Von Jan, dem Wüterich. Der sich bei seiner Geburt in der Nabelschnur verhedderte. Als Neugeborener bist du blau gewesen und hast gleich geschrien. Wenn dich später niemand beachtete, hast du dich in eine schlimme Wut hineingesteigert. Du hast dir mit deinen Fäustchen an den Kopf geschlagen. Und an den Ohren gerissen.

– Das hast du dir schön zusammengereimt, sagte Holzapfel.

– Zu anderen Zeiten hätten sie dich in die Kinderpsychiatrie geschickt. Dort hättest du deine Aggressionen mit dem Malstift fokussieren müssen. Deine Ängste mit Handpuppen nachspielen.

Heidi kann fies sein, dachte Myrbäck. Bevor ihre Wut auch ihn traf, nahm er sich Schuhpaste und Putzlappen aus der Besenkammer und verdrückte sich. Im Windfang setzte er sich auf den Flickenteppich und wienerte mit soldatischer Pedanterie sechs Paar Schuhe, auch jenes Paar grüner Lacklederschuhe, das Sassie von Lilla Aspholmen mitgenommen hatte, und stellte sie in eine Reihe vor die Paneelwand. Zufrieden mit seinem Werk zog er sich eine Jeansjacke über und trat auf die Veranda.

Der weitläufige Garten war mit seinen alten Apfelbäumen, seinen Rosenbüschen auf eine zivilisierte Weise verwachsen. Der Winter hatte Spuren hinterlassen. Auf den Beeten lag das Herbstlaub, im Gras standen die leblosen, braunen Büschel vom Vorjahr, und seit Monaten hatte niemand die Wassertonnen geleert. In den letzten Tagen hatte die Sonne auf die Plastiktonnen geschienen. Das Wasser begann zu stinken.

Wenn man von außen auf das Haus blickt, dachte Myrbäck, dann kommt es einem für ein Sommerhaus zu groß vor, mit seinen zwei Stockwerken und dem aufgesetzten Erker, seiner ausladenden Veranda. Im Inneren aber erinnerte es ihn an ein Puppenheim. Die Räume waren klein und eng, passend für das Leben einer vielköpfigen Familie der Jahrhundertwende. Die alten Holztüren klapperten nachts in der Zugluft. Aber er würde sich nicht beklagen. Sein Zimmer besaß ein Fenster zum Garten, mit Blick auf dicht bewachsene Johannisbeersträucher und einen kleinen Teil der Ostsee.

Es war sechs Uhr, als Sassie aus dem Haus kam. Im Gehen strich sie sich die Haare hinter die Ohren. Sie stehen ein bisschen ab, dachte er.

Sie schlugen den Kiesweg zum Holzsteg ein, wo das Boot vertäut lag. Gurgelnd klatschte das Wasser gegen die schaukelnde Metallhülle. Ihr Pfad führte sie vorbei an Maulbeerbäumen und über baumlose Felsböden. Sie stiegen über einen morschen Zaun, erklommen eine Anhöhe, und plötzlich standen sie einem Mann gegenüber. Mit seiner schwarzen Blousonjacke und einer hellblauen Wollmütze über dem Schädel, die aussah wie ein Eierwärmer, stand er da mitten im Nichts und sah über die Baumkronen hinweg auf den Horizont. Als sie sich auf dem engen Weg aneinander vorbeizwängten, spannte Myrbäck unwillkürlich seine Muskeln und hob seinen Arm in eine Position, die ihm einen schnellen Hieb erlauben würde.

– Wartet der hier auf jemanden?, fragte er Sassie, als sie den Mann hinter sich gelassen hatten.

Sie sah sich um, brachte aber keinerlei Interesse für den Fremden auf.

Es passierte, dass Spaziergänger bis vor ihr Haus kamen. Meist Leute aus Stockholm, die weiter oben am Hang die Straße verließen, um ans Ufer zu gelangen, und zu spät merkten, dass ihr Weg vor einem Haus endete. Er sollte sich also keine Gedanken machen. Trotzdem. Der Mann stand auf herausfordernde Weise falsch in der Landschaft herum, fand Myrbäck.

– Vermisst du deine Frau?, fragte Sassie unvermittelt.

– Nein, ich vermisse Ed, antwortete er. Er hatte keine Lust, über seine Frau zu reden.

– Und du? Vermisst du jemanden?

– Wer sollte das sein?, fragte sie zurück. Und dann: Was ist mit dir und Holzapfel?

– Nicht viel. Er ist abweisend. Abwesend. Manchmal glaube ich, er leidet unter Absenzen. Wir sprechen kaum miteinander. Hier hat jeder sein Zimmer, wir können uns aus dem Weg gehen.

– Was ist mit eurer Kiste? Wo ist sie?

– Was weißt du von unserer Kiste? Er war erstaunt.

Sie erinnerte ihn an den Tag ihrer überstürzten Flucht von Heidis Balkon. Sie hatten zu dritt im Flur gestanden, von außen brach jemand die Tür auf, und Holzapfel hatte mit irrem Blick nach der Kiste gefragt.

– Du würdest gern wissen, wo ich sie versteckt habe, was?

– Für wie blöd hältst du mich? Aber ich will wissen, was in ihr steckt.

– Schaltkreise, Platinen. Die Zukunft. Er sah sie bedeutungsvoll an.

– Die Zukunft? Die kommt von selbst. Ich würde keinen Pfennig für sie zahlen.

– Doch, würdest du. Diese Kiste fährt Auto. Ganz allein.

– Ohne Fahrer?

– Genau. Ganz für sich allein.

Sie standen vor einem alten Fahnenmast, den jemand versucht hatte anzuzünden. In Bodenhöhe war er verkohlt, und bei einem der nächsten Stürme würde er brechen. Sie sagte: – Vielleicht seid ihr beide zu doof, die Gefahr zu begreifen, in der ihr steckt?

– Ja, es fühlt sich hier wie Urlaub an, sagte er. Ferien. Wir machen Ausflüge. Wir liegen am Strand. Wir gucken in den Himmel, und der ist blau. Meistens. Ich weiß, das ist die Ruhe vor dem Sturm.

Myrbäck erzählte. Vom Diebstahl des Audi, von seiner Bruchlandung in der Baugrube, seiner aufgebrochenen Wohnung, vom toten Raschke in den Trümmern der Werkstatt. Vom Finger in der Obstschale und der Ermordung ihres polnischen Kompagnons Zbigniew auf einem Acker vor den Toren Hamburgs. Von dem, was er nach und nach aus Holzapfel herausgepresst und sich selbst hinzugereimt hatte, bis er einsah, dass sie da tatsächlich auf einem Schatz saßen, für den es leider immer noch keine Kundschaft gab – aber warten, das konnte er ja nun wirklich. Was er verschwieg, weil es ihn am stärksten beunruhigte, war die Frau mit dem Pagenschnitt. War jener Fremde, der mehrere Dachböden im Heimdalsväg Nummer 12 aufgebrochen hatte. War die überraschende Nähe ihrer Verfolger.

– Manchmal denke ich, dass ich Teil eines Schachspiels bin, ein Zug, ein Bauernopfer in einer von Holzapfels Partien. Ich werde auf dem Brett hin- und hergezogen, so kommt es mir manchmal vor.

Ihr Weg verlief jetzt in der Nähe des Sundes, neben Bootsstegen und windgeblähten Segeln. Er sah die Gänsehaut auf Sassies Armen. Über ihrem Rock trug sie ein dunkelgrünes T-Shirt mit dem Logo von Seven Up. Er hatte es in der Kommode seines Zimmers gefunden und ihr überlassen. Es saß eng, und ihre Schulterblätter zeichneten sich ab.

Als sie sich jetzt auf dem schmalen Pfad vor ihn schob, fand er, dass niemand schöner zu gehen wusste. Sie wandert wie ein Sonnenfleck zwischen Wolkenschatten, fand er, aufrecht, mit flatternden Schritten, eine Hand auf der Hüfte. Lässt sich am Gang eines Menschen sein Gemüt ablesen? Vielleicht. Mit der Fortbewegung kannte er sich schließlich aus, er mit seinem zu kurzen Bein und dem verkorksten Knochengerüst. Dort, wo das Becken mit der Wirbelsäule zusammenschließt, das hatte einer seiner vielen Ärzte ihm einmal erklärt, liegt sie, die regio sacralis im Menschen. Blödsinn, dachte er, und doch: Bei ihm war sie um ein Winziges verschoben, die Heilige Mitte.

Vor einer Bootshütte kamen sie zum Stehen. Sie gehörte den Lövgrens, deren Vorväter einst große Teile der Insel samt weitverstreuter Wirtschaftsgebäude besessen hatten, so viel wusste Myrbäck. Das Haus stand windschief am Wasser und war verschlossen, der rote Anstrich von Regen und Wind zerfressen. Durch ein beschlagenes Fenster konnten sie auf Gartenwerkzeug, Grillherd und aufgerolltes Tauwerk sehen. Als sie über einen Steinhaufen an die seewärtige Seite zu gelangen versuchten, bellte ein Hund hinter ihnen auf. Es war ein ausgewachsener Terrier. Er gehörte zu der Nachbarin, die ihnen am Tag ihrer Ankunft auf Lökskär den Schlüssel übergeben und sie mit einer Mischung aus Misstrauen und Neugierde bis auf die Veranda des Lövgren'schen Hauses begleitet hatte. Jetzt trug sie ein schwarz-grün kariertes Kopftuch und redete beruhigend auf ihren Hund ein.

– Wir stehen hier am südlichen Ende der Bucht, sagte sie im Ton einer Fremdenführerin. Von hier aus seht ihr die Strände von Stora Sand. Ihr Arm deutete auf eine Reihe flacher ockerfarbener Streifen auf der gegenüberliegenden Seite des Wassers.

– Sieht wild romantisch aus, meinte Myrbäck, um etwas zu sagen.

– Ja, und dahinter liegen die Hügel von Sillviksbergen, sagte die Frau. Dort ist es noch spannender.

Verstohlen blickte Sassie ihn hinter dem Rücken der Frau an. Dann fragte sie:

– Was gibt's denn da drüben? In Sillviksbergen?

– Brachliegendes Militärgelände. Birkenhaine und durchlöcherte Hausattrappen. Das Militär war größter Arbeitgeber auf der Insel, doch vor fünf Jahren wurden die Einheiten abgezogen. Schussübungen veranstalten sie da drüben nicht mehr. Alle paar Monate kommt die Polizei aus Stockholm und trainiert ihre Drogenhunde. Und manchmal kommen welche aus der Stadt, die es wissen wollen und sich tagelang von Fröschen und Beeren ernähren. Dann fliegt die Küstenwache mit dem Hubschrauber ein und liest sie halbverhungert auf.

Neulich hatte Myrbäck die Insel mit dem Fahrrad ausgekundschaftet. Er war dort drüben an verrammelten Lagerhäusern vorbeigekommen, an Baracken, an kilometerlangen mannshohen Zäunen, die mit Stacheldrahtrollen gesäumt waren, und er hatte von weitem mehrstöckige Silos gesehen, die in die Landschaft nicht passten. Dann hatte er eingesehen, dass es sinnlos war, sich mit dem Rad über verwachsene Traktorwege zu kämpfen. Ihm war keine Menschenseele begegnet. Mit Mühe hatte er den Weg zurück gefunden.

Der Himmel über ihnen klarte auf. Das helle Licht drückte Myrbäck die Lider nieder. Mit einer eigentümlichen Unruhe, die sich von seiner Brust aus in alle Gliedmaßen auszubreiten schien, begriff er, dass sie den Rückweg angetreten hatten, dass dieser Spaziergang bald enden würde. Er stellte sich vor, drei Wünsche frei zu haben, und dass er sie alle drei darauf verwenden würde, statt nach Hause immer noch weiter fort an der Seite Sassies gehen zu können. Er war so begeistert von dieser Idee, dass er nicht mitbekam, worüber sie zu sprechen begonnen hatte.

– Sie nörgelt. Sie ist missgünstig. Sie schmeißt mir die Tür vor der Nase zu.

– Wer jetzt? Von wem sprichst du?

– Von Heidi. Sie sah ihn unwirsch an. Sie gönnt mir nicht, dass ich mit euch auf dieser Insel bin, in diesem schönen Haus. Ich kann sie sogar verstehen. Ich war eine zahlende Untermieterin, jetzt bin ich nur noch ein ungebetener Gast, den man nur deshalb nicht fortschickt, weil er in Not ist.

– Lass sie eingeschnappt sein. Sie wird sich wieder beruhigen.

– Wie war das mit dir und Heidi? Ihr wart doch ein Paar.

– Das ist ewig her. Heidi ist ganz und gar anders als ich.

Der Weg führte sie bergab und an einer kurvigen Passage entlang. Während er seine Schritte seitlich setzte, um nicht auf den immer steileren Buckeln des Hangs abzurutschen, verschwand sie plötzlich aus seinem Blickfeld. Irritiert sah er sich um, erschrocken.

Komm, sagte sie. Drei Meter unter ihm stand sie auf einem schmalen Pfad.

– Wie hast du das geschafft, fragte er. Bist du aus Gummi?

– Ich bin gesprungen, was sonst? Sie lachte.

– Wie eine Ziege.

– Ja, das kann ich.

Wie kann man aus dieser Höhe hinunterhüpfen und sich die Knöchel nicht verstauchen?, fragte er sich. Auf dem Hintern rutschte er umständlich über zwei Absätze zu ihr hinab.

– Erzähl schon, sagte sie mit fordernder Stimme, als er neben ihr landete.

– Zum ersten Mal haben wir uns vor dem Eisentor eines Hamburger Gefängnisses gesehen. Es war der Tag von Jans Entlassung aus der Untersuchungshaft. Sie war mit dem Fahrrad gekommen und in einer Kurve in Schotter und Scherben gestürzt. Es sah schlimm aus. Ihr Ellenbogen blutete, beide Hände, und ich gab ihr mein Taschentuch.

– Liebe auf den ersten Blick?

– Ich erinnere mich nicht. Aber zwei Jahre waren wir ein Paar.

– Und dann?

– Dann bin ich einfach weg. Sie war damals meinetwegen nach Schweden gekommen und überzeugt davon, ich würde zu ihr zurückkehren. Über dieser Hoffnung ist sie in Nynäshamn geblieben. Das hat sie mir bis heute nicht verziehen, glaube ich. Es ist ungerecht.

– Wieso?

– Wer ist denn mit zwanzig für sein Liebesleben verantwortlich?

Er wunderte sich, wie mühelos die Vergangenheit wiederzuerzählen war, wie gradlinig und bar jeder Wirrung. Tränenreiche Nächte, schlimmste Beleidigungen, rasende Eifersucht, im Rückblick wurden sie zu netten, handlichen Geschichten.

Als das Haus in Sicht kam, sagte sie:

– Heidi sollte besser nicht erfahren, was wir vorhaben.

Myrbäck war ihrer Meinung. Wenn Heidi von ihren Plänen erführe, würde sie alles platzen lassen. Aus Sorge um ihren Bruder.

Auf der Treppe zur Veranda kratzte Myrbäck mit einem Stock Lehmbrocken unter seiner Sohle weg. Als er sich aufrichtete, stieß er mit der Stirn gegen die Innenseite von Sassies Oberschenkel. Sie tat, als wäre nichts weiter geschehen.

In der Diele sagte Sassie, dass sie friere. Wie um ihm zu beweisen, dass sie die Wahrheit sagte, legte sie kurz ihre kalten Hände in die seinen. Dann sprang sie über die Treppe ins obere Stockwerk.

Myrbäck betrat die Küche am Ende des Flurs. Jan stand vor der elektrischen Doppelkochplatte und dem Kühlschrank, der ihm als Ablagefläche für Dosenravioli und Gemüsereste diente.

– Sieht ja aus wie in der Restaurantküche hier, sagte Myrbäck. Piekfein. Appetitlich.

– Wo wart ihr?, wollte Holzapfel wissen. Sein Ton war aggressiv.

– Spazieren. Bis hoch zum Näsudden. Wir sind der Nachbarin begegnet. Hinterm Haus stand ein Typ in der Landschaft herum.

– Und? Was hat er angestellt?

– Nichts. Aber es schadet wohl nichts, die Augen offen zu halten. Vielleicht kommt ja mal jemand mit einem Angebot für unser Kästchen vorbei. Myrbäck tat sein Bestes, sarkastisch zu klingen.

Holzapfel antwortete mit einem Schütteln der Pfanne über der Herdplatte. Der Geruch gebratener Faluwurst stieg in Myrbäcks Nase. Er stand noch eine Weile hinter Holzapfel, dann ging auch er über die Treppe nach oben.

Die Tür zu Sassies Zimmer war angelehnt. Er sah sie nicht, als er eintrat, aber er hörte, wie sie hinter der Tür zum Nebenzimmer mit dem Schürhaken im Kachelofen herumstocherte. Er ging zum Fenster. Eine Handvoll Muscheln und Steine lag auf der Fensterbank, ein Feldstecher in einem angestoßenen Lederfutteral.

Er blickte auf das dunkelgraue Wasser der Bucht und auf den Kaninchenkäfig, den Malin gebastelt und mit Jans Hilfe auf grobe Vierkanthölzer gebockt hatte. Er setzte sich auf ein altes Sofa mit hoher Rückenlehne, über dessen fadenscheinigen Bezug ein Laken gespannt war. Der Wasserspiegel der Tymarsbucht warf die letzten Sonnenstrahlen an die Zimmerdecke, in lichten Kringeln tanzte es über seinem Kopf.

Von unten hörte er das Knallen einer Schranktür, das Klappern von Töpfen im Spülbecken. Küchenmeister Holzapfel, der seine häuslichen Obliegenheiten mit Widerwillen erledigte.

Was erlebt Sassie Linné in ihren Zimmern, wenn sie alleine ist?, fragte er sich. Auf einer Kommode standen gerahmte Fotografien. Er hatte sie sich schon angesehen. Ihre kleine Schwester. Ein Bild ihrer Mutter. Sassie als Kind vor einem Kirchturm, dessen Spitze sich wie ein Schneckengehäuse in den blauen Himmel schraubte. Neben der Kommode lagen leere Wasserflaschen, Strümpfe, Bücher. Nichts, was etwas über sie verraten hätte.

Im Sitzen beugte er sich vor das Regal neben dem Sofa. Seekarten und ein paar blassrote Ausgaben des Baedeker standen dort, im unteren Regal ein Koffer, wie Kinder ihn mit sich schleppten, wenn sie Reise spielten. Er war aus Karton und mit rotkariertem Stoff bezogen und war voll mit kleinen, vergilbten Papiertütchen, in denen Schmetterlinge steckten, deren Falter spröde und zerbrechlich aussahen. Sie lagen schon ewig in ihren Pergamenthüllen, das sah er, sie hatten ihre Farbe an die vielen Jahre verloren. Er ließ die dünnen Blechschlösser des Koffers einschnappen, als er ein Geräusch hinter sich hörte.

Sassie stand nackt im Raum. Sie sah ihn erschrocken an.

Er lächelte verlegen. Sie hat mich nicht gehört, dachte er.

Mit herabhängenden Armen stand sie dort. Die Knöchel ihrer Finger, ihre Handgelenke waren rußgeschwärzt. Sie sahen einander in die Augen, bis Myrbäck es nicht mehr aushielt.

– Geh doch mal, sagte er leise.

– Warum?

– Ich möchte dich gehen sehen.

– Und wenn ich nicht will?

Er glaubte aus ihrer Stimme zu hören, dass sie ihm wohlgesinnt war. Ihr Widerstreben war gespielt.

– Bitte, sagte er.

Sie zögerte. Langsam setzte sie einen Fuß vor den anderen. Die letzten fehlenden Schritte machte sie schnell.

Sie ist völlig nackt, dachte er, fassungslos. Wie mutig.

Direkt vor ihm kam sie zum Stehen. Er hob seine Hand und strich über das feine Haar auf ihrem Bauch. Er berührte die kleine Höhle des Nabels. Das hellbraune Muttermal in ihrer Leiste. Das dunkle, krause Haar, das sich anschloss. Er ging in die Knie. Er lehnte seine Stirn gegen eine Stelle direkt über diesen Haaren. Einige von ihnen spürte er an seiner Nasenspitze. Reglos verharrte er einige Sekunden. Er hob seine Hände und legte sie auf ihre Hüften.

Kurz blickte er auf. Sie hielt ihr Gesicht zur Seite und hatte die Augen geschlossen.

Er ließ seine Stirn ein kleines Stück über die weiche Haut ihres Bauches rutschen. Sie fühlte sich an wie warme Seide. Er wartete auf eine Geste, eine Bewegung von ihr, dann erst dürfte er sich weiterwagen. Einen Moment lang fürchtete er, dass dieser Moment ein nie wiedergutzumachendes Missverständnis war. Er machte sich lächerlich, hier zu knien, sein Gesicht so nah an ihrem Schoß.

Da legte sie beide Hände auf seine Ohren, sacht. Sie zog ihn an sich. Sie drückte sich ihm entgegen.

Sie will mich, dachte er. Sie will. Sie will.

Barfuß ging sie in die Küche, warf ihren Bademantel ab und nahm zwei Handvoll Eiswürfel aus dem Gefrierfach. Sie setzte sich auf den Boden zwischen Tisch und Kühlschrank und steckte einen Eiswürfel nach dem anderen in ihren Mund, so schnell es ging. Sie drängelten sich auf ihrer Zunge und klapperten gegen ihre Zähne. Wie ein Blitz traf sie das Gefühl, alle Zähne würden ihr gleichzeitig gezogen. Ohne es zu wollen, öffnete sie den Mund und ließ die Eiswürfel hinauskullern. Sie rutschten über ihren Hals und die Brust, über den Bauch und verschwanden, kaum gebremst durch ihr Schamhaar, zwischen ihren Beinen, bevor sie mit einem letzten schmerzhaften Stechen ihrer Schamlippen auf den Boden rutschten. Immer und immer wieder steckte sie die Eiswürfel in ihren Mund. Spucke lief ihr auf das Kinn, vermischt mit ihren Tränen.

So ist das mit dem Schmerz, dachte Heidi Olofsson, als ihr die Eiswürfel ausgingen. Jetzt ahnte, nein, jetzt wusste sie, wo die Lust in all der Qual liegen mochte. Noch Minuten lag sie auf dem PVC-Boden ihrer Küche, ihr Hintern und die Oberschenkel in einer erkaltenden Pfütze, und eigentlich hätte sie längst frieren müssen. Es sind die Glückshormone, die mich wärmen, dachte sie. Sie waren wie eine Reiterarmee hinter den Schmerzen herangeprescht, hatten sie niedergetrampelt und überfallartig das Kommando über ihren Körper übernommen.

Ihre Zahnreihen glühten nicht mehr, so langsam kehrte

das Gefühl in ihre Zunge zurück, und sie spürte, wie sich ihre Mundwinkel in einem viel zu breiten Lächeln aufwärtsgezogen hatten. Wer mich sehen könnte, würde denken, ich lache. Die Schmerzenstränen liefen ihr noch immer, aber niemand, dachte sie, ist je vom Weinen gestorben, und welch ein Glück, dass nicht Malin von der Schule nach Hause gekommen und plötzlich vor ihr aufgetaucht war. Manche Anblicke sollten Eltern ihren Kindern ersparen.

Ja, es ist wahr. Seine schönen feuchten Augen sind kein Paar. Das linke ist größer, das rechte ist kleiner, man kann nichts dagegen tun. Das macht die Lust, hat Tante Gunilla ihr einmal erklärt. Wenn im Kopf die Dinge durcheinandergeraten. Rechts und links, unten, oben. Alles kreuz und quer. Gunilla, das wussten alle, war ein versautes Stück.

Sassie legte ihre Arme um Myrbäcks Nacken. Sie wagte nicht, Luft zu holen. Sie sah ihm dabei zu, wie er sich ihrem Schoß zuwandte. Sie spürte seine Hände auf ihrem Rücken, auf ihren Hüften, auf ihrem Bauch. Die erste Stelle, auf die er sie küsste, war ihr Nabel.

Sie löste sein Gesicht von ihrem Bauch und zog ihn zu sich herauf. Sie schob erst seinen Pulli, dann sein Unterhemd mit einer flüssigen Bewegung über seinen Kopf. Öffnete den Gürtel seiner Jeans und ließ sie zu seinen Knien hinabrutschen. Die hellblaue Unterhose ließ sie ihm an. Sie sah ihm dabei zu, wie er sich verlegen durch die Haare fuhr.

Um die Wangen ist er rosenrot. Und seine Ohren glühen. Er strahlt mich an wie ein kleiner Junge. Er kann sein Glück nicht fassen.

Langsam zog sie ihn zum Sofa. Er folgte ihr, die Jeans um die Knöchel und halb hüpfend, wie der Kasperle im Puppentheater, dachte sie, mit einem Knüppel in der Unterhose. Sie ließ sich vor ihm aufs Sofa fallen, halb aufrecht, gegen zwei Kissen gelehnt, halb von ihm abgewendet, ein Knie in seine Richtung gedreht.

Er kroch über sie und steckte seine Zunge in ihren Bauchnabel. Er schob sich höher, leckte an ihren Brustwarzen und drückte ihr mit beiden Händen die Flanken. Sie hörte sein schnelles Atmen und schloss die Augen. Einen Moment lang kam es ihr vor, als segelte sie durch die Luft, ihr ganzer Körper getragen von einem Schwall Heißluft, aber das mochte wohl an den Tabletten liegen oder an ihrer Lust oder an beidem. Damit ihr nicht wieder der Kopf ins Kreiseln geriete, öffnete sie die Augen. Vielleicht spielte das Zwielicht ihr Streiche, aber sie hatte das Gefühl, als sei das Zimmer größer geworden, als hätten sich die Wände und alles Mobiliar zurückgezogen. Hör auf, flüsterte sie in sein Ohr. Da ist jemand.

Myrbäck lag kniend vor und auf ihr, und er brauchte einen Moment, ihre Worte zu begreifen und seine Zunge von ihr zu lassen. Sie blickten beide zur Tür. Sie war einen Spalt geöffnet.

– Wer?, fragte er leise. Wer beobachtet uns?

Langsam einen Fuß vor den anderen setzend, bewegte sie sich zur Tür. Kein Geräusch war zu hören, das ganze Haus lag in Stille. Sie glaubte aber zu spüren, dass dort, nur durch eine hölzerne Wand von ihr getrennt, in diesem Moment jemand stand. Sacht drückte sie die Tür zu. Über das Schlüsselloch hängte sie das Unterhemd Myrbäcks.

Er hatte sich währenddessen nackt ausgezogen. Er will keine Zeit verlieren, dachte sie. Aus Furcht, die Unterbrechung könnte ihr einen Vorwand liefern, das Liebesspiel zu beenden. Doch sie freute sich sehr über seinen offenen, roten Mund und den weißen Schimmer der Zähne, die Linien seiner Schultern, seines Armes, seiner Erektion.

Sie ging nah an ihn heran und küsste ihn. Mit der einen Hand griff sie nach seinem Schwanz. Für ihre kalten Hände fühlte es sich zu warm an. Das schien ihn nicht zu stören.

Jedenfalls klang das Stöhnen, das er leise in ihr Ohr hauchte, alles andere als schmerzvoll. Mit der anderen Hand strich sie langsam über die fröstelnde Haut seiner Lenden.

Christiania, September 1985

Zwei Polizisten in grauer Uniform und eine Frau waren gekommen. Die Frau trug eine Sonnenbrille, ging durch alle Zimmer und guckte auch in den Schränken nach. Manchmal zog sie sogar eine Schublade auf. Die Polizisten sahen ihr dabei zu, aber sie sprachen kein Wort. All dies hat Catrine ihnen am Morgen erzählt, und dass die Frau von der Sozialverwaltung war.

Sie haben uns nicht gefunden und sind wieder weg, rief sie Ove zu. Glück gehabt!

Ove nickte mit dem Kopf, aber sie sah ihm doch an, dass er nicht zuhörte. Er war damit beschäftigt, sein Ausgrabungsgeschirr zu putzen. Seine Hufzange, die er in einem der alten Pferdeställe gefunden hatte, und eine kleine Gartenschaufel, um die sie ihn beneidete, weil sie sich zusammenklappen ließ. Er hatte sie auf Frelsers Friedhof hinter einem Grabstein entdeckt und einfach mitgenommen.

Sie lag neben ihm im Gras. Über ihr hingen schrumpelige, braune Kugeln in einem ausgedorrten Apfelbaum. Sie sind aus irgendeinem uralten Sommer übrig geblieben, dachte sie. Es war so still, dass man fast glauben konnte, man liege weit entfernt von Kopenhagen in irgendeinem Märchenwald.

Sie erzählte Ove, wie oft sie umgezogen ist. Damit die Polizei sie nicht findet.

Am Anfang sind wir in einem Zimmer beim Fredens Ark untergekommen. In einem großen, grauen Gebäude mit Fluren düster wie die Kohlegruben von Kiruna. Dann haben wir eine Zeitlang in der Kaserne in der Bådsmandsstræde gewohnt, doch es fehlte der Strom und roch nach schimmeligem Brot. Jetzt leben wir im Mælkebøtten, Haus Nummer sieben. Bis die Leute, die dort wohnen, wieder zurückkehren. Sie sind mit ihrem klapprigen Auto bis nach Amsterdam gefahren.

Die kommen vielleicht gar nicht wieder, meinte Ove. Da landen die meisten im Gefängnis, das kennt man doch.

Manchmal wachte sie in der Nacht auf und wusste nicht, wo sie war. So oft waren sie in den letzten Wochen umgezogen. Morgen aber werden wir wieder in unser Haus ziehen. Ihr Vater hat es versprochen.

In der Sonne wurde ihr die Kopfhaut warm. Sie drehte sich auf den Bauch und sah einem braunen Käfer dabei zu, wie er im Kreis zwischen Grashalmen und Blättern umherwanderte. Er weiß nicht wohin, dachte sie. Auf seinen Runden kam er ihr so nahe, dass sie die Härchen auf seinen zittrigen Fühlern erkennen konnte.

Bei Catrine und Per durfte sie nicht mehr über Nacht bleiben. Bei uns ist es eng geworden, hatte Catrine ihr erklärt. Sie und Per haben einen kleinen Jungen bekommen. Er hatte riesige Füße, und sein Gesicht sah zerquetscht und wütend aus. Das kommt, weil er zu lange in meinem Bauch war, meinte Catrine.

Ove hatte seine Funde auf einem Geschirrtuch ausgelegt: Ein Kerzenhalter aus Holz. Ein dicker Filzstift. Eine lehmverschmierte Sprungfeder. Langweiliges Zeugs, sagte sie.

Ove nickte und ließ sich auf den Rücken fallen. Er rupfte einen Grashalm nach dem anderen aus, biss ihre oberen Enden ab und pustete sie in die Luft. Ein paar von ihnen trudelten auf ihren Bauch herab.

Seit Tagen bohrte er zwischen der Fakir-Schule und der Grauen Halle in allem herum, was nach einem Hügel aussah. Weil er gehört hat, dass der Abfall und die Überbleibsel der Garnison dort verbuddelt wurden. Meist stieß er nur auf Steine und Geröll. Er träumte davon, eine Pistole auszugraben. Oder wenigstens ein Bajonett.

Ove stand auf und beugte sich über sie. Er hielt den Filzstift in der Hand und spuckte auf die Spitze. Dann hielt er ihren Kopf und malte ein Auge auf ihre Stirn. Es sieht echt aus, sagte er. Am Ende malte er noch falsche Brauen dazu. Weil das vor Unglück schützt.

Mein Vater ist gefährlich, sagte sie leise in sein Ohr. Heute Morgen, als er erfuhr, dass die Polizei in unserem Haus war, da hat er Gunilla angebrüllt. Dass sie bloß nach Schweden verschwinden soll. Gunilla hat ihn ausgelacht, und er hat ihr mit der Faust ins Gesicht geschlagen. Jetzt versteckt sie ein blaues Auge unter dem dicken schwarzen Haar. Ihre Ponyfransen sind aber nicht lang genug, um den Fleck auf der Wange zu verbergen.

Ihr müsst deinen Vater wieder loswerden, meinte Ove.

Hahaha, sagte sie. Wie denn.

Sie standen auf und trotteten in Richtung Garnisonsgraben. Ein paar Teichhühner schwammen im Wasser. Unter einer Gruppe schwarzer Weiden lagen zerdrückte Bierdosen im staubigen Gras. Es roch sauer und nach Kotze, wenn man sie an die Nase hielt. Ove und sie schossen die Dosen eine nach der anderen auf die Teichhühner, doch die wichen schnell aus. Von weit weg hörte sie ein wütendes Schreien. Erschrocken sah sie sich um. Auf der anderen Seite des Ufers stand ein Mann und drohte mit einem Arm in ihre Richtung. Sie sprangen die Böschung hinauf und tauchten in den Büschen ab.

Sie erwachte. Von irgendwoher hörte sie ein gedämpftes Jammern, und sie brauchte eine Zeit, bis sie verstand, dass es ihre eigene Stimme war.

Sie lag schief, am Rand des Sofas. Ihre Füße hingen unter der zu kleinen Decke hervor. Sie spürte seine Knie im Rücken. Sie wünschte sich, er würde sie an sich ziehen. Sie nahm seine Hand und legte sie auf ihre linke Brust. Sein Fuß zuckte, sein Kopf sackte zur Seite weg, mehr geschah nicht.

Mit langsamen Bewegungen, um ihn nicht zu wecken, löste sie sich und setzte sich auf. Der Ofen hatte das Zimmer mit stickiger Wärme gefüllt. Sie betrachtete Myrbäck. Die Flügel der schmalen, langen Nase rührten sich, wenn er lautlos atmete, der Schlaf glättete das Grübchen im schlecht rasierten Kinn. Ein wenig seltsam war, dass er schnurgerade dort lag. Steif wie eine Planke.

Sie stand auf und ging zur Kommode an der türseitigen Wand. Das Geräusch ihrer Füße auf dem trockenen Holz kam ihr laut und fremd vor. Sie öffnete die oberste Schublade und nahm zwei ihrer Tabletten. Wenn sie so weitermachte, dachte sie, würde sie demnächst wieder im Karolinska Krankenhaus in Solna landen, Neurochirurgie. Vor ein paar Tagen hatte sie ihre Tabletten nicht finden können und war stundenlang durch die Nacht gewandert, umnebelt und wogend, so wie etwas am Grunde des Ozeans. Dann hatte sie auf einem Felsen am Meer gesessen, bis ihr die Zähne vor Kälte klapperten. Ich bin als Schlaflose geboren worden, dachte sie wütend, am Ende werde ich mein Leben damit vergeudet haben, den Schlaf und seine Besinnungslosigkeit zu finden.

Vielleicht war es das Erbe ihrer Mutter, das diese Gedanken in ihr auslöste – ihr schweres Gemüt erweckte, das zu nichts anderem taugte, als Enttäuschung über das Leben zu empfinden. Ihr Kopf fühlte sich heiß und entzündet an. Er war voll mit all den Dingen, die in der Nacht geschehen waren.

Er begehrt mich, dachte sie. Welche Teile von mir besonders? Meine langen weißen Arme, die Härchen auf meinem Nacken? Meine Zähne wird er nicht mögen. Mein Busen ist als Ganzes eher mickrig. Zwei spitze Zitronen, nach denen er gegriffen hat, als wären sie sein letzter Halt im Leben.

Auf dem Weg durch das Zimmer spürte sie, dass es nass zwischen ihren Beinen war. Mit der Hand verwischte sie die klebrige Feuchtigkeit und roch an ihr. Dann noch einmal, länger. Sie nahm ihre blonde Perücke vom Sofarücken und zog sie sich über ihr Haar. Sie brauchte drei Streichhölzer für eine einzige Kerze und wunderte sich, wie Myrbäck so fest schlafen konnte.

Sie ließ sich in den Sessel gegenüber dem Sofa fallen. Auf einmal kam ihr das Zimmer fremd vor. Das Kerzenlicht fiel auf die vergilbte Tapete, auf die gebleichten Bücherrücken im Schrank, die Lampe mit den Stofflappen und Quasten. Sie fragte sich, wer alles schon hier gesessen und wartend in die Nacht geblickt hatte. Es sind ein paar Kapitänswitwen darunter gewesen, bestimmt. Einsame, putzige Frauenzimmer sind auf den Schäreninseln völlig normal.

Sie war noch nicht vollständig in Schlaf gefallen, als ein schrilles Quietschen sie aufschrecken ließ. Mäuse? Haben wir Mäuse im Haus?, fragte sie sich benommen. Sie riss die Augen auf und fiel kopfüber in einen Schwindel, so als ginge sie rückwärts auf einer endlosen Rolltreppe.

Sie horchte. Das Lodern des Feuers im Ofen nebenan war zu hören, sonst nichts. Dann auf einmal dieses Geräusch, schriller noch als beim ersten Mal. Diesmal wusste sie, dass es aus dem Garten vor ihrem Fenster kam. Es klang wie der Schrei eines Tieres in Todesangst. Vielleicht eine Feldmaus, in den Fängen eines Marders. Ein hohles Gefühl sackte in ihre Magengrube.

Einige Sterne waren am Himmel aufgetaucht, und sie glaubte erkennen zu können, dass eine der beiden Türen zum Kaninchenstall offen stand. Sicher aber war sie nicht. Es half nicht, die Augen zusammenzukneifen. Was soll schon sein, sagte sie sich. Die Tiere sind überreizt, das ist die Blaue Wiener-Rasse, zwei Weibchen, hatte Malin ihr einmal erklärt. Ihr Fell fühlte sich besonders samtig, plüschig an, aber dafür waren sie auch schrecklich nervös.

Von weit her hörte sie einen Hund bellen.

Sie sah, dass Myrbäck seine Augen geöffnet hatte und sie anblickte. Es war ein Blick, der aus Träumen kam. Von seinen Augen sah sie nur zwei helle Punkte.

– Magst du meine Zähne?, fragte sie.

– Was?, sagte er. Er klang erstaunt. Warum fragst du das? Ja, ich mag deine Zähne.

– Sie sind schief. Ich habe extreme Angst vorm Zahnarzt. Meine Tante hat mich zum Kieferorthopäden geschleppt, als ich elf war. Sie wollten operieren, aber ich habe mich dagegen gewehrt. Später hatte ich diesen Arzt, der mir sagte: Ich könnte alle Zähne abschleifen, und wir setzen Kronen drauf. Er fing an, und ich weiß noch, wie mein Kopf dröhnte. Ich haute ab. Ich mag meine schiefen Zähne. Sie stören mich nicht.

– Du würdest seltsam aussehen ohne sie.

Er wünscht sich, dass ich mich wieder zu ihm lege, dachte sie. Sie war nicht sicher, ob sie es tun sollte. Unlust schwappte träge in ihrem Inneren und fesselte sie in den Sessel. Sie zog die Beine hoch. Auf ihrer Zunge lag der süßliche Geschmack des Benzodiazepins.

– Warum trägst du deine Perücke?, fragte er.

Sie hatte vergessen, dass sie hier als Blondine saß. Sie nahm die Perücke ab und fuhr sich mit einer Hand durchs Haar.

– Wen hast du in deinem Leben geliebt?, fragte sie.

– In meinem Leben?

– Ja.

– Ich weiß nicht. Wann weiß man schon sicher, ob man liebt?

– Ich habe es immer gewusst, sagte sie, obwohl sie sich da nicht so sicher war.

– Und wen hast du geliebt?

– Das werde ich dir nicht sagen. Erst, wenn du mir von dir erzählst.

Sie schwiegen eine Weile. Als sie sicher war, dass er nicht mehr antworten würde, fragte sie mit fordernder Stimme:

– Jetzt erzähl mir, warum du noch hier bist. Ja. Warum seid ihr noch immer hier? Wer verfolgt dich eigentlich?

Myrbäck setzte sich auf und sah sie verwundert an. Du musst verdammt müde sein, sagte er.

– Du irrst dich. Ich bin hellwach und will wissen, warum ihr nicht nach Hause zurückkehrt. Du zu deinem Kind. Holzapfel zu seiner Kellnerin, von deren fabelhaften Titten er allen erzählt, wenn er nur genug gesoffen hat.

– Willst du hören, dass ich sage: deinetwegen? Ich bin deinetwegen hier?

– Ja.

– Dann bitte: Ich bin hier, um bei dir zu sein. Außerdem werde ich verfolgt, Holzapfel ebenso.

– Das bildet ihr euch doch ein. In einer Tour macht ihr euch wichtiger, als ihr seid.

– Nein. Wir werden verfolgt. Wirklich. Ich weiß nur nicht, von wem.

– Ihr beide macht aus euren Leben geringschätzige Geschichten. Sie warf mit der Perücke nach ihm und traf seine Brust. Er regte sich nicht.

Sie saßen schweigend einander gegenüber. Das Flackern der Kerze wurde schwächer.

Sie war nicht auf der Suche nach Männern an ihrer Seite, sie wollte keinen Lebensgefährten. Sie zog es vor, allein zu sein. Sie mochte es, mit einem Buch auf dem Bett zu liegen oder Filme im Fernsehen zu sehen, ohne dabei Kommentare anhören zu müssen. Sie war nicht darauf eingerichtet, mit männlichen Egos umzugehen, ihrem Geprahle und ihrer leicht entflammten Begeisterung für alles und jedes. Sie war froh, dass sie die Männer in ihrem Leben alle wieder losgeworden war. Oder nicht? Brauchte sie einen fürs Bett? Manchmal. Aber gut möglich, dass sie sich das auch nur einbildete.

– Hast du den Feldstecher gesehen?, fragte sie, als das Kerzenlicht erlosch.

– Er liegt im Regal, antwortete Myrbäck schläfrig.

Sie stand auf, hielt sich den Apparat vor die Augen und blickte in den nächtlichen Garten. Sie glaubte zu spüren, dass Myrbäck ihren Hintern anstarrte, nackt wie er war.

Es dauerte eine Zeit, bis sie durch Drehen des Okulars die passende Schärfe eingestellt hatte. Sie folgte der Wäscheleine, die vom Verandageländer hinüber zu einer kleinen Tanne gespannt war, wanderte von Heidis Seidenpyjama zu Myrbäcks Strümpfen, streifte den Sägebock und glitt zu schnell über den Kaninchenkäfig hinweg. Ruckweise zog sie zurück, bis sie den Käfig im Fokus hatte. Eine der beiden Gittertüren stand offen, sie hatte sich nicht getäuscht. Eines der Kaninchen hing an der

Außenwand des Käfigs. Wenn sie richtig sah, dann war ein Stock durch seinen Leib und in das Holz gerammt worden. Jemand hatte das Kaninchen gepfählt.

Auf der Trabrennbahn Solvalla, an einem Samstagnachmittag gegen vierzehn Uhr: Im dritten Rennen des Tages über eine Länge von 1640 Meter verschaffte der in weiß-roten Farben antretende Svante Lennartsson seiner Monique Vox auf Anhieb die Position im Windschatten der Leaderin Graziella. Die dreijährige Stute wurde auf der ersten Tribünengeraden nach vorn gescheucht, kam an der letzten Ecke auch passend heraus und hatte fünfzig Meter vor dem Pfosten die Nase bereits in Front, baute im Schlussbogen jedoch enorm ab und musste sich der aus dem Hintertreffen weit außen heranspurtenden Außenseiterin Tosca du Ling erwehren, die in einem knallharten Finish und in strahlenden 1.12,9 Minuten mit einer schnaufenden Nasenspitze die Oberhand behielt und dafür 36 000 schwedische Kronen einstrich.

– Ein komplettes Pferd. Sie war besser, als ich erwartet hatte, konstatierte Örjan Pilbladh, der das erfolgreiche Gastspiel als Sulky auf Tosca du Ling gab. Und damit ein von Jan Holzapfel in einem Wettbüro in Sickla für zwanzig Kronen erworbenes Los zu einem Gewinner-Los im Wert von 2180 Kronen machte.

*

Die Sicherheit des Landes? Was? Das Ansehen unseres Dienstes? Wie? Worüber reden wir? Mit jeder seiner Fragen errötete Alexander B. um eine Nuance tiefer.

Immerhin hatte er nicht bei der Außenstelle des BSI vorfahren müssen, einen Kotau hinlegen vor dem kahlköpfigen Heini von der Informationstechnik. Der Kerl hatte sich in sein Büro bequemt. Jetzt saß er ihm gegenüber, nickte schwerfällig mit seinem Blankschädel und blickte ihn mit bedauernder Miene an. Öffnete langsam den Mund, strich mit der Zunge über seine Lippen, einmal oben, dann einmal unten, und sprach:

– Problemberichte tauchen aus Schweden auf.

Im Kopf von Alexander B. setzte ein Dröhnen ein. Nein, schlimmer noch, es knallte, so kam es ihm jedenfalls vor, und deshalb blieb er auch stumm. Wie sollte er schlüssig erklären, warum ein Dienstauftrag, wenn auch konspirativer Natur, ihm derart entglitten war? Ihm, einem Sachgebietsleiter des Bundesamtes für Verfassungsschutz? Fast erleichtert war er, als der BSI-Mann das Wort erneut ergriff.

– Das Szenario, das ich hier vorschlage, und korrigieren Sie, wenn ich irre, hat sich in etwa so abgespielt: Sie, Herr B., unser Mann für Sabotageschutz, haben im Anschluss an unser letztes Treffen eine freie Mitarbeiterin Ihres Vertrauens damit beauftragt, ein zu schützendes Objekt zu bewachen. An dieser Aufgabe ist diese Person grandios gescheitert. Dessen ungeachtet haben Sie nicht gezögert, sie damit zu beauftragen, das entwendete Objekt wieder aufzufinden und in unseren Besitz zurückzuführen. Derzeitiger Stand der Dinge: Ihr Herzchen ist verschwunden. Dito unser Schatzkästchen.

– Herzchen? Schatzkästchen? B. gab dem Drang nach, den Redefluss seines Gegenübers zu unterbrechen. Der Mann hatte ja Recht. Jana Z. war tatsächlich nicht aufzutreiben. Sie hatte sich verkrümelt, den Schuh gemacht. Womöglich war sie aus dem Verkehr gezogen worden. Keine dieser Alternativen war akzeptabel. B. verspürte das dringende Verlangen, sich den Haufen brauner Briefumschläge zu greifen, die da doch recht lose vor ihm auf dem Schreibtisch lagen, und sie linientreu, kantengerecht, comme il faut einen auf den anderen zu stapeln. Ordnung zu schaffen. Mit Mühe hielt er sich zurück.

– Muss ich vielleicht mehr wissen?, fragte der Kahlköpfige. Mit einem Mal klang sein Ton rauer.

– Seit drei Wochen meldet sie sich nicht, sagte B.

– Deutsche Spitzentechnologie, sensibelstes Gerät, und die Dame gibt keinen Piep? Der Kollege machte ungläubige Miene.

B. nickte. Eine Expertin auf dem Gebiet der Observierung. Spitzenkraft von tadellosem Ruf. Skrupellos und verlässlich. Und jetzt leider auch noch mysteriös. Das Letzte, was er von ihr gehört hatte: Es sei ihr gelungen, die Tatverdächtigen zu fotografieren.

– Ja, und? Was Handfestes dabei?

– Sie hat Bilder geschickt: Zwei Frauen, beide recht ansehnlich; die eine groß und dünn, die andere kleiner, kompakt. Ein Mann, lockig, Anfang dreißig. Von Ferne fotografiert. Unscharf. Namen? Nix.

Der Kollege winkte ab.

– Was also ist schiefgelaufen?, fragte er.

– No idea. Alexander B. blickte zur Decke. Die Spuren der Jana Z. verloren sich vor zweiundzwanzig Tagen: ein Geldtransfer in Höhe von zweitausend schwedischen Kronen am Bankautomat der SEB-Filiale im Zentrum Nynäshamns. Das reicht nicht ewig, aber die Z. kennt sich selbstredend aus mit digitalen Transfersystemen und anonymen Kreditkarten. Wenn sie keine Spuren hinterlassen will, dann schafft sie das auch. Es wird schwierig werden, Jana Z. aufzuspüren.

– Wie steht's um die Schadensbegrenzung?

Der Kollege bediente sich aus der Schale mit den Kokostalern, stellte B. beruhigt fest. Wer Kekse isst, der schlägt nicht um sich. Und er, Alex B., hatte getan, was getan werden musste. Die Scheinfirma »M+T Wärmetechnik und Lüftungsbau« war samt angemieteter Wohnung von ihm abgewickelt worden, die Überweisungen auf das Konto der »Control Havoc« gestoppt. Fürs Nichtstun gibt's schließlich keine Spesen. Jana Z. war trockengelegt worden wie eine Sprotte im Dünensand.

– Flankierende Maßnahmen, meinte der BSI-Mann kopfschüttelnd. Das alles ist heiße Luft. Beim Kölner Luft- und Raumfahrtzentrum sind sie am Toben. Sollten Sie nicht zügig gute Nachricht überbringen, werden sie auch in Braunschweig durchdrehen. Den Professoren für Verkehrssystemtechnik geht die Muffe.

– Es ist an der Zeit, dass ich ein wenig mehr erfahre. Über euer Schatzkästchen.

B. staunte selbst über seinen forschen Ton. Zu seiner Überraschung entlockte sein Gegenangriff dem Mann ein leichtes Nicken des Kopfes. Ja, mehr noch: Sein Gegenüber sprudelte los wie der Kölner Heinzelmännchenbrunnen.

– Informationstechnologie. Intelligente Transportsysteme. Das selbstfahrende Auto. Google lässt seine Versuchskutschen über kalifornischen Asphalt rollen. Was sage ich, rasen, nicht rollen. Fahrerloses Fahren ist keine Träumerei mehr. Es ist möglich.

– Ganz meiner Meinung. B. nickte zustimmend. Bilder einer Videopräsentation stiegen in ihm auf. Ein VW Passat, der über eine Teststrecke im Herzen des Silicon Valleys jagte – mit Vollgas rückwärts. Nach zweihundert Metern schleudert er sich exakt durch zwei rote Plastikhüte in eine Parklücke hinein – ohne Fahrer. Chapeau!

– Audi hat einen TTS in die Rocky Mountains geschickt, zwanzig Kilometer die Serpentinen hoch, bis auf die Spitze des

Pikes Peak. Porsche lässt seine Panameras auf dem Weissacher Entwicklungsgelände unbemannte Runden drehen. Der Mercedes F125 wechselt die Spur und überholt per Knopfdruck. Sogar ein BMW hat sich eigenständig von München nach Ingolstadt chauffiert.

Fasziniert sah B. dabei zu, wie der Mann die Auflistung mit je einem Aufspringen seiner Finger begleitete. Der Kerl hat ein Mordsgedächtnis, das muss man ihm lassen, dachte er. Singuläre Begabung. Fachidiotie. Eine jener Pfeifen, die im Fernsehen eine Hunderasse am Furzgeräusch erkennen, aber nicht wissen, wie sie ein BH-Häkchen lösen.

– Auch die Japaner spicken ihre Prototypen mit Assistenzsystemen. Die Koreaner entwickeln seit Jahren ein eigenes Autodrive-Programm, sie haben Geld wie Heu, aber sie könnten ein bisschen technische Hilfe gebrauchen. Die Amerikaner haben Google, mehr muss ich Ihnen nicht sagen.

Gleich kommt er mit den Chinesen, tippte B.

– Die Chinesen haben ein Auto von Changsha bis nach Wuhan fahren lassen, 280 Kilometer weit. Entwickelt wurde es an der Nationaluniversität. Behaupten sie.

– Große Weltpolitik, was?, meinte Alexander B. anerkennend. Was er dachte, war: What's the news, fucker? Sitze ich hier in der Volkshochschule und höre mir dein Gelaber an?

– Ja, einer fürchtet den nächsten, und der eine gönnt dem anderen nicht das Brot auf der Butter.

– Umgekehrt, verbesserte B.

Der Mann blickte ihn verwirrt an. Zweimal klimperte er nervös mit den Wimpern, dann fuhr er fort:

– Wurscht. All diese Autos können Fußgänger erkennen, Fahrradfahrer, Hunde. Sie halten an Ampeln. Sie schalten schneller als wir, sie fahren niemals falsch. Mikroprozessoren kennen keine Schrecksekunde. Sie streiten nicht mit ihrer Beifahrerin. Sie dösen nicht weg. Der Mensch ist langsam. Müde. Er denkt.

Er gehört sogar abgeschafft, dachte B., so hatte es jedenfalls seine Mutter keck behauptet, meist dann, wenn es ihr diente, sich in Gesellschaft als besonders geistreich aufzuspielen.

– Keine fünf Prozent unserer Autobahnen werden vom Verkehr belegt. Mit algorithmisch optimierten Fahrzeugen können sie die Straßen vollpacken wie einen Eierkarton, einen Stau wird die Welt nie wieder erleben. Können Sie sich vorstellen, wie viel Benzin das spart?

Alex B. hatte nicht geahnt, welch heißes Feuer in seinem Kollegen brannte. Er merkte, wie die Begeisterung des Mannes auf ihn überzuschwappen begann.

– Ihre gefährlichsten Momente erleben die meisten von uns heute hinterm Steuer, nicht im Schützengraben. Menschliches Versagen steckt hinter neun von zehn Unfällen. Macht viertausend Verkehrstote weniger. Pro Jahr!

– Super. B. nickte heftige Zustimmung. Aber was hat all dies mit mir zu tun?

– Das Zentrum für Luft- und Raumfahrt hat mit Ihnen zu tun, werter Kollege. Und das Institut für Verkehrssystemtechnik in Braunschweig. Das Verkehrsministerium. Der Verteidigungsminister. Nicht zu vergessen BMW und Volkswagen, Audi, Daimler, Bosch. Die deutsche Wirtschaft verlässt sich auf Sie. Begriffen? Klingelt's?

B. schüttelte den Kopf.

– Kommen Sie! Wo leben wir denn? Im Land der Bedenkenträger, der Rechtsanwälte. Bei uns dürfen selbstfahrende Autos nicht auf öffentlichen Wegen getestet werden. Das Wiener Übereinkommen von 1968 verbietet es uns. Die USA haben es nie unterzeichnet. In Nevada und Kalifornien geschieht das seit Jahren völlig legal. Die deutschen Verkehrsbehörden aber drohen mit immer schärferer Regulierung. Hosenscheißer allesamt. Zum Glück gibt es Leute wie Sie.

B. begriff. Logo, die Entwicklung dieser Wunderautos konnte, ja durfte nur im Verborgenen stattfinden.

– Gut, das ein oder andere Malheur ist geschehen. Eis auf der Straße verwirrt die besten Infrarotsensoren, Schneeflocken foppen die Stereokameras. Kein Radarsystem mag enge Kurven. Eine Schlammpfütze reicht aus, die Sensoren erblinden zu lassen. Und ein zappeliger Dreijähriger, der sich von Muttis Hand losreißt, lässt jeden Supercomputer durchschmoren.

Wieder nickte B. eifrig. Ja, er erinnerte sich an die Nachrichten und Bilder vom ersten Crash selbstfahrender Autos. Sie hatten die Runde gemacht bei den Technikern im Haus, bei jenen, die ihre Tage mit dem Verschicken ulkiger YouTube-Filmchen füllten. Blechschäden, soweit er wusste, nichts Schlimmes.

– Kein Fortschritt ohne Opfer. Ende Februar. Eisglatte Fahrbahn. Eines der Versuchsfahrzeuge beschleunigt, schert aus, um zu überholen. Leider keine vierspurige Autobahn, sondern auf der B 275 im Taunus bei Friedberg. Der Wagen schickt noch eine Eiswarnung via Datenfunk heraus, dann prallt er bei Tempo achtzig gegen einen Mini. Zwei tote Techniker, eine tote Frau. Niemand hat davon erfahren, dass ein Computer am Steuer saß.

Erneut füllte der BSI-Mann sich den Mund mit Keksen. Am Nachmittag, notierte B. sich im Geiste, würde er seine Sekretärin schicken, um für Nachschub zu sorgen.

– Für die Autobauer der Zukunft geht es nicht darum, Autos auf den Markt zu bringen, sondern Computer auf Reifen. Mit der ein oder anderen Sitzgelegenheit. Wir eröffnen hier gerade ein Milliardengeschäft, Kollege: Der Umsatz mit intelligenter Software am Steuer wird sich in vier Jahren verfünffachen. Fünfzig Milliarden Dollar werden für die elektronischen Helfer spendiert werden. Pro Jahr! Mit einem Schnalzen schloss der Heini seinen Vortrag. Dann setzte er hinzu:

– Wenn wir nicht heute handeln, wird das Made in Germany die Scheibenwischerblätter zuliefern, aber nicht mehr die besten Fahrzeuge der Welt.

Alex B. hatte nicht widerstehen können: Die Briefumschläge lagen auf Kante vor ihm, ein papierner Schutzwall der Ordnung. Der ihn leider nicht abzuschirmen vermochte gegen das Geschwafel dieses Lutschers.

– An der Universität Karlsruhe, Sonderforschungsbereich Kognitive Automobile, haben sie die Prototypen zusammengebastelt. Das Beste aus deutschen Ingenieurshänden und Programmierhirnen. Drei Fahrzeuge waren ein paar Wochen lang im Einsatz, in der Testphase, von morgens bis abends und in der Nacht wurden sie von ausgesuchten Einsatzteams durch die Gegend gefahren. Feldversuche. Jetzt sind es nur noch zwei Prototypen. Der dritte ist futsch, Herr Kollege.

Der Glatzkopf stand auf, wischte sich die Kekskrümel von Mund und Hose und brüllte fast:

– Mein Gott, schicken Sie jemanden! Tun Sie was! Schweden ist doch nicht der Kongo!

*

In Hamburg-Eimsbüttel betraten Sven Classen, seine Frau Carla und die Töchter Mieke und Merle das Reisebüro Schwendt. Entschlossen, eine Reise in das Elsass zu buchen, wo er auf eine vielköpfige Verwandtschaft sowie treue Jugendfreunde zählte, blieben sie doch vor den Wänden mit den internationalen Reiseangeboten stehen. Von einem der Poster, es zeigte eine Windmühle vor Rapsfeldern und einen Streifen blauen Meeres am Horizont, fühlte sich Classen besonders angesprochen. Mochten es Erinnerungen an einen in der Kindheit auf Öland verbrachten Kurzurlaub mit den Großeltern sein – sie trugen verführerische Bilderwelten von endlos langen Mittsommertagen mit sich, von Heckenrosen, lichthellen Birkenhainen, Möwengekreisch, und im Gebälk überm Plumpsklo brummt gefährlich das Wespennest.

Beseelt von einem Hauch süßer Zivilisationsflucht erkundigte sich das Elternpaar nach den umfangreichen Skandinavienangeboten des Reisebüros, das sich auf Pauschalreisen nach Gotland spezialisiert hatte sowie auf die Vermietung von Sommerhäuschen, Wohnwagen und Segelbooten in der Schärenwelt Stockholms. Auf nach Bullerbü!

Wer ans Beschatten denkt, darf eine leere Flasche nicht vergessen. Das kleine Einmaleins der Observierungskunde. Nicht mehr lange, und er würde sich in die Hosen pinkeln. Oder Holzapfels Spur verlieren.

An Bord der Fähre hatte Myrbäck drei Tassen wässrigen Kaffees getrunken, auf nüchternen Magen und zu viel für seine Morgenblase. Auf dem Festland hatte er den elfenbeinfarbenen Saab bestiegen, den sie für Per Ola Forss besorgt hatten. Dann hatte er sich an Holzapfel in seinem Ford Fiesta gehängt. Mit gehörigem Abstand und schmerzender Blase war er ihm nach Stockholm gefolgt.

Am Gullmarsplan verließ Holzapfel den Zubringer und fuhr über die Skanstulls-Brücke in Södermalm ein. Vor einer Lotterieannahme in der Götgatan brachte er seinen Wagen in zweiter Reihe zum Stehen, sprang in den Laden und kehrte nach zwei Minuten zurück.

Man sieht ihm nicht an, dass er jetzt um zweitausend Kronen reicher ist, dachte Myrbäck. Dass sein Pferd auf der Trabrennbahn als Sieger über die Ziellinie gerast war, zauberte kein Lächeln auf Holzapfels Gesicht. Im Gegenteil, er sah nach dem Regenwetter aus, das sich über ihren Köpfen breitmachte. Das Tageslicht war so fahl und müde, dass es alles zu einem Grau werden ließ, was es berührte.

Im Schritttempo schlängelte sich Holzapfel durchs Gewirr von Einbahnstraßen und Sackgassen bis zur Svartensgatan hoch. Es ging zäh voran. Sobald seine Konzentration nachließ, sah Myrbäck Sassie vor sich. Ihren Körper, nackt, ihre Augen, als sie, im Sessel sitzend, rätselhaft wurde. Er dachte an die warmen nelkensüßen Lippen zwischen ihren Beinen, und bei der Erinnerung daran, wie er an ihnen geleckt hatte, wurde ihm augenblicklich warm bis unter die Haarspitzen. Er sehnte sich nach ihr. Aber eine leichte Unruhe hatte sich seit der gemeinsam verbrachten Nacht bei ihm eingenistet. Sie hatte keine Fortsetzung erlebt, mit ihren Berührungen, Küssen und Gerüchen kam sie ihm mit jedem Tag unwirklicher vor. Sie waren zwei Satelliten auf ihren Umlaufbahnen. Alle paar Tage kreuzten sich ihre Wege, zu Berührungen kam es da nicht. Wie wahr, die Liebe ist kein Siegesmarsch.

An schlechten Tagen verkroch sich das Fräulein Linné in ihrem Zimmer und hielt die Fensterläden für Stunden geschlossen. Oder verschwand in irgendeine Ecke des Gartens, wo sie dann in einem Buch las, in die Luft starrte, schlief oder Unkraut rupfte und bei alldem ihn ignorierte, ihn übersah, ihn anschwieg. Sie tut, als wisse sie nicht, wie scharf ich auf sie bin, dachte er. Beim Aufwachen denke ich an sie, beim Einschlafen und zwischendurch. In meinen Träumen stelle ich die tollsten Schweinereien mit ihr an, aber was nützt es mir, wenn ich mich doch kaum an einen meiner Träume erinnere?

An glücklichen Tagen küsste sie ihn, sie strich ihm über den Kopf, sie lachte ihn verliebt an, doch niemals geschah dies in Gegenwart Heidis oder Jans. Sie hatte darüber bestimmt, dass es besser war, ihre Liebesbeziehung vor den Geschwistern zu verschweigen.

Beim Einschlafen hatte sie seinen Sack gehalten. Ausgerechnet. Er hatte das erst als befremdend empfunden, als eine lässliche Abartigkeit, wie jeder sie in sich trug. Er selbst wusste mit diesen Kugeln in ihrem Hautbeutel nichts anzufangen.

Obwohl sie zu ihm gehörten wie seine Ohren. Doch dann war er ihr dankbar gewesen. Hält man jemandem die Eier, wenn man nicht in ihn verliebt ist?

Holzapfel hatte einen Parkplatz gefunden. Myrbäck ließ den Wagen weiterrollen, parkte halb auf einem Zebrastreifen und sprang auf die Straße. Der plötzliche Positionswechsel brachte seine Blase fast zum Überschwappen.

Holzapfel marschierte in Richtung Osten. Am Mosebacke Torg blieb er stehen und zog ein Telefon aus der Brusttasche seines Overalls. Das war nun doch überraschend, dachte Myrbäck. War es nicht Jan, der davon predigte, stets auf der Hut zu sein, jederzeit? Sogar er, Myrbäck, hatte sich angewöhnt, seine E-Mails vom Internetserver der Bücherei in Nynäshamn zu versenden. Er besaß zwei Mobiltelefone, die er mit verschiedenen SIM-Karten bestückte, um sich von seiner Frau beschimpfen zu lassen, bevor er mit Ed sprechen durfte, und immer plagte ihn dabei das schlechte Gewissen des abwesenden Vaters. Schlimmer noch aber war die Sache mit seiner aufgeschobenen Notdurft.

Ohne sich umzublicken, strebte Holzapfel in Richtung Medborgarplatsen. Dort angelangt, ließ er sich vor der Stadtbibliothek ein Senfwürstchen warm machen. Mit den Krumen des Brötchens fütterte er einen Schwarm Tauben zu seinen Füßen. Vor ihm zog eine Schulklasse quer über den Platz. Jetzt oder nie, dachte sich Myrbäck. Er stand kurz davor sich einzunässen. Er riss die Tür zum Söder-Kino auf und erstürmte die Herrentoilette.

Als er auf den Platz zurückkehrte, fiel leichter Regen.

Holzapfel stand neben einer Gruppe Jugendlicher und blickte genervt gen Himmel. Eine Frau im hellbraunen Sommeranzug blieb vor ihm stehen. Der Schirm, den sie trug, bedeckte ihr Gesicht. Holzapfel sprach mit ihr. Dann hörte er aufmerksam zu, schüttelte den Kopf und machte jene hilflose Miene, in die Myrbäck in den letzten Wochen selbst so oft hatte starren müssen. Auch die Frau schien enttäuscht. Sie drehte sich auf der Stelle und schlug seine Richtung ein.

Myrbäck tat, als schnürte er seine Schuhe. Als die Frau ihn passierte, sah er, dass sie eine alte Bekannte war. Sie war ihm von einem Hamburger Kino auf ein Straßenfest in Nynäshamn gefolgt, hatte einen Polizisten vor ihrer Wohnungstüre verprügelt und jetzt war sie in Stockholm angelangt. Reißaus vor ihr nehmen zu wollen, war offenbar sinnlos.

Keine halbe Stunde später ließ er Holzapfel an der Abfahrt nach Fors davonziehen.

Als er kurz darauf den Treppenflur des Hauses im Heimdalsväg betrat, überkam ihn ein nostalgisches Gefühl, das ihn aber verließ, sobald er den Fahrstuhl bestieg. Es stank nach Pisse, und die Wände waren getüncht worden. Die frische hellgrüne Farbe hatte ein Kunstwerk zerstört, kein einziger Pimmel war noch unter dem neuen Anstrich zu erkennen. Auch seine beiden Beiträge waren verschwunden.

Auf dem Dachboden hatte man die aufgebrochenen Holzverschläge repariert. Die Bleikiste verstaubte im Betriebsraum des Fahrstuhls. Als er sie zwischen Elektromotor und Kettenaufhängung hervorhob, kam sie ihm schwerer vor. Sie beutelte seine Stofftasche auf bedenkliche Weise.

Neben seinem Kopf setzte sich ächzend das Liftkabel in Bewegung. Beim Aufspringen stieß er mit dem linken Ohr an einen Holzbalken. Er stürmte vom Dachboden und sprang hinab, bis er den vierten Stock erreichte. Im Dunkel des Flurs lauschte er den schweren Tritten auf der Eisentreppe über sich, bis er hörte, wie jemand die Tür zum Dachboden aufschloss. Bloß weg, dachte er.

Auf dem Besucherparkplatz direkt vor dem Haus stand ein

nachtblauer Ford Fiesta. Jener Wagen, dem er so geschickt durch die Straßen Södermalms gefolgt war.

Der Mann, der in diesem Moment über den Dachboden strich, konnte niemand anderes sein als Jan Holzapfel.

Ösmo, sagte Myrbäck. In Ösmo will ich nicht leben.

In Feldherrenmanier stand er auf dem Baugerüst. Sein gestreckter Arm deutete auf eine Kirchturmspitze, die sich über den Baumwipfeln am Ausgang des Tals erhob.

– Ösmo, wiederholte er. Eine Kirche. Ein Supermarkt. Sonst kaum mehr als geduckte Häuschen. Ein Fußballfeld, das bei Regen überschwemmt.

– Reg dich ab, sagte Sassie. Von weitem sieht es doch ganz hübsch dort aus. So in der untergehenden Sonne.

– Ja, und eine Schwimmhalle haben sie auch. Einmal die Woche kommen die Bauern der Umgebung und leisten sich eine Grundwäsche.

Sassie klopfte ihre Hände warm. Zu ihren Füßen lag ein Wirrwarr aus Straßen, Zufahrten, Behelfswegen, frisch geteerten Fahrbahnen. Der Ausbau der Autobahn war fortgeschritten, die Sprengungen in vollem Gange. Zweimal täglich dröhnte ihr Donnerhall über Land und Leute hinweg. Neulich war ein Granitblock von Reifengröße durch das Dach eines Supermarkts geschlagen und hatte ein Regal mit Tierfutter zerschmettert. Sie hatte es in der Nynäsposten gelesen. Keine Opfer, immerhin.

Ein letzter Rest Tageslicht lag bläulich über dem Horizont. Am Ausgang des Tals konnten sie einen Tanz roter und weißer Lichter sehen. Es waren die Schuttlaster der Baustelle, die auf ihre Standplätze rangiert wurden, die Rückleuchten der Autos, die in den Verkehr eingefädelt wurden. Feierabend.

– Alles verlassen, meinte Holzapfel zehn Minuten später. Jetzt kommen wir.

Ihr Weg fiel steil ab, schnell wurde der Pfad schwammig und schwarz. Nach zehn Minuten Fußweg erreichten sie die ersten Stapel Bauholz und die Wohnwagen, in denen die Arbeiter am Tage ihren Proviant aßen und sich aufwärmten.

Der Baustellencontainer, den Per Ola Forss ihnen avisiert hatte, lag am äußeren Rand der Baustelle. Er war fensterlos. Ein Halogenstrahler beleuchtete die Eingangsseite. Mit dem vierten Steinwurf traf Myrbäck die Lampe. Ihr Glas zersplitterte, befreit stieg ein kleines Dampfwölkchen auf.

Während Holzapfel den Strahl der Taschenlampe auf das Schloss richtete, führte Sassie den elektrischen Türöffner ein. Sie hatte an den schweren Vorhängeschlössern geübt, mit denen die Boote am Fähranleger von Näsudden vertäut lagen. Der Apparat arbeitete mit einer Batterie, sein leises Surren hörte sich beruhigend an.

Holzapfel rückte näher. Er roch nach Rasierwasser und Bier. Gestern hatte sie ihn dabei erwischt, dass er schon am Nachmittag Schnaps trank, sich bei Sonnenschein mit einer Wolldecke auf die Liege im Garten verzog und dort ein stilles Schläfchen hielt.

Sobald sich ihnen auf der Landstraße ein Auto näherte, unterbrachen sie ihre Arbeit und sprangen in den Schatten des Containers. Holzapfel begann unruhig auf die Uhr zu sehen, als der Bügel des Schlosses endlich aufsprang.

– Finster wie Arsch, meinte er, als sie eintraten. Eine Elektroheizung knackte. Es roch nach Wurstaufschnitt und Schmieröl.

– Heiß wie Muschi, sagte Sassie. Sie ließ das Licht der Taschenlampe kreisen. Hinter ihnen schloss sich die Tür. Myrbäck hielt draußen Wache. So hatten sie es ausgewürfelt.

Auf einem Stahltisch an der fensterlosen Rückwand lagerten die Plastikkästen. Große, quadratische Koffer, in Zehnerpacks aufeinandergestapelt.

– Ammoniumnitrat. Holzapfel las laut von den Zetteln ab, die auf jeder der grauen Kisten klebten. Der Strahl der Taschenlampe erleuchtete einen Strahlenkranz zersplitterter gelb-schwarzer Linien, eine anschauliche Warnung vor explosionsfähigen Stoffen.

– Das ist nicht, was wir suchen, meinte sie. Wir suchen Dynamit.

– Was immer es ist, sagte Holzapfel. Es knallt.

Seiner Stimme war nicht anzuhören, ob er es ernst meinte.

– Wenn du meinst, sagte sie zweifelnd. Was wusste sie schon von Sprengmitteln? Sie würde sich hier nicht aufspielen. Auch wenn das, was sie hier vor sich sahen, kein klassisches einheimisches Produkt der Marke Nitro Nobel war.

Holzapfel öffnete einen der Plastikkästen. Im Inneren ruhten vier Aluminiumdöschen in einem Bett aus Schaumstoff. Jedes hatte einen Schraubverschluss und ein rotes Etikett.

– Da steht es doch, sagte sie. Ammoniumnitrat.

Ungerührt hob Holzapfel sechs der Kisten vom Stapel, verstaute sie in drei Rucksäcken und trug sie vor den Container. Sie folgte ihm und Myrbäck in den Schatten einer Schallschutzwand, kurz darauf in das talaufwärts ansteigende Gestrüpp. Sie hatten die Baustelle weit hinter sich gelassen und waren in einen gedankenleeren Trott gefallen, als Knut in die Dunkelheit hinein fragte:

– Hat nicht Stanczak mit Sprengstoffen zu tun gehabt?

– Ja, das hat er, antwortete Holzapfel. Man konnte seiner Stimme anhören, dass er nachdachte.

– Er hat es ab und an krachen lassen. Das aber ist lang her. Späte Achtziger.

Die Sprengstoffaktivitäten des Polen waren auf das Revier an der Stresemannstraße beschränkt gewesen, erklärte ihnen Holzapfel. Dort war eine Spezialeinheit des Landeskriminalamtes eingerichtet worden, um sich der dramatischen Zunahme von Autodiebstählen anzunehmen. Eines Nachts wurde ein vor der Wache abgestellter Dienstwagen gesprengt. Dabei flog eine der Radkappen durch ein Fenster im Erdgeschoss und zerschmetterte den Wasserkasten über der Diensttoilette.

– Es war das Damenklo, keuchte Jan. Hat Stanczak jedenfalls immer behauptet. Der steile Aufstieg raubte ihm die Luft.

– Damit nicht noch einmal jemand eine Bombe am Bodenblech montieren konnte, hatten sie ihre Dienstwagen nur noch im Innenhof der Wache abgestellt. Und irgendwann gaben sie es auf, dem Danziger Syndikat das Leben schwer zu machen. Für alle, die sie festnahmen, reisten nämlich sofort Ersatzleute an.

– Was du alles weißt, meinte Sassie. Holzapfels Enzyklopädie des kriminellen Wissens.

Jan nahm ihr Lob mit einem schiefen Lächeln entgegen, soweit sie das hier in Gestrüpp und Finsternis erkennen konnte.

Das letzte Stück des Weges legten sie schweigend zurück. Es ist ein quälendes Schweigen, sagte sich Sassie. Myrbäck und Holzapfel hatten während des gesamten Tages kaum miteinander gesprochen. Irgendetwas ist vorgefallen, und ich bin mir sicher: Es war Jan, der vor ein paar Tagen hinter der Wand zu ihrem Zimmer gestanden und gelauscht hatte. Na klar. Er hat uns sogar zugesehen. Der Spanner.

Ein milder Abendwind blies durch den Sickla-Park, es roch nach nahendem Regen, und sie nahmen den westlichen Eingang zum Parkhaus.

– Erzähl was. Rede.

– Wieso? Myrbäck stutzte. Sie war um die Augen geschminkt wie ein Waschbär, aber das war ja ihre Sache.

– Es hilft dir. Es tut gut.

– Du meinst, wenn alles im Eimer ist. Wenn die Welt zu Boden geht – dann hilft immer noch reden?

– Ja, ungefähr so meine ich das. Ich bin wirklich klug, was diese Dinge angeht. Lebensschlau. Sassie band sich im Gehen die Haare zum Zopf.

– Okay. Wenn du meinst. Schieß los.

– Nein, nein, ich meinte eher dich. Du solltest reden. Denn du weißt nicht mehr weiter. Seh ich dir doch an. Mit deinem Sohn, den du nie triffst. Dem Schlamassel, in das ihr geraten seid.

Myrbäck aber schwieg. Sie mochte ja Recht haben, aber ein Parkhaus war nicht der passende Ort, sein Herz auszuschütten. Was war in sie gefahren? War es ein Fehler, sie hierhergeschleppt zu haben? Sie ist keine ausgebildete Autodiebin. Sie würde nur nerven. So langsam wurde er wütend. Auf sich, auf Sassie. Auf Jan, der so tat, als hätte er mit ihnen beiden rein gar nichts zu tun.

– Du schluckst alles, was dir in die Finger gerät?, fragte er aggressiv.

– Nicht alles. Ich habe Leute erlebt, die wollten ihren Geolehrer mit einer Landkarte umbringen. Eine Schulfreundin. Wir hatten in der Pause auf dem Schulhof eine geschluckt. Das Zeugs war billig, es war aus Estland eingeschmuggelt. Für zehn Kronen bekam man zwei Stück. Bis zum nächsten Morgen war man drauf, normalerweise. Es war Signes erste Tablette, und sie hat sie nicht vertragen. In dieser einen Schulstunde weckte sie all den Hass, der in ihr steckte. Später brachte sie die Mode auf, Sangria mit Rohypnol zu kippen. Oder Wodka mit ein bisschen Vicodin. Bei besonderen Begebenheiten. Und fast hätte sie es geschafft.

– Was?

– Na, den Geolehrer zu erschlagen. Der Stock, an dem die Karte hing, zerbrach. Es war eine Karte von Norrbotten.

– Was ist aus deiner Freundin geworden?

– Ich glaube, sie landete beim Zoll. Aber nicht deswegen.

Schon gestern war Sassie ihm seltsam vorgekommen. Sie hatte ihr T-Shirt falsch rum an. Trug das Innere nach außen und gab sich nicht einmal die Mühe, die Etiketten herauszuschneiden. Sie kriegt sich nicht mehr sortiert, dachte Myrbäck.

– Sonderlich hübsch war sie nicht, aber sie brachte es fertig, ungeschoren davonzukommen. Alle fühlten mit ihr, sogar die Mädchen. Immer hatte sie irgendeine Geschichte auf Lager.

Myrbäck brauchte ein paar Sekunden um zu begreifen, dass Sassie immer noch von dieser Signe sprach. Sie hört nicht auf. Durchgeknallt.

– Mit der Nummer hat sie einen Typ nach dem anderen abgeschleppt. Nicht dass es mich gestört hat. Sie war der Mitleidsfick der Klasse.

Sie kamen im zweiten Kellergeschoss des Parkhauses an.

Holzapfel öffnete seine Sporttasche. Sassie war die Erste, die sich hineinbeugte. Sie nahm das große Brecheisen.

– Was willst du damit?, fragte Jan kopfschüttelnd.

– Mal sehn.

Wortlos gingen sie die Reihen der geparkten Wagen entlang. Sie suchten einen BMW X3, wieder so ein Gefährt, in dem man hoch zu Ross saß und sich fühlte wie im Seniorenheim. Einer der vermögenden Kunden von Forss hatte die Bestellung aufgegeben.

– Mach die Zigarette aus, sagte Holzapfel. Hier gibt's Sprinkleranlagen.

– Mach sie selbst aus. Sie sah ihn wütend an. Und warf die Kippe vor seine Füße.

Sie hatten die nächste Parkebene erreicht, als Sassie, die ein ganzes Stück hinter ihnen ging, das Brecheisen über den Betonboden schleifen ließ.

– Lass das!, rief Myrbäck.

Sie sah ihn herausfordernd an. Sie hob die Metallstange, noch höher, weit über ihren Kopf und ließ sie auf den Boden krachen.

In Myrbäcks Ohren schrillte es, seine Rückenmuskeln verkrampften.

– Hast du gesehen?, fragte sie.

– Was soll das?, rief er, auch dies viel zu laut. Sie würden jemanden alarmieren mit ihrem Gebrüll. Er spürte ein Druckgefühl, dicht unter der Schädeldecke.

Sie lächelte ihn flüchtig an und trat vor einen roten Volvo. Sie holte aus und schlug das Brecheisen gegen die Frontscheibe. Ein dumpfes Knirschen, eine milchige Beule im Glas.

Sie tat ein paar Schritte zum nächsten Wagen, hieb dort gegen die Leuchten, tänzelte durch die umherspritzenden Plastikscherben und holte wieder aus. Sie war mit einem heiligen Eifer dabei. Beim nächsten Wagen sprang die Vorscheibe. Die Glassplitter prallten wie Hagel auf den Boden. Das Brecheisen steckte in der Scheibe fest. Sie ruckelte wild, um es herauszuziehen, und blieb mit dem T-Shirt am Rand des Kofferraums hängen. Das T-Shirt riss.

Am Ende der Parkreihe tauchte ein Mann auf. Die Hälfte seines Gesichts leuchtete bläulich. Es war das Mobiltelefon, das er gegen sein Ohr hielt.

Der Parkhausheini, meinte Holzapfel. Jan sah verwirrt aus. Er hatte schon nicht begriffen, was Sassie da trieb, nun war auch noch dieser Kerl aufgetaucht. Er trug ein rot-schwarz kariertes Flanellhemd, eine Uniformhose und Arbeitsstiefel, und er stand zu weit weg, als dass sie hätten hören können, was er in sein Telefon sprach. Sassie hatte sich schon über das nächste Auto hergemacht. Sie schlug auf die Motorhaube ein. Es knallte und krachte. All ihre Bewegungen und selbst ihr Gesicht kamen Myrbäck fremd vor.

Der Mann setzte sich zögernd in Bewegung. Er war groß, sicher einen halben Kopf größer als Sassie, mit kurzem, schwarzem Haar, das in der Mitte gescheitelt war. Als er näher kam, sah Myrbäck im diffusen Neonlicht der Garage, wie es in ihm kämpfte. Es war seine Aufgabe, diese Verrückten aus seinem Parkhaus zu verjagen. Aber er hatte Angst. Ein schmächtiges Wesen mit wedelndem Zopf und wippendem Brecheisen war ihm wohl noch nicht untergekommen.

Endlich bemerkte ihn auch Sassie. Sie hatte damit zu tun gehabt, auf Bleche und Scheiben einzuschlagen und dabei das Gleichgewicht zu halten. Statt mit sofortiger Flucht zu reagieren, ging sie dem Mann entgegen. Entschlossen, ohne die geringste Absicht auszuweichen. Bevor er ein Wort zu ihr sagen konnte, schlug sie ihm auf den Oberschenkel. Er schrie auf, knickte um und prallte mit dem Kopf gegen das Chassis eines

Wagens. Das Telefon flog aus seiner Hand und schlitterte über den polierten Betonboden. Sassie blieb kurz über ihm stehen, hob drohend das Eisen und ließ es mit aller Wucht niederfahren. Ihre Füße hoben beinah vom Boden ab. Das Brecheisen schlug Funken schlagend neben dem Kopf des Mannes auf, federte einmal zurück und kam auf seiner Brust zum Liegen. Sie nahm es auf und hob es wieder über ihren Kopf.

Es war ein Moment, in dem Myrbäck die Katastrophe einbrechen sah. Wenn die Welt zu Boden geht. Mit halboffenem Mund, mit aufgerissenen Augen sah der Mann Sassie an. Er riss die Hand schützend vors Gesicht.

– Sprechen, schrie er. Rede! Jetzt begriff er, dass sie vor ein paar Minuten über sich gesprochen hatte. Nicht über ihn.

Sassie drehte sich, ließ das Brecheisen beinah sanft aus den Händen gleiten. Dann rannte sie ihnen so schnell entgegen, dass sie gegen seinen Rücken prallte und ihn fast umgeworfen hätte. Zu dritt türmten sie durch eine kleine Metalltür auf der Rückseite des Parkhauses. Als er draußen ihre Hand nahm, schaffte er es nicht, ihre verkrampfte Faust zu öffnen.

– Das wird schon wieder, krächzte Holzapfel. Der Typ sah zäh aus. Ich glaub nicht, dass du ihn schlimm erwischt hast.

Myrbäck war übel. Als er es endlich schaffte, Sassie anzublicken, war er erleichtert, Tränen in ihren Augen zu sehen.

Mit der letzten Fähre des Tages kehrten sie nach Lökskär zurück. Während der Überfahrt saßen sie auf Deck und aßen zerbröckelte Schokoladenkekse, die Holzapfel den ganzen Tag mit sich herumgeschleppt hatte. Sassie rauchte eine nach der anderen und sah zu Boden.

Es war weit nach Mitternacht, als sie vor ihrem hell erleuchteten Haus vorfuhren. In jedem der Zimmer brannte Licht, die Eingangstüre stand weit offen.

– Was ist in Heidi gefahren?, fragte Myrbäck.

Unschlüssig blieben sie vor ihrem Auto stehen und bestaunten ihre Heimstatt, die wie eine riesenhafte Kinderlaterne in der Dunkelheit schwebte. Die Luft war feucht und warm und roch nach Meer. Myrbäck glaubte, eine jammernde Stimme zu hören, beschloss aber, dass es der Wind sei, der durch die Blätter der Birke über ihrem Kopf strich.

Jan klopfte ihm auf den Arm. Er deutete stumm auf das Dach des Hauses. Eine Rauchfahne stieg aus dem Schornstein in den nachtschwarzen Himmel.

– Wer macht denn Kaminfeuer?, fragte er. In einer so warmen Nacht?

Christiania, September 1985

Das ist sie ja, rief Lilja. Vor Schreck stieß ihr Knie gegen die Fensterscheibe. Die Scheibe erzitterte, aber zersprang nicht.

Zusammengefaltet hockten sie auf dem Fensterbrett in der Küche und folgten mit ihren Blicken der Frau. Sie trug ein rotes Flatterkleid, so wie ihre Mutter es immer getragen hat. Sie kreuzte den Querweg zum Fahrradladen, ging am Garnisonshaus entlang, bis sie zwischen den Holunderbüschen außer Sicht geriet. Sie geht schnell, weil sie zu uns will, sie läuft fast.

Sie war eine Frau mit dünnen Beinen und einem Pferdeschwanz aus blonden Haaren. Bei jedem Schritt wackelte ihr Pferdeschwanz vor sich hin. Sie trug eine Tasche, die schwer sein musste. Ihre ganze Figur hing ein wenig zur Seite geneigt, und jetzt sah sie, dass die Frau nicht ihre Mutter sein konnte. So schief würde sie niemals gehen, im Leben nicht. Als sie an der riesigen Eiche ankam, begriff das auch Lilja.

So täuschen wir uns. Jedes Mal.

Lilja fürchtet sich noch mehr als ich. Dabei hat sie sich so gefreut auf ihren Vater. Jetzt sitzt sie abends immer am Küchenfenster und sieht hinaus, damit sie gewarnt ist, wenn er angetorkelt kommt wie ein Matrose. Die Haustür aufreißt und auf sie einschimpft wegen nichts. Oder weil er darüber sprechen will, dass seine Frau ihm weggelaufen ist. Oder schluchzt, dass sie verrecken soll.

Deshalb verschwinden wir, sobald Lilja ihn nahen sieht. Wir rennen in unser Zimmer, wir ziehen die Bettdecken über unsere Köpfe, wir pressen die Augenlider fest zusammen. Damit er gar nicht auf die Idee kommt, uns zu wecken und uns von seinen Wirbelstraßen und Katabatischen Winden zu erzählen, lauter so Zeugs, das kein Mensch versteht. Er hat uns beigebracht, was ablandige Winde sind und was Wärmeinseln über der Stadt. Über den Mistral spricht er, den Piteraq in Grönland. Und von seinen Fallwinden, die den Nippfjäll herabrasen, die Bäume an den Ufern des Ljusnan abrasieren und noch an der Küste die Kinder übers Bandyfeld am Mosebacke pusten wie Herbstlaub. Solche Winde kennt ihr hier gar nicht im verwöhnten Süden, sagt er, und das Unglück bringen sie auch noch mit sich. Sein Lieblingswind ist der Williwaw, bestimmt wegen des Namens. Er bläst mit heißer Luft um Kap Horn und schleudert Schiffe gegen die Brandungsfelsen. Lilja hört ihm mit großen Augen zu. Es sind die einzigen Momente, in denen sie sich nicht vor ihm fürchtet.

Heute wird es besonders schlimm werden, das spürte sie.

Am Morgen hat er den schweren Aschenbecher aus Glas vom Tisch genommen und ihn nach ihr und Tante Gunilla geworfen. Auf seinem Flug segelte er mitten durch die Lichtstrahlen, die vor dem Mittag durch das Fenster scheinen. Sein Inneres funkelte in Orange, er schoss über ihren Kopf hinweg, knapp an Gunillas Hals vorbei, platzte durch die Fensterscheibe, zersprang mit einem Knallen auf der Steinmauer im Garten in tausend flirrende Teile.

Liljas kleine Faust stieß ihr in die Seite. Da kommt er, flüsterte sie. Schnell weg.

Das dichte lockige Haar, das der Mann bei ihrer letzten Begegnung unter einer hellblauen Wollmütze versteckt hatte, glänzte schwarz im Licht der Deckenlampe.

– Da ist er doch, meinte Myrbäck. Der Typ, der uns neulich im Weg stand. Vorwurfsvoll sah er Sassie an. Hab ich doch gleich gesagt.

Ihr schien es einerlei, was er sagte. Sie starrte den Fremden an, als wäre er eine Klapperschlange.

– Guten Abend, sagte der Mann. Er saß in seiner offenen Jacke am Esstisch und hob eine Flasche Bier zum imaginären Prosit. Schön euch zu sehen. Das Korbgeflecht seines Stuhls verfolgte jede seiner Gesten mit einem Knacken.

– Wer bist du?, fragte Sassie. Wütend, voll aggressiver Neugierde.

– Die Hausherrin hat mich invitiert, sagte er. Nicht ganz freiwillig. Aber das tut nichts zur Sache. Mein Name ist Juhani. Aber nennt mich doch Jukki. So nennen mich die Leute hier.

Ein altrosa Mokkatässchen mit Sonnenblumenkernen stand vor ihm auf dem Tisch. Mit Daumen und Zeigefinger seiner linken Hand griff er in die Tasse und steckte sich ein paar der Kerne in den Mund.

– Ich habe Grüße auszurichten, sagte er kauend.

– Wo ist meine Schwester?, fragte Holzapfel.

Der Mann antwortete nicht. Stattdessen blinzelte er Jan mit großen blauen Augen an. Er sagte:

– Grüße von Erkki.

– Wer ist Erkki?, fragte Sassie.

– Erkki Sattajärvi ist ein gutmütiger Mensch. Er kann damit leben, wenn ihm sein nagelneues Auto abgenommen wird. Er ist im Reinen damit, einen Anzug von Zegna in die Reinigung spedieren zu müssen. Denn anschließend macht er sich quitt. Mit euch.

Myrbäck spürte ein Jucken auf der Kopfhaut. Das kann doch nicht wahr sein, dachte er, wie haben die uns gefunden?

– Erkki ist ein Mensch, der mit sich reden lässt.

– Jukki? Erkki?, fragte Holzapfel. Und Perkki, tritt der auch noch auf? Rukki? Zukki?

Der Mann schwieg. Er starrte böse.

– Erkki ist doch kein Name. Holzapfel ließ keine Ruhe. Erkki darf man heißen, wenn man eine Zirkusrobbe ist. Aber du? Woher kommst du überhaupt?

– Die Fragen stelle ich hier, antwortete Jukki.

Myrbäck fiel auf, wie warm es in der Küche war. Der Fremde hatte nicht nur den Kamin angefeuert, sondern auch sämtliche Herdplatten angeschaltet. Sie glühten. Myrbäck trat vor, um sie auszuschalten. Der Mann hielt ihn nicht zurück. Das gab ihm Mut, mit unverhohlener Wut zu fragen:

– Anzugreinigung? Was quatschst du eigentlich?

Juhani lächelte. Unvermittelt schlug er mit der flachen Hand auf den Tisch. Eine Ketchupflasche kippte und fiel, der Salzstreuer hüpfte, sie alle zuckten zusammen.

– Ich rede von den zwei Idioten, die es sich angemaßt haben, meinem Boss seinen Dodge Ram 1500 Laramie wegzunehmen. Sein Lieblingsspielzeug. Und jetzt kommt's: Vor den Augen seiner Frau!

Wie an einem Seil in der Turnhalle hangelte sich die Wut des Mannes von Satz zu Satz ein Stückchen höher. Jetzt brüllte er sie an.

– Seine Frau sah dabei zu, wie er von euch gedemütigt wurde. Genagelt wurde. Auf seiner eigenen Motorhaube!

– Genagelt?, fragte Myrbäck beschwichtigend. Wie kommst du auf so eine perverse Idee?

– Du willst schon wieder jemanden verarschen, meinte Jukki. Wütend starrte er Myrbäck an.

Myrbäck sah schnell weg. Jetzt bloß kein Blickduell, dachte er. Er war erleichtert, als Holzapfel vortrat und fragte:

– Wo ist meine Schwester? Du Schwein. Was hast du mir ihr gemacht?

– Das Kopfweh plagt sie. Sie hat sich zur Ruhe begeben. Er spielte eine mitfühlende Miene und blickte zur Decke auf.

Holzapfel machte Anstalten, aus dem Zimmer zu stürmen.

– Ah ah, sagte der Mann. Er schüttelte den Kopf und reckte seinen Zeigefinger. Hiergeblieben. Das mit dem Schwein überhöre ich.

Was hält uns davon ab, diesen Kerl niederzuringen?, überlegte Myrbäck. Sie waren schließlich zu dritt. Vergebens suchte er Kontakt zu Jan.

Juhani spuckte die Schale eines Sonnenblumenkerns auf den Tisch. Mit einem feuchten Klacken hüpfte sie über das Schachbrettmuster des Plastiktuchs und stürzte über den Rand. Myrbäck lauschte vergeblich auf das Geräusch ihres Aufpralls.

– Wer bist du?, fragte Holzapfel. Der Capo di tutti capi?

– Das ist Erkki. Erkki, der Finne. Erkki aus Karkkila.

Er drückt sich seltsam aus, fand Myrbäck, und er spricht zu langsam. So, als habe er es mit Idioten zu tun. Gut möglich, dass sogar Holzapfel seine Worte verstand. Er hatte in letzter Zeit enorme Fortschritte im Schwedischen gemacht.

– Was schlagt ihr also vor?, fragte Jukki leise. Er ließ seinen Blick zwischen ihnen wandern.

– Hast du was mit dem Kaninchen zu tun?, fragte Sassie.

– Schlaues Mädchen. Er griff in seine rechte Jackentasche und zog ein Teppichmesser hervor. Er legte es auf den Tisch. Es war eines der schweren Modelle, wie ordentliche Handwerker sie bei sich trugen.

– Ich mag keine Kaninchen, sagte er. Wisst ihr, woran sie mich erinnern? An Babys, die nackt auf dem Wickeltisch liegen und alle viere von sich strecken. Die sehen aus wie gehäutete Kaninchen, genau so.

Der Mann erhob sich, ging vor zum Fenster, zündete eine verstaubte Kerze mit seinem Feuerzeug an, ließ ihr Licht aufflackern und trat zum Tisch zurück. Er zog sein linkes Bein nach, kaum merklich zwar, unübersehbar jedoch für den Fortbewegungsfachmann Myrbäck.

– Ich sag euch, was passiert, wenn ihr nicht jede einzelne Krone an Erkki Sattajärvi zurückzahlt. Er wird einen Teppichschneider nehmen und euch die Nasen tranchieren.

Er fuhr die Klinge des Teppichschneiders aus. Seine Augen waren plötzlich hart, wachsam. Im Geiste sah Myrbäck sein eigenes Blut spritzen, er hörte seine eigenen Schrcie.

– Das hat er schon öfter mal mit fremden Nasen gemacht. Es bereitet ihm Vergnügen. Krank, oder?

– Was will er von uns?, fragte Myrbäck schließlich.

– Erkki will einen neuen Dodge, gleiches Modell, die gleichen Extras. Er bittet um Schadensersatz für eine CD-Sammlung mit ausgewählter finnischer Musik. Für die Expressreinigung eines Anzugs. Für die Pflaster an seiner Hand. Jukki zog einen Zettel aus einer Hosentasche, faltete ihn auseinander und las: 750 000 Kronen.

– Huhu. Und was, wenn nicht? Holzapfels Stimme klang künstlich amüsiert. Sehen wir reich aus? Bin ich der Chef von Ikea?

– Nein. Ihr seht aus wie Kaninchen. Kaninchen, denen man die Messerklinge durchs Fell zieht. Weißt du, wie es sich anfühlt, wenn du den Kopf mit den süßen Puschelohren abschneidest? Hörst du das saugende Geräusch der Knorpel, wenn du seine Hüpfbeine vom Rumpf löst? Genauso wird es euch ergehen.

– Der Typ ist gefährlich. Er hat nicht alle Tassen im Schrank, meinte Holzapfel. Er sprach nicht einmal leise, aber auf Deutsch.

– Halt's Maul, schrie Jukki, ebenfalls auf Deutsch. Er sprang auf, trat um den Tisch und schlug dem überraschten Holzapfel auf die Brust. Es sah nicht sehr gewaltsam aus, Jan aber kippte um, so plötzlich, dass Knut nicht dazu kam, ihn aufzufangen. Solarplexus, dachte er.

Holzapfel lag platt auf dem Boden. Sein Overall war beim Sturz nach oben gerutscht und legte ein Paar bleicher und haariger Beine frei. Seine Brille war davongeflogen, seine Frisur durcheinandergeraten.

– Das ist nicht fair!, rief Sassie.

Es war ein kurzer Satz, und er klang seltsam kindlich in seinen Ohren, aber Myrbäck spürte, dass in ihrer Stimme unkontrollierte Wut aufstieg. Gleicht dreht sie durch, dachte er. Er griff nach ihrem Arm.

– Fick dich. Fick dich, Tussi, sagte der Mann. Er sagte es ohne jede Betonung und ließ die Klinge seines Teppichschneiders einfahren.

– 750 000 Kronen also. Plus 250 000 Schmerzensgeld.

– Wie sollen wir das denn schaffen?, fragte Myrbäck empört.

– Euer Problem. Ich weiß aber, dass ihr einige Aufträge habt in nächster Zeit. Lukrative Aufträge. Ich weiß es aus sicherer Quelle.

– Was weißt du? Aus welcher Quelle? Myrbäck konnte sein Staunen nicht verbergen.

– Macht euch keine Gedanken, dafür taugen eure Köpfe nicht. Macht nur immer schön, was Erkki und Jukki von euch verlangen.

Holzapfel rührte sich mit einem Stöhnen auf den Holzdielen. Er rappelte sich auf und hielt sich die Brust. Aus seiner Nase rann ein dicker Tropfen Blut und fiel zu Boden.

Juhani setzte die leere Bierflasche vor sich ab, streckte sich, stand auf, verließ die Küche und zog die Tür hinter sich zu. Sie hörten, wie er den Schlüssel im Schloss drehte.

Holzapfel wurde von einem Hustenanfall geschüttelt. Sassie nahm die Schale mit den Sonnenblumenkernen vom Tisch und ließ ihren Inhalt mit angeekelter Miene in den Mülleimer rieseln.

Myrbäck schlug sich an die Stirn. Erst mit der linken, dann mit der rechten Hand. Er hatte das Gefühl, sich selbst bestrafen zu müssen. Er war nicht wachsam gewesen, dabei hatte es Warnzeichen gegeben. Untätig sah er Holzapfel dabei zu, wie er zur Tür humpelte und am Türgriff rüttelte. Vor dem Haus wurde ein Automotor angelassen. Als das Rauschen in der Ferne verklang, blickte Sassie ihn fassungslos an.

– Ihr seid mir zwei echte Glückskäse, sagte sie und ging, um das Fenster zu öffnen.

Mein armer Kopf. Er kippt. Er schwankt, und er kreiselt. So war es in manchen Nächten meiner Kindheit: Wenn ich in den Schlaf fiel, nicht mehr wach genug, fliehen zu können vor den Haufen dunkler Materie, die heranrollten und wie Lawinen aus schmutzigem Schnee über meiner Brust zusammenschlugen und mir den Atem nahmen. Später saß ich auf der Rückbank eines Autos, und der Junge neben mir, das war wohl Jan, und es war nur eine Frage der Zeit, bis einer von ihnen durch sein offenes Fenster in den Fahrtwind kotzen würde, weil alle Autos, die ihre Eltern den persischen Autohändlern auf dem Gebrauchtmarkt in Hamburg-Billstedt abkauften, immerzu nach feuchten Fußmatten stanken und nach Aschenbecher, aber das, sie begriff es mit Überraschung, ist doch furchtbar lange her.

Rauchte hier jemand? Und wo war sie?

Es gelang ihr nicht, die Augen zu öffnen. Irgendetwas drückte auf ihre Lider. Jedes Drehen ihrer Augäpfel war schmerzvoll und wurde von einer Welle Übelkeit begleitet. Wie nach einem Besäufnis, dachte sie. Hat man mich abgefüllt? Aber nein, kein Mensch wird so schnell besoffen, wie ich umgefallen bin. Ich erinnere nichts. Nur die ganz alten Geschichten. Jan und ich im Auto.

Ich erwache, dachte sie. Und das tut weh. Sie lag auf der Seite. Sie spürte, dass ihr der Schweiß auf der Stirn stand und am Rücken klebte. Mit jedem klaren Gedanken, der ihr nun kam, schoss ein Brennen durch ihre Mundwinkel. Es fühlte sich an, als seien sie eingerissen. Vergeblich versuchte sie, die Hand zu heben. Sie gehorchte nicht, sie war nicht einmal zu spüren. So geht es einem, wenn man im Krankenhausbett erwacht, sagte sie sich. Weil einem der Blinddarm herausgeschnitten wurde, oder das Herz.

Aber im Krankenhaus liege ich nicht.

Jetzt erst begriff sie, dass ihre Augen verbunden waren. Sie presste ihre Lider gegen das Tuch, das viel zu fest um ihren Schädel gebunden saß. Würgereiz stieg in ihr auf.

Der Reihe nach bewegte sie ihre Glieder, eines nach dem anderen, im Uhrzeigersinn. Sie versuchte, dem Lauf ihrer Nervenbahnen zu folgen, bis in die Spitzen ihrer Hände, ihrer Füße. Doch da war nichts, nur ein kaum merkliches Kribbeln. Sie begriff: Die Hände sind mir am Rücken gefesselt, die Beine oberhalb der Knöchel an die Bettpfosten gebunden.

Eine Erinnerung tauchte auf: Ein Mann, der auf der Veranda vor ihr steht. Ein Schreibbrett in seiner Hand. Er trägt eine Lederjacke.

Sie fühlte nach ihrer Zunge. Ein riesiges aufgequollenes Ding in ihrem Mund. Trocken und heiß.

Das Tuch, das man ihr um den Mund gebunden hatte, schnürte ihre Zunge ab, und mehr als ein Stöhnen brachte sie nicht hervor. Warum befreit mich niemand? Wer ist hier mit mir? Sind Jan und die anderen im Haus? Suchen sie nach mir?

Nein. Sie alle sind in der Hand jenes Mannes, den ich arglos eingelassen habe, weil er mich anlächelte, weil er so höflich sprach. Es gibt Schwierigkeiten mit dem geplanten Anschluss ans kommunale Wassernetz, hat er gesagt, auf eine langsame Art. Die Inselverwaltung habe ihn beauftragt. Die Inselverwaltung? Ja, sie war misstrauisch geworden, doch sie wollte nicht riskieren, dass den Lövgrens ihretwegen Ärger entstünde. Kommen Sie herein, hatte sie gesagt, auf der Türschwelle kehrtgemacht und ist vor dem Mann in den Korridor getreten. Kurz spürte sie seinen Arm, der sich um ihren Hals legte wie ein Brett, dann nichts mehr.

Ich liege gefesselt und geknebelt auf meinem Bett, aber ich erwache. Mehr oder weniger. Sie versuchte ihr Gewicht zu verlagern. Mit einem Schwung warf sie sich nach vorne. Ihr Gehirn schwappte hinterher und brandete gegen die Schädelknochen. Mehr als ein Rütteln brachte sie nicht zustande. Die Anstrengung drohte sie hinabzustoßen in die Ohnmacht. Als ihre Kraft zurückkehrte, trat sie und schlug, vergeblich. Alle Anstrengung blieb in den Fesseln hängen.

Sie hörte Stimmen. Türen, die sich öffneten, ein Lachen, das gespielt klang. Sie glaubte, Sassies Stimme zu erkennen. Das Klappern von Geschirr drang bis zu ihr, ein Brüllen aus der Küche, ein Türgriff, der knallend hochschnappt, dann schwere Schritte aus dem Flur. Das Anlassen eines Motors, das Schlagen einer Autotüre, das Anfahren, die Stille und die Furcht, allein zurückzubleiben.

Plötzlich ein Schritt aus der Ecke ihres Zimmers, ihr gegenüber, dann ein Keuchen, ganz nah, und während ihr das Herz stehen blieb, wirklich stehen blieb, und Angst ihr jählings die Luft zum Atmen nahm, kamen die Schritte noch näher, verharrten kurz und entfernten sich aus dem Zimmer. Sie wollte schreien, toben, aber sie begriff, dass sie genau dies nicht machen durfte, wenn alles wieder gut werden sollte. Dass sie unbedingt still halten musste.

Sie stürzte in einen Schwindel, dann ins Dunkel.

*

Es war ihr Bruder, der sie ans Licht riss. Er zog sie von ihrem Bett, befreit von allen Fesseln und Binden und Knebeln. Sie musste gegen die plötzliche Helligkeit anblinzeln, ihr Rachen war wund. Jan schleppte sie zur Sitzbank am Fenster.

Sie versuchte auf eigenen Beinen zu stehen, knickte aber sofort ein.

– Das kommt vom langen Liegen, meinte Jan.

Sie schlug ihre Hand in sein Gesicht. Es lag keine Kraft in ihrem Schlag, der seine Wange traf, aber bitte, bitte nimmt er das jetzt nicht für ein Streicheln. Ihr dummer, kindischer Bruder, der schuld an alldem war, der Zettel und Zeitungsartikel unter ihrer Spüle versteckte, die er selbst nicht verstand, weil er kein Flugingenieur war, sondern bloß ein dummer Anstreicher und Rostschutzmaler. Beschimpfen wollte sie ihn, doch was aus ihrem Mund kam, war nicht mehr als ein Gestammel, ein Zucken ihrer geschwollenen Zunge. Sie glitt auf den Boden und kroch auf allen vieren der Schlafbank entgegen. Als sie sich an der Lehne hochzog, sah sie das Kaninchen.

Es lag auf der Fußmatte vor ihrem Bett. Angeekelt beugte sie sich über die blasenartig aufgestülpten Eingeweide. Sie glänzten feucht, weißbläulich marmoriert, und rotblau dort, wo man den Schädel vom Rumpf getrennt hatte.

Der Kopf des Kaninchens war zwischen Parfümflakons auf der altmodischen Frisierkommode in der Ecke des Zimmers abgestellt worden, so als wäre er Teil eines von Kinderhand zerpflückten Stofftieres. Aus traurig glänzenden Augen schien das Tier sich selbst im Spiegel anzuschauen.

Christiania, September 1985

Schatten, die Schatten werfen? Gibt's das? Sie schritt ihrem Schatten an der Sandsteinmauer hinterher, er war länger als zwei Autos auf einmal. Es begann zu dämmern, und man konnte nicht einmal mehr rechtzeitig sehen, was die Figuren im Schilde führten, die einem begegneten. Auf der Heibergsgade wechselte sie die Straßenseite, weil ihr ein großer schwarzer Hund und zwei Eskimos entgegenkamen. Die beiden Männer sind schon betrunken, dachte sie. Das kann man doch vom Mond aus erkennen.

Sie ähneln den Kerlen aus dem Western, den sie im Gemeinschaftshaus im Fernsehen gesehen hatte. Sie spielten die Schurken mit den Cowboyhüten, die eine Familie überfallen und ihr Haus niederbrennen. Am Ende bekam jeder von ihnen eine Kugel vom Sheriff in den Kopf, und die Leute im Gemeinschaftshaus buhten.

Ihrem Vater würde es eines Tages so ähnlich ergehen. Am Morgen hatte er eine graue Plastikplane vor das Fenster gehängt, das er mit dem Aschenbecher eingeschmissen hatte. Dann hatte er stumm dabei zugesehen, wie Gunilla ihren Koffer packte.

Sie und Lilja haben Gunilla dann zum Bus an der Prinsessegade begleitet. Nimm uns doch mit, hatte Lilja gebettelt, sobald Gunilla den Bus bestieg. Das geht nicht, hatte sie geantwortet. Ich darf es nicht. Zum Schluss strich sie Lilja über das Haar und sagte: Eurem Vater ist nicht mehr zu helfen.

Damit meinte sie wohl, dass er seine Arbeit in der Düngerfabrik verloren hatte. Am Ende war er einfach nicht mehr hinge-

gangen. Weil er morgens nicht hochkommt von seiner Pritsche, die er in der Küche aufgestellt hat. Er traute sich nicht, im Bett ihrer Mutter zu schlafen. Ich schlafe nicht im Bett einer Hure, hatte er gesagt. Da schläft der Teufel.

Jetzt sitzt Gunilla schon längst im Zug nach Norden. Sie rechnete nach. An Malmö ist sie vorbei, am Vätternsee mit seinem zotteligen Riesen aus Holz, im Hauptbahnhof von Stockholm ist sie umgestiegen, ist quer durch Uppsala, die Küste Södra Norrlands hoch, und mitten in der Nacht wird ihr Zug in Sundsvall einrollen. Im Morgengrauen wird sie den Bus nach Ljusne besteigen. Ich wäre lieber mit ihr gefahren, als auf Mettes Geburtstagsfeier zu gehen, dachte sie. Alle waren im Hinterhof und hatten Lüge oder Wahrheit gespielt. Sie hat nein geantwortet, als Mette sie fragte, ob sie im Leben schon ein Tier gequält habe. Niemand hat ihre Lüge durchschaut. Als das Fest zu Ende war, fragte die Mutter von Mette, ob ich wirklich alleine nach Hause gehen möchte? Ja, habe ich gesagt. Wovor soll ich denn Angst haben?

Sie näherte sich dem Königlichen Theater, als Regentropfen dicke schwarze Flecken auf den Asphalt klatschten. Vor ihr standen Männer in Anzügen und Frauen in weiten Kleidern mit Sektgläsern in den Händen. Einige Frauen schrien, weil ihre Festtagskleider nass wurden. Ihr Schreien klang gespielt, fand sie.

Sie ging so nah heran, dass sie sehen konnte, wie einer Frau das Brillenglas beschlug. Regentropfen färbten ihr grünes Kleid erst braun und dann durchsichtig. Winzige Wasserkugeln lagen auf ihrer Frisur.

Glocken schlugen, und die Leute drängten ins Innere des Theaters. Plötzlich stand sie alleine vor dem riesigen Haus und den beiden Männern, die auf Stühlen vor der erleuchteten Fassade saßen. Sie waren Denkmäler.

Rund um Kongens Nytorv klapperte sie die Rückgabefächer

der Zigarettenautomaten nach vergessenen Münzen ab. Sie fand keine einzige Öre und lief schnell weiter. An der höchsten Stelle der Knippelsbrücke blieb sie atemlos stehen, auch wenn dort kühle Luft aufstieg und die Haare auf ihren Armen sich aufstellten. Immer, wenn ein Auto über die Brücke fuhr, vibrierte der Boden unter ihr. Sie schloss die Augen und ließ das Rütteln durch ihren ganzen Körper strömen.

Die Klappbrücke war nach dem Brückenwärter Hans Knip benannt worden, das hatte sie in der Schule gelernt. Sie fragte sich, was wohl geschehen wäre, wenn sie ihrer Mutter immer so aufmerksam zugehört hätte wie ihrer Lehrerin, dem Frøken Madsen?

Hat sie mir gesagt, dass sie auf Reisen gehen wird, und ich bin mal wieder zerstreut gewesen? Oder habe ich gerade weggehört, als sie davon sprach, im Zug oder per Anhalter nach Helsingborg zu fahren, vielleicht sogar nach Rødby und dann mit der Fähre rüber auf den Kontinent? Und wenn ich gleich nach Hause komme, steht sie vor mir mit sonnenbrauner Haut und duftet nach Sonnencreme. Sie drückt Lilja so fest an ihre Brust, dass die husten muss, und strahlt mich an, weil sie ihn ruck, zuck aus dem Haus geschmissen hat, denn ihm ist sowieso nicht mehr zu helfen. Und ich werde ein andermal fragen, wo sie denn die ganze Zeit gesteckt hat.

Sie musste schlucken. Erst jetzt merkte sie, wie sehr es im Hals wehtat, wenn man die Tränen so lange zurückhielt.

Was bringt diesen Kerl dazu, Heidi aufzulauern? Sie mitten am Tag zu betäuben, zu knebeln, zu fesseln? Wie hat er uns hier finden können? Und was meint er damit: Er wisse, dass wir einiges vorhaben demnächst?

Myrbäcks letzte Frage ging in einem Stöhnen unter. Sassie griff in den Trapezmuskel über seiner rechten Schulter. Sie tastete nach Verhärtungen und Verspannungen, drückte ein bisschen herum und arbeitete sich Stück um Stück über den Nacken bis zum Halswirbel vor. Warm pressten ihre Oberschenkel gegen seine Rippen.

Er bettete den Kopf auf sein Handtuch und schloss die Augen. Er begann sich zu entspannen.

Als gegen Mittag der Wind erstarb, hatten sie ihre Badelaken auf dem Holzsteg ausgebreitet. Kleine Wolkengruppen zogen von Westen heran und kreiselten über ihren Köpfen hinweg, bevor sie sich über der See auflösten.

– Eins nach dem anderen, schlug Sassie vor. Der Messerstecher hat Sassie gequält, weil er krank ist, ein Sadist. Er hat uns aufgespürt, weil er alle und jeden kennt, der Dreck am Stecken hat. Sein Boss, dieser Erkki, ist eine Art lokaler Gangsterkönig, oder nicht? Deshalb weiß er auch von unseren Plänen. Logisch, oder?

Sie nahm sich seinen Unterschulterblattmuskel vor.

Sie redet sich die nahende Gefahr klein und massiert in viel zu engen Kreisen, dachte Myrbäck, sie presst an den falschen Stellen, und den großen Rautenmuskel vernachlässigt sie völlig. Dafür aber brachten ihre Massagebemühungen andere Vorteile mit sich. Kaum hatte sie Hand an ihn gelegt, war eine Erektion durch seine zu enge Badehose gestürmt. Wie gut, dass er platt auf dem Bauch lag, auch wenn es schmerzhaft kniff. Um sich abzulenken, fragte er:

– Wie kommst du auf die Idee, deine Augenbrauen zu bleichen? Auf blond zu machen, wenn sie schwarz sind?

– Neulich habe ich gebleichte Brauen in einer Modezeitschrift entdeckt. Da fiel mir ein, dass ich sie mir als Mädchen ein paar Mal gefärbt hatte, mal lila, mal rot. Es kam nie gut bei meinen Freunden an, aber ich tat es, um aufzufallen.

Er stellte sich vor, wie sie bei ihrem nächsten Ausflug aussehen würde, mit blonder Perücke über blonden Brauen über erdbraunen Augen. Er seufzte. Sie würde es als Schmerz deuten, nicht als das, was es war: ein Laut der Wollust.

Aus halb geschlossenen Augen beobachtete Myrbäck, wie Heidi sich am Strand von ihrem Handtuch erhob. Sie trug einen schwarzen Badeanzug, und ihr Pferdeschwanz ließ sie jünger aussehen. Sie stand eine Weile am Wasser, die Hände auf den Hüften, und spielte mit den Zehen im Sand. Es hatte lange nicht gestürmt. Streifen trockenen Tangs lagen zerpflückt oberhalb der Wasserlinie.

Sobald er Heidi zu Gesicht bekam, quälte ihn sein Gewissen.

Noch in der Nacht des Überfalls war sie zu Tode erschöpft aufgebrochen, grußlos. Sie hatte sich von Jan zur Fähre chauffieren lassen und war erst zum Wochenende wieder aufgetaucht. Ich lasse mir von niemandem Angst einjagen, hatte sie angriffslustig getönt, dann aber doch die ersten beiden Nächte mit ihrem Bruder in einem Bett geschlafen. Tagsüber war sie rastlos im Haus und im Garten unterwegs.

– Stinksauer ist sie, sagte Myrbäck leise. Ich wage kaum, sie anzusprechen.

– Was sonst. Sie hat für unsere Dummheiten büßen müssen. Jetzt hat sie uns satt, alle miteinander.

– Seltsam, dass sie uns nicht aus dem Haus wirft. Von der Insel jagt.

– Ich glaube, sie hat einen noch größeren Feind ausgemacht als uns. Diesen Finnen. Gestern Abend sagte sie: Wir sitzen alle in einem Boot. Und jemand versucht, es zu kentern.

– So ist sie. Wer die Crew angreift, bekommt es mit dem Käpt'n zu tun. Wer sie knebelt und fesselt, der will auch ihrer Tochter Böses, ihrem Bruder. Ihren Gästen.

Sassie hatte die Massage unterbrochen. Ihre Hände strichen über die Haut seines Nackens. Zwei ihrer Finger zogen in Schleifen über seine Halswirbel, trudelten über die Schulterblätter und an seinen Rippen entlang, bis sie am Saum seiner Badehose haltmachten. Als sie die Berg- und Talbahn seines Rückgrates wieder erstiegen, spannte sein Körper sich mit einem Ruck an.

– An was für Leute sind wir da geraten?, fragte Sassie. Jukki und Erkki, wie harmlos klingen diese Namen.

– Ich will nicht über diese Finnen reden, stöhnte er.

– Was wisst ihr? Ihre Finger trommelten auf seinem Hintern.

– Erkki betreibt Spielhallen, er handelt mit Waffen. Forss hat es erzählt. Er macht sein Geld mit Schutzgelderpressung und Prostitution.

– Und Jukki? Wieso behauptet er, nur eines der Kaninchen getötet zu haben? Wenn er die Wahrheit sagt, wer hat dann das andere auf dem Gewissen? Wer hat es an die Käfigwand genagelt?

– Vergiss nicht, sie sind zu zweit gekommen.

– Der Unbekannte, der in Heidis Zimmer steckte?, fragte Sassie, als dröhnend ein Boot in die Bucht einfuhr, eine weiße

Straße ins Wasser pflügte und davonzog. Zerstreut sahen sie dabei zu, wie ein Schwall auf die Insel zurollte, behäbig, flaschengrün, fast durchsichtig.

Myrbäck nutzte den Moment der Ablenkung, drehte sich blitzschnell auf den Rücken und warf dabei sein Badetuch über die Beule in der Hose. Ihre Hand lag jetzt auf seinem Bauch.

– Du könntest machen, dass du verschwindest, sagte er. Sie sind nicht hinter dir her. Du bist in die Sache hineingeraten.

– Nein. Ich laufe nicht weg vor Kaninchentötern, die Jukki heißen oder Erkki. Wer bin ich denn? Während sie weiter auf das Meer sah, wanderten ihre Finger unter das Handtuch und zogen sanft an den Haaren, die spärlich unterhalb seines Nabels wuchsen.

Ja, wer bist du?, fragte sich Myrbäck. Sassie hatte Jan und ihn auf einige ihrer Besorgungen begleitet, auch dabei geholfen, Volvos oder Subarus zu besorgen, einen alten Toyota Hilux hatte sie unter seiner Anleitung selbst kurzgeschlossen. Er hatte das Gefühl, dass sie an den Autoaufbrüchen nicht bloß teilnahm, um sich ihren Lebensunterhalt zu verdienen. Sondern weil sie es spannend fand. Wenn sie am Ende solcher Ausflüge auf die Insel zurückkehrten, schien sie lebhafter als an Tagen, die sie nur hier am Haus verbrachte.

– Wovon hast du gelebt?, fragte er. Früher.

– Von allem Möglichen. Nach der Schule habe ich als Kassiererin im Supermarkt gearbeitet. Aber nie wieder, im Leben nicht. Ich ertrage manches, einen steifen Nacken, verstauchte Finger, entzündete Nägel, nicht aber den Lärm. Die Endlosschleifen mit abscheulicher Musik, die Durchsagen. Später saß ich in Callcentern, per Headset ans Telefon geleint, und nachts lag ich wach, weil die Stimmen des Tages mit mir sprachen. Tobende Geschäftsleute, für die an Bord überbuchter Maschinen kein Platz aufzufinden war. Nein, nein, nie wieder. Mir bringt das Klettern Spaß. Ich mag es oben. In der Luft. Ich falle gern.

Sie zog ihre Hand unter seinem Handtuch hervor, legte sie auf seine Brust und kniff in seine Brustwarze.

In der Bucht hatte sich Heidi Meter um Meter tiefer vorgewagt. Das Wasser reichte ihr bis an die Knie. Mit hohlen Händen schöpfte sie es über die Oberschenkel. Sie sah gequält aus. Am Morgen hatte das Wasser keine vierzehn Grad gehabt, noch vor dem Frühstück hatte er die Temperatur gemessen.

– Warum macht ihr euch nicht aus dem Staub?, fragte Sassie. Wer zwingt euch zum Bleiben? Sie beugte sich vor und küsste ihn auf die Stirn.

– Niemand. Ja, vielleicht sollten wir verschwinden. Aber wohin?

Mit einem Kniefall verschwand Heidi plötzlich im Wasser. Nur ihr Kopf sah noch heraus. Zwei, drei Sekunden lang hielt sie es aus, dann sprang sie nach Luft japsend an das Ufer. Sie wickelte sich in ihr Handtuch und legte sich in eine Kuhle im Sand.

Sassies Worte gaben ihm zu denken. Ihm fiel die Schwarzhaarige aus dem Kino ein.

– Ja, du hast Recht. Wir sollten packen. Auf zur Fähre, mit dem Bus nach Skavsta und rein ins Flugzeug. Ein Billigflug gen Süden. Nach Barcelona. Malaga, weiß der Teufel. Wenn wir rechtzeitig buchen, wird es nicht mal teuer. Wir bleiben drei, vier Monate in der Sonne, dann hat die Welt uns vergessen.

– Ich lach mich tot. Ein Satz noch und ich lach mich tot. Holzapfel warf ein hohles Lachen aus. Er stand über ihm, breitbeinig, in einer zu engen schwarzen Badehose. Er war unbemerkt vom Haus gekommen und hatte sich auf den Steg geschlichen. Ein Handtuch hing über seinen Schultern, sein weißer Oberkörper strahlte im Sonnenlicht.

– Vergiss es, sagte er. Wir kommen aus dieser Nummer nicht raus. Er nahm seine Brille ab, ließ sie auf Sassies Badetasche fallen, stieg über Myrbäck hinweg, trat zum Rand des Stegs und warf sich mit dem Hintern voran in die Luft.

Er schrie gegen die Kälte an, noch bevor er auf dem Wasser aufschlug. Mit Gebrüll verschwand er unter einem Strudel aufpeitschenden Wassers, tauchte mit einem stummen Schrei wieder auf und ruderte mit schlagenden Armen zur Treppe. Pustend warf er sich auf den Steg. Eisige Tropfen platzten auf Myrbäcks Bauch.

– Kalt, keuchte Jan. Er rieb sich trocken und verzog sich auf einen Liegeplatz neben seiner Schwester.

Das war's mit der Massage, dachte Myrbäck enttäuscht. Jans Auftritt hatte seine prickelnde Laune vertrieben, Sassie rauchte und schlug ihr Buch auf. Kurz fühlte er sich versucht, den feinen Schweißfilm auf ihrem Nacken abzulecken, beließ es dann aber doch bei einem flüchtigen Kuss auf ihren sonnenwarmen Scheitel. Während er den Weg zum Haus einschlug, fragte er sich, wie es ihm gelingen könnte, den Mandelhonigduft ihrer Kopfhaut für alle Zeiten in seiner Erinnerung zu bewahren.

Kinderstimmen. Ein Bellen, wie von kleinen Hunden. Der Geruch sonnenwarmer Steine. Sie schlug die Augen auf und ordnete die Dinge. Über ihr hing der noch immer blaue Himmel, eine Spur blasser. Warme Haut an ihrer Haut. Sie sah zur Seite. Holzapfel lag dort, mit geschlossenen Augen, und sein Knie lag halb auf ihrem Oberschenkel. Sein Atem war nicht zu hören, vielleicht schlief er. Sie rätselte, ob diese Berührung Absicht war oder eine schlaftrunkene Geste, unschuldig. Sachte schob sie Jans Bein beiseite und richtete sich auf.

Durch den Strandhafer konnte sie die Köpfe der Kinder sehen. Sie warfen Bälle und scheuchten zwei Spaniels an der Wasserlinie entlang. Wie an fast jedem Wochenende sind die Nachbarn eingefallen, die ganze Sippe. Nette Leute allesamt, wenn nur ihre dämlichen Hunde nicht wären, dachte sie. Überzüchtete Köter, die ihren Schatten hinterherjagten.

Nachdem Myrbäck sie allein auf dem Steg hatte liegen lassen, war sie mit der Sonne in die kleine Sandbucht gewandert. Sie hatte einen Bogen um Holzapfel gemacht und sich neben die dösende Heidi gelegt. Dann war sie eingeschlafen.

Sie stand langsam auf und machte eine Runde durch die Bucht, um wach zu werden. An schattigen Stellen war der Sand dabei abzukühlen. Der vertrocknete Tang zerbrach unter ihren Füßen. Dort, wo er noch im Sonnenlicht lag, umschwirrten ihn tausend kleine Fliegen.

Sie ging zum Wasser, holte tief Luft, nahm Anlauf und warf sich kopfüber hinein. Kälte presste sich auf ihre Schläfen, ihre

Augäpfel und die Ohrmuscheln brannten. Sie öffnete die Augen und sah auf senfgelbe Blasenstängel und wogendes Seegras, tauchte ab, bis ihr die grünen Schlingen über den Bauch strichen, und schaffte zwölf lange Schwimmzüge unter Wasser, bis alle Luft aus den Lungen wich.

An Land wurde ihr der ganze Körper warm. Sie hatte Durst. Salzwasser war in ihren Mund gekommen.

– Bist du mit diesem Pflanzensammler verwandt?, fragte Holzapfel. Er lag auf der Seite, den Kopf auf seinem Oberarm.

– Er hat mich beim Baden beobachtet, dachte sie. Was?

– Dieser schwedische Pflanzensammler. Der heißt doch wie du.

– Carl von Linné? Der Botaniker? Nein, verwandt sind wir nicht. Ich bin eine Linné. Er war ein von Linné. Sie musste lachen. Er lachte mit, auch wenn er dabei verunsichert aussah.

Er hat gar nicht geschlafen, schloss sie, die ganze Zeit nicht. Seine Augen sind hellwach. Sein Knie ist nicht aus Versehen auf mein Bein gerutscht.

Vor ihren Füßen lag eine zersprungene Muschel, viel größer als die meisten, die hier angeschwemmt wurden, und ihr Perlmutt glänzte rötlich im Tropfwasser. Sie sammelte sie auf, ging zu Holzapfel und hielt sie unter seine Nase.

– Toll, sagte er. Ich seh' doch nichts.

– Setz deine Brille auf.

– Ja, wo ist sie denn?

Sie behielt für sich, dass er seine Brille so unachtsam auf dem Steg in ihre Badetasche hatte fallen lassen. Die Muschel warf sie fort. Sie nahm die Flasche Mineralwasser aus dem Sand und trank mit großen Schlucken. Das Wasser schmeckte abgestanden.

– Wo ist Heidi?, fragte sie.

– Holt Malin von der Nachmittagsfähre ab. Übers Wochenende. Glaub ich.

Jan sprach angenehm langsam, fand sie. Er musste sich sein Englisch während des Sprechens zusammensuchen.

– Wie wird sie ihr beibringen, dass ein Verrückter die beiden Kaninchen massakriert hat?

– Ein Fuchs ist es gewesen. Das sollen wir sagen. Er schüttelte sein Haar zurecht. Es sah zerzaust aus und nach Salzwasser. Er hat sich rasiert, und er trägt seine Brille nicht, das macht ihn jünger, dachte sie. Vielleicht ist es auch, weil er fast nackt vor mir liegt, nur ein großes blaues Frotteehandtuch um die Hüfte.

So, als könne er ihre Gedanken lesen, fragte er:

– Wusstest du, dass Kurzsichtige schlauer sind? Sie haben einen um acht Punkte höheren Intelligenzquotienten. Im Durchschnitt.

Sie lachte kurz. Sie warf sich auf das Badetuch und nahm ihr Buch hervor.

– Weißt du was? Ich habe geschielt, als ich vier war. Monatelang musste ich eine Brille tragen, deren eines Glas geschwärzt war.

– Und jetzt wünschst du, ich möge dir voller Mitleid um den Hals fallen? Der kleine Jan wird auf dem Spielplatz von allen gehänselt und von der Schaukel gestoßen. War es so?

– So ähnlich. Ich wurde gehänselt, das stimmt so weit. Aber ich war es, der die anderen von der Schaukel stieß.

– Spannend. Sie warf ihm einen genervten Blick zu und warf sich auf die Seite, weg von ihm.

– Weißt du, wer alles schon auf meinem Bettlaken geschlafen hat? Er ließ nicht locker.

– Lass mich raten, sagte sie. Die deutsche Damenhockeymannschaft? Lady Gaga?

– Noch cooler.

– Kurt Cobain?

– Nein, viel besser. Patti Smith.

– Aha. Wie kam das?

– Sie ist in Hamburg aufgetreten und hat im Hotel Atlantik übernachtet.

– Und du warst ihr Groupie?

– Ich war Laufbursche dort. Und ihre Zahnbürste habe ich in einem Würstchenglas aufbewahrt.

– Was? Du hast sie immer noch?

– Nein, das war ein Witz.

Er stand auf und setzte sich am Rand der Bucht auf einen Kiefernstamm, sonnengebleicht und vom Sand poliert, der Knochen eines Sauriers. Ihre Konzentration war dahin. Sie klappte ihr Buch zu und beobachtete ihn dabei, wie er kleine Steine ins Wasser warf, dann auf die Bohlen des Stegs zielte. Was willst du von mir?, fragte sie sich. Soll das ein Vorspiel sein? Nie hatte sie mit einer Bewegung, mit einem Blick ein derartiges Interesse an ihm bekundet. In manchen Momenten aber fühlte sie sich angezogen von seiner jungmännlichen Art, seinem unreifen Getue. Es ließ sich gut mit ihm spielen, bestimmt, aber nur so obenhin.

– Wie ist es hier im Winter, auf den Inseln?, fragte er. Das Steinewerfen hatte er aufgegeben.

– Das Wetter ist das der See. Schon im Oktober fällt der Nebel über die Inseln her, in manchen Jahren hält er sich bis Weihnachten. Der Frost packt später zu als auf dem Festland, vor Mitte Januar dringt er kaum einmal in den Boden ein.

Während sie sprach, hatte er sich wieder neben sie gelegt. Die Kinder und ihre Spaniels waren verschwunden. Kein Ruf war zu hören, kein Bellen. Holzapfel begann von einem Immobilienmillionär zu erzählen. Von einem Deutschen, der mit seiner Frau und zwei Dalmatinern gegenüber auf Rundklubben ein Sommerhaus besaß.

– Rundklubben, du weißt? Er deutete mit gestrecktem Arm auf eine der Inseln, die ermüdend eintönig vor der Küstenlinie Torös lagen.

– Sie kommen immer freitags gegen sechs, beladen ihr Boot und ab ins Wochenende. Seinen Jeep lässt er bei Freunden in Havsbad im Garten stehen. Neulich bin ich um seine Insel gefahren, und rate, was ich entdeckt habe?

– Keine Ahnung. Sie war zu träge, sich Gedanken zu machen.

– Zwei fette Motorboote. Sie liegen den Sommer über vor seiner Villa und setzen Muscheln an. Vier Motoren hat er im Wasser hängen. Vier mal achtzig PS. Einspritzung, Jetantrieb.

– Und die willst du ihm abnehmen?

– Nein, du hörst gar nicht zu. Wir haben schon ein Boot, auch wenn es klein ist. Nein, seinen Jeep will ich. Ein Jeep Grand Cherokee. Ein SRT8. Hat 470 PS.

– Mein Lieber, man soll nicht in der Nachbarschaft wildern gehen. Was immer hier passiert, früher oder später werden die Leute uns beschuldigen. Sie finden uns längst verdächtig, merkst du das nicht?

– Nein, sagte er, und statt darzulegen, warum er das nicht glaubte, legte er seine Hand auf ihre Hüfte. So einfach geht das nicht, dachte sie, er redet und redet auf mich ein, dabei will er mich eigentlich nur anfassen. Sie drehte sich, bis seine Hand von ihrer nassen Bikinihose rutschte.

– Wie ist es mit Myrbäck?, fragte er. Kommt ihr klar?

– Wie meinst du? Sie war überrascht von seiner Dreistigkeit.

– Ihr geht doch ins Bett miteinander. Ihr küsst euch, wenn ihr glaubt, dass niemand zusieht.

– Stört es dich?

– Nein. Er sah sie nachdenklich an. Ein Teil des Himmels spiegelte sich in seiner Iris.

– Doch. Du bist eifersüchtig.

– Nein. Bin ich nie. Ich sag's dir.

– Hast du uns belauscht?, fragte sie. Neulich, im Haus?

– Nein. Er sah sie betont unschuldig an.

– Ich glaube dir nicht. Du hast dich die Treppe hochgeschlichen und an der Wand zu meinem Zimmer gelauscht.

Er schüttelte den Kopf. Auf einmal sah er mutlos aus, fand sie.

– Und, seid ihr jetzt ein Paar?, fragte er.

– Weiß nicht. Mal ja, mal nein.

– Aber du bist in ihn verliebt?

Sie nickte.

– Du liebst ihn? Du meinst es ernst?

Sie überlegte, doch ihr fiel keine Antwort ein, mit der sie zufrieden gewesen wäre. Sie kramte einen Kaugummi aus ihrer Badetasche und bot auch ihm einen an.

– Also, liebst du ihn oder nicht? Holzapfel ließ nicht locker. Er macht sich ein Vergnügen daraus, mich mit Fragen zu quälen, die ich mir selbst nicht stellen möchte, dachte sie.

– Komm schon. Was glaubst du?

– Glauben? Was man glaubt, ist völlig egal. Was geht es dich an, was zwischen mir und Myrbäck läuft?

– Ich bin auch in dich verliebt.

Zuerst erschrak sie. Ein schöner Satz, dachte sie dann. Ganz schön mutig. Sie lachte ihn an, schon wieder, und sagte:

– Du bist bloß ein Poser.

– Und? Seine blaugrauen Augen hielten ihren Blick fest, während er fragte.

– Und was?

Es ging schnell. Er beugte sich zu ihr und küsste sie auf den Mund. Seine Zunge hielt er zurück, doch seine Hand lag plötzlich auf ihrer Schulter und strich über ihre Halsbeuge. Es gefiel ihr. Er roch gut.

– Lass das, sagte sie. Sie hielt seine Hand. Das geht nicht.

Er küsste ihren Hals. Sein Daumen strich an der Innenseite ihres Armes entlang. Sein Beckenknochen presste gegen ihre Taille und noch etwas anderes Warmes. Sie führte seine Hand an ihren Bauch und griff mit einem Ruck in seine mageren Hinterbacken, ein wenig erschrocken über die angespannten Muskeln, die unter der nackten Haut lauerten. Er legte die Lippen auf ihr Ohr, und da war sie, seine Zungenspitze.

Bevor sie ihre Augen schloss, sah sie noch, dass an der Horizontlinie Dunst aufgezogen war. Nicht lange, dann würden Schleierwolken vor die Sonne ziehen, später am Abend würde vielleicht Wind aufkommen, in der Nacht sogar Regen, und spätestens dann würde sie sich einreden wollen, dass sie einen wie ihn mit Freuden an ihre Haut lassen durfte, niemals aber in ihr Herz.

Christiania, September 1985

Wenn der Wind von Süden weht, dann riecht es manchmal nach der Kläranlage am Kløvermarken.

Sie schloss das Fenster ihres Zimmers und wanderte durch das leere Haus, ohne ein bestimmtes Ziel. Als sie in die Küche kam, zog sie die Schubladen unter der Arbeitsplatte auf. Besteck und ein Eierschneider, an dem kleine, harte Stücke Eiweiß klebten. In einer anderen Lade Bleistifte und Horoskopzettel. Kochrezepte, die ihre Mutter aus Zeitschriften ausgerissen hatte. Ein vergilbtes Flugblatt mit einem Aufruf der OOA: »Keine Atomkraft in Århus!« Eine Brieftasche, aber leer.

Zwischen den Töpfen und Pfannen der Vitrine entdeckte sie den kleinen roten Spielzeugkoffer ihrer Schwester. Mit einer verbogenen Gabel öffnete sie die Blechschlösser. Außer den zusammengefalteten Papiertüten mit den vertrockneten Schmetterlingen fand sie dort nichts. Erst wenn die Totenstarre sich löst, so hatte es ihr Lilja erklärt, steckst du den Falter mit geklappten Flügeln zum Trocknen in das Papiertütchen. Sie nahm eine von ihnen und öffnete sie. Der Schmetterling lag dort mit gelbweißen, zusammengelegten Flügeln. Er hatte einen dunklen Abdruck auf dem Papier hinterlassen. Das ist wohl sein Blut, dachte sie. Lilja hatte alle ihre Schmetterlinge ganz alleine mit dem Kescher gefangen. Vielleicht wird sie mal eine weltberühmte Schmetterlingsforscherin und in einer Bretterbude leben, unter Pygmäen und Urwaldlianen.

Im Schlafzimmer ihrer Mutter öffnete sie die Türen des Kleiderschranks und fühlte in den Taschen der Jacken und Mäntel nach, die hier hingen, aber außer einem gefalteten Zettel fand sie nichts. Es war die Quittung eines Fotoateliers in der Lyrskovgade. Auf der Rückseite waren ein paar Sätze geschrieben, die sie nicht entziffern konnte, und eine Telefonnummer. Wenn man eine Nummer wählt, die mit zwei Dreien beginnt, das wusste sie, dann klingelt es irgendwo in Kopenhagen.

Aus dem Boden des Schranks zog sie einen weißen Schuhkarton und öffnete ihn. Zuoberst lagen ein paar sorgfältig zusammengelegte Tücher. Sie hob eines nach dem anderen heraus, breitete sie auf dem Fußboden neben sich aus. Unten in der Kiste lagen feine Seidenstrümpfe und Strumpfhosen in kräftigen Farben. Sie nahm das oberste Paar und ließ, im Lichtstreifen eines Fensters hockend, die Seide durch die Finger gleiten. Sie schimmerte bläulich. Wenn sie den Stoff spannte, kam ein dunkles Rot dazu.

Sie hörte ein Geräusch. Es kam aus dem vorderen Teil des Hauses. Ich bin alleine, dachte sie erschrocken, und die Haustür ist verschlossen. Vielleicht schlagen die Äste der Kastanie gegen das Küchenfenster, überlegte sie, sonst kann es nichts sein.

Lautlos trat sie zur Kommode. Sie sah in den Spiegel und strich mit der Hand über die Marmorplatte. Staub blieb hängen, eine Wimper klebte auf ihrem Daumen. Sie schloss die Augen und pustete die Wimper in die Luft. Ihre Mutter hatte die längsten Wimpern, die es gab. Sie bog sie mit einer kleinen Bürste nach oben, damit sie noch länger aussahen.

Sie bückte sich, zog das untere Fach der Kommode auf. Dort lag das Album mit Fotos von den Tanten und Onkeln aus Ljusne, graue Bilder, die sie sich schon oft gelangweilt angesehen hatte. Unter ihm lag ein anderes Album, das sie nicht kannte. Sie öffnete es.

Ihre Mutter, die nackt am Strand steht, nur ein Handtuch hängt über ihrer Schulter und verbirgt ihren rechten Busen.

Ihre Mutter nackt auf einem Pferd, ein schönes Bild, dachte sie. Ihre Mutter zwischen drei Männern in Badehosen. Der Hintern ihrer Mutter mit dem kleinen kreuzförmigen Mal mitten auf der linken Pobacke. Ihre Mutter vor einem Obstbaum, Arm in Arm mit einem bärtigen Mann. Und mit ihm stimmt etwas nicht, dachte sie. Sie sah noch einmal genau hin, hielt die blasse Fotografie auch in das Licht, aber ihr fiel nicht ein, was sie an ihm störte.

Sie schlug das Album zu, ging in ihr Zimmer und versteckte es unter ihrer Bettdecke. Sie nahm Kleingeld aus ihrer Geldschachtel und lief quer über den Haschmarkt zur Telefonzelle in der Prinsessegade. Sie faltete den Quittungszettel auseinander, nahm den Hörer, warf eine Münze in den Schlitz und wählte die Nummer, die auf der Rückseite stand. Vielleicht hatten sie im Fotoatelier Mikkelsen ja Bilder von ihrer Mutter, die nie jemand abgeholt hatte? Der Hörer blieb stumm. Erst jetzt sah sie, dass die Schnur abgeschnitten worden war.

Ich kannte mal einen, sagte Holzapfel, der konnte hundertsechzig Gramm Hasch im Arsch transportieren.

Wenn sechs Männer lachen. Sechs Männer und eine Frau. Diese Frau bin ich. Aber willkommen bin ich in diesem Kreise nicht, kaum mehr als eine atmosphärische Störung. Immerhin: Jan sorgt für gute Laune, das rechne ich ihm an.

Er stand mitten im Zimmer und stellte pantomimisch dar, wie der eine, den er mal gekannt hatte, sich humpelnd vor den Zollbeamten irgendeines Flughafens vorbeischlich, beschwert von seiner intestinalen Last. Schauspielerisches Talent fehlte ihm gänzlich, fand sie, der dunkelgraue Anzug aber, den er sich im Geschäft der Heilsarmee besorgt hatte, machte etwas her. Erstaunlich, wie leicht ein schicker Zweireiher über die Unzulänglichkeiten seines Trägers hinwegtäuscht.

In welch einem Loch steckte sie hier!

Kaum waren sie in Hallunda eingefahren, hatte sie die Orientierung verloren. Endlose Häuserfronten im Nieselregen, achtstöckige, sechsstöckige Plattenbauten, gespickt von Antennenschüsseln. Vor der ramponierten Eingangstür des Hauses im Höders Väg dann ein zweifelhafter Willkommensgruß, eine Warnung vielleicht schon: zwei Hundehaufen, knotige schwarzbraune Würste, die sich über eine gesamte Gehwegplatte ausbreiteten.

Und nun auch noch Per Ola Forss, ein alter Freund Myrbäcks. Er lebte in einer Wohnung vom Zuschnitt eines Wohnwagens. Ein Mann in hellblauen Jeans, Jacke wie Hose. Seine

Frisur glänzte, als wäre er gerade einem Löschteich entstiegen. Wenn er redete, zappelten seine Finger über die Tischplatte wie Schnaken beim Paarungstanz. Tocke-di-tock. Tocke-di-tock. Er redete, seit sie gekommen waren. Er lümmelte in einem mokkabraunen Sessel und redete.

Redete über nummerierte Münzbehälter, über Akkutrennschleifer, Spanische Reiter, Farbrauchsysteme. Geld holen, sagte er, Koffer andocken, scharf schalten, zurück zum Wagen. Bei einem Raubüberfall in Revingehed, Regiment P7, und der Wachdienst eine Lachnummer. Die Beute: Drei Automatikwaffen Modell AK 4. Eine Ruger Mini 14 steuert Göransson bei. In Västmanland gibt es dafür eine Jagdlizenz, haha. Forss grinste breit. Und redete weiter. Das komplette Equipment. Funkgeräte, Scanner. Es waren bloß Monologfetzen, die sie auffing, während ihr Blick immer wieder an einer Sammlung schwerer Biergläser haften blieb. Sie verstaubten auf einem Regal neben dem Fenster und waren gefüllt mit kleinen weißen Kügelchen. Mottengift? Riecht es deshalb wie im Tannenwald hier?

Sie sah sich um. Der Hausherr hatte einen halbherzigen Versuch unternommen, es seinen Gästen gemütlich zu machen. Die Einbauküche war hinter einer fleckigen Schiebetür versteckt worden, auf dem Tisch, um den sie alle saßen, standen Wodka und Kaffeetassen, eine Thermoskanne, Pulverkaffee.

– Gegen Mittag wird aus Geld Gewicht, hörte sie Forss jetzt sagen. Da kriegt man es im Rücken. Zehn Stunden bücken, zehn Stunden schleppen für zwanzigtausend Kronen im Monat, nach dem zweiten Bandscheibenvorfall haben sie alle die Schnauze voll. Die Kofferträger werden keinen Widerstand leisten.

– Das dürfen sie nicht einmal. Keiner ist bewaffnet. Der

Bariton gehörte zu dem dicken Mann in der gemusterten Strickjacke. Er war ihr als Aukusti vorgestellt worden. Ein Finne, der mit seinen runden Backen und seinen großen braunen Augen aussah wie ein übergroßes Kind. Tjock-Aku, so nannten sie ihn. Dick-Aku. War er es, der seit Monaten beobachtete, welchen Weg die Geldtransporter an welchen Tagen nahmen? Oder hatte sie durcheinandergebracht, was Myrbäck ihr auf der Fahrt hierher zu erklären versucht hatte?

– Am fünfundzwanzigsten sind die Transporter randvoll mit Cash. Das ganze Land wird ausgezahlt, vormittags Banken, nachmittags der Handel. Ein regionaler Anbieter mit nur sechs Panzerwagen, aber untadeligem Ruf. Auf ihre Pünktlichkeit können wir uns verlassen. Schon der Verdacht einer Verspätung ist geschäftsschädigend. Ihre kurzen Tage haben zwölf Stopps, die langen zwanzig.

Sobald der Finne mit dem Babygesicht sprach, hörten alle aufmerksam zu. Seine Worte hatten Gewicht. Sogar der stämmige Kerl im Sofa, dessen Oberlippe ein rotgraubraunes Gestrüpp sprenkelte, ließ von der provozierenden Lektüre seiner Sportzeitung ab.

– Jeden Morgen um halb sieben geht's los. Ihre Routen wechseln sie ständig, an vier Kreuzungen aber müssen sie immer vorbei, ob sie wollen oder nicht. Bevor sie vom Hof fahren, suchen sie die Wagen nach Sendern ab. Sie scannen, wonach sie aber nicht suchen, sind Lochbohrungen im Unterboden.

Angeber X und kann doch nix, dachte sie. Tjock-Akus Art zu sprechen, die wichtigtuerischen Gesten, die seine Redepausen untermalten, der ganze Mensch ist kaum zu ertragen, dachte sie. Wie alle anderen hier im Raum. Demonstrativ erhob sie sich und verschwand im Badezimmer.

Ein fensterloses Loch. Eine mit PVC ausgelegte Kammer. Es

roch nach Schweiß und Rasierwasser. Das einzige Handtuch hing feucht wie ein Lappen auf der Duschstange. Sie nahm es widerwillig, wischte ein paar Runden über die Klobrille und setzte sich. Während sie pinkelte, schob sie den Duschvorhang beiseite. In Bodenhöhe war er verschimmelt.

Sie hatte schon lange geahnt, dass ein solcher Moment sie überfallen würde, früher oder später, egal, ob in einem spakigen Badezimmer, vor einer leeren Toilettenpapierrolle und einer Duschwanne, in der sich Haarbüschel vor dem Abfluss stauten, oder an einem anderen freudlosen Ort. Ein Moment von Klarsicht, in dem sie begriff, dass die Polizei noch immer nach ihr suchte, dass sie kein Zuhause hatte, keine Arbeit, kein Zurück. Sie hatte sich vorgemacht, dass die Dinge sich irgendwie entwickeln, ohne ihr Zutun zurechtbiegen würden; dass ihr sorgloses Inselleben fortbestehen könnte, über den Sommer hinaus.

Sie stand vor dem Waschbecken und legte sich den Handrücken auf die Stirn. Ihr war heiß, ihr war elend zumute. Minutenlang ließ sie kaltes Wasser über die Unterarme rinnen. Ihre betäubten Hände wischte sie an ihrer Hose trocken.

Sie steuerte einen freien Stuhl neben dem Fernseher an, abseits der Männer. Es war der Schnurrbart, der gerade sprach:

– Zehn Minuten Wickelzeit haben sie in Trångsund, neun in Skogås, sechs sind es in Länna. Das heißt: Alukästen an den Gürtel klicken, Sicherheitsgerät scharf schalten, die Türen des Transporters öffnen sich etappenweise. Raus aus dem Wagen, im Laufschritt zur Schleuse und das Ganze wieder zurück. Von Länna aus brauchen sie hundertsechzig Sekunden bis zur Autobahnunterführung. In Vega empfangen wir sie.

– Woher weißt du das alles?, fragte Myrbäck. Die Zeiten, die Abläufe?

– Beobachtung. Observation, antwortete der Schnurrbart, was glaubst du? Wir haben die Fahrtrouten, wir haben die Kennzeichen, die Überwachungskameras. Wir haben ihre Routinen, alles. Wir haben jeden Furz registriert, den die Kofferträger ließen. Über Wochen.

Das wird Poffe sein, dachte Sassie. Pontus Dahlin. Er trug einen Brillanten im Ohrläppchen. Ein Kerl mit breitem Oberkörper und sonnengebräunten Unterarmen, nur auf Baustellen schwillt man zu solchen Muskelkästen an, überlegte sie. Poffe: Ehemaliger Boxmeister, Rohheitsdelikte und räuberische Erpressung. Myrbäck hatte, als er ihr von ihm erzählte, angewidert das Gesicht verzogen: Er hat bei Großmüttern geklingelt, sie überfallen und ihnen damit gedroht, das Haus anzuzünden. Oder zu kassieren.

– Dies ist kein Tournee-Job. Wieder hatte Tjock-Aku das Wort ergriffen. Tournee-Jobs sind für Verlierer. Die Bullen reiben sich die Hände, wenn zwanzig Leute mitmachen, irgendwann quatscht immer jemand. Das Hubschrauberding haben sie total verhauen. Am Ende haben die Bullen sie von der Stange gezogen wie vom Schaschlik, einen nach dem anderen.

Sie erinnerte sich gut. Der spektakulärste Raubüberfall der schwedischen Geschichte. Zehn bis fünfzehn maskierte Männer. Im Morgengrauen waren sie mit dem gestohlenen Hubschrauber auf dem Dach eines Bargelddepots in Västberga gelandet. Zerschlugen die Glaskuppel, stiegen über eine Leiter in das siebte Stockwerk ein. Sprengten sich durch Schleusen und Türen, knackten Stahlkäfige und sammelten ein, was an Geldsäcken so herumlag, während die Angestellten der Frühschicht sich im Tresorraum verbarrikadierten.

Am Ende zog die Bande mit vierzig Millionen im Gepäck ab. Ihr Hubschrauber sammelte sie wieder vom Dach auf, und vor dem Gebäude staunten die Bullen und rissen ihre verschlafenen Augen auf, machtlos gegen das, was sich über ihren Köpfen tat. Sie hatte all dies gebannt im Frühstücksfernsehen verfolgt.

– Clever durchgezogen, sagte Aku. Schnell. Professionell. Aber. Einen Überfall kann jeder Schwachkopf durchziehen. Das wahre Problem ist die Flucht. Für sie braucht es Experten. Disziplin.

– Eine echt gute Shownummer, stimmte Forss ein, aber im Abgang schal. Die Schlaumeier hatten nicht bedacht, wie schwer Bargeld wiegt. Nur die Hälfte der Geldsäcke schafften sie aufs Dach.

– Es musste in die Hose gehen, sagte Poffe, der Schnurrbart. Halb Belgrad war beteiligt. Alles nur Juggen. Rote Barette. Paramilitärs. Verschworene Banden, sollte man denken. Aber nein. Wochenlang hatten sie nach einem Piloten mit militärischer Spezialausbildung gesucht, Tiefflüge, Nachtflüge. Solche Piloten stehen nicht an der Straßenecke herum. Ein ehemaliger serbischer Polizeipilot hat sie am Ende alle auffliegen lassen.

– Sie hätten gleich ihre Suchanzeigen an alle Ampeln Stockholms kleben können. Tjock-Aku stimmte in die Besserwisserei ein.

– Ja, die Bullen wussten vorher Bescheid. Wochenlang hörten sie jeden ab, der ein ic im Nachnamen hat. Als nichts passierte, hörten sie auf. Zwei Wochen zu früh. Die Bullen sind einfach blöd.

Der Überfall, seine Organisation, faszinierte die Männer. Auf einmal hatte jeder von ihnen Geistvolles beizutragen. Sie fuhren einander ins Wort, so aufgeregt waren sie. Wie bei einem Fußballspiel. Nur Holzapfel hielt still. Wahrscheinlich verstand er wieder kein Wort.

– Uns wird keiner rankriegen, sagte Poffe. Wir sind keine Juggen.

– Waren nicht auch Araber beteiligt?, fragte Aku vorsichtig.

– Araber oder Albaner? Montenegriner, Serben, Kroaten, Kosovaren? Das weiß bei denen selber kein Mensch, auch wenn sie es immer behaupten, meinte Forss. Alles Juggen.

– Jugge bleibt Jugge. Poffe legte nach, und sechs Männer lachten.

Sassie rechnete nach. Ein Finne: Tjock-Aku. Ein Finnlandschwede: Poffe, der Schnurrbart. Vier Schweden: Forss und Myrbäck, dann der Schweigsame und ich. Ein Deutscher: Holzapfel. Tatsächlich: Eine Wikingerhorde hatte sich hier zusammengefunden. Aber ein Mann fehlte ja noch, Myrbäck hatte von sieben Männern gesprochen. Wo war die Nummer sieben geblieben?

Jetzt erst sah sie den Dackel. Er lag schlafend unter dem Fernseher, man hatte eine Decke für ihn dort ausgebreitet. Ein Mann, der meist geschwiegen hatte, kraulte seinen Nacken. Das ist wohl sein Herrchen, dachte sie, das ist Gösta Göransson. Er ist cholerisch und brutal, hatte Myrbäck ihr erklärt. Und er weiß, dass dies sein Kapital ist. Man kommt mit ihm klar, wenn man seine Töle ab und zu streichelt.

Der Mann trug eine Jägerweste, abgeschlagen an den Ärmeln. Er hatte eine rötliche Gesichtshaut, und seine Ohren standen ab wie die eines Hirsches. Bestimmt kann er gut hören, dachte sie.

– Kommen wir doch mal zur Sache, sagte er mit knarziger Stimme. Den Dackel hatte er an seine Brust gehoben. Aufgeregt versuchte der Hund, Herrchens Kinn abzulecken.

Die Unterhaltung erstarb. Alle sahen auf. Keine Widerworte.

Forss fing sich als Erster. Er klopfte mit seinem Notizblock auf den Tisch. Tocke-di-tock. Tocke-di-tock.

– Also. Die Waffe: Poffe und ich, wir übernehmen das. Aku

kümmert sich um die Skihauben, die Gasmasken. Myrbäck und der Deutsche besorgen die Fahrzeuge, euer Mädchen die Uniformen. Wer beschafft die Gasflaschen? Die Abflussreinigerpumpen? Das Benzin?

Arme hoben, Stimmen überschlugen sich. Es geht zu wie bei den Pfadfindern, dachte Sassie. Forss, selbsternannter Schriftführer, notierte eifrig, was an Aufgaben verteilt wurde. Das nervöse Umherwandern seiner Finger auf der Tischplatte steigerte sich zu Trommelwirbeln. Irgendjemand warf Fotos auf den Tisch. Sie zeigten brennende Geldtransporter auf einer Autobahnbrücke.

Im Durcheinander trat sie an das Wandregal, griff in eines der Biergläser, ließ eine Handvoll der Kugeln in ihrer Hosentasche verschwinden. Die Kugeln lagen rund und weich an ihrem Oberschenkel.

Holzapfel saß versunken in seinem Sessel und stierte sie an. Er schlug ein Bein über das andere und ruckelte an seinem Strumpf herum, schob den Finger unter den Stoff, zog ihn heraus. Sein Hemdkragen saß ihm zu eng am Hals. Sie sah die roten Streifen wunder Haut.

Demnächst würden sie zu tun bekommen, aber dafür hatte man sie ja ausgesucht. Autoknacker wie Jan und Knut standen auch nicht an jeder Straßenecke herum. Zwei Fluchtautos plus fünf Wagen, die als brennende Blockaden herhalten sollten. Dann noch ein Bus. Zwölf Meter lang, mindestens.

– Kein Problem, meinte Myrbäck.

Eine Sache noch, sagte Forss, während er sich mit einem Kugelschreiber unter der linken Achsel kratzte.

– Schafft sie das?, fragte er und sah in Sassies Richtung.

Wieso sieht er ausgerechnet mich an, dachte Sassie. Ein Moment verging in Stille, die Frage hing wie ein Rülpsen im Raum, dann begriff sie. Alle starrten auf sie.

– Ja. Kann man sich auf die Frau verlassen?, fragte jetzt auch der Schnurrbart.

– Was habt ihr gegen Frauen?, fragte Sassie ungläubig. Sie suchte nach Augenkontakt mit Myrbäck. Er sah angespannt aus. Sein Mund bewegte sich, bevor er sagte:

– Eine Frau muss dabei sein, wenn man ein Verbrechen begeht. Wenn sie einen erwischen, ist es immer strafmildernd. Weniger auffällig, weniger aggressiv.

– Frauen halten den Verstand wach, fügte Holzapfel auf Englisch hinzu.

Alle Köpfe drehten sich in seine Richtung. Die Männer nahmen Jan ernster als Myrbäck, das spürte sie, selbst wenn er kaum ein Wort in ihrer Sprache sprach.

– Wenn es zur Sache geht, kommt die Tussi dann alleine klar? Nun mischte sich auch noch der Jäger ein.

– Ist sie fit? Könnt ihr für sie garantieren?

Myrbäck und Holzapfel nickten eifrig.

Solche Sätze hatte sie zuletzt als Sechzehnjährige gehört, ihr langer Sommer in der Kettenfabrik von Ljusne. Wenn es hart auf hart kommt? Wenn Feuer ausbricht? Wie soll ein Mädchen es schaffen, die Notventile zu öffnen, was? Der Vorarbeiter, ein Mann von Ende vierzig, hatte sich geweigert, mit ihr in die Nachtschicht zu gehen.

Es klopfte. Forss trat vor die Tür, sah durch den Spion und öffnete.

Nummer sieben trat ein.

Heute trug er keine hellblaue Wollmütze, sondern eine feine Schicht Nieselregen auf seinen Locken. Juhani, unter Freunden auch Jukki genannt, lächelte in die Runde.

– Wir hatten schon das Vergnügen, sagte er zu ihr gewandt.

Er griff nach ihrer Hand. Vor Schreck traute sie sich nicht, sie ihm zu entziehen. Sie sah den abgetrennten Kaninchenkopf vor sich. Sie saßen also in einem Boot mit diesem Wahnsinnigen. In einem Boot, das untergehen würde, so viel wurde ihr in diesem Moment klar.

Sie bekam kaum noch Luft in diesem Raum, den die Männer mit ihren Leibern und kräftigen Stimmen erfüllten. Bevor ihr speiübel wurde, warf sie ihren Anorak über und stürmte vor das Haus. Der Nieselregen hatte die Hundehaufen vor der Tür in eine breiige Lache verwandelt. Sie kniff ihre Nase zu und sprang in drei Sätzen auf die Straße. Minutenlang musste sie dagegen ankämpfen sich zu übergeben.

Myrbäck raste über die engen Straßen Hallundas, bloß weg, zischte er, so ein verkacktes Scheißpech. Zweimal setzte er den Wagen krachend auf den Bremsschwellen auf, am Autobahnring übersah er eine rote Ampel. Eindringlich schlug Jan vor, in eine Kneipe zu gehen.

In Huddinge hielten sie vor einem Lokal, das sich Pigge's Pub nannte. Als sie die Tür öffnete, blickte sie in ein schwammig graues, hängendes Frauengesicht. Dunst von Bratenfett und warmem Bier lag im Raum, schwedische Schlagermusik lief.

Finster und gemein sieht es auch hier aus, fand Sassie, aber nach dem, was sie heute schon erlebt hatte, schien ihr dieses Loch doch wie ein Arkadien.

Nein, wirklich, ihr folgt den Strandklippen aus grauem Gneis und zieht eine Linie am Horizont, bis eure Blicke auf die grüne Boje treffen und die drei kleinen Inseln dahinter, dort ist der Dalai Lama gekreuzt, an Bord eines Schärendampfers, ein Gast der Regierung. Ist echt wahr. Im Juli '96, ich erinnere mich, weil es der Sommer war, in dem kein Regen fiel, bis die Brunnen austrockneten, und ich Olofsson kennenlernte, noch nicht als Liebhaber, aber wir küssten uns schon. Olofsson hatte sein Geschäft mit ein paar Mietwagen begonnen, und es waren die Herren aus der tibetanischen Delegation, alle in Dunkelorange, die seine Autos für zwei Tage anmieteten. Zu einem buddhistischen Preis, hatte Olofsson frohlockt, kleines Angebot und große Nachfrage, aber hier hört ja keiner hin, wenn ich aus meinem Leben erzähle.

Sie alle denken nur an die Scheiße, in die sie sich geritten haben. Und wie sie da wieder herauskommen sollen. Als Herbergsmutter tauge ich euch, auch zum Haarschneiden bin ich gut genug. Obwohl. Sassie hat gezickt, hier nicht so kurz und dort lieber länger, und immer nur die Spitzen. Schon da hätte ich hinschmeißen sollen, die Schere, den Kamm, die Bürsten, aber dann hat mein Bruder gemeint: Einmal Friseuse immer Friseuse. Auch wenn es keine sechs Monate waren, die ich im Frisiersalon der Freundin in Eimsbüttel als Haarschneiderin verbracht habe, und so lange her, dass ich von Volumenwellen das meiste vergessen habe, den Namen des Salons völlig. Und jetzt stehe ich inmitten von Haaren, die glänzenden braunen

Strähnen Malins sind als erste gefallen, dann sprenkelten die dunklen Büschel Sassies das Gras, und ich habe sie ihr doch zu kurz geschnitten, klammheimlich; jetzt kappe ich die Mähne Myrbäcks, durch die ich, es war einmal vor langer langer Zeit, mit liebesnassen Händen lüstern streichen durfte.

Das Haar wellt sich über deinen Nacken, habe ich ihm gesagt, dafür bist du nicht jung genug, und er hat mich erschrocken angesehen. Jetzt fürchtet er, dass ich ihm einen Langweilerschnitt verpasse, alle zwanzig Sekunden fühlt er nach seinen Haaren und sagt, bloß nicht zu viel wegnehmen, aber ich sage, er soll endlich stillhalten und seine Haare in Zukunft selber schneiden. Ja, Heidi ist ein Zankteufel, Sassie hat es ihm vorhin geflüstert.

Zankteufel! Ich halte meinen Arsch hin für euch. Und du vögelst mit Knut Giovanni und machst die Beine breit für Jan und stolzierst hier auf grünen Lacklederpumps durchs Gras wie auf den Champs-Élysées. Dabei hast du die Schuhe mitgehen lassen, ich weiß es doch. Deine kapriziösen Neigungen kotzen mich an. Kleine Diebe wie dich gibt es überall. Die nehmen sich einfach, was ihnen nicht gehört. Die ziehen in den Dreck, was sie anfassen, und auch mein kleiner Bruder ist ein liederlicher Charakter. Haltet ihr mich für blöd, für die Friseuse? Denkt ihr, ich habe es auf den Ohren? Wenn ich euch den Tisch decke unter Apfelbäumen, für Kaffee und Kuchen mit Sahne, und das Silberlöffelchen klimpert im Zuckerdöschen, oh wie lecker, aber sobald ihr mich außer Hörweite wähnt, sprecht ihr über Fluchtwagen und die Millionen, die irgendwo herausspringen sollen. Ihr werdet schon sehen, wo ihr mit eurem Heimlichgetue landet. Ihr werdet schon sehen. Dass ich mit Feger, Wischlappen, Eimer zum Bootshaus der Lövgrens spaziert bin, alleine, weil ihr euch allesamt zu fein seid zum Putzen und Feudeln, ich es aber der Pia Lövgren versprochen habe, im Bootshaus einen Osterputz hinzulegen. Ich habe es nicht gern gemacht und immer wieder verschoben, wer kriecht schon freiwillig durch den Staub von Jahren, aber ich wurde belohnt. Die Kiste, über die ihr ständig tuschelt, sie lag wie ein Osterei im Tauwerk versteckt, und jetzt ist sie mein. Ich habe sie bis hoch vor den Brennholzschuppen geschleppt, ein weiter Weg, aber jetzt ruht sie sicher im Räucherofen, der seit dem Weltkrieg keine Heringe mehr gesehen hat, nur Schnecken, Spinnen, Gewürm.

– Au! Myrbäck schrie auf. Was machst du da! Er stieß seinen Kopf nach vorn und hielt sich das Ohr.

– Oh, das tut mir leid, sagte sie und trat erschrocken einen Schritt zurück. Auf Knuts Ohrläppchen funkelte ein Tropfen Blut. Wenn du auch ständig mit dem Kopf wippst.

Verwirrt sah er in Richtung des Hauses. Jetzt hörte auch sie, dass ein Auto sich näherte. Dem Klang des Motors nach war es ein Kleinlaster, der Pick-up der Nachbarn vielleicht. In der Stille lernt man schnell, Geräusche zu unterscheiden.

Ein Wohnmobil tauchte hinter den Birkenstämmen der Landstraße auf, passierte den Gartenzaun, bog in die Auffahrt und rollte, fast ohne Gas, auf sie zu. Knirschend kam es im Kies zum Stehen.

In die Irre gefahren, dachte sie, wieder mal ein paar blöde Touristen ohne Karte unterwegs. Weil sie sich einbilden, auf einer Insel könne man sich nicht verfahren, da gehe es sowieso nur im Kreis.

– Oh. Myrbäck stöhnte kurz auf.

– Kennst du die etwa?, fragte sie.

– Ja. Ich weiß nicht. Fast stotterte er. Er sprang auf, warf sein Frisiertuch ab und ging auf das Wohnmobil zu. Dessen hintere Tür öffnete sich, zwei kleine Mädchen hüpften auf den Rasen, eine Frau mit langen blonden Haaren sprang hinterher.

Auch der Fahrer stieg aus. Alle hatten sie vom langen Autofahren in der Wärme rote Bäckchen bekommen.

– Knut! Ich glaub's nicht! Sven Classen breitete die Arme aus. Hier sind wir! Ferien! Urlaub! Freizeit!

– Wie hast du mich gefunden?, fragte Myrbäck.

Knut könnte wenigstens so tun, dachte Heidi, als freue er sich über den Besuch dieser Familie.

– Machst du Witze, rief der Mann. Wir sind Geo-Researcher. Wir finden alles, was einen Schatten wirft. Er lachte über seinen eigenen Witz. Er trug Shorts und ein gestreiftes Hemd.

Myrbäck grinste verlegen.

– Ja, hast du meine Anrufe nicht abgehört?, fragte der Mann, den er ihnen jetzt als Sven Classen vorstellte: Ex-Kollege aus Hamburg. Töchter Merle und Mieke. Frau Carla. Sie stand neben ihm und hob lüftend ihr zitronengelbes Baumwollkleid.

– Ich geh schon lang nicht mehr ans Telefon. Myrbäck schüttelte den Kopf. Aber seid willkommen.

– Ein paar Tage wollten wir schon bleiben. Wer nach Schweden fährt, hat man uns gesagt, darf nicht an den Schären vorbei. So ungefähr wusste ich ja, wo du steckst. Der Rest war Zufall.

Keiner sagte etwas. Nach kurzer Pause sprach er weiter:

– Viel Platz brauchen wir nicht. Unser Haus haben wir ja mit. Er zeigte auf sein Wohnmobil.

Und instinktiv erahnend, dass Myrbäck nicht der Richtige war, um nach Einzelheiten der Unterbringung und Verpflegung zu fragen, hefteten sich die Augen des Mannes auf Heidi.

Ist doch klar, wer soll es denn sonst sein, wenn Sassie sich ans Wasser verdrückt und Jan auf seiner Liege klebt wie ein morscher Apfel und Knut den Gang der Welt mal wieder nicht begreift, dann ist es Heidi, die sich kümmert. Bin ich es, die Waschmaschine und Wasserpumpe erklärt, die sich fragt, wie vier zusätzliche Mäuler gestopft werden können, und sich sorgt, ja, mit einem Schlag begreift, dass das Zweikammersystem des Fäkalientanks ein paar Sommerwochen lang mit Ach und Krach und dem Verdauten von vier Leuten klarkommen mag, aber keinesfalls mit der Dauerbelagerung einer Reisegruppe. Wann also fliegt uns der ganze Scheiß um die Ohren?

IV

Auf den Knien, mit einem weithin hörbaren Ächzen wuchtete Knut Giovanni Myrbäck die Zementscheibe von ihrem Fleck und blickte in den Schlund eines Fäkalientanks. Eine schwärzliche Flüssigkeit, in der Fetzen von Toilettenpapier trieben und braune Würstchen, stand wenige Handbreit unter der Grasnarbe. Morgen schon? Oder wann würde die Brühe sich einen Ausweg in die Abwasserrohre suchen, mit jeder Klosettspülung näher an das Sommerhaus der Familie Lövgren heranschwappen, dann aus der Schüssel fluten? Heidi hatte ihm das Unweigerliche eindringlich ausgemalt, ihn anschließend zur Kontrolle geschickt. Ruckweise schob er die Scheibe zurück. Erdbröckchen plumpsten zufrieden in die Brühe.

– Kein Problem!, rief er, da ist noch Luft für Wochen. Was ging dieser Scheiß ihn an? Er hatte Wichtigeres zu tun.

Heidi sah kurz von ihrem Buch auf, nickte beruhigt, Malin und Sassie lagen schläfrig im Schatten der Fliederbeerhecken, und wenn seine Augen ihn nicht täuschten, dann war es Classens blonder Schädel, der in der Badebucht aufleuchtete, während seine Töchter vom Strand aus mit Steinen ein Schwanenpaar bewarfen. Ein herzrührendes Sonntagsidyll.

Zwei Stunden später stand er neben Holzapfel auf dem Gelände einer Busfirma in Västerhaninge. Über dem Festland war Regen gefallen, den giftigen Grünstich der vorbeiziehenden Gewitterwolken hatten sie vom Oberdeck der Fähre aus bewundert. Jetzt spiegelten sich harmlose Wölkchen in der teichgroßen Pfütze vor den Garagenbauten, ein kühler Wind zog auf. Holzapfel zupfte ein Taschentuch aus seiner Hosentasche und schnäuzte sich.

– Wie hat Classen dich aufstöbern können?, fragte er.

– Jemand wie er findet dich überall. Das ist sein Beruf. Maria hat ihm gesteckt, dass ich in Schweden bin, alles Weitere war eine Kleinigkeit für ihn, behauptet er. Am Ende hat er mich über mein Mobiltelefon aufgespürt, frag mich nicht. Myrbäck schob einen rostigen Kuhfuß unter die Garagentür. Mit harmonischen Bewegungen begann er, sie aufzuhebeln.

– Einmal telefonieren, schon bist du dran. Ich sag's ja immer wieder. Aber kein Mensch hört auf mich.

– Ich telefoniere mit meinem Sohn, wann ich es will, meinte Myrbäck, niemand wird es mir verbieten. Du schon gar nicht. Auf dem größten Platz Stockholms triffst du dich heimlich mit einer Frau.

Holzapfel zuckte kurz, aber er schien nicht wirklich überrascht vom Wissen Myrbäcks.

– Was geht es dich an? Die Frauen mögen mich eben.

– Verarsch mich nicht, sagte Myrbäck. Ich erinnere mich an ihr Gesicht. Ihre Frisur. Ich bin ihr drei Mal begegnet. In Hamburg. Vor einer Waffelbude im Heimdalsväg. Mitten auf Södermalm.

Holzapfel starrte ihn an. Er sah wirklich verblüfft aus. Er knabberte am Nagel seines Daumens.

– Komm schon. Leugnen ist zwecklos.

– Die Frau und ich, fing Holzapfel an, wir hatten eine tolle Idee. Nein, falsch. Die Frau hatte eine Idee. Sie arbeitet für Privatunternehmen, manchmal auch für deutsche Behörden. Objektschutz, Personenschutz, je nach Auftrag. Sie sollte sich um die Kiste kümmern. Mit ihren beiden Helfern ist sie wochenlang durch die Gegend gefahren, tagaus, tagein.

– So lange, bis sie das Ding behalten wollte, was?

– Ja, so in etwa. Sie hat wohl nachgedacht. Und verstanden, dass diese Kiste mehr wert ist als alles, was sie je bewacht, transportiert, geschützt hatte. Personenschützer verdienen sich heute auch nicht mehr dämlich. Man lebt so am Rande der Pleite, hat sie mir erzählt.

– Warum hat sie sich nicht einfach die Kiste genommen? Sie saß doch mit ihrem Hintern direkt drauf.

– Sie war nie allein unterwegs. Ihren beiden Helfern traut sie nicht über den Weg.

– Sagt sie.

– Ja, sagt sie. Und ich glaube ihr. Und sie wird mir helfen, einen Käufer zu finden.

– Sie und du. Ihr beide. Hammerwitzig. Du weißt nicht mal, wo deine Kiste ist. Und wo hast du sie überhaupt kennengelernt, diese Frau?

– Beim Kegeln.

– Du hast sie gevögelt?

– Nein, sie hat mich gevögelt. Holzapfel grunzte. Es klang zufrieden.

– Hat sie auch einen Namen?

– Jana. Wir haben uns immer wieder mal getroffen, irgendwann hat sie begriffen, wovon ich lebe. Dass sie mich gut gebrauchen kann. Die Frau hat einen siebten Sinn. Oder einen achten.

– Und dann? Was habt ihr euch ausgedacht?

– Während sie ihre Kollegen ins Spätkino schleppte, sollte ich mir ihren Wagen holen.

– Das hat dann aber der andere Trottel erledigt. Ich.

Ein Knirschen im Metallrahmen kündete von der erfolgreichen Arbeit Myrbäcks. Das Garagentor ließ sich widerstandslos aufschieben. Sechs Busse standen aufgereiht im Halbdunkel. Den längsten von ihnen maß Holzapfel mit großen Schritten ab.

– Zehn Meter, meinte er. Dieser hier ist es.

– Lenk nicht ab!

– Ich weiß nicht, was schiefgelaufen ist an jenem Abend. Ich habe mir den Kopf darüber zerbrochen. Ich glaube, ihre beiden Wachhunde haben mich die ganze Zeit beschatten lassen. Und sie wussten, dass ihre Chefin nicht ganz koscher ist. Kaum war der Wagen samt Kiste weg, haben sie jemanden zu meiner Wohnung geschickt, um mir aufzulauern.

– Da tauchte ich dann auf. Und bin ihnen entwischt.

– Ja. Statt deiner haben sie sich Zbigniew geholt.

– Was hatte er wirklich mit alldem zu tun?

– Er sollte die Kiste zu Geld machen. An den passenden Mann bringen. Niemand hatte so viele Kontakte wie er.

– Seit wann weißt du von Zbigniews Tod?

– Jana hat es mir erzählt.

– Hat sie dir auch verraten, weshalb sie Stanczak verbrannt haben? Er starrte Jan wütend an.

– Nein. Die beiden Blonden sind meschugge, sagt sie immer. Sie hat Angst vor ihnen. Die Kerle färben sogar ihre Haare.

– Und Raschke? Was hat sein Tod mit eurer Kiste zu tun?

– Nichts, wehrte Holzapfel ab. Ich kann es mir nicht erklären. Raschke war nicht in unsere Pläne eingeweiht. Sein Tod war ein Unfall.

– Keine zwei Tage nach Stanczak stirbt Raschke, weil eure Werkstatt in die Luft fliegt? Glaubst du an Wunder, oder bist du blöd?

Myrbäck schlug zornig gegen die Tür, vor der sie zum Stehen gekommen waren.

– Wie kannst du so schäbig sein?, schrie er. Du hast mich betrogen!

Holzapfel simulierte einen Hustenanfall. Dann sagte er flüsternd:

– Nicht so laut. Beherrsch dich mal.

Myrbäck ließ seine Wut an der verschlossenen Tür des Verwaltungsbüros aus.

– Wie bist du auf die Idee gekommen, mich zu beschatten?, wollte Holzapfel jetzt wissen. Mir bis nach Stockholm zu folgen?

– Du neigst zu Dummheiten. Da hielt ich es für sinnvoll, ein Auge auf dich zu halten.

– Dann sieh jetzt mal genau hin.

Im Stehen legte sich Holzapfel zurück, zog sein rechtes Bein auf artistische Weise in die Höhe und trat mit all seiner Körperschwere gegen das Schloss. Der Zylinder plumpste in das Büro hinein. Mit Jans nächstem Tritt sprang die gesamte Tür aus ihren Angeln.

Der Schlüsselkasten hing an der Wand eines kleinen Kabuffs. Staub von Jahren füllte ihn, aber Zündschlüssel hingen hier keine.

Myrbäck betrat die Garage, stellte sich vor den längsten der Busse, öffnete mit einem gewöhnlichen Vierkantschlüssel die Serviceklappen und legte den Batterietrennschalter um. Er wandte sich der Bugklappe zu, stemmte sie mit einem Schraubenzieher auf und presste seinen Zeigefinger so lange auf den Ventilknopf, bis sich die Fahrerkabinentür mit einem pneumatischen Schmatzen öffnete. Der Zündschlüssel lag in einem Fach unterhalb des Fahrkartenlesers.

– Was glaubst du?, fragte er, als sie Västerhaninge über Ribby verließen. Liegt der Finger noch in deiner Küche?

Holzapfel reagierte nicht. Er saß am Steuer und sah stur auf die Straße.

– Hast du die Sprache verloren? Sag schon.

– Ich hab die Kellnerin angerufen. Und sie gebeten, mal nach dem Rechten zu sehen. Sie hat sofort aufgelegt.

– Es ist Stanczaks Finger, das weißt du, oder?

Holzapfel nickte.

Myrbäck lehnte sich auf seinem Sitz in der ersten Reihe zurück, versuchte, den Panoramablick durch die Frontscheibe zu genießen, doch immer wieder musste er zwanghaft seinen Kopf drehen. Die leeren Sitzbänke hinter seinem Rücken beunruhigten ihn. Er fühlte sich beobachtet, gerne wäre er die Reihen abgegangen.

– Was ist mit Sassie? Jans Frage fiel wie beiläufig, traf aber einen empfindlichen Nerv Myrbäcks.

– Was soll mit ihr sein?

– Bist du schwer verliebt? Leicht verliebt? Gar nicht verliebt?

– Schwer, antwortete Myrbäck.

– Hmm.

– Warum fragst du?

– Nur so. Ist sie auch in dich?

– Was?

– Na, was wohl.

– Frag sie doch selbst.

– Werd ich.

In Holzapfels Stimme war ein hochmütiger Klang eingewoben. Aber vielleicht bildete sich Myrbäck das auch ein.

– Wart ihr zusammen im Bett? Er fragte, ohne überlegt zu haben, ob er überhaupt eine Antwort wünschte.

Überrascht sah Holzapfel auf.

– Im Bett?

– Ja. B.E.T.T. Wart ihr im Bett?

– Nein. Jan versuchte auszusehen, als müsste er sich gerade wahnsinnig auf den Verkehr konzentrieren.

– Aber du würdest mit ihr ins Bett steigen?

– Sofort, ist doch klar. Jan nickte begeistert.

Es begann mit einem wärmenden Jucken über seinen Schläfen. Wie immer, wenn er in unverdauliche Situationen geriet. Nicht dass Jan Probleme damit hatte, Frauen zu finden, sie ins Bett zu schleppen. Länger als ein paar Tage blieben sie jedoch selten, oft nur über Nacht. Lange, mindestens die ersten Jahre ihrer Bekanntschaft, hatte er mit allen quälenden Varianten der Eifersucht zu kämpfen gehabt. Oft genug hatte der junge Holzapfel jene Frauen abgeschleppt, für die der jüngere Myrbäck seine kleinen Finger gegeben hätte.

Sie fuhren an einer Gruppe aufgeregt winkender Frauen in Festkleidung vorbei.

– Meinen die uns?, fragte Holzapfel. Er pfiff zu einer imaginären Melodie und klapperte unkonzentriert mit den Fingern der einen Hand auf dem Armaturenbrett.

– Kannst du mit dem Scheißgetrommel aufhören?, fragte Myrbäck.

Kurz hinter Forsbro verließen sie die Landstraße. Es bereitete Holzapfel einige Mühe, den sperrigen Bus unbeschadet über den Forstweg zu lenken, den Gösta Göransson ihnen beschrieben hatte.

Als Myrbäck die Furcht beschlich, sie könnten sich in dem überwachsenen Wassergraben festfahren, der zu beiden Seiten des Wegs verlief, ein Ausflug ohne Wiederkehr, öffnete sich das Gestrüpp und gab den Blick frei auf Felder voller Futterklee und eine Ansammlung rostroter Scheunen.

Es war Göranssons Dackelhündin, die sie empfing. Holzapfel machte sich sogleich daran, sie zwischen den Vorderbeinen zu kraulen.

Herrchen trug jene angeschlagene Lederweste, die er auch schon bei Forss getragen hatte. Eine Jagdflinte hing über seiner Schulter, an seinem Gürtel ein Messer.

– So langsam wird die Hütte voll, meinte er mit einer knarzigen Stimme.

– Man tut, was man kann, antwortete Myrbäck. Jetzt, wo er da so in der Landschaft stand, schien ihm der Mann etwas fett um die Körpermitte. Von seinem Sessel in Forss' Wohnzimmer aus hatte er das Kommando auf stille, militärische Weise geführt; hier im Freien schien seine Autorität einer plumpen Bäuerlichkeit gewichen.

– Kommt mit, forderte er sie auf, es klang fast freundlich.

Er dirigierte sie zu einem Apfelbaum, unter dem ein Klingelspiel hing. Mit dem ausgestreckten Arm fuhr er durch die Mobiles, und mitten in die Melodienvielfalt hinein präsentierte er ihnen ein rostrotes Schwedenhäuschen mit Veranda, mit echten Fenstern und Dachziegeln – der originalgetreue Nachbau seines eigenen Hauses in kleinem Maßstab.

– Mein Hühnerstall, sagte er.

– Sieht aus wie echt, lobte Holzapfel. Myrbäck wusste von Jans Faible für Miniaturen.

– Seit ein paar Jahren haben wir leider Leerstand, meinte Göransson. Er deutete auf das Häuschen.

– Der Habicht hat sie mir geholt. Der Fuchs. Ein Küken nach dem anderen, Jahr für Jahr. Schließlich habe ich aufgegeben. Jetzt halte ich mir Autos. Er lachte über seinen Witz und führte sie zur Scheune.

Sechs Wagen standen hier, sorgfältig nebeneinandergeparkt. In vorderster Reihe der Jeep Grand Cherokee, den Holzapfel einem Immobilienmillionär vom Fährparkplatz in Havsbad gestohlen hatte.

– Wie auf dem Genfer Autosalon, sagte Myrbäck.

Zum Abschied zog Göransson die Flinte von der Schulter und schob die Mütze aus der Stirn. Ein feiner Schweißfilm lag unterhalb des scharf gestutzten, borstigen Haars; seine Gesichtsfarbe hatte die Farbe satten Rosas angenommen. Es war schwül geworden, jetzt bemerkte auch Myrbäck, wie heiß und eng es sich unter seinem T-Shirt anfühlte. Oder liegt es an diesem Jägermeister, dass ich so schwitze?

– Was ist? Warum humpelst du?, fragte Myrbäck, als er Stunden später hinter Holzapfel über die scheppernde Gangway von Bord ging.

– Die Tür. Der Tritt. Holzapfel hielt sich demonstrativ seine rechte Hüfte. Ich habe zu viel Schwung genommen.

Auf der Insel empfing sie warme Treibhausluft. Die Sonne hielt sich stur über dem Horizont, ihre Strahlen lagen über den aufblühenden Beeten der Vorgärten, ließen frisch gestutzte Rasenflächen in einem Frühlingsgrün aufleuchten.

Ohne erst ihr Haus zu betreten oder jemanden zu grüßen, machte Myrbäck sich aufgeräumter Stimmung zu einem Abendspaziergang auf. Auf Trampelpfaden und neben den geflochtenen Weidenzäunen gelangte er zum alten Bootshaus, dessen Hintertüre er auf gewöhnliche Manier aufhebelte, über die Schwelle trat, aber im Schattenreich zwischen Angelwerk, Traktorreifen und Ruderstangen nicht wiederfand, was er dort verborgen hatte: die Bleikiste, von deren Inhalt er und Jan Holzapfel doch immer noch erhofften, sie möge sie eines Tages wenn nicht reich machen, so doch für eine Zeit von finanziellen Nöten befreien.

Er schlug sich mit der flachen Hand auf die Stirn, immer wieder, bis es ihm wirklich wehtat.

Wenn mich mal jemand um Rat fragte.

Ich würde sagen: Nehmt euch den Bankhubschrauber vor. Seit letztem Sommer ist er im Einsatz, zweimal die Woche schafft er Bargeld vom Festland auf die Insel. Auf diese Idee ist niemand gekommen, denn die Leute sagen sich: Wer ist so blöd zu glauben, er könne mit Boot und Beuteschatz von einer Insel entfliehen? Wer bildet sich ein, den Helikopterstaffeln der Küstenwache entwischen zu können? Ich aber frage mich: Was geschieht, wenn man sich das Geld holt und bleibt? Einfach bleibt, sich einbuddelt, statt Reißaus zu nehmen?

Aber kein Mensch fragt ja nach meiner Meinung, keinen Einzigen in diesem Unterholz voller Verzweifelter drängt es ans Licht der Erkenntnis, dachte Heidi. Meinen Bruder schon gar nicht. Sie hatte ihm den Briefumschlag mit seinen Geheimpapieren unter die Nase gehalten. Es war ihm überhaupt nicht peinlich. Nicht einmal errötet war er. Er hatte den Umschlag genommen, versucht, ihn in seinen Händen zu zerreißen, und ihn, als das nicht gelang, einfach in den Müll geworfen und gesagt:

– Brauch ich nicht mehr.

– Du hast dir viel Mühe gemacht, ihn unter meiner Küchenspüle zu verstecken, hatte sie schnippisch geantwortet.

Und er, beim Weggehen schon:

– Ja, aber das war einmal.

Gestern dann. Den Tag über hatte er mit den anderen beiden Deppen in der Kiesgrube gesteckt, drüben bei Sorunda, und auf leere Bierdosen geschossen. Mit der einen mickrigen

Pistole und dem Luftgewehr, die ihnen diese Gangster gnädigerweise überlassen hatten. Aber heute Nacht kann Jan mir mal zeigen, wozu er imstande ist. Außer Rauchbomben basteln und auf leere Bierdosen schießen.

Die Geschwister Holzapfel waren auf dem Weg zur Arbeit. Sie passierten menschenleere, lichterhellte Industriegebiete, triste Brachwiesen, zukünftiges Bauland für Konferenzhotels, und nicht einmal die imposanten Spiegelfassaden der Hochhäuser konnte man sich ansehen, ohne dass einem schauerlich einsam in dieser Nachtlandschaft wurde, fand Heidi. Es tröstete auch nicht, dass der Gestank von Benzin ins Wageninnere kroch.

Trotzdem. Seite an Seite mit ihrem Bruder war das Elend zu ertragen. Ab und an überholten sie einen der Schwerlaster, und für Sekunden konnte sie sein Gesicht im Schlaglicht der Scheinwerfer erkennen.

Im Profil sieht er immer noch prächtig aus, dachte sie. Für sein Alter. Gut, ihm sind die Backen ein wenig rund geworden, die Hüften ebenso, seine Beine kräftiger. Ja, der ganze Jan ist weicher geworden. Bereitwillig war er darauf eingegangen, sie mitzuschleppen auf diese nächtliche Tour. Aber schließlich: Hatte sie ihm geholfen oder nicht? Hatte sie ihm die Fliegenfänger besorgt oder nicht? Ja, sie hat die widerwärtigen Klebebänder bei ihrem Gemüsehändler auf Skärholmen entdeckt, hoch unter der Decke seines Standes hingen sie, und sie hat den redseligen Mann aus Damaskus beim Kauf von Avocados und Limetten überredet, ihr ein oder zwei seiner altmodischen Insektenkiller zu überlassen. Am Ende hatte er ihr ein halbes Dutzend der Pappdöschen in die Hand gedrückt. Für umsonst.

Sie schraubte die Thermoskanne auf. Geruch frisch aufgebrühten Kaffees füllte den Wagen.

– Wie kannst du ständig Kaffee trinken?, fragte er.

– Das lernt man hier so. Ohne ihren Kaffee finden die Leute keinen Schlaf.

Ihr fiel ein, dass sie morgen früh zu ihrem mobilen Hepatitisdienst für die neunten Klassen eingeteilt war. Auch wieder so ein Arbeitstag, dem ich völlig lustlos entgegensehe.

– Kannst du endlich in den dritten Gang schalten?, fragte sie in das Blubbern des Motors hinein, als sie die E 4 an der Ausfahrt Arlanda verließen. Immer schaltet er zu spät in den tieferen Gang zurück, es macht mich rasend. Auch bei Tempo fünfzig sind wir noch im vierten unterwegs. So spart man Benzin, behauptet er.

Auf dem Dach des Parkhauses stank es nach altem Schmieröl und regennassem Beton. Jan stieg aus und montierte die Nummernschilder dreier Autos ab.

Sie fragte sich, ob sie den Schuldienst schwänzen sollte. Eine Kolik vortäuschen, eine Sepsis? Die üblichen Wehwehchen nahm ihr doch niemand ab.

– Geil, meinte Jan, als sie ohne Scheinwerferlicht die Abfahrt des Parkhauses hinunterrollten. Ihr wurde schlecht von all den steilen Kurven.

Es war drei Uhr nachts, als sie auf den Parkhof einer Autovermietung in Upplands-Väsby einfuhren. Während sie die Klappe des Briefkastens am Hauptgebäude anhob, drückte er eines der klebrigen Bänder mit einem Draht hinein, fischte kreiselnd auf dem Boden und zog es langsam wieder hervor. Zwei Zündschlüssel und dünne Quittungspapiere steckten am Fliegenfänger fest.

Einer der Schlüssel passte zu einem Volvo XC90. Nachtweiß stand er in der Reihe der abgestellten Mietwagen. Als sie den Wagen startete, blinkte ihr eine Leuchtschrift ins Gesicht: Alcoguard. Sie hatte von dem eingebauten Promilletest gehört. Wer trinkt, der darf nicht fahren. Wohin führen diese Dinge?, fragte sie sich. Sie konnte sich nicht entscheiden, ob eine solche Erfindung sinnvoll war oder doch eine unerträgliche Bevormundung.

Eines aber weiß ich ganz genau, dachte sie überrascht, als der Wagen ansprang und sie hinter ihrem Bruder vom Gelände der Autovermietung rollte: Ich habe meinen Spaß heut Nacht.

Sassie Linné öffnete die Glastür zum »Wäschedienst Gren«, zog die chemiewarme Luft tief in ihre Lungen, drückte die Brust heraus und beugte sich über den Tresen, bis der Mann ihr in die Bluse guckte.

– Hallo, wir haben telefoniert, sagte sie. Schlagartig fühlte sie die Verantwortung einer Schauspielerin, deren Publikum eine tadellose Vorstellung erwartet.

– Ich komme wegen der Uniformen.

Der Mann sah sie verstört an. Er hob seine Hand, wie um sie abzuwehren.

– Ein Notfall, sagte sie aufmunternd. Werttransporte Loomis. Unsere Leute müssen einspringen auf der Messe. In voller Montur.

– Oh, ja. Endlich begriff er. Er verschwand zwischen Wäscheständern und kehrte mit drei verschnürten Paketen zurück.

– Die Uniformhosen, zählte er auf. Und die Jacken. Hier noch die Schnallen und Gürtel. Hoffnungsfroh sah er ihr aufs Dekolletee.

Sie ließ ihn die Pakete im Kofferraum ihres Mercedes verstauen. Zum Abschied drückte sie ihm artig die Hand und gewährte ihm einen letzten Blick. Sie hatte eine marineblaue Bluse angezogen, weil diese Farbe zu ihrer blassen Frühlingshaut passte wie keine andere.

Auf ihrem Weg aus der Stadt besorgte sie im Konsum-Markt in Haninge vier Benzinkanister und zwei Meter Plastikrohr und erwarb in der Freizeitabteilung ein Dutzend Schachteln mit dicken Schrauben. Für die Krähenfüße. Auf ihrem Weg in Richtung der Kassen kam sie sich in einem Spiegel entgegen, ohne sich aber sofort darin zu erkennen. Sie trat näher heran. Ich habe zugenommen, dachte sie zufrieden. Aber ihr starkes Make-up ließ sie älter aussehen. Ihre Perücke saß schief, ein paar dunkle Strähnen waren an den Schläfen entwichen. Sie rückte das Haarteil zurecht. Darunter sah es noch schrecklich aus. Heidi hatte sich Mühe gegeben, ihre Frisur zu verunstalten. Sie hat mich auf dem Kieker.

In Landfjärden stand Tjock-Aku winkend am Straßenrand. Er hatte sich zwischen Briefkästen postiert und erwartete ihre Ankunft wie ein zu groß geratenes, verloren gegangenes Kind.

Er bestieg den Mercedes erst, als sie auf den Beifahrersitz rutschte. Heute trug er eine Sonnenbrille, aber keine Strickjacke, und sie sah, dass sein rechter Arm von Tattoos überzogen war, von Schlangen, Kreuzen und Drachen, die so gar nicht zu seinem Babygesicht passten. Sein Fahrstil war rasant. Als er mit einem waghalsigen Manöver an einer Kolonne von Baufahrzeugen vorbeizog, fragte er sie mit seiner tiefen Stimme, ob alles glattgegangen sei.

– Ja, warum nicht?

– Wo hast du die Uniformen her? Er klang misstrauisch.

Sie erwog, ob er eine Erklärung wert war. Sie fand ihn grässlich, und er mochte mit Frauen nicht arbeiten. Und stolz bin ich auch. Trotzdem, sagte sie sich, sollte ich nicht für Missmut sorgen.

– Ich habe eine Textilreinigung nach der anderen angerufen. Jedes Mal habe ich gefragt: Ist endlich die Lieferung der Wachfirma Loomis zur Abholung bereit? Es kann doch keine

Wochen dauern, ein paar Uniformen zu reinigen. Beim fünften Anruf war ich erfolgreich.

– Und dann?

– Habe ich auf Eile gedrängt. Da warte eine Präsentation im Messezentrum in Älvsjö, ein prestigeträchtiger Auftritt der Firma beim Kongress zur Sicherheitstechnik.

Tjock-Aku nickte einmal kurz. Sie nahm es als Lob.

Ein wenig hatte sie über Tjock-Aku erfahren. Er war in Karkkila bei Helsinki aufgewachsen und als Vierjähriger zu seinen Großeltern nach Schweden geschickt worden. Er war ein tüchtiger Kampfsportler und Träger des Schwarzen Gürtels in Karate, hatte sogar an internationalen Wettkämpfen teilgenommen. Als ein Trupp Jugendlicher ihm eine Bierdose auf sein Auto warf, schlug er sie zusammen. Er kam vor Gericht, und das Urteil beendete seine Träume davon, Großstadtpolizist zu werden. Später, so erzählte ihr es Myrbäck, hat er wohl als Türsteher in Södertälje den einen und anderen betrunkenen Gast zusammengeschlagen. Bei einer dieser Gelegenheiten war er festgenommen und später zu vier Jahren Haft verurteilt worden. Ja, solche Leute gab es, dachte sie.

In Årsta ließ sie sich am Ortseingang absetzen. Mit einem wie Tjock-Aku wollte sie besser nicht am Fähranleger gesehen werden.

Es war noch nicht Abend, als sie zwischen dem Grün der Birkenblätter erst die Giebelwand des Häuschens erspähte, dann auch die Fenster jenes Zimmers, in dem sie seit ein paar Wochen behaglich lebte. Sie streifte ihren Rucksack ab und ging quer durch den Garten zum Strand. Gerne hätte sie Myrbäck von ihrem Erfolg mit den Wachuniformen erzählt. Doch die Bucht lag verlassen, nicht einmal die ulkigen norddeutschen Gäste lagen am Wasser. Sie ging ins Haus, in die

Küche, und aß mit Heißhunger vom blassgelben Haushaltskäse und dem Knäckebrot, die jemand auf dem Frühstücksgeschirr hatte liegen lassen.

Aus ihrer Handtasche kramte sie eine der weißen Kügelchen hervor, die sie in der Wohnung von Forss hatte mitgehen lassen. Sie ließ sie tief ihn ihren Hals rutschen und trank gierig zwei Glas Wasser. Sie streckte sich auf der Bauernbank aus und sah zur Decke auf.

Sie hatte sich vorgenommen, einen Brief an ihre Schwester zu schreiben, so vieles war in den letzten Wochen geschehen, doch sie hatte sich nicht überwinden können. Seit ihrem letzten Brief an Lilja waren Monate vergangen. Aber da war ja niemand, der ihre Briefe las, sie je lesen würde. Und jetzt war sie müde, durcheinander, und ihre klaren Gedanken brauchte sie, die wirklich dringlichen Fragen zu beantworten: Ob sie mit zwei Männern gleichzeitig etwas haben sollte? Ob beide Männer davon wissen durften, oder besser nicht? Sie hatte die Eifersucht schlimme Dinge anstellen sehen.

Sie schloss die Augen und verfolgte den Tanz violetter Fasern am Rande ihres Blickfeldes. Woraus auch immer das Kügelchen aus Forss' Wandregal bestand, es war kein Kokain. Es hatte süß geschmeckt, wie eine Zuckerpastille. Im Inneren mehlig. Aber sie war auf der Stelle zur Ruhe gekommen, und jetzt fühlte es sich an, als erwärmte ein großer, runder Stein ihr die Bauchhöhle und die Brust. Ketamin, fiel ihr ein. Eine Partydroge, die einen den Verstand verlieren ließ. Ein Beruhigungsmittel für Pferde. Das passte zu Forss.

– Sassie? Myrbäcks Stimme riss sie aus einer Trance. Sie hatte Mühe, sich von der Bank aufzurichten, Worte zu formen. Ein leierndes Ja fiel ihr von der Zunge.

Er stand im Bademantel in der offenen Tür, die eine Hand am Rahmen.

– Ich wollte dich nicht wecken, flüsterte er, so als könnte er es rückgängig machen. Er machte kehrt.

– Geh nicht.

Er blieb stehen und sah sie forschend an.

– Fass mich an, sagte sie.

Er kam, beugte sich vor und küsste sie auf die Stirn, auf die Nase. Seine Lippen waren weich. Seine kalte Hand legte sich auf ihren Bauch und rutschte unter ihre Bluse, wo sie auf ihrem Busen ruhte. Plötzlich zog er sie wieder zurück.

– Was willst du von mir?, fragte er.

– Was glaubst du?

– Du willst nicht nur mich, sagte er.

– Ach, das ist es. Du bist eifersüchtig. Auf Jan. Auf einmal war sie hellwach. Es fühlte sich schauderhaft an. Die Hüften und Schenkel taten ihr weh. Ihre Füße waren kalt.

Er warf ihr einen bösen Blick zu, setzte sich auf einen Stuhl und starrte auf seine Hände. Dann stand er auf. Er ließ sich Zeit dabei, das Geschirr in die Spüle zu räumen. Den Tisch zu wischen. Wasser in die Kaffeemaschine zu füllen, den Filter an seinem Rand zu knicken. Er öffnete alle Schranktüren, erst in der letzten fand er das Kaffeepulver. Es erleichterte sie, dass er sich so viel Zeit nahm. Sie fürchtete sich vor dem Moment der Stille, der gleich folgen würde.

Als die Maschine gurgelnd das letzte Wasser in den Filter spülte, sah er auf und fragte:

– Hast du was mit Holzapfel?

Sie war auf diese Frage nicht vorbereitet.

– Ja, sagte sie.

– Wie war es? Sein Blick über die erhobene Tasse hinweg sah ganz leer aus, fand sie. Aufgegeben.

– Es ist nur einmal geschehen. Es ist einfach passiert.

– Es ist einfach passiert. Es ist einfach passiert. Er äffte sie mit schriller Stimme nach. Weshalb sagst du so etwas?, fragte er. Sie konnte an seiner Hautfarbe sehen, wie die Wut in ihm aufstieg.

– Was ist so schlimm?, fragte sie.

– Du bist voll bis obenhin. Deine Pillen und der Alkohol, das ist eine saudumme Kombination. Was hast du heute alles geschluckt?

– Keine Tabletten. Getrunken habe ich auch nicht.

– Deine Augen sagen etwas anderes.

– Na gut. Ich habe eine der Kugeln von Forss probiert.

– Du hast was gemacht? Seine Stimme klang ungläubig.

– Na und. Er hatte ein ganzes Bierglas voll. Ist fast schon vorüber.

– Nichts ist vorüber. Ich kenne dich doch. Du bist high von all dem Koks.

– Koks? Niemals. Das ist kein Koks. Und du weißt nicht, wer ich bin. Du kennst mich nicht.

– Und das ist dir recht. Du willst nicht, dass irgendjemand dich kennt. Myrbäck schaute auf den Boden seiner leeren Tasse.

– Also los, sagte er. Wer bist du?

– Mit vierzehn fange ich an. Vorher ist man ein Kind, das zählt nicht. Auch wenn ich da schon ein Dutzend Mal umgezogen war. Mit vierzehn wohnte ich in Ljusne, bei meiner Tante. Ich hatte die Nase voll vom Provinzleben und den Mückenschwärmen, vom Kohlrabigestank der Papierfabriken. Ich wurde zum Punk und soff, was das Zeug hielt. Ich schwänzte den Unterricht. Ich war gegen alle: gegen die Polizei, die Nazis, gegen die Streber in meiner Klasse, die ganze Gesellschaft. Ich war dabei, wenn es darum ging, vom höchsten Ast zu springen, am längsten wach zu bleiben, am weitesten zu spucken, lauter so Dummheiten. Ich war ein Wildfang.

Niemand ertrug eine Kerzenflamme auf seinem Handrücken länger als ich.

Myrbäck sah sie mit vorgebeugtem Gesicht an, mit hochgezogenen Augenbrauen, während sie sprach.

– Und dann bin ich eines Tages abgehauen. Ich musste doch etwas erleben. Mit fünfzehn bin ich nach Kopenhagen, eine Stadt, in die ich nie wieder zurückkehren wollte. Bin erst für ein paar Monate nach Christiania. Dann zog ich mit Freunden ins Ungdomshuset nach Nørrebro. Einen Sommer lang pumpte die dänische Polizei den Stadtteil voll mit Tränengas. Und irgendwann hatte ich genug. Alle waren abgewrackt, niemand hatte noch Träume. Ich habe die Panik bekommen und bin weiter. Kannst du dir vorstellen, dass ich gar nicht weiß, wo ich manche Jahre verbracht habe? Was habe ich an meinem achtzehnten Geburtstag gemacht, wo lebte ich? Ich erinnere mich nicht.

– Du hast alles vergessen, was? Deinen ersten Kuss, dein erster Liebeskummer? Dein erster Fick? Du pfeifst auf alles, was?

– Sag nicht solche Sachen. Mein erster Junge war rothaarig. Ich habe es nur gemacht, weil ich sehen wollte, ob er auch untenherum rothaarig ist.

– Und?

– Ja. Ein feuerroter Flaum. Er war zärtlich.

– War da niemand, der sich um dich sorgte? Deine Eltern? Myrbäck war aufgestanden und machte sich umständlich an der Kaffeemaschine zu schaffen.

– Gunilla. Gunilla schrieb mir Briefe. Darin stand: Du kommst schon klar, Sassie. Du schaffst das. Das gibt Stärke. Es macht einen aber auch ziemlich hart. Es macht einen starrköpfig. So bin ich: Unglaublich stur. Ich denke an mich. Ich liebe, wen ich will.

Myrbäck erhob sich und stellte die Tasse in die Spüle. Ohne sich noch einmal umzusehen, verließ er das Zimmer und schloss leise die Tür hinter sich. Sie hörte, wie er die Diele durchquerte, die Treppe hinaufging, dann schloss sich die Tür zu seinem Zimmer, und sosehr sie auch nach den Schritten seiner Rückkehr lauschte, das Einzige, was sie hörte, war das dumme Fiepen des Bachstelzenpärchens, das sich auf dem Dach eingenistet hatte.

Christiania, Dezember 1985

Im Gehen nahm sie eine Handvoll Schnee, presste ihn zu einer Kugel und sah dabei zu, wie Schmelzwasser aus ihrer Faust tropfte. Lilja versuchte es ihr nachzumachen, aber der Schnee hatte ein paar Frostnächte hinter sich, jetzt war er harsch, und es brauchte Kraft in den Fingern, ihn zum Schmelzen zu bringen.

In der Dybbølsgade blieben sie vor der Zoohandlung Jensen stehen. Durch das beschlagene Glas der Scheibe beobachteten sie ein pelziges Knäuel aus weißen Bäuchen, braunen Ärmchen, rosa Schnauzen, das sich in der Ecke eines Käfigs im Stroh drängte. Meerschweinchen, meinte Lilja. Die haben es warm.

Wir sind nicht wegen der Meerschweinchen hier, sagte sie.

Sie zog ihre Schwester am Arm und sprang mit ihr über die Straße. Auf der anderen Seite blieb Lilja stehen, als wäre sie gegen eine unsichtbare Wand gelaufen. Sie blickte auf ihre Füße, dann auf ihre Strumpfhose. In Höhe des Oberschenkels wuchs ein dunkler Fleck.

So geht es nicht weiter, sagte sie zu Lilja. Du hast nichts mehr zum Anziehen. Ihre Schwester schaute erschrocken. Wenn man genau hinsah, konnte man feinen Dampf von ihrem Oberschenkel in die kalte Luft aufsteigen sehen.

Auch nachts pinkelte sich Lilja jetzt an. Manchmal erwachten sie morgens nebeneinander im Bett wie auf nassen Lappen. Das Laken klebte und stank, und tagsüber wurde es kaum einmal warm genug, die Wäsche zu trocknen. Im ganzen Haus gab es keine frischen Laken mehr, keine Höschen oder Hemden für

Lilja. Vor ein paar Tagen hatte ihr Vater einen ganzen Bettbezug mit Schmutzwäsche gefüllt, die riesige Kugel ächzend geschultert und zur Waschstelle geschleppt. In dieser Jahreszeit gab es dort aber niemanden, der sich auch noch um die stinkenden Kleider anderer kümmern mochte.

In den letzten Novembertagen war es auf einmal kalt geworden. Als alle ihre elektrischen Öfen an den Stromkreis anschlossen, knallten die Sicherungen durch. Im Möbellager der Kosmischen Blume waren Kabel durchgebrannt, es gab ein Feuer, und jetzt würden sie im nächsten Sommer vielleicht nicht genug Tische für ihre Gäste haben. Die Leute redeten über gar nichts anderes mehr: Die Rohre platzen. Die Leitungen sind in einem entsetzlichen Zustand. Das Eis steht auf den Fußböden.

Das Fotoatelier Mikkelsen lag in einer Straße mit rutschigem Kopfsteinpflaster. In seinem Schaufensterkasten warb es mit Fotos von Hochzeitspaaren und doof grinsenden Kindern. Niemals würde sie sich so fotografieren lassen. Im Leben nicht.

Sie führte Lilja ein Stück die Straße hinauf, wo um einen kleinen, blätterlosen Baum herum ein Gerüst aus Holzbalken gezimmert worden war. Hundewürste lagen um den dünnen Stamm verteilt, aber sie sahen vertrocknet aus, und in der Kälte stanken sie nicht.

Ich bin gleich wieder da, sagte sie. Sie hob Lilja auf das Holzgerüst und zog ihr die Pudelmütze über beide Ohren. Du bleibst hier sitzen.

Bevor sie das Geschäft betrat, sah sie sich noch einmal das Papierstück an, das sie in der Küchenschublade gefunden hatte. Eine Quittung, auf deren Rückseite ein paar Sätze geschrieben standen und eine Telefonnummer.

Das Klingeln der Tür war längst verhallt, als eine Frau durch einen schweren braunen Vorhang in den Geschäftsraum trat.

Sie reichte der Frau die Quittung und fragte: Sind diese Fotos schon fertig? Die Frau musterte den Zettel, drehte ihn ein paar Mal, runzelte die Stirn und sagte: Der ist ja vom Frühjahr. Das ist schon eine Zeit her. Woher hast du ihn?

Von meiner Mutter, antwortete sie. Sie schickt mich.

Na gut, ich will einmal nachschauen. Die Frau verschwand hinter dem braunen Vorhang.

Sie stellte sich vor eine Wand mit Fotos und durchsuchte die Reihen mit den Porträts. Sie entdeckte kein einziges bekanntes Gesicht. Aus dem hinteren Teil des Ladens hörte sie Stimmen. Dorthin werden die Kinder geführt und auf einen Drehstuhl gesetzt, dachte sie. Ihre Haare werden gebürstet, mit ordentlich Spucke platt an den Schädel gebackst, dann müssen sie in die Kamera grienen.

Wieder öffnete sich der Vorhang, aber diesmal trat ein Mann heraus. Er trug ein Stativ und stellte sich vor eine Vitrine mit Kameraobjektiven. Sie beobachtete seinen Rücken und seinen breiten Hals, um den ein dickes Lederband lag. Er nahm ein Objektiv, schloss den Glasschrank und drehte sich um.

Seine Augenbrauen sahen aus wie zwei fette, struppige Raupen. Sein schwarzer Bart war verschwunden, und sein großes, kantiges Kinn glänzte im Licht der Vitrine, aber sie erkannte ihn an seinen Augen wieder. Er hatte neben dem Bett ihrer Mutter gestanden. Sein buschiger Bart hatte das grelle Licht des Scheinwerfers verschluckt, und später an diesem Tag war dann ihre Mutter verschwunden.

Er war der Mann, der auf einem Foto seinen linken Arm um ihre Mutter gelegt hatte.

Es tut mir leid, sagte die Frau. Sie war lautlos durch den Vorhang getreten und reichte ihr den Quittungszettel. Wir haben keine Bilder. Sag das deiner Mutter.

Als sie die Tür des Geschäfts aufstieß, glaubte sie zu spüren, dass der Mann ihr nachsah. Dass er jetzt überlegte, ob er dieses fremde Mädchen schon einmal gesehen hatte. Und dass er sich ihr Gesicht merken würde.

Ich friere, sagte Lilja. Sie war von dem Holzgerüst gesprungen und empfing sie mit einer vor Kälte knallroten Nase.

Sassie Linné wachte auf, weil sie pinkeln musste. Immer wenn sie nachts zum Pinkeln rausmusste, bekam sie Angst, auf eine der Spinnen oder Käfer zu treten, die im unteren Teil des Hauses wohnten und in der Nacht hungrig ihre Nester unter den Sockelleisten verließen.

Schlaftrunken verließ sie ihr warmes Bett, schlich barfuß über die knarrenden Flurdielen, das Treppengeländer hinab, warf dann, beide Hände am Geländer, einen Blick aus dem Fenster zur Veranda, um zu prüfen, ob die Nacht schon auf dem Rückzug war, und rein gar nichts, nicht ihre Schläfrigkeit noch ihr Wirklichkeitssinn, auf den sie sich einiges einbildete, dämpften ihr Entsetzen, als sie dabei in ein Gesicht ohne Nase blickte.

Der Schrecken war so lähmend, dass sie nicht einmal aufschrie. Sie stürzte gleich der Länge nach hin und riss dabei einen Teil der Garderobe von der Paneelwand.

– Ohne Nase?, fragte Holzapfel, der vom Lärm aus dem Schlag gerissen worden und zu ihr geeilt war. Vor Aufregung presste er sie an den Schultern zu Boden wie ein Ringer.

– Ein pupillenloses Dämonengesicht, sagte sie lachend. Sie hörte selbst, wie hysterisch ihr Lachen klang. Sie mühte sich, Myrbäck und Holzapfel eine bessere Beschreibung zu liefern, aber das war so einfach nicht. Mit all dem Zeugs, das sie sich eingeworfen hatte.

– Es sah aus wie ein Gesicht ohne Schatten. Wie auf einem Negativ. Eine Fratze mit einem Kussmund.

– Mit einem Kussmund? Myrbäck fragte nach.

– Und weit aufgerissenen Augen.

Myrbäck und Holzapfel umrundeten das Haus, durchstreiften den Garten, weckten sogar Sven Classen und seine Frau mit einem Hämmern gegen die Tür des Wohnmobils, ein Dämon begegnete ihnen dabei jedoch nicht. Sie sah den Mienen der zwei Männer das Mitleid mit ihr an, das Misstrauen. Kein Wort nehmen die beiden mir ab, dachte sie.

Später, als sie endlich zum Pinkeln gekommen war und das Rauschen der Wasserspülung verebbte, glaubte sie, ein seltsames Blubbern aus dem Abflussrohr unter den Bodendielen zu hören. Ich spinne wirklich, dachte sie. Ausgerechnet jetzt drehe ich durch. Wo es doch in ein paar Stunden um die Wurst gehen soll.

Gibt's da was zu lachen? Machst du Fotos von mir? Ausgerechnet jetzt?

– Ich bekomme dich nicht jeden Tag im weißen Anzug zu sehen, sagte sie. Mit Strohhut. Du siehst aus wie in einer Brausewerbung aus den Siebzigern.

– Was weißt du von den Siebzigern?, fragte er sie. Er sah an sich herab. Ja, er steckte in einem weißen Anzug, den sie zweiter Hand gekauft hatten. Er war verlottert, aber er hatte Stil. Sie sah weniger schicklich aus. Mit ihren Jeanshosen und ihrer Jeansjacke. Eine Perücke trug sie auch dazu. Und eine Uhr, zu golden, zu groß für das Handgelenk der Sassie Linné.

– Woher hast du die Uhr?

– Sie gehört mir. Ja, mir gehören ein paar Dinge. Das kannst du dir nicht vorstellen, was?

Myrbäck war nicht danach zu streiten. Er hatte sich, großzügig gerechnet, vier Stunden unruhigen Schlafs erkämpft. Was in der Nacht geschehen war, hatte ihn wach gehalten. Eine Fratze mit einem Kussmund, das waren ihre Worte gewesen. Ein Dämonengesicht. Wirres Zeugs, fand er, das kommt hoffentlich von ihren Tabletten. Trotzdem blieb er beunruhigt. Da umschwirrte ihn etwas, der Schatten einer Erinnerung vielleicht, der ihn umflog wie ein kleiner Vogel, zu schnell, ihn greifen zu können. Bevor er in den alten Ford Fiesta stieg, fragte er:

– Was meintest du damit: Ein Gesicht ohne Nase?

– Ich kann mich kaum erinnern.

– Aber du hast es gesehen? Du bist dir sicher?
– Ja, doch. Totsicher.

Sassie folgte ihm in einem silberfarbenen Jeep Grand Cherokee, bis sie in Handen die Ausfahrt nahmen, Myrbäck sich absetzte und auf die Großtankstelle einfuhr. Im Rückspiegel sah er, wie sie vor der Einfahrt am Straßenrand stehen blieb.

Er rollte auf die Dieselzapfsäulen zu. Sie lagen abseits der Benzinpumpen, und er musste warten, bis zwei Handwerker mit ihrem Transporter den Platz frei machten. Er stieg aus dem Wagen, öffnete die Hintertür und schraubte zwei Benzinkanister auf, die auf der Rückbank lagen. Augenblicklich füllte Benzindunst das Wageninnere. Er warf die Tür zu und trat vor die Zapfsäulen. Er öffnete den Tankdeckel, schob die Zapfpistole in den Füllstutzen, und während der Treibstoff durch den Schlauch rauschte, umkurvte er den Wagen, bettete auf jeden der Hinterreifen zwei Grillanzünder und sprühte sie mit Kettenöl ein. Weil er sich bei alldem mühte, sein Gesicht tief und beschattet zu halten, rutschte ihm immer wieder der Strohhut vor die Augen.

Mit einem Klicken erstarb die Dieselpumpe. Er ließ die Zapfpistole weiter im Wagen hängen.

Er hatte Mühe, das Feuerzeug aus seiner Hosentasche zu ziehen. Er bereute, bei den Handschuhen gegeizt zu haben. Ihr Leder war zu dick. Seine unbeweglichen Finger hatten Mühe, das Rädchen des Feuerzeugs in Schwung zu bringen, der letzte der Grillanzünder rutschte ihm zwischen Daumen und Zeigefinger hindurch, und für Sekunden fing sein Handschuh Feuer.

Er vergewisserte sich, dass die Grillanzünder brannten. Dort, wo kleine blaue Flammen die Blöcke umtanzten, färbte sich das Gummi der Autoreifen glasig schwarz.

Zügig, ohne sich einmal umzusehen, schritt er in Richtung der Tankstellenkasse, bog jedoch direkt vor der Eingangstür ab. Während er zwischen den Waschanlagen eilig das Gelände verließ, sah er aus den Augenwinkeln, wie schmale Qualmwölkchen von den Reifen des Wagens aufstiegen.

Bevor sie wieder die Auffahrt zur Autobahn nahmen, bremste Sassie den Wagen ab.

– Ich habe keinen Knall gehört, sagte sie.

– Vielleicht hat es einmal puff gemacht, schlug er vor. Aber es hat funktioniert.

– Und wie.

Über dem Dach der Großtankstelle stand eine schwarze Wolke in der Luft. Gelbe und rote Flammen umschwirrten ihre zuckende, pechschwarze Mitte, und wenn sie Zeit und Muße gehabt hätten, wären sie geblieben, um dabei zuzusehen, wie ihr alter, nachtblauer Ford Fiesta in einer öligen Feuersbrunst bis auf sein Gerippe niederbrannte. Lange genug hatte das Auto sie mit seinen Benzindämpfen zu vergiften versucht.

Kurz hinter Handen kam ihnen der erste Feuerwehrzug auf der Autobahn entgegen. Gleich werden es mehr sein, dachte Myrbäck, ein ganzes Sirenenkonzert wird anheben. Es ist erst die Ouvertüre, aber sie erklingt mit einer beachtlichen Klangfülle.

War es notwendig? Absolut unvermeidlich? Die Sache mit Holzapfel?

– Muss du das jetzt wissen? Ausgerechnet jetzt?

– Ja, warum nicht. Wer weiß, ob uns später noch Zeit bleibt.

– Du denkst: Wenn sie uns schnappen, sie dich nach Hall schicken und mich in die Haft nach Färingsö und wir uns in zehn Jahren vor einem Gefängnistor wiedersehen, dann ist es zu spät für diese Frage?

– Ja, so in etwa.

Myrbäck roch nach Benzin. Er lag quer auf der Rückbank des Jeeps, schob sich die weiße Anzughose von den Beinen und schnaufte sich aus dem weißen Jackett.

– Schade um den Anzug, meinte sie.

– Gut, in zehn Jahren frage ich dich wieder. Ob du damals in mich verliebt warst. Wenigstens für ein paar Tage? Ob du Holzapfel damals aus reiner Lust rangelassen hast? Oder aus Nächstenliebe, aus Mitleid mit einem Idioten? Oder weil du mich irgendwann satthattest, weiß der Teufel. Weil ich dich langweilte, wegen meiner Nasenhaare oder sonst was. Wegen meiner Unart zu schmatzen.

– Du schmatzt doch gar nicht, sagte sie. Sie hatte keine Lust, ihm Antworten zu geben. Sie würden ihn so oder so ratlos lassen.

Sie sah auf die Uhr an ihrem Handgelenk.

– Wir sind zu früh. Fünfzehn Uhr vierzehn.

– Dann fahr langsamer, verdammt. Endlich hatte er sich die

Jeans und das blaue T-Shirt übergezogen und quetschte sich zwischen den Sitzen hindurch zu ihr nach vorn. Er drehte am Radioknopf und suchte nach einem Sender, der das Fußballspiel übertrug. Sie hatten lange über den Tag, über die Stunde, über den passenden Moment gegrübelt, und sie waren am Ende zu dem Schluss gekommen, dass es nur einen geben würde, an dem die Aufmerksamkeit der ganzen schwedischen Nation abgelenkt wäre: während eines Spiels der Weltmeisterschaft. Vor einer Viertelstunde war die Partie angepfiffen worden.

Sobald sie in Länna auf die Abbiegerspur fuhren, bremste sie ihren schweren Wagen ab, bis er am Ende der Rampe im Schritttempo ausrollte.

Myrbäck stieg aus, öffnete die Hinterklappe des Jeeps und hob die Plastikwanne mit den Krähenfüßen heraus. Wieder zog er seine gefütterten Arbeitshandschuhe über, ging federnd in die Hocke und warf die Krähenfüße durch die Luft. Klirrend sprangen die Eisenkrampen über den Asphalt. Er sah zu, dass sie sich gleichmäßig über die volle Breite der Fahrbahn verteilten.

Sie blieb am Steuer und hielt die Autobahn im Blick.

Myrbäck zeigte Geschick im Krampenwerfen, so viel musste sie ihm lassen. Sie wusste, wie schwer die Krähenfüße waren, wie gefährlich spitz Holzapfel ihre Enden gefeilt hatte. Sie fühlte einen Stich in der Mitte ihrer Brust. Ohne annähernd zu begreifen, woher der Gefühlssturm nahte, wäre sie beinahe aus dem Wagen gesprungen und hätte ihn umarmt, in die Büsche geschleppt, die staubig unter dem nichtssagenden Himmel standen, und ihn abgeküsst, ihre Zunge tief in seinem Mund. Aber nur fast.

In der Ferne schwenkte ein Kleinlaster auf die Ausfahrtspur.

– Mach schnell, rief sie ihm zu.

Kaum hatten sie die Mitte der Autobahnbrücke erreicht, blieben sie stehen und blickten sich um. Der Transporter verlor an Geschwindigkeit, sein Fahrer bremste ab, sah aber zu spät, was da auf seinem Weg lauerte. Ein letzter Bremsversuch missglückte, und mit einem Knallen, das sie bis hier oben hörten, platzten gleichzeitig die beiden Vorderreifen. Der Wagen brach mit dem Hinterteil aus, rutschte in seiner Schräglage ein paar Meter die Ausfahrt bergauf und kam quer zur Fahrbahn zum Stehen. Die Fahrertüre öffnete sich, und ein Mann sprang heraus. Sein vollkommen ratloses Gesicht konnte sie noch sehen, bevor sie den Gang einlegte und losfuhr.

Drei weitere Zufahrten hatten sie und Myrbäck noch zu blockieren.

Über Nacht sind zweiunddreißig Scheiben in ihrer Schule zerschlagen worden. Ein Spaziergänger hat drei Jungen weglaufen sehen, als er gegen zwei Uhr nachts an den vorderen Gebäuden entlangspazierte. Seit dem Morgen sind die Handwerker der Kommune und beide Glasereien des Ortes mit den Reparaturen beschäftigt. Und ich hänge zwei Stunden lang am Telefon. Dabei bin ich krankgeschrieben. Das erste Mal, seit ich vor Ewigkeiten meinen Unterarm gebrochen habe in Hassela, mit der Schlaufe des Skistocks blieb ich am Kettenlift hängen wie das Vieh im Schlachthof. Nicht dass mir heute etwas fehlte. Ich will nur zur Stelle sein, weil nämlich mein Bruder heute in Schwierigkeiten gerät. Todsicher. Er und seine Kompagnons.

Man nimmt sich tausend Dinge für den Tag vor, dachte Heidi Olofsson, man macht eine Liste, und es kommt doch ganz anders.

Sie stand im Garten. Gleich würde die Sonne über den First des Hauses steigen, und sie begann, Betttücher und Kopfbezüge auf die Trockenleine zu hängen. Es war ihr die liebste aller Hausarbeiten. Aber es ärgerte sie, dass die Wäscheklammern so leicht zerbrachen, weil die Lövgrens sie unbeschwert an der feuchten Seeluft überwintern ließen; es sorgte sie, dass es im Klo neuerdings schlammig blubberte, wenn man die Spülung zog; es bereitete ihr schlechte Laune, dass sie gleich die nächste Ladung Kleider in die Maschine würde stopfen müssen, weil ihre Tochter nur noch vorbeikam, um die

Schmutzwäsche bei ihr abzuliefern, und sich dann wieder zu ihrem Vater verkrümelte, weil es hier mal wieder voll ist wie auf einem Schärendampfer, dachte sie, und vielleicht war ihre aufkochende Empörung schuld daran, dass es ein paar Momente brauchte, bis sie begriff, wie still es um sie herum geworden war. Sie hörte ein elektronisches Zirpen, ein fremdes Geräusch, das sie nicht zuordnen konnte. Mit klammen Badetüchern in Händen stand sie da und konzentrierte sich auf dieses Zirpen. Hinter ihrem Rücken schien es lauter zu werden, und plötzlich perlte ihr eine Gänsehaut über beide Arme.

Sie drehte sich um.

Der Mann stand vor ihr, keinen Meter entfernt. Er musste sich herangeschlichen haben. Unwillkürlich hob sie die Hand.

Woher kenne ich ihn?, fragte sie sich. Wo habe ich sein Lächeln gesehen? Es ist unbeweglich, es erinnerte sie an das Lächeln aus einem Stummfilm.

– Hallo, sagte sie leise.

Das Lächeln fiel von seinem Gesicht. Er streckte seinen linken Arm aus. In seiner Faust hielt er ein Ding, das aussah wie die riesige Zange eines urweltlichen Käfers und schwarz im Sonnenlicht erglänzte, das in diesem Augenblick über dem Dach des Hauses aufstieg.

Die harten Falten im Gesicht des Mannes waren ihr schon einmal aufgefallen, die bitteren Mundschwünge, und sie hatte sich gedacht, dass dies kein schöner Mann sei. Er hatte im Bus zwei Sitzreihen schräg vor ihr gesessen, er hatte ihr den Käfig mit den Kaninchen bis zum Fährdampfer getragen, bis hin auf ihren Sitzplatz im Salondeck, und war dann wortlos in Richtung Oberdeck verschwunden, ein Tourist, was sonst? Jetzt aber griff er ihr mit seiner freien Hand an den Hals und drückte sie nach hinten. Sie stolperte ein paar Schritte, verlor das Gleichgewicht und die Wäsche aus den Händen, doch bevor sie ihren Sturz erlebte und das Aufschlagen ihres Hinterkopfes auf dem Gras, stieß seine Käferzange an ihren nackten Arm, und wie ein Zug fuhr der Strom durch sie, ein grüner Blitz tanzte vor ihren Augen, Eiseskälte schob sich über ihre Haut, aber sie schaffte es immerhin noch zu denken, dass zum Glück ihre Tochter so eigensinnig war und beim Vater in Sicherheit, oder etwa nicht?

Die Scheibe glitt ins Innere der Türverkleidung. Ruckelte hoch. Und wieder runter. Hoch. Runter. Hoch. Runter. Weniges hasste Sassie Linné so sehr wie warten zu müssen.

Fünfzehn Uhr vierunddreißig.

Schweden drückte. Was immer das auch bedeuten mochte auf einem Rasenstück. Die armen Belgier. Steckten in einer Flügelzange.

Mit durchgedrücktem Kreuz saß sie auf dem Fahrersitz des Jeep Grand Cherokee, den Holzapfel einem Deutschen abgenommen hatte. Am Steuer eines so teuren Autos würde sie nie wieder sitzen, dachte sie und erschrak über der plötzlichen Sorge, die Batterie zu entleeren mit ihrem dummen Zeitvertreib. Sie nahm ein Kaugummi, steckte es der Länge nach in den Mund und drehte es mit der Zunge zu einer Röhre. Das kann nicht jeder, dachte sie. Eine Melodie durch die Röhre zu pfeifen gelang ihr diesmal aber nicht.

Nicht einmal ihre Aussicht vermochte sie abzulenken. Sie blickte auf eine waldgesäumte Landstraße, wie sie gewöhnlicher nicht sein konnte. Birken rechts und Birken links der Fahrbahn, ihre Wipfel wippten sachte im Wind, der nicht ausreichte, die graue Wolkendecke über ihr aufzureißen. Das Licht fiel von allen Seiten gleichzeitig, es fehlten die Schatten. Ein Stück weiter vorne, wo die Straße in einer sanften Kurve unter der Autobahn verschwand, stand Holzapfel. Sie musste nicht einmal ihre Augen zusammenkneifen, sie erkannte ihn an der schweren Brille, die er über einer Skimaske trug.

Durch das Seitenfenster winkte sie ihm zu. Jan bemerkte sie nicht. Er war damit beschäftigt, das Schweißgerät und Kabelschlangen aus dem Kofferraum des alten Toyota Hilux zu sortieren. Den Pick-up, erinnerte sie sich stolz, hatte sie selbst kurzgeschlossen. Er sieht nach afrikanischen Dorfstraßen aus, fand sie. Hier, im Niemandsland zwischen den Stockholmer Vororten, wirkte er fehl am Platze.

Seit Tagen schon hatte Holzapfel an seinem mobilen Schweißgerät für den Ernstfall geübt. Es versprach einfache Handhabung auch mit Handschuhen sowie traumhaft sicheres Zünden, und darauf kommt es schließlich an, hatte Jan gemeint. Auch wenn er sein Gerät nach letzten Prognosen gar nicht würde anwerfen müssen, denn wenn alles wie geplant ablief, und davon waren die Männer ja überzeugt, würde mindestens einer der Geldboten sich vor Angst die Hosen voll machen und die Hecktür des Wagens ohne Murren öffnen.

Auf der anderen Seite der Autobahnbrücke saß Myrbäck in einem Wagen. Auch er würde jetzt warten. Aber das kann er ja wie ein Sandkorn in der Brandung, behauptet er. Denn irgendwann kommt die eine Welle und spült dich an Land.

Sie hätte jetzt gern mit ihm gesprochen, oder mit Holzapfel, nicht weil sie sich langweilte, sondern weil sie sich mutlos fühlte. Alles wird schiefgehen, das spürte sie mit jeder Minute deutlicher.

Auf ihrem Weg waren sie Pontus Dahlin begegnet. Mit einer eleganten Bremsung hatte Poffe seinen Bus quer über die Zufahrt rangiert. Der Bus jedoch war zu kurz geraten für eine wirkungsvolle Barriere. Wer wollte und geschickt war und es eilig hatte wie die Polizei in ein paar Minuten, der würde ihn auf einem Ackerstreifen umkurven können. Das erste Leck in ihrem wasserdichten Plan.

Leck Nummer zwei: Sobald die Farbpatronen den Kontakt

zu ihrem Hauptmagneten verloren, würden sie aktiviert. Dann blieben ihnen dreihundert Sekunden, sie unter all dem Geld auszusortieren und zu entschärfen. Fünf Minuten, aber keiner der Männer wusste wirklich, was sie in den Geldkoffern erwarten würde. Kartuschen, Farbbomben? Wenn wir es nicht schaffen, hatte Göransson gemahnt, dann können wir mit unseren Millionen Monopoly spielen.

Vom Kaugummikauen taten ihr die Kiefer weh. Sie spuckte das Gummi aus dem Fenster.

Fünfzehn Uhr fünfunddreißig.

Mit dem Nagel des Zeigefingers klopfte sie auf das Glas ihrer Uhr. Sie lag schwer am Handgelenk, mit ihrem Gehäuse aus vergoldetem Stahl. Sie hatte die Uhr in einer Umkleidekabine eines Schwimmbades gestohlen, aus der Tasche einer Frau mit einer Kaiserschnittnarbe, die bestimmt vermögend war. Am Morgen hatte sie die Uhr zum ersten Mal angelegt und Mühe zu verstehen, wozu all die Rädchen und Zeiger auf dem Zifferblatt taugten.

Fünfzehn Uhr sechsunddreißig.

Sie stieg aus dem Wagen und sammelte das Kaugummi aus dem Gras auf. Sie warf es tief in die Böschung hinein. Keine Spuren hinterlassen, dachte sie.

Sie beobachtete Holzapfel dabei, wie er seinen Rucksack abschulterte, sich aus seiner Thermoskanne einen Becher füllte. Darjeeling, hatte er am Morgen gesagt, als sie alle lustlos vor dem Frühstück saßen und keiner von ihnen vor Aufregung einen Bissen herunterbekam. Sogar seine Schwester wurde misstrauisch. Seit wann trinkst du Tee?, hatte sie gefragt. Ich brauch was Warmes, um auf Betriebstemperatur zu kommen, hatte er geantwortet.

Göransson und Forss trafen ein. Es bedeutete, dass nun sämtliche Zufahrtswege mit brennenden Autos oder mit

Krähenfüßen blockiert waren. Niemand würde noch über die Autobahn zu ihnen vorstoßen können. Forss sprach mit Holzapfel, gestikulierte wild, löste sich aus der Gruppe und schlenderte auf sie zu. Beide Hände in den Hosentaschen seiner Wächteruniform.

Der hat die Ruhe weg, dachte sie.

– Was macht denn unsere Carmen?, fragte er spöttisch, als er neben ihr zum Stehen kam. Er lächelte sie an.

– Nix. Ist was nicht in Ordnung?

– Doch, doch. Die Jungs wollen bloß wissen, ob du das heute hinkriegst. Er lehnte sich mit dem Ellenbogen an ihr Fenster. Sie war froh darüber, nicht zu ihm aufsehen zu müssen. In dem Jeep saß sie hoch wie auf einer Lok.

– Gleich geht's los, sagte er. Seinen Haaren entwich der Tannennadelduft, den sie schon in seiner Wohnung gerochen hatte.

– Warum tragt ihr eigentlich Uniformen, du und Aku?

– Nur für den Fall.

– Welchen Fall?

– Dass die Fahrer so schlau sind, uns ihren Wagen ohne Heckmeck zu überlassen. Wenn man am Steuer eines Loomis-Transporters sitzt, dann macht sich eine passende Uniform einfach gut, findest du nicht?

– So etwas gibt's? Dass die Fahrer einfach aufgeben?

– Nein. Aber vielleicht erlebt die Welt ja heut eine Premiere. Er wandte sich um und marschierte zu den anderen zurück.

Fünfzehn Uhr achtunddreißig.

Ein Wagen kam ihr entgegen. Er war klein und dunkelgrün und auf keinen Fall ein Geldlaster. Er wurde langsamer. Als er auf ihrer Höhe lag, bremste er noch einmal ab. Es war Juhani, der im Wagen saß. Jukki, der Kaninchentöter. Ihre Hände krallten sich in das Steuer.

Bevor sie sich von ihrem Schrecken erholen konnte, schob sich, umrahmt von hellgrünen, im Wind wiegenden Birkenblättern, ein größerer Wagen aus dem Wald heraus. Ein schlichter weißer Transporter, auf dessen Front mit schwarzen Buchstaben stand: Loomis.

Sie schaltete das Autoradio aus, riss sich ihre Perücke vom Kopf und zog die Gesichtsmaske über.

Mit einem Klatschen landete der aktuelle Schadensbericht der Sektion VI der Folksam-Versicherung auf dem Schreibtisch des Sachbearbeiters Per Ulfung.

Pflichtlektüre, dachte der über seinem Frühstücksmüsli, wie doof. Die 278-seitige Broschüre aber verkündete nebst Belanglosem eine weit über dem Schnitt liegende, 73-prozentige Zunahme von Blech- und Lackschäden an Kfz-Hecks im gesamten Verkehrsgebiet Stockholm. Gespeist von elfjähriger Berufserfahrung im Spannungsfeld zwischen rascher Schadensabwicklung der ehrlichen Kunden und der zeitintensiven Prüfung auffälliger Unfälle sowie von einem nicht mehr ganz gesunden Misstrauen seinen Mitmenschen gegenüber, schloss er, dass der wilde Osten Europas den Sprung über die Ostsee in diesem Frühjahr endgültig getan hatte. Volkssport Versicherungsbetrug, das war bis dato ein kontinentales Brauchtum gewesen. Leute, die ihren Lebenserwerb als sogenannte Autobumser bestritten, gab es massenweise in Tirana, nicht aber in Tumba. Zwei Telefonate später war er mit dem Leiter des Projekts CIF in Verhandlungen, kurz darauf einig über die weitere Vorgehensweise.

Getragen von beginnenden Bandenbetrügereien im Vorjahr hatten die schwedischen Kfz-Versicherer nach Schweizer Vorbild eine Datenbank namens »Car Investigation Tool« (CIT) aufgebaut, in der nicht nur sämtliche in einen Schadensfall verwickelte Autos samt Marke und Typ registriert, sondern Zusammenhänge, Beziehungen, wiederkehrende Personen, Finanzdaten, Fahrgestell-Nummern aufgezeigt wurden. Ein wichtiges Mittel im Kampf gegen den organisierten Betrug mit provozierten Verkehrsunfällen, bei denen die Täter über den abgerechneten Blechschaden möglichst viel Geld von der Assekuranz des vermeintlich schuldigen Fahrers zu erschleichen versuchten. Oder Schäden zweimal anmeldeten und zweimal kassierten, indem sie einen Hagelschaden etwa erst beim alten, dann beim neuen Versicherer anzeigten, ohne ihn je zu beheben.

Basierend auf seiner strukturierten forensischen Datenanalyse förderte CIT zwei Namen ans Tageslicht, die offensichtlich in engster krimineller Verbindung zueinander standen, und leitete sie via Festnahmeersuchen an die zuständigen Polizeidienststellen weiter. Weil es aus fahndungstechnischen Gründen taktisch geboten schien, trafen an diesem Morgen bereits um sechs Uhr dreißig Vertreter der Strafverfolgungsbehörden in Hallunda und Farsta ein, um die Verdächtigten aus ihren jeweiligen Betten heraus in Gewahrsam zu nehmen. Per Ola Forss und Juhani Puolitaival jedoch hatten ihre Wohnungen gegen jede Gewohnheit bereits verlassen.

Fahndungspanne, dachte Per Ulfung, als er davon erfuhr. Wie doof.

*

Weil der Zufall nicht nur das Chaos schürt, sondern gelegentlich nach Symmetrie und Ordnung strebt, geschah es, dass die sterblichen Überreste Zbigniew Nikodem Stanczaks sowie Dirk Raschkes an ein und demselben Tag bestattet wurden, wenn auch hunderte von Kilometern voneinander getrennt. Die Leiche des Polen auf dem Friedhof in Danzig-Lostowice in Anwesenheit einer vielköpfigen Trauergemeinde; anonym und tränenlos dagegen jene des Deutschen in Hamburg-Diebsteich, unweit jener Brandruine im Gewerbehof der Leverkusenstraße, wo er den Tod gefunden hatte.

Aus Sicht der seinerzeit vor Ort anwesenden Polizeibeamten waren keine Anhaltspunkte für einen unnatürlichen Tod Raschkes vorhanden, ein solcher allerdings auch nicht auszuschließen gewesen. Ein Tatortbestand, der sowohl zur sofortigen Anzeige an die Staatsanwaltschaft verpflichtete als auch zu der Aufnahme kriminalpolizeilicher Ermittlungen gemäß Paragraph 159. Nach Aufnahme des Tatortbefundes, der Analyse der Einzelspurenbewertung und Asservierung sowie der Durchführung einer gerichtlichen Leichenschau mit toxikologischer Untersuchung gem. RiStBV (Blut, Urin, Magen, Haarprobe) waren schlussendlich sämtliche Ermittlungen im Todesfall des Dirk Raschke eingestellt worden.

*

Wie kacke ist das denn? Am Schreibtisch seines Büros in der Merianstraße in Köln-Chorweiler saß derweil Alexander B. schwitzend vor seinem Kollegen und marterte sich bei dem Gedanken, wann, zu welchem Zeitpunkt er seinem Schicksal eine Wendung hätte geben können. Eine Wendung zum Guten. Nicht mitten hinein in die Fänge seines Gegenübers.

– Das bekanntermaßen niedrige »Pisa«-Niveau der deutschen Spione ist eine Sache. Die totale Beschränktheit einiger seiner freien Mitarbeiter eine andere.

Da hatte der Heini vom BSI mal einen Punkt. Ja, wer waren diese Pfeifen, die er selbst nach Schweden geschickt hatte, um Jana Z. ausfindig zu machen? Ihr auf die zartgliedrigen Finger zu sehen?

Beide in Berlin aufgewachsen, gemeinsamer Schulbesuch,

gemeinsame Jahre beim Militär, bei den Panzertruppen in Münster. Ausbildung zu Diplomsportlehrern. Beide waren sie Meister im Taekwondo und Special-Forces-Combat-Karate. Drei Jahre für den BND unterwegs, Abteilung Fünf, Organisierte Kriminalität. Kurz: Zwei windige Kerle, aber durchschlagskräftig. Furchteinflößend. Wie hieß es so schön? Wer einen Sumpf trockenlegen will, darf sich dabei auch schmutzig machen.

Was Alex B. hier besser verschwieg, weil er selbst es nicht gewusst hatte: Jana Z. und die beiden Kerle waren sich vor Jahren schon über den Weg gelaufen. Ein paar gemeinsame Einsätze als NoePs im Drogenmilieu, als »nicht offen ermittelnde Polizeibeamte«. Er hatte also die Pest geschickt, sich die Cholera zu holen. Was den Kollegen aber nichts anging. Ein paar Brocken aber würde er ihm noch vor die Füße werfen.

– Na ja, die Abteilung Fünf wurde nicht glücklich mit den beiden. Nach ihrem Rauswurf vom BND traten sie in Hessen als Scheinkäufer für Drogengeschäfte auf. Dort sind sie aus dem Ruder gelaufen, sogar die Parlamentarische Kontrollkommission hat sich mit ihnen beschäftigt.

– Ja, so traurig knicken manche Karrieren ab. Die Stimme des Kahlkopfs war zuckersüß, sein Kopfnicken allzu verständnisvoll.

Fuck off, Freundchen!, wollte B. rufen, ging jedoch erst einmal in sich. All dies sollte er ganz allein in die Grütze gehauen haben? Nein, ein Bauernopfer würde er nicht abgeben. Nicht mit ihm. Nicht mit Alex B. Dem Mann der klugen Schritte.

Auf einer Abschaltvereinbarung zur Trennung zwischen Verfassungsschutz und Objektschutz hatte er schlauerweise bestanden. Was auch immer geschah, es würde nicht leicht sein zu beweisen, dass B. den seinem Wesen nach illegalen Auftrag an Jana Z. gegeben hatte. Ihn würde niemand an den

Eiern kriegen. Und wie vorausschauend, dass er seine Kekse vor dem Besucher versteckt hatte.

Der Kerl riss ihn aus seinen Gedanken.

– Verdammt! Wir brauchen Ergebnisse, Zugriffe. Wer das Assistenzsystem besitzt, hält ein Prestigeprojekt der gesamtdeutschen Industrie in Händen. Wie bekommen wir also unsere Kiste zurück?

B. zuckte, weil ihm Besseres gerade nicht einfiel, ratlos mit den Schultern.

– Wir haben es hier nicht mit einer Trockenübung zu tun. Wie ich schon sagte: Die Sicherheit des Landes. Ansehen und Ruf des Bundeskriminalamtes. Mein Job. Vor allem: Ihr Job, Herr Kollege.

Alex B. spürte Resignation in sich aufsteigen. Aus den Tiefen seines Bauches erhob sie sich, wälzte all seine Zuversicht beiseite und riet ihm, in Deckung zu gehen. Ihm dämmerte, wem der Besuch seines Kollegen wirklich galt. Nicht der Jana Z. oder ihren beiden Bluthunden. Sondern ihm.

– Jetzt mal halblang, konterte er schlaff. Der Verfassungsschutz endet an unseren Landesgrenzen. Das Referat Spionagebekämpfung, Geheimschutz, Sabotageschutz hat im schwedischen Schärengarten nichts verloren.

– Kommen Sie mir nicht auf die Tour. Sie hängen in der Geschichte drin wie die Wurst im Hotdog.

Höchste Zeit, einen anderen Ton anzuschlagen. Was diese Pfeife vom BSI verstand, war die Sprache der Bürokratie. Und da hatte er, Alex B., es zur Meisterschaft gebracht. Aus dem Effeff trug er vor, was er einst an verfassungsschutzspezifischen Lehrinhalten in der Außenstelle der FH Bund in Swisttal-Heimerzheim erlernt hatte:

– Der Gesetzgeber hat mit seiner Novellierung die Eingriffsschwelle des Verfassungsschutzes hoch angesetzt. Das heißt: Er darf erst bei einer bestimmten Handlungsintensität innerhalb einer verdächtigen Szene oder im Falle von Gewaltbereitschaft mit seinen nachrichtendienstlichen Mitteln tätig werden. Um es ein für alle Mal und auch für Sie verständlich auszudrücken: Ich verfüge über keine polizeilichen Befugnisse. Verfassungsschützer sollen Sammler, dürfen nicht Jäger sein.

Schweigen auf der anderen Seite des Tisches. Das saß, dachte Alex B. noch, als die Gegenattacke kam:

– Sie werden demnächst der Kellner sein. Es gibt Leute, mächtige Leute, die eine totale Neuaufstellung Ihres Dienstes für unausweichlich halten. Ein Mindestmaß an Durchblick, ein paar weniger V-Leute, die so lange die rechte Szene observieren, bis sie sich selber in ihr tummeln, dann müssten wir uns nicht mit dem NSU-Debakel herumschlagen. Kollege, die Tage des Verfassungsschutzes sind gezählt. Ihr Dienst ist dem Untergang geweiht. Und ich werde mein Bestes tun, dass Sie zu den ersten gehören, die über Bord gehen. Ohne Rettungsring.

Endlich holte der Heini mal Luft. Doch bevor Alex B. sich verbal zur Wehr setzen konnte, erhob sein Gegenüber sich von seinem Stuhl, zog einen eidottergelben Umschlag aus seiner Aktentasche, ließ ihn auf seinen Tisch flattern, grüßte mit schiefem Gesicht und verschwand, ein Aufblitzen des Neonlichts auf dem haarlosen Hinterkopf.

Alex B. schüttelte den Kopf noch, als der Kollege den Raum längst verlassen hatte. Er musste die Dienstmitteilung nicht erst öffnen, um zu wissen, dass seine Kariere beim Verfassungsschutz zwar nicht beendet, jeder weitere Aufstieg in den Gehaltsrängen aber ausgeschlossen war. Leider gehörte er zu jenen Menschen, denen die tollsten Antworten auf Anmaßungen, auf Beleidigungen jeder Art stets zu spät einfielen, im Abgang erst. Deswegen bekam der Heini vom BSI auch jenes Wort nicht zu Ohren, das, wie Alex B. fand, ob seiner lautmalerischen Wucht in beinah philosophischer Schönheit durch sein Büro schallte:

– Arschratte!

*

Nach vier jeweils halbstündigen Sitzungen bei seiner Traumatherapeutin in Stade hatte der Rapsbauer Jörg Kallweit weitere Termine mit dem Hinweis abgesagt, er sei doch kein schwules Mädchen. Zwar verbrachte er viele Nächte schlaflos, roch in manchen seiner Träume auch verbranntes Fleisch und hörte das leise Knacken kokelnden Holzes, doch im Großen und Ganzen sah er sich auf dem Weg der Besserung. Dazu passte, dass ihm im Laufe der letzten Stunde kein Mensch begegnet war, der später vor Gericht würde bezeugen können, dass er im Schutz der Dunkelheit ein Stahlrohr von der Dicke seines wirklich dicken Daumens in die Antriebsmechanik des Estesperrwerks getrieben, dann den Rückzug über den Cranzer Hauptdeich angetreten und dort sein in einer Böschung verstecktes Rad bestiegen hatte, um während des Heimwegs darüber zu frohlocken, dass Rache süß sei und die beste Therapie des kleinen Mannes.

Sein Sabotageakt würde die geplante Elbvertiefung nicht verhindern, nein, höchstens verzögern, aber den Trotteln bei der Wasser- und Schifffahrtsdirektion Nord war für ein paar Wochen ein wichtiger Wasserweg versperrt worden.

Das Warten geht mir auf den Sack. Und dieser Kaffee, den ich immer dann trinke, wenn ich nicht sollte. Mein Herz hämmert. Ich muss pinkeln.

Schlauer hatte es Holzapfel gemacht. Der hatte, als sie am Morgen ihre Sachen packten, Branntwein in seinen Tee geschüttet. Keinen Schuss fürs Aroma, nein, ein ganzes Wasserglas voll. Das hilft mir, wenn ich die Hosen voll habe, hat er gemeint.

Jetzt steht er dort drüben mit seiner Skimaske, aber an seiner Brille erkenne ich ihn sofort. Der Experte für Korrosionsschutz ist dabei, sich die Kabel und Leitungen des Schweißgeräts zurechtzulegen. Dabei kratzt er sich aber ständig unter der Gesichtshaube, weil sie natürlich zu warm ist, wenn man sich gerade eben ein paar Grad zusätzlicher Körpertemperatur eingeflößt hat. Weil es gegen volle Hosen hilft.

Myrbäck selbst hasste es, die Skihaube zu tragen. Seine Kopfhaut juckte, sobald er sie nur ansah.

Ein Pfostenschuss. Glück gehabt. Noch führten die Schweden. Gegen Belgien darf man das ja wohl erwarten.

Wenn Classen ihn jetzt sehen könnte. Seinen Ex-Kollegen samt Familie hatten sie nach Stockholm geschickt. Ihr könnt nicht nach Schweden fahren und die Hauptstadt auslassen, hatte er erklärt. Und ihnen das Vasa-Museum ans Herz gelegt. Die ganze Blage würde bis zum Abend beschäftigt sein.

Warten. Warten habe ich immer gekonnt. Dachte ich.

Ihm fiel seine Großmutter ein, die müßige Stunden dazu

genutzt hatte, ihr Daumenpaar in einer Art Windmühlenspiel umeinander rotieren zu lassen. Als Kind war ihm das wie eine Behinderung vorgekommen; heute deutete er ihre kreiselnden Endlosschleifen als eine religiöse Tätigkeit, nahm sie als Gebete an die gnadenlosen Götter der Zeit.

Das Auto, in dem er saß, roch wie neu. Als Kind war ihm von diesem Geruch brechübel geworden. Es war der strahlend weiße Volvo XC90, den Heidi und Jan auf dem Parkhof einer Autovermietung gestohlen hatten. Heidi. Wer hätte das gedacht? Heidi, die Gangsterbraut.

Da winkte ihm jemand zu. Gilt das mir?, fragte sich Myrbäck und kniff die Augen zusammen. Ja, es war Göransson, an einem ledernen Schulterriemen zu erkennen, an dem Messer, das er an seinem Gürtel trug. Der Jägermeister war eingetroffen.

Sein Winken war ein Signal. Ein Countdown.

Zehn Minuten Wickelzeit haben sie in Trångsund, neun in Skogås, sechs sind es in Länna. Myrbäck hatte es sich eingeprägt. Von Länna aus brauchen sie 160 Sekunden bis zur Unterführung in Vega. So soll es geschehen.

Um sicherzugehen, sah er noch einmal rüber. Da stand plötzlich ein Mann mehr. Und wenn ihn seine Augen nicht täuschten, dann war es tatsächlich der Finne, der Messerstecher mit dem hinkenden Bein. Der Handlanger jenes Mannes, den sie vorn auf seinem Dodge spazieren gefahren hatten. Dem sie sehr viel Geld schuldeten. Der Jukki geschickt hatte, ein Auge auf sie zu halten.

Wider alle Empfehlungen seines Verstandes, wider sein Bauchgefühl, das zur sofortigen Flucht riet, letztlich auch gegen die sich überschlagende Stimme eines Radioreporters, der gerade von einem Konter der Belgier über die linke Außenbahn berichtete, griff Myrbäck nach dem Beifahrersitz und nach dem Gewehr und nach seiner kratzigen Skimütze.

Christiania, November 1985

Die Aktivisten quatschen einfach jeden nieder, sagte die Frau mit dem Kopftuch. Keiner sonst darf sagen, was die Revolution war, keiner.

Mit dem freien Sexualleben ist es auch so eine Sache, sagte die jüngere Frau neben ihr. Ich kenne einen Haufen Leute, die wegen ihres Sexuallebens unglücklich sind. Irgendwie produziert diese Freiheit, die Christiania uns gewährt, nichts Neues, und irgendwie empfinde ich sie als unnütz.

Ich bin neulich von einem angequatscht worden, der ging mir so ungefähr bis zur Schulter. Ich möchte übrigens mit dir vögeln, sagte er, als wenn es eine Wohltat wäre. Statt ihm auf die Fresse zu geben, habe ich gesagt, ich bin erkältet.

Es war spannend, was die beiden Frauen da miteinander besprachen. Sie stapelte die schmutzigen Teller übereinander und strich die Brotkrumen mit einer Papierserviette vom Tisch. Sie tat es sorgfältig, in der Hoffnung noch mehr zu hören. Sie wurde belohnt.

Es sind die Männer, die uns weismachen wollen, dass es normal ist, überall und immer die Beine breitzumachen. Sie sind wie die Straßenköter, denke ich manchmal. Es steckt in ihren Genen. Aber wir können es für uns nutzen. Neulich hat er gesagt: Nein, das Bad putzt er nicht. Ich bin ganz ruhig geblieben und habe ihm erklärt: Gut, dann wirst du nie wieder in meinem Bett liegen. Riesenstreit, er rennt raus, eine Stunde später kommt er mit Gummihandschuhen zurück und putzt wie der Teufel.

Ihr fiel ein, wer die Frau war. Lula hieß sie, und im Gemeinschaftshaus gab sie Karatestunden für Mädchen. Immer lief sie mit einem Kopftuch herum.

Was lauschst du hier?, fragte Lula plötzlich. Warum bist du nicht in der Schule?

Ich räume ab, antwortete sie. Ich arbeite in der Küche.

Dann bring uns noch den Tee, sagte die Jüngere. Sie sah hübsch aus.

Sie zog ab, balancierte die Teller mit dem Besteck quer durch den Raum, ging in die Küche und stellte sie neben der Spüle ab. Die Gläser stapelte sie in ein Holzgestell, von dort aus würden sie in den Abwasch wandern. Wer so jung war wie sie, musste zum Glück nicht das schmutzige Geschirr waschen. Sie ekelte sich vor fettigen Abwaschfingern. Das Wasser perlte von ihnen ab, und sie rochen nach Butter.

Sieh zu, dass die Tische sauber sind. Mehr hatte man ihr nicht gesagt an ihrem ersten Tag. Das war ihr Auftrag im Mondfischer.

Der Mondfischer war ein alter Militärschuppen mit sechs Tischen und einer Bar aus Pflastersteinen. Sie und Lilja aßen jetzt hier zu Mittag, weil ihr Vater es nicht schaffte, sich um das Einkaufen zu kümmern, und kochen konnte er sowieso nicht. Er trinkt, das reicht ihm, hatte Gunilla einmal gesagt. Gunilla kannte sich eben mit Säufern aus.

Dafür hat er uns in der ersten Frostnacht auf einem Schlitten an den Garnisonsgraben zerren wollen, weil er sich einbildet, es liege Eis auf dem Wasser. Er ist vernarrt in Eis und Schnee und Frost. Erst wenn ihm die Eiszapfen aus der Nase hängen, wird ihm das Herz warm. Hat Gunilla gesagt. Gunilla kannte sich eben mit den Leuten aus dem Norden aus.

Am besten im Mondfischer gefiel ihr der Ofen. Er stand an der Stirnseite und war in der Schmiede aus alten Fässern, Eisen-

rohren, Dampfkesseln zusammengeschweißt worden. Er glich einem weit geöffneten Walmaul voller Glut, fand sie. Ab und zu schob jemand ein Brett nach, einen Balken, eine Apfelkiste. Dann war die Hitze quer durch den ganzen Raum zu spüren. Jetzt saß Lilja auf einer Bank vor dem Ofen, so nah es bei der Hitze eben ging.

In ihrer Hand hielt sie die Katze ohne Ohren. Sie trug das Stofftier immer und überall mit sich, auch am Vormittag, als sie beide im Kaufmannsladen waren. Das gehörte jetzt auch zu ihren Aufgaben: Honigkuchen und Ketchup kaufen, Rübenaufstrich und ein Glas Erdnussbutter, eine Tüte Streuzucker, zwei Pakete Weizenmehl, vierundsechzig Eier für den Pfannkuchenteig. Alles ohne Bezahlen. Sie ließ anschreiben. Und die Eier brachte zum Glück der Laufbursche.

Sie stellte zwei saubere Tassen auf ihr Tablett und füllte sie mit schwarzem Johannisbeertee auf. Auf ihrem Weg zu den beiden Frauen sah sie, dass an dem Tisch in der Ecke des Raumes zwei leere Biergläser standen. Ein Mann saß dort und las in einer Zeitung.

Während sie die Gläser abräumte, sah sie seine schmutzigen Fingernägel. Vor ihm auf dem Teller lagen ein Stück roter Kochwurst und eine Brotscheibe. Er ließ die Zeitung sinken und schaute sie an. Er war der Mann aus dem Fotogeschäft.

Als sie in der Küche die sauberen Untertassen und die Messer und Gabeln in ihre Fächer räumte, fingen ihre Hände vor Aufregung an zu zittern.

Sie holte ein paar Mal tief Luft und ging in die Gaststube zurück. Der Mann war verschwunden. Auf seinem Tisch lag ein Kronenstück. Sie ließ es liegen. Sie zog ihre Winterjacke über und sprang vor die Tür.

Sie erschrak über die plötzliche Kälte und rannte quer über den kahlen Exerzierplatz, an den Pferdeställen und Waffen-

kammern vorbei, bis sie vor Oves Wohnwagen ankam. Er war nicht da, aber sie wusste, wo sie zu suchen hatte. Auf der Rückseite des Wohnwagens, wo Ove sein Werkzeug unter gedrechselten Geländerstäben und Baubeschlägen aus Messing versteckte, fand sie seine Hufzange. Blauschwarz, schwer und kalt wie Eis lag sie in ihrer Hand. Sie war so lang, dass sie kaum in die Tasche ihres Mantels passte.

Vom Totempfahl aus begann sie ihre Suche. Zuerst lief sie die äußeren Verteidigungsanlagen ab, all die Mauern mit ihren Schießscharten, hielt Ausschau von den Wällen hinter der Arche des Friedens und rannte einmal um die Häuser des Mælkebøtten herum. Beim Springen schlug ihr die Zange gegen das Bein, und auf den Wegen beim Pysak wäre sie fast gegen eine Wand aus Holz gerannt. Mit der Winterkälte wuchsen an jeder Ecke Brennholzstapel aus dem Boden.

Fusseliger Schnee fing an zu fallen. Als sie die äußeren Pulvertürme hinter sich ließ, lag eine milchweiße und menschenleere Landschaft vor ihr. Eine Schicht Blau schwebte über allen Dingen.

Beim Badehaus schloss sich ihr ein kleiner schwarzer Hund an. Nach ein paar Metern raste er kläffend ins Gestrüpp. Winselnd und mit blutender Zunge kam er wieder heraus. Das passiert, sagte sie zu ihm, wenn man versucht, in einen Igel zu beißen. Husch, husch, rief sie laut und trampelte mit den Füßen auf den Boden. Der Hund verschwand.

Hinter dem düsteren Gebäude des Loppen gab sie ihre Suche nach dem Mann auf. Sie musste pinkeln. Gerne wäre sie jetzt hinter die schneebedeckten Brombeersträucher gegangen. Das Klo im Versammlungshaus war ihr zuwider. Spinnen, fett wie ihr Daumen, hausten zwischen den uralten Deckenbalken. Es gab keine Wände zwischen den Toiletten. Die Männer machten ihr Geschäft vor den Frauen, die Frauen vor den Männern.

Es stank, und es war peinlich. Aber hier draußen kroch ihr die Kälte in die Knochen.

Zu dieser Zeit des Tages war der Loppen leer. Am fernen Ende des Saales rückte ein junger Mann Stühle zurecht. Er pfiff vor sich hin. Auf ihrem Weg zum Toilettenraum winkte sie ihm kurz zu, aber er reagierte nicht.

Als sie sich setzte, brannte das Porzellan der Schüssel kalt auf ihrer Haut. Obwohl es draußen erst dämmerte, hatte jemand brennende Kerzen auf die Waschbecken gestellt. Der Strom wird wieder mal ausgefallen sein, dachte sie.

Die Tür öffnete sich, und ein Mann kam hustend herein. Er stellte sich vor die erste Toilette am Eingang, schob sich die Hosen herunter und setzte sich. Er stöhnte einmal auf.

Im aschfahlen Zwielicht, das durch die Fenster drang, konnte sie das Gesicht des Mannes von der Seite sehen. Da war er wieder.

Sie hielt den Atem an und machte sich so klein es ging. Beugte sich vor und strich langsam mit dem Finger über eine Haut aus Staub über dem Marmorpaneel an der Wand. Ihr Mantel hing an einem Haken zwischen den Waschbecken. In seiner Tasche lag Oves Zange. Unerreichbar.

Sie atmete einmal tief ein, riss ihre Hose hoch, sprang zu den Waschbecken und hob ihren Mantel vom Haken. Als sie in Höhe des Mannes war, konnte sie nicht anders. Sie sah in das Gesicht mit dem Bart, weil sie sicher sein wollte.

Hey, hey, sagte er. Habt ihr eure Fotos gefunden? Du und deine Mutter?

Das Ding hatte einen Lauf, einen Kolben und ein Visier, er hatte geübt, auf leere Bierdosen zu schießen, dabei sogar getroffen, und obwohl nur ein Luftgewehr, so war es doch schwer und schlug bei jedem Sprung hart gegen jene Region seines Beckens, die in einem früheren Leben in einer Baugrube aufgeschlagen war.

Als Myrbäck die Unterführung der Autobahn erreichte, kam ihnen der Geldtransporter auf der abschüssigen Landstraße entgegen, legte sich mit hoher Geschwindigkeit leicht in die Kurve, während gleichzeitig der Toyota mit Tjock-Aku am Steuer hinter einer Baumreihe hervorschoss, aber sogleich mitten auf der Fahrbahn stehen blieb. Flink wie ein Indianer sprang Aukusti aus dem Pick-up, der auf einmal ein tödliches Hindernis war, und machte, dass er von der Straße kam. Dem Fahrer des Transporters blieb keine Wahl: Er stieg in die Bremsen. Reifengummi quietschte, der Wagen schien mit dem Heck auszubrechen, beschleunigte dann kurz, als wolle der Fahrer in einem rasanten Manöver ausscheren, schlingerte aber doch in seine Spur zurück, und noch bevor er zum Halten kam, preschte vor, wer gerade zur Seite stand, unmöglich den Überblick zu bewahren unter all den Jeanshosen, Skihauben.

Myrbäck sortierte sich.

Es war Tjock-Aku in seiner über dem Bauch spannenden Wächteruniform, der mit einem Kuhfuß auf die Frontscheibe des Transporters einschlug. Nutzlos prallte das Werkzeug ab.

Es war Göransson, der mit beiden Händen an der Fahrertür rüttelte und brüllte: Rauskommen! Kommt raus!

Es war Poffe, der sich vor dem Hinterrad aufbaute und einen jener grauen Plastikkästen aus dem Baucontainer bei Ösmo vor seiner Brust hielt wie einen Eierkarton.

Es war sein eigenes Gesicht, das sich in der Seitenscheibe des Wagens spiegelte und ihm den größten aller Schrecken einjagte. Verblüfft starrten auch die beiden Männer hinter der Scheibe ihn an. Er hatte vergessen, die Skihaube überzuziehen, noch immer steckte sie zusammengeknüllt in seiner Faust.

Während Myrbäck die Maske über sein Gesicht rollte, ließ ihn ein Fauchen aufzucken. Holzapfel warf sein Schweißgerät an. Er trug Schutzhelm und Visier, stand vor der Hecktüre, und ein Lichtbogen am Ende des Schweißbrenners zeichnete Schlangen in die Luft.

Irritiert vom Nachspiel des gleißenden Lichts auf seiner Netzhaut sah Myrbäck dabei zu, wie Poffe sich rücklings auf den Asphalt legte. In der einen Hand hielt er zwei Aluminiumdöschen, in der anderen, was aussah wie eine Zigarette mit Drähten, den Zünder. Poffe machte sich flach wie eine Flunder und robbte unter das Auto. Seine Jeans rutschte aufwärts und legte ein Tattoo auf sonnengebräunter Haut frei: ein flammendes Herz, durchstochen von einem Pfeil der Liebe.

Wer trägt sein Herz am Unterschenkel, fragte sich Myrbäck, und warum war er selbst hier so nutzlos, überzählig? Es war plumper Betätigungsdrang, der ihn seine Flinte hochreißen und mit dem hölzernen Kolben gegen die Tür des Beifahrers schlagen ließ. Die beiden Geldboten sahen nicht einmal auf.

Jemand griff ihn bei den Schultern und drängelte ihn roh beiseite. Es war Juhani, der Raum für sich und sein Gewehr schaffte. Seine Waffe sah schwer und gedrungen aus, gefährlicher als die von Forss und Göransson oder gar seine eigene

Attrappe. Er richtete den dicken schwarzen Lauf gegen die Seitenscheibe, zielte auf den Kopf des Fahrers und drückte ab. Der Schuss krachte, das Glas erzitterte, bildete in seiner Mitte rauchige Schleier und einen opalen Glanz, mehr geschah nicht.

Durch das Klingeln in seinen beiden Gehörgängen vernahm Myrbäck Schreie gedämpften Fluchens. Poffes tiefe Stimme kam von unter dem Wagen. Er hatte Mühe, den Sprengstoff in die vorgebohrten Löcher im Unterboden zu versenken. Angestrengt zuckte er mit seinen Beinen und trat in die Luft.

Per Ola Forss fuchtelte mit seiner Pistole vor der Frontscheibe herum. Er räusperte sich ein paar Mal und spuckte aus, dann schrie er:

– Kommt raus, ihr Schweine! Wir erwischen euch! Sowieso!

Die Männer in der Fahrerkabine reagierten nicht auf den Wüterich, der die gleiche Uniform trug wie sie. Wenn sie ihn überhaupt hören konnten. Sie sprachen abwechselnd in ein Mikrofon. Es war deutlich, dass sie sich davor hüteten, in die Gesichter ihrer Angreifer zu blicken. Vielleicht zählten sie im Geiste die Sekunden bis zu ihrer Rettung durch die Polizei, dachte Myrbäck. So würde ich es machen. Augen zu, Finger in die Ohren und bis tausend zählen.

Während er überlegte, weshalb die Wächter des Geldes so gar nicht wie erhofft handelten, sondern stur in ihrer Verschanzung ausharrten, sah er, dass Sassie auf sie zulief. Sie hatte ihren Fluchtwagen verlassen.

Warum macht sie das?, fragte er sich. Das ist so nicht geplant.

Mit großen Schritten folgte sie dem Seitenstreifen und erreichte den Transporter, als Pontus Dahlin unter dem Wagen hervorgekrochen kam. Seine Maske war ihm verrutscht, und Schweiß hatte sich auf seinen Augenlidern gesammelt. Als er aufstand, schrie er in ihr Ohr:

– Alle weg und bis zehn zählen!

Auf der Stelle machte sie kehrt und sprang, als sie bei acht angekommen war, schräg die Böschung hinauf. Sie warf sich ins Gras und drückte ihr Gesicht in ein rosafarbenes Bett aus Kleeblüten. Aus den Augenwinkeln sah sie noch, wie Holzapfel mit seinem schweren Schweißgerät in Richtung Waldrand taumelte, da sprang der Geldtransporter mit seinem Hinterteil in die Höhe. Ein zufriedenes Puffen wie aus einem Dampfbügeleisen, mehr hörte sie nicht. Rauch stieg unter dem Boden des Wagens hervor.

– Teufel und Hölle. Scheiße und Kacke. Poffe brüllte, was seine Skimaske zuließ. Er stand vor der Hecktüre. Sie hatte standgehalten. Ich habe es doch gesagt. Das Zeugs taugt nicht.

Sie hatten gestritten. Aber es war nun mal kein Dynamit in dem Baucontainer gewesen, sondern Aluminiumnitrat. Nach einer nächtlichen Probesprengung des Geldautomaten im Entree des ICA-Supermarkts von Ösmo, bei dem der Tresor komplett aus seiner Fassung gesprengt worden und auf den Gehweg geplumpst und der Kartenleser bis vor »Pindos Pizzeria« geschleudert war, hatten sie entschieden, dass derlei

Sprengkraft nicht nur für schwedisches Granitgestein und Tresore taugte, sondern erst recht für die Karosserie eines Geldtransportwagens. Sogar für einen mit Stahl und Aramid verstärkten Unterboden, aber locker. Es ist gefährlich, hatte Poffe wieder und wieder eingewandt, am Ende dann doch eingesehen, dass es zu spät war für eine neue Sprengstoffsuche.

Jukki trat vor sie. Der Kaninchentöter sah ihr kurz in die Augen. Sie wich beiseite. Er hob sein Gewehr und schoss eine Salve, diesmal gegen die Frontscheibe.

Sie sah sich die beiden Geldboten durch die letzte unversehrte Scheibe an: Ein älterer Mann mit Mütze, der mit beiden Händen das Steuer umklammerte und gefasster wirkte als sein jüngerer Kollege. Ein Stoppelhaariger mit sehr blasser Haut, aber das mochte von der Angst kommen. Er sah sie einmal kurz und neugierig an. Sie lächelte ihn an, um ihn zu beruhigen, aber er konnte ihr Gesicht hinter der Maske ja nicht sehen. Ich möchte nicht in deiner Haut stecken, dachte sie.

Wieder schoss Jukki.

Die Mundwinkel des Jüngeren zuckten, und es sah aus, als würde er gleich weinen müssen. Bitte, bitte nicht, dachte sie. Hinter den Köpfen der Fahrer zog auf einmal schwarzer Rauch in die Kabine. Die Explosion hatte die Trennwand beschädigt, und der Abzug half wohl auch nicht mehr. Sie sah, wie die beiden wild miteinander sprachen und hilflos versuchten, den dichter werdenden Rauch mit ihren Armen wegzufächern. Ein paar Sekunden später stießen sie ihre Türen auf.

Kaum war der jüngere der Fahrer herausgesprungen, kippte Juhani sein Gewehr nach vorn und schoss. Der Mann schrie auf und sackte auf der Stelle zu Boden. Er lehnte gegen den Vorderreifen und griff mit beiden Händen nach seinem linken Schuh. Zwei Löcher klafften im Oberleder. An ihren Rändern sickerte Blut hervor. Die Haut des Jungen war jetzt weiß wie ein Stück Papier.

– Man muss ein Huhn schlachten, um eine Horde Affen zu erschrecken, sagte Juhani. Er sagte es leise, mit einem seltsamen Singsang, und sie wusste, dass sie seine Worte als Einzige hatte hören können.

Der junge Geldfahrer lag weinend vor dem Reifen des Wagens. Sein älterer Kollege sprang ihm zu Hilfe und beugte sich über ihm. Juhani riss ihn an seiner Uniformjacke hoch und warf ihn gegen den Transporter. Seine Dienstmütze flog durch die Luft.

– Wir können nicht, sagte er schluchzend. Die Tür ist blockiert, sobald wir Alarm geben. Da hilft uns kein Schlüssel mehr. Eine Träne hing an seiner Nasenspitze herab. Am liebsten hätte Sassie sie ihm dort weggestrichen.

Juhani stieß ihn vor die Brust. Der Mann stolperte über die Beine seines Kollegen und fiel auf die Seite. Er rappelte sich auf und schleppte den verwundeten Kollegen ein Stück vom Wagen weg. Sie wollte ihm helfen, traute sich aber nicht. Niemand scherte sich noch um ihn. Alle Augen richteten sich auf Poffe. Der zog sich kurz seine Maske vom Gesicht, wischte Schweiß von Nase und Stirn. Der Brillant in seinem Ohrläppchen blitzte auf. Dann machte er sich erneut daran, unter den Wagen zu kriechen. Auf seinen zweiten Abstieg nahm er vier Aluminiumdosen mit sich. Diesmal war er wesentlich fixer, er schlitterte fast. Kaum war sein Oberkörper unter dem Wagen verschwunden, explodierte die Sprengladung.

Ihr wurden die Beine weggerissen. Sie flog durch die Luft, den Kopf voran.

Wie anders waren die Pflichtbesuche beim Großvater zu ertragen?

Knut Giovanni trat entschlossenen Schrittes durch die Schlacke des Sonntagnachmittags, tauchte hinein in das ewige Dämmerlicht des Flurs, ließ die Stimmen der Erwachsenen, das Kreischen seiner Kusinen hinter sich und blieb vor dem Bücherregal stehen, das im Schatten der riesigen Garderobe mit ihren Quasten ein düsteres Dasein fristete. Aus dem unteren Regal wuchtete er die geliebten Monumentalwerke hervor:

Die Wüste lebt.

Der Erste Weltkrieg.

Ihr Format war beeindruckend, ihr Gewicht kolossal, doch die Bücher belohnten die Anstrengungen des jungen Lesers mit bunten Bildern von Beutelrattenmüttern im Kampf gegen Klapperschlangen, von Skorpionen beim Hochzeitstanz. Von jungen Männern, die verrenkt in Erdgräben lagen und ihre Gewehre dem unsichtbaren Feind noch in der Todesstarre entgegenreckten. Von Soldaten, die an der Böschung eines Hohlwegs in Deckung gehen, bereit für einen letzten Angriff?

Von unheimlicher Faszination waren die Fotos aus dem Feldlazarett: Hier blickten Schwerverwundete mit lippenlosem Grinsen in die Kamera, dass man nicht glauben mochte, sie hätten gerade eben erst, schnippschnapp, ein Bein, einen Arm, einen Fuß abgeschnitten bekommen. Grobkörnige Schwarzweißbilder, auf denen er schwarze Höhlen zu erkennen vermochte, wo die Augen saßen, vergeblich aber nach jenen notdürftig versorgten, eitergetränkten Schrapnellwunden Ausschau hielt, von denen er in den Bildunterschriften las. Die Schauerlichkeiten waren seiner Neugier entzogen, versteckt unter blitzblanken Verbänden, verborgen unter glatt gestrichenen Laken. Nicht für alle Welt sichtbar, so wie jenes Bein, das jetzt im Grase neben einer Landstraße lag. Umfächert von den gelben Blüten des Löwenzahns, in Kniehöhe leicht geknickt, sein schmaleres Ende von einem weiß-blauen Turnschuh umfasst.

Myrbäck stand in einer stechend nach Ammoniak riechenden Gaswolke, und was um ihn herum geschah, begriff er nicht. Seine Hände zitterten. In seinen Ohren summte es, als suchte ein Schwarm Wespen dort angriffslustig nach Feinden.

Es war Poffes Bein. Die Sprengladung hatte frühzeitig gezündet. Dort, wo er den muskulösen Mann mit dem Schnauzer zuletzt gesehen hatte, klafften in der Panzerung des Unterbodens scharfkantige Metallränder auseinander. Es stank nach Teer.

Schwarzer Qualm stieg vom Wagen auf und sammelte sich unter der Betondecke der Autobahnbrücke, ein Rauchpilz fast, in dem Fetzen von Papier flatterten und trudelnd niedersanken.

Poffe hatte sich beschwert.

Ich habe Dynamit bestellt, keinen ANC-Sprengstoff. Der ist gefährlich. Ich muss das Zeugs mischen, kurz bevor ich es zum Knallen bringen kann. Okay, wenn ein Felsen im Weg ist, dann ja. Alle Mann in Deckung und bumm! Aber doch nicht, wenn es um Sekunden geht. Myrbäck erinnerte sich genau: Der Schnauzer des Mannes hatte vor Empörung gewackelt.

Myrbäck huschte um den Wagen herum, um nicht länger das einsame Bein Poffes vor Augen zu haben. Die Fahrerkabine war ein rauchender Käfig, an dessen Rändern sich versengte Füllwolle nach oben stülpte. Durch Drahtgeflecht und den geplatzten Unterboden konnte Myrbäck auf den Asphalt blicken. Schwarzer Rauch trieb in sein Gesicht, wohin er den Kopf auch drehte.

Bei ihrem letzten Treffen hatten sie Dahlins Klagen als wehleidiges Gejammer abgetan. Und nun hatte keiner den Mut, unter den Wagen zu blicken, weil sich dort Grauenvolles verbarg. Tjock-Aku stand an die Hecktür des Transporters gelehnt, auch Göransson und Jukki hatten sich längst abgewendet vom sterblichen Überrest ihres Kumpans. Die Gewehre im Anschlag hatten sie sich breitbeinig vor einem der Fahrer aufgebaut. Der Rücken seiner Uniform war blutverschmiert, und erschöpft hielt er sich auf allen vieren. Sie brüllten ihn an, er solle endlich die Tür öffnen. Schlüssel her. Tür auf. Dalli, dalli.

Der Mann sah nicht zu ihnen auf. Ihm ist wohl Hören und Sehen vergangen, dachte Myrbäck. Jetzt sind seine Ohren zu.

Der Finne presste den Lauf seines Gewehrs an den Oberarm des Mannes und schoss. Tocke-di-tock.

Es war nicht der Fahrer, es war Per Ola Forss, der getroffen zur Seite kippte. Jukki hatte ihn in seiner Uniform für einen der Wächter gehalten.

Forss wälzte sich vor Schmerzen und schrie. Myrbäck widerstand dem Impuls, sich beide Ohren zuzuhalten. Spätestens jetzt begriff er, dass danebengegangen war, was daneben hatte gehen können.

– Da siehst du mal. Alles im Eimer. Holzapfel schrie in sein Ohr. Er hatte sich den Schweißerhelm vom Kopf gerissen. Sein Kinn war mit Blut gesprenkelt, und riesige Tränen liefen über seine Wangen herab. Er wankte davon.

Die ersten Zuschauer waren eingetroffen. Angelockt von aufsteigenden Rauchwolken hatten sie auf der Autobahnbrücke gehalten und sahen neugierig über die Brüstung auf das Chaos aus Rauch, Feuer und Gewalt herab. Einige von ihnen machten Fotos mit ihren Handys.

Weg von hier, dachte Myrbäck. In den sich lichtenden Schwaden musste er sich zweimal auf der Stelle im Kreis drehen, bevor er Sassie entdeckte.

Sie lag im Gras, nicht einmal weit von ihm, und schien in die Luft zu starren. Er sprang zu ihr und beugte sich über sie. Ihre Augen waren riesig und sahen abwesend aus der Öffnung der Skihaube heraus. Grashalme und Kleeblätter klebten an der bleichen Haut ihres Halses.

– Los, auf, sagte er.

Sie blieb reglos liegen, wie versteinert von einer bösen Fee.

Er warf sein Gewehr beiseite und zog sie an den Schultern hoch. Ihre Jeansjacke war an einem Ärmel zerrissen, ihr Rücken voller Schmutzstreifen, die Hose fleckig. Sie sah erbärmlich aus.

– Komm auf die Beine!, schrie er.

– Milch, sagte sie und rappelte sich auf. Die Milch brennt an.

Zu zweit stolperten sie aus der Unterführung heraus, wobei sie einen Bogen um den qualmenden Transporter und das Bein von Pontus Dahlin machten, das da steif und in seinem versickernden Blut auf einem Stück Wiese ruhte. Tjock-Aku und Göransson beugten sich über Forss und verarzteten seine Schusswunde, Juhani rüttelte wie besessen an der Hecktüre, die beiden Geldfahrer saßen reglos im Gras und sahen ihnen mit leblosen Blicken dabei zu, wie sie sich davonstahlen.

Christiania, November 1985

In einem Kranz aus Licht stand er, mit geschlossenen Augen. Das Blut sammelte sich in seinem Handteller, versickerte zwischen den Fingern und tropfte lautlos auf seine schwarze Trainingshose, auf seine schäbigen Wanderschuhe, auf die Holzdielen.

Er macht immer alles falsch. Er ist zu nichts gut. Er kommt betrunken und hungrig und allein nach Hause und schneidet sich am scharfen Metall der Thunfischdosen, weil seine Hände zittern.

Er versuchte, sich das Blut von der Hand abzuwischen, aber es kam immer noch mehr. Unter dem Schein der Neonröhre leuchtete das rote Netz der Äderchen in seinen Ohrmuscheln. Er öffnete die Augen.

Er sieht mich an, dachte sie erschrocken, dabei bin ich unsichtbar. Sie stand im Schatten des Flurs, an die Wand gepresst, aber vielleicht konnte er ihre Gegenwart ja spüren, so wie die Schlange das Kaninchen. Es war schrecklich, wenn er sie so mit seinen schweren, halb geschlossenen Augen ansah. Es war ein Lauern in diesen Augen, von dem ihr angst und bange wurde.

Langsam zog sie sich tiefer in den Flur zurück. Du Sau, hörte sie ihn zischen. Du Drecksau. Wen meint er damit?, dachte sie. Mich kann er doch nicht meinen.

Leise, ohne Lilja zu wecken, stieg sie in ihre gefütterten Gummistiefel, die über den Herbst eng geworden waren. Sie nahm sich Jacke und Rucksack vom Bett und kletterte über das Fensterbrett hinaus. Sie schlich an der Hauswand und den Efeuranken entlang und sprang über den Kiesweg vor der Eingangstür hinweg. Durch das Fenster sah sie ihn vorgebeugt am Tisch sitzen. Sah sein verschwitztes Haar und seine braungelben Finger, zwischen denen eine Zigarette hing. Die andere Hand lag blutig vor ihm, ihre Finger gekrümmt wie die Beine einer haarlosen Urwaldspinne. Am Morgen würde sie die Flecken nicht wegputzen können, das trockene Holz saugte sich mit seinem Blut voll. Aber das war egal. Sie hatte Wichtiges zu tun. Sie stieg auf ihr Fahrrad.

Vor dem Eingang des Haupttores war ein Hin und Her. An fast jedem Wochenende gab es in letzter Zeit Solidaritätsfeste und Benefizkonzerte in der Grauen Halle: für die Indianer im Big Mountain in den USA. Für die Stilllegung von Barsebäck – Sofort! Gegen die kaputten Hausdächer – »Bekämpft die Schwämme!« Wenn die Leute genug hatten von den Kampfliedern in der Grauen Halle, kauften sie Haschisch am den Ständen beim Haupttor. Oder sie guckten sich den Feuerspucker an. Er war ein Ire. Ein Ire ohne rote Haare. An jedem Wochenende stand er hier, sobald es dunkel war, und spuckte Feuer, manchmal schluckte er es auch. Um sich herum hatte er Kaffeedosen mit ölgetränkten Sägespänen aufgestellt, die er anzündete, weil ihr Feuer so unheimlich flackerte.

Sie stellte sich in den Schatten der Wand. Dorthin, wo er seine Fackeln und Handtücher ablud und die Luft nach Petroleum roch.

Sie tat so, als staunte sie über sein Können. Dabei konnte sogar Ove Feuer spucken. Man durfte nur keine Flüssigkeit verschlucken, weil man davon leicht eine Lungenentzündung bekam.

Als der Feuerspucker begann, sich wie ein Kreisel zu drehen, und dabei eine Flamme nach der anderen in den Himmel pustete, ging sie in die Hocke. Sie zog einen der Plastikkanister an sich, schob ihn unter ihren Mantel und ging.

Ohne Licht und mit einem schweren Kanister im Gepäckkorb bis nach Vesterbro zu fahren, war nicht ungefährlich. Als ihr auf dem Sønder Boulevard ein Polizeiauto entgegenkam, sprang sie vom Rad und schob es den Rest des Weges.

Mit klammen Fingern wartete sie vor dem Fotoatelier Mikkelsen. Kein Mensch ist um diese Zeit unterwegs, dachte sie beruhigt, nicht in dieser Kälte. Sie schraubte den Deckel vom Kanister und schüttete das Petroleum auf die Stufen des Eingangs, gegen die Ladentür und die Holzverkleidung des Schaufensters. Sie trat zurück, riss drei Streichhölzer gleichzeitig an und warf sie in die schwarz glänzende Flüssigkeit.

Sie sprang zu ihrem Fahrrad. In ihrem Rücken hörte sie das zittrige Fauchen des Feuers.

Es stinkt nach verbrannter Milch, dachte sie. Jemand hat Milch auf dem Herd erwärmt und sie dort vergessen. Der Rauch steigt auf in meinen Kopf und wirbelt dort herum wie in einem Dampfkessel.

Myrbäck zog sie hoch. Er hatte wirr auf sie eingeredet, aber jetzt griff er ihr unter den Arm und stieß sie voran. Quer die Böschung hinauf, durch eine Rauchwolke und vorbei an einem Bein mit einem gestreiften Turnschuh, dann an zwei Männern in Uniform, die im Gras saßen und sie mit offenen Mündern anstarrten. Der Geruch verbrannter Milch wurde schwächer, jetzt roch es nach Feuer und heißem Metall. Sie stolperte, fing sich wieder, und als plötzlich Holzapfel vor ihr auftauchte, fiel ihr ein, wo sie war, wer sie war.

Jan ging im Kreis. Mitten auf der Straße ging er im Kreis, das Schweißgerät hatte er geschultert, und den Schweißbrenner hielt er wie einen Degen vor der Brust. Als sie ihm näher kam, sah sie, dass Tränen aus seinen Augen liefen. Seine Lippen schimmerten bläulich, sein Kinn war rot von Blut.

– Gib den Schlüssel, stammelte er und legte seine Hand auf Myrbäcks Schulter. Gib ihn mir. Ich fahre.

Während Myrbäck nach dem Autoschlüssel fummelte, gleichzeitig Anstalten machte, sie auf die Rückbank des Volvo zu schieben, machte sie sich steif und rief:

– Nein, so läuft das nicht! Das haben wir anders geplant. Ich habe meinen eigenen Fluchtwagen. Ich den einen und du den anderen.

– Wir haben keinen Plan mehr, an den wir uns halten müssen, sagte Myrbäck. Er hatte ein blaues Auge, das sah sie erst jetzt.

– Wo hast du dein blaues Auge her?

Seine Antwort ging im Geheule einer Polizeisirene unter. Es kam von nicht allzu weit her, und sofort malte sie sich aus, wie die ersten Polizisten sich in Kampfmontur vom Brückengeländer zu ihnen abseilen würden. Ihr fiel auf, dass Holzapfel wieder und wieder versuchte, den Motor zu starten.

– Spring an, du Scheißkarre!, schrie er.

Er versuchte es erneut. Und wieder. Der Startmotor surrte hilflos.

– Mach schon, rief Myrbäck.

Holzapfel rieb sich die Augen.

– Was ist das?, fragte er. Er starrte auf eine Anzeige, die hinter dem Lenkrad in blassem Giftgrün aufblinkte.

– Alcoguard, las Holzapfel von dem kleinen Display ab. Fünf Sekunden Blasen.

– Ja, der Alcoguard, schrie Myrbäck. Gibt's gegen Aufpreis.

– Blasen?, fragte Holzapfel. Fünf Sekunden lang blasen? Er sah sie beide ungläubig an. Dann brüllte er:

– Was soll ich blasen?

– Los jetzt, schrie Myrbäck gegen Jans Gegröle an. Er rüttelte in Kniehöhe an der Mittelkonsole, zog aus einer Luke, was aussah wie ein altmodisches Mobiltelefon, klappte ein Mundstück heraus und presste es Jan an die blutleeren Lippen.

– Jetzt pusten!

Holzapfel pustete.

Das Messergebnis erschien im Display, in roten Buchstaben: Start blockiert.

– Notstart, schrie Myrbäck. Er zappelte wie ein Verrückter auf dem Beifahrersitz, warf sich auf Holzapfels Schoß und fummelte mit beiden Händen unterhalb des Lenkrads herum. Dann drückte er mit dem Daumen die Warnblinktaste. Nach ein paar Sekunden sprang der Motor an.

– Hast du getrunken? Sassie stierte ihn an.

Jan nickte.

– Aber nur ein bisschen. Zum Tee.

Während sie empört den Kopf schüttelte, was sie der aufwogenden Schmerzen wegen sofort bereute, erblickte sie am Ende eines Ackers drei Gestalten. Sie bewegten sich in ihre Richtung. Polizisten. Sie kamen in Sprüngen näher, kein Zweifel.

– Guckt mal, sagte sie.

– Weg vom Steuer, rief Myrbäck. Er stieg aus dem Wagen, umkurvte die Motorhaube und tauschte den Platz mit Jan.

– Wo kommen die denn her?, fragte er.

– Ist doch klar. Sie sind am Bus vorbei. Und die letzte Strecke machen sie jetzt zu Fuß.

– Wie lange brauchen die?

– Zwei Minuten? Drei Minuten? Je nachdem.

– Je nach was?

– Je nach Kondition. Vielleicht sind sie ja irre schnell.

– Wir haben's echt eilig, schaltete sich Holzapfel ein. Seht euch mal um.

Viel zu schnell drehte sie ihren schmerzenden Kopf.

Sie erkannte den Mann, der sich da aus einer Rauchwolke herausschälte, an seinem Hinken. Juhani sah in ihre Richtung und legte das Gewehr an. Hinter ihm trat eine andere Figur aus dem Qualm heraus. Gösta Göransson. Auch er trug seine Waffe.

Sie hörte das Donnern des Schusses, als Myrbäck das Steuer einschlug. Der zweite Schuss krachte, als er anfuhr, der dritte erst war ein Treffer, ein Prasseln im Blech des Kofferraums.

Einen vierten Schuss gaben Juhani und Göransson nicht ab, denn auch sie mussten bemerkt haben, wer da im Anmarsch über das Feld war.

Myrbäck raste ein Stück die Landstraße hinauf und erreichte das Ende einer kleinen Brücke, als in einer Kurve ein Mähdrescher am Straßenrand auftauchte. Er schaffte es gerade noch auszuweichen, vergaß aber, den Fuß vom Gaspedal zu nehmen, und schleuderte mit dem Hinterteil auf die andere Fahrbahn, sosehr er auch gegensteuerte. Mit der linken Seite des Autos schlug er gegen das Dreschgestänge. Mit einem Knall flatterte der Außenspiegel davon, der Türgriff zog kreischend am Metall entlang, und endlich sah sie im Rückspiegel, wie ein Teil der Türverblendung über die Straße hüpfte.

Da vorne rein, schrie sie, gerade noch rechtzeitig, als sie den Reitstall passierten. Myrbäck bremste, sie schlug mit der Stirn gegen die Kopfstütze, schlingernd verließ der Wagen den Asphalt und rauschte in einer steilen Kurve mitten in den Feldweg hinein.

Sie waren ihre Fluchtstrecke ein paar Mal abgefahren. Und eigentlich hatten sie sich die schlimmsten Schlaglöcher merken wollen, Myrbäcks Erinnerungen aber schienen wie ausgelöscht. Immer wieder krachte der Volvo auf Wurzelstämmen auf, platzte in Regenlöcher, folgte schlitternd der sandigen Spur und schüttelte sie durch, bis Myrbäck den Wagen an einem Gatter vor einer Gleisstrecke zum Stehen brachte.

Dürftig verborgen unter den Ästen einer Salweide stand ein kleines, rundes blaues Auto. Ein Mitsubishi. Ihr nächster Fluchtwagen.

Sie stieg aus, tat zwei Schritte, lehnte sich gegen den Kotflügel und erbrach das wenige, was sie am Morgen zu sich genommen hatte. Es sah weißlich aus und spritzte über ihre schwarzen Turnschuhe. Minutenlang war sie kaum fähig, das Kinn von der Brust zu heben. Pelzig lag ihr die Zunge im ausgedörrten Mund.

Sie war die Letzte, die sich ihre Schuhe auszog, die Jeans und ihre zerrissene Jacke, am Ende auch das Hemd. Jedes einzelne Kleidungsstück suchte sie ab, und auf ihrem linken Hosenbein wurde sie fündig. Drei kleine, dunkle Blutflecken, und sie wusste genau, dass sie bis an ihr Lebensende immer wieder mal an diese drei kleinen Blutflecken würde denken müssen und dass ein Mann, den sie Poffe nannten, es im Sterben verspritzt hatte. Sie presste alle ihre Kleider zu einem Knäuel und warf sie in den Kofferraum des weißen Volvo. Sie sah sich die Einschusslöcher an. Drei Kugeln aus Göranssons Schrotgewehr hatten das Nummernschild durchbohrt. Sie steckte ihren kleinen Finger in eines der Löcher.

Myrbäck tauchte mit einem roten Bootskanister neben ihr auf. Hektisch verschüttete er Benzin auf Vordersitze und Rückbank, ließ den Rest in den Kofferraum schwappen. Sie sah ihm dabei zu, wie er zwei Wachsplättchen anzündete und sie beim Weggehen in den Wagen warf.

Ein kurzes Knallen des entzündeten Benzins, dann ein Schnaufen, am Ende ein runder, schwarzer Rauchball. Das habe ich heute schon gesehen, dachte sie, trat aber dann doch näher, als die erste Hitzewelle abebbte. In der Hitze des Feuers knackte und britzelte der strahlend weiße Autolack des Volvo wie schmelzender Karamellzucker, bis er sich zu winzigen Blasen aufwarf und, vom Feuer überrollt, in einem stumpfen Schwarz erlosch.

– Was werden die anderen machen?, fragte Holzapfel, als sie beim Sägewerk in Horthagen endlich auf die Landstraße stießen.

– Sie werden Forss liegen lassen, meinte Myrbäck. Er ist angeschossen. Poffe ist tot. Und die beiden Wächter sind ihnen gleichgültig. Sie werden in Sassies Jeep entkommen sein.

– Ich hoffe, sie werden erwischt, sagte Holzapfel, der minutenlang still gewesen war. Es ist unsere einzige Chance. Dass sie alle für ein paar Jahre im Gefängnis verschwinden. Er saß starr auf dem Beifahrersitz und hielt sein Schweißgerät, als könnte es ihn wie ein Hexenbesen in eine andere Dimension ausfliegen, in eine heilere Welt.

– Im Rückblick werden sie begreifen, dass wir nicht anders konnten. Myrbäck klang überzeugt von seiner Idee. Auch sie wären abgehauen. Beim Transporter gab es nichts mehr zu holen. Ihr werdet sehen: Nach ein paar Tagen wird ihre Wut auf uns verflogen sein.

– Nein, das wird sie todsicher nicht, schaltete sich Sassie ein.

– Wieso?

– Weil nur ich den Schlüssel zum Jeep habe.

Wieder einmal habe ich mich fesseln, knebeln, in die Ohnmacht jagen lassen. Für euch. Und wo steckt ihr? Seid ihr tot? Gefangen? Bester Dinge? Stoßt ihr schon an auf euren Coup? Fragt ihr euch in einer Ecke eurer Herzen, wo in all der Freude ich abgeblieben bin?

Heidi Olofsson lag im Dreck. Zwischen staubigen Proviantkisten und längst vergessenen Angelruten, Mäuseschiss, Spinnweben. Im Bootshaus der Lövgrens hatte der Mann sie abgelegt wie eine altersrissige Boje. Immerhin hat er die Freundlichkeit besessen, mich auf eine Persenning zu betten, dachte sie. Auf einen Knebel hatte er auch verzichtet. Ein Gentleman. Alte Schule. Aber hier draußen hört meine Schreie ohnehin kein Mensch.

Seit wie vielen Stunden liege ich hier? Das Stück grauen Himmels vor dem verstaubten Fenster lässt keine Rückschlüsse zu. Hier drinnen herrscht ewiger Schatten. Trotzdem wachsen in einer Ecke der Hütte ein paar kümmerliche Brennnesseln. Ein ekliger und bitterer Geschmack brennt mir auf der Zunge.

Sie hörte ein kurzes, trockenes Bellen. War es ein Hund? Ein Hirsch, der sein Revier markierte?

Warum traf es nicht zur Abwechslung mal Myrbäck? Oder das Fräulein Linné? Ich bin unschuldig. Ich habe es nicht verdient, hier auf dem Rücken zu liegen. Der Mann aus dem Bus hatte sie mit einem Elektroschocker betäubt. Ihre rechte Körperseite schmerzte noch immer. Und wo sie nicht schmerzte, da war sie betäubt. Wie auch ihre Arme. Ihre Hände. Mit dem ganzen Gewicht lag sie auf ihren gefesselten Händen, aus denen jedes Gefühl gewichen war.

Sie ruckelte sich auf die Seite und sah an sich hinunter.

An den Füßen hatte der Mann sie mit einer blauen Bootsleine gefesselt. Er hatte sie aus den Kisten mit dem Tauwerk gefischt. Dort, wo ich beim Frühjahrsputz die Metallkiste entdeckt und dann oben beim Hause versteckt habe. Die Kiste, wegen der ich hier jetzt liege.

Das Bellen kam näher. Es war ein Hund.

– Hallo! Sie rief. Ihre Worte kamen in kleinen Brocken, ein Krächzen. Ihre Zunge klebte am Gaumen. Es war Stunden her, dass sie getrunken hatte. Der Frühstückskaffee. Sie schrie erneut: Hallo! Dann sogar dies: Hilfe! Sofort fielen ihr die Ermahnungen ein, die sie als Kind zu hören bekommen hatte. Nach Hilfe ruft man nicht im Scherz. Nie.

– Es ist kein Scherz!, schrie sie, so laut sie konnte.

Eine Frauenstimme antwortete. Hoch, hell. Es war die Nachbarin. Sie rief nach ihrem Terrier. Largo! Largo! Mich hat sie nicht gehört, die schwerhörige Alte.

Largo stand vor der Tür und knurrte.

– Hol Frauchen, rief sie.

Der Hund antwortete mit einem aufgeregten Schnuppern. Sie hörte, wie er an der Seite des Hauses entlanglief, über die Steine sprang und einmal kurz bellte. Dann war nur das Plätschern mickriger Ostseewellen zu hören.

Wer wird sie vermissen? Ihr Bruder und Myrbäck ahnen nicht einmal, dass sie auf der Insel ist. Sassie? Vergiss es. Und ihre Tochter ist die Woche über beim Vater, Malin wird fünfzehn und ist mit sich selbst beschäftigt. Würde sie ein Wochenende in einem Bootshaus überleben? Ohne Wasser? Im Seidenkleidchen?

Morgen war sie noch krankgeschrieben. Am Montag erst würde man die Schulkrankenschwester schmerzlich vermissen. Die Kinder ihres Sexualkundekurses. Zwölfjährige, denen sie einmal im Monat von den Tücken des Sexuallebens erzählte. Von der Syphilis, von den Matrosen des Kolumbus hatte sie ihnen schon erzählt, am Montag waren die Chlamydien dran, die Trichomaden, die Filzläuse mit ihren Halteklauen und den Nissen.

Mit einem Rucken stemmte sie den Oberkörper hoch. Wenn ich mich nicht wehre, werde ich hier verrecken. Die fette Spinne, die neben meinem Kopf in der verrosteten Grillkugel haust, wird sich ein neues Heim suchen, ein Plätzchen, um ihre Eier abzulegen in meinen Augenhöhlen, meinen Ohren oder meinem unziemlich aufgerissenen Leichenmund. Pfui Teufel, rief sie der Spinne entgegen.

Sie hatte mit Hanna Holmquist von der Gesundheitsverwaltung in Stockholm telefoniert, bevor der Mann hinter ihrem Rücken aufgetaucht war. Seit die Kinder ihren Chlamydien-Test umsonst im Internet bestellen und zuhause machen konnten, hatte sie stolz erzählt, machten sogar die älteren Jungen mit bei den Tests.

Einen halben Meter hatte sie geschafft. Über alte Seile war sie hinweggerutscht in ihrem dünnen Tupfenkleidchen, den Hintern voran, das Köpfchen in die Höh', und die Knöchel ihrer Hände rissen auf, mit jedem Zentimeter platzten ein paar Fasern ihrer dünnen Haut.

Stück um Stück hatte sie sich an einen verbeulten Schneeschieber herangeschoben, sich dabei unbekümmert über das Skelett eines kleinen Vogels hinweggewälzt, das knisternd unter ihr zerbrach. Sie legte ihr Gewicht gegen den Schaft des Schneeschiebers und schob ihre Fesseln über sein scharfes Blech, hin und her, hin und her.

Ich blute wie ein Schwein. Schreien möchte ich vor Schmerz. Aber Schmerzen kann ich gebrauchen. Seit ich weiß, wozu sie gut sind.

Das Pech kennt keinen Durchschnitt, sagte Myrbäck. Es hält sich nicht an Statistiken. An die Gesetze der Wahrscheinlichkeit.

– Sag bloß. Sassie trat zu ihm ans Ende des Badestegs und legte sich auf den Bauch. Beide schoben sie ihre Köpfe über den Rand und sahen dem Kreiseln einer ertrunkenen Libelle zu, die mit der Strömung hin und her wogte. Kleine braune Fische umschwammen einen Mopedauspuff, den jemand vor Ewigkeiten auf dem Grund hatte liegen lassen.

– Forss werden sie festgenommen haben, meinte sie, mit seiner Schusswunde. Poffe ist tot. Dick-Aku und Göransson, ich kann mir nicht vorstellen, dass sie entkommen konnten. Zu Fuß. Behäbig und alt wie sie sind.

Er nahm ihre Hand. Sie war warm und feucht, auch zwischen den Fingern.

– Und Juhani?, fragte sie.

– So wie er humpelte? Aber wer weiß? Wir können nur hoffen, dass er eingesackt wurde. Er und die anderen. Für alle Zeiten.

Myrbäck befühlte sein angeschwollenes Auge.

– Wie sieht es aus?, fragte er.

– Wenn man genau hinsieht, ist es blau und rot. Beides zusammen ergibt ein Veilchen. Wo hast du es dir geholt?

– Kann mich nicht erinnern.

– Warum hat Juhani auf die Geldfahrer geschossen?

– Er ist gewalttätig. Tollwütig.

Myrbäck unterdrückte ein Gähnen. Er war sterbensmüde, aber es zu zeigen, kam ihm unpassend vor angesichts der Schrecken, die hinter ihnen lagen.

– Weiß Forss, wo wir leben? Weiß es Göransson?

– Irgendwo auf den südlichen Inseln, mehr habe ich nie verraten. Es interessierte niemanden. Myrbäck spürte, dass hinter seinen Worten eine traurige Gewissheit lauerte: Die stillen Tage im Ferienhaus der Lövgrens waren gezählt. Auch die schönen Nächte.

– Wer will, der findet uns, schloss er. Eher früher als später.

Über Poffe verloren sie kein weiteres Wort. Auch nicht über den Fahrer, dem Juhani ein Loch in den Fuß geschossen hatte.

Ich schäme mich, dachte Myrbäck. Aber sind wir schuld an Poffes Tod? Schuld, weil wir den falschen Sprengstoff besorgt haben? In ihm glimmte die Furcht, dass er sich diese Fragen immer, immer wieder würde stellen müssen.

– Was glaubst du?, fragte Sassie, werden die Fahrer dich wiedererkennen?

– Wenn der Schock nicht ihre Erinnerung ausradiert hat. Wenn ich Pech habe.

– Das hast du eigentlich immer. Sie bettete ihre Wange auf das sonnenwarme Holz des Stegs und sah ihn an.

Ihr Gesicht war völlig offen, ganz arglos. Er erschrak, weil es ihm auf einmal fremd vorkam. So, als habe das Erlebte ihre regelmäßigen Züge durchgerüttelt und hastig neu geordnet. Eine seltsame Asymmetrie erkannte er jetzt und eine düstere Schwärze in ihren braunen Augen.

– Es stinkt nach Tang und toten Fischen, sagte sie.

Er schnupperte, konnte aber nichts riechen. Trotzdem meinte er:

– Das kommt wohl vom Tiefdruck.

– Nein, es ist die Ostsee.

Als sie zum Haus zurückkehrten, fragte sie:
– Wann wird uns Heidi besuchen?
– Ja, was weiß ich? Sie hat in der Schule zu tun. Konferenzen, Fortbildung. Vielleicht kommt sie zur nächsten Woche? Vielleicht lässt sie's bleiben, weil sie die Nase voll hat von uns.

Sven Classen stand im hohen Gras vor den Apfelbäumen und grillte Würstchen. Der Wind trug ihren Bratgeruch in Myrbäcks Nase. Classens Töchter waren dabei, den Gartentisch zu decken. Umständlich trugen sie jeden Teller und jedes Glas einzeln, Brotkorb und Wasserkanne mit höchster Konzentration.
– Gute Würste gibt's nur bei uns, sagte Classen. Ich habe sie extra aus Deutschland mitgebracht. Knackwürste, Nürnberger. Dank dir für den Tipp mit der Vasa. Die Skelette sind zum Gruseln. Da weiß doch kein Mensch, welche Knochen zu welchem Matrosen gehören, oder?
Myrbäck nickte.
Es war Holzapfel, der am Küchentisch stand und Carla Classen beim Schälen der Kartoffeln zur Hand ging. Die Kartoffeln dampften vor Hitze, aber Jans Hände schienen unempfindlich. Ein Pflaster klebte auf seinem Kinn.
– Die Classens müssen verschwinden, sagte Jan, als sie allein in der Küche standen. Hier ist niemand mehr sicher.
– Wie soll ich ihnen das beipulen?
– Erzähl ihnen was vom Besuch irgendeiner verdammten Verwandtschaft. Sag ihnen was von Mumps und Röteln, was weiß ich.
Myrbäck war ratlos. Trotzdem nickte er.
Beim Essen sprachen sie über die Geschicke der »Via Appia«. Die Firma war mit Mann und Maus verkauft worden. Classen fuhr die Straßen der Stadt mit einem neuen Dienst-

wagen ab, noch mehr Kameras hieß das, noch genauere Peilung, bis hoch nach Poppenbüttel war er im Lauf des Frühlings vorgestoßen, einen neuen Kollegen an der Seite.

– Ein Langweiler, meinte Classen. Du fehlst mir, Myrbäck. Mit deinen Macken.

Myrbäck nickte und stocherte appetitlos im Kartoffelsalat. Jan aß sich finster und schweigend satt.

Es fiel ihm schwer, den Erzählungen Classens zu folgen. Immer wieder wanderten seine Gedanken auf ein blutiges Stück Wiese unter einer Autobahnbrücke zurück.

Nach dem Essen verschwanden Holzapfel und Classen, um sich den glücklichen Sieg der Schweden über die Belgier im Fernsehen anzusehen. Myrbäck trug welke Salatblätter und Kartoffelschalen zum Kompost. Er nahm ein Buch, ging zum Strand und kehrte, ohne es aufgeschlagen zu haben, in den Garten zurück. Er blieb fortwährend rastlos, verzog sich hinters Haus und spaltete lustlos, ohne jeden Rhythmus, ein paar Holzscheite, die er weit verstreut im Gras liegen ließ. Seine ziellose Wanderung führte ihn vor einen alten Räucherofen. Er rüttelte an den Türen, gab den halbherzigen Versuch sie zu öffnen jedoch auf, als Roststaub aufflog und sich auf seine Hemdmanschetten legte. Kurz erwog er einen Abstecher zum Bootshaus der Lövgrens, merkte aber auf halbem Weg, dass seine einsame Runde ihn auf nichts als fürchterliche Gedanken brachte.

Durch das Küchenfenster sah er Sassie am Tisch sitzen. Die Lampe über ihrem Kopf brannte, und ihr Gesicht war zerknittert, so als hätte sie geweint. Als er an die Scheibe klopfte, zuckte sie zusammen.

Sie stand auf, kam ihm entgegen und schubste die Fensterläden auf. Sie hatte sich wieder umgezogen. Sie trug ein violettes Kleid, das auf der Rückseite gerafft war und von einem dünnen Gürtel gehalten wurde. Sie beugte sich vor, und er spürte, wie ihre tränenfeuchten Wimpern über seine Wange strichen. Ihr Kuss schmeckte nach Salatessig und Wein.

Sie sahen einer Kröte dabei zu, wie sie sorglos über den Absatz der Verandatreppe hüpfte. Im Licht der Lampe schimmerte ihr Rücken wie lackiert. Ihr Quaken klang wie eine Krankheit.

– Hörst du, was sie ruft?, fragte Myrbäck.

– Nein.

– Sie will, dass du dich für mich ausziehst. Nackt sollst du sein.

Sie lächelte, ohne es zu wollen. Er sollte solche Dinge nicht an einem Abend wie diesem sagen, dachte sie. Wie geht man miteinander ins Bett, wenn ein paar Stunden zuvor ein Mensch zerrissen wurde, den man zwar nicht gemocht, mit dem man aber doch in einem Zimmer, dann in einem Auto gesessen und Worte gewechselt hatte? Aber Myrbäck will mich nur aufmuntern. Ein Schamane, dessen Zaubersprüche mich heilen mögen von den Grauen des Tages.

Myrbäck hatte seine Augen nicht offen halten können, als sie nach dem Essen alle zusammen auf der Veranda saßen. Er hatte gute Nacht gesagt und war im Haus verschwunden. Sie und Carla Classen waren geblieben. Sie hatte sich Geschichten über das Hamburger Regenwetter und die Grillkünste von Carlas Mann angehört, von ihrer eigenen Arbeit bei einer Firma, die Regalsysteme vertrieb, von den unruhigen Nächten im Wohnwagen, in dem die Frau schließlich verschwand, von Mücken vertrieben.

Sie hatte sich noch vom Rotwein genommen, eine Jacke übergezogen und war zu der Sitzbank im Garten gegangen.

Sie hatte die letzten Streifen des Sonnenlichts am Horizont beobachtet und dann auf die Fassade des Hauses gestarrt. Lichter gingen an, Lichter gingen aus, ein Fensterladen klapperte, ein Schatten wanderte umher, blieb für zwei, drei Atemzüge am offenen Fenster stehen und zog die Vorhänge zu. Sie wunderte sich, wer von den beiden da so rastlos unterwegs war, Jan oder Knut? Einmal flackerte das Deckenlicht in ihrem Zimmer auf. Sie stellte sich vor, wie Myrbäck in ihrem Bett lag und im Dunkel auf sie wartete. Oder Jan, auch gut. Sie würde diese Nacht also nicht alleine verbringen müssen. Oder mit den Kröten, die im Garten ihre Liebeslieder sangen.

Und dann hatte sich Myrbäck neben sie gesetzt, ein paar Sätze gesagt und seine Finger mit den ihren verhakt. Augenblicklich fühlte sie sich erleichtert.

– Was tigerst du durchs Haus?, fragte sie.

– Ich? Ich lag vor dem Fernseher. Und bin kurz eingeschlafen.

– Dann wird es wohl Jan gewesen sein, sagte sie.

– Nein, der lag neben mir. Er schläft dort immer noch.

Verwirrt stand sie auf und starrte auf den düsteren Umriss des Hauses.

– Wie kannst du das wissen, wenn du geschlafen hast?

– Einfach so. Er hörte die Unruhe in ihrer Frage und erhob sich von der Sitzbank.

– Hier ist niemand außer uns, sagte er. Versprochen.

Christiania, Dezember 1985

Da liegt sie weiß und still auf ihrem Rücken. Starrt offenen Auges in die Luft, und ihr Blick bohrt sich durch die Deckenbalken über ihrem Bett und die löchrigen Militärdecken, die auf dem Dachboden lagern, er schießt durch das knarrende Gebälk, vorbei am Giebel und dem Geäst der Kastanie, mitten in die von der tief stehenden Sonne geröteten Wolkenbüschel hinein und dann noch ein ganzes Stück weiter, dorthin, wo nur sie jetzt gucken kann. Das ist Lilja.

Sie beugte sich vor, ganz nah an ihre Schwester. Ihre Wangen hatten dieselbe Farbe wie der Spargel in den Einmachgläsern. Sie hatte sich kleine Hautfetzchen von den Lippen gebissen. Ihr leises Atmen war kaum zu hören, wie das einer Maus.

Was siehst du? Wohin guckst du?, fragte sie, aber ihre Schwester antwortete nicht. Sie zuckte nicht einmal mit den Lidern. Oder blinzelte. Es muss sich doch fürchterlich anfühlen, dachte sie, ohne mit den Wimpern zu zucken. Sie selbst schaffte es keine Minute lang.

Lilja war von der Schule nach Hause gekommen, und ihr Vater hatte sie an den Armen gegriffen und vor sich her gestoßen wie eine Einkaufskarre. Einfach nur, weil er schlechte Laune hatte wegen irgendwas. Wehrlos war sie mit dem Rücken gegen die Tür geprallt, nach vorne gekippt, mit dem Kopf auf den Boden geknallt. Rumms. Jetzt lag sie auf dem Bett. Ein kleiner Tropfen Blut war ihr aus der Nase geronnen und auf seinem Weg zwischen Nase und Mund getrocknet. An seinen Rändern war er fast schon schwarz.

Vom Dach tropfte Schmelzwasser in die Abflussrinnen, das war das einzige Geräusch.

Vor dem Bett lagen Liljas Schmetterlinge verstreut. Blaue Flügel und scharlachrote Flügel, gebrochene Fühler, haarige Beinchen im Kupferglanz, alle auf einem Haufen. Sie hatte sie aus ihren Papierfächern herausgeschüttet und sich dann in ihr Bett gelegt. Das seidige Dreieck eines geschlossenen Falters lag noch auf ihrer Brust. Gestern hatte sie wissen wollen, welche ihrer Zitronenfalter Weibchen sind und welche die Männchen.

Die Schmetterlinge wissen es, habe ich geantwortet. Aber wir können es uns bloß einbilden. So, wie ich mir jetzt einbilde, dass der dem Dunkel der Decke entgegendämmernde Blick Liljas in Wahrheit nicht in den Wolken oder auf Sternen endet, sondern noch viel weiter weg. Dort, wo unsere Mutter sie in die Arme nimmt.

Zbigniew Nikodem Stanczak trug seinen Blazer, seine Lackschuhe glänzten, aber es gelang ihm nicht, die Augen zu öffnen. Seine Augenbrauen zuckten, und schwärzlicher Rauch entstieg seinen Haaren.

Wo warst du die ganze Zeit?, fragte Myrbäck, aber der Pole antwortete nicht. Blind griff er in eine Einkaufstüte, die an seinem Arm baumelte, und fischte nach kleinen, glatt lackierten Kugeln, die er nach ihm warf. Sie explodierten mit einem Knall, bevor sie ihn treffen konnten. Eine der Kugeln aber war behaart, und sie traf ihn in Höhe des Magens. Sie plumpste zu Boden und platzte auf. Blut quoll aus der Kugel, deren Innereien sich zuckend noch über den Boden bewegten.

Knut Giovanni Myrbäck erwachte aus einem bösen Traum, weil ihn seine Blase bis an den Rand des Schmerzes drückte. Er rückte ein Stück von Sassie ab und wankte halbgeschlossenen Auges auf die Toilette. Der kalte Plastiksitz ließ ihn einmal kurz erschaudern. Er bereute es sich gesetzt zu haben, aber Stehpinkeln war in diesem Hause ja verboten.

Zbigniew gehörte zu den Toten, warum hat er mich im Schlaf besucht? Die Traumbilder saßen noch in seinem Körper, es fühlte sich beunruhigend an, und trotzdem weigerte er sich, seine Schläfrigkeit abzuschütteln. Weil er aber glaubte, ein seltsames Blubbern aus dem Abflussrohr zu hören, er auf der Suche nach einer Klopapierrolle auch kurz die Augen öffnete, entdeckte er, dass zwischen den Holzbohlen zu seinen Füßen ein flackerndes Licht durchschien.

Myrbäcks Nackenhaare stellten sich auf.

Es gab einen kleinen Vorratskeller unter dem Haus, in dem alte Fensterläden und nutzloses Mobiliar verwahrt wurden. Er wusste, dass dieser Raum verschlossen und lichtlos war und dass kein Mensch ihn je betrat. Nein, der Schein eines Feuers konnte es nicht sein, den er sah, längst hätte er den Rauch gerochen. Es war der wandernde Lichtstrahl einer Taschenlampe. Panik stieg in ihm auf.

Ohne zu spülen, erhob er sich vom Toilettensitz, zog seine Pyjamahose hoch und tastete sich in der Dunkelheit in den ersten Stock empor, bis an sein Bett, das er in dieser Nacht zu seinem größten Glück mit Sassie teilen durfte.

Ihr Kopf und Oberkörper waren unter der Bettdecke verschwunden, nur ihre Beine hingen weit hervor. Weil Flüstern nicht half, sie zu wecken, griff Myrbäck nach ihrem Fuß. Mit einem Ruck stieß sie sich von der Matratze hoch und starrte ihn an.

– Hör zu, flüsterte er, wir müssen weg.

– Was?

– Jemand ist im Haus.

Bevor er sie daran hindern konnte, knipste sie die Nachtlampe an. Es war drei Uhr. Nie war ihm das Ticken eines Weckers so laut vorgekommen.

Seite an Seite saßen sie auf dem Bett. Er spürte noch die Wärme des Schlafes, die von ihr ausstrahlte.

– Was ist los mit dir?, fragte sie. Hast du schlecht geträumt?

– Nein, glaub mir. Da ist jemand im Keller.

– Dein Freund aus Hamburg?

– Classen? Niemals. Der Keller ist verschlossen. Und vielleicht steigt jetzt gerade jemand ins Haus ein. Oder steht schon im Flur.

– Hier ist niemand außer uns, du hast es versprochen.

– Ja, aber was ich mache, mache ich falsch.

– Stimmt.

Lautlos zogen sie Hemd und Hose an, bewaffneten sich mit einer Taschenlampe und schlichen die Treppe hinab. Als sie vor Holzapfels Tür standen, glaubte Myrbäck einen metallischen, kratzenden Laut zu hören. Er kam vom anderen Ende des Hauses, und er klang, als fingere jemand an den Riegeln eines Fensterladens herum.

Holzapfel saß aufrecht im Bett und starrte sie mit hellwachen Augen an.

– Wieso liegst du wach?, fragte Myrbäck.

– Bei all dem Lärm im Haus, du machst Witze. Lärm von oben, Lärm von unten. Lärm von draußen.

– Von draußen?

– Ja.

– Wir müssen mal wieder weg. Und stell keine Fragen.

Jan sprang nackt aus dem Bett, griff sich Pyjamahose und T-Shirt und stolperte in ein Paar ausgelatschter Espadrilles.

Auf Zehenspitzen schlichen sie, einer nach dem anderen, durch den düsteren Flur. Myrbäck zog die Haustür einen Spalt auf, hob sie dann an, um ihr Quietschen zu vermeiden, und trat als Erster vor die Tür.

Zwei blonde Männer nebeneinander, dachte Sassie Linné, warum sieht blond bei erwachsenen Männern so albern aus?

Gusseisernen Türmen gleich reckten die beiden Hünen sich in einer Ecke des Gartens empor, ihre hellen Schädel zwei Leuchtsignale in der Nacht. Sie umrahmten eine kleingewachsene Frau, der Finsternis und ihrer schwarzen Haare wegen fast unsichtbar, trotzdem begriff Sassie schlagartig: Die Hexe ist zurück. Ich habe sie schon durch das Guckloch einer Tür gesehen, und sie hat einen Polizisten geprügelt, dass dem das Blut aus der Nase schoss wie geschüttelter Champagner.

Das unheimliche Trio, überrascht und regungslos, starrte sie an.

Der Erste, der sich rührte, war Myrbäck. Im Rückwärtsgang stieß er sie ins Haus zurück. Sie prallte gegen Holzapfel, der sich gerade durch die Haustür ins Freie hatte quetschen wollen, nun aber mit einem Aufschrei in den Flur stürzte. Myrbäck schlug die Tür hinter ihnen zu, als stünde der Teufel vor der Schwelle. Den Schlüssel zog er ab. Sassie war ihm dankbar für die Geistesgegenwart, denn fast gleichzeitig erzitterten Tür und Rahmen, getroffen vom Aufprall eines schweren Körpers. Einer der Kolosse hatte sich gegen das Holz geworfen.

Unter größtmöglichem Getöse stürmten sie quer durch den Flur, hinein in Holzapfels Zimmer, und rissen das Fenster auf.

– Halt!, schrie Holzapfel, als Sassie schon federnd in den Kräuterbeeten landete. Das Aroma zertrampelter Salbeiblätter füllte die Nachtluft.

– Mein Schweißgerät! Jans Stimme krächzte vor unterdrückter Hysterie.

– Wozu brauchst du das Ding?, fragte Myrbäck.

– Es ist alles, was ich besitze, oder? Auf der Stelle machte er kehrt und verschwand im Flur.

– Und zieh dir Hosen an, schrie Myrbäck noch, bevor auch er aus dem Fenster sprang.

Geduckt schlichen sie sich hinter die Büsche und nahmen, ohne sich umzusehen, den direkten Weg ans Ufer im Laufschritt.

Nicht einmal das Plätschern des Wassers war zu hören, als sie in der Bucht anlangten. Das Meer lag völlig stumm. Myrbäck warf sich zwischen die Stauden des Strandhafers. Sie machte es ihm nach. Wortlos lauschten sie nach ihren Verfolgern.

Das Aluminiumboot lag regungslos vertäut, dicht unter Land. Ein Fender hatte sich gelöst und dümpelte an seiner Leine an der spiegelglatten Oberfläche.

Myrbäck wagte sich vor. Der Sand knirschte unter seinen Füßen, als er quer durch die Bucht schlich. Er löste die Leine und schob das Boot vor sich her. Bis zu den Oberschenkeln stand er im Wasser. Er stemmte sich hoch. Einen kurzen, aber gefährlichen Augenblick lang balancierte er mit den Knien auf der schmalen Reling, dann sackte er vornüber an Bord. Er krabbelte ins Heck und ließ den Motor zu Wasser. Ein metallisches Klicken hallte durch die Nacht.

Er winkte ihr zu.

Während sie zum Ufer sprang, hörte sie Stimmen. Das Schlagen von Türen, dann ein schweres, dumpfes Knallen. Unterdrückte Schreie.

– Was war das?, fragte sie, als sie beim Boot ankam.

Myrbäck antwortete nicht. Er war damit beschäftigt, den Anker einzuholen.

– Wo bleibt Holzapfel?

Unter den Apfelbäumen sah sie den Umriss einer Gestalt. Sie war zu klein, zu hager, um Holzapfel zu sein. Auch hätte Jan es eiliger gehabt.

– Beeil dich, zischte sie. Sie zögerte noch, doch als sie sah, dass die Figur sich ihnen auf einem umständlichen Zickzackkurs näherte, hob sie ihr Bein, legte es über die Bordkante und drückte sich mit beiden Armen hoch.

Geräuschlos schob Myrbäck die Ruder in die Dollen. Mit kurzen, wilden Stößen trieb er das Boot voran, um es seewärts zu wenden. Schräg und ruckartig schob es sich um die eigene Achse.

– Der Typ kommt näher, flüsterte er.

Endlich zündete er den Bootsmotor. Das Dröhnen in der Stille war unerträglich.

Viel zu langsam setzte das Boot sich in Bewegung. Die Felsen, die das Ende der Bucht abschlossen, kamen kaum näher. Sie rumpelten über eine kleine, scharfe Unterwasserklippe, blieben kurz hängen und kamen ein Stück von ihrem Kurs ab.

Zwei Schüsse hallten vom Land her, kurz hintereinander abgefeuert.

Auf einmal lief die Figur am Strand direkt auf ihr Boot zu, und sie dachte: Nicht schon wieder. Aber er war es tatsächlich, der Finne, den sie Jukki nannten.

Myrbäck duckte sich unter die Reling. Sie machte es ihm nach und kroch mit den Beinen voran in den Stauraum der Bugspitze.

Weil nichts geschah, hob sie nach ein paar Sekunden vorsichtig den Kopf.

Als das Mündungsfeuer aufblitzte, glitten sie hinter den Felsen der Bucht, ließen erst den Finnen mit seinem Gewehr, dann die kleine Landspitze hinter sich. Ein weiterer Schuss donnerte, es schepperte schlapp am Gehäuse des Motors, dann war Ruhe.

– Ich glaube, der Kerl kann nicht zielen, sagte sie. Wieso trifft er nie? Sie zog ihre Beine aus dem Bug und rappelte sich auf.

Leise tuckernd versah der Motor seinen Dienst, dennoch tastete Myrbäck ihn nach einem Einschussloch ab. Behutsam beschleunigte er, sie gewannen an Fahrt, und endlich stellte der Bug des Bootes sich hoch, da fuhr ihr der Schreck derart in die Glieder, dass sie kurz ihr Gleichgewicht verlor und mit dem Hintern von der Bank rutschte.

Keine zwei Meter über ihr löste sich ein riesiger Schatten von der Spitze eines Felsens, schoss durch die Luft, schlug klatschend im Wasser direkt vor ihr auf und versank.

– Was ist das?, schrie sie.

Entsetzt sah sie auf jene Stelle, an der das Ding im gurgelnden schwarzen Wasser untergegangen war.

Jan Holzapfel würgte, er hustete und spuckte, um ihn herum schäumte die See.

Mit Mühe zogen sie ihn über die Reling. Er gab einen Wasserschwall von sich. Es war ein Wunder, dass der Schweißapparat auf seinem Rücken ihn nicht sofort versenkt und in die Tiefe gerissen hatte. Klatschnass und noch immer in seiner Unterhose lag er quer über der Bank im Bootsheck. Sein Brustkorb hob und senkte sich wie ein Blasebalg.

– Wie hat der Pagenkopf uns finden können?, fragte Myrbäck, als Jan endlich die Augen öffnete. Und die beiden Riesen?

Während das Boot tuckernd abdrehte, sah Myrbäck einen der Espadrilles von Holzapfel auf der Wasseroberfläche treiben. Die faserige Sohle war aufgequollen, gleich würde der einsame Schuh untergehen.

– Überall sind Leute, keuchte Jan erschöpft. Ich weiß nicht, woher die alle kommen. Und ich sehe nichts. Wo ist meine Brille?

– Heul nicht, sagte Myrbäck. Deine Brille ist ersoffen. Aber deine gute alte Bekannte ist wieder mit im Spiel. Und sie hat Verstärkung mitgebracht.

– Sie haben den Wohnwagen gekippt, antwortete Holzapfel.

– Wer?

– Die beiden Blonden. Als wäre er eine Gemüsekiste, mit einem Ruck haben sie ihn umgeschmissen.

– Und?

– Jetzt liegt der Wohnwagen auf seiner Tür. Die Classens sind Gefangene in ihrem eigenen Camper.

– Woher kamen die Schüsse?, wollte Sassie wissen.

– Von überallher. Ich weiß es nicht, aber ich sage euch, da ist ein Riesenauftrieb in unserem Garten.

Eine Zeitlang waren sie im Windschatten von Holmen und Schären gedümpelt, doch jetzt wurde ihr Boot schneller. Sie verließen die Küstenlinie. Um sie herum war nur noch Wasser, auf einmal war auch die Dünung zu spüren. Myrbäck befühlte seine bis zum Hintern durchnässte Hose.

– Wohin fahren wir? Sassies Stimme klang beunruhigt.

Als stelle auch er sich erst jetzt diese Frage, sprang Myrbäck auf und klappte die Sitzbank unter sich auf. Der Benzintank war zu kaum einem Viertel gefüllt. Eine halbvolle Tüte Kartoffelchips war zwischen Tank und Batteriekasten gerutscht. Er entrollte sie, sogar im Fahrtwind stieg ihm ekelerregendes Zwiebelaroma in die Nase. Er hielt die Tüte Holzapfel unter die Nase, bevor er sie über Bord warf. Eine ganze Zeitlang schaukelte sie auf den Wellen, ohne unterzugehen. Als sie außer Sichtweite war, sagte Myrbäck:

– Zum Anleger in Näsudden ist es zu weit. Wir haben zehn Minuten, bei niedrigem Tempo bestenfalls zwanzig.

– Also. Wohin jetzt? Sassie klang ungeduldig.

– Ins Schussfeld. Nach Sillviksbergen. Dort stehen Bunker und leere Armeebaracken.

– Ja, und?

– Dann sehen wir weiter. Ein paar Wege führen zur Inselmitte. Die müssen wir finden.

Keiner widersprach. Jan und Sassie wussten, dass er mit dem Rad auf dem verlassenen Militärgelände unterwegs gewesen war. Es gab nicht viel Verkehr auf dem südlichen Inselteil. Tagsüber streiften Touristen oder Pfadfindertrupps über die Sandstraße, zwei-, dreimal täglich fuhren die Leute vom Bauernhof für Besorgungen in den Hauptort. In der Nacht war außer Wildschweinen niemand unterwegs. Sie würden sich zu Fuß auf die Straße vorkämpfen.

– Du bist nicht wirklich ins Haus zurück, um dein Schweißgerät zu holen, oder? Myrbäcks Worte kamen hastig, fast wie ausgespien.

– Oh, doch. Holzapfel hob sein Schweißgerät, drehte und wendete es auf seinem Schoß, um die letzten Tropfen Seewassers aus ihm herauszuschütteln.

Myrbäck sprang von der Bank auf, riss ihm das Gestänge aus der Hand, hielt es über Bord und rief:

– Sag die Wahrheit!

Holzapfel machte keine Anstalten, um das Schweißgerät zu kämpfen. Kapitulierend sagte er:

– Jana. Ich musste mit ihr sprechen.

– Und? Was erzählt sie so?

– Ihre Männer lassen sie nicht aus den Augen. Sie halten sie gefangen, glaube ich.

– Du und die Hexe. Ein tolles Pärchen seid ihr! Vorhin sah es nicht so aus, als wäret ihr dicke miteinander. Sie und ihre beiden Blondschöpfe schienen ein Herz und eine Seele. Er warf das Schweißgerät auf den Boden des Bootes.

– Sie muss sich doch verstellen. Was bleibt ihr übrig? Sie muss so tun, als ob sie uns jagt. Uns und die Kiste.

– Die Kiste schon wieder, stöhnte Sassie. Eure Kackkiste! Eure verschissene Zukunft! Wenn ihr euch selbst hören könntet, ihr Idioten!

Steuerbords zogen zwei Schären an ihnen vorbei. Schiefe, durchlöcherte Hausattrappen standen auf den baumlosen Felsen. Aus dem Wasser zwischen den Inseln ragten Betonfundamente und Stahlgerippe, riesigen Spinnen gleich. Hier hatte die schwedische Marine bei ihren Manövern mit schwerer Artillerie um sich geschossen.

– Was ist, wenn sie dich verarscht hat?, fragte Myrbäck.

Holzapfel gab keine Antwort.

Mit der endenden Nacht erwachte eine Brise. Myrbäck spürte den kühlen Fahrtwind auf der Haut. Er rückte näher an Sassie heran. Sie legte ihren Arm um ihn. Er sah auf ihre Uhr. Bald zwanzig Minuten waren sie unterwegs.

– Eine Frage noch, sagte er. Warum erst jetzt? Warum hast du monatelang deine Klappe gehalten?

– Die Verhandlungen haben sich verzögert.

– Welche Verhandlungen?

– Na, mit den Käufern. Es gibt Interessenten. Jana hat mit ihnen verhandelt. Alles scheint klar. Wir brauchen nur noch die Kiste. Und ausgerechnet jetzt geht schief, was schiefgehen kann.

– Aufwachen! Myrbäck brüllte in die Nacht und in die See. Du träumst! Du träumst immer nur, anders kenne ich dich gar nicht.

Das Wasser um sie herum sah auf einmal zerklüftet aus. Er hörte, wie Wellen gegen die felsigen Landzungen klatschten, und drosselte das Tempo.

Vor ihnen schälten sich die Umrisse eines steil ansteigenden Küstenstreifens aus der Dunkelheit. Holme und Strandklippen bildeten einen kleinen Hafen. Nirgends brannte ein Licht, aber über ihnen erkannte Myrbäck die runden Kuppeln kleinerer Bunkeranlagen wieder.

– Wo sind wir?, fragte Sassie.

– Beim alten Anleger. Er steuerte einen hellen Streifen zwischen den Klippen an, eine Betonrampe zwischen Felsen.

– Im Zweiten Weltkrieg hat die Marine ihn in den Granit gesprengt, aus Angst vor den Russen. Ein halbes Jahrhundert lang haben Soldaten auf diesen Felsen auf einen Feind gewartet, der nie kam. Kein Mensch kommt mehr hierher.

Seine Stimme klang ruhig, dabei sollte er vor Wut kochen, bersten, brennen von Hass. Aber nein. Ärgeres als ein angesäuerter Widerwille schwappte nicht in seinem Inneren auf. Monatelang war er wütend auf Holzapfel gewesen, in einer nur milden Form. Nun schien diese Wut restlos aufgebraucht. Dass er nicht ganz und gar fertig war mit Jan Holzapfel, dass er ihm seinen Verrat längst verziehen hatte, dafür konnte es nur einen einzigen Grund geben. So wie sein Freund hatte auch er, Knut Giovanni Myrbäck, keinen Funken Ehre im Leib. Sie beide hörten allein und immerzu auf ihre niedersten Instinkte.

Während er den Kurs des Bootes sanft korrigierte, hatte Holzapfel sein Schweißgerät erneut geschultert und sich aufgerichtet. Die Schwingungen des Schiffsbodens fing er mit weichen Knien auf, das aber reichte nicht, die Balance zu halten, weil Myrbäck den Motor urplötzlich drosselte. Mit einem Rucken verharrte das Boot in einem Wellental, bäumte sich in seinem eigenen Schwallwasser auf und brachte Holzapfel ins Wanken. Er schlug mit den Armen aus, um sein Gleichgewicht wiederzuerlangen, griff in all seiner Kurzsichtigkeit an der Reling vorbei und holte dabei doch nur Schwung für einen lautlosen Sturz über Bord.

Jan war noch nicht ganz unter der Wasseroberfläche verschwunden, da schob Myrbäck den Gashebel wieder nach vorn und steuerte das Ufer an.

Christiania, Dezember 1985

Wir stecken im Haus beim Ofen. Wie faulpelzige Hunde liegen wir auf einer Wolldecke, den ganzen Tag lang. Lilja spielt mit ihrer Stoffkatze, ich male. Schlösser und Burgen, am liebsten male ich die Zinnen, das gleichmäßige Auf und Ab und zur Seite, das der Bleistift macht. So langsam schläft mir der Arm ein, mit dem ich die Malblätter über dem Kopf halte.

Plötzlich steht er in der Tür. Wir gehen aufs Eis, ruft er. Auf Eis. Auf Eis. Er scheucht uns. Die Eishockeyschuhe hängen um seinen Hals, die Mütze sitzt ihm auf dem Kopf bis über die Ohren. Seit es kalt ist, läuft er mit dieser ollen Mütze herum. Vom dauernden Mützentragen sind seine Haare platt wie bei einer altmodischen Spielpuppe.

Draußen hing ein metallischer Geruch in der Luft. Das ist der Schnee, der bald fallen wird, dachte sie. Über den Dächern der Kasernen hingen dünne Rauchschleier.

Als er Lilja auf den Schlitten hob, öffnete sich die Tür des Nachbarhauses. Catrine trat in den Garten. Sie trug ihr Baby in einem Indianertuch vor der Brust. Sofort fing er an, auf sie einzureden. Das Erste, was ich mache, wenn ich aufstehe? Zweige schneiden. Wenn ich aufwache, muss ich Zweige schneiden, und es dauert oft ganz schön lange, bis das Holz gesammelt und ofengerecht geschnitten ist.

Ja, es ist mühsam, sagte Catrine. Man merkte ihr an, dass sie bloß wegwollte von ihm.

Er redete gleich weiter. Heute habe ich eine Stunde für unser Holz gebraucht. Es wird wieder nur für zwei Tage reichen, weil es so kalt ist. Er lügt doch nur, dachte sie. Die Wahrheit ist: Er klaut das Holz, wo er kann. Oder Lilja und ich müssen es für ihn stehlen.

Auf geht, rief er. Auf geht. Er ist so schrecklich aufgeregt, weil er sich freut. Dann redet er schnell wie ein Zug und verschluckt das Ende der Wörter.

Es dämmerte, als sie den Weg entlang den Gemüsegärten einschlugen. Knirschend zogen die Metallschienen des Schlittens über die dünne Schneedecke. Wenig Schnee war in den letzten Tagen gefallen. Nicht einmal in den Nächten war es wirklich kalt. Die Ohren mussten einem wehtun und die Pfützen klirrend zerspringen, wenn man auf sie sprang, dann erst durfte man sich aufs Eis hinauswagen. Es trägt nicht. Höchstens in den Buchten. Aber es war gefährlich, ihm das zu erklären. Ihm den Spaß zu verderben. Gleich kann er auf Schlittschuhen über das Eis sausen, glaubt er.

Sie ließen den Kaufladen hinter sich und standen plötzlich im Nebel. Keine zehn Meter kann man sehen, brummte er. Kacke. Kacke. Lilja klammerte sich auf dem Schlitten fest. Ihr Kopf war in einen Schal gewickelt, eine Kugel, aus deren Mitte Atemwölkchen emporstiegen. Manchmal roch es nach Rauch. Dann gingen sie in der Nähe eines Hauses, in dem ein Feuer brannte und sich bestimmt alle um den warmen Ofen drängten.

Ich habe Feuer gelegt. Ich bin eine Brandstifterin. Und eine Mörderin, wer weiß? Mehrmals am Tag fiel es ihr ein. Und in allen Nächten. Dann lag sie wach und stellte sich vor, wie im nächsten Augenblick ein Polizist an ihre Türe klopfen, nach Sassie Linné fragen und ihre Arme in Handschellen biegen würde. Einmal war sie von Sirenen geweckt worden, doch das Geheul kam von Ambulanzwagen und Feuerwehren. Am Morgen sprach es sich herum: Auf dem Refshalevej waren in der Nacht drei Autos zusammengestoßen. Zwei Männer sind dabei gestorben.

Kleine runde Schneeflocken taumelten vor ihrer Nase durch die Luft. Sie fielen langsam, manche schwebten von unten nach oben, so, als sei es ihnen hier unten auf der Erde zu kalt.

Vor einem verschneiten Haufen voller Ziegelschutt kamen sie zum Stehen. Wo im Sommer ein Farndickicht das Durchkommen unmöglich machte, öffnete sich ein Pfad. Weiter, hechelte er. Weiter. Der Boden war matschig und buckelig, die Löcher unter dem Schnee sah sie zu spät. Um jeden Meter musste sie kämpfen, und manchmal sah sie ihre eigenen Hände kaum, so wenig Tageslicht drang noch durch die niedrigen und struppigen Tannen. Ihre Füße waren dabei, taub zu werden, ihre Beine schwer.

Was ist das?, fragte Liljas verschlafene Stimme. Fahren wir rückwärts?

Nein, bergauf und bergab, sagte sie. Bei Nebel kann man sich mit dem Vor und dem Zurück vertun.

Mir wird schwindlig, sagte Lilja.

Ist ja kein Wunder. Er zog den Schlitten, wie es ihm in den verrückten Sinn kam. Er stolperte und wankte und rutschte durch die Dämmerung, und bei alldem riss er den Schlitten hinter sich her. Da stieß er einen Schrei aus. Der Länge nach stürzte er über einen Baumstamm, fiel und verschwand. Als er seinen Kopf aus dem Schnee hob, lächelte er lautlos. Seine Augen sahen traurig dabei aus.

Jemand hatte sich vor langer Zeit die Mühe gemacht, eine Treppe aus Holzbohlen in den Aufstieg zum Wall zu bauen. Er versuchte, den Schlitten über die Treppe zu ziehen, aber der Schlitten verhakte sich bei jedem Absatz in den vermoderten Bohlen. Ich will absteigen, sagte Lilja. Er ließ es nicht zu. Du bleibst sitzen, japste er. Sitzen. Als sie die Spitze des Walls erreichten, ging er vor Erschöpfung in die Knie.

Der See war eisbedeckt und weiß. Der Nebel hatte sich zu

milchigen Streifen am Ufer zurückgezogen. Über Amagerbro färbten die Lichter des Gashafens den Himmel in ein schmutziges Gelb. Sie sah den Wolken dabei zu, wie sie schnell die Küste entlangzogen.

Hört mal, keuchte er. Hört!

In den Wipfeln der Bäume, die sie hinter sich gelassen hatten, war ein Sausen zu hören.

Ein Wind von See, sagte er. Er bläst von der Køgebucht herüber. Er will über ganz Sjælland herfallen, aber die Stadt ist ihm im Weg. So tobt er sich hier aus.

Nein, dachte sie. Es ist das Zischen der Hexen, über unseren Köpfen reiten sie dahin.

Sie wusste um das Schlimmste.

Fluchend suchte Myrbäck nach einer Stelle, um den Anker auszuwerfen. Sie half ihm, das Boot in der Brandung stabil zu halten. Die eben erwachte Brise war erlahmt, feine Regentropfen fielen.

Im schaumigen Kielwasser strampelte Jan an Land. Er keuchte schon wieder. Dunkle Ringe umrahmten seine Augen: Das triefende Schweißgerät trug er vor der Brust, Kabelschlangen umzappelten ihn wie die Tentakel eines Tintenfisches. Sein Knie hatte er sich aufgeschürft, ein Rinnsal Blut lief über das Schienbein, als er durch die leichte Brandung an ihr vorbeitaumelte.

Sie schleppten sich aufwärts. An manchen Stellen kamen sie nur auf allen vieren voran, barfüßig wie sie waren. In der Panik der Flucht hatten sie versäumt, in ihre Schuhe zu steigen. Holzapfel, ohne seine Brille nahezu erblindet, musste sich seinen Weg über den taufeuchten Granit ertasten. Wann immer er den scharfen Enden der Armierungseisen zu nah kam, warnte sie ihn. Die rostigen Stangen waren vor Jahren ohne Verstand in beliebigen Höhen abgesägt worden und ragten überall aus dem Gestein.

Ein schwaches Glimmen am Horizont bereitete den neuen Tag vor, als sie die ersten Geschützbunker erreichten. Etliche von ihnen waren aufgesprengt worden, ihre Stahlbetondecken zerhauen oder zerfressen von der Meeresluft.

Sie verzogen sich in den ersten Bunker, dessen Deckenplatten sie intakt fanden. Leere Schneckengehäuse und herabgerieselten Beton fegten sie mit den Händen beiseite, setzten sich im Kreis und sahen einander mit übernächtigten Gesichtern an. Vor dem Regen waren sie hier geschützt, doch ihr Unterschlupf öffnete sich zur See, ein kühler Wind fuhr ihr an den Ohren entlang. Er vertrieb jedoch keine der Mücken, die ihr Blut gewittert hatten und von Minute zu Minute zahlreicher herbeisurrten.

Es kam ihr vor, als ziehe auf einmal, mit dem Ende der Nacht, die Kälte an. Sie zog ihre Jacke enger und vergrub die Hände in den Achselhöhlen. Sie sah Holzapfel dabei zu, wie er sein T-Shirt zum Trocknen über einen rostigen Draht in der Wand hängte, sich dann nur hinhockte und hier und da mit der Hand über sein blutiges Knie fuhr. Dann breitete er eine löchrige Persenning vor sich aus. Er hatte sie in der Bilge des Bootes gefunden und mit sich heraufgeschleppt. Ungeschickt legte er sie sich um seine nackten Schultern.

– Unsere Wärme geht über den Kopf verloren, sagte sie, stand auf und legte ihm die Persenning über den Kopf.

– Was?

– Schon gut.

Wortlos verbrachte Minuten vergingen. Sie starrte regungslos durch den schmalen Eingang des Bunkers und sah dabei zu, wie eine tief hängende Wolke auf dem Bergkamm über der Bucht strandete. Die Bäume leuchteten heller und heller gegen den Nachthimmel. Gleich würden sie wieder verblassen, das wäre dann der beginnende Tag. Holzapfels Schweißgerät lag in einer langsam wachsenden Pfütze. Hin und wieder gab es ein glucksendes Geräusch von sich.

– Was tun wir hier? Sassie fragte in die Stille hinein. Mir ist kalt. Es regnet. Sollten wir nicht sehen, dass wir zur Straße kommen? Sie klopfte auf die dicke Uhr, die an ihrem schmalen Handgelenk auf und ab rutschte.

– Also. Was machen wir?

– Warten. Was sonst. Wir warten. In dem grauen Frühlicht sahen Myrbäcks Lider entzündet aus, seine sonst so lebhaft durchbluteten Lippen blass und spröde. Immer wieder fuchtelte er in der Luft herum, um die Mücken zu verscheuchen.

– Wir warten auf was?

– Auf das Ende des Regens. Wir sind schon nass genug.

Sie war enttäuscht. Sie wollte nicht weiter, sie wollte auch nicht bleiben. In Knuts Arme wollte sie sich legen und einschlafen. Er hielt seine Augen geschlossen. Es sah aus, als meditierte er.

Es war Holzapfels in die Stille platzende Stimme, die ihn weckte.

– Wisst ihr, wo die stärksten Winde wehen?

– Nein, antwortete Myrbäck schläfrig. Aber sicher wirst du es uns gleich erzählen.

– Nein. Was weiß ich. Ich will bloß wissen, an welchem Ort es schlimmer zugeht als an diesem hier. Ich will glauben, nicht das ärmste Schwein auf der Welt zu sein.

– Ich sage es dir, sagte sie. Kein Wind bläst böser als die Katabatischen Winde der Antarktis. Sie rasen über die Schelfeisfelder des Rossmeeres. Wer hineingerät, stirbt in wenigen Minuten.

– Woher weißt du das?

– Von meinem Vater.

– So einen Vater hätte ich auch gern gehabt.

– Ha. Du hättest ihn geschenkt bekommen.

Holzapfel musste den Zorn in ihrer Stimme gehört haben. Er kam mit einer neuen Frage.

– Euer schlimmstes Erlebnis. Was ist das Schlimmste, was euch je passiert ist?

– Du immer mit deinen Fragen, sagte Myrbäck leidend,

insgeheim aber schien er froh darüber, über was auch immer sprechen zu können. Die Antwort kam schnell:

– Der letzte Tag, die letzte Nacht. Schlimmeres ist mir nie passiert.

Holzapfel nickte. Von seiner Suche nach Superlativen ließ er jedoch nicht ab.

– Und das Übelste, was ihr je angestellt habt?

– Das Übelste? Myrbäck antwortete sofort. Abgesehen davon, dass ich hunderten von Leute ihre Autos abgenommen habe? Ja, das Schlimmste habe ich gestern gemacht. Da stand ich unter einer Autobahnbrücke, vor einem abgerissenen Bein. Und bin feige abgehauen.

– Schlimmer geht's nicht. Holzapfel stimmte ihm zu. Aber es ist nicht unsere Schuld, oder?

– Ich weiß nicht, meinte Myrbäck. Wir hätten einfach nicht da sein sollen.

– Und du? Welche Dummheiten hast du so begangen? Holzapfel sah sie forschend an. Die Plane über seinen Schultern begleitete seine Bewegungen mit einem Knistern wie Zellophan.

Jan ist nicht mein Beichtvater, seine Fragen sind kein Verhör, suchte sie sich zu beruhigen. Küsse oder Wahrheit, als Kind hatte sie es oft gespielt und sich fast immer küssen lassen, wenn es sein musste auch mit der Zunge. Weil es manchmal zwar eklig war, aber niemals wehtat. Und wer möchte über sich selbst sprechen und dann in ein Gesicht blicken müssen, das einen voller Unverständnis ansieht? Jans Fragen aber sind bloß ein kindisches Spiel, dachte sie, die Zeit und den Regen zu vertreiben.

– Ich habe Feuer gelegt, fing sie an. Aus Rache. Wochenlang habe ich darauf gewartet, dass die Polizei kommt. Mich einsperrt, die Brandstifterin. Eines Tages habe ich meinen Mut zusammengenommen und bin noch einmal nach Vesterbro.

Ich wollte sehen, was ich angerichtet hatte. Rauchende Trümmer, Kreuze, Blumensträuße und Trauerkerzen, all das hatte ich erwartet. Was ich fand, war noch viel schlimmer. Das Haus war abgerissen worden. Mit ihm war das Fotoatelier Mikkelsen verschwunden. Den Mann, an dem ich Rache nehmen wollte, sah ich nie wieder.

Es war Myrbäck, der nach einer Weile fragte:

– Was hatte er getan?

– Er war schuld am Tod meiner Mutter. Ich war meiner Sache damals ganz sicher.

– Und heute?

– Ich habe ihn nie für unschuldig erklärt. Wenn er noch lebt, wird er sich vielleicht manchmal fragen, wer dieses Mädchen gewesen sein mag, das ihn damals verfolgt hat. Er wird nie erfahren haben, dass eine der Darstellerinnen in seinen billigen Pornofilmchen sich ihr Leben nahm. Im Wald von Troldeskoven.

Litt sie plötzlich unter einem inneren Geständniszwang? Ich bin dabei, viel preiszugeben, dachte Sassie, aber ich bereue es nicht. Sie spürte ein schmerzendes Druckgefühl unter ihrer Brust. Sie stellte ihren Rücken gerade und sprach weiter, ohne die beiden Männer anzusehen.

– Vielleicht ist sie mit dem Überlandbus nach Tisvildeleje gefahren, vielleicht auch mit dem Zug bis nach Hillerød und weiter mit dem Bus. Dann ist sie an den Strand gegangen, hat sich ihre Schuhe ausgezogen und sie an den Schnürsenkeln zusammengebunden, ist ein Stück im seichten Wasser gewandert, hat eine letzte Zigarette geraucht, mit sich gerungen und sich dann doch einen kräftigen Ast gesucht. Sie hat eine Schnur geknüpft, ist barfuß am Stamm einer verbogenen Kiefer aufgestiegen, hat ihren Kopf in die Schlinge gelegt und sich fallen lassen. Ihre letzten Blicke fielen auf den einsamen Wald und das Sommerlaub und ihr verrinnendes Leben und bestimmt auch auf ihre Töchter, und in diesem Moment kamen ihr all die ungesagten Dinge in den Sinn, die nie ausgesprochenen Liebeserklärungen an uns, aber da war es dann zu spät für eine Umkehr, für ein Rufen nach Hilfe. So habe ich es mir immer vorgestellt. Von alldem hat der Mann im Fotoatelier nie gewusst. Er war nicht einmal der Regisseur der Filme, in denen meine Mutter sich für ein Taschengeld vögeln ließ. Er war der Kameramann.

Was als schwacher Singsang durch ihre letzten Sätze gezogen war, fern und leise erst, dann lauter und von Landseite herkommend, wuchs zu einem Knattern heran, unterlegt mit dem Knacken von Ästen und dem Rutschen schwerer Reifen auf Lehmboden.

Mit aufgerissenen Augen lehnte sich Myrbäck aus ihrem Ausguck hinaus. Auch sie sprang auf, trat vor den Bunker und wartete gebannt. Ein silbriger Geländewagen rollte mit eingeschalteten Scheinwerfern zwischen Bäumen hervor und hielt auf ihren Anlegeplatz zu. Bevor er zum Stehen kam, öffnete sich die Beifahrertür, und es reichte ihr ein Blick auf den blonden Haarschopf des Mannes, um zu wissen, dass ihnen ein ganzes Trio auf der Pelle saß.

Holzapfel riss sie von ihrem Fleck weg und brachte sie ins Laufen. Hand in Hand rutschten sie den Felsen hinab, sprangen dann einer hinter dem anderen über den regennassen Sandstrand der Bucht, bis Myrbäck sie zu einer dichten Reihe von Kiefern dirigierte. Kreuz und quer, wie vor dem Eingang zu einem Irrgarten, führten schmale Pfade von hier aus ins Gestrüpp. Bis zu ihnen war das Tageslicht noch nicht gelangt, und es machte Mühe, im rechten Moment über knorrige Wurzeln zu springen und den schartigen Kiefernzapfen auszuweichen. Kiefernadeln stachen in ihre nackten Fußsohlen, die Muskeln ihrer Oberschenkel brannten. Alle paar Sekunden verkniff sie sich, stehen zu bleiben und nach Schritten oder Stimmen in ihrem Rücken zu lauschen. Knut war schneller als sie, sogar der nahezu blinde Holzapfel setzte sich ab. Immer häufiger verlor sie die Männer aus den Augen.

Als sie sich schon verlassen glaubte, stieß sie in einer Lichtung auf Jan. Mit von sich gestreckten Beinen saß er auf einem verrottenden Birkenstamm und suchte seine Beine nach Zecken ab. Ohne sein Schweißgerät, ohne seine Persenning kam er ihr nackt vor. Beides hatte er im Bunker zurückgelassen. Sein einzig Hab und Gut.

Es stank nach Fuchs.

– Der reinste Urwald, fluchte er. Die Wunde an seinem Knie blutete stärker als zuvor.

– Das Warten hat sich gelohnt, sagte sie höhnisch, als Myrbäck zwischen den Bäumen hervortrat.

Er sah sie schuldbewusst an.

– Woher wissen die immer so genau, wo wir sind?, fragte er. Schleppen wir einen Sender mit uns herum?

Sie beide sahen auf Holzapfel.

Der blickte ungläubig zurück.

– Redet keinen Unsinn, rief er und rappelte sich auf. Wo sollte der stecken? Schaut mich an. In meiner Unterhose? Im Arsch? Willst du mal nachschauen, Myrbäck? Wütend stand er auf und machte ein paar kurze prüfende Schritte auf seinem verwundeten Bein.

– Auf dem Boot, schlug sie schlichtend vor. Sie haben unser Boot verwanzt.

– Wenn es so ist, dann hilft es ihnen ab hier auch nicht weiter, meinte Holzapfel. Von nun an liegt der Vorteil auf unserer Seite.

Wir machen keine Schnitzeljagd, wollte sie sagen, und dass,

wer nur wollte, ihren Spuren auf den sandigen Wegen mühelos würde folgen können. Aber da war Jan schon wieder losgerannt. Myrbäck schob sie an.

Eine Zeitlang folgten sie einem überwachsenen Gleisbett, bis sie über einen Steg von gespaltenen Baumstämmen eine Ebene aus Brachwiesen erreichten. Ein Tuch aus weißem Tau bedeckte die Gräser, und einzig das Geräusch ihrer Schritte im feuchten Gras begleitete sie. Sie fielen in einen gedankenleeren Trott, blieben nicht stehen und liefen in gleichmäßigen, ruhigen Schritten. Einmal strauchelte sie und konnte gerade noch einem toten Dachs ausweichen, der auf ihrem Weg lag, den Bauch in Blasen aufgequollen, die Pfoten steif gen Himmel gestreckt.

Ein verfallener Schuppen war das erste Zeichen, dass sie sich den Militärbaracken näherten. Der Weg wurde breiter und führte sie zu einem Felsrücken, auf dessen kahlgeschlagener Fläche drei Altglascontainer standen. Beim Näherkommen war zu sehen, dass sie von Einschusslöchern aller Größen durchbohrt waren. Rostig leuchteten die Metallboxen im Morgenlicht auf. Auch ein Auto war als Zielscheibe benutzt worden. Von etwas Großem getroffen, war es den Hang hinabgeschleudert und lag jetzt auf dem Dach, ein metallenes Skelett.

Überall hier hatte es gebrannt. Anämische Bäumchen waren im Gesteinsschutt nachgewachsen, struppiges Kraut und ein paar Blumen mit winzigen kornblumenblauen Blüten. Um sie herum surrten Insekten. Der Schweiß rann ihr über die Brust. Alles in dieser Landschaft schien ihr Unheil verkündend. Ich bleibe jetzt hier stehen, dachte sie, dann lege ich mich ins Gras und warte ergeben auf meine Jäger.

– Weiter, rief Myrbäck. Er nahm sie bei der Hand.

Angler? Beerensammler? Sassie Linné, das nasse Haar vor Augen, die Gesichtshaut blass vor Erschöpfung, ließ Myrbäck an Vampire denken. Er sah das rote Geäst im Weiß ihrer Augen, so dicht stand er vor ihr.

– Niemals. Die fahren nicht im Mietwagen vor. Holzapfel beugte sich über die Frontscheibe des Wagens, an deren Innenseite ein Hertz-Schild klebte.

Es war ein dunkelgrüner Kleinbus, gegen dessen Heck Myrbäck um ein Haar geprallt wäre. Der Fiat Ducato stand hinter einer engen Kurve, direkt vor einem Lagerplatz für Bauholz, den jemand vor Jahren am Wegesrand angelegt hatte. Die Schiebetüren und Fenster waren beschlagen vom Tau, die Motorhaube noch warm. Wer aber hatte ihn mitten ins Dickicht gefahren?

– Vielleicht hat man ihn für uns hier abgestellt, schlug Sassie vor. Irgendjemand will uns helfen?

– Der liebe Gott?, schlug Holzapfel vor. Sein nasses T-Shirt klebte am Rücken und hing tief über seiner von Gras und Erde schmutzstreifigen Pyjamahose.

– Dann hätte er uns auch einen Schlüssel in die Hand gedrückt. Nein, vergessen wir den Wagen. Wir haben kein Werkzeug, wir haben keine Zeit.

– Was also jetzt?, fragte sie. Was tun?

– Durst hab' ich, sagte Myrbäck. Ein Telefon könnte uns helfen. Und eine Pause wird uns auch guttun. Sehn wir uns mal um.

Er wies auf das verlassene Kasernengelände. Dort standen die länglichen grüngestrichenen Wohnbaracken der Marinesoldaten, verwitterte Regimentshütten mit Schornsteinen aus brüchigen Ziegelsteinen. Sie säumten den Waldesrand und führten auf eine Reihe von Stallungen und Wirtschaftsgebäuden zu, aus deren Mitte ein Hochsilo ragte. Mit seinem Flachdach stand der riesige fensterlose Klotz aus schwarzgebeiztem Holz wie ein hässlicher Schuhkarton in der Landschaft. Er hatte wohl als Getreidelager für die südlichen Inselbauern gedient, dann aber als Hangar für Wasserflugzeuge und Amphibienpanzer herhalten müssen. Myrbäck las die längst verblassten Warnschilder, die an die haushohen Stalltüren gehämmert worden waren.

Sie folgten einem Zaun, der das Gelände umgab und hoch über ihren Köpfen von einer Rolle aus Stacheldraht gekrönt war. Sie hatten das Areal zur Hälfte umrundet, als sie vor dem Hangar auf ein Stück asphaltierter Straße und ein Gittertor stießen. Die Türen öffneten sich eine Handbreit, dann schlugen sie zurück, gehalten von einer Stahlkette. Der Bügel des Schlosses war daumendick.

– Schaffst du das? Sassie sah ihn erwartungsvoll an.

– Mit den Zähnen kann ich Schlösser nicht knacken, sagte Myrbäck.

– Mit meinem Schweißgerät hätte ich es geschafft, sagte Holzapfel.

Sie beide trabten ihren Weg zurück und zerpflückten den Stapel von Bauhölzern. Mit drei meterlangen Bohlen kamen sie wieder, lehnten sie gegen den Werkszaun und ließen Sassie den Vortritt. Sie nahm kurz Anlauf und erklomm die Bretter mit so viel Schwung, dass sie den Zaun in einer einzigen flüssigen Bewegung übersprang. Federnd landete sie auf der anderen Seite im kniehohen Gras.

Myrbäck bereitete der Aufstieg Mühe. Ohne das nötige Tempo auf der Schräge zu erlangen, blieb ihm nichts über, als den Stacheldraht erst mit übertriebener Umsicht, dann in plötzlicher Hast zu übersteigen. Er riss sich die dünne Haut an seiner Armbeuge auf, und bei der Landung prallte die Wucht des Aufschlags von den Knien bis hoch in seine Hüftpfannen. Viel schmerzhafter, viel entsetzlicher jedoch war es, die Stimme zu hören, die plötzlich in seinem Rücken, jenseits des Zaunes, ertönte.

– Hab ich euch!

Jukki strahlte sie an. Die grüne Blousonjacke, in der er steckte, war hässlich verschwitzt, seine Hose vom Frühtau durchnässt bis zu den Oberschenkeln.

– Wollt ihr ohne mich feiern? Euch verkrümeln, was?

Er wedelte mit seinem kurzen und dicken Gewehr, mit dem er schon auf die Köpfe der Geldboten geschossen hatte, später vom Strand aus auf ihr Boot. Myrbäck war sprachlos vor Schreck.

– Wen haben wir denn hier? Er schwenkte den Lauf des Gewehrs auf Holzapfel. Den Schweißer.

Myrbäck begriff nicht, woher Jan den Mut nahm, den Finnen anzugrinsen. Es war gewiss sein breitestes Grinsen seit Monaten.

Jukki nahm es nicht als Begrüßung unter Freunden.

– Ich schlage dich, bis du quiekst wie ein Ferkel, brüllte er Jan an. Und ihr werdet dabei zuschauen. Gutes Kino!

– Halt, halt, halt! Sassies Stimme krächzte vor Angst. Das alles ist nicht unsere Schuld.

– Papperlapapp! Muss ich euch erinnern an die Anzugreinigung, den gestohlenen Dodge, an meinen Boss und seine Wut? Macht summa summarum plus Provision, Spesen und Strafzoll zwei Millionen schwedischer Kronen, die ihr Erkki

Sattajärvi schuldet. Leider ist er ein vielbeschäftigter Mann. Er hat keine Zeit, Buschratten wie euch durch den Urwald zu jagen. Das ist mein Job.

Er zog den Teppichschneider aus der Brusttasche seines Blousons.

– Was habe ich euch prophezeit? Was geschieht, wenn ihr nicht jede einzelne Krone an Erkki zurückzahlt? Er wird euch die Nasen tranchieren.

Mit einer Hand fuhr er die Klinge des Teppichschneiders aus.

– Was haben wir dir getan? Myrbäck fand, dass es an der Zeit war, eine Beziehung zu dem Aggressor aufzubauen. Bekanntermaßen beugten ein paar persönliche Worte der rohesten Gewalt vor. Also, was haben wir dir getan?

– Ihr habt uns verraten. Ihr habt uns gefickt. Jukkis Stimme troff vor Empörung. Ihr seid desertiert.

– Halt! Stimmt nicht. Wir haben uns bloß eine Minute vor dir davongemacht. Myrbäck wagte die Widerworte nur, weil er sich auf der anderen Seite des Zaunes zwar nicht in Sicherheit vor einer Gewehrkugel wähnte, aber doch außerhalb von Jukkis körperlicher Reichweite.

– Oh, doch. Gefickt habt ihr uns. Mit dem Autoschlüssel. Besser gesagt: Ohne den Autoschlüssel. Einen nach dem anderen. Göransson und den fetten Aku haben die Bullen aus dem Gebüsch gezerrt. Forss kam von selbst in ihre Arme gekrochen. Selber schuld, der Idiot. Jetzt sitzen sie alle in einer Zelle in Hall. Nur ich nicht. Ich bin quer über das Feld, stracks ans Ufer. Ich habe einen Angler überredet, mir sein Ruderboot zu leihen.

– Hätte ich nie gedacht, sagte Myrbäck. Dass du entkommen bist. Er meinte es ehrlich.

– Ja, die dümmsten Leute glauben immer, mit Denken kommen sie weiter.

Myrbäck ignorierte die Verhöhnung.

– Wie hast du uns bis hierher folgen können?

– Ich kam in der Nacht, um euch einen Besuch abzustatten. Doch das Haus stand leer, ihr wart soeben entflohen, gefeiert wurde trotzdem. Zwei deutsche Brüllaffen tobten durch euer Haus. Dann schmissen sie einen Wohnwagen um. Zerhackten eure Fahrräder. Als sie sich verzogen, bin ich ihnen gefolgt. Wenn ich mich nicht täusche, dann kriechen sie hier irgendwo durchs Unterholz. Sie mögen kernig und blond sein, aber vom Fährtenlesen verstehen sie nichts.

Mit jedem seiner Sätze war Jukki lauter geworden, bemerkte Myrbäck, aber man sah ihm an, dass er bloß aus Gewohnheit schrie. Sein Herz blieb eiskalt dabei.

Holzapfel hatte den Wortschwall des Finnen mit dem immergleichen Grienen verfolgt. In diesem Augenblick wurde Myrbäck klar, dass Jan für seine Gesichtsmuskeln nichts konnte. Sie führten ihr Eigenleben. Menschen gingen ganz unterschiedlich mit den Katastrophen um, die über sie hereinbrachen, das wusste er. Seine Frau zum Beispiel. Mitten im schlimmsten Streit lebten ihre Lachmuskeln auf, in Momenten schierer Verzweiflung schmunzelte sie. Erst hatte er dies für eine teuflische Gemütskrankheit Marias gehalten. Dabei war es bloß ein Muskelkrampf.

Unterdessen hielt Jukki ihnen eine Strafpredikt, ohne Punkt, ohne Komma. Seine Worte zogen ungehört an Myrbäck vorbei, erst ihre plötzlich abfallende Lautstärke ließ ihn aufhorchen.

– Eine letzte Chance sollt ihr bekommen. Nicht weil ich menschenlieb bin, nein. Sondern weil ich nicht mit drei Leichen vor Erkki antanzen will. Für die er sich nichts kaufen kann.

– Das macht Sinn. Myrbäck war erfreut über den Zeitgewinn, den Jukki in Aussicht stellte. Noch beruhigender war, dass der Finne den Teppichschneider wieder in seiner Jacke verstaute.

– Ich fange mal damit an, dass ich euch das Gefährt abnehme. Mit ausgestrecktem Arm wies er in Richtung des Kleinbusses.

– Eine klitzekleine Geste der Wiedergutmachung, so sehe ich das.

– Das ist nicht unser Auto. Sassies Stimme klang bockig.

– Wie amüsant. Meiner ist es auch nicht. Ein Fiat! Ihr glaubt wohl, ich steige in jede Nuckelpinne?

Wo schnappt er all die merkwürdigen Worte auf?, fragte sich Myrbäck, als er auf einmal einen bedrohlichen Wandel in Jukkis Miene bemerkte. Auf der Maske routinierten Pöbelns flackerte reine Mordlust auf. Der Finne hatte das Hohngrinsen Holzapfels bemerkt und schien sich eines Bösen zu besinnen. Er brüllte ihn an:

– Auf die Knie mit dir!

Als der angstgelähmte Holzapfel keine Folge leistete, schrie er, an Sassie gewandt:

– Zieh dich aus!

– Was? Wozu das? Sassie sah ihn entsetzt an.

– Tu, was ich dir sage. Er legte sein Gewehr an.

– Warum sollte ich? Du Schwein.

– Was sagt man dazu?, sagte er jetzt mit überraschend sanfter Stimme. Gruselig, dachte Myrbäck, diese Stimmungswandel.

Der Finne trat zwei Schritte vor und schoss auf das Hängeschloss des Gittertors. Von seinem Bügel befreit flog der Schlosskasten in einem Bogen davon und landete nicht weit von Holzapfels Füßen im Gras. Mit einem Tritt ließ Jukki die Torflügel aufspringen. In der nächsten Sekunde stand er vor Sassie und brüllte sie an:

– Ausziehen!

Sassie strich ihre schwere Golduhr vom Handgelenk und warf sie ihm ins Gesicht. Sie klatschte gegen seine Stirn, rutschte auf den Nasenrücken, fiel zu Boden. Jukkis Blouson platzte an einer kleinen Stelle über dem Herzen auf. Er drückte sich die Zeigefingerspitze gegen die Schläfe, als wollte er sich eine seiner schwarzen Locken aus der Stirn werfen, dann kippte er nach vorn, die Augen geschlossen. Erst jetzt meinte Myrbäck, das Knallen des Schusses zu hören, der eine Kugel in den Brustkorb des Finnen getrieben hatte. Sein Nachhall donnerte über die Wiesen der Kaserne, brach sich an den Wänden der Wohnbaracken und flatterte zu ihnen zurück.

Auf der anderen Seite des Zauns tauchte einer der Blondschöpfe auf. Wie ein Waldgeist stand er da, und die Pistole in seiner Hand zielte noch immer auf jenen Fleck in der Luft, an dem Jukki gewütet hatte. Er war riesig, sicher zwei ganze Köpfe größer als die Frau mit dem Pagenkopf, die sich ein Stück hinter ihm hielt und Myrbäck erschrocken anblickte.

– Was ist los? Holzapfel starrte offenen Mundes in die Runde. Er kniff sein eines Auge zu, um besser sehen zu können. Sein Lachen war ihm endlich vergangen.

Sie hätten ihn auch erwischt, wenn er nicht gestolpert wäre. Der blonde Hüne warf sich über ihn, setzte sich rittlings auf seinen Brustkorb, drückte beide Arme mit den Knien herunter und schlug ihm mitten ins Gesicht.

Ohne jeden Ansatz sprang plötzlich die Schwarzhaarige los. Sie rannte direkt auf Myrbäck zu. Ihre Frisur wippte wie bei einem galoppierenden Pony.

Sassie reagierte am schnellsten. Mit Riesensätzen preschte sie durch hüfthohes Farndickicht und steuerte die Eckmauer des Getreidespeichers an. Als Myrbäck an Fahrt gewann und auch er sich endlich auf die Schattenseite des Silos warf, hatte sie bereits eine Steigleiter erklommen und ein paar Meter auf ihr zurückgelegt. Von oben schrie sie ihm etwas zu, aber er verstand kein Wort. In seinen Ohren rauschte das Blut, als er die unterste Sprosse der Leiter nahm und sich an ihr aufwärtszog.

Auf halber Höhe unterbrach er seinen Aufstieg und blickte sich um.

Die Hexe war hinter ihm her, auch sie stand schon mit beiden Füßen auf der Leiter. Myrbäck riss sich weiter hoch, getrieben vom Knacken in der Holzwand und der Furcht, all das Gewicht könne die uralte Leiter aus ihrer Verankerung in der Bretterwand reißen.

Die letzte Sprosse nahm er so entkräftet, so atemlos, dass er klatschend auf der Brust aufschlug und benommen liegen blieb. Als er den Kopf drehte, sah er in die schreckgeweiteten Augen der Frau mit der Pagenfrisur.

Mit ihrem Oberkörper hatte sie sich schon auf das Dach gewuchtet und rückte auf den Knien ein Stück an ihn heran, so nah, dass er ihren bitteren Schweiß roch. Es gelang ihr noch, das eine Bein über die Traufe zu ziehen, da brüllte sie einen Schmerzensschrei in sein Ohr hinein, durchdringend und mächtig wie ein Orgelton.

Knut Giovanni Myrbäck verstand die Welt nicht mehr.

Schöne Sauerei.

Der Saum des Kleides klebte an ihren Oberschenkeln, ihr Höschen war nass, kalt wie ein Fieberumschlag. Ihr Schoß brannte, es stach in ihr.

Bin ich in Ohnmacht versunken? Habe ich mich angepinkelt, mich und mein schönes Sommerkleid, gelbe Tupfer auf weißem Grund?

Mühsam ruckelte sie ihre tauben Hände unterm Leib hervor, zog sie hoch vor die Brust, bis sie das Blut vor Augen hatte, das sich in feinen Krusten von ihren Fingern schälte. Hautfetzen standen struppig aus dem geronnenen Blut hervor, zerriebene blaue Fasern, Reste des Bootsseils, klebten in der rotbraunen Masse. An den Gelenken sickerte frisches Blut nach. Unterhalb ihres linken Daumens sah es aus, als habe das scharfe Blech des Schneeschiebers ihr Fleisch bis auf die Sehnen zerschnitten. Es wird Narben geben, und alle Welt wird sich fragen, was die Olofsson da mit ihren Pulsadern hat anstellen wollen, sich aber kopfschüttelnd sagen, dass sie nicht der Typ sei, sich das Leben zu nehmen.

Und sie haben verdammt Recht.

Ich werde diesem Mann, der mich zum Verrecken abgelegt hat, die Eingeweide stückweise aus dem Leibe reißen. Den breiten Mund werde ich ihm zerschlagen. Ich schwör's.

Eine ganze Nacht habe ich damit verbracht, meine Fesseln zu lösen. Jetzt ist ein neuer Tag.

Das Tor des Schuppens aufzubrechen, werde ich nicht

schaffen. Meine Arme zittern vor Schwäche bei der kleinsten Bewegung. Ich will glücklichfroh bis ans Ende aller Tage sein, wenn es mir nur gelingt, die Fesseln an meinen Füßen zu lösen.

Sie robbte sich zu einem Bund vergessener Angeln, die zwischen Eimern gegen die Wand des Schuppens lehnten. Mit den Zähnen zerbiss sie eine der Angelschnüre. Den frei gewordenen Haken presste sie zwischen Daumen und Zeigefinger und begann, das Seil um ihre Unterschenkel zu zerschaben, Faden um Faden voneinander zu trennen. Als sie die Beine freibekam, hatten sich vor den Fenstern des Schuppens die Schatten des Nachmittags gesenkt.

Sie zog sich an einem der splittrigen und ergrauten Stützbalken des Schuppens hoch, tat zwei wacklige Schritte wie auf Stelzen, griff zwischen dicke Vorhänge aus Spinnweben nach dem Stiel einer Harke und stieß ihre Zinken quer durch das Fensterglas.

Rühr dich nicht!

Sassie Linné stand über der Frau, die wimmernd auf dem Dach des Silos vor ihr lag. Den Arm hielt sie zum Schlag erhoben.

Die Schwarzhaarige umklammerte ihren rechten Unterschenkel und sah schmerzverzerrt auf. Blut sickerte zwischen ihren Fingern hindurch, und als sie die Hände löste, waren in ihrer Haut zwei kleine Löcher zu sehen.

– Was ist das?, fragte Myrbäck, obwohl er eine Antwort nicht brauchte. Eine Kugel hatte ihr Bein unterhalb des Knies durchschlagen. Der Blutschwall, der sich auf einmal aus dem einen Loch ergoss, verebbte schnell. Aus den Augen der Frau spritzten ein paar Tränen.

– Ein Tuch, ein Lappen, irgendwas. Helft mir beim Abbinden, stöhnte sie in akzentfreiem Englisch. Nehmt meine Strümpfe. Sie löste ihre Hände von der Wunde, um die Schuhe zu öffnen. Blut sickerte in den Schaft ihres lehmverschmierten Wanderschuhs.

Sie sah ganz blass aus. Laut zog sie ihren Tränenrotz hoch.

– Du bist Jana, wie? Was tust du hier? Sassie half ihr, den Kniestrumpf vom unverletzten Bein zu ziehen. Die Frau legte ihn sich vorsichtig um ihren muskulösen Schenkel, knapp oberhalb der Wundlöcher, zog ihn mit einem Rucken zusammen und verknotete seine Enden. Der Schweiß perlte auf ihrer Stirn. Sie sagte:

– Ich bin auf der Flucht. Genauso wie ihr.

– Warum sollten wir dir glauben? Nur ein einziges Wort?

– Weil ich sonst nicht hier wäre. Denkt mal nach! Die Frau hatte grüngraue, mandelförmige Augen. Ihre langen Wimpern waren vom Weinen verklebt, und Sassie konnte den Blick nicht lassen von ihren Lippen, die farblos glänzten, als hätte sie eben gerade noch Lipgloss aufgelegt.

– Die Männer dort unten wollen von mir nichts anderes als von euch. Sie wollen wiederhaben, was ihr uns genommen habt. Wenn es ihnen in den Kram passt, am Ende auch euren Tod. Und meinen Tod. Er hat nicht aus Spaß auf mich geschossen.

– Er? Wer ist er?

– Oliver.

– Und der andere?

– Simon.

– Und wer ist wer?

– Spielt doch keine Rolle.

– Hast du eine Waffe?

– Nein. Die Frau schüttelte den Kopf, immer wieder. Sie hörte nicht auf, bis Sassie sie unterbrach.

– Warum nicht?

– Sie haben sie mir genommen. Weil sie mich nicht mehr brauchen. Vor Schmerz zog sich ihr rundes Gesicht zusammen; plötzlich wurde es schmal.

Sassie legte ihr die Hand auf die Schulter, zog sie aber wieder weg. Ihr fiel ein, dass sie die Hexe war, die einen Polizisten aus ihrem Weg geräumt hatte wie ein Verkehrshütchen.

– Wie habt ihr uns gefunden?

– Dafür brauchte es keinen Bluthund. Eine Landkarte und ein bisschen Nachdenken haben gereicht.

– Ihr seid zu Fuß hinter uns her?

– Na, wie sonst?

– Und, was wollt ihr? Nicht mal Schuhe haben wir.

– Sie wollen wissen, wo die Kiste steckt. Um das zu erfahren, werden die demnächst die Leiter besteigen. Früher oder später werden sie die Geduld verlieren. Egal ob ihr bewaffnet seid oder nicht. Auf die Nacht werden sie nicht warten. Also, wer hat sie?

Wo hat sie den Kommandoton her?, fragte sich Sassie. Sie erwog kurz, ihr gegen das verwundete Bein zu treten.

– Sagt schon, wer hat sie?

– Ich nicht, sagte Sassie. Der Schweiß auf ihrem Rücken kühlte ab, ihr Herz schlug wieder ruhiger.

– Ich auch nicht, sagte Myrbäck. Ich hatte sie mal. Sogar ein gutes Versteck habe ich gefunden. Irgendjemand hat es entdeckt.

– Jan?

– Niemals. Er hätte längst das Weite gesucht.

Seufzend sackte die Frau zur Seite und ließ sich auf den Rücken gleiten. Müde schloss sie die Augen.

– Was ist mit ihm?, fragte sie. Könnt ihr ihn sehen?

– Jan? Du machst dir Sorgen um Jan?, fragte Sassie spöttisch.

Jan und Jana, welch schönes Pärchen! Das ging zu weit, fand sie. Dass die beiden es als Gaunerduo versuchten, war schlimm genug, aber auch noch als Bonnie und Clyde! Zu schnell kam sie aus der Hocke hoch. Sobald der Schwindel verebbte, legte sie sich an den Rand des Daches und schob vorsichtig ihren Kopf vor. Durch die geborstenen Regentraufen hindurch sah sie einen der Blonden. Er stand mit dem Rücken zu ihr und über Holzapfel gebeugt. Es sah aus, als fessele er Jan die Beine. Dann trieb er ihn mit gezielten Tritten in den Rücken ein Stück vor sich her. Es musste fürchterlich wehtun, aber wenn Holzapfel Laute von sich gab, so waren sie hier oben nicht zu hören. Er war mit seinem eigenen T-Shirt geknebelt worden.

Töten werden sie ihn nicht, dachte sie. Solange sie nicht bekommen, was sie von uns wollen.

Jukki hatten sie an Ort und Stelle liegen lassen. Vom anderen Blonden war nichts zu sehen. Wo steckte er?

– Hallo, brüllte sie hinunter. Hallo! Man musste ihre Stimme ewig weit hören.

Der Blonde drehte sich und sah zu ihr auf. Er antwortete nicht.

– Wer von beiden bist du?, rief sie zornig.

– Simon? Oliver?

– Seid ihr Brüder? Du und der andere?

– Kommt ihr aus demselben Wurf?

– Bist du taub?

Der Mann würdigte sie keiner Antwort. Von hier oben hatte er ein farbloses Gesicht ohne allen Ausdruck. Er beugte sich wieder über Holzapfel und bearbeitete ihn weiter.

Sie mochte nicht länger dabei zusehen und kroch zu den anderen.

Die Schwarzhaarige schien zu schlafen. Unter all der Erschöpfung waren feine Gesichtszüge in dem runden Gesicht zu erkennen. Sie hatte einen drahtigen Körper und schlanke Finger, die schmutzig waren, und schönes volles Haar, das an der Seite blutverschmiert war. An welchen Teilen fand Jan Gefallen?, fragte sie sich. Oder war er in die ganze Jana verliebt?

– Wie hoch ist es hier?, fragte Myrbäck. Er hatte sich vor ihr aufgestellt. Seine Füße waren von Kratzern überzogen, die Sohlen an mehreren Stellen aufgerissen.

– Acht Meter, sagte sie. Kommt mir vor wie im Schwimmbad. Auf dem Zehner.

Er wandte sich ab. Systematisch schritt er das Dach ab, ohne dem Rand zu nah zu kommen. Wieder fiel ihr das leichte

Schlingern seines Beines auf, von dem er einmal erzählt hatte. Das Unglück fährt ihm in sein Becken.

– Nichts, sagte er, als er zurückkehrte. Kein Einstieg, keine Luke. Wir können die Teerpappe abziehen, aber die Dachbalken darunter sind massiv. Dies ist alles, was ich gefunden habe.

In seiner Hand hielt er, was aussah wie das Endstück eines Lüftungsrohrs. Es war aus dünnem Blech. Er warf es weit über die Kante des Daches. Es segelte durch die Luft, bis es mit einem kaum hörbaren Scheppern in der Krone einer Pappel hängen blieb.

– Also. Wie kommen wir hier weg? Er legte seine Arme um sie.

Gar nicht, dachte sie und blieb stumm. Sie alle wussten, dass ihr Weg auf die Erde zurück nur über die Steigeleiter führen würde. Direkt in die Arme ihrer Jäger.

– Wir können uns doch nicht freiwillig ergeben. Er sah sie verzweifelt an.

Sie drehte sich in seinen Armen und vergrub ihren Kopf in seiner Halsbeuge. Seine Haut roch warm und süß.

– Wir werden nicht heil davonkommen, sagte sie.

Ein Schuss krachte.

Sie warfen sich an den Rand des Dachs und sahen hinab. Es hatte sich wenig getan. Holzapfel und der tote Jukki lagen im Gras wie von Wetter und Wind niedergestreckte Vogelscheuchen. Der Blonde richtete seine Pistole in ihre Richtung. Sofort zuckten sie zurück.

– Sie wollen euch Angst machen, sagte die Frau. Sie war erwacht und hatte rote Flecken im Gesicht.

– Wer sind die beiden? Brüder?

– Nein. Dicke Freunde.

– Sind sie stumm? Taub? Beides?

– Das frage ich mich oft. Aber nein. Irgendetwas stimmt mit ihnen nicht.

– Dass sie nicht dicht im Oberstübchen sind, dachte ich mir schon, meinte Sassie. Dafür hast du es verdächtig lang mit ihnen ausgehalten.

– Was hast du mit dem Tod von Zbigniew zu tun?, fragte Myrbäck.

– Die beiden waren's. Sie wussten schon früh von meinen und Jans Plänen. Ich glaube, Jan hat sich ungeschickt angestellt. Sie ließen uns einfach machen. Wir sollten die Kiste aus dem Wagen holen, dann erst wollten sie selber zuschlagen. Du bist ihnen dazwischengekommen. Aber hat Jan dir das nicht alles längst erklärt? Sie sah Myrbäck schief an.

– Er hat immer nur Geschichten erzählt.

– Mit dir hat niemand gerechnet an jenem Abend im Kino, wir wussten nicht mal von deiner Existenz. Als der Wagen plötzlich verschwunden war, drehten die beiden dort unten durch. Ihr erstes Opfer war Zbigniew. Mit einem Reflexhammer haben sie ihn bearbeitet. Mit Nägeln.

Myrbäck wurde blass und grünstichig wie ein Eierkarton.

– Woher weißt du das?

– Sie haben es mir erzählt. Sie waren nicht stolz darauf, aber mit einem Ziel vor Augen werden sie unnachgiebig.

– Waren sie es, die den Finger Stanczaks in Holzapfels Küche ablegten?

– Das ist so ihr Humor.

– Und Raschke? Dirk Raschke. Hat Jan von ihm erzählt?

– Kenne ich nicht. Nie gehört, den Namen.

– Und warum die Eile auf einmal? Wochenlang habt ihr uns in Ruhe gelassen. Und jetzt könnt ihr es nicht erwarten, diese verdammte Kiste wiederzubekommen.

– Wir haben einen Käufer.

Myrbäck stand auf. Sein Gesicht sah auf einmal wach aus.

– Wer?, fragte er.

– Ein Unterhändler. Sagt er. Er arbeitet für die koreanische Autoindustrie. Sagt er. Ich glaube ihm kein Wort, aber Geld scheint er zu haben. Er hat uns angezahlt. Vor zwei Tagen in Stockholm. Doch das hilft uns hier auch nicht weiter.

Das Sprechen schien der Frau wieder Mühe zu machen. Sie ließ den Kopf sinken und sackte auf die Seite zurück.

Sassie spürte schwache, fast behagliche Schmerzen in den Muskeln der Beine und Arme, als sie sich abseits von den anderen auf das Dach legte.

Die Sonne hatte ihren Zenit erreicht, und die Teerpappe, auf der sie lag, stank nach Kreosot.

Sie lag auf dem Rücken, und mit jeder Minute, die verging, spürte sie ihren Körper weniger. Sie blickte in den Himmel und dachte, wie trostreich das Ziehen der Wolken war. Ihr fiel Karlsson ein, der kleine, dicke Mann, der mit einem Propeller auf dem Rücken durch Astrid Lindgrens Bücher fliegt. Sie summte für sich, unhörbar für die anderen: Karlsson, Karlsson, ich bin, das müsst ihr glauben, der allerbeste Karlsson auf der Welt.

Sie war durstig, als sie erwachte. Sie hatte auf ihrem Arm gelegen, schwer und gefühllos ließ er sich kaum rühren. Myrbäck beugte sich ganz nah über sie.

– Holzapfel liegt verschnürt wie ein Paket dort unten, sagte er. Wir können ihn so nicht liegen lassen. Vielleicht sind all seine Rippen gebrochen. Und er bekommt keine Luft.

Die Sonne war gewandert, hatte sich gesenkt und lag in Wartestellung über den Wipfeln der höchsten Pappeln. Viele Stunden blieben ihnen nicht mehr.

Sie nahm seine Hand und legte sie auf ihre linke Brust. Sie

rückten aufeinander zu, bis sie seine Wärme auf sich überspringen spürte, und stellte sich vor, wie die Atome zwischen ihren Körpern hin- und hertobten, sich einander näherten, sich zusammenschlossen, bis aller Raum zwischen ihnen verschwunden war, aufgelöst; und nah genug war ihr auch dies nicht. Sie atmete die Luft, die aus ihm kam, und küsste seine Lippen. Sie schmeckten nach Blut.

– Du bist verletzt, sagte sie.

– Das ist nichts. Ich habe in meine Wange gebissen. Aber ich habe eine Scheißangst.

Sie küsste ihn wieder. Als er sich von ihr löste, glaubte sie, ihn nicht noch einmal zu küssen, seine Haut nie wieder zu berühren, wäre eine unerträgliche Entbehrung.

– Warum bin ich so schwer von Begriff?, fragte sie in die Luft.

– Wie meinst du das?

– Wenn ich früher verstanden hätte, alles wäre anders gekommen. Dann hätte ich Leine gezogen im Moment eurer Ankunft. Du und dein Sohn, über euch beiden schien ein Unstern. Sie sah, dass er etwas sagen wollte, aber sie kam ihm zuvor.

– Doch dann wäre ich nicht bei dir jetzt. Sie strich ihm über die Wange, erschrak jedoch, weil die Berührung ihr wie ein Abschiedsgruß vorkam.

– Wann hast du von ihrem Tod erfahren?

Sie war überrumpelt und brauchte ein paar Sekunden, um zu begreifen, dass Myrbäck nach ihrer Mutter fragte.

– Am Ende des Winters. Sie muss irgendwann ins Laub und in den Schnee gefallen sein. Der Hund von Spaziergängern hat sie gefunden. Tante Gunilla kam angereist, um uns von ihrem Tod zu erzählen. Ich war es, die später am Tag vor zwei Polizisten stand und vor einer Strickjacke, in der meine

Mutter gestorben war. Ja, das ist ihre Jacke, habe ich gesagt. Aber begriffen habe ich nichts. Bis heute nicht. Auch Lilja hat es nie begriffen. Ich habe immerhin irgendwann aufgehört, nach einer Antwort zu suchen. So ist es eben, sage ich mir. Meine Mutter wurde ein Opfer der Umstände. Und die Dinge sind so, wie sie sind, und wer sind wir, sie verstehen zu wollen? Lilja hat es schwerer gehabt. Zigaretten, Drogen, Alkohol, die Leute sagen, kein Wunder, bei dem, was sie erlebt hat, schon als kleines Mädchen, da musste sie bei den Junkies in Malmö landen. Und die Leute haben natürlich Recht. Wir haben immer Recht mit unseren platten Weisheiten. Wer so viel Pech hat wie Lilja, der erholt sich nicht.

Myrbäck betrachtete ihren Mund, als würde er die Worte abwägen, die gerade aus ihm herausgekommen waren. Es schien ihr, als wolle er etwas erwidern oder ihre Geschichte weiterspinnen auf ein glückliches Ende hin, dann aber starrte er auf einen Flecken hinter ihrem Rücken, auf die Regenrinne, so als grübelte er über das windgesäte Unkraut, das dort hoch über der Erde hatte keimen können.

Sie stand auf, leer im Kopf, und streckte ihre Arme. Sie hüpfte ein paar Mal auf der Stelle und trat an den Rand des Daches. Sie tat noch einen Schritt, dann noch einen, und weiter ging es nicht.

Ein leises Summen stieg in ihrem Bauch auf und schwirrte schmerzhaft durch die Brust. Das war dieser Abgrund in ihr, in dessen Tiefen sie nie rührte, der mit einem Mal aufsprang und den Hass entlud, der an ihr festsaß wie Haut und Haare, den Hass, der mit ihr groß geworden war, den Hass auf jene, die diese Welt zu einem unerträglichen Ort machten. Den Hass auf die Engel, die nicht warten, auf keinen von uns.

Sie sprang.

Christiania, Dezember 1985

Am Ufer treiben ein paar Plättchen Eis. Sie sind zu dünn, um sie an Land heben zu können. Vorher zerbrechen sie. Aber er steht schon auf dem Eis. Er. Er in seinen Eishockeyschuhen, er mit seinem Schlitten. Er und Lilja. Jetzt ist der Abend völlig still, und das Sausen über den Bäumen verstummt, nur im Eis seufzt es, und die Möwen schreien, weil wir sie aufstören.

Im Sommer ist es hier schön, dachte sie. Im Winter bekommt man es mit der Angst zu tun. Nicht weit von hier lag das Floß, das sie im Sommer gebaut hatten. Wochenlang hatten sie nach Styropor gesucht, nach Plastikkanistern, sogar leere Einmachgläser hatten sie mit Schnur und Draht und Binsen unter ihre Bretterwand gebunden, und Ove hatte ein Paddel geschnitzt. Kaum lag das Floß im Wasser, sprudelte es zwischen den Planken hervor. Alle Mann an Bord!, schrie Ove, sprang auf das Floß, aber da sank es längst mit trägen Schwingungen auf den sandigen Boden. Federica schrie vor Wut. Ove stand im Wasser, ein paar Styroporkügelchen schwappten auf und umschwammen seine Oberschenkel. Die Haut an seinem Kinn zitterte, so enttäuscht war er. Später an dem Tag hatte er sie auf den Mund geküsst, zweimal. Sofort war seine Laune besser geworden.

Um das Floß hatten sie sich nicht mehr gekümmert, es war wohl über den Herbst zwischen das Schilf getrieben. Irgendwo hier lag es auf Grund, bewohnt von Fischen und glibberigem Froschlaich.

Er. Er zog seine Bahnen über das Eis, so schnell, dass sie nicht mehr mitkam. Das Kratzen seiner Kufen wurde lauter und lau-

ter. Sie rutschte und fiel auf ihr Knie. Sie stand auf, versuchte nachzukommen. Wieder verloren ihre Füße den Halt, wieder stürzte sie. Sie spürte warme Tränen auf ihrer Wange. Mein Knie blutet, rief sie. Er kann nicht hören, sagte sie sich, er mit seiner dummen Ohrenmütze. Er flog davon, den wirbelnden Schlitten in seinem Schlepptau, und Lilja jagte im Galopp hinterher, so sah es aus: Sie versucht, einen Präriehengst zu bändigen.

Sie schluckte und blinzelte ihre Tränen weg. Am Himmel blinkten die Lichter einiger Sterne.

Ein Knall am Ufer ließ sie auffahren. Dann noch einer, laut wie ein Gewehrschuss. Ein Wogen und Rollen zog durch das Eis, sie konnte es in ihren Beinen spüren. Am liebsten hätte sie sich flach hingelegt, aber sie musste hinterher.

Auf einmal kam er von hinten herangerauscht. Im Vorbeifahren sah er auf sie herab. Er lächelte und zeigte seine Zähne, dann war er wieder außer Sicht. Los jetzt, hörte sie ihn noch. Los jetzt. Der Schlitten sauste hinter ihm her. Er war leer.

Lilja!, schrie sie. Lilja.

Sie lief in Richtung des Ufers, von dort war er ja gekommen. Sie rief, blieb stehen und lauschte auf Antwort. Sie lief weiter und rief. Ein Peitschenschlag surrte aus dem Eis, nicht weit von ihr. Sie lief und lief, egal wohin, und endlich lag dort Lilja. Bäuchlings, die Arme und Beine von sich gestreckt wie eine platt getretene Spitzmaus.

Sie zog ihre Schwester hoch und pustete ihr Schneeflocken von den Augenbrauen.

Bleib genau hier, sagte sie. Rühr dich nicht vom Fleck. Sie klopfte den Schnee von ihrer Mütze. Damit du mir nicht verloren gehst.

Lilja weinte. Es war ein dünnes, kraftloses Geräusch, wie am Ende eines traurigen Liedes. Der Mund stand ihr offen.

Sie ließ ihre Schwester stehen und ging langsam auf die Mitte des Sees zu.

Von weitem sah es aus, als rollte ein Lederball auf dem Eis herum, es war aber sein wackelnder Kopf. Der Rest von ihm war eingebrochen. Er warf seine Arme auf das Eis, aber Halt fanden sie nicht. Holt mich raus!, schrie er.

Sie ging in die Knie. Vor ihr sickerte Wasser aus feinen Rissen empor und sammelte sich zu Pfützen. Sie sah ihm dabei zu, wie er versuchte, seine Arme lang zu machen, immer länger, um nach dem Schlitten zu greifen. Es ist doch sinnlos, dass er dabei unter Wasser strampelt, dachte sie, jedes Kind weiß es. Immer wieder griff er in die Luft, immer wieder fiel er zurück. Aus seinem Mund drosch weißer Dampf wie bei einem Rennpferd.

Sie sank auf den Bauch und schloss die Augen.

Einen Stock, hörte sie ihn schreien. Hol einen Stock! Ein Seil! Hol mich raus. Noch nie hatte sie jemanden so laut schreien gehört. Man muss ihn doch bis zum Loppen hören, dachte sie. Aber alle stecken in ihren Häusern heute Abend.

Stück für Stück kroch sie dem brüllenden Kopf mit der Mütze entgegen. Im ganzen Körper spürte sie das Schwanken des Eises. Je näher sie ihm kam, desto breiter wurden die Risse. Kaltes Wasser drang durch den Stoff ihrer Jacke bis an ihre Brust. Wie eine Robbe schob sie sich voran, bis ihre Fingerspitzen die Kufen des Schlittens erreichten. Mit aller Kraft stieß sie ihn fort. Er flitzte davon.

Sie rollte sich auf den Rücken und tastete nach der Hufzange in ihrer Manteltasche. Sie hatte sich im Futter verhakt, und sie musste ein paar Mal an ihr rütteln, um sie freizubekommen. Das Eis um sie herum knisterte.

Was machst du?, brüllte er. Er japste nach Luft. Seine Mütze fiel ihm vom Kopf und plumpste in das Wasser. Seine knallroten Finger rutschten hilflos über die Eiskante.

Wenn jetzt die Möwen herbeifliegen, dachte sie, dann landen sie auf seinem nassen Haar und hacken ihm die Augen aus. Sie picken nach seinen Ohren und stochern in seiner Nase. Aber nicht einmal die Möwen trauen sich in dieser Nacht so weit hinaus aufs Eis.

Mit einem Schwung schob sie sich an ihn heran. Sobald der Singsang des Eises verebbte, schlug sie mit der Zange auf die Kante am Rand des Loches. Sein Arm glitschte weg, sein Gesicht tauchte unter.

Du bist nicht mein Vater, sagte sie, als er wieder auftauchte. Und du bist nicht Liljas Vater.

Wieder schlug sie auf das Eis. Sie wusste immer ganz genau, wohin er greifen würde, um Halt zu suchen. Sie schlug und schlug. Es war wie an den Buden im Tivoli, dort, wo man mit dem Hammer die Hölzer treffen musste. Aber hier war sie besser. Viel besser. Sie war die Beste. Nur einmal nicht. Da traf sie seine Hand. Er riss die Augen auf. Sie waren groß wie Golfbälle. Ein brummendes Geräusch stieg aus seiner Kehle auf.

Du bist nicht mein Vater.

Das Wasser, in dem sein Mund, die Augen und endlich der ganze Kopf versanken, sah schwarz aus, so schwarz wie die Tinte, die sie in dem Koffer unter dem Bett ihrer Mutter gefunden hatte. Sie schloss die Augen und stellte sich vor, wie es wäre, durch ein riesiges Glas voller Tinte zu schreiten. Durch eiskaltes Schwarz zu treiben, kein Oben, kein Unten, denn es gibt so viele Farben wie Sterne, und im Schwarz sind sie alle enthalten. Aber man sieht sie nicht. Da kann er noch so lange nach ihnen gucken. Wenn es sein muss, für ewig.

So macht man das.

Die Arme gereckt, die Knie beisammen, schnellte Sassie Linné empor, versank in der Leere, aber Seelenwut ersetzte ihr die Flügel. Sie ruderte eine kleine Unwucht aus, von einer Bö in ihre Seite geblasen, und schlug mit ihren nackten Füßen auf den Schultern des Mannes auf, der ihr seinen Namen nicht hatte verraten wollen.

Seine Knochen krachten wie morsche Holzplanken und falteten sich wie ein billiger Regenschirm im Sturm, seinem ganzen Körper entwich ein Bellen. Kurz verharrten sie so in einem grotesken Standbild, der erdnahe Koloss und die luftgeborene Rachegöttin, bevor er sich bog, einknickte, brach, sie aber vornüberkippte, die Arme schützend über dem Kopf, und sanft fiel wie in die Beete im Gemüsegarten ihrer Mutter.

Als sie ihre Augen aufschlug, sah sie auf einen Teppich aus Gräsern, den Tanz der Rispeln im Wind und in seine starren Augen, und sie verstand, dass sie ihm nicht mehr beim Sterben zusah. Der Tod hatte seinen Mund weit geöffnet. Die Haut seiner Wangen war kreidebleich, der Ansatz unter dem blondierten Schopf war kastanienbraun. Zu den Ohren hin hatte er bei der Rasur kleine Nester dunkler Bartstoppeln stehen lassen.

Sie wollte sich wegrollen von ihm, um alles im Leben, so weit fort wie möglich, doch ihre Arme gehorchten ihr nicht, ihre Beine brachten kaum mehr als ein Zucken zustande. Das Erste, was sie von sich spürte, war ihr Magen, waren all die

Innereien, die in ihrer Mitte brodelten wie eine Kugel aus Magma. Sie schrie einmal kurz auf, dann noch einmal, und erst als sie begriff, das der Schmerz in Wellen kam und wieder abebbte, dass er sie nicht überwältigen würde, holte sie Luft. Sie kam auf die Beine, strauchelte aber und fiel.

Jetzt sah sie, dass der Hals des Mannes viel zu lang war, wie aus dem Rumpf hervorgezogen, und aus seiner Schulter ragte ein spitzes Knochenteil durch den Stoff seines Flanellhemdes. Am fürchterlichsten aber war, dass sein Bauch auf eine völlig verdrehte Weise hervorstand. Sein Kreuz war entzweigebrochen, als sie auf seinen Schultern aufgeschlagen war wie ein Stein aus dem Weltall.

Wo steckte sein Freund? Warum kam er nicht, den Tod seines blonden Zwillings zu rächen?

Mit einer schmerzenden Öde im Kopf humpelte sie zu jenem Paket, das dort eingeschnürt im Grase lag. Je näher sie Holzapfel kam, desto größer wurde ihre Angst.

Er lag dort wie ein schlafendes Wickelkind, von Klebeband und Abschleppseilen und Tüchern an Hals und Kopf und Händen zur Regungslosigkeit verdammt.

Er atmete. Seine Brust senkte und hob sich ruhig, regelmäßig.

Sie zog ihm einen Stoffknäuel aus dem Mund. Sein linkes Auge öffnete sich. Sein rechtes sah aus, als hätte jemand einen Pingpongball unter sein Lid geschoben, so dick war es geschwollen.

In ihrem Rücken hörte sie ein Scheppern. Sie warf sich herum. Knut Giovanni Myrbäck hatte seinen Abstieg begonnen. Direkt über ihm hangelte sich Jana ab. Ihr verletztes Bein hing schlaff herab, und sobald sie mit dem gesunden Bein eine Sprosse nahm, erzitterte die Leiter. Das Holz, in dem das rostige Metallgestell verankert war, knirschte.

Mit steifen Fingern befreite sie Holzapfel von seinen Fesseln und richtete ihn an den Schultern auf. Ein paar Schritte schleppte sie ihn, dann fielen sie schnaufend zusammen. Er erbrach sich. Von seinem Mundwinkel hing ein rötlichweißer Schleimfaden bis zum Boden.

Es war Myrbäck, der ihr Holzapfel abnahm und ihn, der sich nach Luft japsend auf seine Schulter lehnte, vorwärtsschob. Neben ihnen humpelte Jana. Was sich wie ein Murmeln anhörte, waren Laute unterdrückten Schmerzes.

Sassie sah ihre goldene Uhr neben dem toten Jukki im Gras liegen. Sie fragte sich, ob er das Aufschlagen noch auf seiner Haut gespürt hatte, ein letztes Fühlen auf dieser Welt. Sie wusste, es war dumm, die Uhr dort liegen zu lassen, aber um nichts in der Welt würde sie das Ding noch einmal anrühren.

Der andere Blonde hatte auf sie gewartet.

Er saß am Eingang zum Waldweg, gegen den Stamm einer Eiche gelehnt. Ein müder Wanderer bei der Rast, so sah er aus. Gleich würde er seine Waffe auf sie richten. Er würde sich rächen. An ihr zuerst. Doch er regte sich nicht.

Sie trat einen Schritt vor.

– Worauf wartest du?, rief sie in die Stille hinein.

Der blonde Riese antwortete nicht.

Unbewegt starrte sie auf seine Beine, die übereinandergeschlagen auf dem sandigen Boden ruhten, auf seine ausgebeulte Turnhose und sein schieferfarbenes T-Shirt, das über den Oberarmen spannte. Auf die Hände, die gefaltet in seinem Schoß lagen. Auf seine toten Augen, die in einem unmöglichen Winkel schräg zur Seite zu blicken schienen, auf einen Fremden, der dort vor dem grünen Kleinbus und dem Stapel mit Hölzern stand.

Der Mann sah nicht bedrohlich aus, nicht groß, seine Arme

hingen friedfertig an seinen Seiten herab, aber er hielt ein Gewehr.

Er hat uns die ganze Zeitlang beobachtet, dachte sie. Unsere Flucht, unseren Aufstieg, meinen Sprung.

Jetzt musterte er sie mit wachen und neugierigen Augen und einem großen Mund. Einem Kussmund.

Ja, er war es. Er war jene Spukgestalt, dessen Dämonengesicht sie vor zwei Nächten durch eine Scheibe angestarrt hatte. Und natürlich war sie im mittsommernächtlichen Zwielicht einem Trugbild erlegen, einer Sinnestäuschung. Er hatte eine Nase. Eine ganz gewöhnliche Nase.

Sie drehte sich, um Myrbäck und Holzapfel zu warnen, aber es war zu spät. Die beiden hatten den Zaun hinter sich gelassen, sich auf den Feldweg geschleppt und bogen gerade auf ihre Spur. Der Pagenkopf humpelte an ihrer Seite.

– Hallo, sagte der Mann, und setzte sich in Bewegung. Sein halblanges, leicht lockiges Haar, das über einen kahlen Fleck auf seinem Schädel gekämmt war, geriet beim Gehen durcheinander. Er sah aufgeregt aus und alt. Der Schweiß sickerte ihm von Hals und Stirn.

– Raschke?

Myrbäcks Stimme klang, als würde er gerade Zeuge einer Auferstehung. Und genau das tat er ja auch, fiel ihr ein.

Raschke?

Knut Giovanni Myrbäck war erschüttert bis in die fernsten Verästelungen seiner Nervenbahnen, auch seine Stimme klang wie das letzte Hauchen einer verderbten Seele. Einem Untoten begegnet man schließlich nicht alle Tage. Aber irgendwie habe ich doch immer geahnt, dachte er, dass mit Dirk Raschkes Tod etwas faul ist.

Raschke lebte. Mit raumgreifenden Schritten kam er auf sie zu. Holzapfel, der schlaff gegen Myrbäcks Schulter lehnte, hatte in seinem Schattenreich aus Schmerz und Blindheit noch nichts von der Auferstehung des Werkstattkollegen mitbekommen.

– Eine russische Tula, sagte Raschke, als er vor ihnen beiden zum Stehen kam. Schrotflinte, Kaliber zwölf Millimeter mit Kipplaufverschluss. Ein tolles Ding.

Raschke schoss zweimal in die Luft. Er öffnete den Verschluss und kippte den Lauf nach vorne. Rauch stieg auf.

– Wie gesagt. Tolles Ding. Er sah verrückt aus. Seine Augenlider zuckten.

– Was soll diese Cowboynummer?, fragte Myrbäck. Und dann, weil es wichtiger war:

– Warum lebst du?

– Weil ich nie tot war. Mein Bruder ist tot. Michael Raschke lag in den Trümmern der Werkstatt. Dirk Raschke hat ihn dort abgelegt.

– Warum?

– Praktische Gründe. Du kannst mir glauben, es vergeht kein Tag, an dem ich nicht bereue. Mein Bruder hätte einen besseren Ort zum Sterben verdient als das Rattenloch unter unserer Werkstatt.

Ein schwaches Zucken ging durch Holzapfels Körper. Er begann, seinen Kopf von Myrbäcks Schulter zu lösen. Er gab einen ächzenden Laut von sich und fragte, kaum hörbar:

– Du?

– Da staunst du, was? Raschke hob seinen freien Arm und schlug mit der flachen Hand auf Jans Ohr.

Er rutschte von Myrbäcks Schulter herab und blieb bewegungslos auf der Mitte des Weges liegen. Sein geschundener Körper, im Verein mit der seelischen Verwerfung, hatte ihn wieder in die Ohnmacht getrieben.

Jana ließ sich entkräftet neben ihn fallen. Sie bettete seinen Kopf auf ihren Schoß.

– War das zu viel für den Guten?, fragte Raschke spöttisch. Recht so. Er hat mich verraten, so wie auch Stanczak mich verraten hat. Und dich haben sie auch verarscht. Er sah Myrbäck an.

– Aber du hast mal wieder nichts kapiert. Hast nicht begriffen, dass Jan und Zbigniew ihre eigene Reise vorbereiteten.

– Reise?

– In den Reichtum, ins unbesorgte Leben. Raus aus unserer Trümmerwerkstatt. Nun, dieser Ausflug endet hier. Jetzt hole ich mir, was ich brauche. Die Kiste.

– Was holst du dir? Myrbäck fragte nach. Seine Ohren sausten, seit er vom Dach des Silos gestiegen war.

– Hast du was auf den Ohren? Natürlich die Kiste.

– Seit wann weißt du von der Kiste?

– Seit Stanczak eines Tages in die Werkstatt kam und an mir vorbeisah. Mir nicht ein einziges Mal in die Augen blickte.

Der Pole war ein schlechter Lügner. Und Holzapfel eine Plaudertasche. Die beiden haben ihre Pläne schlecht verborgen. Sie waren überheblich. Sie hielten mich für dumm, für begriffsstutzig. Bin ich aber nicht. Wer ein komisches Gesicht hat wie ich, dem traut man nichts zu.

Myrbäck nickte. Er sah sich wieder in den Trümmern der Werkstatt in der Leverkusenstraße vor einem Loch im Boden stehen und auf einen verkohlten Rollstuhl starren. Eine Flut von Fragen wirbelte durch seinen Kopf. Aber doch bemerkte er, dass Sassie dabei war, sich von Raschke zu entfernen. Kaum merklich schob sie sich mit den Füßen seitwärts, ohne den Oberkörper zu bewegen. Wenn es ihm gelänge, den Totgeglaubten abzulenken, würde sie vielleicht zwischen die dicht stehenden Birken fliehen können.

– Wie konnte alle Welt glauben, dass du in den Trümmern der Werkstatt liegst?

– Kleines Kunststück. Es waren die Haare meines Bruders, die in meiner Bürste hingen. Er schlief in meinem Bett. Trug meine Kleider. Seine Zahnbürste hing an der Badezimmerwand. Er war ich. Kriminaltechniker sind auch nur Menschen. Und wo der Zahn nicht schmerzt, wird er nicht aufgebohrt.

Raschke hatte seine eigene Wohnung mit der DNA des Bruders ausgestattet.

– Niemand hat ihn vermisst?

– Meinen Bruder? Witzig. Der letzte Mensch, der ihn vermisste, war unsere Mutter. Nein, er war ein Krüppel, ein Kranker. Ein Sterbender. Da wird es einem leicht gemacht, unbemerkt aus der Welt zu scheiden. Im Nichts zu verschwinden. Am Ende sah er niemanden außer mir. Ich habe ihn erlöst.

Myrbäck sah ihn mit offenem Mund an.

– Und dann habe ich mich unsichtbar gemacht. Noch

immer weiß kein Mensch, dass ich am Leben bin. Stellt euch das mal vor.

Raschkes tränenfeuchte Augen sehen aus wie dunkle Murmeln, dachte Myrbäck. Wie die Augen eines Nachttieres. Es beunruhigte ihn, dass Raschke nicht weitersprach. Seine langen und flinken Finger tanzten nervös über den Griff des Gewehrs. Er hielt die Waffe schief. Aber er hielt einen klugen Abstand zu ihnen.

– Er ist der Unterhändler. Jana meldete sich zu Wort. Noch immer lag Holzapfel in ihren Armen.

– Der Koreaner, sagte sie höhnisch. Du und ich, wir haben über den Preis der Kiste verhandelt.

– Ja, wir hatten das Vergnügen. Raschke deutete einen Knicks an. Neugierig musterte er, wie sie Holzapfels blutleere Wangen tätschelte.

– Wie hast du uns gefunden?

– Holzapfels Schwester hat mich geführt. Ich habe ihr einen Käfig voller Kaninchen an Bord der Fähre geschleppt. Klasse Frau. Tolle Figur. Ich habe sie im Bootshaus verwahrt.

– Du hast was?

– Du hast richtig gehört, Myrbäck. Tut mir leid. Und ich bedaure, eines der Kaninchen geschlachtet zu haben.

– Du warst das?

– Gemein, was? Während ich auf dem Zeltplatz unter einer Plastikplane Schimmel ansetzte und mich von Kioskfraß ernährte, habt ihr euch in der Sommerruhe eingerichtet wie die Kurpatienten. Unerträglich. Zum Kotzen.

Raschke hatte sie also seit Wochen beobachtet. Er war durch Nynäshamn spaziert, an einer Straßenecke wären sie fast zusammengestoßen. Er hatte sich nächtens in ihr Haus geschlichen und ihre Schränke und Koffer durchwühlt, er war in den Vorratskeller unter der Toilette eingestiegen. Hatte sich im Zimmer der gefesselten Heidi verborgen und einen blutigen Kaninchenkopf auf der Frisierkommode abgestellt. Er hatte sich auf dem Zeltplatz im Norden der Insel einquartiert und auf die Lauer gelegt.

– Denkst du gerade nach?, fragte ihn Raschke. Es klang gemein.

Myrbäck nickte. Es war sein gutes Recht, nach Worten zu suchen, fand er. Er fragte:

– Bist du in Hamburg in meine Wohnung eingebrochen?

– Nö. Das waren wohl die Blondschöpfe. Dafür aber habe ich deinem Sohn einen Nasenstüber verpasst. Zack! Auf seine kleine Fresse. Weil er dir so verdammt ähnlich sieht, Myrbäck.

Raschke sah müde aus, kein Wunder. Er hatte an Gewicht verloren, Wangen und Kinn waren unrasiert, sein Haar fettig, und in dem schmalen Gesicht kamen Myrbäck der rote Mund und die großen grüngrauen Augen auf einmal vor wie eine Kriegsbemalung. Panik stieg in ihm auf. So beherrscht es ihm möglich war, fragte er:

– Was hast du mit dem Blonden gemacht?

– Er hat eine Holzlatte auf den Kopf bekommen. Da hat er sich dann nicht mehr gerührt.

Jählings sprang Raschke los.

Mit drei Schritten war er bei Sassie und schlug ihr den Schaft seiner Waffe auf das Rückgrat. Sie unternahm einen stolpernden Versuch, von Raschke wegzukommen, doch er fing sie ein, schleuderte sie auf der Stelle herum und haute ihr mit der Faust gegen den Mund. Sie fiel auf die Knie.

– Rühr dich nicht vom Fleck!, schrie er sie an.

Myrbäck wollte ihr zu Hilfe eilen, Raschke aber hatte das Gewehr schon wieder auf seinen Kopf gerichtet.

Myrbäck blieb nichts übrig, als ihr dabei zuzusehen, wie sie ihre aufgesprungenen Lippen mit zitternden Händen abtastete. Erschrocken blickte sie auf ihre ausgestreckten Beine. Die aufgeschlagenen Kniescheiben hüpften auf und ab, rhythmisch und synchron, als säße ein Haufen Käfer unter den Knochenplatten und versuche den Ausbruch.

– Glotz hier nicht so rum. Raschke richtete den Lauf seines Gewehrs auf Myrbäck. Es reicht mir. Also: Wo?

– Im Haus ist sie! Sassie brüllte ihn an. Kleine Bluttropfen sprühten aus ihrem Mund. Deine beschissene Kiste. Hol sie dir!

Raschke nickte.

– Hoch mit euch. Zeit für einen Ausflug.

Er trieb sie zu seinem Mietwagen. Als Jana Anstalten machte, zu dem noch immer ohnmächtigen Holzapfel auf die Rückbank zu steigen, stieß er sie zu Boden und trat ihr einmal gegen den Kopf. Regungslos, das Gesicht im Unkraut, blieb sie liegen.

– Dich kann ich nicht gebrauchen. Raschke sagte es in einem beinah kindlichen Singsang.

Es war Myrbäck, der Platz am Steuer des Fiat nehmen musste, das Gewehr Raschkes an seinem Ohr. Als er den Motor anließ, stieß der Lauf hart gegen seine Schläfe. Zwar verlor er kurz jedes Gefühl für oben und unten, doch mit einer nie gekannten Geistesschärfe schloss er, dass der Moment, auf den er sein ganzes Leben bang gewartet hatte, gekommen war. Die blauen Wunder stürzten nieder auf sein Haupt, eines nach dem anderen.

Wolken schimmerten wie altes, rotes Gold, und die Schatten waren endlos, als sie die Landstraße verließen, in die Auffahrt bogen und neben dem umgewälzten Wohnmobil der Classens zum Stehen kamen.

Erleichtert darüber, dass ihren Kniescheiben das nervöse Hüpfen vergangen war, schwenkte sie ihre Beine aus dem Wagen heraus. Sofort gaben sie nach. Kaum kam sie hinkend wieder hoch, riss Raschke ihr die Arme auf den Rücken und stieß sie in Richtung des Hauses. Er zog den liegenden Holzapfel an den Schultern vom Rücksitz und ließ ihn, den Kopf voran, auf die Grasmatte gleiten. Der benommene Jan antwortete mit einem Stöhnen. Seine verdreckte Pyjamahose rutschte ihm auf die Knie, und jetzt hing sein Glied schlaff und brav auf dem Oberschenkel, so ganz anders, als sie es in Erinnerung hatte.

– Zieh ihm die Hose hoch, sagte sie.

Er machte eine Bewegung, die ein Kopfschütteln sein konnte.

– Zieh ihm die Hosen hoch, bitte.

– Leck mich, fuhr er sie an und wandte sich Myrbäck zu.

Sie fragte sich, wo die vierköpfige Familie aus Deutschland stecken mochte? Die Heckscheibe des Wohnwagens war aus ihrem Rahmen getreten worden, Glasscherben lagen versprengt im Gras. Die Classens hatten sich befreit. Doch was war anschließend geschehen? Hatten sie sich zu Fuß davongemacht, Hilfe zu holen? Dies ist unser erster Hoffnungsschimmer, dachte sie, seit sie Raschkes Mietwagen bestiegen hatten und Myrbäck ihn mit vorgehaltenem Gewehr an der Stirn zu ihrem Haus gelenkt hatte. Kein einziges Auto war ihnen begegnet. Keine Menschenseele, der sie hätten Zeichen geben können. Immerhin Holzapfel war aus seiner Ohnmacht erwacht. Mehr als einmal waren sie durch Kuhlen gerast, dabei war sein Kopf aufgeschlagen, schließlich hatte er sein eines Auge geöffnet. Gut sah es nicht um ihn aus.

– Wo sind die Classens?, fragte Myrbäck. Die Adern an seinem Hals waren geschwollen, sie sah, wie das Blut rhythmisch in ihnen pumpte. Raschke presste ihm das Gewehr an die Brust. Er ließ sich Zeit mit seiner Antwort.

– Sie haben ihr Quartier im Keller aufgeschlagen. Sie feierten kurz ihre Befreiung, aber ich hatte eine lustigere Idee für sie.

Er stieß Myrbäck und sie bis vor die Veranda. Erst jetzt sah sie, dass die Tür zum Haus eingetreten worden war. Irgendjemand hatte Koffer und Reisetaschen im Haus zusammengesucht und sie auf die Veranda geschmissen, in ätzendem Zorn, achtlos. In dem Haufen entdeckte sie den Schmetterlingskoffer ihrer Schwester. Er stand offen, sein Deckel hing schief an einem Scharnier. Die Papiertütchen mit den Schmetterlingen waren herausgerutscht, Bläulinge und Schwalbenschwänze lagen verteilt zwischen dem Hausrat, andere hatte der Wind von der Veranda gepustet.

Ich werde dem hier nicht standhalten, dachte sie. Werde es nicht überstehen.

– Dann mal raus mit der Überraschung. Raschke stand vor ihr und sah sie gespannt an. Ein Muskel unter seinem linken Auge zuckte.

– Also. Wo ist die Kiste?

– Irgendwo hier. Such doch selbst.

Raschkes breiter Mund schnappte zu.

Der lichte Lockenkranz auf seinem Schädel schaukelte mit, als er sie mit der Faust auf die Wange schlug.

Sie riss die Arme über den Kopf. Dann fühlte sie einen warmen Blutgeschmack im Mund. Mit der Zunge konnte sie kleine Bröckchen ihres eigenen Fleisches fühlen.

Spät hörte sie Myrbäcks Schrei. Durch einen Schleier vor Augen verfolgte sie, wie er sich in das Beet bückte, um sich mit einer Unkrauthacke zu bewaffnen. Raschke nahm Anlauf und rammte ihm den Stiefel gegen den Brustkorb. Er stürzte auf den Rücken, hielt sich den Bauch und rollte sich in Schmerzen auf die Seite. Raschke prügelte weiter auf ihn ein. Als sie das nächste Mal hinsah, lag Knut flach auf dem Rasen und starrte in die Luft. Er gab keinen Laut von sich.

Raschke stand plötzlich über ihr. Wo seine Haut über den Wangenknochen spannte, war sie weiß wie Porzellan.

– Was willst du? Sterben? Er lächelte flüchtig, stemmte seinen Fuß auf ihren Hals und trat sachte zu. Nicht einmal der Schmerz tat ihr noch weh.

– Ich schenke dir eine Minute Leben. Du solltest sie nutzen.

Blut sammelte sich in ihrer Mundhöhle, ein Saft, der nach Salz schmeckte und nach eisernen Geländerstangen, wenn man an ihnen leckt, weil man noch neugierig auf alles ist. Sie war zu schwach, sich aufzurichten und ihn auszuspucken. Er rann in ihre Kehle, und sie half mit ein paar Schlucken nach. Als Nächstes spürte sie, wie ihr Kopf und ihre Schultern mit einem Ruck hochgerissen wurden. In ihrem Rückgrat knirschte es, und sie dachte, dass es einmal ein schönes Kleid gewesen ist, das Heidi da trug. Jetzt aber waren die weißen Tupfen auf dem leuchtenden gelben Grund mit Dreck und Schlimmerem verschmiert, über und über, und sein Saum hing in Fetzen über ihren blutigen Schenkeln.

Sie begriff es sofort, als da etwas in Raschkes Kopf entzweiging. Nicht weil er plötzlich die Augen schloss und von ihr abließ, sondern weil das Geräusch in seinem Schädelknochen klang wie das Aufkrachen riesiger Eiszapfen auf einer Winterstraße. Der nächste Schlag, der ihn traf, zertrümmerte die Knochen seiner rechten Wange. Es war eine Kiste, die da in den Händen Heidis durch die Luft sauste, das sah sie jetzt, und sie schlug im Gesicht Raschkes auf, wieder und wieder, bis er mit einem leisen Wehklagen zusammensackte.

Sie alle lagen still. Kein Ruf war zu hören, kein Flüstern, noch nicht einmal ein Atmen. Als Sassie sich fragte, ob diese luftleere Stille den Tod bedeutete, schob eine Hand ihr die Haare sanft aus dem Gesicht. Es war Heidis Hand. Sie atmete schwer, und sie stank stechend nach Pisse und Schweiß, nach Tränen. Blut klebte an ihren Händen, im Gesicht, in ihren Brauen. Sie sagte kein Wort. Auf allen vieren zog sie den toten Raschke mit sich fort, schleifte ihn wie ein Beutestück bis vor den Fäkalientank des Lövgren'schen Sommerhauses.

Sie schnappte keuchend nach Luft und ging torkelnd in die Hocke. Stück um Stück wuchtete sie die Zementplatte beiseite, packte den Körper Raschkes an seinen Schultern und ließ ihn mit dem Kopf voran in die Brühe gleiten. Als endlich seine Schuhe versanken, schwappte eine bräunliche Welle auf das Gras.

Wankend kehrte Heidi zu ihr zurück, suchte die Metallkiste und warf sie mit beiden Händen in den Schlund des Tanks. Klatschend schlug das schwarze Ding auf und ließ einen feinen Sprühregen durch die Luft segeln.

Erst als das Wasser still lag, zog der Gestank von Plumpsklo in Sassies Nase.

Woissiehinn? Jans schief geschlagener Kiefer brachte keine deutlichen Worte mehr hervor.

– Sie hat ihr Zeugs genommen. Alles, was ihr wichtig ist. Gepackt und weg.

Wenn Myrbäck so schnell sprach wie jetzt, zu tief Luft holte, rasselte es in seiner Lunge. Raschke hatte ihn schlimm verprügelt. Da waren einige seiner Rippen angebrochen, mindestens, doch das Glück darüber, Überlebender zu sein, dämpfte das Wundtoben in seiner Brust.

Myrbäck zählte auf:

– Ihre Briefe hat sie eingesammelt, ihre Fotografien, die Schmetterlinge der Schwester. Das Seven-Up-Shirt, das ich ihr geschenkt habe. Deine Fellhausschuhe.

Mit jedem Wort, das er sprach, wuchs seine Angst. Die Vorstellung, nie wieder in die Augen Sassies zu blicken, nie wieder über ihre Haut streichen zu können, plagte ihn ärger als jedes körperliche Leid.

– Es darf nicht sein, sagte er.

– Was?

– Dass ich sie nie wieder sehe. Myrbäck sah zum Himmel auf. Er richtete seine Worte nicht an Holzapfel. Der schien sich allmählich zu erholen, auch wenn sein Auge noch geschlossen war. Ab und an sickerte eine blutige Träne zwischen seinen Lidern hervor. Er hatte sogar unter Stöhnen geholfen, Sven und Carla Classen aus dem düsteren Vorratskeller zu befreien. Dann war der Durst der Töchter Mieke und Merle mit je einem Glas Himbeersaft gelöscht worden, die Tür zum Haus wieder eingehängt, die Schnittwunden Heidis mit kühlenden Waschlappen versorgt; es war das Wohnmobil aufgestellt, schließlich die Suche nach Sassie Linné begonnen, jedoch ergebnislos aufgegeben worden.

Im letzten Tageslicht langten sie am Fuße der Bunkeranlagen an. Kaum waren sie aus dem Wohnmobil gestiegen, hatte Sven Classen gewendet und Reißaus genommen. Das Letzte, was sie von seiner Familie zu sehen bekamen, waren die Gesichter der Mädchen. Neugierig schauten sie durch das Rückfenster und winkten zum Abschied.

– Ich nehm ihm das nicht übel, sagte Myrbäck. Mit Frau und Kindern in so einer Sache zu landen.

– Wir haben ihn nicht eingeladen. Holzapfel sprach jedes Wort einzeln aus.

Seite an Seite schleppten sie sich über den Strand ans Ufer.

Ihr Boot lag, wo er es im Morgengrauen vertäut hatte. Myrbäck löste die Leine und zog das Boot mit den Wellen auf den Ufersand. Es kam ihm überraschend schwer vor. Aber das schob er auf seine durchgeprügelten Muskeln, scheinbar ein jeder auf unerklärliche, mitleidende Weise mit dem Rippenfell verbunden.

Es war ein Aufschrei Holzapfels, der ihn auffahren ließ. Zusammengekauert auf der Steuerbank lag Jana, die sie schlaftrunken und fiebrig anstarrte. Ihr rechtes Bein hing steif in der Luft. Die Schusswunde lag offen, sie sah feuerrot aus, böse.

Überraschend wendig schwang sich Holzapfel über die Reling des Bootes, das noch immer keinen Grund unter seinem Kiel hatte und unruhig in der Brandung schaukelte. Im Bestreben, es ihm gleichzutun, stemmte Myrbäck sich an der Bordwand hoch, verharrte kurz mit beiden Beinen in der Schwebe, verlor den Halt, legte eine halbe Drehung hin und schlug backbords mit dem Steißbein auf der Ruderdolle auf.

Als er in einem Meer von Schmerzen aus seiner Ohnmacht erwachte, geschah dies mit einer merkwürdigen Heiterkeit und der kristallklaren Erinnerung an einen Sturz vom sonnenwarmen Dach des großelterlichen Hühnerstalls mitten in eine Schar pickender Hühner. Auch wenn er es in diesem Moment nicht begriff, so war er doch auf einen Schlag eine funktionelle Beinlängendifferenz losgeworden, die laut ärztlichem Attest acht Millimeter betrug und vor einem Vierteljahrhundert in ihn gefahren war wie ein Splitter.

Knut Giovanni Myrbäck hatte seine Heilige Mitte wieder.

Meine liebe Schwester,

verzeih, es ist lang her, seit ich dir geschrieben habe. Ein Jahr bestimmt ist vergangen, aber wer weiß, ob meine Briefe dich erreichen, und zu erzählen gab es auch nichts. Aber jetzt.

Ich habe diesen Bus in Stockholm bestiegen, gab meinen Fahrschein bei der Fahrerin ab und ging den Gang entlang bis in die letzte Reihe. Ich reagiere nicht auf die Blicke der Mitreisenden, die sich an meinem grün und blau geschlagenen Gesicht stören. Ich sehe schlimm aus, wie aber kann mich das betrüben?

Es wird eine lange Reise werden, doch ich sitze bequem. Den Reißverschluss meiner Jacke habe ich aufgezogen. In der Tasche zu meinen Füßen steckt der Proviant. Sprudelwasser, Schokoladenkekse und eine Handvoll harter, hellroter Kirschen aus dem Garten der Lövgrens, danke schön. Eine von ihnen habe ich schon im Mund gehabt, erst gelutscht, dann vorsichtig auf ihr herumgekaut, frühlingssauer ist sie bis zum Schluss geblieben.

Kauen kann ich nicht. Mein Schneidezahn wackelt, und ein Backenzahn fehlt, einer von diesen großen, mit denen man harte Brotrinde zerkaut. Er liegt im Gras unter den Kirschbäumen der Lövgrens, bitte schön. Bei einem Schlag auf meine Wange ist er mir abhandengekommen. Er war es wert.

Bevor ich unsere Insel verließ, habe ich eine Abschiedsrunde durch das Haus gedreht. Die anderen jagten verwirrt von einem Stock zum nächsten und quer durch alle Zimmer, während ich deine Schmetterlinge eingesammelt habe. Auf der Veranda und gleich vorn im Garten sind sie herumgesegelt, ein paar der Pfauenaugen hat es bis in die Brennnesseln geweht. Am frühen Morgen, die Sonne ging über Sandskär auf, habe ich sie vom Oberdeck der Fähre fliegen lassen. Jeden einzelnen von ihnen. Der Wind hat sie mit sich getragen. Sie alle sind mit ihren Pergamentflügeln auf dem Wasser gelandet, schaukelten auf ein paar Wellen mit und versanken dann. Ich weiß, du verzeihst mir. Denn was hat unsere Mutter uns beigebracht? Tränen helfen nicht weiter, erinnerst du? Sie helfen bloß zurück. Und da will niemand hin.

Mein Herz geht mir leicht wie noch nie, aber zunächst muss ich den Sommer zum Vergessen nutzen. Manche meiner Erinnerungen sind wie eine Geschwulst, ich will sie loswerden.

Es wird eine lange Reise, doch ich sitze bequem. Manchmal zieht Kohlrabigestank von den Papierfabriken in den Bus. Daran merke ich, dass wir schon weit im Norden sind.

Ich bin verliebt, ich spüre ein Tier in meinem Bauch, das sich dort einen Bau gesucht hat, es rollt sich und dreht sich, manchmal beißt es.

Als ich klein war, so klein wie du, hat unser Vater mir erklärt, dass die Welt ein Ort ist, von dem ich eines Tages restlos verschwinden werde. Nichts wird von mir bleiben außer ein bisschen Luft, denn unsere Seele setzt sich aus flüchtigen Atomen zusammen. Keine meiner Erinnerungen, keines meiner Gefühle wird mich überdauern. Puff! Ich habe ihm das lange abgenommen, obwohl er sonst immer nur Blödsinn hat erzählen können und in ihm nur Schwärze war bis an den fernsten Horizont, aber ich hatte das Gefühl, er meinte diese eine Sache wirklich ernst. Vielleicht ist er ja an dem Glauben an seine unnütze Vergänglichkeit verzweifelt. Ich werde ihm nie wieder auf den Leim gehen. Ich glaube ihm nicht.

Die Liebe ist ein wundersamer, ein glückseliger Ort. In all dem feuchten Kladderadatsch, der in unserem Inneren herumschwappt, habe ich endlich jene Stelle gefunden, an der sie wohnt. Aber wer weiß? Sie ist ein schattenhaftes Wesen wie das Schicksal oder das Verhängnis, die Götter selbst sind ihr unterworfen.

Die Frau im Gangplatz neben mir glaubt wohl, ich schlafe, aber ich blicke aus halb geschlossenen Augen auf die Landschaft und auf windschiefe Gartenzäune, auf Vorgärten, in denen Schaukelgerüste stehen, auf Schornsteine und zwei Türmchen mit Wetterfahnen, und denke an dein süßes Gesicht und wie es jetzt aussehen würde. Sind die Knopfaugen zu einem Paar schöner strahlender Perlen herangewachsen?

Zwischendurch lege ich den Kopf in meine Hände und versuche zu weinen, aber meine Augen bleiben trocken.

Erinnerst du dich an die schönsten Tage in deinem Leben? So hast du es immer erzählt: Mit dem Kopf voran bist du die große Rutsche vor unserem Haus runter, auch noch auf deinem Rücken, du Dösbaddel, und trotz einer Gehirnerschütterung haben sie dich im Krankenhaus von Söderhamn in der Mandelabteilung untergebracht, bei den Schädeln sind die Betten belegt, haben sie uns erklärt. Alle, denen man die Mandeln aus dem Rachen operiert hatte, bekamen Eis von morgens bis abends. Es kühlt den Rachen. Das bedeutete: Erdbeereis so viel und wann immer du wolltest. Ich habe dich sehr beneidet, damals, weißt du? Du warst gerade eben fünf.

Ich weiß, dass er mich braucht, auch wenn er es selber noch nicht versteht, weil er die Dinge eben allmählich versteht. Dann aber richtig. Er ist geduldig, im Kleinen wie im Großen, er wartet. Ich weiß es, seit er mich in einer dieser ganz gewöhnlichen Einbauküchen mit einem schüchternen Blick angestarrt hat, vom dem ich damals schon ahnte, dass ich ihn nie und niemals vergessen würde. Ich begreife auch nicht immer alles sofort, ich bin nicht die Klügste. Du zögerst, du glaubst mir nicht, kleine Schwester, weil du mich kennst nach so langer Zeit, doch es ist wahr. Wahr.

Die Liebe ist ein wundersamer, ein glückseliger Ort, ich aber entfliehe ihm.

Mitten in der Nacht wird unser Bus in Ljusne zum Stehen kommen, ich werde mit einem Ächzen aufstehen, denn das lange Sitzen hat meine Knochen eingefroren. Die Luft auf dem Hyvelvägen wird meereskühl riechen und ein bisschen einsam, wie es da oben eben ist.

Und rate, was das Erste sein wird, was ich tue? Noch bevor ich an die Tür unserer Tante Gunilla klopfe oder mich nach Blåsut aufmache, um mir den Nordwind um die Nase wehen zu lassen? Ich werde zum Gussi-See gehen, ein halbstündiger Marsch ist es nur, an unsere Badestelle. Aber bestimmt erinnerst du dich nicht mehr, die Sommer sind lang her, und du warst klein, keine fünf Meter schwimmen konntest du. Irgendwo dort, zwischen Gneis und Sprungfelsen, wo immer nur die mutigsten der Jungen hinunterspringen, muss ein roter Tauchring am lehmigen Grund des Bodens liegen, denn ich habe ihn damals nicht finden können, obwohl ich tauchen konnte wie keine andere, über eine Minute lang. Unter Wasser ist er mir aus den Händen gerutscht, der Schwimmlehrer hat geschimpft wie nie, und lange glaubte ich, irgendein uralter Fisch mit Schuppen, dunkelrot und hart wie Rubine, müsse ihn sich in der Tiefe geschnappt haben wie unser beider Glück.

Ich werde kopfüber in das Wasser springen und ihn finden. Er ist längst grün und blau und braun von Algen, aber dafür ist er extra schwer, denn in seinem Inneren verwahrt er den Sand, der voller Erinnerungen ist und all unsere Träume wahr werden lässt.

Jede Wette, ich werde ihn finden. Denn wir haben ihn uns beide verdient.

Dank

»Die Engel warten nicht« ist ein Werk der Fiktion, seine Figuren sind frei erfunden.

Mein Dank geht an Claas Ole Feddersen, Keria und Peter Wittenberg, Karin Wikström, Christiane Bubner, Thomas Hölzl, Helmut Ballmert, Stephanie Listerdal für Hilfe und Unterstützung, an Cornelia Funke und Jussi Adler-Olsen für frühe Ermunterung.

Bei Mark Edwards möchte ich mich für das Wissen bedanken, das ich aus seinem Buch »Christiania« (1979) über die Anfangsjahre der Fristad Christiania gewonnen habe.